# 赋学文献论丛

踪 凡 著

商务印书馆国际有限公司
中国·北京

**图书在版编目（CIP）数据**

赋学文献论丛 / 踪凡著 . — 北京：商务印书馆国际有限公司，2024.2

ISBN 978-7-5176-1068-7

Ⅰ . ①赋… Ⅱ . ①踪… Ⅲ . ①赋—文学研究—中国—古代 Ⅳ . ① I207.224

中国国家版本馆 CIP 数据核字（2024）第 007706 号

FUXUE WENXIAN LUNCONG

**赋学文献论丛**

**著　　者**　踪　凡
**出版发行**　商务印书馆国际有限公司
**地　　址**　北京市朝阳区吉庆里 14 号楼
　　　　　　佳汇国际中心 A 座 12 层
**邮　　编**　100020
**电　　话**　010-65592876（编校部）
　　　　　　010-65598498（市场营销部）
**网　　址**　www.cpi1993.com
**印　　刷**　三河市紫恒印装有限公司
**开　　本**　710mm × 1000mm　1/16
**字　　数**　380 千字
**印　　张**　26.5
**版　　次**　2024 年 2 月第 1 版第 1 次印刷
**书　　号**　ISBN 978-7-5176-1068-7
**定　　价**　68.00 元

# 目　录

## 上编　赋学文献综论



## 中编　古代赋学文献研究

## 下编　现当代赋学要籍评介



## 附编　求其友声

# 上　编

# 赋学文献综论

# 历代赋学文献的变迁、类型与研究

赋是中国古代特有的文学体裁，是根据汉字的形体、音义、语法特点而精心组织的华美艺术品，具有鲜明的中国特色。传统赋体文学对于声韵、对偶、典故的追求，使其成为中国古代最高雅的文体之一。在西方文学中，找不到与“赋”相对应的文体，因而欧美汉学家卫德明（Hellmut Wilhelm）、海陶玮（James Robert Hightower）、康达维（David R. Knechtges）等在研究中国赋体文学时，便直接使用汉语拼音“fu”来表示①。赋体文学产生于先秦，至汉代而成长为“一代之文学”②，出现了司马相如、扬雄、班固、张衡、蔡邕等著名赋家。魏晋南北朝时期，赋一直雄居于文坛宗主的地位。唐、宋、元、清四代以赋取士，赋又与科举考试联结在一起，成为决定士人前途命运的重要文体。从战国以降，历史上产生的赋作多达四五万篇，是中国文学史、中国文化史上一笔十分重要的遗产。

所谓赋学文献，指对赋体文学作品进行编集（含编选、载录、摘引）、评论、注释的文献。历代赋学文献源远流长，是研究古代赋学、传承中华文明的丰富的资料宝库。本文系统地梳理历代赋学文献的发展变迁、构成

---

① 参见（美）康达维：《欧美赋学研究概观》，《文史哲》2014 年第 6 期；蒋文燕：《研穷省细微　精神入画图——汉学家康达维访谈录》，《国际汉学》2010 年第 2 期；孙晶：《西方学者视野中的赋——从欧美学者对“赋”的翻译谈起》，《东北师大学报》2004 年第 2 期。

② 王国维：《宋元戏曲考·序》，载《王国维戏曲论文集》，中国戏剧出版社，1984，第 3 页。

类型及其研究现状，旨在推进赋学文献研究全面而深入的展开。

## 一、历代赋学文献的变迁

历代赋学文献的发展变迁，可以划分为战国秦汉、魏晋南北朝、唐宋（含辽金）、元明、清代凡五个历史时期。

战国赋家以荀子、宋玉为代表，作品篇数有限。两汉是赋体文学的黄金时代，作品达数千篇，但散佚极其严重，存留至今者仅有319篇[①]。最早对赋学文献进行大规模汇集、整理和分类工作的，当属西汉末年的刘向、刘歆父子。据《汉书·艺文志》记载，刘向父子将战国、西汉时期的诗赋作品分为五类：屈原赋之属、陆贾赋之属、孙卿赋之属、杂赋和歌诗。第四类杂赋12种，始《客主赋》18篇，迄《隐书》18篇，实际上是"分类赋集"。明胡应麟《诗薮·杂编卷二》首倡"杂赋"为"后世总集所自始也"之说。清人章学诚《校雠通义》乃云："（前）三种之赋，人自为篇，后世别集之体也；杂赋一种，不列专名，而杂叙为篇，后世总集之体也。"[②]刘师培《论文杂记》发扬章氏之说，以为："客主赋以下十二家，皆汉代之总集类也；（此为总集之始。）余则皆为分集。而分集之赋，复分三类：有写怀之赋，有骋辞之赋，有阐理之赋。"[③]诸家所言甚是。《汉志》所谓"杂赋"，将不同题材、不同体式的赋分类汇集，实具后世赋总集之雏形。《汉志》所著录的赋体作品集，包括赋总集16种，赋别集61种，总共77种，包含赋作千余篇，全面反映了"一代之文学"的创作盛况以及战国到西汉的赋体发展趋向。尽管这些赋体作品集大都已经散佚，但刘氏父子仍不愧是赋学

---

① 费振刚、仇仲谦、刘南平：《全汉赋校注·凡例》，广东教育出版社，2005，第1页。其中完整者仅有百篇，残篇约170篇，存目约50篇。

② 章学诚著，叶瑛校注：《文史通义校注（附《校雠通义》）》，中华书局，2000，第1065页。

③ 刘师培：《论文杂记》，载《刘师培辛亥前文选》，三联书店，1998，第326页。

文献编纂的开创者和奠基者。

此外，司马迁《史记》、班固《汉书》两部史学著述，亦载录了贾谊、司马相如、刘彻、扬雄等人的赋体作品;《汉书》《法言》《论衡》等子史文献中包含有零星而珍贵的赋论文字，是研究早期赋学的重要文献。班昭（曹大家）所撰《幽通赋注》，是中国历史上最早的赋注，在赋学史和注释学史上具有重要意义。以上是战国秦汉时期赋学文献之大略。

魏晋南北朝时期，大赋创作趋于消歇，代之而起的是感情真挚、描写细腻、文笔灵动、篇幅短小的咏物抒情小赋。而最能代表此期赋体文学创作成就的，还是以讲究对仗、用典为特色的骈赋。如江淹《恨赋》《别赋》，庾信《哀江南赋》《小园赋》等，皆为此期骈赋名篇。据马积高《历代辞赋总汇》，现存魏晋南北朝赋大约300家，1300篇。相关赋学文献亦夥。据《隋书·经籍志》记载，此期产生了大量的赋总集，其中既有编纂历代诗文时兼及赋体作品的综合性总集，如挚虞《文章流别集》30卷、萧统《文选》30卷；也有专门的历代赋总集，如谢灵运《赋集》92卷、萧衍《历代赋》10卷；还有某一题材赋的汇集，如《杂都赋》11卷、《乐器赋》10卷；某一体裁赋的汇集，如卞景《七林》10卷、刘楷《设论集》2卷，等等。目前只有《文选》完整地保存下来，存赋56篇。据《艺文类聚·杂文部》引曹植《文章序》:“余少而好赋，其所尚也，雅好慷慨，所著繁多。虽触类而作，然芜秽者众。故删定别撰，为《前录》七十八篇。”① 可知曹植曾经自编别集，所谓《前录》78篇，即以赋为主。六朝时期别集甚多，但大都为同时人或者后人所编，作者自编者甚少。对于赋的评论和注释，亦出现了刘勰《文心雕龙·诠赋》、褚诠之《百赋音》10卷、佚名《杂赋图》17卷等著作，为赋学研究做出了重要贡献。

唐宋（含辽金）是中国赋体文学史上的又一关键时期。由于科举考试的需要，律赋应运而生并迅速走向兴盛。律赋是在六朝骈赋的基础上形成

① 欧阳询:《艺文类聚》卷五十五，上海古籍出版社，1999，第996页。

的，除了讲究对仗、用典外，还对用韵数量有严格限制，中唐以后渐以八韵为定式，并且十分重视破题。根据马积高《历代辞赋总汇》统计，唐宋辽金共有辞赋作家 948 人，作品 3206 篇，数量十分惊人。唐代文人主要阅读、研习《文选》，不注意对当代赋体作品的搜罗和保存。《新唐书·艺文志》著录的李德裕《杂赋》2 卷、陆龟蒙赋 6 卷、薛逢《赋集》14 卷等，不详是否为唐人所编。但唐代出现了《文选·赋》的李善注和五臣注，皆为古代赋注的巅峰之作，代表了两种不同的赋注形态。此外，唐代还出现了不少指导律赋创作的赋格书，幸有佚名《赋谱》存留至今，为唐代赋论增加了一抹亮色。宋代学者在辑赋、注赋方面遥承六朝，成果较多。北宋不仅出现了接续《文选》的大型诗文总集《文苑英华·赋》150 卷，还出现了专门的赋总集，例如范仲淹《赋林衡鉴》若干卷、王咸《典丽赋》93 卷、江文蔚《唐吴英秀赋》72 卷，等等。至于赋别集，虽然专门的集子很少，但常常收在作家文集之中。宋代的赋评文字也很多，郑起潜《声律关键》专门论作赋技巧，王观国《学林》、吴曾《能改斋漫录》等书亦包含丰富的赋论资料。

今存元赋约 200 余家 500 余篇，明赋 1019 家 5107 篇（据马积高《历代辞赋总汇》）。元人以变革赋体、恢复风雅相标榜，试图绍继先秦两汉古赋的优良传统，不写律赋，亦少有骈赋。这种复古之风一直延续到明代，成为元明两代辞赋创作与批评的主流。元代产生了不少专门编选、评论、指导古赋写作的赋学专书，如郝经《皇朝古赋》、虞廷硕《古赋准绳》、吴莱《楚汉正声》、陈绎曾《文筌·楚汉赋谱》、祝尧《古赋辩体》等。明代赋学文献渐成规模，出现了一批通选古今的赋总集。其中李鸿《赋苑》8 卷，专门辑录先秦汉魏晋南北朝赋，以时代先后为序，篇目求全，卷帙较大，开启清代大型赋总集编纂之先河。而袁宏道、王三余之《精镌古今丽赋》8 卷，则通选各代，古、律兼收，并且几乎对每一篇赋都缀以评点，兼有选家与评点家之长。其余如陈山毓《赋略》正外集、施重光《赋珍》、俞王言《辞赋标义》、周履靖《赋海补遗》等，所选作品皆以古赋（包括骚体赋、散体赋、四言赋等）为主，并且将选赋与评赋相结合，彰显时代特色。明代的赋评、赋注，大都散见于赋总集、赋别集以及诗文评著作中，多以楚骚、汉赋为宗，注重真情实感，表现出鲜明的复古倾向。一些“文选学”著作中也有丰富的赋评、赋注材料。

清代是中国古代学术文化全面总结的历史时期，表现在赋体文学创作上，便是古赋、骈赋、律赋、文赋各体的全面繁荣。据马积高《历代辞赋总汇》统计，今存清代辞赋作家凡 4180 人，作品 19499 首，其数量超过了明以前各代赋的总和。而实际存世的清人赋体作品，总数还远在此数之上。显然，清赋是一座尚待开发的巨大的富矿。清代岁试、科试以及翰林院试赋，一改元明两朝以古赋为宗的惯例，远绍唐宋，崇尚律赋，故清赋创作以律赋为数量最多。

清代学者对赋体文学的编纂和评论蔚然成风，其成果之丰硕，观点之精湛，体例之多样，皆远逾前人。清人编纂的赋总集数量极夥，据笔者目力所及，现存于世的就有 156 种，是明代（8 种）的 20 倍之多。这其中既有通选各代赋的大型赋体文学总集，如赵维烈《历代赋钞》、陈元龙《历代赋汇》、鸿宝斋主人《赋海大观》等；也有精选历代优秀赋篇的选集，如李元春《古律赋要》、卢文弨等《四赋体裁笺注》、任聘三《律赋选青》等；还有编选某几个朝代赋体名篇的选集，如汪宪《宋金元明赋选》、张惠言《七十家赋钞》、马传庚《六朝唐赋读本》等。此外，专选古赋者，有王芑孙《古赋识小录》、胡希周《唐古赋选》等；专选律赋者，有周嘉猷《律赋衡裁》、潘遵祁《唐律赋钞》、杨泗孙《唐律赋钞》等。还有专选某一朝代某一地域的赋选，如杨浚《闽南唐赋》。当然，数量最多的当属清代学者对当代赋的汇集与编选，数量大约有 100 种。其中专选清代古赋者，仅见姚椿《国朝文录·赋类》一种，其余皆为律赋总集。翰林院庶常馆之赋，皆出自名公大家之手，尤为世人所重，于是就有叶方宣等《本朝馆阁赋前集》、程洵等《本朝馆阁赋后集》、法式善《同馆赋钞》、王家相等《同馆赋钞二集》、翁心存等《馆课赋钞》之类的汇编之作。这些赋体作品集皆为原始资料的汇总，文献价值颇高，却不便于一般文人阅读。于是注评结合的律赋选本应运而生，较著名的有顾莼《律赋必以集》、绮葱楼主人《馆赋精选》、徐斗光《赋学仙丹》、叶祺昌《律赋标准》等。这些选本不仅能够反映编者的旨趣和眼光，而且附有题解、眉批、圈点、夹批、旁批、尾评、释词等资料，价值较高。专选清代馆阁赋者如朱其镇《同馆赋钞》、蒋攸铦《同馆律赋精萃》、陈道南《选抄馆赋》，专选学院课赋者如刘源灏《关中课士律赋笺注》，专选地方赋者如李恩绶《润州赋钞》、杨景曾《澄江赋约》、欧阳厚均《岳麓赋钞》，专选科考赋者如佚名《湖北试牍赋》，专选小赋者如陈希恕《小赋寸锦三编》，专选特殊体类赋者如谢崧岱《回文赋汇》，选录数家赋者如景其浚《四家赋钞》；按照内容分类者如张维城《赋学鸡跖集》、广百宋斋主人《分类赋鹄》，按照风格分类者如李元度《赋学正鹄》，按照赋体分类者如陆棻《历朝赋格》，按照韵脚分类者如文汇馆主人《赋韵海》，按照教学次序编选者如胡敬《敬修堂词赋课钞》等。品种丰富，体例多样，反映了清代赋集编纂的全面繁荣。大型诗文总集亦辑录赋作，例如严可均所编之《全上古三代秦汉三国六朝文》，董诰等所编之《全唐文》，皆辑录赋体作品逾千篇，在保存赋体作品方面功不可没。

清代的赋论赋话亦十分兴盛。今存最早也最为系统的赋话著作，当属清乾隆年间浦铣的《历代赋话》《复小斋赋话》和李调元的《雨村赋话》。浦氏和李氏不约而同地编撰赋话，一方面大量辑录历代赋论资料，另一方面也“述而兼作”，直接评论历代赋家赋作。步武浦氏、李氏的赋话著作，还有王芑孙《读赋卮言》、余丙照《赋学指南》、林联桂《见星庐赋话》等十余种。除了赋话外，不少赋总集、赋别集的序跋以及眉批、夹批、旁批、尾评中，也有精彩的赋论文字。清代的赋注成果，最著名的是三种针对《历代赋汇》的解题著作，即吴光昭等《赋汇录要笺略》、倪一擎《赋汇题解》和王晓岩的《赋汇题注》，对读者研读《历代赋汇》颇有帮助。此外尚有魏茂林《国朝三十五科同馆诗赋解题》、成性根《赋学正鹄集释》、冯李骅《扬雄蜀都赋读》、徐树谷《庾开府哀江南赋注》等。当然，不少赋总集、赋别集中亦兼有赋注。

## 二、历代赋学文献的基本类型

以上大致浏览了中国两千年赋学文献的发展变迁过程，在这一过程中，历代先贤睿哲为我们奉献出极其丰富的赋学文献。我们在开展 2014 年度国家社科基金重大项目“中国古代散文研究文献集成”时，对国内外藏书机构所收藏的散文文献进行了大规模的搜查与检阅，初步统计现存于世的历代赋学文献可达一千种以上。

根据文献的性质，历代赋学文献可以划分为赋总集、赋别集、赋论、赋注四大类。

赋总集指按照一定的体例汇集或者编选二位以上（含二位）作家之赋体作品的文献，如汉刘向《客主赋》（佚）、南朝宋谢灵运《赋集》（佚）、明李鸿《赋苑》、清陈元龙《历代赋汇》、法式善《同馆赋钞》等。这类文献往往卷帙较大，收录赋作甚多，价值也较高。比如清光绪年间鸿宝斋主人编纂的《赋海大观》32 卷，辑录先秦至清代赋 12265 篇，总数是《历代赋汇》的 3 倍。编者按照赋的描写对象将其划分为 32 类 468 目，同题相聚，便于查询。书中收录清代赋作约 8300 余篇，堪称“词林之妙品”“赋学之巨观”，对我们研究清赋、清代文学、科举考试乃至清人文化观念皆有重要参考价值[①]。有些赋总集不以网罗备至见长，而以精挑细选取胜，旨在指导士子读赋、作赋。例如清王芑孙《古赋识小录》8 卷，选录战国荀况《礼赋》至明代夏完淳《怨晓月赋》，凡 324 篇，皆为小赋。编者在自序中说：“识小，即小以见其大也。赋者，鸿通之业，不穷其变，将无以大之。大之，必自初学始。”[②] 认为初学者必从小赋入门，甚有识见。又如清徐斗光

① 踪凡：《〈赋海大观〉价值初探》，《文献》2011 年第 3 期。

② 王芑孙：《古赋识小录》卷首，清嘉庆二十二年（1817）姑苏刻本。

《赋学仙丹》不分卷，甄选唐赋 2 篇、清赋 8 篇，总数仅为 10 篇。编者对每篇赋都有极为详细的疏解，包括解题、眉批、旁批、尾评、注典，谆谆教诲，不厌其烦。正如涂一经《仙丹赋序言》所云："煞费苦心，所为点化学人者，真神乎技矣仙丹哉！尝自谓生平教人，必竭尽无私匿处，而后即安。及观十赋之所部署而经营，尤信北城不将获报无涯乎？"[①] 这些导读之作，对下层士子的赋体文学创作尤有推动和规范作用。

赋别集指按照一定的体例汇集一位作家赋体作品的文献，如元杨维桢《铁崖赋稿》、明汤显祖《玉茗堂赋集》、清夏思沺《少岩赋草》等。赋别集收录赋作数量有限，一般不超过 50 篇，但有助于研究单个作家的赋体创作风格和艺术成就。经部、史部、子部典籍中亦有一些专门性赋学文献，如《春秋左传类对赋》《会稽三赋》《事类赋》《药性赋》等，大都系个人著述，也可以归入赋别集之中。

历代赋论，既包括单独成书的专门性赋论（含赋话），如唐佚名《赋谱》、宋郑起潜《声律关键》、清浦铣《复小斋赋话》、王芑孙《读赋卮言》等；也包括内含较多赋论文字的诗文评著作或其他著述，例如刘勰《文心雕龙》中有《诠赋篇》，刘熙载《艺概》中有《赋概》，隶属子部文献的五代王定保《唐摭言》、宋王观国《学林》、洪迈《容斋随笔》等，也包含有数段赋论文字，价值较高。

赋注是中国古代注释文献的一个组成部分。它既包括专门注释赋体作品的文献，如南朝佚名《杂赋注本》（佚）、明南逢吉《会稽三赋注》、清徐树谷等《庾开府哀江南赋注》、倪一擎《赋汇题解》，也包括对《文选·赋》或者《汉书》中赋作的注释，比如唐李善《文选注》、五臣《文选注》、颜师古《汉书注》等。赋注文献从注释学的角度为赋学研究提供了丰富多彩的内容。

---

① 涂一经:《仙丹赋序言》，载徐斗光:《赋学仙丹》卷首，清道光四年（1824）柳深处草堂家塾刻本。

根据文献的形态，历代赋学文献可以划分为专门性赋学文献、兼容性赋学文献、依附性赋学文献三大类。在这三大类中，专门性赋学文献所占比例最大，是赋学文献研究最为重要的对象。

专门性赋学文献，也可称为纯粹性赋学文献，是指专门对赋体文学作品进行编集（含编选）、评论、注释的文献，而不涉及诗歌、骈文和各体散文。元代之前的专门性赋学文献几乎全部散佚，例如刘向父子所编77种赋集，以及东汉班昭《幽通赋注》1卷，南朝宋褚诠之《百赋音》10卷、谢灵运《赋集》92卷，宋末佚名《大全赋会》50卷等，但这些赋学文献仍然有着不可低估的历史价值和学术史意义。比如班昭（曹大家）注释其兄班固《幽通赋》，原书虽佚，但我们可以从现存其他文献中加以钩稽，如《文选·幽通赋》李善注中有61条（其中有2条存疑），《文选·上林赋》李善注中有1条，《史记·伯夷列传》张守节正义中有1条，萧该《汉书音义》有3条，《汉书·王贡两龚鲍传》颜师古注中有1条，合计67条，去其重复，共得64条。对这些赋注进行研究，发现班昭的赋注内容丰富，体例谨严，每条注释皆遵循释词—解句—征引的顺序；并且创造性地使用了征引手法，将征引文献的范围由《周易》《诗经》而扩大到诸子，乃至西汉诗赋。《幽通赋注》虽已散佚，但对汉魏六朝乃至唐代的文献注释产生了重要影响，具有不容忽视的价值和意义[①]。

现存最早的专门性赋总集，应当是元代祝尧编纂的《古赋辩体》10卷[②]。该书既是一部重要的赋体文学总集，也是一部杰出的赋学理论著作。《古赋辩体》“正录”8卷，按赋体文学的历史发展，划分为楚辞体、两汉体、三国六朝体、唐体和宋体凡五种体式，选录辞赋作品35家70篇。“外录”2卷，编选后骚、辞、文、操、歌等五类韵文31家47篇。这一编纂体例，既明确了赋体文学的基本特征和各种体式，又兼顾了其他近似赋体的诗文，

① 踪凡:《东汉赋注考》,《文学遗产》2015年第2期。

② 元人尚有《青云梯》3卷，年代不详。见踪凡、郭英德主编《历代赋学文献辑刊》第2册，国家图书馆出版社，2017。

正变兼收，颇有创意。编者尊屈骚为辞赋之祖，崇尚“古诗之义”，标举比兴寄托，体现出非常鲜明的赋学观念。此外，该书每一赋体皆有总论，每位赋家皆有简介，每篇赋作皆有解题，颇有精当之见。例如司马相如《子虚赋》题解：“赋之问答体，其原自《卜居》《渔父》篇来，厥后宋玉辈述之，至汉，此体遂盛。此两赋及《两都》《二京》《三都》等作皆然。盖又别为一体，首尾是文，中间乃赋，世传既久，变而又变。其中间之赋，以铺张为靡，而专于辞者，则流为齐、梁、唐初之俳体；其首尾之文，以议论为驶（一作便），而专于理者，则流为唐末及宋之文体。”[①] 汉代散体大赋的正文多用整齐的四言句式，夸张铺排，言辞靡丽，用韵也较为规范；首尾或叙述事件，或议论说理，多用散句，句式长短不一。祝尧不仅体察到了汉代散体大赋正文和首尾的这种区别，还敏锐地发现这两类文字分别发展为后来的俳赋（骈赋）及文赋，颇具赋史眼光。明清时期的专门性赋总集有两百部之多，品种繁多，内容丰富，也非常值得深入研究。

元代之前的专门性赋别集，似已全部散佚。比如汉刘向辑《司马相如赋》29 篇，三国魏曹植自辑《前录》78 篇，宋楼钥辑《郑屯田赋集》若干卷等，今皆已不见。现存最早的赋别集，可能是元杨维桢著、陈存礼编、黄清老评《新刊丽则遗音古赋程式》4 卷，共辑评杨维桢赋 32 篇。元明时期的专门性赋别集屈指可数，这种现象的出现可能与诗文合集的兴盛有关，很多作家的别集皆将赋、诗、文合为一集，虽然大都首列赋体，但却很少单独刊行赋体作品成为一集。清代的赋别集现存近两百种，大都兼有注释和评点，尽管溢美之处较多，亦可资参考。

当然，如果我们把视野放开一些，将“非文学”的赋体作品集也纳入赋学文献的范围之中，就能发现不少以赋体形式撰写的经学、史学、地理学、类事、数术或科技著作，同样也应成为专门性赋学文献的组成部分。

---

① 祝尧:《古赋辩体》卷三，载《赋话广聚》第 2 册，北京图书馆出版社，2006，第 153 页。

如唐卜应天撰《雪心赋》1卷，是中国古代堪舆学名著，共分19章，实际上是由19篇短赋组成的。作者以赋的笔法宣扬堪舆学思想，抑扬顿挫，声韵铿锵，便于记诵，具有一定的文学价值。又如宋吴淑《事类赋》30卷，是以赋体形式写成的类书，铺陈天地山川万物，旨在帮助读者记诵，避免了一般类书枯燥乏味、难背难记的缺点。全书分为14个部类100个子目，实际上构成100篇短赋。例如"天部"之下，有《天赋》《日赋》《月赋》《星赋》《风赋》《云赋》《雨赋》《雾赋》《露赋》《霜赋》《雪赋》《雷赋》等。为帮助读者理解赋意，宋太宗又命吴淑为《事类赋》作注，更名为《事类赋注》。该书"在善于镕铸典故、妙于采撷文献、章法错综繁复等以赋述类的特色外，同时也能在诸多篇章中表现出作为赋文学的文彩与情韵"[①]。其他如唐窦泉《述书赋》、宋徐晋卿《春秋左传类对赋》、王十朋《会稽三赋》、元李杲《药性赋》、岳熙载《天文精义赋》、明谭贞默《谭子雕虫》（又名《小虫赋》）等，分别是隶属于书法学、春秋学、方志学、医药学、天文学、昆虫学等学科的文献，但皆能锤炼辞藻，讲究对偶和用韵，便于背诵和传播。作者充分利用赋体文学长于铺陈的特点，表现出较高的文学技巧。这说明赋体文学早已突破了文学的藩篱，而具有了更为深广的文化内涵和学术意义。

现存最早的专门性赋论文献，当属唐佚名《赋谱》1卷。《赋谱》成书于中唐，在中国本土早已失传，亦未见著录，所幸在日本发现，今藏日本东京五岛庆太郎博物馆。据美国汉学家柏夷（Stephen Bokenkamp）《〈赋谱〉略述》考证，《赋谱》"当成于浩虚舟就进士试的822年以后不久"，"撰成年代也不会晚于850年"[②]。该书以2500字的篇幅，系统而细致地阐述了律赋创作中的句式、对仗、章段、用韵、审题等问题，提出了许多具体的指导意见，这既是对初盛唐律赋创作实践的理论总结，也对中唐及以后的文

---

① 郭维森、许结：《中国辞赋发展史》，江苏教育出版社，1996，第636页。

② 柏夷：《〈赋谱〉略述》，载《中华文史论丛》第49辑，上海古籍出版社，1992，第149—164页。

人创作律赋、参加科举考试提供了技术指导，具有鲜明的现实针对性。文中多次提到“但务晕澹”“晕澹为绮”“相晕澹是为清才”，反映了唐代律赋理论界的美学追求，为后人研究唐代整体的美学风貌提供了鲜明的例证。清代出现了十余种赋论著作，以浦铣《历代赋话》《复小斋赋话》和李调元《雨村赋话》、林联桂《见星庐赋话》、余丙照《赋学指南》价值最高，为中国古代的赋学理论完美收官。专门性赋注数量较少，但不少赋总集、赋别集兼而有注，主要对赋中的语典、事典进行解释，单纯的语词训释较少。

所谓兼容性赋学文献，是指收录、评论或注释赋体作品较多的总集、别集和诗文评文献。这类文献在四部分类上均隶属集部，它们往往诗、文、赋兼收，但赋体文学占有较大比重，或者有独成篇章的赋论文字。从历史上看，有些兼容性赋学文献的价值、作用和影响，甚至在某一时期内超过专门性赋学文献。例如南朝梁萧统《文选》30卷，选录先秦至南朝梁代的诗文作品513篇，按文体分类编纂。该书卷一至卷九收录赋体作品56篇，按照内容和主题分为15类加以编次。首为京都类，选录班固《两都赋》（并序）、张衡《二京赋》《南都赋》、左思《三都赋》（并序）；其次郊祀类，选录扬雄《甘泉赋》；再次耕藉类，选录潘岳《藉田赋》；复次田猎类，选录司马相如《子虚赋》《上林赋》，扬雄《羽猎赋》《长杨赋》，潘岳《射雉赋》；等等。许多赋史名篇，借助《文选》得以保存和传播。在早期赋学文献大量散佚的情况下，《文选·赋》实际上行使着赋总集的文化功能，影响极其巨大。再如，南朝梁刘勰《文心雕龙》10卷是一部体大思精的文学理论著作，该书《诠赋篇》尽管只有900字篇幅，但却明晰地探讨赋体文学的性质、渊源，精辟地评论“辞赋之英杰”“魏晋之赋首”，全面归纳赋的表现题材，深入讨论赋体文学的创作技巧，凡此皆成为赋学史上的经典论断，被后人加以引用、发挥，历千年而不衰，其影响远远超过其后众多赋评专书。又如，唐代李善为《文选》作注，对56篇赋分别进行解题、校勘、注音、释义，内容丰富，观点精湛，并且长于征引，保存了大量先唐文献，既是中国古代文献注释的典范之作，也是中国赋注史上的巅峰之作。

所以，历代兼容性赋学文献的学术价值亦值得我们充分关注。

所谓依附性赋学文献，是指历史上一些史部、子部文献，载录或摘引部分赋体作品或者赋论文字，亦对赋学研究多有裨益。此类文献的价值虽然远远不及专门性赋学文献和兼容性赋学文献，但有些文献亦不可忽视。例如史部正史类文献《汉书》，载录西汉著名赋作 18 篇，包括贾谊、司马相如、刘彻、扬雄、班固等人的作品，书中还有不少论赋文字，足以代表汉代赋学研究的最高成就。又如子部类书类文献《艺文类聚》100 卷，唐欧阳询等奉敕编撰。该书开创事文兼备，“隶事在前、引文在后”的体例，其中“引文”部分“赋”目之下全文抄录或者摘引先唐赋作 857 篇，另有唐赋 1 篇，合计 858 篇（含 5 篇重出之作）。这一数字，比《汉书》（14 篇）、《后汉书》（9 篇）、《晋书》（11 篇）、《宋书》（5 篇）、《南齐书》（2 篇）、《梁书》（4 篇）、《陈书》（1 篇）、《魏书》（7 篇）、《北齐书》（1 篇）、《周书》（1 篇）、《隋书》（3 篇）、《文选》（56 篇）等书收录赋作的总和（去其重复，实有 100 篇），还要多出数倍。尽管该书既不是专门的“赋总集”，也不是“诗文总集”，但先唐赋有十之七八都借助此书得以保存下来，堪称是先唐赋之渊薮。明代以后的学者在辑录先唐散佚赋作时，无不以此书为玉山宝海。此外，该书还将 857 篇先唐赋纳入 39 部 299 类之中，这种鲜明的题材分类观对宋李昉《文苑英华・赋》、清陈元龙《历代赋汇》等书的分类都产生了直接或间接的影响。[①] 再如宋王观国《学林》10 卷，原本是一部以辨别字形、字义、字音为主的著作，隶属子部杂家类。但该书卷七“古赋题”条、“三都赋序”条、卷九“雕”字条等处，皆有精彩的赋论文字。如“古赋题”条云：“盖相如以子虚，虚言也；乌有先生，乌有此事也；亡是公者，亡是人也。故空藉此三人为辞，因以风谏。……此《子虚赋》始终一意，不可析其半以为《上林赋》，则意遂中绝，不可读矣。”[②] 自萧统《文

① 踪凡：《欧阳询赋学思想探微》，《新疆大学学报》2018 年第 6 期。

② 王观国：《学林》，田瑞娟点校，中华书局，1988，第 219 页。

选》之后，学者皆以《子虚》《上林》为两篇赋。而王观国则认为，《子虚赋》本来假设子虚、乌有、亡是公三人问答而组织成文，前后呼应，实为一篇，《文选》却将后半部分割开，取名为《上林赋》，致使文意中断，不可通读。这种见解合乎作品实际，也与《史记》《汉书》的记载相合，识见卓越，令人叹服。不难看出，依附性赋学文献中亦有可资参考的赋论文字。当然，这些文字往往散见于书中，不成篇卷，因而需要披沙拣金，细心钩辑。

## 三、赋学文献研究的现状与前瞻

历代不同类型的赋学文献共同构成丰富多彩的赋体文学世界，具有十分深广的文化内涵和历史意义。但是，20 世纪以来，学术界对于历代赋学文献的整理和研究，与诗经学、楚辞学、诗学、词学、曲学、小说学等文献的整理与研究相比较，一直处于相对滞后的状态。全面而系统地整理、研究历代赋学文献，不仅是深入研究中国古代文学史的基础工程，也是弘扬和发展中华传统文化的重要内容。

在历代赋学文献中，专门性赋学文献价值最高，首先应该引起研究者重视。经估算，今存专门性赋学文献大约有四五百种，但大都藏于深阁大库，使用颇为不便，更遑论整理和研究了。截止到 2016 年底，已经得到影印、整理和研究的赋学文献仍然只有一百种左右，大略统计如下。

### （一）专门性赋总集的影印、整理与研究

近三十年来，学术界对历代赋体作品的整理、评注，已经取得一些丰硕成果。断代赋作的总汇，主要有费振刚等《全汉赋》（北京大学出版社 1993 年版）、《全汉赋校注》（广东教育出版社 2005 年版），龚克昌《全汉赋评注》（花山文艺出版社 2003 年版；山东大学出版社 2011 年版），龚克昌、周广璜、苏瑞隆《全三国赋评注》（齐鲁书社 2013 年版），韩格平等《全魏

晋赋校注》（吉林文史出版社 2008 年版），简宗梧、李时铭主编《全唐赋》（台北里仁书局 2011 年版），曾枣庄、吴洪泽主编《宋代辞赋全编》（四川大学出版社 2008 年版）、韩格平主编《全元赋校注》（吉林文史出版社 2016 年版）等。历代赋作的选编，主要有毕万忱、何沛雄、罗忼烈《中国历代赋选》（先秦两汉卷、魏晋南北朝卷、唐宋卷、明清卷，江苏教育出版社 1990—1998 年版），郭预衡主编《中华名赋集成》（中国工人出版社 2006 年版），詹杭伦、沈时蓉《历代律赋校注》（武汉大学出版社 2009 年版），赵逵夫主编《历代赋评注》（巴蜀书社 2010 年版），曲德来、冷卫国等《历代赋：广选新注集评》（辽宁人民出版社 2001 年版）等。最为学界瞩目的当属马积高主编之《历代辞赋总汇》（湖南文艺出版社 2014 年版）。该书体制庞大，搜罗宏富，共收先秦到清末辞赋 30789 篇，作者 7391 人，凡 26 册，是清代陈元龙所编《历代赋汇》（收先秦到明代赋 3934 篇，逸句 177 句）的七倍，鸿宝斋主人所编《赋海大观》（收 12265 篇）的三倍，盛况空前。其嘉惠学林，既巨且久。不过，限于时间、精力以及当时的学术条件，编者所查文献仍有较多遗漏。例如，马积高先生称，“清代各种赋选甚夥，据我们所知者即有 50 余种，其中有些还是抄本”①，又云：“我们近年编辑《历代辞赋总汇》，计查（清代）别集约六千种，有代表性的总集数种。”②显而可见，马先生掌握清代赋总集（包括选集）50 余种，真正被利用的则仅限于“有代表性的总集数种”，约占现存赋总集数量的 3%—4%。因而，对于历代赋总集，尤其是清代的赋总集，学术界尚未能给予充分重视和研究。下面即统计学术界对历代赋总集的影印、校点和研究情况。限于篇幅，研究情况只列举学者姓名，不介绍其具体论著和观点：

1. 元祝尧《古赋辩体》8 卷外集 2 卷，现有《景印文渊阁四库全书》本，《赋话广聚》本；邓国光、踪凡、杨赛、李新宇、于景祥、游适宏、牛

① 马积高：《〈历代辞赋总汇〉前言》，《中国文学研究》2002 年第 1 期。

② 马积高：《历代辞赋研究史料概述》，中华书局，2001，第 149 页。

海蓉、李汶璟等有研究。

2. 元佚名《青云梯》3卷，民国二十四年（1935）上海商务印书馆影印《宛委别藏》本；李新宇、杜春雷有研究。

3. 明李鸿《赋苑》8卷，《四库全书存目丛书》影印本；程章灿、王欣慧、饶福婷、踪凡有研究。

4. 明袁宏道辑、王三馀补《精镌古今丽赋》8卷，三秦出版社2015年影印本；杨居让、王欣慧有研究。

5. 清王修玉《历朝赋楷》8卷，《四库全书存目丛书》影印本；潘务正、宋秋霜有研究。

6. 清陆棻《历朝赋格》15卷，《四库全书存目丛书》影印本；潘务正有研究。

7. 清陈元龙《历代赋汇》140卷、外集20卷、逸句2卷、补遗22卷、目录2卷，《景印文渊阁四库全书》本，《文津阁四库全书》本，凤凰出版社影印本，北京图书馆出版社影印本等；许结主编《历代赋汇》（校订本）；马积高、踪凡、叶永胜、刘伟生、王华宝、韩中惠、王京华、郑立新等有研究。

8. 清鲍桂星《赋则》4卷，《赋话广聚》影印本；许结有研究。

9. 清张惠言《七十家赋钞》6卷，《北京大学图书馆藏稿本丛书》影印本，《续修四库全书》影印本；王思豪、陈曙雯、李倩倩、冯乾、潘务正等有研究。

10. 清李元春《关中两朝赋钞》2卷，《历代地方诗文总集汇编》本。

11. 清鸿宝斋主人《赋海大观》32卷，北京图书馆出版社影印本；踪凡有研究。

12. 清朱子襄等《律赋精选》不分卷，《续编清代稿钞本》丛书本。

现存专门性赋总集大约200余种，2017年之前得到影印者12种，其中只有《历代赋汇》《岳麓赋钞》等得到点校。因而，对此类文献的影印、校点、整理工作仍然有很大的空间。以上12种文献因为已经有影印本，学者查阅比较方便，因而有10种文献皆已发表过专门的研究论文，或者有硕士、博士论文进行探讨。除了以上10种外，尚有数种没有影印本的文献也得到初步研究，罗列如下：明周履靖《赋海补遗》30卷（踪凡、王欣慧有研究）；明施重光《赋珍》8卷（程章灿、踪凡、王欣慧有研究）；明俞王言《辞赋标义》18卷（踪凡、杨清琴、王欣慧有研究）；明陈山毓《赋略》56卷（冷卫国、踪凡、江晓、王欣慧有研究）；清胡浚《国朝赋楷》6卷（潘务正有研究）；清周嘉猷、周鈖辑，清汤聘评骘《律赋衡裁》6卷（许结、詹杭伦、孙福轩、何新文、杨广岳等有研究）；清汪宪《宋金元明赋选》8卷（踪凡、郝艳娜有研究）；清法式善《同馆赋钞》32卷（潘务正有研究）；清李元度《赋学正鹄》10卷（潘务正、禹明莲有研究）；清朱其镇《同馆赋钞》不分卷（刘祥有研究）；清程祥栋《东湖草堂赋钞》14卷（何易展有研究）；清佚名《两汉赋钞》（何易展有研究），凡12种。合在一处，共有24种赋总集得到学者关注和研究，数量只有现存赋总集（200余种）的1/10。其中詹杭伦、许结等对《律赋衡裁》汤稼堂评点之赋学价值的认定，潘务正对《国朝赋楷》编者及选目的考证，王欣慧对《赋略》选赋及评注特色的分析，踪凡对《历代赋汇》版本源流的梳理，等等，皆能洞幽发微，卓有新见。此外，许结《历代赋集与赋学批评》（《南京大学学报》2010年第6期）、孙福轩《康雍年间赋选赋学思想论》（《济南大学学报》2008年第4期）等，试图对历代赋集或特定历史时期的赋集进行综合研究，亦有创获。

## （二）专门性赋别集（含“非文学赋”）的影印、校理与研究

学术界对单个赋家赋作的汇集、校注和研究，主要集中在先秦两汉时期。例如吴广平《宋玉集》（岳麓书社2001年版）、金国永《司马相如集校注》（上海古籍出版社1993年版）、张震泽《扬雄集校注》（上海古籍出版社1993年版）等，将诗、文、赋合并进行校注，虽非“专门性”赋别集，但贡献亦丰。而龚克昌《汉赋研究》（山东文艺出版社1990年版）一书，则对汉代著名赋家贾谊、刘彻、司马相如、扬雄、班固、张衡、蔡邕等分

别进行研究，是当代汉赋研究的权威著作。六朝以后单个赋家的研究，亦有不少成果，但对“专门性”赋别集的校注和研究还较为薄弱。据笔者目力所见，仅有邓声国《欧阳修赋评注》（江西人民出版社 2012 年版）、孙民《东坡赋译注》（巴蜀书社 1995 年版）、王学曾《大哀赋注释》（上海古籍出版社 1997 年版）等数种。兹统计学术界对历代专门性赋别集的影印、校理和研究情况：

1. 唐窦臮《述书赋》2 卷，《景印文渊阁四库全书》本，《美术丛书》本；赵华伟、（日）大野修作、尹冬民有研究。

2. 唐卜应天《雪心赋》1 卷，现有陈明、李非注译《绘图雪心赋》（华龄出版社 2006 年版）。

3. 宋释昙莹注《珞琭子三命消息赋》2 卷，《景印文渊阁四库全书》本。

4. 宋李仝注，宋东方明疏《新雕注疏珞琭子三命消息赋》3 卷，《中华再造善本》影印本。

5. 宋吴淑撰并注《事类赋》30 卷，现有冀勤点校本（中华书局 1989 年版）；权儒学、周笃文、林岫、王恩保、刘培、程章灿、魏小虎、踪凡等有研究。

6. 宋徐晋卿《春秋左传类对赋》1 卷，现有海南出版社 2000 年影印本；何新文有研究。

7. 宋王十朋撰，宋周世则注、宋史铸补注《会稽三赋》不分卷，《中华再造善本》影印本；郑利锋、踪凡有研究。

8. 元杨维桢撰，元陈存礼编、黄清老评《新刊丽则遗音古赋程式》4 卷，《中华再造善本》影印本；黄仁生、马洪花有研究。

9. 旧题元李杲《药性赋》1 卷，现有北京中医院《药性赋白话解》（人民卫生出版社 1960 年版）、南通市中医院《药性赋增注》（江苏人民出版社 1961 年版）、谢锡亮《药性赋注解》（山西人民出版社 1982 年版）、卢炳晨《增补药性赋白话解》（中国中医药出版社 1993 年版）、徐峰等《〈药性赋〉评注》（人民军医出版社 2011 年版）等十余种。王以文、章汝耿、王今觉、冯保华、踪凡有研究。

10．元岳熙载《天文精义赋》1 卷，《子部珍本丛刊》本。

11．明佚名《天元玉历祥异赋》若干卷，《四库禁毁书丛刊补编》本。

12．明林古度《林茂之赋草》不分卷，《清代诗文集汇编》本。

13．清安箕撰《绮树阁赋稿》1 卷，《四库全书存目丛书》影印本

14．清李澄中《卧象山房赋集》1 卷，《四库全书存目丛书》本。

15．清缪晋《缪寄庵赋稿》1 卷，《清代诗文集汇编》本。

16．清沈叔埏《剑舟律赋》2 卷，《续修四库全书》本，《清代诗文集汇编》本。

17．清顾堃《思亭赋钞》2 卷，《清代诗文集汇编》本。

18．清徐经《雅歌堂赋》1 卷，《清代诗文集汇编》本。

19．清成书《多岁堂赋集》1 卷，《清代诗文集汇编》本。

20．清张兴镛《远春试体赋钞》，《清代诗文集汇编》本。

21．清王苏《试畯堂赋钞》1 卷，《清代诗文集汇编》本。

22．清杨知新《夙好斋赋钞》1 卷，《清代诗文集汇编》本。

23．清聂镐敏《赐书堂律赋》2 卷，《清代诗文集汇编》本。

24．清陆以庄《小书巢赋课存稿》1 卷，《清代诗文集汇编》本。

25．清李象鹍《双圃氏同馆赋钞》1 卷，《清代诗文集汇编》本。

26．清张锡谦《爱树堂赋》1 卷，《清代诗文集汇编》本。

27．清杨棨《蜨庵赋钞》2 卷，《清代诗文集汇编》本。

28．清周梦严《周梦严同馆赋钞》1 卷，《清代诗文集汇编》本。

29．清陈沆《简学斋馆课赋存》1 卷续钞 1 卷，《清代诗文集汇编》本。

30．清徐湘潭《睦堂先生赋》1 卷，《清代诗文集汇编》本。

31．清余锡椿《培园赋钞》4 卷，《清代诗文集汇编》本。

32．清徐宝善《壶园赋钞》2 卷，《清代诗文集汇编》本。

33．清罗绕典《知养恬斋赋钞》4 卷，《清代诗文集汇编》本。

34．清陆初望《怀白轩初稿》1 卷，《清代诗文集汇编》本，《晚清四部

丛刊》本。

35. 清何盛斯《柳汁吟舫赋草》1卷，《清代诗文集汇编》本，《晚清四部丛刊》本。

36. 清顾檥三《然松阁赋钞》2卷，《丛书集成续编》本。

37. 清董醇（董恂）《荻芬书屋赋稿》1卷，《清代诗文集汇编》本。

38. 清田依渠《茹古山房课徒赋草》2卷，《清代诗文集汇编》本。

39. 清江国霖《馆阁赋检存》1卷，《清代诗文集汇编》本，《晚清四部丛刊》本。

40. 清赵新《还砚斋赋稿》10卷，《清代诗文集汇编》本。

41. 清庞钟璐《读均轩馆赋偶存》1卷，《清代诗文集汇编》本。

42. 清倪文蔚《两勉强斋馆课赋存》不分卷，《清代诗文集汇编》本。

43. 清杨浚《冠悔堂赋钞》4卷，《全台文》本，《清代诗文集汇编》本。

44. 清延清《锦官堂赋钞》1卷，《清代诗文集汇编》本。

45. 清殷兆镛《齐庄中正堂律赋》6卷，《晚清四部丛刊》本。

46. 清刘凤苞《晚香堂赋集初编》1卷《二编》1卷，《晚清四部丛刊》本。

47. 清杨恩寿《坦园赋录》不分卷，《晚清四部丛刊》本。

48. 清高紫峰《虚静斋赋草》1卷，《晚清四部丛刊》本。

49. 清何栻《悔余庵赋稿》2卷，《晚清四部丛刊》本。

50. 清徐维城《天韵堂赋钞》1卷，《晚清四部丛刊》本。

51. 清章邦元《翰馨书屋赋余》2卷，《晚清四部丛刊》本。

52. 清吴赞《塔影楼律赋》1卷，《晚清四部丛刊》本。

53. 清程履丰《食破砚斋赋草》不分卷，《晚清四部丛刊》本。

54. 清叶官桃《蒨士赋稿》不分卷，《续编清代稿钞本》丛书本。

55. 清和宁《西藏赋》1卷，池万兴、严寅春校注本（齐鲁书社2013年版）；赵逵夫、池万兴、严寅春、孙福海、乌日罕、伏俊琏、李军、那顺乌力吉等有研究。

56. 清顾广圻撰、黄丕烈注《百宋一廛赋》1卷，丛书集成初编本，《中华再造善本》影印本；赵飞鹏有研究。

57. 清徐松《新疆赋》1卷，《清代诗文集汇编》本；朱玉麒、李军、佟颖有研究。

58. 清褚邦庆《常州赋》1卷，《历代地方诗文总集汇编》本；张戬炜主编、程广荣、王继宗校注本（南京大学出版社2011年版）。谈汗人有研究。（按，本书系方志文献，由褚邦庆一人撰写并作注，应附在别集类之下）

不难看出，赋别集的影印情况远远好于赋总集。现存专门性赋别集200余种，2017年之前得到影印（或校点）的至少已有58种，大约占1/4，情况比赋总集好得多。这当然与《清代诗文集汇编》和《晚清四部丛刊》两部大型丛书的出版有关。可惜的是，研究情况十分寥落，只有唐、宋、元时期的9部赋别集获得较为深入的研究，并且大都属于"非文学"赋集。明清时期，似乎只有顾广圻《百宋一廛赋》、和宁《西藏赋》、褚邦庆《常州赋》等少数几部得到重视和研究，且主要着眼于赋的内容，肯定黄丕烈的藏书成就，以及和宁、褚邦庆等的地理学、民俗学、民族学贡献，较少研究本赋的艺术成就。可见清代赋别集虽然数量众多，但尚未引起研究者重视。但詹杭伦《晚清至民国一部流行的赋集——论夏思沺的〈少岩赋草〉》（《新亚学报》第29卷2011年3月），已经开启了赋别集文献的深度研究①。

### （三）专门性赋论赋注的影印、校理与研究

学术界对历代赋话、赋论的研究起步较早，成果亦丰。通论历代赋学的著作，如何新文《中国赋论史稿》（开明出版社1993年版）与《中国赋

① 此后王淑蕙又发表《〈少岩赋草〉的版本、流传与在台运用》（《国文学报》第65期，2019年6月），搜集版本多达35种，堪称是赋别集研究的典型性论文。

论史》（人民出版社 2012 年版），梳理汉代至现当代的赋论流变，并对港台海外赋学研究进行评介，脉络清晰，内容富赡。马积高《历代辞赋研究史料概述》（中华书局 2001 年版），上编按时代先后分述先秦两汉至明清辞赋的发展及研究概况，下篇为辞赋要籍叙录，附录“赋学书目举要”。许结《中国辞赋理论通史》（凤凰出版社 2016 年版）凡 96 万字，共分为三编：上编是中国辞赋理论总述，在明确赋体和辞赋理论基本概念的基础上，详细介绍古今赋论的基本文献、批评形态、生态与构建，彰显出作者对历代辞赋文献的全面把握和深入思考；中编是对中国辞赋理论流变的梳理，作者将两千余年的辞赋理论发展划分为，以楚辞和汉赋为中心的批评，以古赋、律赋为中心的批评，作为遗产与学科的现代批评，凡三大历史阶段，分别进行评述；下编是对中国辞赋理论范畴的开创性研究，分为辞赋本原论、经义论、体类论、章句论、技法论、风格论凡六大范畴，专题深入，胜义颇多，建构了独具特色的辞赋理论体系。断代赋学研究的著作，有踪凡《汉赋研究史论》（北京大学出版社 2007 年版），冷卫国《汉魏六朝赋学批评研究》（商务印书馆 2012 年版），胡大雷《中古赋学研究》（广西师范大学出版社 2011 年版），詹杭伦《唐宋赋学研究》（中国社会科学出版社 2004 年版）、《清代赋论研究》（台湾学生书局 2002 年版），孙福轩《清代赋学研究》（浙江大学出版社 2008 年版）、彭安湘《中古赋论研究》（中国社会科学出版社 2013 年版）等①。至于对每部赋论（赋话）著作的影印、校理与研究，亦颇有实绩。兹简列如下：

1. 唐佚名《赋谱》1 卷，现有张伯伟《全唐五代诗格汇考》本，《赋话广聚》本，《历代律赋校注》本；（日）中泽希南、（美）柏夷、陈万忱、张伯伟、詹杭伦、何新文、李冰、张巍等有研究。

2. 宋郑起潜《声律关键》8 卷，民国二十四年（1935）上海商务印书

① 2017 年之后出版者，尚有：何易展《清代汉赋学理论与批评》（人民出版社，2018）、禹明莲《汉赋评点研究》（人民出版社，2022）。

馆影印本,《续修四库全书》本,《赋话广聚》本,《历代律赋校注》本;许结、詹杭伦、何新文有研究。

3. 清浦铣《历代赋话》14 卷《续历代赋话》14 卷,《续修四库全书》本,《赋话广聚》本;现有何新文、路成文《历代赋话校证(附复小斋赋话)》(上海古籍出版社 2007 年版),何新文、詹杭伦等有研究。

4. 清浦铣《复小斋赋话》2 卷,何沛雄《赋话六种》本,《赋话广聚》本;研究同上。

5. 清李调元《赋话》10 卷,《丛书集成初编》本,何沛雄《赋话六种》本,《赋话广聚》本;詹杭伦、沈时蓉有《雨村赋话校证》(新文丰出版公司 1993 年版),詹杭伦、何新文、孙福轩有研究。

6. 清王芑孙《读赋卮言》1 卷,何沛雄《赋话六种》本,《赋话广聚》本;詹杭伦、何新文、眭骏等有研究。

7. 清汪廷珍《作赋例言》1 卷,《赋话广聚》本。

8. 清魏谦升《赋品》,何沛雄《赋话六种》本,《赋话广聚》本。

9. 清孙奎《春晖园赋苑卮言》2 卷,《赋话广聚》本。

10. 清余丙照《增注赋学指南》15 卷,《赋话广聚》本;詹杭伦有研究。

11. 清黄承吉《梦陔堂文说》11 卷,《清代诗文集汇编》本;蒋寅有研究。

12. 清林联桂《见星庐赋话》10 卷,《赋话广聚》本;现有何新文等《见星庐赋话校证》(上海古籍出版社 2015 年版),潘务正、何新文有研究。

由此可见,现存专门性赋论仅有 18 种,篇幅长短不一,但学术界对其较为重视,研究十分红火。孙福轩、韩泉欣《历代赋论汇编》一书汇辑历代赋论进行校点(人民文学出版社 2016 年版)。此外,孙福轩还对清戴纶喆《汉魏六朝赋摘艳谱说》、姜国伊《尹人赋话》有考论。目前经过影印、校点或者研究的赋论文献已有 14 种,占现存文献总数的 78%,成绩斐然。

学术界对于历代赋注文献的影印、校点情况,却不容乐观,仅有詹杭伦、许结、踪凡、孙少华、孔德明、申屠青松等略作考述,但所得有限,亟待全面展开。

综上所述，专门性赋总集、赋别集、赋论、赋注文献，已经得到影印（或点校）的有 81 种，有专篇研究论文的 45 种。加在一起，去其重叠，共计 100 种，约占现存文献总数 500 种的 1/5。四大类文献的研究状况很不一致：赋论文献的影印、校点和研究起步较早，成果亦最为丰硕；赋别集文献影印较好，但研究不够；赋总集文献 200 余种，目前得到影印的只有 12 种，大约占文献总数的 5%，影印和研究都亟需加强；单独成书的赋注文献数量不超过 10 种，但赋总集、赋别集中亦有丰富的赋注材料，亟需进行钩稽、整理和研究。

为了促进赋学研究的全面开展，我们编纂、影印、出版大型文献丛书《历代赋学文献辑刊》（踪凡、郭英德主编，国家图书馆出版社，2017 年），以下简称《辑刊》，集中收录历代专门性赋学文献凡 214 种，暂时不收兼容性赋学文献和依附性赋学文献。我们认为，这种影印原始文献的编纂出版方式，能够最忠实地保存文献原貌，为文献研究者和历史研究者提供可靠的第一手资料。《辑刊》所收文献，七成以上都是第一次影印面世，这些文献收藏在十余家藏书机构，非常稀见，有的还是孤本、善本，查找和阅读都颇费周折。我们将其汇集出版，庶几可以免去学者的四处奔波、查阅抄录之苦。为了体现“历代赋学文献”自身的完整性和权威性，对于已经有影印本的 81 种文献，我们也选择其中尤为重要的 20 余种纳入《辑刊》之中，其他如《历代赋汇》《赋海大观》《晚香堂赋集初编》等，或因卷帙太大，或因价值较低，而暂时舍弃，未能收录。对于每种文献，我们都撰写提要，简明扼要地介绍其编者（作者）生平履历、文献编纂经过、内容、体例、价值、研究、版本等信息，为读者提供有用资料和研究线索。我们期望，该《辑刊》的出版能够为赋学研究者和文史研究者提供最基础、最可靠的历代赋学文献，为促进赋学文献整理和研究的全面展开和深入拓展，为弘扬传统文化、提高民族凝聚力和向心力奉献绵薄之力。

近年来，大陆掀起了辞赋创作的热潮，同时也出现了一些问题。正如龚克昌先生所云："在短短一二十年中，有数以千计的人写赋，老人、青壮年、高级政府官员、部队将军、大中学教师等等都有人踊跃参加创作。……我们现在写赋可说是八仙过海，什么体式都有。但我们远没有创作出一种比较令多数人接受的赋体。"[①] 该《辑刊》的出版，也可以为当代赋作家提供研习的模板、素材和依据，推进日益兴盛的赋体文学创作健康发展。

《慎子·知忠》曰："粹白之裘，盖非一狐之皮也。"为了搜集、影印这200余种赋学文献，《辑刊》的编者和出版社耗费了大量心力，并得到各地图书馆、博物馆的大力支持。但是，由于时间、经费、精力、制度等多种原因，《辑刊》仅能选择价值较高的一批赋学文献影印出版，而未能将已经查阅目验的所有专门性赋学文献全部纳入。至于那些深藏于地市级图书馆的文献（如山东烟台图书馆藏《律赋珊瑚钩合集》8卷，苏州大学图书馆藏《律赋云璈集》若干卷），港台海外的赋学文献（如香港市政局大会堂图书馆藏《律赋囊括》，越南汉喃研究院藏《律赋锦心》），民国时期的赋学文献（如汪吟龙《汉赋考》、北大讲义《辞赋史》）等，我们正在积极搜罗，等时机成熟时再出续编。

（原载《求索》2017年第3期，署名：踪凡、郭英德；
《高等学校文科学术文摘》2017年第5期摘转；
《中国社会科学文摘》2017年第9期转载；收入本书时有增补）

① 龚克昌：《略谈中国大陆辞赋研究和创作》，《东方论坛》2015年第3期。

# 赋学文献考辨方法论

所谓赋学文献，是指“对赋体文学作品进行编集（含编选、载录、摘引）、评论、注释的文献”[①]。现存各类赋学文献大约有一千余种，是一笔极为宝贵的文学遗产，其中专门性赋学文献（只涉及赋体）最为重要，大约有五六百种。而目前经过点校整理、方便一般读者查阅利用的赋学文献，只有《文选·赋》《事类赋注》《历代赋汇》《雨村赋话》等二十余种，占比不及百分之三。大型专体文献影印丛书《赋话广聚》（1999）、《历代赋学文献辑刊》（2017）的出版，为赋学研究者提供了极大便利，前者收录古今赋论 24 种（含别裁文献），后者收录历代专门性赋学文献 214 种，有力促进了赋学研究的深化与拓展。断代文献丛书《清代诗文集汇编》（2010）、《晚清四部丛刊》（2010—2013）亦收录清代赋学文献近百种（以小型别集为主）。但迄今为止，仍有二三百种赋学文献深藏于海内外各类藏书机构，期待有志者前往查询、利用和研究。

## 一、赋学文献的书目检索

除了已经得到点校或影印的二百余种文献，其他赋学文献皆需要通过一定的检索手段进行查询，方可获得相关信息。比较传统的检索手段，例如《中国丛书综录》《中国古籍善本书目》《中国古籍总目》等纸质文献，仍然可以用来查询。不过，网络查询比纸质文献查询更为快速、便捷，也

① 踪凡、郭英德：《历代赋学文献的变迁、类型与研究》，《求索》2017 年第 3 期。

更能反映古籍编目的最新进展。首先，可以检索国家图书馆、上海图书馆、南京图书馆、北京大学图书馆等大型藏书机构的官网，获得该馆所收赋学古籍的书名、卷数、作者、版本、索书号等详细信息。例如宋吴淑《事类赋注》30卷，笔者经过网络检索，得知国家图书馆善本部与普通古籍阅览室各藏有11部，北京大学图书馆藏有16部，三处相加，去其重复，共得21种版本（其中宋刻本1种，明刻本10种，清刻本9种，清钞本1种），已经足以反映该书刊刻之盛，流传之广。

近年来各种古籍资源库和古籍联合检索平台得到开发并投入使用，只需要一个检索词，就可以检索数十家乃至上千家藏书机构的古籍信息，极为方便。例如：1. 高校古文献资源库（学苑汲古），该库包括31家著名高校图书馆（含海外5家）的古籍，可以获取馆藏地、版本、索书号等信息。网址是 http：//rbsc.calis.edu.cn：8086/aopac/jsp/indexXyjg.jsp。2. 中文古籍联合目录及循证平台，上海图书馆开发。该平台收录有1400余家机构的古籍藏书目录，几乎囊括了国内所有重要的藏书机构。网址是 https：//gj.library.sh.cn/index。3. 中国古典文献资源导航系统（奎章阁），网址是 https：//www.kuizhangge.cn。通过其中的“汉籍 GIS”，可以查询全球任一藏书机构的汉籍资料信息。例如元祝尧《古赋辩体》十卷（也作《古赋辨体》），国家图书馆官网检索到4条信息，高校古文献资源库检索到5条信息，而通过中文古籍联合目录及循证平台，可以检索到33条信息，分藏于全国十余家藏书机构。打开奎章阁“汉籍 GIS”系统，还可以查询海外收藏情况。

利用强大的检索工具，我们几乎可以检索到全国乃至全球所有重要藏书机构的古籍信息，这就最大限度地避免了版本遗漏。但对一般研究者而言，只需要充分利用所在城市的古籍资源，通过实地查询、确认，获取更为详细的版本信息，并不需要也不可能周游世界进行穷尽式查阅。

## 二、文献版本源流的梳理

查询到某一赋学文献的诸多版本，首先要梳理其版本源流，确定祖本，并通过比较遴选出内容最精善的版本。

例如元祝尧所编之《古赋辩体》10卷，既是一部指导古赋创作的赋选，也是一部重要的赋学理论著作。该书现今可见的版本主要有6种：明成化二年（1466）金宗润刻本；明嘉靖十一年（1532）熊子修西川刻本；明嘉靖十六年（1537）江西赣州康河刻本；明嘉靖二十一年（1542）苏祐刻本；清乾隆四十三年（1778）文渊阁四库全书本；清乾隆年间文津阁四库全书本。笔者对这6种版本进行了全面调查和文字比勘，发现明成化二年刻本是现存诸版本之祖本，该本据祝氏家藏稿本刻印，文字准确，可以校正此后诸版本之错讹，并且能够全面反映祝尧的赋学观念与赋学成就。四库全书本对祝尧原书有所删削，十分可惜，但其中文渊阁本文字可靠，校勘精良，使用颇为方便；而文津阁本则错误较多，其价值远在文渊阁本之下。[①]

又如清余丙照《赋学指南》10卷，是中国古代赋格书的殿军之作，初刻于清道光七年（1827）。该书论作赋十法，分为十卷。每卷（法）皆先有总论，再取唐代名篇和当代佳作，择其佳句名段，进行说明。卷十较为特殊，首先辑录侯心斋、余纱山、《赋谱》论赋10条，然后全文抄录佚名《渔父辞剑赋》、宋言《斅鸡鸣度关赋》、王棨《沛父老留汉高祖赋》等30篇律赋作品（唐赋10篇，清赋20篇），各赋皆有圈点、旁批、总评。经过书目检索和归纳，可知该书现存10个版本：1. 清道光七年（1827）醉经堂刻本；2. 道光九年（1829）醉经堂刻本；3. 道光九年三益堂刻本；4. 道光十年（1830）刻本；5. 道光十二年（1832）刻本；6. 清光十七年（1837）文元堂刻本（书名作《分类赋腋》）；7. 咸丰七年（1857）刻本；8. 越南嗣德二十九年（1876）丹安集文堂刻本；9. 民国间石印本（此本2卷，台湾广文书局1979年影印）。除了第九种外，都是10卷本。

① 踪凡：《〈古赋辩体〉版本研究》，《南京大学学报》2012年第5期。

《赋学指南》出版后大受欢迎，畅销不衰，甚至出现了仿冒、盗版现象。为方便读者研习，醉经堂于道光二十三年（1843）又出版了增注本。增注者余荣耀、余荣辛、余荣泽、余荣燮，皆为余丙照之子。较之原编，增注本主要有两大改进：其一，原书卷十编选唐赋10篇、清赋20篇，进行评点分析，作为研究“炼局”之实例。增注本则予以扩充，新选汉魏六朝赋9篇、宋赋2篇，唐代赋增补5篇，清代赋增补14篇。如此，选赋由原书的30篇而增加至60篇，篇幅加倍，故全书卷数也由原来的10卷而增加至16卷。其二，所有佳联、胜段、赋篇，皆增补注释，每篇赋皆增加题解。显然，增注本内容更丰富，体例更严明，也更加方便实用。经检索、查询发现，增注本有两种形态：一种是《增注赋学指南》10卷《二集》6卷本（此本的《二集》部分全是赋选），现存版本有：1.清道光二十三年（1843）丹桂堂刻本；2.清咸丰四年（1854）敬书堂刻本；3.咸丰八年（1858）尚德堂刻本。另一种是将初集、二集合并一处，题为《增注赋学指南》16卷，现存版本有：1.清道光二十三年（1843）醉经堂刻本；2.道光二十三年（1843）制锦堂刻本（12卷本）；3.道光二十八年（1848）文质堂刻本；4.光绪十五年（1889）上海点石斋石印本（不分卷）；5.光绪十六年（1890）珍艺书局铅印本；6.光绪十九年（1893）书业德刻本；7.清末（1843—1911）务本堂刻本；8.清末聚盛堂刻本。除了第二、第四种外，都是16卷本。

显而易见，《赋学指南》有三个版本系统，一是10卷无注本，二是初集10卷二集6卷本，三是16卷增注本。其中16卷增注本是该书之定本。有些书商工于心计，他们出版10卷无注本，也在书名页加“增注”二字，当然系欺人之举。有时候还更改书名为《分类赋腋》或《赋学入门》，冒充新书，研究者不可受其蒙骗。概括而言，凡10卷本（或2卷）都是无注本，凡16卷本都是增注本。[①] 经过内容比对，可知国家图书馆藏清光绪十九年（1893）书业德刻《增注赋学指南》16卷内容准确，刻工精美，质

① 踪凡：《〈赋学指南〉版本叙录与研究》，《澳门文献信息学刊》2023年第1期。

量甚高，故《赋话广聚》《历代赋学文献辑刊》皆据此影印。

## 三、同名文献辨析

清代翰林院庶吉士在馆期间，每月皆须创作一定数量的律诗、律赋，散馆、翰詹大考也考律赋。他们所创作的律赋颇为天下士子推崇，竞相传抄，奉为典范。嘉庆年间法式善编有《同馆赋钞》一书，收录自乾隆十年（1745）乙丑科至嘉庆十四年（1809）己巳科凡三十科馆课之赋，每科编为1卷，加上大考1卷、散馆1卷，共32卷，收赋多达1033首（据《全目》王家相识语）。由于系原始文献汇集，故不加评点、注释。此后出现了很多同名赋钞，需要对其内容、编者、编纂经过等加以考察，避免混淆。

### （一）同名异实的《同馆赋钞》

法式善所编《同馆赋钞》，现有清嘉庆元年（1796）诗龛刻本（24卷本）、清嘉庆十七年（1812）刻本（32卷本），后者又名《三十科同馆赋钞》，更为完备。此后效法此书者甚众，《同馆赋钞》的编纂也成为时尚。最著名的有王家相《同馆赋钞》16卷，蒋攸铦《同馆律赋精粹》6卷，陈士桢等《馆赋初笺》2卷《续笺》2卷、《律赋宛虹集》4卷，翁心存等《馆课赋钞》20卷，朱其镇《同馆赋钞》不分卷，蒋圻《近科馆赋鸳针》4卷，绮葱楼主人《馆赋精选》4卷，等等。还有一些翰林院庶吉士，散馆任官之后，将自己在馆期间的赋作结集出版，也叫《馆课赋钞》或《同馆赋钞》，例如吴寿昌《馆课赋》1卷，吴廷鈖《馆课赋稿》1卷，庞钟璐《读均轩馆赋偶存》不分卷，陈官俊《双圃氏同馆赋钞》1卷，张端卿《同馆赋钞》1卷，陈兰彬《同馆赋钞》1卷等。

最具迷惑性的就是王家相、朱其镇、张端卿、陈兰彬各自编纂（撰写）的《同馆赋钞》，与法式善《同馆赋钞》同名异实。张、陈之书为别集，暂不论。翰林院编修王家相《同馆赋钞》16卷，实为法式善《同馆赋钞》32

卷的续编。王家相曾经协助法式善编纂《同馆赋钞》32 卷，并撰写《识语》，其续编自然因循法书的体例和模式。该书卷一编选大考、散馆卷 11 篇，卷二以下编选嘉庆辛未科（1811）至道光壬午科（1822）六科馆赋凡 155 家 278 篇，总数为 289 篇。法式善《同馆赋钞》选赋迄于嘉庆己巳科（1809），此书则始于嘉庆辛未科，相距两年，显然是接续关系。翰林院编修朱其镇编辑的《同馆赋钞》不分卷，又名“试赋汇选新编”或“分类赋选”，是一部馆阁赋选集。其编选体例与法书、王书颇为不同，编者从乾隆、嘉庆、道光年间的庶常馆试赋中精选 75 篇，分为 27 类加以编录，以见馆阁赋创作题材之丰富。其类别如下：天文、时令、方舆、山水、宫室、君臣、任进（疑为仕进）、人品、人事、闺阁、性理、文学、武艺、仙释、游眺、珍玩、服饰、饮食、器用、音乐、书画、花草、谷果、竹木、禽兽、昆虫、鳞介。编者在自序中称：“余昨入都，见馆阁巨制，风华典赡，古雅绝伦，虽其体不一，而春菊秋兰，各极一时之秀，视从前词垣诸作，花样又新。因择其尤者，分类汇成一帙，俾学赋者知所取法焉。”[①] 选赋略古而详今，反映最新赋坛风尚，旨在为天下士子提供习赋范本。所选各赋，大都施以圈点、评论，以便初学。

可见清代名为《同馆赋钞》者甚众，需要考其编者、版本、体例，选赋篇数、起讫、规模、特点等，加以区分。

### （二）《同馆赋钞二集》的初本、残本和完本

南京图书馆藏有三部署名为“王家相”的《同馆赋钞》，皆为法式善《同馆赋钞》的续编本，但差别极大，不可不辨。三部书的关系如下：

第一部为《同馆赋钞》16 卷（索书号：GJ/EB/91793），道光初年刻本，收录嘉庆辛未科至道光壬午科凡六科馆赋 289 篇。前已言之，不赘。该书是选本，不求完备。

① 朱其镇：《同馆赋钞》卷首，清道光十七年（1837）京都郁郁堂刻本。

第二部为《同馆赋钞二集》2 卷补钞 1 卷（索书号：GJ/EB/92801，网站称“九十一卷”，误），清嘉庆十九年（1814）刻本。该书专门收录嘉庆十六年辛未科（1811）馆赋 137 篇，以续补法式善《同馆赋钞》。目录页题：“同馆赋钞二集卷首目录，宛平邱家炜莲舫、天门蒋立镛笙陔、常熟王家相艺斋同辑。”可知系多人合作编成。参编者蒋立镛（1786—1847）系嘉庆十六年进士，殿试一甲一名（状元），授翰林院修撰。由状元参编，亦成为此后馆赋编汇之惯例。该书编于嘉庆年间，明显早于《同馆赋钞》16 卷，并且只汇集一科馆赋。“钞而不选，仍前例也”（王家相自序），故较为完备。南图藏本系初刻，字画清晰，纸墨俱佳。

第三部《同馆赋钞二集》40 卷卷首 2 卷补钞 3 卷（索书号：GJ/92800），署名“王家相等”，清咸丰间文琳堂书坊刻本。该书囊括以上两部书之全部内容，又有大量增补和续编，收录嘉庆十六年辛未科（1811）至咸丰二年壬子科（1852）凡二十一科馆赋 2393 篇，资料价值极高。该书与《同馆试律续钞二集》合刊，原书 91 卷，分装成 22 函，133 册。每函 6 小册（唯有第 4 函 7 册）。内封 B 面镌：“同馆诗赋钞，文琳堂书坊藏板。”每一科皆先汇集馆赋，再汇集馆诗。例如第一函，先有《同馆赋钞二集》卷一、卷二（1–4 册），辑录嘉庆辛未科馆课赋 112 篇；再有《同馆试律续钞二集》卷一、卷二（5–6 册），辑录嘉庆辛未科馆诗若干篇。以下各科仿此，交替进行，穿插编录。南图网站著录为“九十一卷”，乃合诗、赋二体而计之；《馆赋》部分实为 45 卷。

该书规模庞大，卷帙浩繁，堪称是清代中叶馆阁赋之总汇，具有十分重要的文献资料价值。该书是王家相等编纂人员历时四十余年不断积累、增益而成的，其竣工刊刻，则已在王家相（1762—1838）去世之后。参与编纂者多达 27 人，大多是进士出身，不少人还高中状元。如：蒋立镛（清嘉庆十六年辛未科，1811）、陈沆（嘉庆二十四年己卯科，1819）、陈继昌（嘉庆二十五年庚辰科，1820）、戴兰芬（道光二年壬午科，1822）、林召棠（道光三年癸未科，1823）、朱昌颐（道光六年丙戌科，1826）、李振钧（道光九年己丑科，1829）、吴钟骏（道光十二年壬辰科，1832）、刘绎（道光十五年乙未科，1835）、林鸿年（道光十六年丙申科，1836）、钮福保（道光十八年戊戌科，1838）、李承霖（道光二十年庚子科，1840）、孙毓桂（道光二十四年甲辰科，1844）、萧锦忠（道光二十五年乙巳科，1845）等14人皆状元及第，占编辑人员总数的一半还强。嘉庆十六年以来的各科状元，几乎全部被列入名单。也许，这些状元未必亲自参加编辑之役，很多是挂名的。但如此强大的编辑队伍，却颇可以壮大声势，提升此书的质量和可信度，进而促进其销售和传播。

由于卷帙浩大，作品繁多，该书借鉴乃至抄录了前人的不少成果。大凡馆阁诗赋的汇编和各种钞本，无不加以利用。其中第一函，就是照搬了王家相的6卷本《同馆诗赋钞二集》（嘉庆十九年刻本），行款、版式完全相同，序言、凡例也一致，颇怀疑是用旧版重印的。此外，该书卷十三至卷三十二，几乎照抄翁心存、林召棠等人编纂的《馆课赋钞》20卷，数量达七百余篇，加以增补而成。例如卷十三、卷十四，辑录道光癸未科馆赋111篇，其中72篇取自《馆课赋钞》卷一、卷二。该书卷三十一、卷三十二，辑录道光辛丑科馆赋169篇，其中有88篇取自《馆课赋钞》卷十九、卷二十。但是与王家相、翁心存的原编相比，该书纸墨不佳，字迹模糊，印刷质量较差。书的后半部分漏洞尤多，或者目录中所列赋篇正文阙如，或者目录中没有的赋篇在正文中出现。故基本可以断定，该书乃是好大求全之作，后来的编纂者也不再有王家相的认真和敬业，有粗制滥造、敷衍塞责之嫌。但该书保存大量馆赋作品，反映清代中期律赋创作风尚，则自有贡献。

其实，南图还藏有《同馆赋钞二集》45卷的残本一部（索书号：GJ/92802），残存卷三十七、卷三十八，凡两卷，署名“张之万”，仅收录道光丁未科（1847）馆赋，价值不高。

综上，南图藏45卷本乃是王家相等《同馆赋钞二集》的全本，辑录二十一科馆赋，价值最高。3卷本为初编初刻本，仅仅收录嘉庆辛未科馆赋；

2 卷本为全本的残卷，只有道光丁未科馆赋，价值都不高。16 卷本题为《同馆赋钞》，是六科馆赋的选编，亦可以见出王家相的选家眼光。有鉴于此，拙编《历代赋学文献辑刊》第 66—68 册影印 16 卷本（选编本），第 107—122 册影印 45 卷本（全本），以方便研究者查阅①。

### （三）两部《同馆经进赋钞》的关系

湖南省图书馆藏有《同馆经进赋钞》一书，不分卷，清翰林院编（索书号：413/105）。该书内封 B 面镌："光绪丙戌仲春开雕，同馆经进赋钞，京都琉璃厂松竹斋藏板。"可知为清光绪十二年丙戌（1886）京都琉璃厂松竹斋刻本。首都图书馆藏有一部同名古籍（索书号：丁 7315），该本书名页镌："光绪己丑仲春开雕，同馆经进赋钞，板存京都琉璃厂秀文斋纸店。"可知为清光绪十五年己丑京都琉璃厂秀文斋刻本。二者究竟是何关系？

据书名页信息，二者虽然都是京都琉璃厂刻本，但湘图本板存松竹斋，首图本板存秀文斋，并且湘图本刻于光绪十二年，比首图本早 3 年。尽管二者都选赋 18 篇，但篇目不同，湘图本始于崇绮《学问至刍荛赋》，首图本始于邵松年《王者之道如龙首赋》②。

不过，两部书不仅书名、篇数相同，而且版式也是惊人的相似。二者都没有序跋、目录；都是左右双边（或单边），白口，单、黑鱼尾；都是半叶 7 行，行 20 字，小字双行同；版心顶部都刻有创作朝代（如"嘉庆""道光""咸丰""光绪"）；鱼尾之下都刻有考试类型（如"甲戌散馆""丙寅大考"等）和页码；版心底部都刻有书家姓名（如"汤子坤书""吴树梅书"等）；外观上都是开本阔大，纸白墨润，软件字印刷。显然，二者神貌毕肖，必有深刻关系。

其实，清代翰林院庶吉士馆课之律赋，在当时即被奉为金科玉律，争

---

① 踪凡、郭英德主编《历代赋学文献辑刊》（全 200 册），国家图书馆出版社，2017。

② 首都图书馆编目员署名为"邵松年等撰"，即依据首篇作者而定。

相传抄。翰林院编修也颇为注意汇集、刊刻之事，遂有法式善《同馆赋钞》、翁心存《馆课赋钞》、王家相《同馆赋钞二集》等书的编纂。湘图、首图所藏之同名赋选，显然皆出自翰林院诸公之手，且延请善书者书写，软体字印刷，十分精美。例如首图藏本首篇《王者之道如龙首赋》，题下刻“以题为韵，邵松年（一等一名）”，版心顶部刻“光绪”，鱼尾之下刻“丙戌散馆，一”，底部刻“汤子坤书”，可知此赋乃是翰林院庶吉士邵松年（1848—1924），于光绪十二年丙戌散馆时所作，名次为一等第一名，由汤子坤书写上板。承担刊刻任务者，乃是北京琉璃厂的数家书铺。或许当时有某种约定，各书铺皆以相同的版式刻印，其作为同一系列姊妹编的关系，一目了然。

## 四、盗版文献甄别

书商盗版射利，自古皆有，需要仔细分辨。例如国家图书馆藏有《律赋从新初集》4 卷（索书号：148012），清陆小岩、陆小南辑。该书凡 4 册，内封 B 面刻：“[道光戊]戌年秋月新镌，宝应陆小岩、南同辑，律赋从新初集，扬州友于堂梓行。”据此定为清道光十八年（1838）扬州友于堂刻本。该书共收录清代律赋 102 篇，始刘辉《拟陆鲁望苔赋》（本赋残去，仅有评点和题解），末高赐礼《皇都大一统赋》。卷首有冯调鼎序 2 叶，序末署“道光戊戌仲秋上浣，金坛年愚弟冯调鼎序”，另有《例言》4 条。

苏州大学炳麟图书馆藏有《律赋新编》不分卷（索书号：704865），清赵楫、赵霖辑。封面页镌：“道光十年孟冬月镌，丹徒赵子舟、笠农同辑，律赋新编，毗陵宏文堂梓行。”据此可以确定为清道光十年（1830）毗陵宏文堂刻本。该书亦选赋 102 篇，始高赐礼《皇都大一统赋》，迄刘辉《拟陆鲁望苔赋》。卷首亦有冯调鼎序 2 叶，序末署“道光己丑仲秋上浣，金坛年愚弟冯调鼎序”，亦有《例言》4 条。

经核对，两部书的书名、编者不同，而选赋相同（只是顺序稍异），卷首冯调鼎序和《例言》亦大致相同，则其中必有一部为盗版。今按：苏大藏《律赋新编》纸墨较好，字迹清晰，而国图藏《律赋从新初集》纸墨低劣，刻印粗糙，很多文字难以辨认，仅从品相上即可断定为盗版。其次，《律赋新编》编者赵楫、赵霖兄弟系江苏丹徒（今镇江市丹徒区）人，作序者冯调鼎系江苏金坛（今常州市金坛区）人，两县邻近，皆在江南，冯氏作序，亦近乎情理。而《律赋从新初集》的编者陆小岩、陆小南皆为宝应（今属江苏省扬州市）人，地处江北，与冯调鼎没有同乡之谊，根据清代文集常常延请乡贤作序的习惯，也不大可能邀请冯氏作序。再次，仔细比对后发现，国图藏本冯序较之苏大本有所删节，但序中仍保留着“吾友赵子舟、笠农昆仲，以绩学能文买知于研农、敦甫两夫子”云云，该序分明是为赵楫（字子舟）、赵霖（字笠农）《律赋新编》所作，而不是为陆小岩、陆小南《律赋从新初集》所作，作伪者照录不改，露出破绽。

故知苏大藏《律赋新编》不分卷（清赵楫、赵霖辑）系正版书；而国图藏《律赋从新初集》4 卷（署名清陆小岩、陆小南辑）系盗版书。又，南京图书馆藏有《律赋新编笺注》不分卷（索书号：GJ/91786），比苏大本多出清夏彦保注释，是该书的最后定本，故拙编《历代赋学文献辑刊》（第 96 册）据以影印。

## 五、文献年代与作者考辨

对于那些没有书名页、序跋、目录，作者（编者）姓名和刻印（抄纂）时间皆不明确的文献，需要综合各种信息，进行初步考证。今略举数例。

### （一）南京图书馆藏《清赋选》

南京图书馆藏有《清赋选》不分卷（索书号：GJ/85724），钞本 1 册，纸捻装订。无书名页、序跋、目录，使用青雷山馆固定纸型抄写。左右双边，白口，无鱼尾。半叶钞 10 行，行 30 字，小字双行同。版框高 21.9cm，宽 14.4cm。版心无题署。

该书不题编者姓名。版心底部印有“青雷山馆藏本”字样，其钞校者当为谢辅濂。今按：谢辅濂（1828—1892？），字莲史，室名青雷山馆，浙江镇海人。清光绪九年（1883）进士。官吏部主事，乞假南归。喜购书收藏，逾万卷，多善本。亦精赏鉴，凡书画古玩，能辨别真赝。为文清绝，有《青雷山馆诗文稿》①。该书选赋 18 篇，始《秋霖赋》（胡天游），迄《南园答问》（李纮）。其中胡天游 3 篇，程廷祚、边连宝各 2 篇。值得注意的是，该书除了赋之外，还抄录启 3 篇，颂 2 篇，问对 1 篇，可知编者颇注意赋与其他文体的交叉渗透关系。各赋皆无句读、评点，而书法娟秀，令人称奇。拙编《历代赋学文献辑刊》（139 册）署名为“（清）佚名编”，当改为“（清）谢辅濂编”。

## （二）国家图书馆藏《游天台山赋》

国家图书馆藏有《游天台山赋》一本（索书号：79555）。开函捧读，原来是一部六朝赋选，钞本，收赋 7 篇：晋孙兴公《游天台山赋》、宋谢希逸《月赋》、梁江文通《恨赋》《别赋》、北周庾信《枯树赋》《小园赋》、南朝宋谢惠连《雪赋》，皆为名篇。该书以汲修斋固定纸型抄写，绿丝栏，四周单边，白口，无鱼尾，板框高 17.1cm，宽 12cm，每半叶钞 9 行，每行 21 字，版心下方印有绿色楷书“汲修斋校本”。无序跋、目录。国图编目员定名为《游天台山赋》，非是；增名为“六朝赋钞”，甚佳。

该书不题编者，而首页钤有“光济读”小篆阴文章一枚。今按：此为清末民初学者徐光济的私印。陈心蓉《嘉兴刻书史》载：“徐光济（1866—1935），徐志摩伯父，字蓉初，一字申如，号寅庵、徐五，海宁硖石人。清末民初藏书家……藏书逾万卷，分装八箱二柜。书室名曰汲修斋、紫来阁、

① 洪锡范、王荣商等：《浙江省镇海县志（5）》，台北成文出版社，1983，第 1854 页。

用拙斋等。”[①]徐光济编有《汲修斋丛书》16 种 18 卷，国家图书馆收藏，《中国古籍善本书目》著录。今查国图网站，《汲修斋丛书》系钞本，版心下题“汲修斋校本”5 字，与此本恰好一致。可见该书的编者无疑就是清末民初的徐光济。拙编《历代赋学文献辑刊》（136 册）署名为“（清）佚名编”，当是正。

### （三）南京图书馆藏《律赋选读》

南京图书馆藏有《律赋选读》不分卷（索书号：GJ/806166），钞本，清祝春氏编。此本凡 1 册，书高 26.5cm，纸捻装订。该书分为三部分：第一部分编选清乾隆、嘉庆、道光间律赋 25 篇，施以圈点、评注，眉批（实为释词）尤其详细；第二部分是对吴锡麒《有正味斋赋集》的摘抄，凡 22 篇，已佚；第三部分是对顾元熙《兰修馆赋集》的摘抄，凡 14 篇，存 13 篇，只有圈点，没有眉批。全书选抄清代律赋 61 篇，今存 38 篇。

该书不署编者，年代亦不详。书衣右下方墨书“祝春氏”三字，盖为编者之号，而姓名失考。书衣左上墨书“律赋选读”四字，下注：“乙丑秋季钞”。考书中所选赋家，最晚者如杨棨（1787—1862）、俞长赞（1816—1852）、许寿彭、易曰廉等大都生活于道光、咸丰年间，故编纂时间不会早于咸丰。如此，书衣上“乙丑”只有两种可能：一是清同治四年（1865）；一是民国十四年（1925）。由于清光绪三十一年（1905）科举考试废除之后，律赋不再流行，亦无编纂、仿习的迫切必要，故此处“乙丑”只能是前者。如此，该书可以判定为清同治四年（1865）祝氏钞本。

## 六、文献辑佚与辨伪

先唐辞赋最初以简帛或纸写本方式流传，历经约两千年的洗礼，散佚

① 陈心蓉：《嘉兴刻书史》，黄山书社，2013，第 422 页。

严重，迄今已十不存一。明清时期的学者开始利用类书、字书、韵书和其他文献，对先唐诗文进行辑佚工作，产生了张溥《汉魏六朝百三家集》、李鸿《赋苑》、严可均《全上古三代秦汉三国六朝文》等大型辑佚成果。当代学者手握利器，辑佚成果辉煌。例如费振刚等辑有《全汉赋》(北京大学出版社 1993 年版)，后来又撰有《全汉赋校注》(广东教育出版社 2005 年版)，残篇散句悉予网罗，“一代之文学”汉赋已基本齐备。程章灿撰有《先唐赋辑补》《先唐赋存目考》二文[①]，以补严可均、费振刚之疏漏。马积高先生编纂大型总集《历代辞赋总汇》，收录历代辞赋多达 30789 篇，而牛海蓉撰写《〈全辽金文〉〈全元文〉及〈历代辞赋总汇〉未收金元赋作》和《辽金元赋存目及残句考》[②]，在辑佚方面亦有贡献。当然，辑佚并不局限于历代辞赋作品，也包括已经散佚的古代赋注和赋论。此外，辑佚工作必须严谨，不能滥收。兹举例言之。

### （一）曹大家《幽通赋注》佚文

东汉曹大家（班昭）《幽通赋注》是中国古代最早的赋注，有重要学术价值，但该注已经散佚。目前只能通过《文选·幽通赋》李善注的征引窥见其注释风格。踪凡《东汉赋注考》一文以清胡克家刻本《文选》李善注、《四部丛刊》影印宋建州本《文选》李善－五臣注为依据，对曹大家赋注佚文进行钩沉，认为:“曹大家《幽通赋注》仅存 61 条，而征引前代典籍却多至 19 种、45 条，征引出现的频率为 73.77%。”[③]但胡刻本、建州本都是有缺陷的。比如《幽通赋》“巨滔天而泯夏兮，考遘愍以行谣”句李善注：

> 应劭曰：王莽，字巨君。曹大家曰：滔，漫也。泯，灭也。夏，诸夏也。考，父也。言父遭乱，犹行歌谣，意欲救乱也。《诗》云：“我

---

① 程章灿:《魏晋南北朝赋史》，江苏古籍出版社，2001，第 330—420 页。
② 牛海蓉:《金元赋史》，人民出版社，2015，第 395—441 页。
③ 踪凡:《东汉赋注考》,《文学遗产》2015 年第 2 期。

歌且谣。”[《尚书》曰：]“象恭滔天。”行谣，言忧思也。[①]

建州本多出“尚书曰”三字，可以补胡刻本之阙文。但无论是胡刻本（宋尤袤本同）还是建州本，都脱落了“善曰”二字。试看韩国奎章阁本《文选·幽通赋》该句之李善注：

应劭曰：王莽，字巨君。曹大家曰：滔，漫也。泯，灭也。夏，诸夏也。考，父也。言父遭乱，犹行歌谣，意欲救乱也。《诗》云：“我歌且谣。”（空格）善曰：“象恭滔天。”行谣，言忧思也。[②]

很显然，“《诗》云：‘我歌且谣’”出自曹大家，而“‘象恭滔天’”云云则出自李善。（奎章阁本亦脱落“尚书曰”三字。）《东汉赋注考》使用版本有缺陷，故其统计数字出现了差错，把李善注的部分内容归入曹大家名下。这虽是特例，但也提醒我们在辑佚时需要注意两点：一是重视版本选择，需要选择精善之本；二是各个版本都有优缺点，不能互相替代，应该重视对不同版本异文的比对和研究工作。

## （二）曹宪《文选音义》佚文

萧统《文选》30卷，赋体居首，为9卷，几乎占1/3。隋唐之际，选学大兴，萧该、曹宪、许淹、李善、公孙罗等相继讲授《文选》，为其作注，对《文选·赋》的研究与传播，贡献不小，其中李善注成就最高。

李善之学，源出曹宪。《旧唐书》卷一八九上《儒学列传上》云：“（曹宪）每聚徒教授，诸生数百人。当时公卿已下，亦多从之受业……所撰《文选音义》，甚为当时所重。初，江、淮间为《文选》学者，本之于宪，

① 萧统编，李善注：《文选》卷十四，中华书局，1977，第208页。
② 萧统编，李善等注：《文选》卷十四，韩国奎章阁藏，1434年朝鲜活字本。

又有许淹、李善、公孙罗复相继以《文选》教授，由是其学大兴于代。”[①]《新唐书》卷一九八《儒学列传上》所载略同：“宪始以梁昭明太子《文选》授诸生，而同郡魏模、公孙罗、江夏李善相继传授，于是其学大兴。”[②]不难看出，生活于隋唐之际的曹宪，在培养人才、普及《文选》方面功勋卓著。唐初“文选学”名家许淹、李善、公孙罗、魏模等，无不出其门下。可惜其《文选音义》早已散佚。

宋恪震先生《选学最早几部撰著试述》一文，从日本金泽文库藏《古写本文选集注残卷》中钩稽出曹宪《文选音义》佚文3条，如下：

1. 聚，在东反，曹音邹。（卷66宋玉《招魂》注引《音决》）
2. 姐，曹子预反。（卷79繁钦《与魏文帝笺》注引《音决》）
3. 淬，曹七对反。（卷93王褒《圣主得贤臣颂》注引《音决》）[③]

以上3条皆为注音，内容较为单薄。可喜的是，日本广岛大学陈翀先生又从释中算（平安中期）《妙法莲华经释文》钩稽出曹宪佚注58条，从释信瑞（？—1279）《净土三部经音义集》所引菅原是善（812—880）《东宫切韵》中钩稽出曹宪佚注26条，又从释杲宝（1306—1362）《大日经疏演奥钞》中钩稽1则，合计为85条，十分丰富。从这些佚文来看，曹宪不仅音义兼释，而且有辨字、征引和按语，体例较为严谨。现择取数条如下：

1. 万，曹宪云：十千之数也。或作“萬”。
2. 数，曹宪云：自一至兆皆名数。又，所距反。
3. 疏，曹宪云：议也。案，识、券、疏，记识之也。

① 刘昫等：《旧唐书》，中华书局，1975，第4945—4946页。
② 欧阳修、宋祁：《新唐书》，中华书局，1975，第5640页。
③ 宋恪震：《选学最早几部撰著试述》，载刘志伟主编《“文选学”论文集萃》，中华书局，2017，第81页。

4. 盗窃，曹宪云：利他物也。案，利他人物而窃之曰盗。今案，《春秋传》“贱者穷诸盗”是也。

5. 仁慈，曹宪云：慈，爱也。案，慈，爱下；孝者，下所以事上。《礼记》“父慈子孝”是也。《老子》曰：“我有三宝，持而保之。一曰慈，二曰俭，三曰不敢为天下先。”注云：“慈爱百姓，若赤子也。以慈仁，故能勇于忠孝。夫慈仁者，百姓亲附，并心一意。”（引者按：陈翀辑文第84条作：“曹宪云：慈爱也。案，慈爱下孝者，下所以事上。”今加以修改。）①

陈翀认为：“考现存之（曹宪）《文字指归》《桂苑珠丛》《博雅音》等佚文来看，均未见加有按语。根据这一特征，再参照《日本国见在书目录》中‘文选音义十三曹宪’的记录，我们基本可以推断，这些引文应该就是现已散佚了的曹宪《文选音义》。”② 这一发现令人振奋。倘若这85条皆为曹宪《文选音义》佚文，其中必有不少赋注，反映了曹宪对《文选·赋》传播的实际贡献，意义不容低估。但仔细考察，有两点十分可疑：

第一，所谓“案”语，恐怕并非出自曹宪，而是征引者（释中算、菅原是善）对曹宪的纠正或补充。例如陈翀文第72条：“慈惠，曹宪云：疾也，爱也。案，慈，爱下之情。”第74条：“开避，曹宪云：回也。案，回转而去谓之避也。”曹宪所言笼统，“案语”显然更为准确，是对曹注的补充。若“案语”出自曹宪，自己纠正、补充自己，显然不合常理。

第二，其中不少词条并不出自《文选》，当然也不可能是曹宪《文选音义》的释文。例如陈翀文第60—64条，分别是：菩萨、算计、文艺、得

① 陈翀：《曹宪籍贯行历新证及其〈文选〉佚注考》，转引自程章灿、徐兴无主编《〈文选〉与中国文学传统》，中华书局，2014，第380页第3条、第9条，第381页第48条，第383页第80条、第84条。

② 陈翀：《曹宪籍贯行历新证及其〈文选〉佚注考》，转引自程章灿、徐兴无主编《〈文选〉与中国文学传统》，第383页。

攀、导御。今查《文选》所收诗文，并未使用过这5个词语，那么曹宪对这些词语的解释，当然亦不可能出自其《文选音义》，而可能是其他著述。

由此可见，陈先生所钩稽的85条曹宪佚注，非常珍贵，但大都不是《文选音义》佚文，孰真孰假，尚需考证。宋恪震先生所钩稽出来的3条曹宪《文选音义》佚文是可靠的。

### （三）《赋文精义》佚文

《赋文精义》卷数不详，宋林坰撰。林坰，一作林駉，字德颂，宁德（今属福建省）人。著有《皇鉴前后集》《源流至论》《赋文精义》等。明陈道《（弘治）八闽通志》卷七二《人物》云："（林駉）少颖悟，清修苦学，博极群书，虽山经地志、稗官小说、老释之书，无所不览。景炎元年以易魁乡荐，邻境争迎而师之，聚徒岁以百数。"①

《赋文精义》一书，未见著录，早已亡佚。但宋孙奕《示儿编》征引了一段文字，尚可窥见其一鳞半爪。该书卷九《文说》"双音字贵详审"条云：

> 林德颂坰《赋文精义》云：如《车攻宣王复古赋》，"复"字本独音扶又反，俗音伏。熊淳押"旧"字，云："苟根本之谋，在我素讲，则统绪之托，指期可复。"皆本音也。沈之万押"肃"字，云："所嗟古制之久泯，岂谓此诗之能复？"此用俗音也。理当从《经释文》是。然恐主文用俗音，故须上请。予按，《经释文·车攻序》"复古""复

① 陈道：《（弘治）八闽通志》卷七十二，明弘治刻本。对于林駉"以易魁乡荐"的时间，除了"景炎元年"外，还有另外两种说法：《古城林氏（旧林）九牧本宗族谱》《台湾文献史料丛刊》第九辑（188）《台湾雾峰林氏族谱》皆作"嘉定中"，而林乐志编著《比干后裔林氏家族三千年统谱》又作"宋恭宗德祐二年"。今按，宋恭宗德祐二年即宋端宗景炎元年（1276），若在此年，则晚于孙奕（1126—？）近百年，孙奕《示儿编》如何能征引林著？故当以宋宁宗嘉定中（1208—1224）为是。张大可等《史记论著集成》第13卷、何新文等《中国赋论史》皆认可"嘉定中"之说。

文”皆无音，唯“复会”独音扶又反，“复古”之“复”当音伏，训反也，“复会”之“复”训又也。则此“复古”，熊淳押去声非是，沈之万押入声乃是。林德颂顾第弗深究也。

林又云：如“浑天仪”，字本音胡本反。叶重开《天行健赋》云：“爰有稚圭，拟形容于转毂，故令平子妙制，作于浑仪。”此误作平音用也。如姚凤《浑天羲和之旧器赋》云：“妙契洪造，器名浑天。”此是矣。予稽诸《扬雄传》“大潭思浑天”，颜师古音胡昆反；扬子《重黎篇》“或问浑天”，温公音胡本切。则二音皆得通押，不可谓误。

张教授炳在庐陵郡学，出《孟荀羽翼六经赋》，“羽”有两音，上声者五音之羽，去声者羽翼之羽。有上请者许押上声，乃是落韵。①

以上三段，何新文先生《中国赋论史》皆视为林坰《赋文精义》之佚文②。今按：细绎文意，第一段“予按”之上为林坰《赋文精义》之文字，认为“复”字熊淳用本音（扶又反），故可与“旧”字协；沈之万用俗音（音伏），故可与“肃”字协。本音出自《经典释文》，当以为正，但在考试时须请示主考官，确认其读音。“予按”之下则为征引者（孙奕）的按语，他认为“复”字在宋代有二音，但含义不同，必须加以区分：“复古”之“复”音伏（入声），训反也；“复会”之“复”音扶又反（去声），训又也。既然赋题为《车攻宣王复古赋》，则应读为伏，“沈之万押入声乃是”，熊淳有误。孙奕还批评林坰“顾第弗深究也”，这显然非林氏之语。第二段“予稽诸”之上为林氏文字，认为“浑”字叶重开误作平音用，姚凤作去声是；“予稽诸”之下则为征引者（孙奕）按语，举《汉书·扬雄传》和扬雄《法言·重黎篇》的注音为例，力证“二音皆得通押，不可谓误”，以纠正林坰的观点。至于第三段，开头没有“林又曰”字样，则应该出自孙奕。

① 孙奕：《示儿编》卷九，元刘氏学礼堂刻本。

② 何新文、苏瑞隆、彭安湘：《中国赋论史》，人民出版社，2012，第206页。

总之，上文“予按”“予稽诸”之前部分为林坰《赋文精义》的内容，以探讨赋的用韵为主。作者以时人创作的赋篇为例，分析其用韵的本俗或正误，指出当科举试赋所限之韵字有本、俗二音时，“恐主文用俗音，故须上请”，以免出现用韵之误。不难看出其服务科举考试的用意。林氏所云，或有讹误；孙奕征引两段，然后匡其讹误，补其未备。

以上所述赋学文献检索考辨之法，包括书目搜寻、实地查阅、版本源流梳理、同名文献辨析、文献真伪鉴别、作者与年代考证等，皆为赋学文献研究的初始工作，或曰基础工作。至于赋学文献的校勘、标点、注释以及各种方式、各种角度的深度研究，则是下一步的工作内容，而非本文研究范围。此外，这些方法对于其他文体如诗学、词学、曲学、小说学文献等同样适用，或许能起到举一反三之效。

（原载《中山大学学报》2023 年第 6 期）

# 中　编

# 古代赋学文献研究

# 制度转型与赋圣司马相如的崛起

赋是两汉四百年间最主要的文学样式，被后世誉为“一代之文学”（王国维《宋元戏曲考序》）。作为“汉赋四大家”之首的司马相如，以一篇《子虚赋》赢得汉武帝青睐，又以一篇《天子游猎赋》奠定其作为“赋圣”的崇高地位。原因何在？值得探寻。

## 一、秦汉：从分封制走向郡县制

中国古代的政治制度，经历了分封制与郡县制（后来调整为州县制、府县制或行省制，性质不变）两大阶段。夏商周时期，天子将全国的土地（连同土地上的百姓）分封给众多诸侯[①]，各诸侯国各自为政，但需要定期向天子朝贡述职。周天子把这些诸侯分为公、侯、伯、子、男五个等级，不得僭越[②]。此所谓分封制。这一制度貌似严密，但由于各诸侯在封国内拥有巨大权力，可以任免官员、铸造钱币、训练军队，因而僭越之举时有发生，土地兼并难以避免。降至东周时期，逐渐形成“春秋五霸”争雄的局面，

---

① 分封数量，史料记载不一。《左传·昭公二十八年》：“昔武王克商，光有天下，其兄弟之国者十有五人，姬姓之国者四十人，皆举亲也。”《荀子·儒效》称：“（周公）兼制天下，立七十一国，姬姓独居五十三人。”顾德融、朱顺龙《春秋史》称：“据说西周时期有国家数百之多。到春秋时见于《春秋》《左传》的封国和与国有一百四十余国。”（上海人民出版社，2001，第27页）

② 《礼记·王制》：“王者之制禄爵，公、侯、伯、子、男凡五等。”《史记·汉兴以来诸侯王年表》：“周封五等，公、侯、伯、子、男。”

周天子无法控制；战国时期兼并加剧，较小的诸侯国相继灭亡，只剩下齐、楚、燕、韩、赵、魏、秦七个大国，它们之间连年征伐，互有胜负。公元前221年，由秦王嬴政兼并六国，统一天下，他彻底摒弃分封制，改用郡县制，实行中央集权。所谓郡县制，是一种以郡（大约相当于现在的省）统县的两级行政管理制度，中央垂直管理地方，地方官员均由中央政府直接任免，定期轮换。郡县制是中国政治制度的一大进步，可以最大限度地保证国家政策的贯彻实施，避免诸侯国之间的纷争和动乱。可惜秦始皇暴虐不仁，秦帝国二世而亡。

项羽（前232—前202）、刘邦（前256—前195）是秦末动乱中崛起的英雄人物，他们以非凡的气概、杰出的才能、坚韧的品质参与并领导了秦末农民起义，推翻了秦帝国的残暴统治。但是在政治胸怀与治国理念上，二人有着天壤之别。项羽意在恢复先秦的分封制度，于是在进入关中之后，他不仅杀掉降王子婴，流放楚怀王，纵火焚烧秦宫室，而且大封诸侯。他自称西楚霸王，都彭城（今江苏徐州），又分封了刘邦、章邯、司马欣等十八位诸侯王，各霸一方。（见《史记·项羽本纪》）这显然是商周政治制度的翻版，不利于国家统治和社会安定，也为他自己的覆灭埋下了祸根。刘邦则不然。他充分认识到分封制的弊端，但是在攻城略地的过程中，为了笼络人心，他也不得不分封韩信、彭越、英布等为诸侯王，以便合力攻楚。但是一旦剪灭强楚，天下一统，他便以各种理由，削弱或改封韩信、彭越等异姓诸侯王，最终消灭他们。这种“兔死狗烹”的行为十分恶劣，令人不齿，但在客观上也消除了汉帝国的心腹之患。接着刘邦又分封了同姓诸侯王，甚至还订立了“非刘氏而王者，天下共击之”（《汉书·王陵传》）的盟约。各封国的体制模拟先秦；而在中央政府所统辖的十五郡中，则效法秦朝，实行郡县制。所以，汉高祖刘邦所建立的，实际上是一个郡县制与封国制并行的帝国，学术界称之为“郡国制”。这说明新制度虽有很多优点，但实行一千余年的旧制度依然具有强大的惯性和深厚的社会基础，在一定的条件下会产生反弹。

汉高祖剪灭异姓王，分封同姓诸侯王，主要是为了屏蔽汉室，巩固边防。但是让他万万没有料到的是，在他死后不久，这些骨肉至亲就经不起权力的诱惑，迅速成长为威胁中央政权的力量。翦伯赞先生指出："自惠帝、吕后，历文、景之世，迄于武帝初年，都是中央集权与地方割据斗争的时代。这种斗争，表现为一系列的相续的政治形态，最初是吕后称制，其次是文景削藩，而最后则归结为吴楚七国的叛变。"[①] 董平均先生也说："随着诸侯王政治势力的膨胀，王国经济实力的增长，诸侯王也渐渐产生了同汉王朝分庭抗礼的野心，因而'削藩'便成为文景以后汉政府解决王国问题的中心任务。"[②] 所以，西汉前期八十年，始终贯穿着中央政权与诸侯王之间的矛盾和斗争。吕后不仅诛杀异姓王韩信，而且在高祖死后立即对赵王、梁王痛下杀手，并将齐国一分为四。但是她改封诸吕，最终遭到刘姓诸侯王疯狂报复。文帝即位后恭谦礼让，对于在铲除诸吕中立功的诸侯王尤其宽厚仁慈，这又助长了诸侯王的嚣张气焰。他们擅改法令，目无天子，拥兵自重，骄横跋扈。年轻政治家贾谊看到诸侯王尾大不掉之势，极为痛心，其《陈政事疏》称："臣窃惟事势，可为痛哭者一，可为流涕者二，可为长太息者六。……天下之势方病大肿。一胫之大几如要（腰），一指之大几如股，平居不可屈信（伸），一二指搐，身虑亡聊。失今不治，必为锢疾，后虽有扁鹊，不能为已。"[③] 极力劝说汉文帝削弱诸侯王，并提出"众建诸侯而少其力"的策略。由于权臣和贵族的激烈反对，贾谊遭到贬谪，抑郁而终，但汉文帝还是部分采纳了他的主张。文帝之子景帝即位，御史大夫晁错屡建"削藩"之议，以为："今削之亦反，不削亦反。削之，其反亟，祸小；不削之，其反迟，祸大。"[④] 先削楚国、赵国，再削吴国，七国之乱爆发。

---

① 翦伯赞：《秦汉史》，北京大学出版社，1999，第 297 页。

② 董平均：《西汉分封制度研究——西汉诸侯王的隆替兴衰考略》，甘肃人民出版社，2003，第 1—2 页。

③ 王洲明、徐超：《贾谊集校注》，人民文学出版社，1996，第 427—431 页。

④ 班固：《汉书》卷三五《荆燕吴传》，中华书局，1965，第 1906 页。

吴楚七国之乱历时三个月，席卷了半个中国，虽然最终被镇压，但也造成国力消耗、民生涂炭、经济凋敝的不良后果，予中央政府以沉重打击。“七国之乱”被平定之后，朝廷下令“诸侯王不得复治国，天子为置吏”（《汉书·百官公卿表》），剥夺了诸侯王自行任命官吏的权力，基本上扭转了尾大不掉的局面。但是如何从制度上加以改革，彻底消除诸侯王做强做大的隐患，仍是一个亟需面对、必须解决的现实问题。历史呼唤一位更为杰出的政治家出现。

公元前 141 年，汉景帝崩，太子刘彻即位，是为汉武帝。由于武帝年幼，政事多由其祖母窦氏决定。降至元朔二年（前 127），汉武帝羽毛已丰，于是采纳主父偃的建议，“令诸侯以私恩自裂地，分其子弟，而汉为定制封号，辄别属汉郡”（《汉书·景十三王传》），意思是允许诸侯王将自己的封地加以分割，分给众多子弟，朝廷赐予封号。这样诸侯国越分越小，收到了“彼人人喜得所愿，上以德施，实分其国，不削而稍弱”的效果，史称“推恩令”。推恩令是对贾谊“众建诸侯而少其力”的具体实践，彰显了超凡的政治智慧。推恩令下达后，诸侯王的子弟纷纷请封。《史记·汉兴以来诸侯王年表》载：“齐分为七，赵分为六，梁分为五，淮南分三，及天子支庶子为王，王子支庶为侯，百有余焉。……诸侯稍微，大国不过十余城，小侯不过数十里，上足以奉贡职，下足以供养祭祀，以蕃辅京师。而汉郡八九十，形错诸侯间，犬牙相临，秉其阸塞地利，强本干，弱枝叶之势，尊卑明而万事各得其所矣。”[①] 汉武帝以仁义之名，行“削藩”之实，兵不血刃，而各诸侯国便已经四分五裂，实力大减，再也没有兴风作浪的能力。“推恩令”彻底解决了汉帝国的心腹之患，削弱了诸侯国地方割据的势力，加强了中央集权的统治，也真正结束了中国历史上绵延一千余年的分封制度，奠定了此后专制帝国的政治格局，具有十分重要的历史意义。

---

① 司马迁:《史记》卷一七，中华书局，2014，第 969 页。

## 二、《子虚赋》与《天子游猎赋》的创作

司马相如（前169？—前118）虽然身在西南地区的蜀郡（今四川成都），没有亲身经历七国之乱，但他已经真切感受到了诸王叛乱给汉帝国的沉重打击。学术界对于司马相如的生年，有前179年（刘开扬）、前172年（龚克昌）、前171年（束景南）、前169年（刘南平）诸说，未有定论。但即使从刘南平说，七国之乱（前154）爆发时，相如也已经16岁，对于这场关乎国家存亡的重大历史事件，必定有深切体会。两年之后，司马相如于前152年赴京师长安，“以赀为郎”，获得一个郎官的职务，负责皇宫的守卫工作；因为工作出色，不久就晋升为武骑常侍，可以骑上骏马，随从汉景帝打猎。这个工作可以近距离接触皇帝，很多人求之不得，但是司马相如喜欢辞赋，不喜欢打猎，每当汉景帝外出打猎，司马相如就不得不去当“贴身保镖”，既紧张又危险，非常无奈。前150年，恰好梁孝王刘武来朝，随从人员有著名辞赋作家邹阳、枚乘、庄忌等。[①] 相如跟他们谈得投机，相见恨晚，于是干脆辞掉武骑常侍的官职，跟随梁孝王而去。

梁孝王刘武是窦太后之幼子，汉景帝刘启的同胞弟弟，聪慧仁孝，甚得窦太后喜爱。他曾经誓死抵抗吴楚联军，为保住兄长的江山立了大功，于是得到汉景帝丰厚的赏赐，坐拥四十余城，实力十分强大。汉景帝宴请刘武，晚上兄弟同榻而卧，甚至还一度想把皇位传给他。如此巨大的功劳，显赫的地位，他从汉景帝身边带走司马相如，也是易如反掌的事。

梁孝王的性格、为人、才学以及为汉帝国所做的贡献，想必已经成为枚乘、邹阳、庄忌、司马相如等人时常谈论的话题。可惜的是，就是在这次梁孝王来朝过程中，孝王与景帝在皇位继承权方面产生了裂痕。前149年，梁孝王的门客公孙诡、羊胜密谋杀害了主张立刘彻为太子的大臣袁盎，

---

① 龚克昌：《中国辞赋研究》，山东大学出版社，2003，第412页。

犯下了滔天大罪。汉景帝虽然最终原谅了梁孝王，但已经对他心存芥蒂，拒绝接见。梁孝王忧虑成疾，五年后死于梁国。

司马相如来到梁国，正是梁王与景帝产生严重分歧的时刻。他先是听闻了吴楚七国之乱被平定的重大事件，接着又目睹了公孙诡、羊胜因立储之争而遭到诛杀，梁孝王刘武以骨肉至亲、赫赫功臣而被猜忌的残酷现实。于是他充分认识到诸侯国必须安分守己、服从中央这样一个简单的道理。至于如何从根本上解决诸侯国过分强大的问题，则并非相如能力所及了。

爱好辞赋的司马相如，毕竟在梁王门下待了六年（前150—前144），与邹阳、枚乘、庄忌等辞赋家日夜切磋，创作了一系列辞赋作品，其写作水平也迅速提高。相如回忆他曾经随从汉景帝打猎的盛况，又目睹梁孝王刘武一望无际的狩猎场地，有感而发，创作了著名的《子虚赋》。《子虚赋》凡1268字（正文字数，不计标点），假设子虚、乌有先生之问答，描绘了楚国、齐国的狩猎场面，气势壮阔，文辞优美，被文人士子广泛传抄。但是在梁国，司马相如还是新进晚辈，其文名远在枚乘、邹阳之下。梁孝王死后，梁国被豆剖瓜分，文人四散而去。司马相如回到故乡成都，与临邛巨富卓王孙之女卓文君喜结连理，成为富人。

司马相如写赋作文，从来不署名，也不爱惜，有人索取，就慷慨赠与。前135年，当汉武帝读到不署名的《子虚赋》时，惊叹其文采，还误以为是战国人的作品，惋惜地说："朕独不得与此人同时哉！"狗监杨得意趁机推荐相如，于是司马相如再次来到长安。汉武帝与其父汉景帝不同，他不仅雄才大略，而且爱好文学，是出色的辞赋作家。他热情接待相如，"令尚书给笔札"，给他提供良好的写作条件。于是司马相如花了数百日的时间构思琢磨[①]，他在《子虚赋》齐楚诸侯之猎的基础上，再加上天子上林之猎，

① 《西京杂记》卷二："司马相如为《上林》《子虚赋》，意思萧散，不复与外事相关；控引天地，错综古今，忽然如睡，焕然而兴，几百日而后成。"见葛洪：《西京杂记》，周天游校注，三秦出版社，2006，第93页。

而成3548字（不计标点）的长篇巨制《天子游猎赋》[①]。这篇长赋为《史记·司马相如列传》和《汉书·司马相如传》全文载录。萧统编《文选》时将《天子游猎赋》一分为二，以前半部分（齐楚之猎）为《子虚赋》，后半部分（天子上林之猎）为《上林赋》，后人皆从之。

## 三、《天子游猎赋》的主题及其政治意义

司马迁《史记·司马相如列传》称："相如虽多虚辞滥说，然其要归引之节俭，此与《诗》之风谏何异？"[②]尽管从经学的角度肯定了司马相如赋的成就和地位，但不可否认的是，这是对相如赋主题的误读。笔者认为，司马相如的代表作《天子游猎赋》有两个主题：第一个主题是歌颂汉帝国的统一、强大、文明和昌盛，肯定中央政权对诸侯王的规范与管理。赋中言上林苑"视之无端，察之无涯，日出东沼，入乎西陂"，"其南则隆冬生长，涌水跃波"，"其北则盛夏含冻裂地，涉水揭河"，可谓囊括天下，包容四海，"冬而不冻，夏而不暑，极天下之大，并夷狄地而言之"[③]。描写天子歌舞"巴渝宋蔡，淮南干遮，文成颠歌，族居递奏"，也是汇集了四面八方诸多少数民族的文艺样式，集中表演。于春海（2003）等学者还从中读出了司马相如的大一统观念，认为"《子虚赋》《上林赋》是以文学的形式，对汉帝国大一统思想的最好阐释"，"顺应了时代的要求，与董仲舒提出的

① 刘跃进先生认为："《史记》中所说的《子虚赋》，作于游梁时期，似为初稿；而《上林赋》则在此基础上加上天子游猎的场面，加工润色，遂成定稿。"（刘跃进：《秦汉文学论丛》，凤凰出版社，2008，第72页。）富世平先生亦称："司马相如前145年创作的'子虚之赋'，就是现在《天子游猎赋》的前一部分的部分初稿，或者更具体地说，就是前一部分中子虚所对的那一部分。其内容主要描写了诸侯游猎之盛。"（富世平：《〈子虚〉〈上林〉的分合及其相关问题新探》，《天水师范学院学报》2001年第4期。）其说可从。又，《子虚赋》："怕乎无为，憺乎自持。"其中包含有道家无为而治的思想，应该写于汉武帝前期，在其尚未独立执掌大权、推尊儒家思想之时。

② 司马迁：《史记》卷十七，中华书局，2014，第3722页。

③ 程大昌：《雍录》卷九，黄永年点校，中华书局，2002，第190页。

大一统思想异曲同工”[①]，所论颇中肯綮。第二个主题是劝导汉武帝戒奢从俭，实行德政，即赋的结尾所谓“实陂池而勿禁，虚宫馆而勿仞，发仓廪以救贫穷，补不足，恤鳏寡，存孤独，出德号，省刑罚，改制度，易服色，革正朔，与天下为更始”。两个主题同时存在，前者为主，后者为次，前者泼墨如云，后者惜墨如金。

《天子游猎赋》的上半部分（即《子虚赋》），首先让楚国使者子虚出场，他极力夸饰楚国云梦泽面积之广大、物产之众多，楚王狩猎队伍之雄壮，狩猎过程之惊险、时间之长久、猎物之众多、猎后饮食之考究等等；接着齐国乌有先生出场，称誉齐国的海滨田猎场“吞若云梦八九于其胸中曾不蒂芥”，田猎范围、场面、战果皆胜过楚国。乌有先生用语不多，但气势逼人，与子虚针锋相对，呈不相上下之势。在《天子游猎赋》的下半部分（即《上林赋》），天子的代言人亡是公出场，他首先对子虚、乌有的言论进行义正辞严的驳斥：“楚则失矣，而齐亦未为得也。夫使诸侯纳贡者，非为财币，所以述职也。封疆画界者，非为守御，所以禁淫也。今齐列为东藩，而外私肃慎，捐国逾限，越海而田，其于义固未可也。且二君之论，不务明君臣之义，正诸侯之礼，徒事争于游戏之乐，苑囿之大，欲以奢侈相胜，荒淫相越，此不可以扬名发誉，而适足以贬君自损也。”[②]这段话居高临下，声色俱厉地批判了楚国、齐国不明白君臣之义，不能行诸侯之礼，奢侈荒淫，没有节制，尤其批评了齐王“外私肃慎，捐国逾限，越海而田”，有私通外国的嫌疑。接下来亡是公又说：“且夫齐楚之事，又乌足道乎！君未睹夫巨丽也，独不闻天子之上林乎？”于是以近三千字的篇幅，大肆铺陈天子上林苑之地域广阔、物产繁多、天子狩猎场面宏大无比，猎后歌舞囊括四夷，在气势上压倒齐楚；最后说天子幡然悔悟，解酒罢

① 于春海：《〈子虚赋〉〈上林赋〉：大一统思想的文学阐释》，《延边大学学报》2003 年第 3 期。

② 萧统编，李善注：《宋尤袤刻本文选》第 3 册，国家图书馆出版社，2017，第 1—2 页。

猎，关爱百姓，实行德政。此下又对齐楚二国进行斥责："齐楚之事，岂不哀哉！地方不过千里，而囿居九百，是草木不得垦辟，而人无所食也。夫以诸侯之细，而乐万乘之侈，仆恐百姓被其尤也。"再次批评诸侯王奢侈淫乐，不能关心民生疾苦。赋的结尾说："于是二子愀然改容，超若自失，逡巡避席，曰：'鄙人固陋，不知忌讳，乃今日见教，谨受命矣。'"[①] 子虚、乌有二人羞愧难当，纷纷离开座席，感谢亡是公的教诲。很显然，《天子游猎赋》的后半部分，亡是公以居高临下的态度训诫诸侯，以昂扬喜悦的语气歌颂天子，极力铺陈上林苑的富庶辽阔和狩猎、典礼活动，这是以文学艺术的手段为汉朝结束分封、走向完全统一制造舆论，大唱赞歌，其得到汉武帝的欣赏，自然是情理中事。

对于《天子游猎赋》后半部分（即《上林赋》）的写作时间，有建元二年说（何沛雄）、建元三年说（司马光）、建元四年说（简宗梧）、建元六年说（龚克昌）、元光元年说（刘跃进）等，而以元光元年（前 134）较为合理。窦太后于建元六年（前 135）去世，汉武帝于次年改元，年号元光，即将施展其宏图大志，七年后即颁发了推恩令（元朔二年，前 127 年）。换言之，该赋完成于推恩令的酝酿期，诸侯王问题即将得到彻底解决的前夜。在这样一个历史的关头，司马相如敏锐地感觉到了诸侯王横行的时代即将过去，大一统中央集权的帝国时代即将到来，于是他以当时刚刚兴起的赋体文学，纵笔讴歌了这一历史转变。尽管他在政治才能上比不上贾谊、晁错、主父偃等人，但是他也有出色的政治眼光（后来司马相如被任命为中郎将，成功开通西南夷，亦可见其政治才能），有如椽大笔并用它来描写这一历史进程。当然，七国之乱引发的政治危机，梁孝王功高震主引发的猜忌和打击，都促使当时的文人志士进行选择和思考。司马相如以其特有的方式参与了这一思考，并选择了与历史发展相一致的道路，而成为文学界的旗手，大一统政治的鼓吹者。

---

① 萧统编，李善注：《宋尤袤刻本文选》第 3 册，第 29 页。

历代文人无不艳羡司马相如与汉武帝的“君臣之遇”，殊不知这种“君臣之遇”有着特殊的历史背景，是政治与文学高度契合的必然结果。汉武帝于建元三年（前138）开始扩建上林苑，故《上林赋》的写作，很可能是在上林苑扩建之后。赋中对上林苑各种奇异物品乃至来自异域的“樱桃蒲陶”的描写，无疑与《三辅黄图·上林苑》所载“帝初修上林苑，群臣远方，各献名果异卉三千余种植其中，亦有制为美名，以标奇异”的记载高度吻合。亡是公所云“游于六艺之囿，驰骛乎仁义之途，览观《春秋》之林，射《狸首》，兼《驺虞》……修容乎礼园，翱翔乎书圃”，这些宣扬儒家思想的文字，更是窦太后统治时代所不敢想象的，只能在元光元年（前134）汉武帝挣脱羁绊、亲理政事之后。因为在汉武帝亲政之前，鼓吹儒家思想的人物如窦婴、田蚡、赵绾、王臧等都遭到了迫害。至于亡是公所谓“省刑罚，改制度，易服色，革正朔，与天下为更始”，更是与汉武帝改元之事高度吻合。故刘跃进先生将此赋系于元光元年①。改元伊始，踌躇满志的汉武帝读到面目全新、气象阔大、富有时代气息、彰显儒家思想的《上林赋》，怎能不拍案叫绝？于是“天子大悦……赋奏，天子以为郎”（《史记·司马相如列传》）。《天子游猎赋》产生于特定的时代，也只能在特定的时代才能得到君王的青睐。当儒学已经独尊、“推恩令”得以推行、诸侯王的时代成为过去，类似题材的作品再也无法引起帝王的共鸣。因而，《天子游猎赋》的成功是不可复制的。

至于该赋的第二主题，那只是司马相如顺便对汉武帝做了一次提醒与劝诫，并且是以“天子芒然而思，似若有亡，曰：嗟乎！此大奢侈”，即自我悔悟、改弦易辙的方式体现的，用语十分含蓄。自司马迁以来两千余年肯定相如赋者，无不赞扬其与《诗经》一样有讽谏之义，称誉他“卒章显志”，手法高明。例如宋程大昌《雍录》卷九“上林赋三”云：“若相如篇终致讽之言，则遂明于扬雄矣。”元祝尧《古赋辩体·上林赋》称：“此篇之末

---

① 刘跃进：《司马相如创作的时代意义》，《海南大学学报》2020年第5期。

有风义。……此与《诗》之讽谏何异？”明徐师曾《文体明辨》称：“《上林》《甘泉》极其铺张，而终归于讽谏，而风之义未泯。”清刘熙载《艺概·赋概》亦云：“马、扬则讽谏为多。”皆高度肯定司马相如赋的讽谏精神，以为其上承《诗经》，下启扬雄，垂范后昆，意义深远。令人啼笑皆非的是，自扬雄以来两千余年否定相如赋者，亦以讽谏为准绳评判相如赋，无不认为其“劝百讽一”，失去了讽谏之义[①]。《汉书·扬雄传》称：“（雄以为）赋劝而不止，明矣。……于是辍不复为。”宋刘攽《雕虫小技壮夫不为赋》云：“《子虚》《大人》之文，无益于讽谏。”有人甚至以此为据，批评司马相如“迎合上意”，“人品不足齿也”（元方回《续古今考》卷十），这已经上升到道德审判的高度，有无限上纲之嫌。其实这都是对相如赋主题的严重误读。事实上，《天子游猎赋》结尾的讽谏，只是该赋的第二主题，是次主题，其重要性远在第一主题之下。

## 四、“赋圣”崛起的历史启示

司马相如因《天子游猎赋》而成为汉武帝最青睐的文学家，也成为汉赋的代表作家，他将赋体文学推向了顶峰，对后世辞赋创作尤其是散体大赋的创作产生了深远影响。冯沅君先生《汉赋与古优》归纳出汉赋的六大特点：一是问答，二是体物，三是谀词，四是讽谏语，五是散文化，六是叠字或骈字[②]，《天子游猎赋》都已全部具备，实际上已经奠定了汉代散体大赋的体制和规模。尤其是问答、体物两点，更成为后代散体大赋创作的不二法门。所不同的是，《天子游猎赋》所假设的子虚、乌有、亡是公，似幻

① 司马相如《哀二世赋》用直谏，《大人赋》则用微讽。后者意在讽谏汉武帝求仙，结果“帝反飘飘有凌云之志”，适得其反。扬雄批评其“劝而不止”（《汉书·扬雄传》），“劝百而讽一”（《汉书·司马相如传》），班固进而批评所有大赋“没其讽谕之义”。（《汉书·艺文志》）所谓“劝百讽一”“劝而不止”，用以评价《大人赋》则可，用于评价《天子游猎赋》则不可。二者主题不同。

② 冯沅君：《汉赋与古优》，《中原》1943 年第 1 卷第 2 期。

非幻，似假实真，以艺术的手段再现了汉景帝、汉武帝之世中央政权与诸侯王之间的矛盾与斗争，具有深刻的现实针对性和敏锐的历史洞见性。此前的散体大赋，例如宋玉《高唐赋》《神女赋》《登徒子好色赋》中楚王、宋玉、登徒子之间的问答，仅仅局限在楚国之内；枚乘《七发》中楚太子与吴客的问答，相如在梁孝王门下创作的《子虚赋》中子虚与乌有先生的问答，则扩大到楚吴或楚齐之间。而《天子游猎赋》又将视野扩大到整个帝国，表现天子与诸侯国之间的关系[①]。这种艺术结构，只有在天下一统、幅员辽阔、经济繁荣、异物来臻、诸侯王问题基本解决、各地区自由频繁往来的汉武帝时代才有可能。伟大的时代造就了伟大的文学作品，也造就了伟大的文学家。而“七国之乱”那场旷世国难，恰好是伟大时代到来之前的剧痛，它加速了诸侯王问题的妥善解决，也给《天子游猎赋》提供了创作的动机和原型。

司马相如之后，“汉赋四大家”的另外三家——扬雄、班固、张衡——无不模仿相如赋的结构，学习相如赋的文采，创作了《甘泉》《羽猎》《两都》《二京》等名篇巨制，使汉赋成长为“一代之文学”。晋左思《三都赋》、唐李白《大猎赋》、宋丁谓《大搜赋》等，亦无不在学习相如赋的基础上进行创新。

自宋代起，司马相如就被尊为“赋圣”。著名理学家朱熹说：“林艾轩云：司马相如，赋之圣者。扬子云、班孟坚只填得他腔子，如何得似他自在流出！左太冲、张平子竭尽气力，又更不及。”[②]认为相如赋自然流动，才情横溢，远在扬雄、班固、张衡、左思之上。宋王应麟《汉艺文志考证》、祝穆《事文类聚》别集卷十一、元祝尧《古赋辩体》卷三、明胡广《性理大全书》卷五十六等文献皆引用林艾轩此语。明代文学批评家王世贞《艺

① 与司马相如同时的孔臧撰有《谏格虎赋》（见《孔丛子·连丛》上），假设亡诸大夫与下国之君的问答，亦反映中央政权与诸侯王的关系；惜该赋描写粗疏，篇幅只有408字（不计标点），故没有引起汉武帝的注意。

② 黎靖德编《朱子语类》卷一三九，王星贤点校，中华书局，1986，第3300页。

苑卮言》卷二称："屈氏之骚，骚之圣也；长卿之赋，赋之圣也。一以风，一以颂，造体极玄，故自作者，毋轻优劣。"[①]指出屈原、司马相如（字长卿）分别是骚体、赋体的代表作家，没有优劣高下之分。梅守箕《梅季豹居诸二集·西藏副草自叙》也说："屈宋为骚原，马卿其赋圣。"其中"马卿"就是司马相如。沈守正《雪堂集·广骚序》云："后世知相如为赋圣，而不知其本于骚。"施重光《赋珍》卷八收录司马相如《大人赋》一篇，径称"赋圣《大人赋》"。可见司马相如作为"赋圣"的崇高地位，已经被宋元明以来的众多文人所认可。所谓"圣"，既指向其卓越的文学成就，也指向其不可撼动的文学地位和深远的历史影响。"赋圣"司马相如与"骚圣"屈原、"史圣"司马迁、"书圣"王羲之、"茶圣"陆羽、"医圣"张仲景、"诗圣"杜甫等，共同成为中华优秀传统文化的杰出代表。

需要指出的是，古代亦有将宋玉尊为"赋圣"者。例如清人程廷祚《骚赋论中》云："宋玉以瑰伟之才，崛起骚人之后。……观其《高唐》《神女》《风赋》等作，可谓穷造化之精神，尽万类之变态，瑰丽窈冥，无可端倪，其赋家之圣乎？"[②]当代学者吴广平、殷光熹等先生赞同并发展这一观点[③]，此外还有史国太等创作的电视连续剧剧本《赋圣宋玉》（湖南人民出版社 2016 年版）和何志汉的长篇小说《赋圣宋玉》（长江文艺出版社 2018 年版），可谓声势浩大。仔细考察一下，今存署名宋玉的作品多达 19 篇（含伪作、残篇），其中《登徒子好色赋》《大言赋》《小言赋》等具有鲜明的娱乐色彩，显然是陪侍顷襄王时创作的调笑之作，并无深意。最具代表性的作品是《高唐赋》《神女赋》，不仅在山水文学、艳情文学、梦幻文学等方面有开拓之功，而且初步具备了"述客主以首引，极声貌以穷文"（《文心

---

① 孙福轩、韩泉欣：《历代赋论汇编》下册，人民文学出版社，2016，第 833 页。

② 同上书，第 511 页。

③ 详参吴广平《宋玉研究》（岳麓书社，2004，第 171—191 页）、殷光熹《"悲秋之祖""赋家之圣"——略论宋玉作品对后世文学的影响》（《云南大学学报（社会科学版）》2014 年第 6 期）。

雕龙·诠赋》）的特色，对汉代散体大赋的形成有导夫先路的作用。我们高度肯定《高唐赋》《神女赋》出现的文学史意义，但也不得不指出该赋所描写的楚怀王、顷襄王父子邂逅巫山神女的故事，局限于山水情色之间，显然有一些轻佻，既无关乎国计民生，缺乏深刻的现实意义，也与中国社会发展的历史进程毫不相干。“赋圣”之名，当然是非司马相如莫属了。

“赋圣”崛起，离不开那个轰轰烈烈的大变革时代，那个从分封制走向郡县制，从国家分裂、诸侯割据、战争连绵、民生涂炭，走向中央集权、经济发展、各民族和谐共处的时代。司马相如以如椽大笔生动地描绘了这一历史转变，之后他还以开发西南夷（今四川、贵州、云南一带）的方式参与了大一统国家的实体建构（参见《史记·西南夷列传》）。文学家只有将自己的文学创作、文学活动与时代洪流相契合，才能创作出无愧于时代、无愧于历史、无愧于文学发展演进的经典之作。那些嘲风月、弄花草、抒写个人情怀、反映文人雅趣的作品，尽管可以怡情悦性，终究难以流芳千古。“赋圣”司马相如敏锐的政治眼光、经天纬地的赋颂格局，与“诗圣”杜甫入木三分的史笔、爱国忧民的情操，不论是颂美还是批判，皆足以代表中国古代知识分子炽热的家国情怀和强烈的淑世精神，是文学高度、政治情怀与思想深度的完美统一，前后辉映，彪炳千秋。他们是诗赋王国的圣手，后人难以企及的高峰。这是“赋圣”司马相如留给后人的启示。

（原载《西南民族大学学报》2021 年第 2 期；《高等学校文科学术文摘》2021 年第 2 期摘转；中国人民大学复印报刊资料《中国古代、近代文学研究》2021 年第 6 期全文转载；《中国社会科学文摘》2021 年第 8 期摘转）

# 《子虚》《上林》赋的分篇及其学术意义

司马相如《子虚赋》《上林赋》是汉代散体大赋的代表作品，也是中国文学史上影响深远的名篇。对于该赋的分篇问题，学术界尚存有争议。本文拟对这一问题进行探讨。

## 一、旧说析议

《子虚赋》之名最早见于《史记·司马相如列传》：

> （司马相如）以赀为郎，事孝景帝，为武骑常侍，非其好也。会景帝不好辞赋，是时梁孝王来朝，从游说之士齐人邹阳、淮阴枚乘、吴庄忌夫子之徒，相如见而说之，因病免，客游梁。梁孝王令与诸生同舍，相如得与诸生游士居，数岁，乃著《子虚》之赋。[①]

可见《子虚赋》是司马相如在梁孝王门下创作的，该赋专言诸侯之事。本传又云：

> 居久之，蜀人杨得意为狗监，侍上。上（引者按：即汉武帝）读《子虚赋》而善之，曰："朕独不得与此人同时哉！"得意曰："臣邑人

① 司马迁：《史记》，中华书局，2014，第3637页。

司马相如自言为此赋。”上惊，乃召问相如。相如曰：“有是。然此乃诸侯之事，未足观也。请为《天子游猎赋》，赋成奏之。”上许，令尚书给笔札。相如以“子虚”，虚言也，为楚称；“乌有先生”者，乌有此事也，为齐难；“无是公”者，无是人也，明天子之义。故空藉此三人为辞，以推天子诸侯之苑囿。其卒章归之于节俭，因以风谏。奏之天子，天子大说。其辞曰。①

以下便全文载录《天子游猎赋》，始“楚使子虚使于齐”，迄“谨闻命矣”，凡3548字。《汉书·司马相如传》同。可见《天子游猎赋》是司马相如在汉武帝朝廷上创作的。该赋假设子虚、乌有、无是公（《文选》作“亡是公”）三人之问答，先言诸侯之猎，再言天子之猎，结尾归于节俭，寄寓讽谏之意。

降至南朝梁代，昭明太子萧统等人在编纂《文选》时，将《天子游猎赋》一分为二，从开头到“何为无以应哉”题为《子虚赋》，约1268字；从“亡（无）是公听然而笑”到结尾题为《上林赋》，约2280字。由于《文选》的巨大影响，这一分法为古今学者所普遍认同。但是，萧统的分割是否妥当？《文选》之《子虚赋》与《史记》《汉书》所记载的《子虚赋》是否为同一篇作品？却引起了不少学者的思考与讨论，直到今天。论者大都认为萧统的分法是错误的，但立足点并不一致。约而言之，主要有以下几种观点：

第一，认为《文选》之《子虚》《上林》实为一篇，其名当为《子虚赋》。宋人王观国《学林》卷七“古赋题”云：“司马相如《子虚赋》中，虽言上林之事，然首尾贯通一意，皆《子虚赋》也，未尝有《上林赋》。而昭明太子编《文选》乃析其半，自‘亡是公听然而笑’为始以为《上林赋》，误矣。……《子虚赋》始终一意，不可析其半以为《上林赋》，则意遂中绝，

① 司马迁：《史记》，第3640页。

不可读矣。”[①] 王观国最早对萧统分篇提出质疑，目光独具，极有启发意义。清人严可均编纂《全汉文》时，便将《天子游猎赋》题为《子虚赋》，只是在“何为无用应哉”之下以小字注曰：“案，《文选》以此下为《上林赋》。”[②] 可视为对王观国观点的响应。今按：称《子虚》《上林》本为一篇，“首尾贯通一意”，不可分割，所言甚当。但将其定名为《子虚赋》，说“未尝有《上林赋》”，则未免有些武断。其实，《上林赋》之名早已有之，并非萧统杜撰。东汉张衡《东都赋》云：“相如壮《上林》之观，扬雄骋《羽猎》之辞”，此处将《上林》与《羽猎》对举，显然皆为篇名。又，东汉荀悦《汉纪》卷十《孝武皇帝纪》云：

> 相如作《子虚赋》，上得读而善之，曰：“朕独不得与此人同时！”或对曰：“司马相如所作也。”上惊，乃召相如，复奏《上林赋》，拜为郎。《子虚》《上林》皆言苑囿之美，卒归之于节俭，因托以讽焉。[③]

这段记载与《史记》《汉书》略同，但却将《天子游猎赋》称为《上林赋》，并且将《子虚》《上林》二赋合而论之。张衡、荀悦的论述证明，《上林赋》之名早在汉代就已经得到史学家和文学家的认可。

第二，认为原本《子虚赋》已佚，《文选》之《子虚》《上林》实为一篇，当正名为《天子游猎赋》。清人阎若璩《潜邱札记》卷六云：“真《子虚赋》久不传，《文选》所载乃《天子游猎赋》，昭明误分之而标名耳。”[④] 龚克昌先生光大此说，他从《史记》的记载、文学创作的规律、赋本身的结构、该赋创作的背景等方面加以论证，认定“《子虚赋》与《天子游猎赋》是在不同时间、不同地点写的不可混淆的两篇赋：一个是在梁孝王的门下写的，

---

① 王观国：《学林》，中华书局，1988，第 219 页。
② 严可均辑《全上古三代秦汉三国六朝文》，中华书局，1958，第 242 页上。
③ 荀悦、袁宏：《两汉纪》，张烈点校，中华书局，2002，第 163 页。
④ 阎若璩：《潜邱札记》，上海古籍出版社影印文渊阁《四库全书》本，1987。

一个是在汉武帝的朝廷上写的”，“萧统的分法是不科学的”。[①] 这一观点在学术界影响巨大，颜昌新、吴蓉章、张峰屹、韩晖、余江、富世平、鲁红平等皆赞同此说。鲁红平认为，“将本来是一个整体的《天子游猎赋》分为两篇是不科学的”，主张恢复《史记》《汉书》里面的称呼——《天子游猎赋》[②]。龚先生在其所撰《全汉赋评注》一书中，就直接将此赋题为“天子游猎赋”，而不使用“子虚”“上林”之名。今按：此说与《史记》的原始记载相合，因而极有说服力与可信度。不过，尽管《史记》本传载司马相如语“请为《天子游猎赋》”（《汉书》本传作“请为《天子游猎》之赋”），但自汉代以来，历代学者皆称此赋为《子虚》《上林赋》，几乎无人使用《天子游猎赋》之名。检核古代文献，除了征引《史记》《汉书》的记载之外，只有宋刘昌诗《芦浦笔记》卷三“仁频”条、清鲁琢《赋学正体》卷三等少数文献使用过《天子游猎赋》或者《游猎赋》之名。所以，将废弃两千余年的旧名重新启用，其合理性与可行性都是值得商榷的。

第三，认为《子虚》《上林》原本就是一篇赋，《史记》所载汉武帝读《子虚赋》而叹不同时，杨得意趁机推荐相如，相如又作《天子游猎赋》云云，皆出自相如所作赋序，是虚构的情节，不可信。清末吴至父（吴汝纶）曰：“《子虚》《上林》一篇耳。史曰‘空藉此三人为词’，则亦以为一篇矣。而又谓《子虚赋》乃游梁时作，及见天子，乃为《天子游猎赋》。疑皆相如自为赋序，设此寓言，非实事也。杨得意为狗监，及天子读赋，恨不同时，皆假设之词也。”[③] 近人高步瀛对此大为激赏，称“先生此说，可以解诸家之惑”，又加按语：“《史记·司马相如传》殆本相如《自叙》”，并征引《隋书·儒林传》《史通·序传篇》为证。[④] 曹道衡先生从之。今按：此

① 龚克昌：《〈天子游猎赋〉辨》，《文学遗产》1983 年第 3 期。

② 鲁红平：《司马相如〈子虚赋〉与〈天子游猎赋〉辨》，《中国文学研究》2003 年第 1 期。

③ 徐树铮辑《诸家评点古文辞类纂》卷六十五《子虚赋》“诸家评识”，民国五年（1917）都门印书局铅印本。

④ 高步瀛：《文选李注义疏》，中华书局，1985，第 1624—1625 页。

说较为复杂，因为高步瀛与吴汝纶结论虽同，但出发点并不一致。吴氏认为天子“叹不同时”云云“疑皆相如自为赋序”，即司马相如写在《天子游猎赋》前面的“赋序”。自作赋序，一般认为始于扬雄为其《甘泉》《羽猎》《河东》《长杨》所作之序①，介绍作赋之时间、背景、目的，无不真实可信。汉初未有赋序。吴汝纶着一“疑”字，说明他对相如自作赋序说并不肯定。其实，后代流行的各种版本的《子虚赋》《上林赋》之前都没有这段所谓的“赋序”；就连喜欢摘引史辞充作赋序的萧统，在编录《子虚》《上林》时也没有引录这段文字。相如作赋序之说，纯属臆测。再看高步瀛说，此说涉及另一桩学术公案，即司马相如《自叙传》的问题。相如是否作过《自叙传》，《史记》《汉书》皆未记载，六朝人也不曾提及。唐魏徵等《隋书·儒林传》引刘炫语曰：“通人司马相如、扬子云、马季长、郑康成等，皆自叙风徽，传芳来叶。”②这是关于相如《自叙传》的最早记载。嗣后刘知几在《史通·序传篇》中云：

> 盖作者自叙，其流出于中古乎？案屈原《离骚经》，其首章上陈氏族，下列祖考，先述厥生，次显名字，自叙发迹，实基于此。降及司马相如，始以自叙为传，然其所叙者，但记自少及长立身行事而已。逮于祖先所出，则蔑尔无闻。至马迁又征三闾之故事，放文园之近作，模楷二家，勒成一卷。③

倘若司马相如确实作过《自叙传》，司马迁在写作《史记·司马相如列传》时必然会加以参考、利用，只要不是全篇抄录，似乎也不必像《汉书·扬雄传》那样注明“自序云尔”之类的话。但是，《史记》的创作原则是“其文直，其事核，不虚美，不隐恶，故谓之实录”（《汉书·司马迁传赞》），

---

① 王琳：《魏晋“赋序”简论》，《山东师范大学学报》1999 年第 3 期。

② 魏徵：《隋书》，中华书局，1973，第 1722 页。

③ 刘知几著，浦起龙通释：《史通通释》卷九，上海古籍出版社，1978，第 256 页。

成为历代史学家的楷模。倘若他发现司马相如《自叙传》中有虚构成份，必然会加以抛弃，不会采之入史。事实上，司马迁与司马相如皆生活于汉武帝时代，其父司马谈与司马相如曾经同在朝中任职，又有同宗之谊，因而对司马相如的立身行事了如指掌，当然不难发现《自叙传》中的任何不实之词。并且创作《司马相如列传》时，相如已殁，但另一当事人汉武帝尚在，作为大史学家的司马迁，绝对不会误记“天子叹赏”一类的重大事件[①]；作为大文学家的司马迁，当然也不会对当代文坛巨匠的代表作的创作经过信口雌黄，人云亦云。所以，不管司马相如是否有《自叙传》，不管其《自叙传》是否有虚构成分，《史记》的记载都是严肃的，可靠的。其实，高步瀛误解了刘知几的论述，刘氏所谓“马迁又征三间之故事，放（模仿）文园之近作”，是说司马迁仿效屈原《离骚》和司马相如《自叙传》的写作方法，创作了《史记·太史公自序》，勒成一卷，而不是说其《司马相如列传》取自相如《自叙传》。总之，《史记》中关于汉武帝读《子虚赋》而惊叹以及司马相如创作《天子游猎赋》的记载，皆为史家之笔，是真实可信的史料，而与司马相如“赋序”或《自叙传》无关。号称严谨的班固照录此传，曾无改夺，亦可证司马迁所记不误。

第四，认为《子虚》《上林》本为一篇赋，一次性完成，司马相如精心设计，分两次进献给武帝。日本学者泷川资言在《史记会注考证》中说：“《子虚》《上林》原是一时作，合则一，分则二。而‘楚使子虚使于齐’，‘独不闻天子之上林乎’，赋名之所由设也。相如使乡人奏其上篇，以求召见耳，正是才人狡狯手段。”[②]金国永先生激赏此说，以为“不仅《文选》分一赋为二赋之疑可冰释，且谓本传所言此赋为武帝所知的过程并非全是假设，似更合情理。”[③]今按：泷川所论甚精，但“使乡人奏其上篇”说显然不合情理。今本《子虚赋》中天子的代言人亡是公虽然在场，却一言不发，

① 参刘跃进：《秦汉文学论丛》，凤凰出版社，2008，第 71 页。

② 泷川资言：《史记会注考证》，上海古籍出版社，1986，第 1868 页。

③ 司马相如著，金国永校注：《司马相如集校注》，上海古籍出版社，1993，第 2 页。

如同哑人，岂不令汉武帝生疑？倘若如此，非但不能讨好武帝，反而会惹其恼怒；并且献赋奏赋并非狗监之职，随声附和、借机推荐才是他们的长项。所以，汉武帝读到的《子虚赋》并非杨得意所奏，其内容亦与今本《子虚赋》有所不同，我们姑且称之为“原本《子虚赋》”。

## 二、原本《子虚赋》与《天子游猎赋》创作探赜

“原本《子虚赋》”创作于梁孝王门下，时间大约在汉景帝中元五年（前 145）[①]。阎若璩所谓“真《子虚赋》久不传”，余江所谓“《子虚赋》，佚”的说法都是正确的。不过，既然名为《子虚赋》，该赋必然也是以假设主客问答的方式结构全文，因系反映诸侯之事，所以人物只有两个——子虚使者、乌有先生，而没有天子的代言人“亡是公”。梁苑前辈作家枚乘所创作的汉赋名篇《七发》，亦是虚构出两名主人公——楚太子和吴客——来结构成文的（据有关考证，该赋作于吴王刘濞门下）；与相如同时的蓼侯孔臧作有《谏格虎赋》，赋中主人公“亡诸大夫”与“下国之君”，亦为虚拟的人物。可见假设两名人物问答以组织成篇，乃是汉初诸侯王及其门客们创作辞赋的一种范式，他们为散体大赋的形成做出了历史性贡献。相如自言“此乃诸侯之事，未足观，请为《天子游猎赋》”，不难推知《子虚赋》亦以游猎为题材，其重点应为楚王之猎。此外，赋末必定没有乌有先生斥责子虚的言论“是何言之过也”云云。今本《子虚赋》中，乌有先生的话极为严厉，斥责子虚的言论“章君恶，伤私义，二者无一可，而先生行之，必且轻于齐而累于楚也”，并且盛赞齐国海滨的游猎场巨大无比，“吞若云梦者八九于其胸中，曾不蒂芥”。乌有之言虽不多，但是气势凌人，足以长齐国志气，灭楚国威风。相如所在的梁国，在战国时属于楚地，如果赋中有此言论，梁王必定会认为是在影射自己，打击自己。史载相如为人圆滑，

① 龚克昌:《汉赋研究》，山东文艺出版社，1990，第 147 页。

明哲保身，他不可能冒着杀头或者丢饭碗的风险，去揶揄自己的主人。所以，最大的可能是，在原本《子虚赋》的结尾，乌有先生听了子虚之言，其言行像《上林赋》结尾那样："愀然改容，超若自失，逡巡避席曰：'鄙人固陋，不知忌讳，乃今日见教，谨闻命矣。'"这样恰好可以与开头子虚对齐王的言论相呼应。总之，"原本《子虚赋》"采用主客问答方式，对于楚王在云梦泽田猎的盛况进行铺陈、藻饰，文辞华丽，音韵铿锵，颇受汉武帝喜爱。《战国策·楚策》中有关于楚王猎于云梦的记载，所以当汉武帝读到《子虚赋》中关于楚王狩猎的精彩描述，便误以为是战国时楚国人的作品，惊叹："朕独不得与此人同时哉！"当然，司马相如并没有见过楚王之猎，而梁孝王"出入千乘万骑，东西驰猎，拟于天子"（《史记·梁孝王世家》）的奢侈、放纵生活，正是相如创作《子虚赋》的鲜活素材。

不难看出，原本《子虚赋》虽佚犹存，我们从《天子游猎赋》中仍可以看到它的影子。

《天子游猎赋》（即《文选》所录之《子虚赋》《上林赋》）创作于汉武帝朝廷，时间在建元六年（前135）到元光元年（前134）之间①。刘跃进先生认为："《史记》中所说的《子虚赋》，作于游梁时期，似为初稿；而《上林赋》（引者按：即《天子游猎赋》）则在此基础上加上天子游猎的场面，加工润色，遂成定稿。"②富世平先生认为："司马相如前145年创作的'子虚之赋'，就是现在《天子游猎赋》的前一部分的部分初稿，或者更具体地说，就是前一部分中子虚所对的那一部分。其内容主要描写了诸侯游猎之盛。"③这些观点都是十分精辟的。追溯渊源，金人王若虚早已在《滹南集》卷三十四《文辨》中指出："相如《上林赋》（即《天子游猎赋》）设

① 韩晖：《〈文选〉所录〈子虚赋〉〈上林赋〉及〈洞箫赋〉创作时间新考》，《广西师范大学学报》2009年第6期。

② 刘跃进：《秦汉文学论丛》，凤凰出版社，2008，第72页。

③ 富世平：《〈子虚〉〈上林〉的分合及其相关问题新探》，《天水师范学院学报》2001年第4期。

子虚使者、乌有先生以相难答，至亡是公而意终，盖一赋耳。……岂相如赋《子虚》自有首尾，而其赋《上林》也，复合之为一邪？不然，迁、固亦失也。”[①] 今按：相如《天子游猎赋》前半部，显然是对原本《子虚赋》的改编。鲁红平先生认为，原本《子虚赋》中的人名和题材内容都被《天子游猎赋》所因袭，但这绝对不是原封不动的照搬，而是经过了“司马相如的修改、甚至于再创造才能完全融入重新设置的情节结构中，子虚言楚才能成为向天子之事过渡的一个铺垫，才能为新的思想主题服务，《天子游猎赋》也才会结合得那么紧，成为一个不可分割的整体”[②]。此说颇有道理。其改动最明显者，乃是于“子虚过诧乌有先生”之下增加“亡是公存焉”5字（《史记》作“而无是公在焉”，是为6字），为后半部分亡是公出场埋下伏笔。此外，在子虚发言之后增加乌有先生责备子虚、夸耀齐王海滨之猎的言论，使楚、齐二国旗鼓相当，不分胜负，以便为下文亡是公盛赞天子之猎做好铺垫。

先秦两汉时期，不少作品没有篇名。余嘉锡《古书通例》卷一云：“古书多摘首句二字以题篇。”[③] 所言甚是。原本《子虚赋》以“楚使子虚使于齐”开篇，取其2字，故名《子虚赋》；《天子游猎赋》仍然以“楚使子虚使于齐”开篇，故仍可以名为《子虚赋》，姑且视为《子虚赋》扩充版；而该赋后半部分主要铺陈天子在上林苑的狩猎情况，篇幅约占全篇的三分之二，是该赋的主体内容，据此，则该赋亦可以称为《上林赋》。明焦竑《笔乘》卷三曰：“相如游梁时，尝著《子虚赋》，为武帝所善。其著《天子游猎赋》，复借子虚三人之词，以明天子之意，故亦名《子虚赋》。赋中叙上林，故亦名《上林赋》，其实一也。”[④] 焦氏揭示了一段长期被人忽略的事实，发

① 王若虚：《滹南集》，上海古籍出版社影印文渊阁《四库全书》本，1987。

② 鲁红平：《司马相如〈子虚赋〉与〈天子游猎赋〉辨》，《中国文学研究》2003年第1期。

③ 余嘉锡：《目录学发微》（含《古书通例》），中国人民大学出版社，2004，第198页。

④ 焦竑：《焦氏笔乘》，李剑雄点校，中华书局，2008，第170页。

蒙解惑，令人惊叹！

亦有学者对此提出质疑。清人孙志祖《读书脞录》卷七曰："此赋以子虚发端，实非《子虚赋》本文。《子虚赋》帝已读之矣，何庸复奏乎？"[①]近人高步瀛亦云："若别有《子虚赋》赋诸侯游猎，而《上林赋》前半仍赋诸侯游戏，不嫌相复乎？"[②]其实在上古时期，文学作品在题材上的因袭与语句上的借鉴，乃是司空见惯的事情。比如战国时宋玉作有《大言赋》（见《古文苑》卷二），西汉东方朔亦有《大言赋》（见《永乐大典》卷一二〇四三），内容、语句皆大致相同；宋玉撰有《登徒子好色赋》，司马相如又有《美人赋》，对美人的描写极为相似；屈原有《九章》，其《离骚》中有不少语句来自《九章》，甚至《离骚》内部亦有雷同的句子反复出现。以上种种，古人并不以重复为嫌。司马相如创作《天子游猎赋》时，前半部分来自"原本《子虚赋》"，在人物设置与个别语句上稍作调整，也就不足为怪了。其实，《史记·司马相如列传》全文载录了相如的7篇作品，除了《天子游猎赋》《大人赋》《封禅文》之外，还有并没有引起汉武帝惊叹的《哀二世赋》《谏猎疏》《谕巴蜀檄》和《难蜀父老》，唯独不收《子虚赋》，这不能不令人生疑。其实，《子虚赋》不仅使人主惊叹，亦使司马相如一步登天，引起朝野震动，士人艳羡，它比相如其他任何作品都更符合"尤著于公卿"（《史记·司马相如列传》）的标准。唯一的解释是，《子虚赋》的主体内容已经融入了《天子游猎赋》中，不必重复编入。当然，《天子游猎赋》大肆铺陈天子在上林苑狩猎的场面，从气势上压倒齐、楚二国，旨在歌颂汉天子对诸侯王的征服，这与汉武帝加强中央集权、削弱诸侯王势力的政治主张一拍即合，堪称是"文学为政治服务"的典范，因而大受武帝赏识；而作为该赋之"草稿"的《子虚赋》，不仅语言上不够丰赡，内

① 孙志祖：《读书脞录》，上海古籍出版社，《续修四库全书》影印本，1995，第1151册。

② 高步瀛：《文选李注义疏》，中华书局，1985，第1624页。

容上也与汉帝国的现实需要相脱节，因而很快便失传了。

## 三、《子虚》《上林》赋的分篇及其学术意义

《天子游猎赋》完成后，或称之为《子虚赋》，或称之为《上林赋》，或干脆名之为《上林子虚赋》《子虚上林赋》，指称十分混乱。追根溯源，这种现象是由相如本人引起的。《史记·司马相如列传》载，汉武帝召见相如时，相如自言："请为《天子游猎赋》，赋成奏之。"据此，该赋当名为《天子游猎赋》。但下文又言："天子既美《子虚》之事，相如见上好仙道，因曰：'《上林》之事未足美也，尚有靡者。臣尝为《大人赋》，未就，请具而奏之。'"[①] 细绎文意，这里的"《子虚》之事"与"《上林》之事"所指相同，都是《天子游猎赋》中的铺陈描写。可见，汉武帝与司马相如在谈及此赋时，称名都比较随便，或"子虚"，或"上林"，或"天子游猎"。这就是后人指称混乱的根源。司马迁《史记·太史公自序》云："《子虚》之事，《大人》赋说，靡丽多夸，然其指风谏，归于无为"[②]，此处的"子虚"显然指《天子游猎赋》，因为《史记》并没有载录原本《子虚赋》，自然也无需在此评说；王充《论衡·书解篇》云："司马长卿不预公卿之事，故能作《子虚》之赋。"此处的"子虚"当然也指《天子游猎赋》。但是，正如上文所言，东汉张衡《东京赋》与荀悦《汉纪》卷十《孝武皇帝纪》，又都称此赋为《上林赋》。晋代文学家左思《咏史诗》八首其一云："著论准《过秦》，作赋拟《子虚》。"此处《子虚》即指《天子游猎赋》，因为原本《子虚赋》早已不传；而左思《三都赋序》又云："相如赋《上林》，而引卢橘夏熟"，却称此赋为《上林赋》。晋代人晋灼撰有《子虚甘泉赋注》1 卷（吴士鉴《补晋志》，）其中"子虚"应该指《天子游猎赋》。晋葛洪《西京杂记》卷二云：

---

① 司马迁：《史记》，第 3702—3703 页。

② 同上书，第 4025 页。

“司马相如为《上林子虚赋》，意思萧散，不复与外事相关；控引天地，错综古今，忽然如睡，焕然而兴，几百日而后成。”[①] 又称此赋为《上林子虚赋》，并且认为该赋是作者花费几百日的辛苦构思与锤炼琢磨，一次性完成的。至于《隋书·经籍志》所著录的“梁有郭璞注《子虚上林赋》一卷”，则又称此赋为《子虚上林赋》。此外，《文选》卷一班固《西都赋》“琳珉青荧”李善注：“郭璞《上林赋注》：‘珉，玉名也。’张揖《上林赋注》曰：‘珉，石次玉也。’”[②] 所引郭璞、张揖注，其实出自二人对《天子游猎赋》上半部分（即今本《子虚赋》）的注释，而引者称其为《上林赋注》，可见此处乃是以《上林赋》涵盖《天子游猎赋》的全部内容。这种指称混乱的局面，十分不利于读者对该赋的阅读和研究。

《文选》将《天子游猎赋》上半部分命名为《子虚赋》，下半部分命名为《上林赋》，结束了先唐时期对此赋指称混乱的局面，具有重要的学术意义。《天子游猎赋》是一篇完整的赋作，原原本本地载录于《史记》《汉书》之中，博学多闻的昭明太子萧统不会不知，也不可能不知。那么，萧统为什么还要将其一分为二，引起后人争论呢？笔者以为，原因或许有以下几点：其一，此赋篇帙过大，长达3548字，将其分为两部分，前篇《子虚赋》1268字，后篇《上林赋》2280字，更便于编者的编录。其二，从内容上看，此赋上半部分为子虚、乌有先生二人的争论，皆言诸侯之猎；后半部分为亡是公的言论，夸饰天子之猎，并寄寓讽谏之意。两部分皆有一定的独立性，将其分为上、下两篇，十分自然、妥帖。其三，《天子游猎赋》前半部分以楚王云梦之猎为重点，据其内容，似乎可以名为《诸侯游猎赋》或《云梦赋》；但是，由于汉武帝读《子虚赋》而惊叹，慧眼识人，发现了一位文学巨匠，成为中国历史上君臣相知相遇的楷模，《子虚赋》之名也因此而名扬天下，妇孺皆知。既然原本《子虚赋》早已不传，《天子游

① 葛洪：《西京杂记》，周天游校注，三秦出版社，2006，第93页。

② 萧统编，李善注：《文选》，中华书局，1977，第26页上。

猎赋》的上半部分又以《子虚赋》为蓝本，情节、人物、语言皆大致相同，萧统取旧名以当之，以慰天下士人读书怀古之渴望，亦为情理中事。其四，汉魏学者大都将《天子游猎赋》称为《上林赋》，但此赋前半部分专言诸侯之猎，并未涉及上林，所以，无论是“上林赋”还是“天子游猎赋”之名，都不能涵盖该赋的全部内容。萧统将铺陈诸侯之猎的前半部分命名为《子虚赋》，将专言天子上林苑之猎的后半部分命名为《上林赋》，可以使赋名更准确地对应赋的内容。这样也就可以避免前人称《子虚》而兼指《上林》、称《上林》而兼指《子虚》的情况，使学者的研习更为方便，指称更为准确。

从某种程度上讲，《子虚》《上林》赋的分篇是一种值得关注的文化现象。从小处言之，它结束了先唐时期此赋异名繁多、指称混乱的局面；从大处言之，它反映了中国古代的文学创作与学术研究从混沌走向精确、从含糊走向明晰的历史进程。六朝时学术门类增多，文体分类趋于细密，文学创作时题写篇名、作者名的现象已经十分普遍，文学研究和评论也走向细致和规范。对于早期的文学作品，称名则逐渐趋于统一。事实上，先秦两汉时期许多文学作品的文体归属乃至题名选定，大都因《文选》的处理而得以明确并固定下来。《子虚》《上林赋》如此，司马相如的其他作品如《谕巴蜀檄》（入“檄”类，不取《谕蜀檄》或《谕蜀文》之名）、《难蜀父老》（入“檄”类，不取《谕难蜀父老书》《与蜀父老诘难》之名）、《封禅文》（入“符命”类，不取《封禅书》之名）也是如此。“考文定篇”的学术风尚，使《子虚》《上林》之名深入人心，广为接受。因而在六朝隋唐时期，竟无一人对分篇问题提出异议。

需要说明的是，将《天子游猎赋》分为《子虚》《上林》两篇，并不是萧统的“创举”。其实，上引荀悦《汉纪》卷十《孝武皇帝纪》之语“《子虚》《上林》皆言苑囿之美，卒归之于节俭，因托以讽焉”中，着一“皆”字，显然视《子虚》《上林》为两篇；倘若此语未经后人窜乱，则可以视为东汉时《子虚》《上林》已经分为两篇的证据。据《隋书·经籍志》《旧唐书·经籍志》《新唐书·艺文志》等典籍记载，六朝时期产生的各种赋集起码有20余种，估计有些赋集已经将此赋一分为二。晋郭璞撰有《子虚上林赋注》1卷（《隋志》、丁国钧《补晋志》），司马彪撰有《上林子虚赋注》1卷（《隋志》、吴士鉴《补晋志》），二书皆不使用《天子游猎赋》之名，而称之为《子虚上林》，显然已经将其分为上下篇标目，分别进行注释。这说明在晋代，《子虚》《上林》之篇名已经确定下来。至萧统编纂《文选》，沿袭了这一分篇之法，两赋指称混乱的局面便得到了彻底扭转。梁代以后的士人读到了指称明确、界线分明的两篇赋。当然，这两篇赋分则为二，合则为一，任何人都会明白它们是内容上前后相继、文气上"一意贯通"的姊妹篇，而不会视为两篇互不相关的赋作。

无独有偶，班固《两都赋》、张衡《二京赋》亦皆在晋代完成了分篇问题。班固《两都赋序》云："故臣作《两都赋》。"可知该赋原本为一篇，题为《两都赋》；而西晋人左思《三都赋序》云："班固赋《西都》而叹以出比目。"称该赋前半部分为《西都赋》，说明该赋至迟在左思的年代已经被分为《西都》《东都》两篇。又，《后汉书·张衡列传》载："衡乃拟班固《两都》，作《二京赋》。"可知张衡原赋题名《二京赋》，是完整的一篇赋；而左思《三都赋序》又云："张衡赋《西京》而述以游海若。"证明此时该赋亦被分为《西京》《东京》二篇。左思自己撰有《三都赋》，自序云："余既思摹《二京》而赋《三都》。"说明其赋虽洋洋万言，而本为一篇，题为《三都赋》；其后不久，"张载为注《魏都》，刘逵为注《吴》《蜀》。"（《晋书·文苑传》）注释者由于分工的需要，而将其划分为《蜀都赋》《吴都赋》《魏都赋》三篇。[①] 张载、刘逵皆为西晋末年人。又，晋人綦毋邃撰有《三都赋注》3卷（《隋书·经籍志》），从卷数可知，该书亦是分为《蜀》《吴》

① 关于诸赋分篇之原委，可参黄伟豪：《〈文选〉姐妹篇及其分卷分合问题》，《文学遗产》2013年第4期。又，《隋书·经籍志》著录的"《五都赋》六卷并录，张衡及左思撰"，显然将张衡《西京赋》《东京赋》、左思《魏都赋》《吴都赋》《蜀都赋》各编为1卷，另加《目录》1卷，方为6卷。

《魏》三篇分别加以注释的。

合而观之，我们不难发现一个关键时间：晋代。在魏晋时期，由于文献注释的兴盛，不少文学名篇得到注释家的青睐，但注释文字与正文连在一起，篇幅自然加长。为了分卷的方便，注释家们将本为一篇的长篇巨制分为数篇，分别进行注释。《天子游猎赋》如此，《两都》《二京》《三都赋》亦是如此。三国时傅巽曾撰《二京赋注》2卷（《隋书·经籍志》），当然也是分为《西京赋》《东京赋》二篇加以注释的。但他们并没有将这些名篇完全“平均”地划分，而是以内容为据，照顾到各自的完整性和独立性。例如《天子游猎赋》凡3548字，被郭璞、司马彪分为两篇：上篇《子虚赋》仅有1268字，下篇《上林赋》则长达2280字。魏晋人的做法在萧统编《文选》时得到了继承和光大，这是时代风气使然，是学术发展的必然结果。

所以，我们今天应该尊重萧统的分法，将《史记》《汉书》所载录的《天子游猎赋》，分为《子虚》《上林》两篇对待。尽管这种分法违背了《史记》的原始记载，似乎也有割裂原赋之嫌，但在特定的时代，却有效遏制了指称混乱局面的延续，并且使赋题与内容的对应更为准确。《子虚》《上林》之名沿用了一千多年，已经被学术界广泛接受，不宜更改或抛弃。在《四库全书》所收典籍中，“子虚赋”一词出现432次，“上林赋”则出现622次，尚不计简称“子虚”或“上林”者，可见其行用之广。至于本名《天子游猎赋》，在汉代就几乎无人使用，如今已经废弃了两千余年，当然也不宜重新启用。本文使用这一历史旧名，纯粹是为了论述与比较的方便，在以后的研究中，自应尊重传统，使用《子虚赋》《上林赋》的名称。

（原载《中州学刊》2017年第2期）

# 从班昭《幽通赋注》看《文选》五臣－李善注的价值

南朝梁萧统主持编纂之《文选》30卷，是我国现存最早的诗文总集，先唐时期的文学名篇，大都赖是书以传。《文选》产生之后，先后有隋萧该、唐曹宪、公孙罗、李善、五臣等为其作注，号称“选学”，而李善、五臣注尤为风靡。其中李善注征引富赡，五臣注清通简要，各擅其长。李善注所征引的先唐文献，大半已经失传，这又为后人辑佚工作提供了宝贵的资料来源。而在利用李善注时，版本的选择尤其重要。

## 一、《文选》的版本系统

现存《文选》版本十分复杂，有唐写本系统、李善注系统、五臣注系统、五臣－李善注系统、李善－五臣注系统等。今参照傅刚先生《文选版本研究》[①]，简述如下：

（一）唐写本系统，主要有：1. 饶宗颐编《敦煌吐鲁番本文选》，中华书局2000年版。2. 罗国威《敦煌本〈文选注〉笺证》，巴蜀书社2000年版。3. 周勋初纂辑《唐钞文选集注汇存》（全三册），上海古籍出版社2000年影印本。

---

① 傅刚：《文选版本研究》，北京大学出版社，2000，第111—182页。

（二）李善注系统，主要有：1. 李善注《文选》60卷，现存23卷，北宋天圣七年（1029）国子监刻本。有中华再造善本2006年影印本。2. 李善注《文选》60卷，南宋淳熙八年（1181）尤袤池阳郡斋刻本（尤刻本）。有中华书局1974年影印本、中华再造善本2004年影印本、国家图书馆出版社2017年影印本。3. 李善注《文选》60卷，明毛晋汲古阁刻清何焯手批本（毛刻本），现藏上海师范大学图书馆。4. 李善注《文选》60卷附《文选考异》10卷，清嘉庆十年（1805）胡克家刻本（胡刻本），现藏国家图书馆。有中华书局1977年影印本，上海古籍出版社1986年标点本等。

（三）五臣注（吕延济、刘良、张铣、吕向、李周翰）系统，主要有：1. 五臣注《文选》30卷，南宋建炎三年（1129）杭州猫儿桥河东岸开笺纸马铺钟家刻本（钟家本）。今存2卷，卷29、30，分别藏北京大学图书馆和国家图书馆。2. 五臣注《文选》30卷，南宋绍兴三十一年（1161）建阳崇化书房陈八郎宅刊本（陈八郎本）。台湾“中央”图书馆藏；又有长洲蒋凤藻影钞本，北京大学图书馆藏。

（四）五臣－李善注（六家本）系统，主要有：1. 五臣－李善注《文选》60卷，北宋元祐九年（1094）秀州（嘉兴）州学刻本，此本是现知最早的合并本，是以后合并本之祖本。原书已佚，但有朝鲜活字本据此翻刻（公元1434年），今藏韩国奎章阁，简称奎章阁本。2. 五臣－李善注《文选》60卷，北宋政和元年（1111）广都裴氏刊本（配明袁褧翻刻本），中国社会科学院文学研究所藏。3. 五臣－李善注《文选》60卷，南宋绍兴二十八年（1158）明州（宁波）刻递修本（简称明州本）。有日本足利学校遗迹图书馆后援会1975年影印本，人民文学出版社2008年影印本。

（五）李善－五臣注（六臣本）系统，主要有：1. 李善－五臣注《文选》60卷，南宋绍兴三十二年（1162）赣州州学刻宋元递修本（赣州本），国家图书馆藏。此本乃是以秀州本（或者明州本）五臣－李善注《文选》为据，颠倒其顺序而成。2. 李善 – 五臣注《文选》60 卷，南宋咸淳七年（1271）建州廖莹中刻本（建州本），国家图书馆藏。有《四部丛刊初编》1919 年影印本，中华书局 1987 年缩印本和浙江古籍出版社 1999 年影印本。又有中华再造善本 2006 年影印本。

目前最流行的本子是胡刻本李善注《文选》60 卷和建州本李善 – 五臣注《文选》60 卷。

## 二、《文选》李善注的体例

李善注《文选》有着严明的体例，如他在《西京赋》注中所说："旧注是者，因而留之，并于篇首题其姓名。其有乖缪，臣乃具释，并称'臣善'以别之。他皆类此。"例如，《子虚赋》"被阿緆，揄纻缟"句李善注如下（以现在通行的《文选》李善注胡克家刻本为据）：

> 张揖曰：阿，细缯也。緆，细布也。揄，曳也。司马彪曰：缟，细缯也。善曰：《列子》曰：郑、卫之处子，衣阿緆。《战国策》鲁连曰：君后宫皆衣纻缟。緆与锡古字通。①

"善曰"以上为李善所征引的古注，此处有张揖、司马彪两家；"善曰"以下为李善自注，征引《列子》和《战国策》，并有辨字。其实"善曰"当作"臣善曰"。敦煌本《文选・西京赋》残卷（P.2527，P.2528 号）中，"善曰"上皆有"臣"字，保留进呈本原貌。

## 三、钩稽曹大家《幽通赋注》佚文的经过

《旧唐书・经籍志》著录："《幽通赋》一卷，班固撰，曹大家注。"《新

① 萧统编，李善注：《文选》卷一四，中华书局，1977，第 121 页。

唐书·艺文志》:“曹大家注班固《幽通赋》一卷。”曹大家原名班昭，班固之妹，其《幽通赋注》是历史上最早的赋注，可惜已经亡佚。《文选·幽通赋》李善注对其颇有征引。笔者在钩稽曹大家《幽通赋注》佚文时，主要查阅以下几种文献：

### （一）单独李善注本：

《文选·幽通赋》李善注文中通篇没有“善曰”二字，这到底是李善的疏忽，还是刊刻者的删减？试看《幽通赋》“巨滔天而泯夏兮，考遘愍以行谣”句李善注：

> 应劭曰：王莽，字巨君。曹大家曰：滔，漫也。泯，灭也。夏，诸夏也。考，父也。言父遭乱，犹行歌谣，意欲救乱也。《诗》云：“我歌且谣。”［尚书曰］“象恭滔天。”行谣，言忧思也。[1]

此处李善征引了应劭、曹大家两家旧注，但没有“善曰”二字，所以不清楚是否有李善自己的笔墨。对于《诗经》和《尚书》的征引，到底是出自曹大家，还是李善？一时难以确定。

### （二）李善－五臣注本：

> 善曰：应劭曰：王莽，字巨君。曹大家曰：滔，漫也。泯，灭也。夏，诸夏也。考，父也。言父遭乱，犹行歌谣，意欲救乱也。《诗》云：“我歌且谣。”《尚书》曰：“象恭滔天。”行谣，言忧思也。（空格）向曰：莽为滔天之虐，泯灭中夏也。遘，遇也。言父遇王莽乱，愍于

① 萧统编，李善注：《文选》卷一四，第 208 页，第 121 页。

> 生人，行为歌谣者，救乱之志。[①]

李善－五臣注本以李善居前，五臣居后。但上引“李善注”部分，段首以“善曰”二字领起，细细读之，仍然找不到曹大家注和李善注的分界。在没有确切证据的情况下，笔者将“滔漫也”至“言忧思也”一段全部视为曹大家《幽通赋注》的内容，并且写进了《东汉赋注考》(《文学遗产》2015年第2期）中。

在第十二届文选学国际学术研讨会（厦门，2016年11月4—7日）上，日本学者栗山雅央先生对拙文《东汉赋注考》提出批评，指出：

> 踪氏认为曹大家注有三个特征，即“释词、解句、征引”。不过，笔者认为把“征引”认作是曹大家注的特征之一应该有一些问题。在《文选·幽通赋》的题目下没有旧注者的名字，而在注释内没有“善曰”两字。因此可以判断《文选》所收《幽通赋》的注释都是李善注。另外，笔者认为踪氏有可能判断“曹大家曰”以下都是曹大家注，不过从李善注体例来看，旧注放在李善注前面，因此不能判断“征引”部分都是曹大家注……无论如何，这些“征引”部分可能是李善注，不能认为这就是曹大家注的特征之一。[②]

对于栗山先生的批评，笔者完全接受。但是，栗山先生也没有解决分界问题，故征引部分到底是曹注，还是善注，仍然悬而未决。

### （三）五臣－李善注本

同样在第十二届文选学国际学术研讨会上，河南大学钱振宇先生为笔

---

① 萧统编，李善－五臣注:《六臣注文选》卷一四，中华书局，南宋咸淳七年（1271）建州廖莹中刻本影印本，2012，第269页。

② 栗山雅央:《关于在六朝以前赋注的诞生与展开过程》,《中国文选学研究会第十二届年会论文集》(大会组），厦门大学2016年11月，第114页。

者提供了《文选》五臣－李善注（六家注）朝鲜奎章阁藏本的照片，所有疑问涣然冰释。该本注释如下：

> 向曰：王莽字巨君，为滔天之虐，泯灭中夏也。遘，遇也。言父遇王莽乱，愍于生人，行为歌谣者，救乱之志。应劭曰：王莽，字巨君。曹大家曰：滔，漫也。泯，灭也。夏，诸夏也。考，父也。言父遭乱，犹行歌谣，意欲救乱也。《诗》云："我歌且谣。"（空格）善曰：［尚书曰］"象恭滔天。"行谣，言忧思也。①

五臣－李善注（六家注）以五臣居前，李善居后。上引文字中"善曰"二字的位置十分重要！编刻者以"善曰"二字为分水岭，将李善所引前人旧注（应劭注、曹大家注）和李善自己的补注加以区分，显然保留了李善注原貌。《诗经》为曹大家所引，而《尚书》则为李善所引，极为清晰。就《幽通赋》一篇而言，现在流行的各种单独李善注本皆删去"善曰"二字，而李善－五臣注本虽有"善曰"，但置于段首，亦无法区分何为旧注，何为李善注，在很大程度上损害了李善注的原貌。

## 四、《东汉赋注考》订误

以《文选》五臣－李善注为依据，参酌单独李善注本和李善－五臣注本，我们对李善注释《幽通赋》时所征引的曹大家旧注进行重新研究，进而对拙文《东汉赋注考》进行纠正：

### （一）《幽通赋注》征引前代典籍情况

《东汉赋注考》称："曹大家《幽通赋注》仅存61条，而征引前代典籍却多至19种、45条，征引出现的频率为73.77%。"今考《幽通赋注》征引

① 萧统编，五臣－李善注：《文选》卷一四，韩国奎章阁藏1434年朝鲜活字本。

前代典籍的数量实为12条，征引频率为19.67%。这12条征引，又可以分为以下三种情况：

1. 直接征引，李善没有补注。例如“葛绵绵于樛木兮，咏南风以为绥”句李善注如下：

> 曹大家曰:《诗·周南国风》曰:“南有樛木，葛藟累之。乐只君子，福履绥之。”此是安乐之象也。

李善注、李善－五臣注、五臣－李善注各本文字相同。《诗经·樛木》的文字紧紧接在“曹大家曰”之后，可以认定确实为曹注所征引。引后分析，亦出自曹大家。

2. 有释词、征引，李善也有补注，以“善曰”别之。例如“承灵训其虚徐兮，竚盘桓而且俟”句李善注：

> 曹大家曰：灵，神灵也。虚徐，狐疑也。竚，立也。盘桓，不进也。俟，待也。《诗》曰：“其虚其徐。”善曰:《周易》曰：“初九，盘桓利居，贞。”

中间以“善曰”二字间隔，可以确信“善曰”之上皆为曹大家语，“善曰”之下为李善语;《诗经·北风》“其虚其徐”四字，的确为曹大家所征引。按：今本《诗经》作“其虚其邪”，郑玄笺:“邪读如徐。”郑玄晚于曹大家，可知在东汉初年，学者已经认识到“邪”为“徐”的假借字。今本作“徐”，乃系后人妄改。

3. 有释词、解句、征引，李善没有补注。例如“周贾荡而贡愤兮，齐死生与祸福”李善注：

> 曹大家曰：周，庄周。贾，贾谊也。贡，溃也。愤，乱也。荡荡，不知所守也。庄周、贾谊有好智之才，而不以圣人为法，溃乱于善恶，

遂为放荡之辞。庄周曰："生为徭役，死为休息。"贾谊曰："忽然为人，何足控揣？化为异物，又何足患？"

曹注先释词，再解句，再征引，有条不紊。但是中间没有"善曰"二字，对庄子、贾谊的征引，确出自曹大家，说明曹氏已经将征引的范围由《周易》《诗经》而扩大到诸子乃至西汉诗赋了。

## （二）《东汉赋注考》所举例证有误

拙文第二部分列举《幽通赋》"盍孟晋以迨群兮，辰倏忽其不再"句曹大家注："孟，勉也。晋，进也。迨，及也。倏，过也。言何不勉进而及群时，早得进用，日月倏忽，将复过去。《楚辞》曰：'时不可兮再得。'"今按：五臣－李善注本"楚辞"之上有"善曰"二字，故为李善所引。

第三部分列举《幽通赋》"飙飖风而蝉蜕兮，雄朔野以扬声"曹大家注："飙，飘飙也。南风曰飖风。朔，北方也。言已先人自楚徙北，至朔方也，如蝉蜕之剖，后为雄桀扬其声。《淮南子》曰：'蝉饮而不食，三十日而蜕。'《汉书》曰：'始皇之末，班懿避地于楼烦。当孝惠、高后时，以财雄北边。"今按：据五臣－李善注，"《淮南子》"之上有"善曰"二字，可证《淮南子》《汉书》皆为李善所引。

第三部分列举《幽通赋》"巨滔天而泯夏兮，考遘愍以行谣"句曹大家注（详见本文第三部分）。今按：五臣－李善注本于"象恭滔天"之上有"善曰"二字，可证《诗经》的确是曹大家所引，但《尚书》"象恭滔天"句却是李善所引。

需要说明的是，尽管经过重新认定，曹大家《幽通赋注》征引前代文献的数量只剩下12条，但这并不能动摇曹大家在注释学史上的地位。首先，在曹大家之前，典籍注释中未见有征引现象。西汉毛亨《毛诗故训传》、刘安《离骚传》（佚）等，似乎皆无征引。据现存史料，曹大家是第一位通过征引经书来注释诗赋的学者，其开创性不可忽视。其次，李善在征引旧注时，皆有删减取舍。本篇除了曹大家注61条之外，李善还征引了应劭、项岱等人赋注 51 条，当曹注不及应劭、项岱注时，李善也会弃曹注而选择应、项。因而这 61 条赋注，绝非曹大家注的全部；涉及征引的 12 条赋注，当然也不是全部，只能部分反映曹大家赋注的征引特色。再次，曹大家之后大约半个世纪，王逸编撰《楚辞章句》一书，常被尊为最早的文学注释。王逸注释《离骚》时两句一注，征引文献 39 条，征引频率为 20.86%，与曹大家《幽通赋注》的征引频率 19.67% 基本相当。这说明王逸借鉴了曹大家的征引之法，并未有大的发展。

## 五、《文选》五臣－李善注本的价值与缺陷

《文选》五臣－李善注本较好地保存了李善注原貌，具有不可忽视的研究价值。五臣－李善注本以“善曰”二字明确将李善所征引的旧注以及李善自注之语加以区分，眉目十分清晰；单独的李善注本删去“善曰”，李善－五臣注本将“善曰”提前到段首，致使旧注与善注混在一起，破坏了李善注的原貌。

五臣－李善注本亦有明显缺陷。北宋元祐九年（1094），秀州（嘉兴）州学最早将李善注与五臣注合并。这个合并本以五臣注为主，以李善注为辅，凡遇到李善注与五臣雷同者，皆详五臣而略李善，因而书中每每出现“善同五臣某注”字样。其对李善注加以删削，是破坏李善注的始作俑者。

其次，空格位置不对。正如傅刚先生所言：五臣－李善注本（六家本）“以五臣在前，李善在后，常常以李善所引前人之注误入五臣，而将‘善曰’之后注文单独隔开。”[①] 前引注文中，“应劭曰”“曹大家曰”紧接在吕向注之后，读者很容易将其误解为吕向所引，是其缺点。

尽管有这些缺点，但五臣－李善注本（六家本）还是对李善注的体例有较多保留，有助于我们还原李善注原貌，进而客观、公正、合理地评价李善注。无怪乎日本学者斯波六郎在评论明州本时认为：“它的优点在于比

① 傅刚:《文选版本研究》，北京大学出版社，2000，第 176 页。

之袁本、赣州本、四部丛刊本，多存李善注、五臣注旧式。”[①] 考察先唐古注者，尤需以日藏明州本和韩国奎章阁本为据。

总之，只有对单行李善注、五臣－李善注、李善－五臣注这三类注本进行全面关照，仔细对勘，才能更好地还原李善注原貌，肯定李善注贡献，进而对李善所征引的先唐古注进行研究。

附录图版：（左）清胡克家刻李善注本；（中）宋建州刻李善－五臣注本；（右）奎章阁藏五臣－李善注本

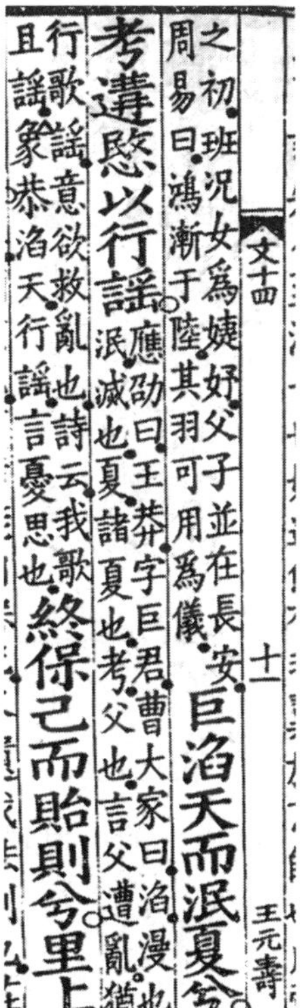
文十四 十一 王元壽
之初班況女爲婕妤父子並在長安
周易曰鴻漸于陸其羽可用爲儀 巨滔天而泯夏兮
考遘愍以行謠 應劭曰王莽字巨君曹大家曰滔漫也 泯滅也夏諸夏也考父也言父遭亂猶
行歌謠意欲救亂也詩云我歌 且謠象恭滔天行謠言憂思也 終保己而貽則兮里上

清胡克家刻李善注本

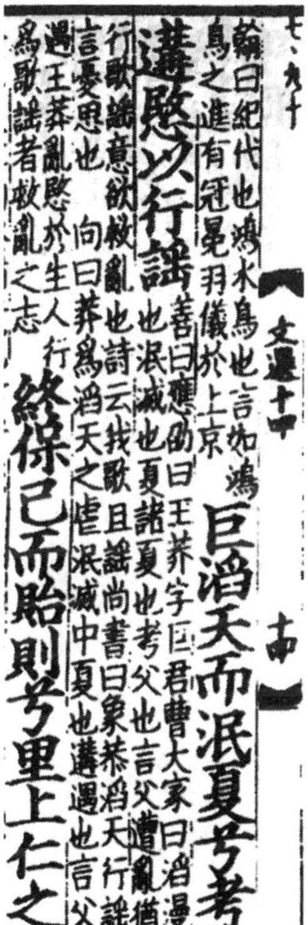
文選十四
翰曰紀代也鴻水鳥也言如鴻 鳥之進有冠冕羽儀於上京 巨滔天而泯夏兮考
遘愍以行謠 也善曰應劭曰王莽字巨君曹大家曰滔漫 泯滅也夏諸夏也考父也言父遭亂猶
行歌謠意欲救亂也詩云我歌且謠尚書曰象恭滔天行謠 言憂思也向曰莽爲滔天之虐泯滅中夏也遘遇也言父
遇王莽亂愍於生人行 爲歌謠者救亂之志 終保己而貽則兮里上仁之

宋建州刻李善－五臣注本

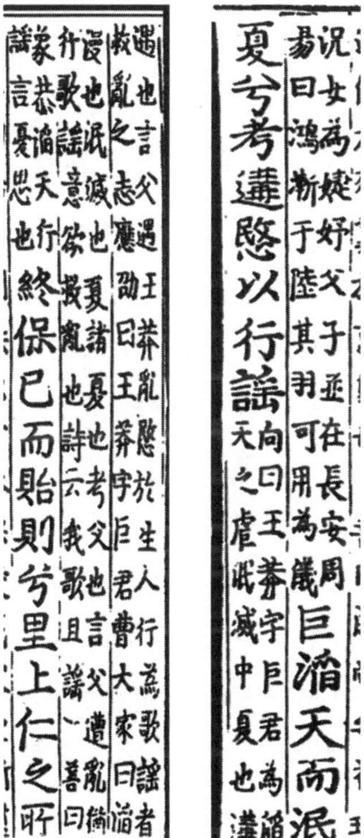
況女爲婕妤父子並在長安周 易曰鴻漸于陸其羽可用爲儀 巨滔天而泯
夏兮考遘愍以行謠 向曰王莽字巨君爲滔 天之虐泯滅中夏也遘
遇也言父遭遇王莽亂愍於生人行爲歌謠者 救亂之志應劭曰王莽字巨君曹大家曰滔
漫也泯滅也夏諸夏也考父也言父遭亂猶 行歌謠意欲救亂也詩云我歌且謠善曰 家恭滔天行謠言憂思也 終保己而貽則兮里上仁之所

奎章阁藏五臣－李善注本

（原载《天中学刊》2019 年第 2 期）

---

① 斯波六郎：《对〈文选〉各种版本的研究》，载《中外学者文选学论文集》，中华书局，1998，第 852 页。

# 汉大赋中动植物书写的特色

中国文学素有描写草木鸟兽的传统。早在春秋时期，孔子就已指出《诗经》除了“兴观群怨”之外，还具有“多识于鸟兽草木之名”(《论语·阳货》)[1] 的博物功能。当然,《诗经》里的草木鸟兽主要还是用于比兴，例如《关雎》“关关雎鸠，在河之洲”，以小洲上关关鸣叫的雎鸠（鱼鹰），起兴君子对于采荇菜姑娘的追求;《桃夭》“桃之夭夭，灼灼其华”，以明艳夺目的桃花比喻新嫁娘光彩照人的姿容。《楚辞》继承并发展了《诗经》的比兴传统，采用美人香草之喻，即所谓“善鸟香草，以配忠贞；恶禽臭物，以比谗佞；灵修美人，以媲于君；宓妃佚女，以譬贤臣；虬龙鸾凤，以托君子；飘风云霓，以为小人”（王逸《离骚经序》)。[2]《离骚》的风云、龙凤、草木、鸟兽各有所喻，形成了一组组缤纷陆离的意象群，旨在表达诗人在“美政”理想失败后对社会人生的思考。继《诗经》《楚辞》之后而兴起的“一代之文学”汉赋，对草木鸟兽的铺写达到了登峰造极的地步，但其书写方式却与《诗经》《楚辞》迥然不同，形成了中国文学史上的一道独特景观。约而言之，主要有以下几个特点。

## 一、数量众多，铺列如画

《文心雕龙·诠赋》云:“赋者，铺也，铺采摛文，体物写志也。”[3] 赋体

---

① 杨伯峻:《论语译注》，中华书局，1980，第 185 页。
② 洪兴祖:《楚辞补注》，白化文等点校，中华书局，1983，第 2—3 页。
③ 刘勰著，范文澜注:《文心雕龙注》，人民文学出版社，1958，第 134 页。

文学区别于其他文体（诗、骚、文）最关键的要素，就是铺陈。汉赋（主要指汉大赋，即汉代散体大赋，或称汉代骋词大赋）中所书写（铺列、描写或涉及）的草木鸟兽，在数量上远远超过先秦诗文。试将书写动物较为突出的《诗经·七月》、屈原《离骚》和司马相如《上林赋》加以比较：

《七月》《离骚》《上林赋》书写动物名称一览表[①]

| 篇名 | 走兽 | 禽鸟 | 昆虫 | 水族 | 总计（种） |
| --- | --- | --- | --- | --- | --- |
| 七月 | 貉、狐狸、豵、豜、鼠、羔、羊、兕 | 仓庚、鵙 | 蚕、蜩、斯螽、莎鸡、蟋蟀 | | 15 |
| 离骚 | 骐骥、马（4次）、象 | 鸷鸟、鹥、鸾、鸩、雄鸠、凤凰（皇、凤鸟）、鹈鴂 | | 玉虬、飞龙（八龙）、蛟龙 | 13 |
| 上林赋 | 獑、旄、貘、犛、沉牛、麈、麋、赤首、圜题、穷奇、象、犀、麒麟、角端、騊駼、橐驼、蛩蛩、驒騱、駃騠、驴、驘（骡）、玄猿素雌、蜼、玃、飞蠝、蛭、蜩、蠼猱、獑胡、縠、蛫、貔、豹、豺、狼、熊、罴、野羊、白虎、橪马、蜚廉、獬豸、蝦蛤、猛氏、騕褭、封豕、白鹿、狡兔（兔）、枭、蜚遽、貍首、騊虞、马 | 鸿、鹔、鹄、鸨、駕鹅、属玉、交精、旋目、烦鹜、庸渠、箴疵、鵁卢、鷫苏、玄鹤、昆鸡、孔雀、鸾鸟（玉鸾）、鵔鸃、翳鸟、凤凰、鹓雏、焦明、鹊、鹢、翠鸟、群雅（鸦）、雉 | 独茧 | 蛟龙、赤螭、鮔鳍、渐离、鰅、鳙、鰬、鮀、禺禺、魼、鳎、灵鼍、鱼鳖、玉虬 | 94[②] |

① 三篇作品的文本，分别以程俊英、蒋见元《诗经注析》（中华书局，1991）、洪兴祖《楚辞补注》（中华书局，1983）、萧统编、李善注《宋尤袤刻本文选》（国家图书馆出版社，2017）为据。

② 易闻晓：《主物的文学：赋体分别与题材交互》认为：“《上林赋》的动物，有赤首、圜题、穷奇……凡 99 种次，其中走兽 50 种次。”（《中山大学学报》2023 年第 1 期）因采用“种次”概念，将重复出现的名物分别统计，故比本文多出 5 种次。

《七月》是一首农事诗，诗中描写鸟兽昆虫 15 种，皆与打猎、农耕或岁时密切相关。例如："五月斯螽动股，六月莎鸡振羽。七月在野，八月在宇，九月在户，十月蟋蟀入我床下。"[①] 通过三种小昆虫的活动来反映季节变换，贴近生活，令人如临其境。《离骚》中鸟兽虫鱼 13 种。作者以鸷鸟自喻，以鸩、雄鸠比喻恶人，驱遣蛟龙、凤凰，营构出缤纷陆离的想象世界。《上林赋》中禽兽虫鱼多达 94 种，数量已达《七月》或《离骚》的六七倍之巨，盛况空前。该赋主要写天子上林苑之猎，所有动物皆供猎取之用，包括飞禽、走兽、水族三大类，昆虫没有狩猎价值，故很少涉及。需要说明的是，《上林赋》中既有生活中实有之禽兽，如貘、豹、豺、狼、鸿、鹔、鹄、鸨；亦有神话传说中的动物，如麒麟、獬豸、凤凰、鹓鶵。还有一些语句涉及动物，但仅仅是动物制品或者诗文篇章名，并不直接描写动物本身。例如"树灵鼍之鼓"，鼍指扬子鳄，其皮坚韧，"灵鼍之鼓"是指用扬子鳄皮做成的鼓；《驺虞》为《诗经》篇名，古代诸侯举行射礼时演奏此乐，因驺虞系传说中的仁兽，故亦列入；"曳独茧之褕绁"，形容衣服色彩纯正，仿佛用一只蚕茧中抽出来的纯丝制成，这里取蚕茧本意。

由上表可见，《上林赋》陈列走兽 53 种，禽鸟 26 种，水族 14 种，昆虫 1 种。除了这 94 种动物外，本赋所书写的植物还有绿（王刍）、蕙（零陵香）、江蓠等草本植物 22 种，卢橘、黄柑、楱（皱子）等木本植物 18 种。品类之富，数量之多，不仅远远超越前代，在中国文学史上也是极为罕见的。此外，枚乘《七发》、孔臧《谏格虎赋》、司马相如《子虚赋》、扬雄《蜀都赋》《羽猎赋》、班固《西都赋》、张衡《南都赋》《西京赋》都对花草、树木、禽鸟、走兽、水族等有大量铺陈。

汉赋中为何出现大量的铺陈文字？这恐怕与汉代独特的社会背景有关。清人刘熙载《艺概·赋概》云："赋起于情事杂沓，诗不能驭，故为赋以铺陈之。斯于千态万状，层见迭出者，吐无不畅，畅无或竭。"[②] 汉代作为中国

① 程俊英、蒋见元：《诗经注析》，中华书局，1991，第 412 页。
② 刘熙载著，袁津琥校注：《艺概注稿》，中华书局，2009，第 411 页。

历史上第一个统一且长久稳定的中央集权制帝国，国势空前强盛，人民生活相对稳定，中央和边境地区来往频繁，物资流通空前顺畅，居住在都城长安的文人士子，也能看到来自全国各地乃至异域他乡的动物、植物、器物等等，这些物产林林总总，千态万状，层见叠出，令人不写不快。这在四分五裂的战国和民生涂炭的秦朝，都是不可想象的。所以汉赋作品的铺陈技法，也是时代使然，它在客观上反映了大汉帝国版图的辽阔、物产的丰富和各地区文化物资交流的畅通，宣扬着帝国的声威气象和大一统的力量，当然也折射出文人士子内心的喜悦和豪迈。前辈赋学家研究汉赋求大、求全、求多的特点[①]，认为以《上林赋》为代表的汉赋作品“苞括宇宙，总览人物”（《西京杂记》卷二司马相如语），爬罗剔抉，不厌其烦，堆累材料，多多益善，展示了一个丰富充盈、琳琅满目的世界。

汉大赋中的名物书写，“语象”上一字排列、一气呵成，“意象”上平面铺开、鳞次栉比，具有鲜明的图案化特征。正如易闻晓所言：“赋的名物铺陈就是称名的呈现，汉语一字一物或二字一物，赋家博物，在于识字之多，赋中铺陈，也是名物字或字组的罗列。”[②]这一点与《诗经》《楚辞》颇为不同。后者叙列的动物、植物大都有所间隔，例如《七月》：“五月斯螽动股，六月莎鸡振羽。”在“斯螽”（蝈蝈）和“莎鸡”（纺织娘）中间，既有“六月”“七月”两个时令词汇，又有“动股”“振羽”两个具体动作。《离骚》：“吾令鸩为媒兮，鸩告余以不好。雄鸠之鸣逝兮，余犹恶其佻巧。”鸩与雄鸠各有其言行，时间上也有先后之别。汉大赋中的动植物则以群体方式出现，在一定的空间内铺展陈列，不存在个体描写，亦无时间间隔。这恰好体现了铺陈与叙事、写物与抒情的写法之异，也是赋体与诗体的文体之异。美学家朱光潜先生说：“一般抒情诗较近于音乐，赋则较近于图画。

---

① 何新文：《赋家之心 苞括宇宙——论汉赋以“大”为美》，《文学遗产》1986 年第 1 期。

② 易闻晓：《主物的文学：赋体分别与题材交互》，《中山大学学报》2023 年第 1 期。

用在时间上绵延的语言表现在空间上并存的物态。诗本是‘时间艺术’，赋则有几分是‘空间艺术’。”[①] 在朱光潜先生眼里，赋（散体大赋）显然属于“空间艺术”，是一种重视空间展列、在性质上近于图画的描绘性文体。

## 二、分类展列，各具形态

汉大赋对于动物、植物采用分类展列之法，表现出一定的类聚意识。例如司马相如《子虚赋》如此描写楚国云梦泽东、南、西、北各个方位的植物:“其东则有蕙圃，衡兰芷若，穹藭菖蒲，茳蓠蘪芜，诸柘巴苴。其南则有平原广泽，……其高燥则生葴菥苞荔，薜莎青薠；其埤湿则生藏莨蒹葭，东蘠彫胡，莲藕觚卢，菴闾轩于。……其西则有涌泉清池，激水推移。外发芙蓉菱华，内隐巨石白沙。……其北则有阴林，其树楩枏豫章。桂椒木兰，檗离朱杨。樝梨梬栗，橘柚芬芳。”[②] 东部有蕙草（零陵香）、杜衡（马蹄香）、佩兰、白芷、杜若、川穹、菖蒲、茳蓠、蘪芜、甘蔗、芭蕉等等，四言一句，尽情铺列，可见香草园品类之盛。南部平原广泽的植物则分为两大类：高而干燥处生长着葴（马蓝）、菥（燕麦）、苞（藨草）、荔（马蔺）、薜（艾蒿）、莎（莎莎草）、青薠；低洼处生长着藏（狗尾草）、莨（狼尾草）、蒹（荻苇）、葭（芦苇）、东蘠（泽蓼）、彫胡（菰米）、莲藕、觚卢（葫芦）、菴闾（臭蒿）、轩于（莸草）。这里陈列17种植物，仅仅是举例言之，实际上远远不止这些（所谓“众物居之，不可胜图”）。但大抵为普通的草本植物，甚或有杂草稗莠，并不稀奇。西部涌泉清池只写到芙蓉（荷花）和菱角花两种，用笔极简，当然也是举例言之，备列水生植物一类。北部大树林里的植物有：黄楩木、楠木、香樟、肉桂、花椒、玉兰、黄檗、山梨、赤杨（河柳）、山楂、梨树、黑枣（君迁子）、板栗、橘树、

---

① 朱光潜:《诗论》，生活 · 读书 · 新知三联书店，1984，第203页。

② 萧统编，李善注:《宋尤袤刻本文选》(二)，国家图书馆出版社，2017，第207—209页。

柚子树，此处罗列 15 种，大多是乔木，以果树、香木为主，以见北部林木之形形色色，繁茂而芬芳。四个方位各有特色，东部与南部皆为草本植物，但有香花、贱草之别；西部为水生植物，草本；北部则为木本植物。类目分明，有条不紊，各从其类，各呈其态。禹明莲认为："相如作为文字博物学家，其赋中对动植物不仅仅是以名类聚，鱼贯罗列，而是对动植物的科、属、形状、习性、产地等都有了非常明确的认识。"① 颇具眼光。不过，司马相如的属类意识是初步的，尚未达到"非常明确"的程度。

汉大赋对飞禽走兽的书写亦遵循着同类相聚原则。如《上林赋》："于是乎玄猨素雌，蜼玃飞蠝，蛭蜩蠼猱，獑胡豰蛫，栖息乎其间。" ② 汉唐学者进行了一系列考证，认为"玄猨素雌"指猿猴（雄性黑毛，雌性灰白色毛），蜼、玃皆如猕猴，飞蠝即鼯鼠，蛭有四翼，蜩不详，蠼猱即猕猴，獑胡即黑腰，豰为黄要，蛫未详。五臣注最为简洁："翰曰：皆兽名，似猨（猿）而捷，木处也。" ③ 李周翰的概括十分科学，这 9 种动物都是栖息于林木之间、动作敏捷的猿类或猴类，生活习性接近。扬雄《蜀都赋》如此展示蜀地物产："兽则麙羊野麋，罢犛貘貒，麢麈鹿麝，户豹能黄，獑胡蜼玃，猨蠝玃猱，犹豰毕方。……于木则楩栎，豫章树榜，楈櫖椑柙，青稚雕梓，枌梧橿枥，榭楢木樱。……其浅湿则生苍葭蒋蒲，藿芓青苹，草叶莲藕，茱华菱根；其中则有翡翠鸳鸯，袅鸬鷁鹭，霍鹎鷫鹲；其深则有猵獭沈鳣，水豹蛟蛇，鼋蟺鳖龟。"④ 很显然，扬雄满怀热情地列举蜀地的走兽、树木、水草、禽鸟、鱼鳖等，旨在反映蜀郡的物产之丰，表达其对故乡的热爱和赞美。但分类比较粗糙，具体品类亦有可商之处。例如"毕方"，《山海经·西山经》云："有鸟焉，其状如鹤，一足，赤文青质而白喙，名曰毕

① 禹明莲：《司马相如赋中的名物叙写探奥》，《中南大学学报》2013 年第 4 期。

② 萧统编，李善注：《宋尤袤刻本文选》（三），第 15—16 页。

③ 萧统编，五臣注：《文选》卷四，台湾"中央图书馆"藏宋绍兴三十一年（1161）建阳崇化书房陈八郎宅刊本，第 15 页 a。

④ 龚克昌等：《全汉赋评注·前汉》，花山文艺出版社，2003，第 279—281 页。

方。”[①] 据此，则毕方为西方鸟类，扬雄将其归入兽类，似乎不妥，也许是为了押韵而破例为之。张衡《南都赋》则用“其木”“其水虫”“其鸟”“其园圃”“其香草”等连接语，分类之明确，跃然纸上。

汉大赋具有图案化、类型化倾向，古今学者多有讨论。[②] 其实，枚乘《七发》即有“比物属事，离辞连类”之语，虽系创作经验之谈，但其“比物”（排列事物）、“连类”（分类铺写，同类相连）之法，实为散体大赋创作的不二法门。《汉书・扬雄传》载：“雄以为赋者，将以风也，必推类而言。”[③] 提出汉赋“推类”的技法特色，与枚乘的理论异曲同工。对天地山川万物进行分类展示，源自先秦的“方以类聚，物以群分”（《周易・系辞传上）观念。《周礼・地官・大司徒》分动物为毛物、鳞物、羽物、介物、蠃物五类，分植物为皁物、膏物、覈物、荚物、丛物五类，已甚精密。《尔雅》将语词划分为草、木、虫、鱼、鸟、兽、畜等类别，分别加以罗列、释解。反映到文学作品中，战国时宋玉《高唐赋》已对飞禽、走兽、水族等进行相对集中的铺写。至汉赋则推而广之，物类更繁，琳琅满目，排列密集，应接不暇，于是有“赋如类书”“赋如志书”之说。清人袁枚《历代赋话序》甚至说：“尝谓古无志书，又无类书，是以《三都》《两京》，欲叙风土物产之美，山则某某，水则某某，草木、鸟兽、虫鱼则某某，必加穷搜博访，精心致思之功。是以三年乃成，十年乃成。而一成之后，传播远迩，至于纸贵洛阳。盖不徒震其才藻之华，且藏之巾笥，作志书、类书读故也。”[④] 此说甚精。汉代散体大赋蕴含有朴素的分类思想和类聚意识，这在一定程度上促进了最早的类书——三国魏《皇览》的诞生。而后代类书在

---

① 袁珂：《山海经校注》，巴蜀书社，1993，第 62 页。

② 参见万光治：《论汉赋的图案化倾向》（《四川师范学院学报》1982 年第 3 期）、《论汉赋的类型化倾向》（《西南师范大学学报》1983 年第 1 期）二文。又，易闻晓《大赋铺陈用字考论》（《复旦学报》2017 年第 1 期）探讨联边字的使用，可参。

③ 班固：《汉书》卷八七下，中华书局，1962，第 3575 页。

④ 浦铣著，何新文、路成文校证：《历代赋话校证》，上海古籍出版社，2007，第 3 页。

分类介绍百科知识时，亦往往参考汉赋，甚至大量征引汉赋文字。如《艺文类聚》《初学记》《太平御览》等无不如此。其中《艺文类聚·鸟部》就曾经收录孔臧《鸮赋》、赵壹《穷鸟赋》、祢衡《鹦鹉赋》、王粲《白鹤赋》《鹖赋》《莺赋》等作品。汉赋对草木鸟兽的林林总总的书写，为类书中花草、树木、禽鸟、走兽、鳞虫等类别的编撰提供了重要素材和分类基础。

## 三、虚实相间，因夸成奇

汉大赋书写名物，并不全是刻板反映，照实列举，而是有实有虚，并常作超逸之思。司马相如《上林赋》如此铺陈上林苑离宫别馆中的植物："于是乎卢橘夏熟，黄甘橙楱，枇杷橪柿，楟奈厚朴。梬枣杨梅，樱桃蒲陶，隐夫薁棣，荅沓离支。罗乎后宫，列乎北园。"[①]其中有卢橘（给客橙）、黄柑、橙子、皱子（脐橙）、枇杷、酸小枣、柿子、海棠果、红花苹果、厚朴、黑枣、红枣、杨梅、樱桃、葡萄、棠棣、郁李、荅沓、荔枝，一口气罗列了 19 种植物，颇有来自异域或产自南方者。比如赋中提到了"樱桃蒲陶"，而《史记·大宛列传》载："宛左右以蒲陶为酒，富人藏酒至万余石，久者数十岁不败。俗嗜酒，马嗜苜蓿。汉使取其实来，于是天子始种苜蓿、蒲陶肥饶地。及天马多，外国使来众，则离宫别观旁尽种蒲萄、苜蓿极望。"[②]大宛国盛产蒲陶（葡萄），俗嗜葡萄酒，汉使"取其实来"（即带回葡萄籽），尝试种植；若干年后，又在上林苑内进行推广，扩大种植面积。此处"汉使"当指张骞，而司马相如写作《上林赋》（前 134）时，张骞出使西域（前 138—前 126）未归，则赋中所谓"蒲陶"，很可能来自传闻，或出于想象。又，宋蔡襄《荔枝谱》称："荔枝之于天下，唯闽粤、南粤、巴蜀有之。汉初，南粤王尉佗以之备方物，于是始通中国。司马相如

① 萧统编，李善注：《宋尤袤刻本文选》（三），第 13 页。
② 司马迁：《史记》卷一二三，中华书局，2014，第 3852 页。

赋《上林》云‘杂沓离支’，盖夸言之，无有是也。”[①] 此类来自异域远方的植物，中原士人从未见过，颇感新鲜。至于离宫别馆之外的山坡上，还有众多奇异的物种：“沙棠栎槠，华枫枰栌。留落胥邪，仁频并间。欃檀木兰，豫章女贞。”[②] 这里展示的是沙棠、柞栎、槠树、桦树、枫树、银杏、黄栌、石榴、椰子、槟榔、棕榈、檀树、玉兰、樟木、女贞，凡 15 种，既有温带植物（桦树、枫树、柞栎等），又有热带、亚热带植物（椰子、槟榔、棕榈），从植物栽培学的角度来看，很难在同一气候环境下培植。相如将它们置于上林苑离宫周围，显然有想象乃至不实成分，后人对此多有诟病。扬雄《法言·吾子》称：“诗人之赋丽以则，辞人之赋丽以淫。如孔氏之门人用赋也，则贾谊登堂，相如入室矣，如其不用何？”[③] 对以司马相如为代表的“丽淫”（崇尚丽辞、夸张渲染）之赋深表不满。王充《论衡·对作》《佚文篇》更对当时的“虚妄”之词口诛笔伐，当然也包括赋中的夸大之词。刘勰《文心雕龙·夸饰篇》曾对夸饰现象进行总结：“自宋玉景差，夸饰始盛，相如凭风，诡滥愈甚。”[④] 批评赋家描写背离事实，有“事义睽刺”之弊。其实，相如赋中所写，乃是包举天下四方之物而言之，并不拘泥于上林苑所产。换言之，司马相如在铺叙上林苑中草木鸟兽之时，顺便将整个大汉帝国的物产皆加以罗列展示，借以反映帝国土地之广袤、品类之众多、经济之繁荣。正如宋人程大昌《雍录》所言：“极天下之大，并夷狄地而言之，则交广、朔漠气候乃始有此。”[⑤] 历代批评家斤斤于上林苑的实际范围和气候、土壤条件，其实并未参透《上林赋》宣扬汉威的主题。

更有甚者，《上林赋》还将传说中的神鸟神兽也纳入上林苑中，甚至成为被猎杀的对象：“射游枭，栎蜚遽。……躏玄鹤，乱昆鸡，遒孔鸾，促鵔

---

① 蔡襄：《莆阳居士蔡公文集》卷第二五《杂著》，宋刻本，第 6 页 a。
② 萧统编，李善注：《宋尤袤刻本文选》（三），第 14 页。
③ 汪荣宝：《法言义疏》，陈仲夫点校，中华书局，1987，第 49—50 页。
④ 刘勰著，范文澜注：《文心雕龙注》，人民文学出版社，1958，第 608 页。
⑤ 程大昌：《雍录》卷九，黄永年点校，中华书局，2002，第 190 页。

虦，拂翳鸟，捎凤凰，捷鹓雏，揜焦明。”李善注引张揖曰：“飞遽，天上神兽也，鹿头而龙身。”又引高诱《淮南子注》曰：“枭羊，山精也。”[①]玄鹤以下，皆为祥瑞之兽，亦皆为猎手所获。无独有偶，张衡《西京赋》描写猎兽场面云：“鼻赤象，圈巨狿，摣狒猬，批窳狻。……赴洞穴，探封狐；陵重巘，猎昆駼；杪木末，获獑猢；超殊榛，擿飞鼯。”[②]巨狿是巨大的㺜狿，《广韵·二十五愿》：“㺜狿，兽长百寻。”百寻长的㺜狿（一寻为八尺），显然只存在于传说中。窳即窫窳，《山海经·北山经》：“少咸之山……有兽焉，其状如牛，而赤身、人面、马足，名曰窫窳。”[③]乃是传说中少咸之山的怪兽。对这些神异之兽，猎人采取穿鼻、围捕、戟刺等多种狩猎方式，（李善注引薛综曰：“摣（揸）、批，皆谓戟撮之。”）似乎与地上的普通野兽没有区别。研究者认为，这种“动词＋兽名”的表述形式乃是“通过动词消解物（兽）之神性，以达到君主掌控万物、手操生杀大权的心理需求”[④]。赋家以此宣扬大汉声威，为汉帝国唱赞歌。

这些出于虚构或者来自神话的动物，皆非亲眼所见，反映了作者对奇异物象的高度兴趣，这与司马迁《史记》的好奇心理颇有相通之处。作为文学作品，赋家的夸饰之法成为歌颂帝国实力强大、地域广袤、物产丰富的有效手段，也是汉帝国上升时期囊括万有、征服一切的豪迈心胸的艺术反映。故大汉天子并不以“虚妄”“荒诞”为嫌，反而读之“大说（悦）”，加以奖赏。赋家献赋得官，不仅有君臣相知的美谈，也是汉代文学与政治发生关系的重要途径。

汉大赋的夸张虚构遭受了来自时人、后人的种种责难，前已言之。为此，晋人左思提出了赋须“征实”的创作理论，其《三都赋序》云：“余既

① 萧统编，李善注：《宋尤袤刻本文选》（三），第20页。

② 同上书，第179—180页。

③ 袁珂：《山海经校注》，巴蜀书社，1993，第91—92页。

④ 王振强：《〈子虚赋〉〈上林赋〉的动物展列和文学新变》，《辽东学院学报》2022年第2期。

思摹《二京》而赋《三都》，其山川城邑，则稽之地图；其鸟兽草木，则验之方志；风谣歌舞，各附其俗；魁梧长者，莫非其旧。何则？发言为诗者，咏其所志也；升高能赋者，颂其所见也。美物者贵依其本，赞事者宜本其实。匪本匪实，览者奚信？”[①] 但是一味求真求实，也会限制赋家的想象力和作品的感染力，散体大赋的生命力也因此遭到扼杀。

## 四、增减自如，组合随意

既然汉大赋中的动物、植物大都是分类展列，每一类别都有鲜明特色，给人以鳞次栉比、密集排列之感，但对于具体的动物或植物，却并无特色与寄托。例如《上林赋》：“其南则隆冬生长，涌水跃波。其兽则獼旄貘牦，沉牛麈麋，赤首圜题，穷奇象犀。其北则盛夏含冻裂地，涉冰揭河。其兽则麒麟角端，騊駼橐驼，蛩蛩驒騱，駃騠驴臝。”[②] 南部的野兽 12 种，以牦牛、麋鹿、大象、犀牛为主；北部的野兽 9 种，以麒麟、骆驼、驴马为主，皆为体型较大的动物。每一种野兽都是帝王猎杀的对象，并无任何寓意，因而倘若替换其中的个别野兽，或者加以增减，将南部兽减少为“獼旄貘牦，沉牛麈麋”，北部兽减少为“麒麟角端，騊駼橐驼”，亦不影响整体的文意表达。

汉赋名物具有“可增可减性”与“可替换性”，还可以从异文比对中到证实。例如宋尤袤刻本《文选》卷七《子虚赋》：“其东则有蕙圃，衡兰芷若，穹藭菖蒲，茳蓠蘪芜，诸柘巴苴。”[③] 共计 11 种植物，“圃”“蒲”“芜”“苴”同属鱼部，押韵自然，声韵铿锵。《汉书》略同，而《史记》《文选》宋陈八郎本、日本九条本、朝鲜正德本、韩国奎章阁本“芷若”下多出“射干”二字，其中《史记》作：“其东则有蕙圃衡兰，芷

① 萧统编，李善注：《宋尤袤刻本文选》（二），第 25—26 页。
② 同上书，第 10—11 页。
③ 同上书，第 207 页。

若射干。穹穷昌蒲，江离糜芜，诸蔗猼且。”[①] 如此，植物增加至 12 种，读起来“兰”“干”为韵，“蒲”“芜”“苴”为韵，亦朗朗上口，毫无生硬痕迹。宋王观国《学林》卷四以为:“《史记》于‘芷若’字下有‘射干’,《前汉》于‘芷若’字下无‘射干’。颜师古注以《汉书》为是，而《史记》为非。后世文士，尝于此而疑焉。观国按:《子虚赋》此一段数百言，皆以四字为一句。以《史记》之文读之，则用‘射干’字乃成四字一句，于文则顺，于韵则协。以《汉书》之文读之，则去‘射干’字，遂不成句法。以此知《史记》之文为是，而《汉书》之文阙也。”[②] 清人浦铣《历代赋话续集》卷二与之相左，认为《汉书》《文选》(引者按：指李善注本)之文为是,《史记》之“射干”为“俗本妄增，有自来矣”[③]。其实，无论有无“射干”，都可以读成四字一句，于文皆顺，于韵皆协，并无高下之分。此外，《文选》尤袤本《子虚赋》“其下则有白虎玄豹，蟃蜒貙犴”,《史记》作:“其下则有白虎玄豹，蟃蜒貙犴，兕象野犀，穷奇獌狿。”多出“兕象野犀，穷奇獌狿”8 字，野兽数量也从 4 种增加至 9 种。从文意和韵脚上看，二者皆通。但是《史记》中“蟃蜒”与“獌狿”，似为同一野兽，有重复之嫌。《史记·司马相如列传》称:“无是公言天子上林广大，山谷水泉万物，及子虚言楚云梦所有甚众，侈靡过其实，且非义理所尚，故删取其要，归正道而论之。”[④] 对于“删取其要”四字，学术界有不同理解，孙少华认为:“《史记》《汉书》所录《天子游猎赋》，亦非司马相如最初原文，而是司马迁根据时代需要进行了删汰。”[⑤] 如果司马迁曾经删减过《子虚》《上林》二赋，那一定是此类可增可减的铺陈文字。

总之，汉大赋抛弃了《诗经》轻盈灵动的比兴手法，以及楚骚婉转清

---

① 司马迁:《史记》卷一一七，第 3642 页。

② 王观国:《学林》卷四，田瑞娟点校，中华书局，1988，第 149 页。

③ 浦铣著，何新文、路成文校证:《历代赋话校证》，第 173 页。

④ 司马迁:《史记》卷一一七，第 3689 页。

⑤ 孙少华:《〈天子游猎赋〉的文本书写、知识来源与思想传播》,《四川师范大学学报》2018 年第 2 期。

深的美人香草之喻，使用分类展列的方式书写花草、树木、飞禽、走兽、水族，借以反映新的时代气象，是汉帝国“宣威”的手段之一。但有时候铺陈过甚，名物过多，堆砌辞藻，缺乏性灵，也有“繁类成艳”“腴辞害骨”之弊。汉魏之际抒情小赋兴起，楚骚精神回归赋坛，这种铺陈名物、奇字满篇、笨拙而古朴的散体大赋也渐渐走向了衰落。与散体大赋不同，汉代尚有一些以动物、植物为题的咏物抒情小赋，如贾谊《鵩鸟赋》、孔臧《杨柳赋》、班昭《大雀赋》等，代表了另外一种书写方式，则已超出本文的研究范围了。

（原载《聊城大学学报》2023 年第 3 期）

# 欧阳询赋学思想探微

## 一、引言

欧阳询（557—641）是我国古代著名书法家，“楷书四大家”（欧阳询、颜真卿、柳公权、赵孟頫）之一，同时也是著名学者、文献学家。他主持编纂的《艺文类聚》100卷，是我国古代著名的类书，其中包含有丰富的文学史料和编者独特的文学观念，是研究中国古代文学作品、文学史、文学思想史不可忽视的重要文献。

综合《旧唐书》中《欧阳询传》《令狐德棻传》《赵弘智传》的记载，可知《艺文类聚》由欧阳询主编，参与其事者有令狐德棻、陈叔达、裴矩、赵弘智、袁朗等十余人，始于唐高祖李渊武德五年（622），武德七年（624）成书。《艺文类聚》与《北堂书钞》《初学记》《白氏六帖》合称“唐代四大类书”，而以《艺文类聚》(以下简称《类聚》) 价值最高，影响最大。《类聚》共分46部，727子目，约百余万言，开创事文兼备，“隶事”在前、“引文”在后的体例，层次极为分明。“隶事”在前，均注出处；所引诗文，均注时代。诗文有不同体裁，又标明“诗”“赋”“赞”“箴”等字加以区别。引用古籍多达1431种[①]，九成以上已经散佚，借助此书的征引才得以窥其一鳞半爪，文献价值极高。即使未散佚的古书，亦因《类

① 欧阳询:《艺文类聚·前言》，上海古籍出版社，1999，第3页。本文所论，皆以此本为据。

聚》所引者多为唐前古本，可用以校正今传之本，而为研究者所重。早在宋代，周必大、彭叔夏校《文苑英华》，就已利用此书。明清时期的校勘、辑佚学者在研究先秦两汉以迄南北朝的古籍时，就更广泛地使用这部类书。

## 二、《艺文类聚》收录赋作的数量与质量

《类聚》在保存先唐赋文献方面贡献卓著。笔者曾经撰写《〈艺文类聚〉与中国赋学》一文，统计出该书载录先唐赋作数量为898篇，比《史记》《汉书》《后汉书》《晋书》《宋书》《南齐书》《梁书》《陈书》《魏书》《北齐书》《周书》《隋书》和《昭明文选》的总和（117篇）还要多得多，认为"《艺文类聚》是先唐赋之渊薮，该书为保存先唐赋体文学作品做出了不可替代的贡献"[①]。但拙文在列表统计时，并未尊重《类聚》本身的体例安排，除了"赋"目下的作品，还将原书列于"七""颂""序""书""客难""吊文"诸目的若干作品也统计在内，这虽然符合今人对于赋体的认识，但不能客观反映欧阳询的赋体观念以及对赋的文体范围的认识。为了考察欧阳询的赋学观，本文只统计《类聚》列于"赋"目的作品，以存原貌。各部引录赋作情况如下：

天部44篇，岁时部51篇（江淹《岁时赋》出现3次，李颙《悲四时》2次），地部5篇，州部1篇，郡部0篇，山部13篇，水部38篇，符命部0篇，帝王部0篇，后妃部0篇，储宫部1篇，人部169篇，礼部17篇，乐部30篇，职官部1篇，封爵部0篇，治政部1篇，刑法部1篇，杂文部20篇，武部16篇，军器部3篇，居处部62篇（孙楚《登楼赋》与《登城赋》实为一篇），产业部22篇，衣冠部3篇，仪饰部8篇，服饰部20篇，舟车部1篇，食物部5篇，杂器物部7篇，巧艺部18篇，方术部3篇，内

① 踪凡:《赋学文献论稿》，商务印书馆，2017，第225—226页。

典部0篇，灵异部20篇（曹植《洛神赋》与水部重复），火部13篇，药香草部51篇，宝玉部8篇，百谷部2篇，布帛部2篇，果部39篇，木部41篇，鸟部76篇，兽部13篇，鳞介部7篇，虫豸部23篇，祥瑞部3篇，灾异部0篇。

总数为858篇。去掉5篇重出之作，《类聚》实际上收赋（欧阳询等所认定的赋作）853篇。除了唐杨炯《盂兰盆赋》外，全部是先唐赋作。事实上，今天所能见到的先唐赋作名篇，大抵通过史书和诗文总集的载录而得以流传至今。今考《史记》收录贾谊、司马相如赋6篇（以下仍然只统计以“赋”名篇的作品，包括赋序，不包括骚、七、颂、对问等），《汉书》收赋14篇，《后汉书》9篇，《晋书》11篇，《宋书》5篇，《南齐书》2篇，《梁书》4篇，《陈书》1篇，《魏书》7篇，《北齐书》1篇，《周书》1篇，《隋书》3篇，共计64篇。现存最早的诗文总集、南朝梁萧统所编之《文选》收赋56篇。加在一起，史书和诗文总集共计收录先唐赋120篇。如果去掉重复之作，仅有100篇，全部是脍炙人口的名篇。毫无疑问，史书和《文选》在保存这些先唐文学名篇方面功劳巨大。但如果仅有这些名篇，先唐文学仍然显得十分单薄。并且名篇之所以不朽，之所以受到历代文人的代代传颂，应该有着大量并不知名或者知名度稍低的文学作品作为陪衬，进行比较，方能凸显出它的优秀特出之处。因而《类聚》所载录的853篇赋作，大大丰富了先唐赋的研究资料；倘若没有《类聚》，大约有七百余篇的先唐赋（大约占今存先唐赋的半数以上）销声匿迹，那才是中国古代文学的重大损失。所以，称《类聚》为“先唐赋之渊薮”，一点都不为过。

当然，《类聚》是一部类书，书中载录赋作主要是为了满足读者征事与作文的需要，所载作品不如《文选》和史书精确，或有删削，或有错讹。但是，在先唐赋作十不存一、早期类书和诗文总集亦大都散佚的情况下，该书的文献价值就显得格外突出。与现存其他类书相比，《艺文类聚》

的价值也是独特的。唐虞世南《北堂书钞》、白居易《白氏六帖》、宋李昉《太平御览》等类书亦曾摘录一些先唐赋作，但大都是散句，鲜有完整的篇幅。《艺文类聚》则不然。例如司马相如《子虚赋》，《类聚》卷六十六《产业部·田猎》加以载录，从“楚使子虚使于齐”到“何为亡以应哉”，大约1000余字，基本完整。(《子虚赋》在本书中只出现一次。)《北堂书钞》摘引《子虚赋》多达11次，但每次都是摘句，或四字，或六字，最多不过十余字，文献价值较低。《白氏六帖》《太平御览》等书亦大致如此。徐坚等《初学记》30卷在体例上效法《类聚》，可惜卷帙太小，其文献价值亦远在《类聚》之下。所以，《类聚》不仅载录先唐赋数量众多，在作品的完整性、文字的准确性方面皆远远超过其他类书。

## 三、欧阳询的赋体观念

考察《类聚》在“赋”目下所收的853篇作品，大都以“赋”名篇，不收骚、七、颂、赞、碑、铭、诔、对问（答难）、连珠、吊文等韵文作品。这反映了唐代初年较为明细的文体观念。偶然也收赋序，包括：晋潘岳《秋声赋序》（岁时部秋类）、梁简文帝《眼明囊赋序》（服饰部囊类）、晋傅咸《仪凤赋序》（鸟部凤类），凡3篇。笔者以为属于误收，因为据全书体例，编者一贯将赋序纳入“序”类，而不是“赋”类。考察《艺文类聚》全书，“序”目下收录的赋序作品有：魏缪袭《青龙赋序》（鳞介部龙类），晋嵇含《社赋序》（岁时部社类）、《娱蜡赋序》（岁时部腊类）、《白首赋序》（人部发类）、（鹿葱）赋序（药香草部鹿葱类）、《朝生暮落树赋序》（木部木槿类），晋嵇康《怀香赋序》（药香草部草类），晋傅玄《蜀葵赋序》（药香草部蜀葵类）、《朝华赋序》（木部木槿类），晋成公绥《日及赋序》（木部木槿类）、《乌赋序》（鸟部乌类），晋潘尼《朝菌赋序》（木部木槿类），晋伏滔《长笛赋序》（木部竹类），晋沈充《鹅赋序》（鸟部鹅类），晋阮籍《鸠赋序》(鸟部鸠类)，晋王廙《白兔赋序》(兽部兔类)，晋傅咸《喜雨赋序》(灾异部祈雨类)，共计17篇。这足以证明欧阳询等将赋序视为“序”体，而不是“赋”体。

中国古代的文体分类，可以溯源到汉刘向父子《别录》和《七略》。但在刘向父子眼中，赋、七、骚、颂、对问、隐书、成相杂辞等，皆可纳入赋类，详见班固《汉书·艺文志·诗赋略》。我们称之为广义的赋体观。降至南朝梁代，随着文学作品的积累和文学观念的进步，文体分类日趋繁细。刘勰《文心雕龙》一书，在《诠赋》之外，另有《辨骚》《明诗》《乐府》《颂赞》《铭箴》《诔碑》《哀吊》《杂文》《谐隐》等篇，分而论之，其中《杂文》篇论述对问、七、连珠诸体；萧统《文选》一书，在赋体外，另设骚、七、对问(答难)、设论、辞、序、颂、赞、符命、连珠、箴、铭、诔、哀、碑文、吊文、祭文等，更为繁细。不难看出，在刘勰、萧统眼中，赋与骚、七、颂、赞等属于不同文体，具有各自的文体特征和现实功用，我们称之为狭义的赋体观。欧阳询等编纂《艺文类聚》时，显然继承了这种进步的文体观念，努力将赋与其他文体区分开来，值得肯定。

除了赋序之外，《艺文类聚》“赋”目之下还收录了一些不以“赋”命名的韵文，包括：梁沈约《八咏·望秋月》《临春风》《悲落桐》《听晓鸿》《闻夜鹤》《守山东》，宋谢庄《杂言·咏雪》，晋夏侯湛《春可乐》《秋可哀》《秋夕哀》《寒苦谣》，晋王廙《春可乐》，晋湛方生《秋夜赋》，宋谢琨《秋夜长》，宋苏彦《秋夜长》，宋何瑾《悲秋夜》，宋伏系之《秋怀》，晋殷仲堪《将离咏》(残句)，宋陶潜《归去来》，汉扬雄《反骚》，后汉班彪《悼离骚》，晋挚虞《愍骚》，魏陈王曹植《九咏》，梁元帝《拟秋气摇落》，梁张缵《拟若有人兮》，凡25篇。这一问题较为复杂，为便于分析，不妨节录其中一篇：

梁沈约《八咏·望秋月》曰：秋月明如练，照曜三爵台。徘徊九华殿，九华玳瑁梁。华榱与壁珰，以兹雕丽色。持照明月光，凝华入黼帐。清晖悬洞房，先过飞燕户，却映班姬床。湛秀质兮似规，委清光兮如素。照愁轩之蓬发，影金阶之轻步。居人临此笑以歌，别客对之伤旦暮。经衰圃，映寒丛；凝清夜，带秋风。随庭雪以偕素，与池荷而共红。照玉墀之皎皎，含霜霭之蒙蒙。隐岩崖而半隔，出帷幌而才通。散朱庭之奕奕，入青琐而玲珑。①

此篇开头“秋月明如练”11句，虽然韵脚稀疏，但基本上属于五言诗；而“湛秀质兮似规”以下，或六言，或七言，或三言，则又显然使用了赋的句式。这篇韵文，既不能归入诗体，也不能纳入骚、七、颂、赞、对问等体，因为有一大半篇幅使用赋句写成，故编者将其归入赋体，恐怕也是一种变通的方式。其余各篇，大都可作如是观。若从内容上考察，这25篇又大都描写秋思与别情，似乎反映了编者对赋体文学抒情性的认可。但总体来看，编者对“赋”的文体特征十分明确，对其文体范围的限定是比较严格的。

总之，欧阳询对赋体的认定，基本上属于狭义的赋体观念，即严格限定在以“赋”名篇的作品，不收赋序和骚、七、颂、对问、连珠等韵文。“赋”目下的3篇赋序，应该属于误收；《八咏·望秋月》等25篇不以“赋”名篇者，乃是由于这些作品中赋体句式较多、且无法归入其他各类，只好暂且纳入赋体，是一种不得已的变通方式。

## 四、《艺文类聚》分类对古代赋总集分类的影响

魏晋南北朝时期，出现了类书、总集这两种新兴的文献形式。其中挚虞《文章流别集》、孔逭《文苑》、萧统《文选》等总集，专门选录诗文；

① 欧阳询:《艺文类聚·前言》，第10页。

刘劭等《皇览》、徐勉《华林遍略》、祖珽《修文殿御览》等类书，则专门对事物分类。文人士子欲查询知识、阅读相关诗文，必须在两类文献之间来回穿梭，费时费力。欧阳询等在编纂《类聚》时，有意将这两类文献加以合并，开创“事居其前，文列于后”的体例。《艺文类聚·序》云：“《流别》《文选》，专取其文，《皇览》《遍略》，直书其事。文义既殊，寻检难一。爰诏撰其事且文，弃其浮杂，删其冗长，金箱玉印，比类相从，号曰《艺文类聚》，凡一百卷。其有事出于文者，便不破之为事，故事居其前，文列于后，俾夫览者易为功，作者资其用。”[①] 欧阳询实际上已经“把‘事’与‘文’两条龙合并成了一条龙，变更了类书的常规体制”[②]。有了这一体例，编者在辑录相关诗文时便不再节录删减，“破之为事”，而是全篇抄录，不厌其烦。正因如此，该书所辑录的诗文往往在篇幅上大大超过了“类事”部分，这表明《艺文类聚》不再是单纯的类书，而是“兼类书、总集双重功用”[③]。

在《类聚》中，“事”（知识）与“文”（诗文）具有同等重要的地位，二者互相佐证，互相配合，相得益彰。该书的分类，便不仅仅是对“事”的分类，而是在对“事”与“文”进行综合考察后所进行的分类。欧阳询等将数以千计的诗文作品纳入具体的部类之下，客观上对这些诗文进行内容和题材上分类，规模庞大，成绩卓然。编者必须对每篇诗文的内容进行分析和判断，然后才能进行较为准确的归类。例如《类聚·天部》雨类收赋 12 篇，分别是：魏文帝《愁霖赋》、魏陈王曹植《愁霖赋》、又《愁霖赋》、魏应玚《愁霖赋》、晋潘尼《苦雨赋》、晋陆云《愁霖赋》、晋傅咸《患雨赋》、又《喜雨赋》、晋成公绥《阴霖赋》、又《时雨赋》、宋傅亮《喜雨赋》、梁张缵《秋雨赋》，尽管或愁或喜，或夏或秋，时令与情感各不相

---

① 欧阳询：《艺文类聚·前言》，第 27 页。
② 胡道静：《中国古代的类书》，中华书局，1982，第 79 页。
③ 赵含坤：《中国类书》，河北人民出版社，2005，第 34 页。

同，但皆为描写雨的赋作。编者将这些赋作搜集汇总，分类编排，每一类下又以时代先后为序进行编排，自然对这些赋作进行了分类。当然，也有少数赋作属于节录，不能视为该赋的全部。例如《艺文类聚·居处部》“斋类”节选宋谢灵运《山居赋》“上古巢居穴处曰岩栖”一段，凡六百余字，我们不能说编者将《山居赋》纳入了斋类，只能说他们将该赋的部分内容纳入斋类。当然，这种情况属于少数，比例甚低。

《类聚》将853篇历代赋归入39部299类，这是赋学史上的一次创举。此前的分类，如《汉书·艺文志·诗赋略》将赋分为屈原赋之属、陆贾赋之属、孙卿赋之属、杂赋四大类，大约是从风格流派的角度划分的；而杂赋内部按照题材与体制分为12类，亦十分粗略，且标准不一，逻辑混乱。至于《文选·赋》将历代赋分为京都、郊祀、耕藉等15类，更多为《类聚》所取法，但《文选·赋》仅收赋56篇，数量太少，分类自然也显得粗糙，并且没有二级分类。《艺文类聚》虽然不是纯粹的诗文总集，其收录赋作的目的在于佐证“类事”部分，并且全书46部727类，只有39部299类之下辑录了赋作，远远没有涵盖所有部类。但从中国赋学史上考察，《类聚》辑赋数量之盛多，分类之细致，都是空前的。欧阳询等为赋体文学设置二级分类，尤其值得肯定，这使赋的题材分类趋于精细和绵密，能够更为深刻地反映先唐赋创作题材的丰富性和多样性。

我们将《类聚》对赋的归类情况置于赋体文学分类史上，更能够反映出欧阳询分类思想的赋学价值。此后按照内容和题材分类选赋（辑赋）的诗文总集（或赋总集），主要有宋李昉等《文苑英华·赋》(41类)、清陈元龙《历代赋汇》(正集、外集共38类)、清张维城《分类赋学鸡跖集》(30部155类)、清鸿宝斋主人《赋海大观》(32类468目)等。为了便于比较，现列表比较如下：

《艺文类聚》对赋的归类与后代赋总集分类比较表

| 《艺文类聚》对赋的归类（39部299类） | 《文苑英华·赋》41类 | 《历代赋汇》38类 | 《分类赋学鸡跖集》30部155类 | 《赋海大观》32类468目（据国图社整理之《总目》） |
| --- | --- | --- | --- | --- |
| 1天部：天、月、云、风、雪、雨、霁、雷、电、虹，10类； | 1天象； | 1天象； | 1天文部：天地总、天、日、月、星、风、雨、云附霞、霜、雪、露附雾、雷附虹电、河汉，13类； | 1天文类：天文总、日月、日、月、星辰、风雨、风、雨、云、霞、霜、雪、露、雾、雷、电、虹、河汉、烟，19目；<br>2天象类：天象、浑天仪、太极，3目； |
| 2岁时部：春、夏、秋、冬、元正、三月三日、七月七日、七月十五、九月九日、社、热、寒、腊，13类； | 2岁时； | 2岁时； | 2岁时部：时令总、春、夏、秋、冬，5类； | 4时令类：时令总、闰、漏、立春、元宵、中和节、花朝、社日、清明、春总、浴佛日、浣花节、端午、夏总、暑、七夕、中秋、重阳、秋总、小春、冬至、腊日、冬总，23目； |
| 3地部：关、冈、峡、石，4类；<br>4州部：冀州，1类；<br>5山部：总载山、庐山、北芒山、天台山、首阳山、罗浮山、交广诸山，7类；<br>6水部：总载水、海水、河水、江水、淮水、汉水、洛水、壑、涛、泉、湖、池、溪、谷、井、冰，16类； | 3地类； | 3地理； | 3地理部：地附山水总、山、水、海江潮河湖、杂水、石、桥附堤路城郭等，7类； | 3地理类：地、山、海、潮、江、河、淮、汉、渭、湖、泉、瀑、池、矶、濑、堤、井、潭、溪、湾、水、冰、村、郊、桥、石、土、尘、京、都、形胜，31目； |

《艺文类聚》对赋的归类与后代赋总集分类比较表（续）

| 《艺文类聚》对赋的归类（39部299类） | 《文苑英华·赋》41类 | 《历代赋汇》38类 | 《分类赋学鸡跖集》30部155类 | 《赋海大观》32类468目（据国图社整理之《总目》） |
|---|---|---|---|---|
| 8人部：耳、舌、发、髑髅、美妇人、言语、啸、笑、孝、智、性命、友悌、交友、鉴诫、讽、谏、嘲戏、言志、行旅、游览、别、怨、赠答、闺情、报恩、怀旧、哀伤、妒、愁、贫、奴、婢、隐逸，33类； | 23人事；<br>24志；<br>37游览；<br>38哀伤； | 25览古；<br>26寓言；<br>31言志；<br>32怀思；<br>33行旅；<br>34旷达；<br>35美丽；<br>36讽喻；<br>37情感；<br>38人事； | 7性道部：圣贤、德性、言行、儒修，4类；<br>8人品部：品藻、高隐、渔樵、闺阁，4类；<br>16人事部：形体、壮志、早慧、交际、思慕、游览附访友、送别附归隐、感愤、梦寐、人事杂载，10类； | 12人品类：器识、立志、清操、高尚、渔、樵、隐逸，7目；<br>13性道类：德性、德行、操修、品节、性情、道学、言行、交际、好学，9目；<br>15人事类：聪慧、寿、未遇、贫、壮志总、交际、爱财、友谊、送别总、远行、游览、归思、感愤总、仇恨、喜、思慕、幽思、感怀，18目；<br>16妇女类：美色、神女、思妇、才女、烈女、闺阁、贞节，7目；<br>17身体类：人总、心、舌、鼻、耳、目、发、须、眉、手、指、腹、胆、气、神、泪、影、骨、病、梦、寐，21目； |
| 9礼部：礼、郊丘、辟雍、巡狩、籍田、社稷、婚、吊、冢墓，9类； | 9苑囿；<br>10朝会；<br>11禋祀；<br>12行幸；<br>17耕籍附田农； | 6典礼；<br>8临幸；<br>9搜狩； | 12礼制部：朝会、学校附书院、祭祀、杂载（宴进讲 养老 耕田），4类； | 8典礼类：典礼总、临幸、巡狩、祭祀总、耕籍、祭物、封禅、祭器、朝会、宴集、学校总、书院、饮仪、燕射、田猎，15目； |

| | | | | |
|---|---|---|---|---|
| 10乐部：舞、歌、琴、筝、箜篌、琵琶、笋簴、箫、笙、笛、笳，11类； | 18乐；<br>19钟鼓； | 18音乐； | 13乐制部：乐律、歌曲舞附秋千、琴瑟附弦、钟鼓、笙笛箫管磬、琵琶附筑，6类； | 9乐律类：乐律总、杂律总、歌、曲、舞、琴、瑟、琵琶、筝、杂总、钟、鼓、磬、笙、笛、箫、埙篪、筑、笳、角、箜篌、匏、啸、声，24目； |
| 7储宫部：储宫，1类；<br>11职官部：诸王，1类；<br>12治政部：赦宥，1类；<br>13刑法部：刑法，1类； | 5帝德；<br>16治道；<br>22符瑞； | 5治道；<br>7祯祥； | 5帝治部：君德附纳谏、用贤、政刑、巡狩附向化颂祷瑞应，4类；<br>6仕宦部：勋名、节操、循良、知遇、科第，5类； | 5君德类：治化、勤政、德政、圣学、养民、睿鉴、好善、文德、帝储、爱民、政刑、符瑞、贡献，13目；<br>6仕进类：仕进总、尽职、辅治、清节、科第、试士，6目；<br>7举贤类：用贤、养士、选举，3目； |
| 14杂文部：经典、读书、赋、七、纸、笔、砚，7类； | 13讽谕；<br>14儒学； | 10文学； | 9文学部：书籍、碑帖、文、诗、词赋、勤学、博学、书法、字辨讹、文具，10类；<br>10文具部：笔墨、砚、纸、杂具，4类； | 10文学类：勤学、博学、经、史、文、诗、赋、书法、碑帖、画、笔墨总、笔、砚、墨、纸，15目； |
| 15武部：战伐，1类；<br>16军器部：牙、刀、弹，3类； | 15军旅； | 11武功； | 11武备部：讲武附息兵、名将事迹、兵器，3类； | 11武备类：师旅、将帅、战功、讲武、奏凯、射、弓、剑、杂具，9目； |

《艺文类聚》对赋的归类与后代赋总集分类比较表（续）

| 《艺文类聚》对赋的归类（39部299类） | 《文苑英华·赋》41类 | 《历代赋汇》38类 | 《分类赋学鸡跖集》30部155类 | 《赋海大观》32类468目（据国图社整理之《总目》） |
|---|---|---|---|---|
| 17居处部：总载居处、宫、阙、台、殿、坊、楼、橹、观、堂、城、馆、宅舍、庭、室、斋，16类； | 6京都；<br>7邑居；<br>8宫室 | 4都邑；<br>14宫殿； | 4宫室部：屋舍总附邻、楼阁、亭台、堂室附园苑壁门窗阑干，4类； | 21宫室类：第宅总、殿、堂室总、堂、宫、阁、楼、台、宅、屋、观、馆、庐、斋、庵、轩、亭、庭、园、杂载，20目； |
| 18产业部：农、园、蚕、织、针、田猎、钓，7类； | 33薪火；<br>34畋渔； | 13农桑； | 14农桑部：农桑总、农事附农器丰年、禾稼附粟米、蚕桑附纺织棉花，4类 | 19农桑类：农桑总、农、耕、苗、秧、获、稼穑、丰年、粟、稻、谷、禾、稼、麦、豆、农具、蚕、纺织、桑、棉、圃，21目； |
| 19衣冠部：貂蝉、玦佩、袍，3类； | 28服章； | 20服饰； | 18服用部：衣服、冠巾鞾屐、扇、杂载，4类 | 23服饰类：服总、裘、锦、冠巾、佩、裙、鞾屐、被、枕、杂载，10目； |
| 20仪饰部：鼓吹、相风、漏刻，3类； | 19钟鼓；<br>2岁时； | | | |
| 21服饰部：屏风、杖、扇、枕、香炉、钗、梳枇、囊、镜，9类； | 27器用； | 20服饰； | 19器用部：车、舟船附槎、镜帘床、灯烛、香炉、杖如意、量鼎规矩权衡、窑器、杂器，9类； | 22器用部：器用总、车、舟船、槎、航舫、帆、橹声、屏风、帘、镜、扇、杖、鼎、炉、香、灯、烛、风筝、砧、酒器、窑器、木器、度量衡、钟漏、笏、如意、麈尾、杂载，28目；<br>23服饰类； |

| | | | | |
|---|---|---|---|---|
| 22 舟车部：舟，1 类； | 32 舟车； | 17 舟车； | 19 器用部； | 22 器用部； |
| 23 食物部：饼、酒，2 类； | 21 饮食； | 21 饮食； | 21 饮馔部：酒附酒器、茶附茶器、饭粥羹、糕饼、蔬菜、食物杂载，6 类； | 24 饮食类：酒、茶、饭、粥、羹、糕、饼、粽、蔬菜、杂载，10 目； |
| 24 杂器物部：盘、卮、碗，3 类； | | 1 天象；<br>19 玉帛； | 19 器用部； | 22 器用部； |
| 25 巧艺部：书、画、围棋、弹棋、樗蒲、投壶、塞、藏钩、思维、象戏，10 类； | 20 杂技；<br>25 射、博弈；<br>29 图画； | 22 书画；<br>23 巧艺； | 15 技艺部：射御附投壶、画、卜奕、杂技，4 类； | 10 文学类；<br>18 技艺类：投壶、弈、纸鸢、秋千、球、骑射、骑、医、卜、杂载，10 目； |
| 26 方术部：疾、医，2 类； | | | | 18 技艺类； |
| 27 灵异部：仙道、神、梦、魂魄，4 类； | 23 人事；<br>35 道释； | 24 仙释； | 16 人事部；<br>17 释道部：佛寺塔僧、仙，2 类； | 14 仙释类：仙总、仙、道术、神鬼、仙境、释总、佛、僧、庙、祠宅、寺、塔，12 目； |
| 28 火部：火、灯、烛，3 类； | 33 薪火； | 16 器用； | 19 器用部； | 22 器用部； |

《艺文类聚》对赋的归类与后代赋总集分类比较表（续）

| 《艺文类聚》对赋的归类（39部299类） | 《文苑英华·赋》41类 | 《历代赋汇》38类 | 《分类赋学鸡跖集》30部155类 | 《赋海大观》32类468目（据国图社整理之《总目》） |
|---|---|---|---|---|
| 29药香草部：空青、芍药、款冬、草、兰、菊、杜若、郁金、迷迭、芸香、鹿葱、蜀葵、蓝、芙蕖、萍、苔、蓍、茗、艾、荠、蓼，21类； | 41草木； | 27草木； | 22草部：草、蕉、苔萍菌、草类杂载，4类；<br>24花木部：花总、牡丹、梅、桃李杏桂、木花杂载，5类；<br>25花草部：荷、芍药、兰菊、葵鸡冠凤仙、草花杂载（藤木附），5类； | 29草类：草总、芝、苔、茅、萍、蒲、艾、杂载，8目；<br>30花卉类：花总、牡丹、梅花、腊梅、水仙、兰、杏花、桃花、海棠、芍药、榴花、莲、荷花、芙蓉、葵、蓼、茉莉、玉簪、秋海棠、桂花、菊、木芙蓉、茶花、芦花、杂载，25目； |
| 30宝玉部：玉、珠、马瑙、瑠璃、车渠、玳瑁，6类； | 30宝； | 19玉帛； | 12珍宝部：金玉、珠、宝器杂载，3类； | 20珍宝部：金、玉、圭、璧、珠、珊瑚、杂载，7目； |
| 31百谷部：黍、豆，2类； | 17耕籍附田农； | 13农桑； | | 19农桑类； |
| 32布帛部：素、布，2类； | 31丝帛； | 19玉帛； | | 19农桑类； |
| 33果部：李、桃、梅、甘、橘、石榴、栗、枇杷、木瓜、杜梨、蒲萄、荔枝、芭蕉、甘蔗、瓜，15类； | 41草木； | 28花果； | 26果部：橘柚柑橙、桃李瓜梅橄榄、杂载，3类； | 32果实类：樱桃、荔枝、梅子、桃子、李子、枇杷、葡萄、枣、梨、栗、橙、橘、柑、石榴、谏果、瓜、杂载，17目； |
| 34木部：木、松、柏、槐、桑、桐、杨柳、茱萸、长生、木槿、木兰、竹，12类； | 41草木； | 27草木； | 23木部：松柏、竹槐、杨柳、树木杂载，4类；<br>24花木部； | 31树木类：树木总、松柏、松、柏、柳、槐、桐、枫、竹、笋、芭蕉、杂木，12目； |

| | | | | |
|---|---|---|---|---|
| 35 鸟部：鸟、凤、鸿、鹤、雉、鹖、孔雀、鹦鹉、雁、鹅、鸭、鸡、野鸡、鹰、鹞、乌、雀、燕、鸠、反舌、仓庚、鸲鹆、鸳鸯、鸡鶋、鸂鶒、白鹭、鸒鹈、鹏、翡翠、鹏鸟，30 类； | 39 鸟兽； | 29 鸟兽； | 27 鸟部：鸟总、凤鹤、雁、莺鹰雕、燕、鸡鸭鹅、杂载，7 类； | 25 飞禽类：飞禽总、凤、鹏、孔雀、鹤、鹰、雕、鹘、鸢、鸿、雁、鹦鹉、莺、燕、杜鹃、鹊、鸽、乌、鸦、鸡、鸭、鸠、雉、鹅、鸳鸯、鸥、鹭、凫、杂载，29 目； |
| 36 兽部：马、牛、狗、兔、猨、狝猴、果然，7 类； | 39 鸟兽； | 29 鸟兽； | 28 兽部：马、牛羊、杂载，3 类； | 26 走兽类：麒麟、虎、豹、犀、象、狮、鹿、马、驴、牛、羊、犬、豕、杂载，14 目； |
| 37 鳞介部：龙、龟、鳖、鱼、石劫，5 类； | 40 虫鱼； | 30 鳞虫； | 29 水族部：龙鲤附、鱼、蟹、杂载，4 类； | 27 水族类：龙、蛟、蛇、蜃、鳌、鱼、鲈、鲸、鳄、鲥、金鱼、墨鱼、蟹、蛙、螺、鳖、蚌，17 目； |
| 38 虫豸部：蝉、蝇、蚊、蜉蝣、萤火、蝙蝠、叩头虫、蛾、蜂、蟋蟀、尺蠖、蚁、蜘蛛、螳螂，14 类； | 40 虫鱼； | 30 鳞虫； | 30 虫豸部：蝶、蝉、蟋蟀蜂、蚁虱蚊、杂载，5 类； | 28 虫豸类：虫总、蛩、蜂、蝶、蝉、萤、蚊、蟋蟀、促织、蝇、蟢、蜘蛛、蜗、蚁、蛾、虱、蠹、蜻蜓、杂载，19 目； |
| 39 祥瑞部：祥瑞、龙、凤皇，3 类； | 22 符瑞； | 7 祯祥； | 5 帝治部； | 5 君德类； |

从赋集分类史的角度来看，《类聚》奠定了后世赋总集“天地人事物”的分类格局，影响极为深远。

1.《类聚》首列天、岁时、地、州、山、水诸部，几乎成了后代“赋总集”一成不变的惯例。例如宋李昉等《文苑英华·赋》、清陈元龙《历代赋汇》、清张维城《分类赋学鸡跖集》，皆首列天象（天文）、岁时二类，而将地、州、山、水四部合并为地类（地理部）。清鸿宝斋主人《赋海大观》略有拆分、归并，将顺序调整为天文、天象、地理、岁时四类，并无本质区别。天地是万物和人类得以生存、繁衍、进化的背景和依托，《周易》曰：“大哉乾元，万物资始，乃统天”，又曰：“天行健，君子以自强不息……地势坤，君子以厚德载物。”首列天部（天类）和地部（地类），反映了古人对生命本源的深刻思考以及对苍天后土的高度敬畏。

2.《类聚》将“物”置于全书结尾，亦成为此后各种“赋总集”的定式。“物”有两大类，一类是人类的日常生活用品，如衣冠、仪饰、服饰、舟车、食物、杂器物、火等；另一类是自然界的各种物态，如药香草、果、木、鸟、兽、鳞介、虫豸等。此举多为后人效法，例如《文苑英华·赋》以鸟兽、虫鱼、草木收尾，《历代赋汇》以草木、花果、鸟兽、鳞虫收尾，《分类赋学鸡跖集》以草、木、花木、花草、果、鸟、兽、水族、虫豸收尾，《赋海大观》以飞禽、走兽、水族、虫豸、草、花卉、树木、果实收尾。不难看出，“赋总集”的分类或粗放，或精细，或者先动物后植物，或者先植物后动物，但无不将它们安排在卷末。《论语》孔子曰：“《诗》可以兴，可以观，可以群，可以怨。迩之事父，远之事君；多识于鸟兽草木之名。”[①] 文学除了审美作用、教育作用、社会伦理作用之外，还具有认识作用，这一点早在孔子时代就已经得到了认识和阐发。《艺文类聚》以降的分类方式，既是对这种文艺观念的认同和实践，也能在客观上展示以“铺叙”为主要特征的赋体文学在反映天地万物方面所达到的深度与广度，以及先

① 杨伯峻：《论语译注》，中华书局，1980，第185页。

民对自然界林林总总动物植物的种属、习性、品格的认识。

《类聚》与后世“赋总集”亦略有差异：

1.《类聚》在水部之下列符命、帝王、后妃、储宫、人部。符命介乎天地之间，帝王、后妃、储宫卷帙较小，而人部卷帙最大，多达21卷，收赋179篇，纳入33类之中，内容关乎人类（普通人）的身体、思想、情感、操守等方面。后世赋总集为了卷帙上的均衡，对人部的赋篇进行拆分，其中《文苑英华·赋》拆为人事、志、游览、哀伤4类;《历代赋汇》将其编在外集，分为8类;《分类赋学鸡跖集》分为3部18类;《赋海大观》则拆分为5类62目，最为细致。赋总集根据赋作的内容、数量进行拆分，客观上反映了赋体文学对人类自身的铺叙和书写，符合赋文学发展的实际，当然比《类聚》更为科学。

2. 在人部之后,《类聚》又编列礼、乐、职官、治政、刑法、杂文、武、军器、居处、产业等部，反映人类的各种典章制度和社会活动。后世“赋总集的”处理方式差别较大，或者将这些门类紧接在地部之下，或者穿插在人部之中，顺序也不一致，但皆编在文献的中部，避开卷首或卷末的位置。

3.《类聚》卷末还附有祥瑞、灾异二部，选赋1篇，并不重要。这似乎有与天部、地部相呼应的考虑，但与虫豸部不能衔接，故后世类书、总集大都扬弃不取，而将其提前到帝治之下，或纳入符瑞（祥瑞）之中。

《类聚》分类的影响并不局限于大型“赋总集”，后代小型赋集在对赋作进行分类编纂时，也往往采用“天地人事物”的顺序。由于其选赋数量较少，因而往往将人、事两类合并，形成“天地人物”的格局。例如清刘文蔚《唐人应试赋选·例言》云:“今分天地人物为四部，部列上下，为八卷。日月星云之类附乎天，山川宫室之类附乎地，外王内圣之类附乎人，器用动植之类附乎物。”[①] 清丁鹿寿《馆赋宛虹集例言》亦云:“爰汇前后各

① 刘文蔚、姚亢宗:《唐人应试赋选》卷首，清乾隆二十五年（1760）刻本。

集，讫嘉庆辛未科止，以天地人物之类为次。”[①]采用这种排序的还有孙清达《竹笑轩赋钞》、陈鹤年《律赋凤芝笺释》、蒋圻《近科馆赋鸳针》、蓝昺《昭陵赋钞》等。“天地人（事）物”，俨然已经成为清代大大小小赋集分类编纂的通例。有趣的是，清孙理《国朝律赋新机·凡例》认为“选家分类，始自昭明”，但他在编纂时并没有效法《昭明文选》以京都类居首、以情类收尾的顺序，称：“目之前后，则仍按天地人物为序。”[②]可见这一分类法是何等强大。

在部类的名称上，后世“赋总集”也多有效法《类聚》之处。例如《类聚》天部，后世“赋总集”或作天象，或作天文；《类聚》岁时部，后世或沿袭岁时之名，或改为时令类；《类聚》礼部，后世或作典礼，或作礼制；《类聚》乐部，后世使用乐、音乐、乐制、乐律之名；《类聚》食物部，后世则使用饮食、饮馔之名。尽管名称略有变化，但所指相同，丝毫不影响理解，可见《类聚》对后世“赋总集”类名的垂范作用。

《类聚》对赋体文学进行二级分类的作法，尤其具有开创意义。比如《类聚》天部之下，分为天、日、月、星、云、风、雪、雨、霁、雷、电、雾、虹，凡13类，其中10类之中皆有赋作。全书有299类选有赋作，说明欧阳询等已经将历代赋作（有少数系节录的片段）划分为299类。很可惜的是，宋李昉等《文苑英华·赋》、清陈元龙《历代赋汇》皆未能对所辑录的赋作进行二级分类。直到道光年间，才有张维城《分类赋学鸡跖集》将天文部划分为天地总、天、日、月、星、风、雨、云附霞、霜、雪、露附雾、雷附虹电、河汉，凡13类；光绪年间，又有鸿宝斋主人《赋海大观》将天文类分为：天文总、日月、日、月、星辰、风雨、风、雨、云、霞、霜、雪、露、雾、雷、电、虹、河汉、烟，凡19目。两部“赋总集”的类目名称，大都直接或者间接来自《类聚》，不难看出《类聚》的二级分

① 陈士桢等：《馆赋宛虹集笺注》卷首，清嘉庆二十三年（1818）绿满山房刻本。
② 孙理：《国朝律赋新机》卷首，清嘉庆十一年（1806）刻本。

类在赋文学分类史上的意义。

## 五、余论

《类聚》以天文、地理居首，以草木、鸟兽、鳞虫收尾的分类方式，以及对各部进行二级分类的举措，究竟是欧阳询一人独创，还是对前人分类成果的因袭？今考欧阳询之前的诗文总集，似乎只有一级分类。晋挚虞《文章流别集》已经散佚，据严可均《全晋文》卷七十七所辑录的佚文，该书按照文体分类编纂，其中赋体部分的分类不明。今存梁萧统等所编《文选》，体例与《文章流别集》相似，赋体之下则按照题材内容分为 15 类，以京都、郊祀、耕藉居首，以论文、音乐、情收尾，与《类聚》的类名、次序等差异极大，并且没有天文、岁时、地理、草木、虫鱼等类别。显然，《类聚》的分类与前代诗文总集没有承继关系。

欧阳询之前的类书，在分类方面却有着突出贡献。可考的先唐类书有四部，其中魏文帝敕撰的《皇览》（佚）分为四十部，部类名称不详，其余三部或许都已采用了二级分类：

1.《华林遍略》700 卷，梁武帝萧衍敕撰，徐勉、何思澄、顾协等编撰，佚。分类不明。但是敦煌莫高窟发现唐钞本类书残卷（P.2526），存 259 行，包括鸟部鹤类 46 条、鸿类 18 条、黄鹄类 15 条、雉类 4 条，共计 83 条。洪业先生根据其避讳、引书、按语等加以考察，认为系《华林遍略》佚文。[①] 若此言可信，则说明《华林遍略》已经采用二级分类。欧阳询《艺文类聚·序》称："《皇览》《遍略》，直书其事。"他当然读过《皇览》和《华林遍略》，并深受其影响。

2.《修文殿御览》360 卷，北齐后主高纬敕撰，祖珽等编撰，佚。唐邱悦《三国典略》引祖珽上书，称该书"放（仿）天地之数，为五十部"

① 洪业：《所谓〈修文殿御览〉者》，《燕京学报》1932 年第 12 期。

(《太平御览》卷六〇一引);而《玉海》卷五十四《艺文》注曰:“采摭群书,分二百四十部以集之。”两者显然矛盾。胡道静认为:“五十是部数,二百四十是部下面一级的类数。”[①] 按照胡先生的说法,《修文殿御览》采用了二级分类,但具体类目不详。

3.《北堂书钞》174卷,唐虞世南撰,存。该书编于隋代,作者任秘书郎时。全书分为19部,851类,以帝王、后妃、政术居首,以天、岁时、地收尾,没有草木鸟兽虫鱼诸部类。《类聚》或许吸收了该书的某些分类方法,包括二级分类法,但有较大调整。

尽管先唐类书仅存《北堂书钞》一部,不过可以确定的说,欧阳询之前的类书已经实行了二级分类,具体类目对《类聚》的编纂有深刻影响。《皇览》《华林遍略》《修文殿御览》是否已经有了天文、岁时、地理、草木、鸟兽、虫鱼等部类,目前还难以考证(敦煌本类书残卷应该设有鸟部),即使有,《类聚》也不会照抄。欧阳询等编纂《艺文类聚》时,不仅考虑“事”(知识),更关照“文”(诗文),他们对赋体文学的分类,在很大程度上继承了前代类书《华林遍略》《修文殿御览》《北堂书钞》的分类成果,同时又根据赋体文学的实际状况进行了较大规模的调整和完善,进而编成了一部具有重要文学史料价值和文学批评价值的类书名著。

(原载《新疆大学学报》2018年第6期)

① 胡道静:《中国古代的类书》,第49页。

# 白居易白行简赋的清代评点

## ——以赋选为中心的考察

## 一、引言

白居易（772—846）是唐代著名诗人，也是杰出的赋作家和赋学理论家。据谢思炜《白居易文集校注》及《补遗》，现存白居易赋作16篇（其中律赋13篇）[①]。其弟白行简（776—826）虽以《李娃传》传奇而被写入中国小说史，但也是唐代著名赋家，存赋达20篇（其中律赋18篇）。二白长于律赋创作，在当时就颇负盛名。清代因馆阁考赋之需，律赋大兴，创作上以中晚唐律赋为标的，故编选唐律的赋选应运而生。白居易、白行简赋自然也在入选之列。

据初步考察，现存清人所编之赋选多达一百余部，其中选有白居易赋者至少有26部（不包括《历代赋汇》《赋海大观》等大型总集）。白居易现存16篇赋，有13篇有幸入选（其中律赋12篇），入选率达81.25%。入选频次较高者是:《荷珠赋》（19次）、《动静交相养赋》（10次）、《黑龙饮渭赋》（8次）、《敢谏鼓赋》（6次）、《汉高祖斩白蛇赋》（5次）。比较而言，编选白行简赋者较少，只涉及15部赋选。白行简赋现存20篇，有11篇被选中（均为律赋），入选率为57.89%，低于其兄。入选次数较多者是:《望

① 白居易著，谢思炜校注:《白居易文集校注·目录》，中华书局，2010，第1、2、52页。

夫化为石赋》（7 次）、《五色露赋》（6 次）、《以德为车赋》（3 次）、《斗为帝车赋》（3 次）、《金跃求为镆铘赋》（3 次），也明显低于白居易赋。不过，清代赋选大都为这些入选的赋作进行注释和评点，清代赋话中也有零星的论析二白赋的文字，通过这些资料，我们可以考见清代赋论的基本观点，进而管窥二白赋的经典化进程。

## 二、清人评点二白赋的主要内容

清代赋选对白居易、白行简赋的评点，内容丰富，形式多样，有圈点、眉批、旁批、尾评等多种方式，少则数字，多则数十字。从内容上考察，主要有以下几点：

第一是品赏佳句隽语。此类评点以旁批为主，亦有眉批、尾评。由于空间有限，旁批通常简洁凝练，用语无多，并且多以圆圈或顿点标记相应词句，然后作批。如《律赋必以集》圈点白居易《荷珠赋》“宿雨霁而犹湿，晓露裛而正鲜”句，旁批“自然”[①]。可谓简洁之至。眉批的字数略多，如《唐人赋钞》眉批白居易《鸡距笔赋》“映赤莞，状绀趾乍举；对红笺，疑锦臆初披”句：“有此一翻笔致，何等生活，而体物尤极细致。”[②] 此处“生活”谓生动活泼，是说作者把鸡距笔的外形与鸡的神态、动作并举，将生活中的普通用具写得活灵活现。又如《唐人赋钞》白行简《五色露赋》：“喜气度关，徒虚语耳；云光出水，曷足方之。”眉批：“‘喜气’‘云光’与‘陈鸡’‘徐土’相为选对，可知作赋亦贵点缀辞采也。”[③] 这是针对句子结构和文采的评赏。再如《律赋衡裁》对《荷珠赋》的尾评：“能于空际刻画，故

① 顾莼辑《律赋必以集》，转引自踪凡、郭英德主编《历代赋学文献辑刊》第 69 册，国家图书馆出版社，2017，第 459 页。以下版本同此。

② 邱先德、邱世超编选《唐人赋钞》卷五，载《历代赋学文献辑刊》第 59 册，第 104 页。

③ 邱先德、邱世超编选《唐人赋钞》卷一，载《历代赋学文献辑刊》第 58 册，第 116 页。

虚实兼到，而不入纤靡。”[①] 指出其使用了虚实结合的方法，刻画细腻，生动地写出了荷珠的情态。这已经不再局限于个别词句，而是扩大到整篇赋文了。

第二是分析写作技巧。此类文字内容富赡，蔚为大观，眉批、旁批、尾评皆有。如《唐人赋钞》眉批白居易《鸡距笔赋》第一段：“两两提清，以便下文串递。〇接入次段，如衔钩而出。”[②] 肯定其对偶工整、过渡自然。又如《唐人赋钞》对白行简《望夫化为石赋》“则知行高者其感深，迹异者其致远”眉批：“此从旁入，追溯写出。”[③] 认为此句写出故事中的妇人为了早点看到丈夫的身影而爬山到至高之处，从侧面勾勒出她深情的形象。《古律赋要》圈点白居易《黑龙饮渭赋》“顿颔而碎珠迸落，奋鬐而细雨飞扬”句，旁批：“形容只以想得之，不用典。”[④] 即以想象的手法描绘出黑龙摆头奋鬐的动作，不用典故而生动传神。《历朝赋格》尾评白行简《斗为帝车赋》以北斗比喻君德：“双关之巧，绪若抽丝，又极自然，几于天衣无缝矣。”[⑤]《华国编赋选》评点略同：“北辰不动，取譬德之端拱无为；北斗旋转，取譬用之运行不息。口中说天象，意中说圣治，用意、选词俱用双关文法，谁谓词赋理趣不与经艺相通？”[⑥] 都是讲“双关”这一修辞手法，而《华》最后一句则是赞扬白行简精通经艺，通过双关把题目与经艺内容巧妙融合。

还有从结构布局入手者，如《赋学正体》旁批白行简《以德为车赋》“廓情田而作路，终自东自西；调意马以服箱，任或进或退”句为“绾定两

① 周嘉猷编、汤聘评《律赋衡裁》卷四，载《历代赋学文献辑刊》第 32 册，第 386 页。

② 邱先德、邱世超编选《唐人赋钞》卷五，载《历代赋学文献辑刊》第 59 册，第 103 页。

③ 邱先德、邱世超编选《唐人赋钞》卷一，载《历代赋学文献辑刊》第 58 册，第 204 页。

④ 李元春编《古律赋要》卷三，载《历代赋学文献辑刊》第 73 册，第 362 页。

⑤ 陆棻评选《历朝赋格》卷一，载《历代赋学文献辑刊》第 27 册，第 393 页。

⑥ 孙濩孙编《华国编赋选》卷一，载《历代赋学文献辑刊》第 29 册，第 75 页。

边”[①]，以说明该句承上启下的作用。《唐人赋钞》眉批《五色露赋》第二段、第三段：“次段接写，先铺排点缀，亦用韵少故也。三段用开拓顿挫，于虚字中着精神，排偶中自觉流走。”[②]涉及两段文字的铺陈、点染、用韵、用字、对偶等基本写法。又如《古律赋要》尾评《黑龙饮渭赋》：“渭水起笔急点，首段即揭出‘作瑞秦川’，以清题意，有法；末后仍以一点归结。”[③]从宏观的角度对行文结构作出评价，并欣赏其点染之妙。《赋学正体》尾评白居易《敢谏鼓赋》：“布局浑成，可累十二丸而不坠。”[④]用夸张的手法赞扬《敢谏鼓赋》结构严谨，布局巧妙圆融，堪比“累十二丸而不坠”的杂技艺术。这些评点中旁批、眉批的部分多注重细节点拨，而尾评部分多关注整体布局与结构，对作赋方法有明确提示。

除了赋选中涉及的评注，清人赋话也对二白赋的作法多有品评。如李调元《赋话》卷三：“律赋多有四六，鲜有作长句者。破其拘挛，自元、白始。”[⑤]指出唐代律赋多使用四六句，句式简短，而元稹、白居易赋能够突破陈规，创作长句。《见星庐赋话》在讲骈赋（此处指律赋）“起手”时，举《赋赋》首段为例，认为此赋“入手得势，点题有法，场中制胜，令人一阅神悚，无过于此者，致足法也”[⑥]。对该赋“破题”之法大为激赏。

第三是评论艺术风格。常见于尾评，语言多精练概括，意味隽永。例如白居易《黑龙饮渭赋》，《律赋衡裁》尾评曰：“英气逼人，光明俊伟，一起一结，更足擅场。”[⑦]是说赋作整体气势足而有精神，开头、收尾技术高

---

① 鲁琢编《赋学正体》卷五下，载《历代赋学文献辑刊》第48册，第643页。

② 邱先德、邱世超编选《唐人赋钞》卷五，载《历代赋学文献辑刊》第59册，第104页。

③ 李元春编《古律赋要》卷三，载《历代赋学文献辑刊》第73册，第363页。

④ 鲁琢编《赋学正体》卷五下，载《历代赋学文献辑刊》第48册，第607页。

⑤ 李调元著，詹杭伦、沈时蓉校证：《雨村赋话校证》，台湾新文丰出版公司，1993，第45页。

⑥ 林联桂著，何新文等点校：《见星庐赋话校证》，上海古籍出版社，2013，第7页。

⑦ 周嘉猷编、汤聘评《律赋衡裁》，载《历代赋学文献辑刊》第32册，第395页。

超。而《唐人赋钞》不看重《律赋衡裁》所重视的“英气”，却独爱其“真气”，评赏角度不同。《赋学正体》又从行文上着眼，点评此赋“行云流水，白太傅独擅其长”[①]，《古律赋要》亦认为“通篇不呆粘”，意思相近，都准确提炼出此赋自然流畅的风格特色。需要指出的是，各个赋选之间的尾评多有互相借鉴和因袭，例如《律赋选青》《律赋必以集》《唐赋选读》的尾评大都来自《律赋衡裁》，陈陈相因，了无新意。

有些尾评并不局限于个别赋作，而是借题发挥，揭橥赋家的整体风格。例如《唐人赋钞》卷五《鸡距笔赋》尾评：“太傅诗平易近人，老妪能解。及为赋，则笔力驰骋，纵横起落，不可方物。……乐天得乾坤清气，虽平而不庸，易而不俚，诗之婉而多讽，赋之雄浑高旷，其有清气以行之则一也。”[②]认为白居易赋“笔力驰骋”“雄浑高旷”的风格，来自其通贯始终的“清气”。又如《唐人赋钞》卷一元稹《郊天日五色祥云赋》尾评：“元、白之赋本异时蹊，为其能以古赋之气格行之，不规规于绳尺也。至气魄之雄健，笔力之挺拔，尤非讲律赋者所梦见。有志于复古者，宜留心此类，庶无孱弱纤靡之习。”[③]指出元稹、白居易赋的气魄、笔力，迥异于一般的律赋作家，风格高标，难能可贵。此外，赋选卷首的序言、凡例，以及赋论赋话中也多有论及，现摘录若干，罗列如下：

《律赋必以集·例言》：唐人以律赋取士，故作者特盛。……其不受拘束，而能放笔为直干者，则元、白及裴相也。[④]

《唐人赋钞·总论》：赋以体格高迈、气力雄厚为宗，刻划微至者次之，工巧浓丽者又次之。粉饰涂抹、有肉无骨，风斯下矣。……白

① 鲁琢编《赋学正体》，载《历代赋学文献辑刊》第48册，第603页。

② 邱先德、邱世超编选《唐人赋钞》卷五，载《历代赋学文献辑刊》第59册，第105—106页。

③ 邱先德、邱世超编选《唐人赋钞》卷一，载《历代赋学文献辑刊》第58册，第107页。

④ 顾莼辑《律赋必以集》，载《历代赋学文献辑刊》第69册，第288页。

乐天、元微之顿挫驰骤，力洗肤庸，为有唐极盛。[①]

吴谷人《论律赋》：至于乐天之风举云摇，清雄遒逸；微之之高冠长剑，璀璨陆离：洗昔贤之忸怩，破前轨之束缚。然必有气以举之，否则不能学也。[②]

《律赋衡裁·例言》：大历、贞元之际，风气渐开。至大和八年，杂文专用诗赋，而专门名家之学，樊然竞出矣。……大都以清新典雅为宗。其旁骛别趋而不受羁束者，则元、白也。[③]

《汉魏六朝赋摘艳谱说》卷四：元稹、白居易绝去缚束，纯以气行，宋人风尚实基之也。[④]

李调元《赋话》卷三：乐天清雄绝世，妙悟天然，投之所向，无不如志。[⑤]

浦铣《复小斋赋话》卷上：元、白赋另自一体，流动之中加以工稳，局法亦最浑成，似其诗也。[⑥]

不难看出，清人评点白居易（乐天、太傅）赋时，常常元、白并举，说明元稹、白居易赋具有相似的风格特色。白赋最突出的特点就是：气力雄厚、不受拘束。换言之，白居易之赋内涵丰厚，笔势流畅，气韵沉雄，能够摆脱一直以来律赋创作的窠臼，不伤于纤巧而有浑然的气力。此外，他们还评价白居易之赋“顿挫驰骤”“清雄遒逸”，称赞他的赋作韵律顿挫，有行云流水之感，文风清丽雄健又飘逸。细观清人赋选对白居易各篇赋的具体

① 邱先德、邱世超编选《唐人赋钞》卷首，载《历代赋学文献辑刊》第58册，第29—30页。

② 潘遵祁编《唐律赋钞》附录，载《历代赋学文献辑刊》第101册，第143页。

③ 周嘉猷、汤聘编《律赋衡裁》，载《历代赋学文献辑刊》第32册，第9页。

④ 戴纶喆：《汉魏六朝赋摘艳谱说》卷四，载孙福轩、韩泉欣编《历代赋论汇编·上》，人民文学出版社，2016，第459页。

⑤ 李调元著，詹杭伦、沈时蓉校证：《雨村赋话校证》，第45页。

⑥ 浦铣著，何新文、路成文校证：《复小斋赋话》卷上，载《历代赋话校证》，上海古籍出版社，2007，第385页。

评价，大多也逃不出这几个特点，只不过每篇赋的风格各有侧重。如入选次数最多的三篇赋作《荷珠赋》《动静交相养赋》和《黑龙饮渭赋》,《荷珠赋》多被评价为描写细腻，文风清丽;《动静交相养赋》多强调其章法结构、对偶技巧等对后世文体的影响;《黑龙饮渭赋》则多侧重在结构完整、风格英气上。这既说明了白居易的赋风格多样，也反映了清人对白赋的深刻领悟，别有会心。

第四是赋作的文学史地位。这一类评点主要集中在白居易《动静交相养赋》上。该赋为古体赋，在律赋盛行的清代被反复提及，即缘于其对后代文体发展的意义和影响。例如《华国编赋选》中该赋尾评:“谈理如说家常，而恣肆汪洋，声宏实大。上摹子云之拟《易》，下开茂叔之谈经，谁谓赋为雕虫小技耶？”[①] 认为该赋上承扬雄（字子云），下启周敦颐（字茂叔），具有经学史的价值和意义。再如：

> 《律赋必以集·例言》：白乐天《动静交相养赋》实为宋人文赋先声，故并采之，以备一体。[②]
>
> 《唐人赋钞·总论》：应制之体，以律赋为正宗，诗之五排、赋之八韵，皆为八股先声。……末一韵或颂扬或寓意，而总以映带题义、收煞有力为佳。如白乐天《动静交相养》一赋，两韵为一联，接连者凡五，有明制义，此其滥觞。[③]

李调元在《赋话》中也提到此赋开八股文的“制义分股之法”，可见在清人眼中，宋代的文赋、明清的八股文都以此为滥觞。所以，学习此赋

① 孙濩孙编《华国编赋选》卷下，载《历代赋学文献辑刊》第 29 册，第 317 页。
② 顾莼辑《律赋必以集》卷首，载《历代赋学文献辑刊》第 69 册，第 287 页。
③ 邱先德、邱世超编选《唐人赋钞》卷首，载《历代赋学文献辑刊》第 58 册，第 34—35 页。

通篇局阵与对偶用韵之法，在兼考八股和律赋的清代尤其具有十分重要的意义。

清人对白居易、白行简赋的评价较高，但这些评价大都是有分寸的，并没有达到登峰造极、顶礼膜拜的地步。至于清人眼中最优秀的唐代律赋作家，大概当属《唐人赋钞》中提到的“体格高迈、气力雄厚”的李程。笔者曾经调查28种清代赋选，唐律赋入选次数以李程《日五色赋》（21次）为最，其次为白居易《荷珠赋》（19次）、林滋《小雪赋》（19次）。若以作家论，入选篇目最多的赋家分别是：王棨（33篇）、王起（29篇）、黄滔（15篇）、白居易（12篇）、李程（11篇）、白行简（11篇）。二白分别居于第四和第六的位置。由此可见，尽管二白赋立意、境界较高，但清人出于应试需要，更为钟情那些法度谨严、便于模拟的赋篇。

## 三、《赋赋》《望夫化为石赋》评点的个案考察

白居易《赋赋》是中唐律赋名篇，也是一篇著名的赋论文献，备受历代文论家重视。清人作批，亦着眼于其赋论观点与律赋技巧两大方面。《唐人赋钞》卷四《赋赋》眉批云：“导河积石源流正。……唐代以诗赋取士，然赋原于诗，心苦为分明，而词旨端庄，亦复雄深健雅。”①评点紧扣篇首“赋者古诗之流也”一句，既论赋体渊源，又谈诗赋之别。《历朝赋格》卷之下《赋赋》尾评：“文先立意，不独作赋为然。中间其工者、其妙者，二段韵脚脱卸，一抹无痕，亦帖括家流水对法也。”②先强调“立意”的重要性，又论及律赋作法对八股文的影响。其他如：

《华国编赋选·凡例》：以“赋”名篇，始于荀卿。白乐天《赋赋》

---

① 邱先德、邱世超编选《唐人赋钞》卷四，载《历代赋学文献辑刊》第58册，第503页。

② 陆棻编《历朝赋格》卷之下四，载《历代赋学文献辑刊》第28册，第197页。

云："始草创于荀、宋，渐恢张乎贾、马。"兹选荀子《礼赋》一篇以冠集，志其始也。[①]

沈清瑞《读赋卮言序》：刘勰《诠赋》，大畅风流；居易《赋赋》，式观元始。[②]

《见星庐赋话》卷一：唐人骈赋，制胜尤在起手。陡然而来，全题之巅也踞，全题之气已吞，全题之字逼清，全题之神欲动。而斗峻超忽，有如神仙排云出，又如天上下将军，此处最能动目。……白居易《赋赋》："赋者，古诗之流也。始草创于荀、宋，渐恢张于贾、马。冰生乎水，初变本于典坟；青出于蓝，复增华于风雅。而后谐四声，祛八病，信斯文之美者。"……以上皆骈赋中入手得势，点题有法，场中制胜，令人一阅神悚，无过于此者，致足法也。[③]

在赋的源流问题上，清人继承自班固、刘勰以降的传统观点，认同"赋自诗出"，但关于《楚辞》是否属于赋，不同赋学家观点各异。如张惠言《七十家赋钞》首选屈原《离骚》，辞、赋混同；而陆棻《历朝赋格》虽设"骚赋格"，但不选楚辞体，首列贾谊《旱云赋》；孙濩孙《华国编赋选》也认同白居易的观点，认为赋当草创于荀子、宋玉，与屈原撇清关系。但是对于白居易所持"立意为先"的核心思想，清人的观点较为一致，高度认同。在清人的具体实践中，如何立意，常以"破题"的形式出现，几乎每位赋选的编者都会通过选择优秀律赋来阐述"破题"之重要性。在具体分析白居易赋时，他们也会提到白居易的破题之法，如上文所引《见星庐赋话》即赞赏《赋赋》"入手得势，点题有法"，值得仿效。《唐人赋钞》在

① 孙濩孙编《华国编赋选》凡例，载《历代赋学文献辑刊》第29册，第12页。

② 沈清瑞：《读赋卮言序》，王芑孙《读赋卮言》卷首，载《历代赋学文献辑刊》第189册，第124页。

③ 林联桂撰，何新文、佘斯大、踪凡校证：《见星庐赋话校证》，上海古籍出版社，2013，第4—5页。

《动静交相养赋》眉批处也提到了如何破题："从大处引入，为'动''静'字探源，尤为'养'字搜根。"[①] 这与他们的律赋创作观恰好吻合。沈清瑞将白居易《赋赋》与刘勰《诠赋》相提并论，林联桂将该赋视为"唐人骈赋之至工者也"（《见星庐赋话》卷一）。可见《赋赋》的赋论观点与写作技巧都是不可忽视的，在清代学人那里得到了积极回应和强烈认同。

相较于其兄，清人对白行简赋的批注与评点大都集中在形式上，对他的炼句、布局、语言技巧等品评甚多，但亦论及其体格气力和艺术风格。无论唐人还是清人，均偏爱其《望夫化为石赋》，因此也可以此赋为例，找出异同，以觇清人对白行简赋的看法及其对唐人的理论超越。

唐佚名《赋谱》在指导律赋创作时，多次征引白行简《望夫化为石赋》中的句子，现逐录如下：

1. 长。若"石以表其贞，变以彰其异"之类，是五也（即上下各五字）。

2. 重隔，上六下四。如"化轻裾于五色，犹认罗衣；变纤手于一拳，（以）［已］迷纨质"之类是也。

3. 杂隔者，或上四，下五、七、八；或下四，上亦五、七、八。……"孤烟不散，若袭香于炉峰之前；圆月斜临，似对镜于庐山之上"等是也。

4. 古昔之事，则发其事，举其人。……而白行简《望夫化为石》无切类石事者，惜哉！

5.《望夫化为石》云："至坚者石，最灵者人。"是破题也。"何精诚之所感，忽变化而如神。离思无穷，已极伤春之目；贞心弥固，俄成可转之身。"是小赋也。"原夫念远增怀，凭高流眄。心摇摇而有待，

① 邱先德、邱世超编选《唐人赋钞》卷四，载《历代赋学文献辑刊》第59册，第491页。

目眇眇而不见。”是事始也。”[①]

以上5条，对《望夫化为石赋》有6处征引。第一条论长句（五言或六言句式），引之；第二条论重隔（上六下四）、第三条论杂隔（或上四，下五、七、八；或下四，上亦五、七、八）句式，引之；第四条批评该赋对“石事”的描写不够精细、恰当；第五条论破题、小赋、事始（三种结构方法），引之。以上均着眼于此赋的外在形式，支离破碎，几乎不涉及赋的艺术风格和文学鉴赏。

清代有7种赋选入选此赋，至少有3种施以批注和评点：《唐人赋钞》《律赋选青》《唐赋选读》。其中《唐赋选读》仅有圈点，总评引用《律赋选青》，毫无新意，不论，只论前两种。《唐人赋钞》有10处眉批，3处旁批，主要分析作赋方法、结构，鉴赏词句和艺术风格。其批点与《赋谱》重合6处：首句有旁批和眉批，旁批四字，漫漶不清；眉批：“石与人质本大异，两两推勘清楚，以下写去，便如胶漆之相投。”[②]此是论作法并对破题效果进行评价。第二段眉批：“先透出所以化之由。”[③]既是概括段意，也是承题。“化轻裾于五色”句眉批：“双管齐下，摹写入微。”[④]是作赋法。“孤烟不散”句眉批：“是石是人，点缀典核。○苍波无极。”[⑤]此二句兼有作法和鉴赏，前者说此句所指既是石也是人，一语双关，使得该句典雅切题；后者则是从鉴赏的角度分析此句写出了妇人化石之永恒之状，感人至深。其余7条眉批和旁批，是以《赋谱》中未涉及的句子分析制赋法和行文结构，并抒写

---

① 佚名:《赋谱》，载王冠辑《赋话广聚》第1册，北京图书馆出版社，2006，第14、16、17、25、26页。

② 邱先德、邱世超编选《唐人赋钞》卷二，载《历代赋学文献辑刊》第58册，第203—204页。

③ 邱先德、邱世超编选《唐人赋钞》卷二，载《历代赋学文献辑刊》第58册，第203页。

④ 同上。

⑤ 邱先德、邱世超编选《唐人赋钞》卷二，载《历代赋学文献辑刊》第58册，第204页。

阅读感受，如“渲染典雅”“语自警拔”“呼吸圆灵，最妙笔法”“用成语自然”“收束有力”等。《律赋选青》旁批4处，属于句式、结构分析。[①]与《赋谱》重合两处：首句旁批“起得紧”，即以紧句（四字句）破题；“离思无穷”句批“确切”，是评其承题精准。其余两处“是石是人，双管齐下，真乃笔有化工”“运化成语，如自己出”，尾评所谓“清芬可挹，秀色可餐，有不求工而自工之妙”，既揭示其运用双关和成语的艺术技巧，亦表达作者审美感受和赞叹之情，这均是《赋谱》所无。

较之《赋谱》，这两种赋选没有对句式的解说，而在制赋法、结构解析和风格鉴赏方面泼墨挥毫，尤以制赋法、结构解析为重点。在《赋谱》中，关于制赋仅有“发其事，举其人”一条，还说其缺点，《唐人赋钞》则规避了这一点，反举“孤烟不散，若袭香于炉峰之前；圆月斜临，似对镜于庐山之上”句，表明是暗中双关，对《赋谱》没能详细说明的双关之法做出具体分析。同时，多次并举“石”与“人”分析语句，揭示其双线并行的艺术构思。结构上，唐、清两代同样重视该赋的破题与承题，可见此赋结构之工。较唐代而言，清代赋选更加细致地发掘了《望夫化为石赋》的词句之美，格外关注行文中使用的修辞技巧及达到的艺术效果，而较为忽视句式的使用。清人在分析白行简赋时细致入微地分析了词句的雕琢、行文的方法以及赋篇的构架，此外还强调了形式以外的东西，即带有主观性的、对风格情韵的鉴赏批评。清人评点较之唐人《赋谱》，显然更有温度和深度。

## 四、从清人选赋、评赋看二白赋雅正工清的文风

《旧唐书·白行简传》称：“行简文笔有兄风，辞赋尤称精密，文士皆师

① 任聘三、方汝带编《律赋选青》卷二，载《历代赋学文献辑刊》第77册，第97—99页。

法之。”[①] 可见白居易、白行简在文风上有相似之处。现通过清人对二白赋的评点，考察其文风之异同。

首先，二白赋皆具备“雅正”的文风。李调元论中唐律赋云：“固以雅正为宗。”（《赋话》卷二）所谓“雅正”，主要决定于赋的表现题材与主题。《毛诗·关雎》序云：“雅者，正也，言王政之所由废兴也。”（《毛诗正义》卷一）王政往往包含很多要素，如治国之道、礼仪典制、天象符瑞，还有为君为臣者的个人修养规范等等。出于科举考试选拔人才的需要，唐、宋、清三代的律赋考题大都出自儒家经典，主题无不“冠冕正大”。受时代风气影响，白居易、白行简所作律赋，亦多言性道、王政。例如白居易《性习相近远赋》，乃是唐贞元十六年（800）二月十四日省试考题，赋题出自《论语·阳货》：“子曰：性相近也，习相远也。”白居易以此赋及第，名列第四。清人所选 13 篇白居易赋中，有 7 篇言说性道、王政之理，所占比重过半，包括《动静交相养赋》《敢谏鼓赋》《君子不器赋》《大巧若拙赋》《射中正鹄赋》《求玄珠赋》《性习相近远赋》，可谓雅正。《荷珠赋》虽为咏物题，但在结尾归于说理，鲍桂星《赋则》卷三评其为“善谈名理”。清人所选 11 篇白行简赋中，9 篇内容主题包含性道王政，有《五色露赋》《以德为车赋》《斗为帝车赋》《金跃求为镆鎁赋》《滤水罗赋》《文王葬枯骨赋》《垂衣治天下赋》《舞中成八卦赋》《石韫玉赋》，所占比重更多。内容决定形式，王道政治的赋体言说，表现在形式上，自然会形成典雅庄重的艺术风格。

“雅正”还表现在典故的使用上。由于赋作题材和作者本人学识修养，二白赋均擅长引经据典，化用经、史、子类典籍，形成端庄典雅、含蓄蕴藉之风。如白居易《大巧若拙赋》，题目出自《老子》，但也有儒家思想的影子，赋中“既游艺而功立，亦居肆而事成”化用了《论语》“游于艺”和“百工居肆以成其事”的典故[②]，从抽象而辩证的巧、拙关系出发，将儒道典

① 刘昫等：《旧唐书》卷一六六，中华书局，1975，第 4338 页。
② 白居易著，谢思炜校注：《白居易文集校注》，第 41 页。

籍融会贯通。从白居易赋题的选择、赋作的用典以及说理内容等方面可以看到，道家之“出世”并不是他所追求的最终目的，而是在于将道家之理融入个人的修身养性与治国之道中，与儒家的“入世”思想有着一致的目标。唐代皇室因自溯先祖至老子而崇道家，提高了道家的地位，把儒家思想和道家思想都看作是帝国的主流意识形态。故在科举考试中也更多地兼顾道家，有以道家经典为题、为韵的试赋。身处唐代、追求仕途的白居易自然需要对均为统治思想的儒、道典籍有深入钻研和研究，这些典籍中辩证、中正的思想内涵让他对儒、道两家持“执中”的态度，也培养了他中庸的哲学思想、精神性格和文学观念。又如白行简《滤水罗赋》：“滤颜生之瓢，水欲饮而徐清；漉范令之釜，鱼将烹而获宥。”[①] 此处化用《论语·雍也》中颜回“一箪食，一瓢饮”和《后汉书·独行列传·范冉传》中范冉在闾里歌之“甑中生尘范史云，釜中生鱼范莱芜”[②] 的典故，没有平铺直叙地说明滤水罗在穷人家的功用，而是曲折地放置在史事中，显示了白行简对经史典籍高超的把握，把文人气息浓厚的典故融入百姓的日常生活用具中，滤水罗的形象也变得生动起来。从这里也可以看出，白行简在创作赋时，更侧重于其叙事的特征，这大约和他传奇家的身份有关，他不仅把题材转向民间，同样也把叙事转向了民间。

“工清”也是二白赋的共同风格。所谓“工”，是指在辞藻声律、章法结构方面合乎规矩和要求。如白居易《动静交相养赋》虽为古赋，但是结构和句子工整，故在清代求“工”的环境下有10次入选，仅次于《荷珠赋》。浦铣评其“流动之中加以工稳”[③]，《华国编赋选》眉批此赋“文气奔注”，《律赋衡裁》旁批曰：“局阵整齐，两两相比”（李调元《赋话》照录此八字），高度评价其“局阵整齐”，“工稳”而“流动”的特点。《律赋选青》

① 白行简：《滤水罗赋》，载《文苑英华》卷一一〇，中华书局，1966，第502页。
② 范晔：《后汉书》卷八十一，中华书局，1965，第2689页。
③ 浦铣：《复小斋赋话》卷上，载《历代赋话校证》，第385页。

评白行简《望夫化为石赋》“不求工而自工”[①]，也对其结构谨严、声律规范给予了肯定。工稳而不失流利，正是二白赋被多次选入的重要原因。

顾鸫《律赋鸣盛笺注·凡例》称：“仰惟我朝重熙累洽，制艺以清真雅正为式。”[②]对此，朱一飞《律赋拣金录·赋谱》有具体阐发：“（律赋）其品有四，曰：清、真、雅、正。……四品之目，曰清，以气格言也；曰真，以典实言也。……炼字必取其雅，用意必归于正。”[③]是说气格要“清”，用典要“真”，用词典雅，主旨端正。顾、朱论赋，以“清”字为先；清人对二白赋的旁批、眉批、尾评，也大都指出其气格之“清”。例如评论白居易赋，清人的常用词是：“雄浑高旷，其有清气以行之”[④]，“气魄之雄健，笔力之挺拔”[⑤]，“顿挫驰骤”“清雄遒逸”“纯以气行”“绝去束缚”“清雄绝世”“神恬气静”“刻而不纤”“踔厉发扬”“英气逼人”等。它们可以分为两种类型，即“清”和“雄”。“清”除了指文气之清，还可以指清丽、恬静、细腻等带有清新感的风格，如白居易《荷珠赋》被评为“刻而不纤”。而“雄”则更能展现白居易赋的个性，主要指其气势上的昂扬、纵横，尤其在赋的开头，颇有摄人心魄的效果，所谓“太傅诸作，每起顿挫抑扬”（《唐人赋钞》卷四）。典型代表有《黑龙饮渭赋》《汉高祖斩白蛇赋》《鸡距笔赋》等。《唐人赋钞》甚至用“语似穿珠，笔可屈铁”八字来评价《汉高祖斩白蛇赋》，认为首段文字气势连贯，劲健有力。总体而言，白居易赋具有清亮而雄浑的特点。

---

① 任聘三、方汝带编《律赋选青》卷二，载《历代赋学文献辑刊》第77册，第99页。

② 顾鸫评辑《律赋鸣盛笺注》凡例，清道光三年（1823）经国堂刻本，第2a页。

③ 朱一飞编《律赋拣金录·赋谱》，载《历代赋学文献辑刊》第61册，第11、15页。

④ 邱先德、邱世超编选《唐人赋钞》卷五，载《历代赋学文献辑刊》第59册，第105—106页。

⑤ 邱先德、邱世超编选《唐人赋钞》卷一，载《历代赋学文献辑刊》第58册，第107页。

清人评白行简赋的关键词则是:“典重高华，别饶名贵”，“绘影绘声，笔墨矜秀”，“清芬可挹，秀色可餐，有不求工而自工”，“笔力清挺”“清越”“意司匠而为契”“清矫”“胞与为怀”“精悍”“精锐”等。这些关键词较为分散，也可以看出他的文风活泼多变，文气清而带有锋芒，但是总体还是以“清”为主，概因其擅长细腻的描写，加以夸张和想象，细节逼真，画面清新。以《新月误惊鱼赋》为例，引入了舟和渔夫的意象，大部分篇幅以渔夫作为叙述视角讲述新月上升过程中鱼见月而受惊的情状，间有写景，十分生动细腻，具有画面感。《望夫化为石赋》《滤水罗赋》等也是如此。而《金跃求为镆鋣赋》《澹台灭明斩龙毁璧赋》用语之“精”，《文王葬枯骨赋》《五色露赋》风格之“雅”，亦颇值得称道。

不难看出，在清人眼中二人之赋皆有“清气”，但细究之下，二人之“清”又有细微不同，这种不同使得清人选择二白赋的数量和频次产生较大差别。白居易之赋主题正大，文气通畅，故以“清正”为多，“清丽”为少；而白行简赋则以“清秀”“清丽”为主，这种气质风格主要来源于其细腻的描写。较之兄长白居易的“雄”(雄浑劲健)，白行简的赋则更趋近于“精炼锐利”，阔大张扬之赋较少，精工锤炼之赋较多。《旧唐书》称其“辞赋尤称精密”，当指“精炼锐利”而言。今人尹占华《律赋论稿》认为白居易是“俊肆豪硕”派的作者，“不拘常规，以散文的笔法作律赋”[①]；而白行简是“清绮俊丽”派的作家，认为他“重视内容的雅正，然而更讲究形容与描写，尤重词藻的华美。他们的律赋典雅而不凝重，绮丽而不轻靡。”[②]较为准确地概括了白居易赋和白行简赋之不同。概言之，清人十分看重二白赋雅正工清的文风，不同之处是居易雄健，行简锐利，居易清正，行简清丽。但清人对于“清丽”的接受程度，似不如“清正”为高。

---

① 尹占华:《律赋论稿》，巴蜀书社，2001，第208页。

② 同上书，第194页。

## 五、余论

对比唐人《赋谱》对唐赋的衡量标准，二白赋显然不是唐代律赋的标杆，他们甚至还主动破除唐代律赋某些规范的约束，驰骋个人的才思；而对比清代的评价标准，他们也不是严丝合缝地符合清人的规则和要求，清人更为钟爱的是晚唐李程、王棨、王起、黄滔等人创作的中规中矩、便于效法模拟的律赋。所以，清人受审美偏好、科举考试和时代风气的影响，只是接受并高度赞扬了白居易和白行简的某些赋，而不是全部。不过，正因为二白赋独特的艺术风格，才使得他们的作品拥有特殊的魅力和影响，并在文学史上占有一席之地。赵俊波曾经对元稹、白居易赋进行专题研究，认为："元白作品打破常规，不拘一格，在当时的赋坛上显得很特别，对后世的律赋创作也有很大的影响。"① 这里的"后世"，当然也包括清代。

（原题《清人对白居易白行简赋的评点》，

载《杜甫研究学刊》2021 年第 1 期，署名：踪凡、吴天宇）

① 赵俊波：《中晚唐赋分体研究》，中国社会科学出版社、华龄出版社，2004，第 352 页。

# 《赋苑》编者李鸿生平考略

《赋苑》是明代万历年间出现的一部赋体文学总集，共收录先秦至隋代赋875篇，远远超过同时出现的《赋略》(332篇)、《赋珍》(437篇)和《精镌古今丽赋》(231篇)。程章灿先生认为:“这是一部按时代先后编撰的先唐赋总集，不仅收全篇，也收残篇……以《赋苑》为代表的对先唐赋体文学文献所作的荟集整理工作，正是《历代赋汇》出笼的重要背景和编撰的重要基础。”[①] 踪凡亦称:“没有刘节的《广文选》和李鸿的《赋苑》，就不可能有清代陈元龙的《历代赋汇》。”[②] 可见其在赋体文学编纂史上的地位。

## 一、问题的提出

由于《赋苑》卷端没有题署，故对于该书之编者，学术界曾经认识混乱。清乾隆年间纪昀等编纂《四库全书》时(1772—1781)，曾将此书列入存目,《提要》称:“不著编辑者名氏。前有蔡绍襄序，但称曰李君，不著岁月。《凡例》称甲午岁始辑，亦不著年号。相其版式，是万历以后书也。”[③]《续通志》卷一六三、《续文献通考》卷一九八著录《赋苑》时，皆沿袭馆臣之说，称“不著编辑名氏”。其实早在清初，黄虞稷(1629—1691)《千顷堂书目》卷三一就已经明确著录“李鸿《赋苑》八卷”，馆臣失察。当

① 程章灿:《赋学文献拾零》，载《赋学论丛》，中华书局，2005，第186—187页。

② 踪凡:《汉赋研究史论》，北京大学出版社，2007，第473页。

③ 永瑢、纪昀:《四库全书总目》卷一九三，中华书局，1965，第1767页。

代学者多依从《千顷堂书目》，如叶幼明《辞赋通论》（1991 年版）、马积高《历代辞赋研究史料概述》（2001 年版）等论著，在介绍明代赋集时皆有“明李鸿《赋苑》八卷”一条，惜未详考。《四库全书存目丛书》（1997 年版）在影印《赋苑》时，直接署名为“李鸿”；踪凡《汉赋研究史论》（2007 年版）、台湾学者王欣慧《作赋津梁》（2015 年版）讨论明代赋集，亦径称“李鸿《赋苑》”。而许结《中国赋学历史与批评》（2001 年版）和《赋学讲演录》（2009 年版）二书，称：“明代赋集尚存书或存目者有：佚名辑《赋苑》8 卷、李鸿辑《赋苑》8 卷”，出现了两部《赋苑》并列的情况，脚注云：“未详待考。”① 李新宇从之，其《元明辞赋专题研究》（2011 年版）一书云：“明代赋集传世较多，如俞王吉《辞赋标义》十八卷，陈山毓《赋略》五十卷，佚名辑《赋苑》八卷，李鸿辑《赋苑》八卷……”② 仍然将两部《赋苑》并列。

其实程章灿《赋学文献零拾》（2005 年版）一文，已经考证出《赋苑》编者确为李鸿，并以《明史》为据，认为李鸿于万历二十年会考中式③。王欣慧《李鸿〈赋苑〉考评》（2015 年版），于李鸿生平无考，但认为《赋苑》“刊刻于李鸿官上饶知县任上”④，甚有见地。饶福婷《明代〈赋苑〉及其编者考》进一步认为：“李鸿（1565—1640）字渐卿，吴人（今江苏）。万历首辅申时行之婿。万历十六年（1588）举人，万历二十年（1592）进士。曾官上饶知府……与吴地沈璟等文化名流交游甚密。所著有《对禁录》《赋苑》等。”⑤ 虽有创获，但讹误亦多。

---

① 详见许结：《中国赋学历史与批评》，江苏教育出版社，2001，第 173 页；《赋学讲演录》，北京大学出版社，2009，第 88 页。

② 李新宇：《元明辞赋专题研究》，中国社会科学出版社，2011，第 181 页。按：除了两部《赋苑》的误判，此处还将“俞王言”误作“俞王吉”，将《赋略》五十六卷误作五十卷。

③ 程章灿：《赋学论丛》，中华书局，2005，第 185—186 页。

④ 王欣慧：《李鸿〈赋苑〉考评》，载氏著：《作赋津梁——明代万历年间辞赋选本研究》，五南图书公司，2015，第 171 页。

⑤ 饶福婷：《明代〈赋苑〉及其编者考》，《语文建设》2015 年第 2 期。

学术界对于李鸿生平的考证，大抵以《明史·选举志》80余字的简略记载为据，参酌其他相关史料而成。其实，国家图书馆善本部藏有明黄汝亨《寓林集》38卷（索书号：09181），该书卷十四有《上饶令李君墓志铭》（以下简称“墓志铭”）一文，凡3162字（不计标点），详细介绍李鸿一生行事，内容丰富，可以补充、纠正前贤时彦的观点。今按：黄汝亨（1558—1626）字贞父，钱塘（今浙江杭州）人，明万历二十六年（1598）进士，官至江西布政司参议。晚明书法家，小品文作家。著有《天目记游》《廉吏传》《古秦议》《寓林集》《寓庸子游记》等。黄汝亨《墓志铭》云：“予自君孝廉时定交，又同官西江，君文章志业磊落非今人，予所最知也。”[①] 黄氏与李鸿同庚（皆出生于1558年），自幼相知，同为名进士，又同官西江（今属江西），故接受李鸿后人之托，而撰写此铭，其言当最为准确。《墓志铭》是研究李鸿生平著述的重要文献资料，可惜尚无人利用。

## 二、李鸿的出身及早年经历

据《墓志铭》，《赋苑》的确系李鸿所编，无需考证；并且明代只有一部《赋苑》，两部《赋苑》之说不可信。《墓志铭》云：“君讳鸿，字渐卿，一字仪羽，通籍后有味乎知雄守雌之旨，别号为溪云……丙申，谒选人，授为令，乃得江西之上饶邑。”可知李鸿字渐卿，一字仪羽，别号为溪，于万历二十四年丙申（1596）任上饶知县。在介绍李鸿著述时，《墓志铭》又云“所辑……《赋苑》□卷”，虽阙卷数，但已明确《赋苑》为李鸿所辑。而清万斯同（1638—1702）《明史·艺文志》著录：“李□《赋苑》八卷。字渐卿，吴人。”[②] 有姓无名，既然“字渐卿，吴人”，则阙字必为“鸿”字无

---

① 黄汝亨：《上饶令李君墓志铭》，载《寓林集》卷十四，明天启四年（1624）吴敬、吴芝等刻本。以下征引，所用版本同此。今按：该书并不难找，已经收入《续修四库全书》（第1368—1369册）和《四库禁毁书丛刊》（集42至43）。

② 万斯同：《明史》卷一三六，清钞本。

疑。今南京、辽宁、北京师范大学等图书馆皆藏有李鸿《赋苑》一书，皆为八卷，与万斯同《明史》合。《四库全书总目》亦曾著录《赋苑》八卷，提要称："前有蔡绍襄序，但称曰李君……始于周荀况，终于隋萧皇后，以时代为编次。"而今存之《赋苑》8卷卷首，恰好有蔡绍襄序，序中称："李君持万宝之丰襟，洞千秋之朗鉴……乃以剸剧理棼之罅，广拾名山秘府之遗，凡六朝以前，暨荀宋而后，厘为上下八卷，名之曰《赋苑》。"①这段话与馆臣之语有四处相合：1.书名、卷数一致；2.作序人皆为蔡绍襄；3.序中不书编者名字，只称"李君"亦相合；4.馆臣称该书"始于周荀况，终于隋萧皇后，以时代为编次"，与今存《赋苑》内容完全一致。故馆臣所见之《赋苑》，只能是李鸿《赋苑》，并不存在另外一种"佚名《赋苑》八卷"。至于《续通志》《续文献通考》所著录之《赋苑》"不著编辑名氏"，只是袭用馆臣旧说，不可凭据。所以，明代只有一种《赋苑》，李鸿所编。两部《赋苑》之说有误。

对于李鸿的生卒年，饶福婷云："联系李鸿活动年限，其中举之年（1588）已为申时行（1535—1614）女婿，故推断其生年当为1565年前后，按平均寿命推算，其活动时间大致定为1565前后至1640年前后。"②以李鸿岳父申时行为依据，将李鸿生卒年推断为"1565—1640"，实不可从。今按，《墓志铭》云："而乃始登戊子贤书第十一人，君年三十矣。"李鸿于万历十六年戊子（1588）参加顺天府乡试，中第11名举人，时年30岁（实际岁数）。上推30年，可知其生年为明嘉靖三十七年戊午（1558）。《墓志铭》又云："而丙午忽病痰，及丁未而甚竟不起，距其生某年月日，得年五十耳。"李鸿于万历三十五年丁未（1607）辞世，终年50岁（虚岁），上推50年，亦为明嘉靖三十七年戊午（1558）。可见李鸿生卒年为：1558—1607。

① 李鸿：《赋苑》卷首，《历代赋学文献辑刊》影印明万历中期（1598—1602）上饶刻本，第6册第6—7页。

② 饶福婷：《明代〈赋苑〉及其编者考》，《语文建设》2015年第2期。

《墓志铭》云："李氏系出平江，元季讳茂实者迁吴葑门，四传而为玉山训导镛，再传为吴溪公庭樟……庭樟生灿，灿生坦，号冰谷，邑诸生，以君贵赠文林郎，君父也。娶赵氏，生君。"可知李鸿祖籍为平江（今苏州昆山）。今按：苏州本为平江军；县志说他是昆山真义人（《信义志稿》卷一七），可证此处"平江"即苏州。降至元代，先祖李茂实率族人迁往吴地葑门（今属江苏苏州），故为吴郡人。天祖李镛，曾任玉山县（今属江西省）训导；曾祖父李庭樟，号吴溪公；祖父名李灿；父亲名李坦，号冰谷，赠号文林郎；母亲赵氏。世系如下：

李茂实……镛（玉山训导）……庭樟（号吴溪公）——灿——坦（号冰谷、文林郎）——鸿（字渐卿）。

李鸿是位孝子，其一生经历，颇受父亲李坦、岳父申时行的影响。《墓志铭》云："而冰谷翁故与少师申文定公共为诸生，同研席，相善也，因约为婚姻。君生十七年，迫冰谷翁命，就婚京邸。"其中"申文定公"即申时行，谥号文定。李坦与申时行曾经同窗共读，关系密切，甚至约为婚姻。万历三年乙亥（1575）李鸿 17 岁时，接受父母之命，从吴地前往北京，迎娶申时行之女为妻。自此，李鸿的读书、交游、科考、为官，无不受其岳父申时行的影响。申时行（1535—1614）字汝默，号瑶泉，长洲（今江苏苏州）人。嘉靖四十一年殿试第一名（状元）。历任翰林院修撰、礼部右侍郎、吏部右侍郎兼东阁大学士、内阁首辅、太子太师、中极殿大学士等。其对李鸿的影响主要有两端：第一，为李鸿读书、交游提供良好条件。《墓志铭》云："（李鸿）复迫冰谷翁命，如京，以宗人涿州籍补诸生。遂游成均，与文定公二子太仆兄弟同学相切劘，……所师友皆天下名士。师故晋江李文节公及梁溪顾泾阳太常，而尤严事乡贡进士方生某，与槜李今内阁朱公某，中丞黄公某，兵宪项公某，文艺相颉颃，咸推毂君。"李鸿接受宗人帮助，以涿州籍补诸生，于是同申时行之二子太仆兄弟（申用懋、申用嘉）共读切磋，拜硕学名臣李廷机（谥号文节）、顾宪成（号泾阳）等为师，并结交天下名士，自此学业大进。第二，申时行是朝中重臣，官场政治斗争蔓延到科举考试，使女婿李鸿受到连累，在乡试、会试中连连受挫。

## 三、坎坷的科举之路

李鸿乡试颇为不顺。《墓志铭》云："已而所师友悉先后取高第去，君独偃蹇抑郁，徙倚文定邸……而乃始登戊子贤书第十一人，君年三十矣。当是时，人方贺君逢年，而叹其晚，而座师为葵阳黄公。有忌之者，因嗾礼部郎中高某攻君，以文定公婿及解首王文肃公子衡甚力，谓考官学士黄某阿政府意，子若婿，得滥选。文定公与文肃连章，请下礼部覆试，仍委高郎中监督。自辰至午，高郎中辄再更其题，凡四义，君援笔立就，高愧悔甚，覆奏有旨。"师友皆取高第，唯有李鸿屡试不中。万历十六年戊子（1588），李鸿以涿州籍参加顺天府乡试，终于考中第 11 名举人，时年 30 岁。但因其系大学士申时行女婿，于是有人攻击主考官黄公营私舞弊，阿谀朝官，要求查处。据《明史・饶伸传》，"葵阳黄公"指主考官黄洪宪，"高某"指礼部郎中高桂，"王文肃"指王锡爵，"有忌之者"乃谓礼部主事于孔兼。对此，《明史・饶伸传》记载更详："黄洪宪典顺天试，大学士王锡爵子衡为举首，申时行婿李鸿亦预选。礼部主事于孔兼疑举人屠大壮及鸿有私。尚书朱赓、礼科都给事中苗朝阳欲寝其事。礼部郎中高桂遂发愤，谪可疑者八人，并及衡，请得覆试。锡爵疏辨，与时行并乞罢。帝皆慰留之，而从桂请，命覆试。礼部侍郎于慎行以大壮文独劣，拟乙置之。"[①] 同时被指摘者共有 8 人，但主要矛头针对王锡爵之子王衡、申时行之婿李鸿。幸好主持覆试的礼部郎中高桂、侍郎于慎行严格、公正，自辰至午连考三天，加之李鸿表现出色，无论高桂怎样变换题目，李鸿皆能"援笔立就"，故在覆试后得以保留。

由于在乡试时遭受挫折，李鸿心灰意冷，放弃了次年（万历十七年，

---

① 张廷玉等：《明史》卷二三〇，中华书局，1974，第 6013 页。

1589）举行的会试。(《墓志铭》“明年试春官，君不应，竟拂衣归。”）据《墓志铭》，李鸿于万历二十年（壬辰，1592）参加会试，但再次受挫。“壬辰，复上公车。已竣第一场，而御史綦某复摭前事疏论，君弗竟试。顾其卷已为复所杨公所首拔，相传都门忌者为之夺气。其年六月，得旨再覆试午门。时炎曦如炙，君蒲伏疾书，语气激烈，文益奇，诸公见《治河疏淮策》，称不容口。明日疏上，复得旨如前。而君名益大振，群喙遂息。君驰归，忽病流火，梦授神方，服之良已。”明代会试共考三场，李鸿只考完第一场，就遭遇御史綦某的揭发、阻挠，以为“宰相之婿不当中”[①]。尽管其考卷已为复所杨公所首拔，午门覆试的《治河疏淮策》备受好评，但“明日疏上，复得旨如前”。至于此次会试的结果，《明史·选举志》云：“二十年会试，李鸿中式。鸿，大学士申时行婿也。榜将发，房考给事中某持之，以为宰相之婿不当中。主考官张位使十八房考公阅，皆言文字可取，而给事犹持不可。位怒曰：‘考试不凭文字，将何取衷？我请职其咎。’鸿乃获收。”[②]主考官张位使十八房考公评阅，皆言文字可取，几经曲折，最终通过会试。李鸿之所以再次受挫，乃是由于其岳父申时行已经于万历十九年（1591）罢官回乡，曾经遭受申时行打压的官吏便趁机报复，将矛头对准了李鸿。

对于李鸿中进士的时间，程章灿、王欣慧未有考论，饶福婷则直接说：“万历二十年（1592）进士”。今按，此说有误。明清时期的科举考试，在会试之后还有一场殿试，所有通过会试的贡士参加。殿试由皇帝亲自主持，通过考试者方为进士。李鸿屡受阻挠，身心俱疲，只参加了殿试之前的覆试，便回家治病，故此年未中进士。《墓志铭》云：“甲午冬，复上公车。乙未，豫章洪阳张公典试事，遂识拔君。释褐成进士。”显然，李鸿于三年之后，即万历二十三年乙未（1595）再次参加会试，适逢豫章（今江西南

① 张廷玉等:《明史》卷七〇，第1703页。

② 同上。

昌）张洪阳主持考试，一路过关斩将，顺利通过会试、殿试，终于高中进士。《墓志铭》开篇即云："上饶令为溪李君，中万历戊子顺天乡试，七年而成进士。"《明史・吴达可传》亦云："上饶知县李鸿……吴人，大学士申时行之婿，万历十六年举北闱乡试，为吏部郎中高桂所攻，后七年成进士。"[①]两书记载一致。从万历十六年（1588）往后数7年，正好是万历二十三年（1595）。查《明万历二十三年进士题名碑录（乙未科）》，赐同进士出身第三甲共244名，"李鸿"位居第127名，注云："直隶苏州府长洲县，民籍。"[②]索引显示，明代只有一个"李鸿"中过进士，那就是"直隶长洲"（苏州府）李鸿，万历二十三年三甲乙未科进士。

## 四、李鸿任上饶知县的业绩

李鸿中进士第二年，即万历二十四年丙申（1596），"谒选人，授为令，乃得江西之上饶邑"（《墓志铭》）。上饶县当闽浙要冲，地势险要，盗贼横行，民风刚健，号称难治。李鸿任上饶知县凡6年（或以为"官上饶知府"，非是），殚精竭虑，政绩斐然。举其大者，有以下数端：1.整顿吏治。上饶诉讼繁多，差役们胥匿讼谍，讨价还价，试图从中渔利，诉讼者比得白，家产荡然。县令李鸿趋驾亲往，立时验其真伪，讯立决，决立报。诸老吏无所上下，叫苦不迭。2.打击豪强。豪强郑氏武断乡里，作恶多端，李鸿对其从重处罚，罚令筑埭驾梁，以利涉者。豪强请人居间说情者百计，终不许。3.智取盗贼。县里盗贼横行，李鸿呼求盗伍伯，探取袖中札记谬批，诈称尽得其主名，限时擒治。于是大盗小贼，尽皆就缚，社会安定，百姓称颂。4.振兴教育。"日课诸生艺文，又手自选择唐宋而上，以及秦汉子史五经正文，令之通今学古，士彬彬兴起焉。"李鸿廉洁奉公，爱民嫉

① 张廷玉等：《明史》卷二二七，第5972—5973页。

② 台湾华文书局编辑部：《明清历科进士题名录》（二），华文书局，1969，第1066页。本条材料由台湾辅仁大学王欣慧教授提供，特此致谢！

恶，他整顿吏治，打击豪强，智取盗贼，兴办教育，故秩满之时，父母妻子皆受封赏。

万历皇帝后期铺张奢靡，又多次对外用兵，造成国库空虚，于是派遣太监去各地增收赋税，以补亏缺。此举激发了官民矛盾，抗税浪潮此起彼伏。当朝廷税监诸貂珰来到江西时，李鸿为保护百姓利益，奋袂抵几，与之对抗。主要举措有：1. 抗税。在潘相、陆泰等地方奸徒的协助下，诸貂珰“略仿古算缗榷酤之意”，欲增加赋税。李鸿直言，谓“县地产少，行贾锥刀之末甚细，不足税，愿多方补锓廉其额，委官类解，不以烦珰”。2. 反对开矿。诸貂珰等上言开采，指出土青银矿处，辄行锥凿。李鸿不与争辩，令奸徒自己备工，来到指引矿处，任其冶炼，结果得不偿失，自行解散。3. 反对开禁采木。上饶县云雾山、铜塘等自然山川，多豫章楩柟铜铁之饶，流民易啸聚为乱，封禁几二百年。诸貂珰必欲违禁例开入，李鸿则极言不可。诸貂珰巡山视察，又遭李鸿戏弄，怀恨在心。4. 惩治奸徒。万历三十年（1602）四月，皇帝下旨停税，四境欢呼如雷。李鸿当机立断，逮捕陆泰等三十余人，予以惩治。明陆应阳《广舆记》称李鸿“为令时力与中官角，已用法杖杀其党十余辈”①，即指此事。诸貂珰返京途中遭遇儒生驱逐，于是嫁祸于李鸿。《墓志铭》称：“（诸貂珰）遂上疏，诬君嗾邻郡狂生辱近侍，且致亡赖攘劫税鞘等语。当事者与台省诸公交章申救，明其不然。而天子惑珰言，震怒有旨，落君职为庶人。”对此，《明史·吴达可传》《梁永传》亦有记载，可以互证。由于李鸿不畏权贵，勇于担当，为民请命，奋不顾身，故落职返乡之日，“一时诸缙绅父老子弟，络绎攀卧至江浒，亡不低回泣下者”。

## 五、李鸿的著述

李鸿年少时，“言务为奇，不袭人一语”，颇有个性和抱负。其为人

① 陆应阳撰，蔡方炳增辑：《广舆记》卷十二，清康熙二十五年（1686）吴郡宝翰楼刻本。

“性豁达，往往面折人过，耻纤趋者”，性格直率坦荡，从不攀结权贵。致仕之后，“与亢爽廓落之士相莫逆，日畅饮高论为快。逢后辈负才者，奖许不去口。语及宦游事，掉头弗应也”（《墓志铭》）。李鸿弃官位如敝屣，与一般汲汲功名者，绝不相同。明人张大复如此评价：“渐卿好任侠，有骨，自其少，多买异书读之，昼夜无甫，歌《鹿鸣》。”① 陆应阳《广舆记》亦云：“读用世书，负气敢言，勇于任事。”② 李鸿有侠骨之气，刚毅之风，故敢于对抗朝廷命官，毫无谄媚和惧色。

李鸿兴趣颇为广泛，《墓志铭》云：“君素喜读书，研摩史编，晚更留神数学，精勾股法，至针经脉法、星学卜筮，亡不通晓。”所列李鸿著述 12 种，可分为两类：个人专著 4 种，编纂 8 种。内容涉及经学、算学、医药、占筮、法律、文学等诸多方面，惜大都散佚。《信义志稿》卷一七著录 3 种（有一种与《墓志铭》重复）。两处合并，另外增补《勾股书》《两汉文苑》两种，李鸿著述合计为 16 种。现逐一考述如下：

1.《宝笏堂集》□卷，佚。该书系作者诗文别集，其中政论文当占有较大比重。

2.《病中间间语》一卷，存。现藏南京图书馆（号：GJ/112953），题为《间间语》一卷，可可生李鸿仪羽甫著，明李袭芳（李鸿之子）刻本。可知李鸿别号可可生。

3.《禹贡互释》一卷，佚。按，《禹贡》出自《尚书》，是一篇著名的地理学经典。该书对其进行诠释。

4.《尺牍》二卷，佚。当系李鸿与亲友间的往来信函之汇编。

5.《九章算法》□卷，佚。系算学著作，反映作者对自然科学的研究和重视。

---

① 张大复：《梅花草堂笔谈》卷十，《四库全书存目丛书》影印明崇祯三年（1630）刻清顺治十二年（1655）修补本。

② 陆应阳撰，蔡方炳增辑：《广舆记》卷十二，清康熙二十五年（1686）吴郡宝翰楼刻本。

6.《脉法指要》一卷，佚。系一部介绍诊脉方法的医学著作，说明作者具有一定的医学素养。

7.《子平玄理》一卷，佚。系星命学著作。按，北宋徐子平，精于星命之学，后世术士宗之。算命之书，大都托名子平。子平术是根据人的生辰八字推算人一生命运历程的方法，颇有迷信色彩。

8.《讲义会编》□卷，系《书经讲义会编》的简称，凡12卷，今存明万历二十五年（1597）徐铨旭映斋刻本，国图藏（T01583）。《书经讲义会编》乃是李鸿协助其岳父申时行所编，书前有申时行自序，称："余甥李渐卿鸿从余邸，第得而读之，因与懋、嘉两儿共加裒辑，合余前所采录，共为一编。于是《尚书》大义，论说衍绎，粲然备矣。"[①] 序末有"甥李鸿编辑，子用懋、用嘉校订，后学徐铨校刊"字样，不仅说明该书系申时行与李鸿、申用懋、申用嘉合作编纂，亦可知李鸿作为申时行外甥兼女婿的身份。

9.《赋苑》□卷，存。按，阙文当作"八"，现有明万历中期（1596—1602）刻本，辽宁、山西、山东、南京、福建、重庆万州区、天一阁、北京师范大学、首都师范大学图书馆藏。《四库全书存目丛书》据山东图书馆藏本影印。

10.《本草纂要》四卷，佚。系药学著作。古代中药类的书籍多称本草，该书乃是对常用药草的名称、形状、药性、主治、制作过程、服用方法等作简要介绍的著述。

11.《嗜蔗编》□卷，佚。内容不详，或许系介绍制糖方法的著作。

12.《国宪识略》四卷，佚。"国宪"指国家的法制或礼仪，也特指宪法。《汉书・叙传下》："释之典刑，国宪以平。"该书系解释国家法律法规的著作，盖作于任上饶令时。

13.《封禁录》，《信义志稿》卷一七著录。已佚。此为大事记，即《封

① 申时行撰，申绍芳校订：《书经讲义会编》卷首，明万历二十五年（1597）徐铨刻本。

禁山本末》，记“封禁采木事”之始末。《墓志铭》载：“自云雾山至砂钵潭，凡格其所欲开者六，而铜塘者地连闽浙三省之阻，其中不知几百里，多豫章梗楠铜铁之饶，流民易啸聚为乱，自宣德以来，几二百年，禁不得窥足，而泰等怂恿珰，必欲违禁例开入，诸道府狐疑相仗，莫敢先发。君独昌言不可状，谓必欲违禁者，必三省抚按详议会题，每省添兵万人，以堤防不测。设有变，地方官不独任其责。”又云：“第辑《封禁山本末》，与一切文移招案，束以待讯而已。”

14.《伤寒纂要》，《信义志稿》卷一七著录。已佚。系医学著作。

15.《勾股书》十二卷，佚。《墓志铭》不载，而明唐时升（1551—1636）《三易集》卷九有《勾股书序（代）》，序中云：“吴郡李渐卿，通敏明悟，殊绝于人，而好深沉之思。因读毘陵诸论，必欲穷究其义。乃购顾氏之书，与善为算者讲求之，则勾股之法于是明备。又合九章之法及前贤之通数学者，所著述凡为书十二卷，曰《勾股书》。新城王君见而欲传之人间……遂以渐卿之书，付之梓人，而属余叙之。”[①] 所谓“吴郡李渐卿”，无疑就是李鸿，与《墓志铭》中李鸿“精勾股法”的记载相合。他仔细研究毗陵（今江苏常州）唐顺之的《勾股弧矢论略》和《勾股六论》，又购买吴兴（今浙江湖州）顾应祥的《测复算术》《弧矢算术》《勾股算术》诸书，与擅长算法者互相切磋，潜心研究，集其大成，撰写《勾股书》12卷。此书似已散佚，借唐时升序尚可知其大概。

16.《两汉文苑》十卷，题为明李鸿、申用懋、申用嘉编，明刻本。浙江宁波天一阁博物馆藏。卷首有申用嘉《凡例》，称该书“经始于李仪羽氏鸿，更家兄敬仲懋，而成于不佞嘉。”盖为汉代散文选集，待查。

## 六、《赋苑》的编纂与刊行

李鸿著述，今存《书经讲义会编》《间间语》《两汉文苑》和《赋苑》，

① 唐时升：《三易集》卷九，明崇祯刻清康熙补修嘉定四先生集本。

凡四种。《书经讲义会编》十二卷系协助其岳父申时行编纂，《两汉文苑》十卷由李鸿草创，申用懋、申用嘉完成，皆为多人合作成果。《间间语》只有一卷，内容单薄；只有《赋苑》八卷内容丰富，且由李鸿一人独撰，最能代表其学术成就。至于《赋苑》的编纂时间，《凡例》明言："是书自甲午岁始辑其次第，厥后渐以增益，积久遂至捌百柒拾伍首。"[①] 此处"甲午"指万历二十二年（1594），时当李鸿参加万历二十年（1592）会试中式之后，但尚未成为进士，亦未入职为官之时。故其编纂的最初目的，似乎只是展示才学，欲借著书以扬名而已。由于卷帙较大，汇纂费时费力，需经历数年乃成。至于其刊印时间，《凡例》亦透露了若干信息："是书既辑成帙，出入辄以自随，然恐久而散失，故亟以寿梓……亦以吏事鞅掌，未得详于校阅。"蔡绍襄序亦云："君栖神大业，游刃饶封"，"乃以剸剧理棼之罅，广拾名山秘府之遗"。既然"游刃饶封"（"饶封"即上饶县），既然"吏事鞅掌""剸剧理棼"，无疑应在李鸿中进士（1595）之后，任上饶知县期间，不会晚于万历三十年（1602）李鸿落职为民之时。故其刊刻时间应在1596—1602之间。由于李鸿初至上饶时职务繁忙，以打击豪强、寇匪为急务，尚无暇顾及文教事业，故该书很可能刊刻于1598—1602的数年间。距离"始辑"之年（1594），已有五六年的时间，可谓是"渐以增益"，积久乃成。各图书馆所藏之《赋苑》版式相同，应该系同一刻版，马积高《历代辞赋研究史料概述》著录为"明万历刻本"[②]，学者皆从之。今考该书版心底部有刻工名字：桂伯宗（或简称宗）、桂德化刻（化）、桂子通（通）、桂子龙（桂龙）、桂明刊（明）、桂伯安刊（桂安、安）等，大都属于桂氏家族。经查检，桂德化系"明万历间江西广信（今上饶县）人，刻字工人。参加刻过《纪录汇编》（陈于廷本）"[③]，与李鸿任职上饶的时间相吻合。可见

---

① 李鸿：《赋苑》卷首，《历代赋学文献辑刊》第6册第14页。

② 马积高：《历代辞赋研究史料概述》，中华书局，2001，第296页。

③ 瞿冕良：《中国古籍版刻辞典》，苏州大学出版社，2009，第669页。

《赋苑》的确刻于上饶，由桂氏族人担任刻梓工作。所以，现存《赋苑》乃系明万历中期（1598—1602）上饶刻本。

王欣慧认为“《赋苑》刊于李鸿官上饶知县任上，属于官方刻书”，其言有据；但她又说：“《赋苑》一书极有可能是书帕本，只是作为官场酬赠的附属品”[①]，恐难以信从。首先，从时代风气来看，书帕本作为一种官场酬赠之物，附庸风雅，在万历之前较为盛行。顾炎武《日知录》云：“昔时入觐之官，其馈遗一书一帕而已，谓之书帕。自万历以后，改用白金。”[②]李鸿刻《赋苑》时，书帕本已经不再时尚。其次，从书的内容和成本看，书帕本出于馈赠需要，一般选用现成著述，仓促刻成，而李鸿中进士时，《赋苑》尚未编成，为官上饶后数年乃成，其成本太高，并不适合制作书帕本。再次，从刻工角度考虑，刻印《赋苑》的刻工为上饶桂氏家族，名闻遐迩，为了维护声誉，他们不会接手刻印“名低价贱”的书帕本，即使参与制作，也不会在版心底部刻上自己的名字。《赋苑》版心却刻有桂氏刻工至少 6 人名字。又次，从该书的流传情况看，目前至少有 8 家图书馆藏有《赋苑》，说明该书颇受后人看重，广为流播，亦可反证它并不是饱受诟病的书帕本。最后，曹之先生《中国古籍版本学》曾经对《四库全书总目》著录的典籍进行研究，认为其中有明代书帕本约 20 种，《四库全书》收录 4 种，其余 16 种皆贬入“存目”。而这 16 种进入“存目”的书籍名单中，并没有《赋苑》[③]。至于《赋苑》书中的讹误，大概是由于李鸿所用底本不佳所致。该书不少赋篇取自《艺文类聚》，底本中就有不少鲁鱼亥豕之误。所以，不能仅从书中讹误就推断它是用于“官场酬赠”的书帕本。

李鸿当年刊刻此书，确实有成一家之言、垂文名于世的想法。《赋苑·凡例》云：“余因汇成一家之书，非敢信其毕收，比于乐赋、乐苑，庶

---

① 王欣慧：《李鸿〈赋苑〉考评》，《作赋津梁——明代万历年间辞赋选本研究》，第 171、173 页。

② 顾炎武：《日知录》卷十八，清乾隆间刻本。

③ 曹之：《中国古籍版本学》，武汉大学出版社，2007，第 264—268 页。

几乎辞林之巨观矣。”言语中充满自信。可见李鸿编刻此书，确实还有成一家之言、垂文名于世的想法。但似乎不止于此。《墓志铭》记载李鸿为上饶令，不仅整顿吏治、打击盗匪，亦十分重视教育，引导生徒：“日课诸生艺文，又手自选择唐宋而上以及秦汉子史五经正文，令之通今学古，士彬彬兴起焉。”又知该书之成，尚有“日课诸生艺文”、作为县学教材使用的现实功用。况且该书辑录赋作止于隋代，唐以后不录，亦与其“手自选择唐宋而上以及秦汉子史五经正文”的崇古观念，以及教导生徒“通今学古”的目的相一致。只是他“手自选择”的秦汉子史五经正文因为没有新意，早已荡然无存，而精心汇纂的《赋苑》一书，却因其“或录之诸集，或搜之艺文，或止载片词，或仅摘小序，务存成目，不计阙文”的辑佚方法，以及“千金狐白，不遗一腋”（《凡例》）的集大成思想，而成为明代赋集编纂的代表性成果，对明清之际赋体文学的创作和研究具有重要意义，同时对有清一代的总集编纂亦有导夫先路的作用。例如，《赋苑》辑录班固《终南山赋》《览海赋》，张衡《髑髅赋》《温泉赋》《观舞赋》《羽猎赋》等，皆为残篇。明末崇祯年间张燮（1574—1640）所编之《七十二家集》、张溥（1602—1641）所编之《汉魏六朝百三家集》，都将这些残篇收入集中，显然受到李鸿（1558—1607）《赋苑》的启发和影响。清陈元龙（1652—1736）编纂《历代赋汇》时不仅收录完整赋篇，辑为160卷，还“旁及佚文坠简、片语单词，见于诸书所引者，碎璧零玑”[①]，另辑《逸句》2卷；严可均（1762—1843）《全上古三代秦汉三国六朝文·总叙》亦称：“碎锦残圭，义不连贯……鸿裁巨制，片语单辞，罔弗综录，省并复叠，联类畸零”[②]。兼收完整长篇与散句残句，而成一代巨制，皆是对这种辑佚精神的继承和发展。

---

① 永瑢、纪昀等：《四库全书总目》卷一九〇，中华书局，1965，第1727页。

② 严可均辑《全上古三代秦汉三国六朝文》卷首，中华书局，1958，第1页。

## 【附录】明黄汝亨《寓林集》卷十四《上饶令李君墓志铭》

上饶令为溪李君，中万历戊子顺天乡试，七年而成进士。明年，授江西上饶令。又六年，落职为民。又五年，卒。又九年，葬邓尉山下。又四年，其子绳芳介其舅父申太仆兄弟来乞铭。予自君孝廉时定交，又同官西江，君文章志业磊落非今人，予所最知也，讵忍辞？

君讳鸿，字渐卿，一字仪羽，通籍后有味乎知雄守雌之旨，别号为溪云。李氏系出平江，元季讳茂实者迁吴葑门，四传而为玉山训导镛，再传为吴溪公庭樟，与太常卿谥恭简魏庄渠先生为从昆弟，则君之曾祖。恭简少依姨母，从其夫姓曰魏。庭樟生灿，灿生坦，号冰谷，邑诸生以君贵赠文林郎，君父也。娶赵氏，生君。

君生而隽颖，童子时从袁生某受书，三四过即成诵，必百遍为率，不满不休，终身不复忘。稍长，习博士家，言务为奇，不袭人一语，尤嗜古文史诗赋，旁及卜算、医药、星曜之书。既而就试有司，不利，君志不少挫。而冰谷翁故与少师申文定公（申时行）共为诸生，同研席，相善也，因约为婚姻。君生十七年，追冰谷翁命，就婚京邸。而会赵孺人病殁，君痛毁甚，奔丧有礼。服阕，复追冰谷翁命，如京，以宗人涿州籍补诸生。遂游成均，与文定公二子太仆兄弟同学相切劘，所师友皆天下名士。师故晋江李文节公（李廷机）及梁溪顾泾阳太常（顾宪成），而尤严事乡贡进士方生某，与槜李今内阁朱公某，中丞黄公某，兵宪项公某，文艺相颉颃，咸推毂君。已而所师友悉先后取高第去，君独偃蹇抑郁，徙倚文定邸，又念其翁千里外也。文定公为迎翁就养，朝罢相与道故旧笑乐，以纾君之怀。而翁忽以痰疾暴殁。君痛毁，扶丧归，合赵孺人葬之兴福山。复如京。君既邑邑不得志，申孺人复相对泣，益发愤，穷日夜力，覆卮不食酒者三年。

丁亥，申孺人又病殁，君悲悼不自胜，扶以归。亡何，申所遗男又殇。君不得已，复娶徐孺人。

即治装北上，而乃始登戊子贤书第十一人，君年三十矣。当是时，人方贺君逢年，而叹其晚，而座师为葵阳黄公。有忌之者，因嗾礼部郎中高某攻君，以文定公婿及解首王文肃公子衡甚力，谓考官学士黄某阿政府，意子若婿，得滥选。文定公与文肃连章，请下礼部覆试，仍委高郎中监督。自辰至午，高郎中辄再更其题凡四义，君援笔立就，高愧悔甚，覆奏有旨。

明年试春官，君不应，竟拂衣归。壬辰（1592），复上公车。已竣第一场，而御史綦某复摭前事疏论，君弗竟试。顾其卷已为复所杨公所首拔，相传都门忌者为之夺气。其年六月，得旨再覆试午门。时炎曦如炙，君蒲伏疾书，语气激烈，文益奇，诸公见《治河疏淮策》，称不容口。明日疏上，复得旨如前。而君名益大振，群喙遂息。君驰归，忽病流火，梦授神方，服之良已。

甲午冬（1594），复上公车。乙未，豫章洪阳张公典试事，遂识拔君。释褐成进士时，高郎中犹在事，遣人通意，君辞曰："若通谒者，谁为先施？不妨公堂一相见。"闻者称君正而不激。已从大司马请得输镪高平差。事竣归里门，上祖垄拜两尊人墓，随谒文定公。过槜李，谒葵阳黄公。至玉峰，拜恭简公祠下。因赎其旁丙舍之质外姓者，祖茔在贞义里者，复饬治其封，树俎豆，与诸亲知握手谈往昔，稍稍展其偃蹇抑郁之气。

丙申，谒选人，授为令，乃得江西之上饶邑。当闽浙冲，依山险，多盗，吏舞文，民健，讼难治。君至，则榜二语于庭曰："三尺矢诸天地，方寸留与子孙。"诸老吏未信也，其尤黠者辄以事尝君，知不可，乃摇手相戒。先是，差役虎而冠，其吏胥匿讼谍，以与讼者市。君命悉书所勾之符，一付之里属，且听息，讼以衰少。俗好诬人，命被诬者比得白，产尽矣。君趣驾，立时验其真伪。旁郡邑有大狱，必移君讯，讯立决，决立报。诸老吏无所上下，弥年不得衣食费，或叩头求罢，君喻以若辈幸遇我文，无害，不久当得官食禄矣，又人人喜自宽。豪郑氏武断横里中，君取置重法，罚令筑埭驾梁，以利涉者。豪请权要居间者百计，终不许。豪窘，或以豪赍缘走吴中，得文定公书宜解。君料豪必出此，先期报大吏，檄旋下，不可改矣。豪抱书哭，不敢上。君才智操持吏民，皆此类也。民苦盗，盗耕牛者尤黠，不可制。一日，呼求盗伍伯，私与语，探袖中札记谬批，指谓曰："盗贼所在，窃发吾密使廉问，尽得其主名，而若辈利其委输，不以时擒治，积取日多，适足以葬矣。吾且贷若，其自为计。"于是部中锥埋铢两之奸，一时皆就缚，乡民以安。至比征有法，丝毫不得欺，民乐输恐后。日课诸生艺文，又手自选择唐宋而上，以及秦汉子史五经正文，令之通今学古，士彬彬兴起焉。君为令，凡两上计，未尝饷京贵。庚子，以秩满奏最，被玺书，貤封其父母及妻。君既廉直，慷慨任事，爱民嫉恶，一时大吏皆重君，君亦安其职，益发舒不自嫌，以为自此可鸣琴卧治，无他虑。

而是时，先皇帝以朔方、乐浪相继用师，柏梁灾建章，且兴少府，金钱不给。诸貂珰衔命遍天下，略仿古算缗榷酤之意，而御马监、少监潘相当西江一路，奸徒陆泰等助其攫噬。君奋袂抵几，曰："吾不忍豪猾吏书鱼肉吾民，矧此曹子乎？虽然，君命也，吾一人不能抗。"于是力言之大吏，谓县地产少，行贾锥刀之末甚细，不足税，愿多方补辏廉其额，委官类解，不以烦珰。珰及奸徒计穷，上言开采，指出土青银矿处，辄行锥凿。又请自备资本器具，不费官帑等语，以荧惑珰，珰听之。君奉令姑不与争，一切蓬厂祭旅牢具，惴惴不敢后。第令诸原报人照所自认备工本指引矿处，任其冶炼，包煎如额，诸奸徒实得不偿失，不便也。以故形格势禁，自为解散。自云雾山至砂钵潭，凡格其所欲开者六，而铜塘者地连闽浙三省之阻，其中不知几百里，多豫章楩楠铜铁之饶，流民易啸聚为乱，自宣德以来，几二百年，禁不得窥足，而泰等怂恿珰，必欲违禁例开入，诸道府狐疑相伏，莫敢先发。君独昌言不可状，谓必欲违禁者，必三省抚按详议会题，每省添兵万人，以堤防不测。设有变，地方官不独任其责。珰意不能无动，迁延不至者，累月而终。以诸奸相扇，称奉有新旨，会同抚按，不可罢。君乃请珰勿遽，先按行，其珰自会城行县时，予令进贤，与之抗礼。

珰大不怿。他县令有望尘拜者，至饶君，亦长揖与敌礼，珰语未半，拂衣起，君弗顾也。及会议道府，躬自祭山阅视。君密令人侦山之童者，路险狭不可舆者，先饱食，而携珰步行。珰素骄恣不任劳，行数里惫，不能前。且馁甚，坐地求返。君好语曰："贵监不信令，疑此山多异材，故行县至此。令未尝阻挠一语，不深入，令无以自白。贵监勉之。"珰又不得已，起行，行数十步，蹒跚不能进，思饮又不得，固乞归。忿甚，惭其从官，至为泣下。遂踉跄奔景德镇，封禁采木之议遂寝，自是欲甘心矣。而陆泰等尚群聚不散，日恣其乞掘虏掠淫占之毒，人人无不思剚刃其腹。

壬寅四月，有旨停税，四境欢呼如雷。君举手曰："天赐也！时不可失。"遂擒泰等三十余人，悉置狱，且有立毙杖下者。而急大索其寓，得诸凶器反具，及招集亡命约剂，倾有司奏揭十余通，逐研审狱，具报督抚夏公。夏公且喜且愕，念珰必以阻挠诬奏激上怒，且不测，乃急条上《陆泰等擅开历代封禁山召变地方状》，及君先计发摘保安功。君恬不介意，第辑《封禁山本末》，与一切文移招案，束以待讯而已。幸上怜察，即入珰言，仅夺君俸六月。君自是益感愤，矢捐糜以报。珰亦闭口，不敢复言铜塘，而中所恨君未已也。已过建昌，值诸儒生聚试行道上，赤棒卒辄提击，且及爵宗。诸儒生噪而起，爵宗从之逐珰。珰窘，遁去，而私自喜：我乃得嫁祸报李令矣。遂上疏，诬君嗾邻郡狂生辱近侍，且致亡赖攘劫税鞘等语。当事者与台省诸公交章申救，明其不然。而天子惑珰言，震怒有旨，落君职为庶人。君即日解印绶就道，一时诸缙绅父老子弟，络绎攀卧至江浒，亡不低回泣下者。

君既归，文定公迎之门，相劳苦，握手曰："若为令，不足为我重；为庶人，不愧老夫婿矣。"君亦自笑曰："三径未荒，犹不废我啸歌。"因颜其斋曰闲情馆，盖以彭泽自况云。

君素喜读书，研摩史编，晚更留神数学，精勾股法，至针经脉法，星学卜筮，亡不通晓。性豁达，往往面折人过，耻纤趋者，与亢爽廓落之士相莫逆，日畅饮高论为快。逢后辈负才者，奖许不去口。语及宦游事，掉头弗应也。人谓以君识略，仅仅树德一邑，异日者宜大见擢用，展匡世之业，享有上寿。而丙午忽病痰，及丁未而甚竟不起，距其生某年月日，得年五十耳。

天之报君如何哉？嗟乎，祸福相倚，得丧相乘除，又何可胜道也夫！以书生起陇亩，为名进士，幸矣。而以婿政府，故来谗口，一再试阙下。及为天子命吏，绾墨绶，裁割剧邑，未为不幸。而以矿税忤贵珰，几罹不测，卒以废免，何也？然君以一再试才，名益震动，而以一官易饶民百千之命于虎狼血牙锯齿之间，垂泽无穷，视庸庸无所短长充大位者何似，君可谓刚毅近仁者矣。自君之亡，饶民既祠君，比桐乡。而君孝弟敦睦慷义，施在里族者甚备，学官弟子上其事督学御史，得从恭简公后，春秋祀于乡。君不朽有余，又何憾焉。予不暇具论，论其学问出处之大者志。

君所著书，有《宝笏堂集》□卷，《病中间间语》一卷，《禹贡互释》一卷，《尺牍》二卷；所辑《九章算法》□卷，《脉法指要》一卷，《子平玄理》一卷，《讲义会编》十二卷，《赋苑》八卷，《本草纂要》四卷，《嗜蔗编》□卷，《国宪识略》四卷。

始娶申孺人，生女一，适某丈夫，子二。继室徐孺人，出绳芳。娶同年韫所沈公女毓芳，即娶舅氏申某公女，孺人，某寺少卿古石公女也，法当并书。以某年月日，启申孺人兆，合葬邓尉山之麓，而系以铭。

铭曰：惟马之骏历九折，惟器之利别错节，惟人之杰试磨涅。题玉为石谗夫舌，剖珍阙庭气弥烈，权珰焦烋吮民血。挺身摧锋祸永灭，敝屣一官名巀嵲。为桐乡朱西门邺，何必三公与九列。宦绩乡贤祀勿绝，千秋百岁视兹碣。（明天启四年吴敬、吴芝等刻本，国图善本部藏）

（原载《文献》2018 年第 4 期，收入本书时有修订）

# 康熙雍正年间赋总集叙录

建清伊始，日不暇给，顺治年间，赋学寥落。清代的赋集编纂，应当始于康熙（1662—1722）、雍正（1723—1735）两朝。这一时期的赋学思想，大抵承袭元明两代复古之风，以古赋、骚赋为宗。王修玉《历朝赋楷·选例九则》云："赋虽本于六义，体制则由代更，楚辞源自《离骚》，汉魏同符古体，此为赋家正格，允宜奉为典型。"[①] 显然因袭明代学者"祖骚宗汉"的赋学主张，将楚骚和汉魏古赋视为赋体正格。而明代末年兴起的赋集编纂之风，亦在此一阶段得以发展、完善，结出累累硕果。万历、崇祯年间曾经出现六七种赋总集，如陈山毓《赋略》正外集、俞王言《辞赋标义》、周履靖《赋海补遗》、袁宏道、王三余《精镌古今丽赋》等，大都通选古今，具有赋史眼光。而李鸿《赋苑》八卷，辑录先唐赋875篇，篇目求全，时代为序，实开启清代赋集编纂之先河。清初承此端绪，尤重唐宋元明四朝赋之汇集，出现了赵维烈《历代赋钞》、王修玉《历朝赋楷》、陆棻《历朝赋格》等大型赋集。而陈元龙奉康熙之命编纂的《历代赋汇》一百八十四卷，辑录先秦至明代赋4161篇，"正变兼陈，洪纤毕具，信为赋家之大观"[②]，是古代赋集编纂的巅峰之作，对整个清代乃至现当代赋学研究影响甚巨。同时，由于顺治十五年（1658）覆试江南丁酉科贡士，康熙十八年（1679）开博学鸿词科廷试士子，皆试诗赋；康熙皇帝还选拔那些

① 王修玉：《历朝赋楷》卷首，清康熙二十五年（1686）刻本。

② 永瑢、纪昀：《四库全书简明目录》，上海古籍出版社，1985，第862页。

创作诗赋合于格律者，进入史馆，这又刺激了律赋创作的兴盛。因时代需要，钱陆灿《文苑英华律赋选》应运而生，既为文人士子创作律赋提供了可资效法的范本，又奠定了清代律赋以唐赋为宗的格局。王修玉《历朝赋楷》虽然在《凡例》中推尊楚骚、汉赋，但在编纂实践中却倚重唐、清两代，编选律赋居全书之大半。自此，律赋创作与律赋总集的编纂皆蓬勃发展起来。下面即对两朝出现的七种赋总集逐一评介。

## 一、《历代赋钞》三十二卷（清）赵维烈编

赵维烈，字承哉，号兰舫，上海人。生平不详，主要活动于清康熙年间。工于词，著有《兰舫词》一卷。

清丁立中《八千卷楼书目》、《中国古籍善本书目》、王绍曾《清史稿艺文志拾遗》、傅璇琮《中国古籍总目》等著录。现有清康熙二十四年（1685）玉尺楼刻本，北京大学、厦门大学图书馆藏。此本半叶9行，行22字，小字双行同。左右双边，无鱼尾，版框高19厘米，宽13.4厘米。卷首有赵维烈自序和《凡例》12条。又有清康熙二十五年丙寅（1686）立敬堂印本（北京大学、湖北藏）和清一经楼刻本（此本未见，马积高《历代辞赋研究史料概述》有著录①）。

该书《凡例》称："兹集始于辛酉首春，成于乙丑冬杪，凡五历寒暑。"自康熙辛酉（1681）迄康熙乙丑（1685），该书之编纂历时5年。《历代赋钞》凡三十二卷，按时代先后顺序选录历代赋作。经查检，该书收录先秦赋4篇，汉赋27篇（其中《两都赋》计2篇），三国两晋南北朝赋42篇，唐赋73篇，宋赋24篇，元赋8篇，明赋67篇。总计为245篇，数量在王修玉《历朝赋楷》（172篇）、陆棻《历朝赋格》（375篇）之间。选赋始于宋玉，不收屈原、荀况的作品；止于明代，不选当朝之作；而以唐、明两

① 马积高：《历代辞赋研究史料概述》，中华书局，2001，第197—198页。

代入选最多。可见编者虽然“伏处海隅，未及广搜博采”(《凡例》)，仍然力求古今兼收，各体并重，对明代赋关注尤多。除了名家名作外，一些不甚知名的赋家赋作也在入选之列，如明陈鉴《斗蟋蟀赋》、张泰阶《琵琶赋》、袁定《布衣赋》、朱灏《蝶赋》等。马积高先生说：“赵氏选赋颇能不拘一格，各种体式、题材、主题和艺术风格的作品都有所采择……特别是其中所收明赋，有不见于他书者，尤有一定的文献价值。”[①] 这一评价颇中肯綮。

对于所收各家，都有作者简介，刻于《目录》中相应人名之下。正文无注，但有旁批。如卷一宋玉《风赋》“快哉此风”诸句旁镌有小字：“一风耳，分出大王、庶人。特玉借以托讽，欲王因辞而绎其旨耳。要之，风岂有雄雌哉？”连接语则施以圈点，如司马相如《子虚赋》“其山”“其土”“其石”“其东”“其南”“其高燥”“其埤湿”“其西”“其北”“其上”“其下”诸字右侧施以尖圈，以醒眉目。

何新文《中国赋论史稿》(开明出版社 1993 年版，第 241—242 页)，马积高《历代辞赋研究史料概述》(中华书局 2001 年版，第 197—198 页)有简单介绍，孙福轩《康雍年间赋选赋学思想论》(《济南大学学报》2008 年第 4 期)亦有涉及。

## 二、《诗赋备体》十四卷外集五卷(清)祝文彦编

祝文彦，字方文，号理美，海宁(今属浙江省)人。曾在明天启、崇祯年间编纂《古学备体》《诗赋备体》诸书，因时重帖括，未能印行。后来屡举不售，则专门从事于身心性命之学。入清后主讲浙西传贻书院。著有《庆符堂集》《理学就正言》《诗经通解》《圣门狂狷录》等。

该书未见著录。现有清康熙二十四年(1685)武林文芸馆刻本，南京、

① 马积高：《历代辞赋研究史料概述》，第 198 页。

首都图书馆藏。四周单边，白口，单、黑鱼尾。半叶10行，行23字，小字双行同。版框高20.1厘米，宽12.7厘米。

该书是一部辨体著作，编于明末天启、崇祯年间，但因时人重视八股，故未刊行。降至清初，康熙帝右文好学，留心词赋，天下文人向风而化，翕然相从。祝文彦乃取出旧编，付之剞劂，以作士人习诗作赋之范本。

编者将历代诗词歌赋划分为古歌谣、古赋、乐府、歌行等23体，分别编选作品。每体之前皆有总论，每篇之前皆作解题。例如第二卷“古赋一”，先有古赋总论，再有楚赋总论，接下是本卷目录，再下是屈原《离骚》。各赋先有作者简介和作品解题，再录赋之正文。其总论、解题大都征引祝尧《古赋辩体》，或撮述祝氏之意。至于分类、选篇，亦多与祝氏同。例如《古赋辩体》将历代赋划分为楚辞体、两汉体、三国六朝体、唐体、宋体凡五大类，分别编选名家名作；该书第二至第五卷编选古赋，分别选录楚、两汉、三国六朝唐、宋元之赋，将时代与辨体相结合，大致采用《古赋辩体》之顺序。该书第二卷编选楚辞作品32篇，其中屈原22篇完全照抄《古赋辩体》，仅仅增补宋玉《招魂》、删去荀卿5赋而已；第三卷编选两汉赋，贾生3篇、司马长卿3篇、班婕妤2篇、杨子云1篇、班孟坚2篇、祢正平1篇，篇目与顺序完全与《古赋辩体》同，只是将贾谊《惜誓》从“附录”转入“正编”，将扬雄四赋删去其三，仅保留《甘泉赋》而已。以下数卷，亦大略同此。外集第一卷附录律赋3篇：韩退之《省试明水赋》、宋范景仁《长啸却胡骑赋》、范希文《金在镕赋》，皆无解题。其重古轻律之倾向，亦与祝氏同。稍异之处是：其一，该书将祝氏《古赋辩体·外集》二卷所选篇目，精选若干，杂入各朝代之后，以附录形式出现，并且不再分类。其二，祝氏选篇止于宋代，而该书则延至元代，编选元赋6篇附录5篇。所选各赋，皆无句读、圈点，保留明人古风。

这部编于明季且具复古倾向的辨体著作，之所以能在清初刊行，除康熙帝稽古右文外，主要还在于当时康熙帝虽喜好辞赋，招天下博学宏词之士而廷试之，但对于赋体没有具体要求，应试者可作律赋，也可作古赋。

后来出于阅卷的需要，科试、岁试，翰林院庶吉士的考课皆要求写作律赋，专选古赋的总集便逐渐衰微。

## 三、《文苑英华律赋选》四卷（清）钱陆灿选（清）刘士弘校订

钱陆灿（1612—1698），字尔弢，号湘灵，又号圆沙，常熟（今属江苏）人。清顺治十四年（1657）举人。教授于长洲、扬州、金陵间，从游者甚众。晚年与王日藻、秦松龄、尤侗、徐乾学等友善。诗文俱佳，著有《调韵斋诗文随刻》《（康熙）常熟县志》等。刘士弘，字静夫，钱陆灿弟子，生平不详。

陈揆《稽瑞楼书目》、丁祖荫等《（民国）重修常昭合志艺文志》、王绍曾《清史稿艺文志拾遗》等著录。现有清康熙二十五年（1686）吹藜阁刻本，国家图书馆、上海图书馆、北京大学、北京师范大学藏。半叶10行，行18字，四周单边，黑口，双黑鱼尾，版框高20.7厘米，宽14.6厘米。卷首有钱陆灿、蒋伊《序》各一篇。

《文苑英华》是宋人李昉等编纂的一部大型文学总集，凡一千卷。该书卷一至卷一五〇专门辑录梁陈隋唐时期的赋体文学作品，凡1371篇，按其内容分为40类。除去先唐赋11篇，实际收录唐代赋1360篇（以律赋为主），堪称唐赋之渊薮。《文苑英华律赋选》钱陆灿自序称："曩者世祖先皇帝戊戌、己亥覆试丁酉科举子，臣陆灿两试皆十名内。戊戌春，两诗限二十韵，仅及格。而己亥《瀛台赋》几数千言，然求其言之中于律，不可得矣。"尽管他在顺治皇帝主持的覆试中名列前茅，但仍然为自己的《瀛台赋》不合声律而感到羞愧。为研讨作赋声律，钱氏自然会想到唐赋，想到收录大量唐代律赋的《文苑英华》，于是从该书所收一千篇律赋中精选出255篇，以供清代士人阅读、仿习之用。

《文苑英华律赋选》的分类和排序均依《英华》之旧，但京都、讽谕、

志、纪行、哀伤5类只篇未选，实际上只有35类，具体情况如下：天象55篇，岁时9篇，地理11篇，水14篇，帝德4篇，邑居2篇，宫室6篇，苑囿/朝会1篇，禋祀7篇，行幸3篇，儒学12篇，军旅2篇，治道1篇，耕藉/田农2篇，乐17篇，钟鼓2篇，杂技1篇，饮食1篇，符瑞11篇，人事11篇，射/博弈2篇，工艺3篇，器用14篇，服章10篇，图画2篇，宝4篇，丝帛2篇，舟车4篇，薪火5篇，畋渔3篇，道释3篇，游览2篇，鸟兽14篇，虫鱼6篇，草木9篇。选赋最多者，当然还是天象、乐、器用、水诸类，这与原书收赋数量的多寡有关。但天象、儒学、工艺、服章诸类，选赋数量大约是原书的三分之一；而邑居、军旅、治道、杂技诸类，选赋数量却只有原书的十分之一；亦可见出编者的倾向性。

该书是清代第一部专选唐代律赋的总集，对此后的律赋编纂有导夫先路的作用。

## 四、《历朝赋楷》八卷卷首一卷（清）王修玉选

王修玉（1626—1699），字倩修，号松壑，自号恬翁，浙江钱塘（今杭州市）人。康熙年间拔贡生。少时曾与“金陵十子相倡合”，还与当时名士毛先舒、吴任臣、虞黄昊、徐旭龄辈订诗文交，是“鹫山十六子”之一。著有《松壑堂集》，已佚。《清史稿》有传。

该书《四库全书总目·集部存目》《清史稿·艺文志》《中国古籍总目·集部》等著录。现有清康熙二十五年（1686）刻本，北京大学、清华大学、山东大学、吉林大学、上海图书馆藏。此本半叶9行，行21字，小字双行同。四周双边，白口，单黑鱼尾。版框高18.3厘米，宽13.8厘米。又有清尚德堂刻本，北京大学、人民大学藏。

据《萧远堂文集·王文节年谱》和《历朝赋楷》王修玉自序，《赋楷》一书完成于康熙二十五年（1686）。同时出现的赋总集有康熙二十四年（1685）赵维烈《历代赋钞》，康熙二十五年（1686）陆棻《历朝赋格》和

钱陆灿《文苑英华律赋选》。四部赋集几乎是同时出现，实有着制度上的原因。康熙十七年，清廷设置博学鸿词科，次年廷试，考试内容有一诗一赋，排律诗题为《山鸡舞镜》，律赋题为《五六天地之中和》。王修玉曾参加这次考试，敏锐地感觉到康熙帝的爱好和科举考试的新趋势。王修玉在《历朝赋楷》自序中言："岁己未，有司举廷试入都，时天子方诏臣工，征博学宏词之士，亲试诗赋，命典石渠。玉虽不获躬预，而窃快睹其隆。"又称："圣天子旁求俊乂，既以五经四子之书，擢士于两闱，复以声律鸿丽之章，拔才于宷署……惟是上承天子作人之心，下本先人过庭之训，则庶几有托焉尔。"明确表达其编纂此书的目的，乃是顺应"天子作人之心"，让天下读书人有所效仿。

该书共收历代赋167篇，按照时代先后编录。其中周1篇，汉7篇，三国4篇，晋5篇，六朝13篇，唐60篇，宋8篇，元3篇，明26篇，清40篇。编纂时兼顾不同赋体，古赋、骚赋、骈赋、律赋、文赋均有收录。《选例九则》第一则云："赋虽本于六义，体制则由代更，楚辞源自《离骚》，汉魏同符古体，此为赋家正格，允宜奉为典型。"显然承袭了明代学者"祖骚宗汉"的赋学主张。但该书所辑，周汉辞赋只有8篇，而唐（60篇）、明（26篇）、清（40篇）三代却占全书之大半。潘务正指出："《历朝赋楷》理论上祖骚宗汉，收录赋作却截然相反，多收唐代律赋，而于应制、应试之类的赋作情有独钟"，并认为"这种现象的出现，与清初的文化政策有关"①。可谓卓见。

在同时出现的四部大型赋总集中，《文苑英华律赋选》只选唐代律赋，赵维烈《历代赋钞》、陆棻《历朝赋格》选录先秦至明代赋，只有王修玉《历朝赋楷》延伸到清代，编选清代赋40篇（仅次于唐代）。这说明王修玉虽以古赋为正格，以俳、律为变格，但崇古而不贱今，具有融通古今的意

① 潘务正：《王修玉〈历朝赋楷〉与清初文教政策》，《浙江师范大学学报》2010年第1期。

识。道光初年鲍桂星《赋则·凡例》云：“赋选不乏佳本，以王氏《赋楷》为最，以其各体赅备也。此编仿其体例，更以己意参之。”[①] 可见其“各体赅备”的编纂宗旨对后世所产生的巨大影响。

研究论文有：潘务正《王修玉〈历朝赋楷〉与清初文教政策》(《浙江师范大学学报》2010 年第 1 期)。学位论文有：宋秋霜《王修玉辞赋及〈历朝赋楷〉研究》(首都师范大学硕士论文，2012 年)。

## 五、《历朝赋格》十五卷（清）陆棻评选

陆棻（1630—1699)，原名世枋，字次友，一字义山，号雅坪，清浙江平湖人。康熙六年（1667）进士，官至内阁学士、礼部侍郎。据《嘉兴府志》，陆棻著有《雅坪文稿》《诗稿》《词谱》《应试进呈诗文合刻》等。今存《雅坪山房集》《雅坪词谱》《历朝赋格》三种。事迹略见《清史稿》本传、《碑传集》卷四〇。

《四库全书总目·集部存目》、《皇朝文献通考》卷二三八、《清史稿·艺文志》《中国古籍总目》等著录。现有清康熙二十五年（1686）敦雅堂刻本，北京大学、清华大学、吉林师范大学、南京师范大学藏。半叶 9 行，行 19 字，四周单边，白口，单黑鱼尾。卷首有陆棻、戴彦镕序各一，每格之前有小引。又有清学古堂刻本、光绪十七年（1891）经纶书局本、光绪十八年（1892）上海焕文书局印本等。

《历朝赋格》选录先秦至明代赋 375 篇。该书分类较为独特，先按照体式将历代赋划分为文赋、骚赋、骈赋（含律赋）三格，每格之下又依其内容划分天文、地理、帝治、人事、物象五类，分别编选赋作。凡三格十五类，纵横交织，有条不紊。各类之下，则依时代先后编次。具体收赋情况见下表：

---

① 鲍桂星:《赋则》卷首，清道光二年（1822）歙县鲍氏刻本。

《历代赋格》三格收赋情况一览表

| 格 | 类 / 篇数 | | | | | 总数 / 篇 |
|---|---|---|---|---|---|---|
| | 天文 | 地理 | 帝治 | 人事 | 物象 | |
| 文赋格 | 9 | 44（《子虚上林赋》《两都赋》《二京赋》各计 2 篇，《三都赋》并序计 3 篇） | 18 | 15 | 30 | 116 |
| 骚赋格 | 11 | 16 | 2 | 34 | 22 | 85 |
| 骈赋格 | 37 | 34 | 18 | 27 | 58 | 174 |
| 总计 / 篇 | 57 | 94 | 38 | 76 | 110 | 375 |

该书比同时编纂的《历朝赋楷》（172 篇）、《历代赋钞》（145 篇）、《文苑英华律赋选》（255 篇）卷帙稍大。其中“骈赋格”物象类选赋最多（58 篇），其次“文赋格”地理类（44 篇），以下为“骈赋格”天文类（37 篇）、地理类（34 篇），“骚赋格”人事类（34 篇），最少的是“骚赋格”帝治类（2 篇）。其间虽不免有个人偏好，但大致反映了三种赋体的创作情况：文赋（包括汉晋散体大赋和宋代以后的新文赋）长于铺陈和描绘，篇幅不受限制，故适于表现地理、物象等题材；骚赋长于抒发哀怨之情，故多用来表现个人的喜怒哀乐，而很少用于歌功颂德；骈赋（包括唐以后的律赋）则可以用于各种题材，由于科举试赋的导向作用而趋于典雅，尤其长于借物写志，表达文人雅趣。倘若忽略赋体，各类所选数量如下：天文 57 篇，地理 94 篇，帝治 38 篇，人事 76 篇，物象 110 篇。物象赋高居榜首，但以短篇小赋为多；地理类次之，也是赋文学之大宗。

当然，将历代赋划分为三格十五类，难免会出现遗漏，甚至有削足适履之憾。首先，该书过于推重天文、地理、帝治三类，致使文学史上的许多名赋（尤其是针砭时弊的赋篇）没有机会入选。有的虽然入选，但归类可商。如司马相如《长门赋》抒写宫女怨情，却入地理类，殊觉牵强。傅毅《舞赋》与马融《长笛赋》、嵇康《琴赋》都是艺术赋，而前者入人事类，后两篇入物象类。陆机《文赋》、白居易《赋赋》、窦泉《述书赋》无处可归，只好进入人事类。等等。这是分类过于粗略所必然带来的问题。

从各代赋的编选看，该书略前而详后。《凡例》称：“由唐以前，选本既多，不忧复灭。唐后作者如林，流传已少，精力有限，难于泛观。若不亟为收录，恐遂佚而无闻，故略于前详于后。”努力保存宋元明三代之赋，颇有眼光。该书收赋止于明代，不收清赋。所收之赋概未加注，编者曾有意于此，但因时间仓促，留下遗憾。不过赋文之间多有评点，可资参考。

何新文《中国赋论史稿》（第 241 页）、马积高《历代辞赋研究史料概述》（第 198—199 页）有介绍，孙福轩《康雍年间赋选赋学思想论》（《济南大学学报》2008 年第 4 期）亦有涉及。

## 六、《御定历代赋汇》一百四十卷外集二十卷逸句二卷补遗二十二卷目录二卷（《历代赋汇》）（清）陈元龙编

陈元龙（1652—1736），字广陵，号乾斋，浙江海宁人。康熙二十四年（1685）一甲第二名进士，授翰林院编修，入直南书房。长期任日讲起居注官、侍讲、侍读、侍讲学士、少詹士、詹士等职，深得康熙皇帝信任。康熙四十三年（1704）以父病祈求回家侍养。父丧毕，于康熙四十九年（1710）还朝，授掌院学士，寻补吏部侍郎，后任广州巡抚、礼部尚书，雍正时入文渊阁。卒谥文简。著有《爱日堂诗》《格致镜原》《海宁陈氏家谱》《历代赋汇》等。

该书《皇朝文献通考·经籍考》《皇朝通志·艺文略》《国朝宫史·书籍》《清史稿·艺文志》《中国古籍善本书目·集部》等皆有著录。收入《四库全书》，纪昀等撰有提要。现有清康熙四十五年（1706）内府刻本，国家图书馆、北京大学、北京师范大学、首都师范大学等均有收藏。左右双边，黑口，单黑鱼尾。版框高 19 厘米，宽 14.4 厘米。半叶 11 行每行 21 字，小字双行每行 31 字。此外尚有康熙后期（1707—1722）内府刻本（国图藏）、乾隆四十二年（1777）《摛藻堂四库全书会要》本（抄本，台湾故

宫博物院藏）、乾隆四十六年（1781）《文渊阁四库全书》本（钞本，台湾故宫博物院藏）、乾隆间《文津阁四库全书》本（钞本，国家图书馆藏）、光绪十二年（1886）双梧书屋石印本（俞樾校本，国家图书馆、北京大学藏）、光绪二十年（1894）上海点石斋重印本（国家图书馆、北京大学藏）等。[①]

《御定历代赋汇》（以下简称《赋汇》）正集凡140卷，收先秦至明代的叙事咏物之赋3134篇；外集20卷，收历代抒情言志之作424篇。此外有逸句2卷，计177篇；补遗20卷，计370篇，并附逸句50篇。该书共收先秦至明代赋4161篇（含残篇，有个别重出误收之作）。该书体制宏大，收赋完备，体例严密，价值极高。作为一部分类辑录的大型赋集，《赋汇》在历代赋的编录与分类方面有突出贡献。

首先，辑录作品空前完备。在陈元龙之前，辑录辞赋最有成就者要数明代末年张燮的《七十二家集》、张溥《汉魏六朝百三家集》和李鸿《赋苑》，但三书只辑录先唐赋。同明人相比，《赋汇》更大的贡献在于其对唐宋元明四代赋的汇集。即使对于汉魏六朝赋的钩稽与汇编，亦大有超过明人之处。明代赋集以《赋苑》辑赋最多，已达875篇，且仅录以赋名篇的作品。《赋汇》直接继承这种甄取标准，但它增补了不少篇目。仅仅两汉赋，《赋汇》就增补了以下数篇：扬雄《蜀都赋》、崔篆《慰志赋》、傅毅《扇赋》、张衡《定情赋》《扇赋》、朱穆（公叔）《郁金赋》、蔡邕《瞽师赋》《检逸赋》《团扇赋》、徐幹《团扇赋》《车渠椀赋》、陈琳《神女赋》《大暑赋》《马瑙勒赋》、刘桢《清虑赋》、崔琰《述初赋》，凡16篇赋，可见其搜讨之功。对于《赋苑》中的一些失误，陈氏也有意予以纠正。如司马迁《悲士不遇赋》，《赋苑》误入司马相如赋中；班彪《游居赋》（又名《冀州赋》），《赋苑》误入班固赋中；蔡邕《胡栗赋》，《赋苑》误作《故栗赋》，等等，陈氏皆加以纠正。《历代赋汇》在选赋篇目及编录质量上，都远远超

① 踪凡、方利侠：《〈历代赋汇〉版本叙录》，《中国韵文学刊》2013年第2期。

过了李鸿《赋苑》，成就空前。

其次，分类编录，别具鉴裁。《七十二家集》《汉魏六朝百三家集》《赋苑》三书，都是按时代先后辑录作家的文学作品，即所谓“人因世次，文沿人集”式编排。《历代赋汇》则不同，它将先秦至明代的赋体文学作品按其题材及内容划分为38类，把同类的赋作编排在一起。正如《赋汇·凡例》所云：“分类编辑，所以便披览也。”此法颇有助于读者考察同类题材的古今演变情况。同类之中，又按不同的赋题编排；同题之赋，则依时代先后排列。例如“天象类”之下，按天、气象、日、月、星辰、云、虹、风、雷、雨、露、霜、雪、雹的顺序编次；其中题为《月赋》者5篇，则以时代为序，先汉公孙乘，次（南朝）宋谢庄，次宋汪莘，次宋杨简，次明冯时可。此种编次之法，眉目清晰，条理井然，颇便于读者查阅、取材和研究。

对前人的赋体分类，陈元龙有吸收，也有调整。南朝梁萧统编辑《文选》，将56篇经典赋作划分为京都、郊祀、耕藉、畋猎、纪行、游览、宫殿、江海、物色、鸟兽、志、哀伤、论文、音乐、情，共15类，显然是题材上的分类（兼顾了作品的主题），对后世影响极大。《赋汇》中许多类别的名称，比如都邑、宫殿、音乐、鸟兽、言志、行旅等，皆直接或间接地来自《文选》。不过，对《赋汇》影响更大者，应是唐代的两部类书（欧阳询《艺文类聚》、徐坚《初学记》）和宋人李昉等编纂的大型文学总集《文苑英华》，三部书的分类方法多为《赋汇》所继承。将四部书的分类情况进行比较，可知类书以天、岁时、地理居首，以草木、鸟兽、鳞虫收尾的次序已为《赋汇》充分吸收。但《文苑英华》作为专门的文学总集，其分类方法（分39类）对《赋汇》影响更大。仔细比较一下，《赋汇》的38类中，有28类的名称与《文苑英华·赋》完全或基本相同。如天象、岁时、治道、器用等类毫厘不爽；地——地理，京都——都邑，符瑞——祯祥，行幸——临幸，等等，亦仅仅名称小变，并无本质区别。此外，《文苑英华·赋》将两部类书的地、州、郡三部合并为地类，将其鸟、兽二部并为鸟兽部，鳞介部与虫豸部（虫部）并为虫鱼部，将其人部拆分为游览、志、哀伤、讽谕、人事诸部，具体处理方法皆为《赋汇》所吸收和发展。

《赋汇》价值甚高，但由于卷帙浩繁，该书也不免有一些遗漏和错误之处，利用时需要注意。南京大学许结教授主编之《历代赋汇（校订本）》已于2018年由凤凰出版社出版，质量颇精，为读者提供了方便。

研究《历代赋汇》，可以参考的论文有：马积高《〈历代赋汇〉评议》（《学术研究》1990年第1期）、《读〈历代赋汇〉明代都邑赋》（《中国文学研究》1999年第1期）、踪凡《〈历代赋汇〉的汉赋编录与分类》（《天津社会科学》2004年第6期）、叶永胜《陈元龙与〈历代赋汇〉考述》（《金陵科技学院学报》2004年第4期）、刘伟生《〈历代赋汇〉赋序指误》（《湖南工业大学学报》2007年第6期）等。

## 七、《华国编唐赋选》二卷（清）孙濩孙编

孙濩孙，字邃人，高邮（今属江苏省）人。雍正八年（1730）庚戌科进士，官至监察御史。著有《檀弓论文》《华国编赋选》等。

该书《中国古籍总目》著录。现有清雍正十一年（1733）高邮王氏刻本，国家图书馆、北京大学、中国人民大学、厦门大学藏。左右双边，白口，单黑鱼尾，版框高18.9厘米，宽14.2厘米。半叶9行，行22字，小字双行同。卷首有孙濩孙自序和《凡例十则》。

据《凡例十则》，可知该书原有4卷，其中《古赋选》2卷选录先唐赋，以汉魏以上为上卷，晋宋以下为下卷；《唐赋选》2卷专选唐赋，以应制试帖为上卷，自出机杼者为下卷。国图所藏，仅有《唐赋选》2卷。作者以唐赋为律赋经典，不选宋赋。自序云："今时应制之作，律赋居多，尤当取法乎唐。宋人文赋，未免矫枉过正，于律不合。"表现出古、律并重，而轻视文赋的赋学观。

《唐赋选》2卷，选录唐赋60篇，卷之上皆为应制之作（律赋），如李

程《日五色赋》、王起《庭燎赋》等；卷之下选唐代古赋、小赋，如李白《大猎赋》、杜甫《雕赋》等。可见编者兼顾赋的不同体制。所选各赋，皆取自《文苑英华》《唐文粹》等书，编者施以圈点、评析，并标明韵脚。如卷之上首篇为刘允济《天赋》，眉批甚多，以梳理层次、鉴赏词句为主。赋末总评云："天之大，从何处赋起？观开口用'臣闻'二字，便知其意乃对扬休命也。前幅赋天，层次分晰而语意间括；后幅乃极铺张扬厉之致。然所云'察文明而降祥瑞，载光道德'诸句，已暗为后半伏脉，真有草蛇灰线之妙。至于'人事之理乱昏明'，与'天命之成败兴亡'相感应处，俱在泛论处并说。及归功有唐，则专就休祥上敷陈，又得对君之体。巨识宏裁，冠冕今古。"分析此赋之破题、脉络、立意、照应，颇多中肯之处，表彰其"得对君之体"，自然包含对习赋者的提示和引导。

（原载《辽东学院学报》2016年第6期）

# 道光年间律赋总集之编纂

清代是中国古代学术文化的总结期。在赋学领域，主要表现在以下几个方面:（1）清赋的创作数量大为增加。马积高先生主编之《历代辞赋总汇》，收录清代辞赋多达4810家，19499首，比先秦至明代所有辞赋作品的总和（10649首）还要多得多，数量惊人。[①] 当然，这还不是清赋的全部。（2）出现了赋话这一专门记载赋坛轶事、品评赋艺赋风的文学批评形式，如浦铣《历代赋话》、林联桂《见星庐赋话》等。（3）各类赋集大量涌现，其中既有赋别集，也有赋总集，数量有数百种之多。仅就赋总集而言，既有通贯古今的赋集，如陈元龙《历代赋汇》、王修玉《历朝赋楷》等；亦有专选古赋的赋集，如王芑孙《古赋识小录》、张惠言《七十家赋钞》等；但更多的则是专选律赋的赋集，如法式善《同馆赋钞》、程廷献《律赋先春》等。大致说来，清初顺治、康熙年间，尚处在清代赋学的开创与探索期，以通贯古今的赋集居多，卷帙也较大；而雍正、乾隆年间，则出现了卷帙较小的古赋专集和律赋专集，前者出于对赋学经典的仰慕，后者则出于现实的考赋需要。乾隆年间，钟衡编纂《同馆课艺》四种，收录顺治四年（1647）至乾隆七年（1742）馆阁律赋数百篇；嘉庆年间，法式善编纂《同馆赋钞》32卷，收录乾隆十年（1745）乙丑科至嘉庆十四年（1809）己巳科凡30科馆赋多达一千余篇，为天下士子提供了律赋创作的当代范本，影响十分深远。降至道光年间（1821—1850），律赋的编选已经远远超过古

① 马积高:《历代辞赋总汇·前言》，湖南文艺出版社，2013，第7页。

赋，并且大都编选当代律赋，范围由馆阁之赋扩展到直省试牍、书院课艺和文人的自由创作，甚至出现了专选同乡友人之赋的小型赋集。本文拟对道光年间产生的律赋总集略作评介，藉以管窥当时律赋创作与编集的兴盛。

## 一、道光年间律赋总集概况

检索有关书目和国内各大藏书机构网站，我们统计出道光年间的赋总集数量为 37 种。其中只有胡希周《唐古赋选》（选赋 61 篇）、姚椿《国朝文类・赋类》（选赋 49 篇）两部书编选古赋，鲍桂星《赋则》、李元春《古律赋要》等 4 种兼选古赋和律赋，其余大都是专门的律赋总集。笔者去国家图书馆、上海、南京、湖南、陕西等地图书馆，以及北京大学、中国人民大学等高校图书馆查阅道光年间律赋总集 31 种，现大致以编刻时间为序，将其基本情况展示如下。判定一种文献的编刻时间，主要从书名页、序跋、内容、著录等多方面进行，以免误判。例如邵晋涵《律赋云璬集》不分卷，今有苏州大学炳麟图书馆藏本，书名页题"道光元年新镌"，因为是"新镌"，说明该书是重刻本，其初刻当在道光之前，即嘉庆年间，故不能视为道光赋集。

1.《律赋正宗》1 卷，潘世恩编，清道光二年（1822）凤池园刻本，湖南图书馆、吉林大学图书馆藏（《辑刊》未收[①]）。选赋 60 篇。其中唐代律赋 48 篇，宋代律赋 6 篇，书后附有庾信赋 6 篇。潘世恩自序作于"道光辛巳小春月"，即道光元年（1821），次年刊刻成书。

2.《律赋英华初集》不分卷，许澐、汪棨编，道光三年（1823）青鉴草堂刻本，苏州大学图书馆藏（《辑刊》未收）。选赋 78 篇，皆为清代律赋。吴信中序作于"道光癸未春正月"，同年刊印。

---

① 《辑刊》，即踪凡、郭英德主编《历代赋学文献辑刊》（全 200 册，收录历代赋学文献 214 种），国家图书馆出版社 2017 年版。

3.《律赋鸣盛笺注》不分卷，顾鹓编，道光三年（1823）经国堂刻本，苏州大学图书馆藏（《辑刊》未收）。选赋89篇，皆为清代律赋，按照赋题字数多寡排列。赵怀玉序、顾鹓自序皆作于道光元年（1821），刻于道光三年（1823）。

4.《赋学仙丹》不分卷，徐斗光编，道光四年（1824）柳深处草堂家塾刻本，上海图书馆藏（《辑刊》第88册）。选赋10篇，其中唐赋2篇，清赋8篇。徐斗光《仙丹赋弁语》署“道光四年三月既望”，故定为道光四年刻本。

5.《扫红仙馆汇刻赋钞初集》不分卷，胡金瑞、席振起编，道光五年（1825）初刻本，未见；道光十九年（1839）刻本，国家图书馆、北京大学图书馆藏（《辑刊》第89册）。选赋72首，或来自县试，或来自科试、岁取，或来自书院考课，目录中有注明。书名页和史椿龄序皆署“道光乙酉孟冬”，故知为道光五年乙酉（1825）刻本。

6.《同馆律赋精萃》6卷，蒋攸铦编，道光七年（1827）襄平蒋氏刻本，国家图书馆、北京大学图书馆藏（《辑刊》第70、71册）。选赋207篇，皆为馆阁律赋。始于雍正乙卯（1735），迄于嘉庆甲戌（1814），凡79年之赋作，以作家为单位，依次收录。书名页、曹振镛序、蒋攸铦自序皆署道光七年丁亥，可以断定为道光七年（1827）刻本。

7.《同馆赋钞》16卷，王家相（1762—1838）编，道光前期（1826之后）刻本，南京图书馆藏（《辑刊》第67、68册）。编选嘉庆辛未科、甲戌科、丁丑科、己卯科、庚辰科以及道光壬午科共计6科馆阁赋，共计289篇。自序不署年月，但该书选赋“至道光癸未科散馆止”，应该刊于道光癸未科散馆（丙戌，1826）之后。

8.《赋则》4卷，王家相编，道光年间抄本，国家图书馆藏（《辑刊》未收）。选赋103篇，皆为唐宋律赋。编选时间不详，姑且置于《同馆赋钞》之下。

9.《律赋萃新集》不分卷，顾鹓编，道光九年（1829）同文堂刻本，国家图书馆藏（《辑刊》第91册）。选赋82篇，取自“馆课考卷房稿”，大致按照天文、岁时、地理、人事、草木、鸟兽、虫鱼的顺序来排列。书名页、顾鹓自序皆署“道光己丑”，故知为道光九年己丑（1829）刻本。

10.《扫红仙馆汇刻赋钞二集》不分卷，席振起、席振奎编，道光九年（1829）刻本，国家图书馆、北京大学图书馆藏（《辑刊》第89册）。选赋72首，体例与《初集》同。书名页题“道光己丑孟春月刊”，即道光九年（1829）。

11.《国朝试赋汇海》前集10卷后集2卷补遗1卷，清黄爵滋（1793—1853）编，道光十年（1830）刻本，上海图书馆藏（《辑刊》第86、87册）。编选自乾隆十年乙丑科（1745）至嘉庆二十五年庚辰科（1820）凡35科之馆课试赋，以及散馆、大考之赋，共计402篇。注明考课时间、类型和等第。黄爵滋自序撰于“道光庚寅春三月下澣”，可知其编刻时间为道光十年庚寅（1830）。

12.《注释律赋采新集》2卷，萧应樾、郑伯埙、徐振族编，道光十年（1830）宝仁堂刻本，湖南图书馆藏（《辑刊》未收）。选赋104篇，取坊间旧刻《律赋锦标》及《蕊珠新、二编》，择其尤合时趋而不诡于正者，集为一编。各赋皆有圈点、评论。内封有“道光十年春镌”字样。

13.《瀛奎玉律赋钞》4卷，高敏编，道光十年（1830）刻本，国家图书馆、南京图书馆藏（《辑刊》第93册）。选赋120篇，于近时馆阁以及直省试牍、书院课艺中拔其尤者，汇为一编。书名页和潘世恩序皆署“道光庚寅”，故知为道光十年（1830）刻本。

14.《律赋新编笺注》不分卷，赵楫、赵霖辑，夏彦保注，同治九年（1870）金阊小酉山房刻本，南京图书馆藏（《辑刊》第96册）。选赋102篇，皆为清代律赋，以钱之鼎（字鹤山）、杨棨（字羡门）等镇江作家为主。按，该书初名《律赋新编》不分卷，道光十年（1830）毗陵宏文堂刻本，苏州大学炳麟图书馆藏。40年后，乃有笺注本问世。另外，国家图书馆藏有《律赋从新初集》4卷，署名陆小岩、陆小南辑，清道光十八年

（1838）扬州友于堂刻本，笔者比对后发现，其实是赵楫《律赋新编》之盗版。

15.《分类赋学鸡跖集》30 卷附录 1 卷，张维城编，道光十二年（1832）粲花吟馆刻本，南京图书馆藏；又，清光绪八年上海淞隐阁聚珍本，北京大学图书馆藏（《辑刊》第 101、102 册）。辑赋 2033 篇，皆为清代赋（主要是律赋），分为 30 门、150 类进行编录。对《赋海大观》的编纂有影响。书名页题“道光壬辰新选”，即道光十二年（1832），当为初刻之年。

16.《律赋先春》4 卷，程廷献（？—1835）编，道光十五年（1835）中元堂刻本，国家图书馆藏（《辑刊》第 95 册》）。选赋 86 篇，编次原则不详。有评点。书名页题“道光十五年镌”，仝绍鋐序作于“道光乙未”，可见是道光十五年乙未（1835）刻本。

17.《律赋翦红集》不分卷，陈若兰、张维城、马镜辉编，道光十六年（1836）选桂堂刻本，苏州大学图书馆藏（《辑刊》未收）。选赋 76 篇，大致以天地人物为序。书名页题“道光丙申夏镌”，即道光十六年（1836）。

18.《同馆赋钞》不分卷，朱其镇编，道光十七年（1837）京都郁郁堂刻本，南京图书馆藏（《辑刊》第 91 册）。选赋 75 篇，取自乾隆、嘉庆、道光三朝庶常馆试赋，分为 27 类加以编录。书名页题“道光丁酉夏镌”，即道光十七年（1837）。

19.《律赋玉犀笺注》不分卷，屈塵庵编，道光十八年（1838）刻本，国家图书馆藏（《辑刊》第 95、96 册）。选赋 84 篇，所收多为浙江海盐文人之作。按，该书初名《注释韵兰赋钞二集》2 卷，道光十六年（1836）刻本，湖南师范大学图书馆藏。增补注释后，乃更名为《律赋玉犀笺注》。据吴钟骏序，《笺注》当编成于道光十七年丁酉（1837），吴序作于次年，即道光十八年戊戌（1838），暂将刊刻时间定于此年。

20.《瀛奎玉律二集》4 卷，高敏编，道光十八年（1838）刻本，南京图书馆藏（《辑刊》第 94 册）。选赋 120 篇，体例与《初集》同。按，该书是高敏《瀛奎玉律赋钞》的续编，高敏自序署“道光十有八年戊戌立秋”，即道光十八年（1838）。

21.《竹笑轩赋钞》初集不分卷二集不分卷，孙清达编，道光二十五年（1845）聚锦旭刻本，天津图书馆藏；同治六年（1867）纬文堂刻本（《辑刊》第90册）。选赋132篇。初集、二集都以“天地人物”为序，但并不严格。赵光序署“道光岁次己亥谷日”，即道光十九年（1839）。

22.《律赋经畬集》4卷，钱文佐、黄宗沂、蒋继伯、阮荣编，道光十九年（1839）扬州二酉堂巾箱本，南京图书馆藏（《辑刊》第97册）。选赋123篇。以仪征文人会课之作为基础，益以馆阁之赋若干篇而成。赋题皆出自儒家经典，故名《经畬集》。阮亨序署“道光十九年岁次己亥秋七月朔”，书名页题“道光己亥月新镌”，可知为道光十九年（1839）刻本。

23.《关中书院课士赋》4卷，路德（1785—1851）编，道光二十三年（1843）刻本，国家图书馆藏（《辑刊》第79册）。选录关中、宏道书院课士之赋凡10题，20篇。注释、评点十分细致。据路德自序，该书编于道光十八年（1838）三月至十一月，历时凡八个月。书名页题“道光癸卯冬镌”，可知为道光二十三年（1843）刻本。

24.《东皋四杰赋集》4卷，宗金树、胡连耀、张金诰编，道光二十二年（1842）袁州经署刻本，南京图书馆藏（《辑刊》第98册）。汇辑清代乾隆年间江苏如皋县文人吴廷燮、吴之芬、范驹、顾履厚四家赋49篇，人各一卷。沈兆溶序、张金诰序皆作于道光二十二年壬寅（1842），目录页题“道光壬寅秋镌”。

25.《律赋行远集》2卷，顾鹓编，道光二十四年（1844）书有堂刻本，国家图书馆藏（《辑刊》第92册）。选赋84篇，不分类。以吴珠舫、吴鉴湖兄弟所采集之“同郡试稿窗课”为基础，加以增补扩充而成。目录页题“道光甲辰孟夏书有堂开雕”，即道光二十四年（1844）。

26.《翦雨楼汇刻赋钞初集》不分卷，吴庆集、许元恺编，道光二十四年（1844）抄本，苏州大学图书馆藏（《辑刊》未收）。选赋60篇。书法优美，抄写齐整，或许是上板前的稿本。内封牌记书“道光甲辰孟春开雕”，翁心存序亦署“道光甲辰孟春月雕”，该书当刻于（或者拟刻于）道光二十四年甲辰（1844）。

27.《馆课赋钞》20卷，翁心存、林召棠、龙瑛等编，道光二十四年（1844）小蓬莱山馆重刻本，湖南图书馆、南京图书馆藏（《辑刊》第80—84册）。辑录道光癸未科（1823）至辛丑科（1841）凡十科馆阁之赋789篇，历时数十余年不断积累、增益而成。参与其事者多达18人，大都是进士出身，林召棠、朱昌颐、李振钧等9人皆状元及第。最后一科是道光辛丑科，道光二十四年（1844）散馆，故暂定为刊刻时间。

28.《澄江赋约》4卷，杨景曾编，汤士恺等注，道光二十五年（1845）金陵宝仁堂刻本，南京图书馆藏（《辑刊》第98册）。编选江阴（古名澄江）文人之律赋70篇，具有鲜明地域性。书名页题“道光乙巳新镌”，即道光二十五年（1845）。

29.《近科馆赋鸳针》4卷，蒋圻（1804—?）编，道光二十七年（1847）古心书屋刻本，国家图书馆、上海图书馆藏（《辑刊》第99册）。选赋150首，皆为馆阁之赋。不拘科场先后，但在目录中亦对科场有所标注。蒋圻自序署“道光丁未仲秋后三日”，书名页题“道光丁未仲秋新镌”，即道光二十七年（1847）。

30.《馆赋精选》4卷，绮葱楼主人编，道光二十七年（1847）绮葱楼刻本，上海图书馆藏（《辑刊》第100册）。选赋81篇。编者有意避开前代名篇，而尤重最新馆阁之赋，以反映时代风尚。据编者自序，该书编成于道光二十五年乙巳（1845），初刻本讹谬綦多，编者深为不满，于是加以订补、评骘，于道光二十七年丁未（1847）重刊。

31.《唐律赋钞》不分卷，潘遵祁（1808—1892）编，道光二十八年（1848）三松堂刻本，苏州大学图书馆藏；光绪十一年（1885）刊本，国家图书馆、中国人民大学图书馆藏（《辑刊》第101册）。选赋24篇，所选皆为名作。有旁批、眉批、总批和注释。自序署“道光二十八年岁在戊申七月既望”，当为初刻之年。

以上 31 种总集，皆能确定为道光年间编纂完成，或初次刊刻，并且只选（或辑）律赋。此外，道光年间选有律赋的总集还有：（1）吴坦《六朝唐赋英华》4 卷，道光元年（1821）抱青阁刻本，上海图书馆藏（《辑刊》第 88 册）。该书所选赋大都取自《文苑英华》，其中六朝赋 13 篇，唐赋 60 篇，以骈赋、律赋为主，兼及古赋，按时代先后编次。（2）鲍桂星《赋则》4 卷，道光二年（1822）歙县鲍氏刻本，北京大学图书馆藏（《辑刊》第 69 册）。编选先秦至清代赋 58 篇，以时代为序，古赋、律赋兼收。（3）欧阳厚均《岳麓赋钞》3 卷，道光十年（1830）刻本，湖南图书馆藏（《辑刊》未收）。该书编选宋、明、清三代歌咏岳麓山自然风光历史文化的赋作 11 篇（其中清赋 8 篇），古律兼收。（4）李元春《古律赋要》4 卷，道光三十年（1850）刻本，陕西省图书馆藏（《辑刊》第 73 册）。该书收录先秦至清初赋作 104 篇，兼收古赋、骈赋、律赋和小赋。因为这 4 部文献古律骈兼收，并不专收律赋，故暂不纳入讨论范围。

## 二、道光年间律赋总集的特点

与元代、明代以及清代前期赋总集相比，道光年间的律赋总集表现出以下特点：

### （一）卷帙较小，选赋多在百篇之内

除了黄爵滋《国朝试赋汇海》、翁心存等《馆课赋钞》、张维城《分类赋学鸡跖集》三部大书外，道光年间的赋集大都为 2 至 4 卷，收赋 100 篇左右，鲜有超过 200 篇者。元代赋总集今存两种，只收古赋，卷帙不大。明末清初的赋总集，大都古今兼收，卷帙浩繁。例如明李鸿辑《赋苑》8 卷，汇集先唐赋 875 篇；清陆棻《历朝赋格》15 卷，收历代赋 375 篇；陈元龙《历代赋汇》184 卷，竟然多达 4161 篇，该书由康熙皇帝作序，内府刊行，印装成 10 函 76 册（国家图书馆藏有多部，亦有 64 册者），如此巨大

的规模，令一般文人士子望而生畏，不仅购置成本太高，下层文人无力承担，即便见到此书，也不知从何处入手，研习并不方便。据笔者统计，明代赋总集今存 9 种（笔者已全部查阅），平均每部收赋 356 篇；康熙雍正年间赋总集 7 种，查阅 6 种，平均每种收赋 877 篇，卷帙最大；乾隆年间赋总集 25 种，查阅 23 种，平均每种收赋 180 篇；嘉庆年间赋总集 26 种，查阅 23 种，平均每种 119 篇。很显然，赋集的卷帙呈现逐渐缩小之势。道光年间赋总集之编纂，即沿袭这一风尚，仍然以小型赋集为主流。笔者所查 31 种律赋总集，有 18 部赋集都低于 100 篇，其中潘遵祁《唐律赋钞》只有 24 篇，路德《关中书院课试赋》只有 20 篇，徐斗光《赋学仙丹》甚至只有 10 篇。因卷帙较小，编纂更为精细，篇目精挑细选，反复斟酌，各赋皆施以圈点、评注，更便于文人士子阅读、仿习，也便于塾师的指点和教学。例如《赋学仙丹》一书，唐代赋只选 2 篇（白敏中《息夫人不言赋》、宋言《敩鸡鸣度关赋》），其余 8 篇皆为清赋。首篇李宗翰《柿叶肄书赋》，以题为韵，上栏眉批云："柿上声。肄，习也。题有或可泛就时景写者，即不做来历，犹可宽也。若不可不就来历做者，此等题是。"这是解题，认为有些题目可以"泛就时景写"，"不做来历"也可；但此类题目，则"不可不就来历做"。以柿叶练习书法，异于日常习惯，所以要求作赋者介绍赋题典故出处，指出其来历。首句"笺制碧苔，帖传青李；练不题裙，棐宁书几"，句旁有点逗，旁批云："二句言以纸临帖则好，以碧苔青李，烘染柿叶；二句言有纸可书，无用此种，反托肄书不必柿。"眉批又云："大抵所制碧苔之笺，乃可以临摹；所传青李之帖，将不必写以练裙，岂必写之以棐几？"旁批、眉批互相配合，既诠释句意，又疏通文理，用语极为详尽，其篇幅是正文的四五倍之多。赋末总批云："郑虔草书，如风送云收，霞推月上。斯赋结构之妙，正足当此。"叹赏其结构与风格。下有"注典"，又对赋中所涉典故一一揭示，旁征博引，不厌其烦。这对初学者极有帮助。由于卷帙小，书价也因此降低，一般文人皆有能力购置，并且便于携带，便于流通和传播。这说明选家不仅深谙选赋之道，也充分考虑到了读者的购买能力和阅读需要。

### （二）薄古厚今，重视当代律赋的编选

道光年间的赋集，较少选录古赋，甚至也很少选录唐赋，大都专门或者主要选录当代律赋。这一点与清代诗总集编纂以“唐律”为宗的倾向颇为不同。[①]清代翰院课试和皇帝临时性的召试，内容有“一诗一赋”，“赋”则主要考察律赋。有鉴于此，早在顺治年间，就有文人苦苦寻找一种方便学习律赋的范本。而前代律赋之经典，当然非唐代律赋莫属了。钱陆灿在《文苑英华律赋选·自序》中称：

> 曩者世祖先皇帝戊戌、己亥覆试丁酉科举子，臣陆灿两试皆十名内。戊戌春，两诗限二十韵，仅及格。而己亥《瀛台赋》几数千言，然求其言之中于律，不可得矣。时惟未习于唐赋，而泛滥掇拾乎《三都》《两京》《长杨》《子虚》之唾余故也。今岁病足跂床，及门刘生静夫宝持律赋呈余，具载《文苑英华》内。跃然起曰：“此王氏之青箱本，白氏之白朴集，宋人擢犀擢象之选编也。私为独得，何如公之艺林？”于是稍加简汰，而授之活板，以行于世，家编摩，户弦诵，不待言矣。[②]

钱氏在此非常具体而生动地介绍了他在顺治十五年戊戌（1658）、顺治十六年己亥（1659）接受顺治皇帝覆试时揣摩声律而不得要领的情形，以及在病足期间发现《文苑英华》后如获至宝、立即加以简选付梓的经过。宋李昉等《文苑英华·赋》原本150卷，收录六朝隋唐赋1371篇，以唐代律赋为主；钱陆灿精选其中的律赋255篇，成《文苑英华律赋选》4卷，为清代

① 关于清代诗总集编纂以“唐律”为宗的倾向，可以参考蒋寅《科举试诗对清代诗学的影响》，《中国社会科学》2014年第10期。

② 钱陆灿：《文苑英华律赋选》卷首，康熙二十五年（1686）吹藜阁刻本。

文人研习律赋提供了极大便利。清赋“尊唐”之风，始于顺治、康熙，而大盛于乾隆、嘉庆、道光年间。乾隆年间顾我钧《律赋汇钞·凡例》云：“是书专为应举程武，故唐宋以外概置不列。”[①] 鲍桂星《赋则·凡例》说得更明确：“欲求为律赋，舍唐人无可师承矣。”[②] 潘遵祁《唐律赋钞序》亦称：“唐人律赋，制义中之明文也。……作赋不由唐人律赋寻取门径，虽有沉博绝丽之观，犹木衣绨锦、土被朱紫耳。”[③] 尤可见出唐代律赋在清人心目中的地位。道光朝（1821—1850）距清代建立（1644）已经过去了近 200 年，几代文人在唐代律赋的启发下，已经创作了数千篇律赋作品，其中不乏佳作。于是，唐赋不再是道光年间文人士子唯一的效法对象，而当代律赋，尤其是翰林院馆阁之赋，便成为最方便的学习范本。上文所列 31 种律赋选本，只有潘世恩《律赋正宗》、徐斗光《赋学仙丹》、潘遵祁《唐律赋钞》、王家相《赋则》包含有唐宋律赋，其余 27 部赋集皆专选有清一代之律赋作品。这充分说明在清代道光年间，文人作赋已经完成了从“尊唐”到“尚时”的转变。许结先生指出：“清人以科举考试律赋为中心，对辞赋经典的建构，彰显出三大特点：一是‘尊唐’。……二是‘原古’。……三是‘尚时’。”[④] 从现存的清代赋总集来看，三类赋集都一直存在，贯穿始终，体现了清代赋坛三大思潮。但最迟从乾隆年间开始，律赋总集的数量就远远超过了古赋总集，而在律赋总集中，大都编选当代律赋，鲜有编选唐代律赋者。就道光年间赋体文学总集而言，笔者所见 37 种，其中专选古赋者 2 种，专选律赋者 31 种，古律兼选者 4 种，可见律赋编纂之兴盛。而这 31 种专门的律赋总集，竟然有 27 种只选清代律赋，另有 2 种以清代律赋为主，专选唐宋律赋者只有 2 种。道光文人一窝蜂地研读当代律赋，“尚时”

① 顾我钧：《律赋汇钞》卷首，清乾隆二十三年（1758）勤补堂刻本。

② 鲍桂星：《赋则》卷首，清道光二年（1822）歙县鲍氏刻本。

③ 潘遵祁：《唐律赋钞》卷首，清光绪十一年（1885）三松堂刊本。

④ 许结：《科举与辞赋：经典的梳理和偏离》，载《赋学：制度与批评》，中华书局，2013，第 112—113 页。

思潮显然已经是清代中后期赋坛的主流。

清赋的“尚时”思潮，反映了清代文人在从事律赋创作时急功近利的心态。因为清代的馆阁之赋，产生于翰林院的月课、大考和散馆考试，皆出自当时最知名的文人之手，代表了当代律赋创作的最高水平。而主持各地乡试、院试的学政，大都由翰林学士充当，故他们在翰林院所创作的律赋，其对章法、声律、平仄的追求，往往能够反映出科举考试的最新动态。以馆阁赋为模板，从馆阁赋入手进行律赋创作，显然是锤炼笔墨、学习作赋的一条捷径。这比取径于遥远时代的唐宋律赋，往往更为有效，更具有现实针对性。

### （三）来源广泛，兼选馆阁考课、直省试牍和书院课试之赋

道光年间的律赋总集，总的来讲以科考律赋为主，但资料来源较广。当然，最令世人瞩目的就是翰林院馆阁之赋，馆赋的编选几乎成为所有赋集编选者的共同趣尚。只是受到当时的交通条件、传播手段和人为因素的制约，馆阁之赋并不能及时地传播到民间，而最早得到这批珍贵文献的，往往就是翰林学士以及翰林院出身的官员，他们可以率先对馆赋进行阅读、研究，也可以率先将其结集、出版，公之于世。翰院出身的蒋攸铦就符合这一条件。据蒋氏《同馆律赋精萃・叙》，他曾经以馆阁诗文为基础，编选过《闱墨斯盛集》和《试帖精萃》二书，海内文人学士，无不奉为玉律金针。后来在先辈曹振镛的催促下，于“丙戌秋冬之间，直庐待军报，每至日昃，乃取同馆律赋，排日读之，求精割爱，凡三阅月，得如干首，厘为六卷。仍选至嘉庆甲戌止，名之曰《同馆律赋精萃》。”[①] 该书精选馆赋 207 篇，始于雍正乙卯（1735），迄于嘉庆甲戌（1814），凡 79 年之赋作。此举效法钟衡《同馆课艺》、法式善《同馆赋钞》，但体例稍有变化，不再以考试类型分类编集，而是以作家为单位，依次收录。蒋圻《近科馆赋鸳针》

① 蒋攸铦:《同馆律赋精萃》卷首，清道光七年丁亥（1827）襄平蒋氏刻本。

4卷，亦为专选馆赋之总集，选录道光乙未（1835）至甲辰（1844）六科之馆阁赋，却按照“天地人事”的顺序排列，不拘科场先后。但在目录中亦对科场有所标注，如卷一目录，首篇为殷兆镛《无极太极赋》，在“殷兆镛”之上注“庚子”二字，表明是庚子科（1840）馆阁考赋之赋。顾鹓《律赋莩新集》的编纂体例不详，顾氏在自序中称：“圣朝词馆诸公，名作林立，要旨以经典子史为根柢，铺采摛文，体物写志，又各本其新意出之。以故外省操觚之士，亦能穷力追新，词馆为式，而非徒优孟骈俪之体裁。传诵之下，想见涵濡醲化，风气聿新矣。……兹以坊友之请，另编斯集，爰汇馆课考卷房稿，择其新颖者，得若干首，为初学津逮。”[①] 编者充分肯定“词馆诸公”之赋的学术价值和示范意义，于是汇集“馆课考卷房稿”，而成此书。

还有一批赋集兼选馆赋以及直省试牍、书院课艺之赋，所选作品更具有普遍性。例如潘世恩在为高敏《瀛奎玉律赋钞》所作的序中言：“高君铁珊，吾吴绩学士也。……兹复手订《瀛奎玉律赋钞》若干卷，邮示于京师。予展读之，乃近时馆阁以及直省试牍、书院课艺中拔其尤者，汇为一编。喜其鸿章巨制，摛藻扬葩。”[②] 这段话透露出三条重要信息：一是《瀛奎玉律赋钞》的编者高敏（字铁珊）和作序者潘世恩皆为“吴”（苏州）人，是老乡关系；二是书中所选作品皆为“近时”文人之创作，具有鲜明的当代性；三是该书取资较广，既有“馆阁”之赋，又有“直省试牍”“书院课艺”之赋，择优选录。其中“当代性”是清代律赋总集的共性，这一点迥异于前朝赋集；而“取资广”则是道光年间大多数律赋总集的特点，程廷献《律赋先春》4卷，陆小岩、陆小南《律赋从新初集》4卷，屈麈庵《律赋玉犀笺注》不分卷等莫不如此。试看胡金瑞、席振起《扫红仙馆汇刻赋钞》目录中所列：《春水绿波赋》（李邑尊县试第一名，席振逵），《梁伯鸾庑

① 顾鹓：《律赋莩新集》卷首，清道光九年己丑（1829）同文堂刻本。
② 高敏：《瀛奎玉律赋钞》卷首，清道光十年庚寅（1830）刻本。

下赁春赋》(周大宗师岁取，席振逵、沈煜奎),《汉高祖置酒沛宫击筑歌大风歌赋》(周大宗师月课，席振起),《明镜止水赋》(费山长小课游文书院，席振逵),《画粥断虀赋》(汤大宗师科取，赵允怀)等[①]，由于编者的细心标注，我们才知道这些作品或来自县试，或来自岁试、科试，或来自月课、山长小课，其来源甚为广泛。尽管层次较低，但充分反映了律赋在书院日常教学以及县试、科试、岁试中所占的分量。

还有一些赋集重视选录乡贤之赋，使该类赋集具有鲜明的乡邦文献色彩。顾鹓《律赋行远集》自序云:“庚子冬，吴氏珠舫、鉴湖昆仲，采辑同郡试稿窗课，嘱余评阅而梓之。余因卷隘，又搜通属泰如海友人之作，益以家塾所存若干篇，然后付梓。……名之曰‘行远’，以此可得诸近邑，即可质诸远方云尔。”[②]作为一位选赋高手，顾鹓曾经选录过《律赋鸣盛集》《律赋莩新集》等书。这一次他另辟蹊径，以吴珠舫、吴鉴湖兄弟所采集之“同郡试稿窗课”为基础，适当加以增补扩充，而成此书。其中当然有宣扬故乡文化和文学的深刻用意，但难免有目光狭隘之讥，于是编者以“行远”名书，指出书中赋篇虽出自乡人之手，但其质量上乘，堪与远方有道者切磋；其中亦暗含着“千里之行，始于足下”，可以帮助读者走向更为广阔天地之用意。其他如宗金树、胡连耀、张金诰《东皋四杰赋集》、杨景曾《澄江赋约》和屈麈庵《注释韵兰赋钞二集》，分别编选江苏如皋、江阴和浙江嘉兴的文人之赋，亦有鲜明的地方文化色彩。

当然，不少赋集都能够突破场屋之局限，选录一些当代文人自由创作的律赋。这些律赋或者追摹古人，或者朋友竞作，或者自抒情怀，质量较高。但由于编者并未注明，所以不知何篇为考场作文，何篇为自由创作。海盐朱方增在为屈麈庵《注释韵兰赋钞二集》(后来更名为《律赋玉犀笺注》)所作序中言:“麈庵固余戚党。集中诸子，亦半余通家之年少也。……

① 胡金瑞、席振起:《扫红仙馆汇刻赋钞》卷首，清道光十九年己亥(1839)刻本。

② 顾鹓:《律赋行远集》卷首，清道光二十四年甲辰(1844)书有堂刻本。

忆自束发，即游东湖，尝与麈庵及二三同学拈题角韵，各树旗帜。每有述造，互相夸姹，和氏之璧，家储其珍，随侯之珠，人钦其宝，此一时也。”①集中所选，大都是嘉兴人所作。而朱方增所描述的东湖之游，显然是嘉兴文人胜日雅集、竞作诗赋的珍贵资料，其中所产生的同韵竞作或者相和之赋，恐怕亦选在集中。

### （四）体例多样，兼有别题材、叙朝代、列科第、按字数等多种形式

雍正年间孙濩孙《华国编赋选序》云：“选赋之家，有分门类者，有分朝代者，有分体格者。”②所谓“门类”“朝代”“体格”，恰恰是中国古代诗文总集编纂的三种主要体例。而道光年间的律赋总集，却探索出更为丰富多样的编纂方式，主要有“别题材”“叙朝代”“列科第”“按字数”等数种，而以“别题材”最为常见。

所谓“别题材”，是指按照文学作品的主要内容和表现题材进行分类的编纂方式。赋体文学“别题材”之法可以溯源至《汉书·艺文志·诗赋略》的“杂赋”，而以《文选·赋》《文苑英华·赋》《历代赋汇》最为代表。道光年间的律赋总集，如顾鶚《律赋荸新集》、屈麈庵《律赋玉犀笺注》，胡金瑞、席振起《扫红仙馆汇刻赋钞初集》等，尽管没有撰写《凡例》，但可以一眼看出，乃是以天、岁时、地理居首，以草木、鸟兽、模拟收尾的编排次序，大体上与《文苑英华·赋》《历代赋汇》的类别与次序相似。编者不标类目，不写《凡例》，恐怕与选赋数量太少有关。朱其镇《同馆赋钞》，选赋不足百篇，亦分为天文、时令、方舆、山水、宫室、君臣等 27 类编纂，较为细致。最典型的就是张维城《分类赋学鸡跖集》30 卷，该书不仅选赋规模巨大（多达 2033 篇），而且将清代赋（主要是律赋）划分为 30

① 屈麈庵：《注释韵兰赋钞二集》卷首，清道光十六年（1836）忠信堂刻本，湖南师范大学图书馆藏。

② 孙濩孙：《华国编赋选》卷首，清雍正十一年癸丑（1733）高邮王氏刻本。

门，以天文、岁时、地理、宫室居首，以鸟、兽、水族、虫豸、拟古收尾；各部之下，又分小类，全书总共150类，洲分部居，有条不紊。例如天文部之下，就分为天地总、天、日、月、星、风、雨、云霞、霜、雪、露雾、雷虹电、河汉，凡13类，极为细密。该书集大成式的编纂规模以及采用二级分类的编纂方式，都对光绪年间《梦华庐赋海》《增广赋海大全》《赋海大观》的编纂有深刻影响，堪称是古代赋体分类的一次飞跃。

所谓“叙朝代”，是一种按照朝代先后编纂作家作品，每一朝代之下又按照作家生年（或卒年）先后依次编录的方法。元祝尧《古赋辩体》正集八卷，将古今辞赋划分为楚辞体、两汉体、三国六朝体、唐体、宋体凡五体，实际上将“叙朝代”与“列体格”融合一起。明李鸿《赋苑》、袁宏道等《精镌古今丽赋》、张溥《汉魏六朝百三家集》、清董诰《全唐文》皆使用此法。道光年间潘世恩《律赋正宗》1卷，编选唐赋48篇宋赋6篇；徐斗光《赋学仙丹》不分卷，编选唐赋2篇清赋8篇；皆以朝代先后编排。而宗金树等编纂的《东皋四杰赋集》4卷，依次汇辑乾隆年间江苏如皋县文人吴廷燮、吴之芬、范驹、顾履厚四家赋凡49篇。其中吴廷燮11篇，吴之芬12篇，范驹20篇，顾履厚6篇，乃是以年辈先后为序，人各一卷，以见东皋文学之盛。作者身份低微，多为贡生或举人，颇能反映普通文人的情趣。

所谓“列科第”，其实是“叙朝代”的一种特殊形态，是清代馆阁赋钞的一贯编纂方式。嘉庆元年法式善编纂《同馆赋钞》24卷，辑录自乾隆十年乙丑科至乾隆五十八年癸丑科凡22科馆课之赋，以科第先后为序，此后便形成惯例。例如道光年间王家相《同馆赋钞》16卷，卷一选录大考、散馆赋11篇，从第二卷起选录日常馆课之赋，以科次先后为序：嘉庆辛未科（1811）馆课赋32家57篇、嘉庆甲戌科（1814）馆课赋23家35篇、嘉庆丁丑科（1817）馆课赋24家37篇、嘉庆己卯科（1819）馆课赋23家35篇、嘉庆庚辰科（1820）馆课赋33家57篇、道光壬午科（1822）馆课赋20家57篇，共计编选六科馆阁赋凡155家278篇。蒋攸铦《同馆律赋精萃》6卷、翁心存等《馆课赋钞》20卷皆采用这种体例，既保存了丰富的馆课律赋作品，也为研究清代翰院制度和科举文化提供了珍贵史料。蒋攸铦《同馆律赋精萃》略有调整，并不严格按照考试类型和等级高下进行编次，而是改以人物先后为次，每一位翰林院庶吉士的作品得以集中排列，这样更便于考察单个赋家的创作风格。

所谓“按字数”，是一种按照题目字数多寡进行排列的编纂方法。例如顾鹓《律赋鸣盛笺注》不分卷，所选赋题由一字到十字不等，则按照从少到多的顺序依次排列，首陈希曾《赋赋》、程题雁《赋赋》等，为一字题；接下为孙汶《学殖赋》、李懿曾《锦字赋》等，为二字题；再下依次为三字题、四字题、五字题等；最后为十字题，选胡清绶《逍遥楼楣上梵字霓裳谱赋》。这种编次之法，亦颇便于读者查阅。

有一点值得注意，道光赋集并没有使用“列体裁”的编纂方法。究其原因，大概是由于各集所选皆为律赋，无须辨体之故。即使是古律兼收的赋集，如吴坦《六朝唐赋英华》、鲍桂星《赋则》、欧阳厚均《岳麓赋钞》、李元春《古律赋要》四书，由于按照时代先后编纂，故各种赋体处于杂糅或交替出现的状态，并没有突出各体之区分。

### （五）评、注结合，便于研读、学习

道光年间的律赋总集，大都在编纂律赋的同时，对于所选律赋进行圈点、评注。圈点常常使用句读、连圈、连点、大截（大划），评注往往包括眉批、旁批、尾评、解题和释词。例如，潘遵祁《唐律赋钞》首篇为裴度《铸剑戟为农器赋》，以“天下无事务农息兵”为韵。开头“皇帝嗣位之十三载，寰海镜清，方隅砥平。驱域中尽归力穑，示天下不复用兵”一段右侧有连圈，刻有旁批：“昌黎《平淮西碑》，同一气息。”接下一段，在“于是”“既而”“观乎”“若夫”“则知”“由是”“此乃”等连接语右侧加点，且在每一段后加大划截住。旁批有“先说息兵”，“此段铸”，“是题后形容，亦用双管齐下法”，“推原题意”，“此种用韵，今不可学”，“回合题旨，亦用重发，欲与首段相配，可见古人谋篇不苟”，“收束古雅”等，这

些旁批皆与圈点相呼应，颇便于读者赏鉴、揣摩。赋末有总评云："一气浑成，是何力量，岂复可以字句求之！"指导读者不能斤斤于该赋之美言隽语，更应该体会赋的脉络和一气浑成的风格。"题解"引《孔子家语》颜回曰："愿得明王圣主相辅之，敷其五教，导之以礼乐，使民城郭不修，沟池不越，铸剑戟以为农器，放牛马于原薮。"指出赋题出处，有助理解赋旨。最后是释词，与"题解"接续刻印，解释"销锋镝""降嘉生""清天步""犷俗""在镕""三时""分地用天""如云""金狄""无射"等词语，词条大字，释语双行小字。这些评注用语凝练，心思细腻，并且与圈点呼应，一目了然，旨在使一般读者（尤其是书院、私塾的学童）能够在较短时间内了解律赋，进而写作律赋。

## 三、道光年间律赋总集兴盛的原因

道光年间总共 30 年，却为时人和后人留下了 37 种赋体文学总集（其中专门性律赋总集以及以律赋为主的总集多达 35 种）。这一数据远远超过元代 162 年（1206—1368）、明代 276 年间（1368—1644）赋总集的总和（11 种）[①]，也超过清代前期康熙（6 种）、雍正（1 种）、乾隆（25 种）、嘉庆（26 种）各朝。这种兴盛局面的出现，有着制度、文学和学术上的深刻原因。

清代科举考试沿袭明代，以经义取士。根据简宗梧、詹杭伦等研究，在每三年一轮的童试（第一年）、乡试（第二年）、会试、殿试（第三年）中，国家统一举行的乡试、会试、殿试皆不考律赋。但是，童试（分为县考→府考→院考三级）阶段却考律赋。[②] 而通过童试的秀才们，无论是参加

① 元代赋总集，今仅存《古赋辩体》《青云梯》2 种，或许原来产生的赋集远远不止这些；明代的专门性赋总集，书名可考者有 10 种，今存 9 种。

② 县考与府考分别由知县及管辖该县的知府主持。县考与府考一次考四场或五场，通常第三场试律赋一篇。院考则由钦命简放、三年一任的学政主持，一次考两场，但律赋考试安排在两场之前另设的经古场。参阅商衍鎏：《清代科举考试述录》，百花文艺出版社，2004，第 3—10 页。

科考的筛选以取得乡试资格，还是参加岁考的检定以提高位阶俸禄，律赋仍然是重要的考试科目。[①] 此后乡试、会试、殿试虽不考赋，但后来考中进士的文人，一旦通过朝考进入翰林院，律赋便再次成为他们在馆期间的必修功课，每月至少一篇。而在期满结业的散馆考试中，律赋又成为重要的考察内容。即使是翰林院及詹事府中由翰林出身的官员，每隔数年参加关系升迁的翰詹大考，也还是得考律赋。[②] 所以，律赋创作水平的高低往往能够决定翰林学士的未来命运，不可轻忽。而康熙、乾隆朝举行的博学宏词科考试和巡行召试，也以律赋取士，尽管没有形成定制，但也极大地刺激了文人士子创作律赋的热情。因此，科举制度的导向使得律赋创作在康熙朝之后迅速兴起，并且产生了数以万计的律赋作品。

今天所能见到的清代律赋，有很大一部份是在考场上创作的。但是，为了锤炼写作技能，清代文人在日常生活中也常常写作律赋，有时还进行同题竞作。据朱方增《注释韵兰赋钞二集序》，朱氏曾与二三同学在东湖雅集，选取诗题或赋题，然后根据一定的韵脚撰写诗赋，竞其短长；评头论足，互相夸姹，当然也产生了一批质量较高的赋作。可惜此类记载并不详细，尽管有些赋至今还能读到，但已经不能考知其产生的具体背景了。此外，地方书院也产生了数量众多的讲舍赋、课士赋。据许结先生提供的数据，仅仅《中国历代书院志》所收录的清赋作品，就有 450 余篇。[③] 这些赋，或围绕书院景物历史而作，或为纯粹的考课之赋。据有关研究，许多书院每月课赋两次，或于朔、望日定时课赋，或于每月初九日、二十四日散课

① 由于府、县生员人数众多，但省城乡试考场容量有限，因此在乡试以前，学政通常会先对生员进行筛选，此即科考。凡在科考中名列第一、二等或第三等之前三名的生员，才有机会参加乡试。岁考亦由学政主持，其目的系为考察生员们的学业状况，成绩优异者可由附生晋为增生，或由增生晋为廪生，荒废退步者则予以惩罚。

② 参阅简宗梧、游适宏:《清人选唐律赋之考察》，载《逢甲人文社会学报》第 5 期，第 21—35 页，2002 年 11 月；詹杭伦:《清代律赋研究》，北京燕山出版社，2002，第 1—10 页。

③ 许结:《论清代的书院与辞赋》，载《赋学：制度与批评》，中华书局，2013，第 136—137 页。

考赋。道光年间路德编有《关中课士赋笺注》(又名《试赋准绳》),就是关中、宏道两书院课赋之精品。

乾隆、嘉庆年间,以惠栋、戴震、钱大昕、段玉裁、高邮王念孙父子为代表的学者,长于文史考证,注重音韵训诂,将中国古代的学术研究推向顶峰,史称乾嘉学风。受此风影响,乾嘉时期的赋学研究和赋集编纂也走向绵细、深入。道光年间(共 30 年)的学者承乾隆、嘉庆之余绪,将赋集编纂推向了一个更为繁荣的局面。今日可见之道光赋总集已达 37 种,远远超过以前各朝。倘若没有乾嘉时期的学术积累,没有乾隆间钟衡《同馆课艺》、嘉庆间法式善《同馆赋钞》等的学术探索和示范引导,也就不可能有道光年间律赋编纂的兴盛局面。

道光年间所编纂的律赋总集,在当时是为文人士子学习作赋、参加科举考试之用的,具有鲜明的现实针对性。但是,在客观上,这些赋集也保存了道光年间以及之前所产生的优秀律赋作品,并有助于它们的传播。同时,也为清末光绪年间大型赋体文学总集如广百宋斋主人《增广赋海大全》(收录清代赋 6078 篇)、鸿宝斋主人《赋海大观》(收历代赋 12265 篇)的编纂提供了重要的资料来源。尤其是张维城《分类赋学鸡跖集》31 卷,收录清代赋多达 2033 篇,在小型赋集云集的道光年间,堪称另类。而正是这部另类的巨型赋集,却为光绪年间众多集大成赋集的编纂开辟了道路。时至今日,这些赋集早已丧失了提供基本素材、指导文学创作的功能,而成为我们研究清代律赋、清代赋学思想、清代科举考试和清代文人心态的重要文献,具有不可忽视的文学史料价值和历史文化价值。

(原载《学术研究》2019 年第 12 期)

# 《赋学指南》版本叙录与研究

与一般的赋论、赋话不同，《赋学指南》是一部专门探讨律赋写作方法的赋格类著作，堪与唐佚名《赋谱》、宋郑起潜《声律关键》鼎足而三，但内容更丰富，理论更缜密，流传更广泛。从某种意义上说，《赋学指南》乃是古代赋格书的集大成之作，被誉为是“学赋第一种书”。

作者余丙照，字纱山，室名醉经堂，清嘉庆、道光年间光州直隶州光山县（今属河南信阳）人。年少时师从吴东昱先生，后来师从周豹山先生，日臻宏博。主要以授徒为生。著有《赋学指南》（又名《分类赋腋》《赋学入门》）一书，流传甚广。民国《光山县志》不载。其作品《历代辞赋总汇》未收，该书摘录其《易水送荆卿赋》《春情赋》《织女怀牵牛赋》《精卫填海赋》《米囊花赋》《蛙鼓赋》《人迹板桥霜赋》《韩蕲王骑驴图赋》《拟唐太宗小山赋》《屈刀为镜赋》《朝夕乌赋》《记事珠赋》《傍花随柳赋》佳句。

对于余丙照的籍贯，詹杭伦先生以为系“清光山县（今属河南汝阳）人”[①]，何新文等先生以为系“清嘉庆、道光间光山县（今河南汝阳）人”[②]，括号内今名有误。光山县在清代属于光州直隶州，今属河南信阳，位于河南省南部。而汝阳县位于河南省西部，在清代名为伊阳县，隶属于汝州，今归洛阳市管辖。并非一地。此外，《赋学指南》十卷本卷端题“古弦余丙照纱山编辑”，先秦时期的弦国即在河南南部。金荣权先生说：“弦国源于北

① 詹杭伦:《清代赋学新论》，北京燕山出版社，2002，第306页。

② 何新文、苏瑞隆、彭安湘:《中国赋论史》，人民出版社，2012，第329页。

方狄人的一支隗姓的赤狄，是古老的炎帝部族的后裔。早在商代便已进入中原，两周时在豫南建国，为子爵，公元前655年楚人灭弦。弦国故地在汉代轪县和西阳两县之间，即今天光山县西北部。”[①] 张清改《信阳茶史》亦明确指出“弦国（属今光山）”[②]。据此，古弦国就是今之信阳市光山县，地处“豫南”，并非“豫西”的洛阳市汝阳县[③]。

鉴定人吴东昱，号立莽，光州（今河南潢川）人，主要生活于清嘉庆、道光年间。该书卷端题“楚黄吴立莽夫子”，今按：“楚黄”即今河南信阳潢川县。潢川古称黄国，后亦并入楚国，故称“楚黄”。明清时期称为光州，领光山、固始、息县、商城4县，民国时改称潢川。吴东昱为当地硕学名儒，且与余丙照籍贯相邻，故丙照师从之，并请其为《赋学指南》作序。《赋学指南》收录其《一生二赋》《绿萼梅赋》2篇，以及《五雀六燕识衡平赋》《十月先开岭上梅赋》《洋灯赋》等片段。作注者余荣耀、余荣辛、余荣泽、余荣燮，皆为余丙照之子，生平不详。

该书初版于清道光七年（1827），由醉经堂梓行。一经面世，即不胫而走，畅销不衰，于是又出版了增注本。道光、咸丰、光绪年间曾多次被翻刻，甚至还出现过若干盗版，直至民国时期仍有石印本刷印流传。该书还曾经流播海外，越南出现了嗣德二十九年（1876）刻本。现存二十多个版本，大致可以分为三个系统，下面拟分别介绍。

## 一、《赋学指南》十卷无注本

据该书自序，余丙照于清道光七年夏撰成《赋学指南》十卷，就正于

① 金荣权：《周代淮河上游诸侯国研究》，河南大学出版社，2012，第170页。

② 张清改：《信阳茶史》，河南人民出版社，2019，第57页。

③ 需要说明的是，光州曾于民国二年（1913）改为潢川县，属豫南道；1914年又改豫南道为汝阳道，1927年道废。光山县一度属于民国时期的“汝阳道”，但与今之汝阳县不是一地。

吴立莽（吴东昱）夫子。吴氏“少为更正，益以数条”，遂付剞劂，是为道光七年醉经堂刻本。两年后又有道光九年（1829）三益堂刻本、道光十年刻本、道光十二年刻本、道光十七年（1837）文元堂刻本等，内容基本相同。文元堂本更名为《分类赋腋》，盖为书商射利，冒充新书之举。

此书编写之目的，“欲为无师授者示迷途”（自叙），故反复申说，旁征博引，不厌其烦。全书论作赋十法，分为十卷。每章（法）皆先有总论，再取唐代名篇和当代佳作，择其佳句名段，进行解说。其中押韵、诠题、裁对、琢句、赋品五章主要谈“句法”，故多引佳联；首段、次段、诸段、结段四章主要讲“段法”，故多引佳段；炼局一章专门谈“篇法”，故尽录全篇。每章（法）之下又分出若干细则，条分缕析，分别举例。比如卷一“论押韵”，先有总论两叶，论押韵的重要性和基本原则，接下来又从押虚字、因韵法、出色韵、押人名、押地名等五个方面，分别介绍，并举例说明。其中“押虚字”条，就摘引了唐肇垚《王猛扪虱赋》、蒋诗《去害马赋》、顾元熙《吴季子挂剑赋》、韦肇《瓢赋》（以上倒押法）、冯嘉谷《项羽垓下闻楚歌赋》、唐肇垚《王质观棋赋》、熊大音《聚头扇赋》、伍长华《贯月查赋》（以上实押法），凡 8 篇赋中的句子，例证丰富，让读者自己揣摩。又如第十卷“论炼局”，较为特殊。卷端题“赋法绪论”，辑录侯心斋、余纱山、《赋谱》论赋 10 条，然后全文抄录佚名《渔父辞剑赋》、宋言《斅鸡鸣度关赋》、王棨《沛父老留汉高祖赋》等 30 篇律赋作品（其中唐赋 10 篇，清赋 20 篇）。各赋皆有圈点、旁批、总评。如宋言《斅鸡鸣度关赋》，首句“鸡伺晨而风雨不渝，人怀诈而关防可图”句旁批：“用双调直起。”又，“将五德以无殊，昔者田文，久为秦质”一段有连点，旁批：“叙事。”赋末总评云：“此赋之佳，固不待言。尤爱其处北，关合‘鸡鸣’二字，乃近来风檐中秘诀也。”其指导初学者写赋的用心，昭昭在焉。

十卷无注本现存十余种版本，今择其要者叙录如下：

### （一）清道光七年（1827）醉经堂刻本

陕西省图书馆藏，索书号：X11320。该书凡1函4册，书高19.3cm，宽11.4cm。书衣题写朱笔书名“赋学指南”，4册分别书“含英咀华”。内封B面镌：“光山余纱山辑，增注赋学指南，（分类详明诸法备载）醉经堂藏板。”首吴东昱《叙》2叶；次余丙照《叙》2叶；次《赋学指南总目》1叶；次正文。四周单边（或双边），白口，单、黑鱼尾。半叶8行，行24字。版框高15.7cm，宽8.9cm。无界行。卷端题：“赋学指南卷一，楚黄吴立莽夫子鉴定，古弦余丙照纱山编辑。”版心顶部刻书名，鱼尾之下刻“卷某”、篇题和页码。有朱笔圈点。钤有“竹醉荷香”等印。印刷质量较差。卷十（书末）附有《赋法绪论》。今按：此本吴东昱、余丙照《叙》皆署为“道光七年岁次丁亥”，故定为道光七年刻本。书名叶题“增注赋学指南”，其实没有注释，或许是后来重印时刻意加“增注”二字，以促销售。其重印时间，大概在道光二十三年出现增注本之后。又有南京图书馆藏本，残存1—6卷。索书号：GJ/93093。此为初刻本，何新文先生曾经查阅。又有湖南图书馆藏本（索书号：48/201）、重庆图书馆藏本（索书号：2651）等。

### （二）清道光九年（1829）醉经堂刻本（别名《分类赋腋》）

陕西省图书馆藏，索书号：X08094。该书凡1册，书高18.6cm，宽11cm。外书衣左上角墨书“分类赋腋”，右侧书“元英”。内书衣贴有书签，刻有“（袖珍）赋学指南”6字，钤有“致和堂藏书”章。内封B面镌：“道光己丑新镌，光山余纱山辑，赋学指南，（分类详明诸法备载）醉经堂藏板。”首吴东昱《叙》2叶；次余丙照《叙》2叶；次《赋学指南总目》1叶；次正文。版式与道光七年刻本同。版框高15.4cm，宽9.3cm。有朱笔圈点。钤有“陕西省图书馆”章。按：此本《赋法绪论》在卷十目录之后，正文之前。

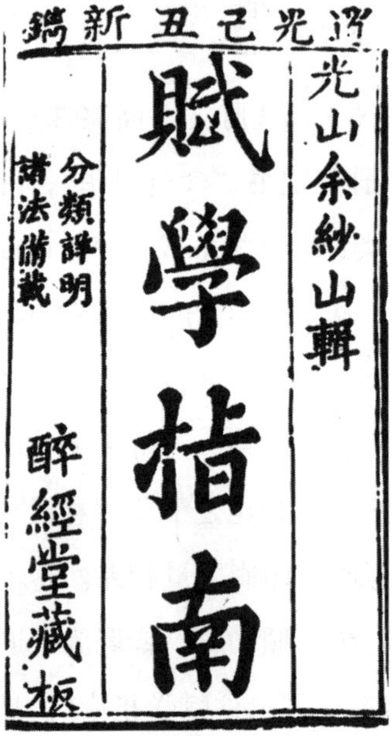
道光己丑新鐫
光山余紗山輯
賦學指南
分類詳明
諸法備載
醉經堂藏板

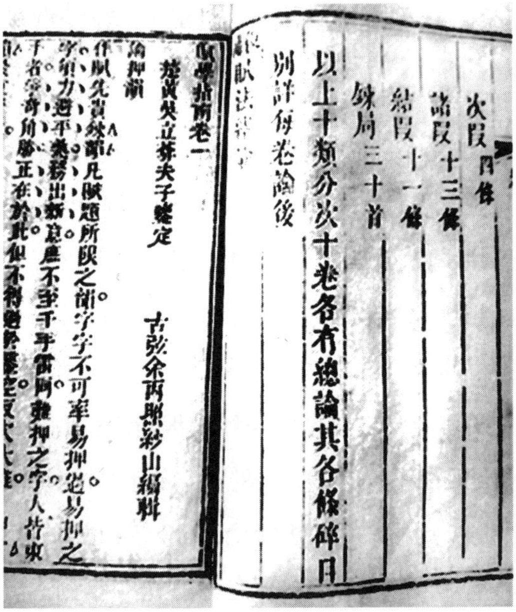
次段 四條
諸段 十三條
結段 十一條
錄局 三十首
以上十類分次十卷各有總論其各條碎目
別詳每卷論後
賦學指南卷一
楚黃吳立莽夫子鑒定
古弦余丙照紗山編輯
論押韻

## （三）清道光九年（1829）三益堂刻本

国家图书馆藏，索书号：93058。该书凡 1 函 4 册，书高 18cm，宽 11.7cm。书衣左上角帖有书签："赋学指南"，右下角钤有"图整库"楷书简体章。内封 B 面镌："道光己丑新镌，光山余纱山辑，赋学指南，（分类详明诸法备载）三益堂藏板。"首吴东昱《叙》2 叶；次余丙照《叙》2 叶；次《赋学指南总目》1 叶；以下正文。四周双边（有时单边），白口，单、黑鱼尾。半叶 8 行，行 24 字。版框高 15.3cm，宽 9.2cm。无界行。卷端题："赋学指南卷一，楚黄吴立莽夫子鉴定，古弦余丙照纱山编辑。"版心顶部刻书名，鱼尾之下刻"卷某"、篇题和页码。有朱笔圈点。钤有"北京图书馆藏"印。

又有内蒙古自治区图书馆藏本（号：51822）、陕西省图书馆藏本（号：普 0008094）、青海省图书馆藏本（号：01177）等。

## （四）清道光十七年（1837）文元堂刻本（名为《分类赋腋》）

上海图书馆藏，索书号：线谱 409279-82。该书凡 4 册，书高 17.7cm，宽 11.8cm。内封 B 面镌：“道光丁酉年新刊，分类赋腋，文元堂藏板。”首吴东昱《叙》2 叶；次余丙照《叙》2 叶；次《分类赋腋总目》1 叶；以下正文。左右双边，白口，单、黑鱼尾。半叶 8 行，行 24 字。版框高 13cm，宽 8.7cm。无界行。卷端题：“分类赋腋卷一，楚黄吴立莽夫子鉴定，古弦余丙照纱山编辑。”鱼尾之下刻“卷某”、篇题和页码。钤有“上海图书馆藏”印。按：此本《赋法绪论》在卷十目录之后，正文之前。

将上图藏本《分类赋腋》与国图藏三益堂刊本《赋学指南》相比，版式、序跋、内容完全相同，但亦有三点差异：一是书名改为“分类赋腋”，二是卷一之首的总论，三益堂本无题目，此本题为《律赋大指》（蔡元春）；三是版框高度、宽度皆小于三益堂本。说明此本乃是据三益堂本重刻之本。此外，上图藏《分类赋腋》卷十还有不少墨笔评点，或自评，或辑录前人评点，亦为三益堂本所无。如《渔父辞剑赋》（宋言）一篇，除了正文旁刊刻的连圈和旁批之外，还有很多眉批：“首段直叙本事”，“次承起处”，“叙道过渡”，“三段写赠剑”，“四段入辞剑”等等，赋末除了刊刻的尾评“局势开张，层次井然，叙事体当以此为绳墨”之外，尚有墨笔评点一条：“此君律赋惜不多覯，清词丽句，不减王辅文郎中。(《律赋选青》评)”标注评语出处，态度十分严谨。《敦鸡鸣度关赋》（宋言），除了旁批、尾评之外，天头还有墨笔眉批 8 条；赋末还有墨笔评点 1 条。《历代赋学文献辑刊》曾据以影印。

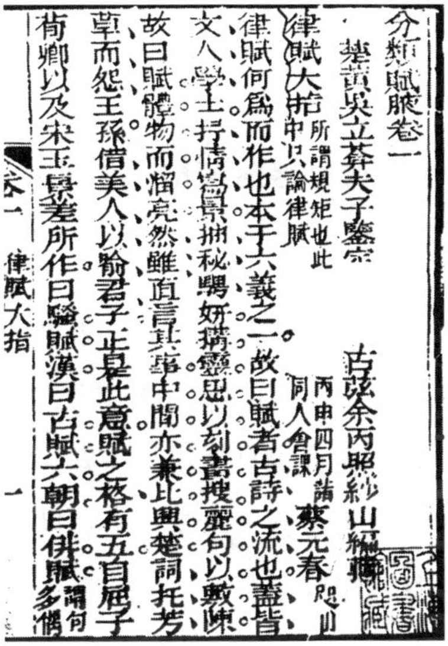
分類賦腋卷一
楚黄吴立莽夫子鑒定　古弦余丙照紗山編輯
律賦大指 所謂規矩也此中只論律賦　丙申四月蒲同人會課　蔡元春
律賦何爲而作也本于六義之一故曰賦者古詩之流也蓋昔
文人學士抒情寫景摛秘騁妍搆靈思以刻畫搜麗句以敷陳
故曰賦體物而瀏亮然雖直言其事中間亦兼比興楚詞托芳
草而怨王孫借美人以喻君子正是此意賦之格有五曰屈子
荀卿以及宋玉景差所作曰騷賦漢曰古賦六朝曰俳賦謂句多偶
卷一　律賦大指　一

## （五）清道光二十三年（1843）刻本（名为《分类赋腋指南》）

山东大学蒋震图书馆藏。号：822/438。该书 1 函 4 册，书高 18.5cm，宽 12.2cm。书衣墨书“赋学指南”，印有红字“全部（元，或亨、利、贞）”，并钤有“山东大学图书馆藏书”印。内封 B 面镌：“道光癸卯春镌，楚黄吴立莽鉴定，分类赋腋指南，本衙藏板。”首吴东昱《叙》2 叶；次余丙照《叙》2 叶；次《赋学指南总目》1 叶；以下正文。白口，四周双边，单、黑鱼尾。半叶 9 行，行 21 字，小字双行同，版框高 13.7cm，宽 9.4cm。卷端题：“赋学指南卷一，楚黄吴立莽夫子鉴定，古弦余丙照纱山编辑。”版心顶部刻“赋学指南”，鱼尾之下刻“卷某”、篇题和页码。钤有“山东大学图书馆藏”章。

### （六）越南嗣德二十九年（1876）丹安集文堂刻本（名为《分类赋学指南》）

越南国家图书馆藏。未见，据刘玉珺教授提供的信息，该书内封 A 面镌：“纱山余丙照辑，分类赋学指南，吴立莽夫子鉴定。”B 面镌：“嗣德贰拾玖年孟春吉日新镌，丹安集文堂藏板。”首余丙照《叙》2 叶；次吴东昱《叙》2 叶；次《赋学指南总目》1 叶；以下正文。四周单边，白口，单、黑鱼尾。半叶 10 行，行 26 字。无界行。卷端题：“赋学指南卷一，楚黄吴立

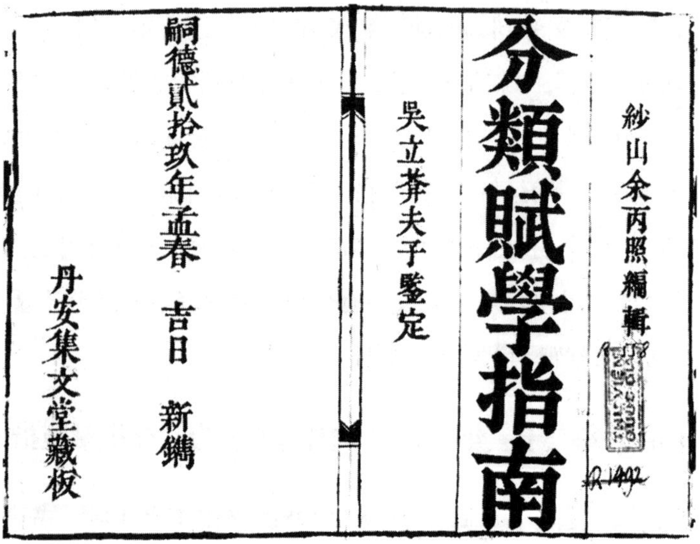

莽夫子鉴定，古弦余丙照纱山编辑。”版心顶部刻“赋学指南”4字，鱼尾之下刻“卷某”、篇题和页码。

以上所列六个版本，加上笔者未见的清道光十年（1830）刻本（陕西省图书馆藏，号：普0011320）、道光十二年（1832）刻本（开封市图书馆藏，号：412/66）、咸丰七年（1857）刻本（陕西省图书馆藏，号：普0008105）、清刻本（重庆市万州区图书馆藏，号：2651）等，皆为十卷本，都是直接或间接以道光七年醉经堂刻本为底本加以重刻（或重印）的。据詹杭伦先生介绍，台湾广文书局1979年影印过民国间石印本，此本2卷，名为《增注赋学入门》，但仅有原文，并无增注部分①。故亦可纳入十卷本系统。

## 二、《增注赋学指南》十卷《二集》六卷本

《赋学指南》甫一面世，就大受欢迎，风靡海内。但书中所摘录的佳联、胜段、赋篇皆无批注，读者“昧于赋中之典”，不理解其中的典故，研习颇为不便。作者自叙云：“壬、癸岁，课徒多暇，取《指南》旧本增而注之。选两汉六朝赋数篇冠唐之前，以溯其源；选宋赋数篇殿唐之后，以观其变；选时赋之清新典雅有裨后学者十余篇，以便其取资。且命小子耀辈博考群书，于赋中典故载于习见书中者，采而注之篇后，使不苦于查考。”（余丙照《增注赋学指南叙》）则该书的增补、注释工作，主要在道光二十二年壬寅（1842）、二十三年癸卯（1843）两年进行。较之原编，该书有以下几点不同：1. 原编卷二“论诠题”23条，卷帙较大，该书分为两卷，其中卷二“论诠题”9条，卷三“论诠题”14条。以下各卷顺延。2. 原书卷十编选唐赋10篇、清赋20篇，进行评点、分析，作为研究“炼局”之实例。该书则通选各代，新选汉魏六朝赋9篇、宋赋2篇，此外唐代赋增

① 詹杭伦：《清代律赋新论》，北京燕山出版社，2002，第307页。

补5篇，清代赋增补14篇。如此，选赋由原书的30篇，而增加至60篇，全书卷数也由原来的10卷而增加至16卷。基本格局是：卷一至卷十论作赋九法；《二集》卷一至卷六除了“论炼局”1叶外，皆为赋选。3. 原书中所有“佳联胜段”和完整赋篇，皆无注释，余丙照令其子余荣耀、余荣辛、余荣泽、余荣燮进行注释，使内容更为充实，也更加方便初学者阅读、学习。例如卷一“押虚字”条“顺押法”例，列有唐肇垚《王猛扪虱赋》、蒋诗《去害马赋》等8篇赋中的佳句妙联，本皆无注；增注本在8段佳句之后，集中进行注释。比如《王猛扪虱赋》“叹或抚髀，岂是因人者也；了如指掌，尚须俟我乎而”，注释者先注赋题：“王猛扪虱，《王猛传》：桓温入关，猛披褐谒之，扪虱而谈，旁若无人。”揭示赋题出处，帮助读者审题，理解本赋意旨。然后又解释赋句，通过对《三国志》《战国策》《诗经》的征引，来解释“叹或抚髀”“因人者也”“俟我乎而”等词语，内容十分详尽。

此外，增注本还有以下调整：书前增加了余丙照《增注赋学指南叙》1篇、《凡例》12条，使读者对该书的编写意图、经过、原则、体例有一个较为全面的了解；卷一之首原有蔡元春《律赋大指》1篇，有赘疣之感，增注本删除。总的来看，增注本内容更丰富、体例更严明，也更加方便读者。

增注本的初刻本，应当是清道光二十三年（1843）醉经堂刻本（南京图书馆藏，号：GJ/78122）。何新文等《中国赋论史》称：“1991年，笔者赴南京图书馆访书，查阅到道光二十三年（1843）醉经堂藏板《增注赋学指南》16卷（残）。”[①] 当即此书，但不详其残缺情况。该书很可能是《增注赋学指南》十卷《二集》六卷的格局，不敢断定。但笔者已查阅首都图书馆藏丹桂堂刻“初集二集”本，今叙录如下：

清道光二十三年（1843）丹桂堂刻本，首都图书馆藏，索书号：丙四/266。原本1册，已分装为4册。书高18.2厘米，宽11厘米。书衣墨书：

① 何新文、苏瑞隆、彭安湘：《中国赋论史》，人民出版社，2012，第328—329页。

“学赋第一种书，己卯正月。”又有书衣，自右向左墨书5行：“押韵、赋品；诠体、段落；裁对、炼局；琢句。赋学指南（古诗之流）。”右下有小字“其中法则，可通用于骈文”。内封B面镌：“光山余纱山辑，增注赋学指南，（分类详明诸法备载）丹桂堂藏板。”首余丙照《增注赋学指南叙》2叶，次吴东昱《原叙》2叶（第3—4叶）；次余丙照《原叙》2叶（第5—6叶）；次《凡例》12条凡2叶（第7—8叶）；次《赋学指南总目》1叶（第9叶）；以下正文。四周双边，白口，单、黑鱼尾。半叶8行，行24字。无界行。版框高16.2cm，宽9.4cm。卷端题：“赋学指南卷一，楚黄吴立莽夫子鉴定，光山余丙照纱山编辑，男荣耀、荣辛、荣泽、荣燮注。”版心顶部刻“赋学指南”4字，鱼尾之下刻“卷某”、篇题和页码，底部刻有大字“初集”。钤有“首都图书馆藏书之章”。

第一、第二册为“初集”十卷，第三、第四册为“二集”六卷①。“二集”内封B面镌：“汉魏六朝唐宋名篇合选，赋学指南二集，（赋法绪论备载）丹桂堂藏板。”首目录四叶，卷端题：“赋学指南卷一（目录），楚黄吴立莽夫子鉴定，光山余丙照纱山编辑，男荣耀、荣辛、荣泽、荣燮注。”以下正文。左右单边，白口，单、黑鱼尾。半叶8行，行24字。版框高15.3cm，宽9.2cm。无界行。卷端题：“赋学指南卷之一，楚黄吴立莽夫子鉴定，光山余丙照纱山编辑，男荣耀、荣辛、荣泽、荣燮注。”版心顶部刻“赋学指南”4字，鱼尾之下刻“卷某”、篇题和页码，底部刻有大字“二集”。有朱笔圈点。余丙照《增注赋学指南叙》署“道光岁在昭阳单阏寎月”，即道光二十三年三月。

此外尚有清咸丰四年（1854）敬书堂刻本（青海省图书馆藏，号：08060；重庆市图书馆藏，号：F228703-06）、咸丰八年（1858）尚德堂刻本（河南大学图书馆藏，号：811.604/Y685）等，皆著录为“《赋学指南》

---

① 首都图书馆官网著录为“赋学指南六卷”，误。盖用初集之名，二集之卷数。重庆市万州区图书馆著录的“赋学指南六卷，清咸丰四年刻本”（索书号：2579），亦同此误。

十卷二集六卷”。陕西省图书馆藏有清咸丰十年（1860）丹桂堂刻本《增注赋学指南》一书（号：X08105），但仅存十卷。因其版心底部刻有“初集”二字，故知除“初集”十卷外，应该还有“二集”六卷，不幸佚去。

需要指出的是，此本“初集”十卷，实际上只能对应“十卷无注本”的卷一至卷九，不过已经把十卷本的第二卷拆分为两卷（卷二、卷三）；而“十卷无注本”的卷十，已经扩充内容而形成“二集”六卷。故所谓“初集”之名，不能对应完整的“十卷无注本”，因而是不准确的。

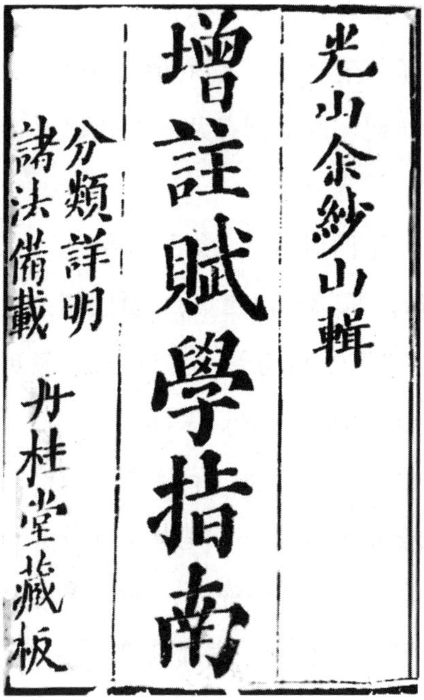


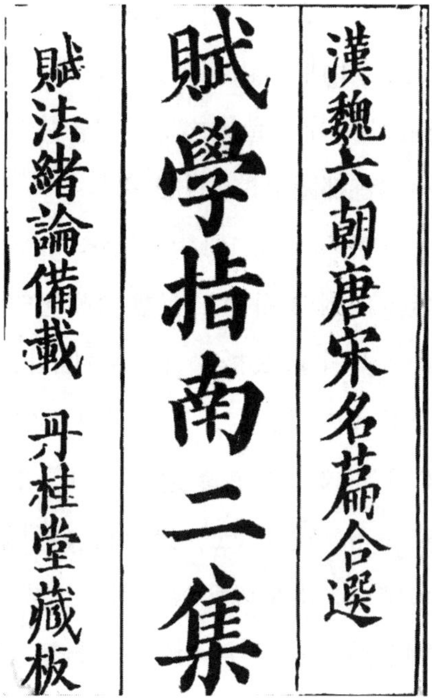


## 三、《增注赋学指南》十六卷本

为了方便读者阅读，刻书人又将《二集》“卷一至卷六”改为“卷十一至卷十六”，以接续“初集”卷数，不再使用“二集”之名。于是有了《增注赋学指南》十六卷本。该本与“初集二集”本相比较，除了卷数名称外，内容上也略有调整：第一，卷首增加王雅南《增注赋学指南叙》一篇；第二，余丙照所辑《赋法绪论》10条，“十卷无注本”置于卷十之首，“初集二集本”置于《二集》卷一之首，其实是综论作赋之法，并不专就“炼局”而发。此本将其移至书末，作为附录出现，更为合理。这也是《赋学指南》的最终定本。现存版本较多，择要介绍如下：

### （一）道光二十八年（1848）文质堂重刊本

陕西省图书馆藏，索书号：X11319。该书凡6册。书名页镌：“道光戊申新镌，光山余纱山辑（校对无讹翻刊必究），增注赋学指南，（分类详明诸法备载）文质堂梓。”首王雅南《叙》3叶；次余丙照《原叙》2叶（第4—5叶）；次吴东昱《原叙》2叶（第6—7叶）；次余丙照《增注赋学指南叙》2叶（第8—9叶）；次《凡例》12条凡2叶；次《赋学指南总目》1叶；以下正文。四周双边，白口，单、黑鱼尾。半叶8行，行24字。版框高15.3cm，宽9.4cm。无界行。卷端题：“赋学指南卷一，楚黄吴立莽夫子鉴定，光山余丙照纱山编辑，男荣耀、荣辛、荣泽、荣燮注。”版心顶部刻“赋学指南”4字，鱼尾之下刻“卷某”、篇题和页码。钤有“王鲁□章”（朱、阴、篆）。书末附余纱山《赋法绪论》3叶。又有北京大学藏本（号：X/811.107/8016），中国人民大学藏本（号：PG4172/74）等。

### （二）清光绪十六年（1890）珍艺书局铅印本

首都图书馆藏，索书号：丙四/5213。一函4册，合订为两册。书高14.5厘米，宽8.6厘米。书衣贴有书签：“增注赋学指南”。内封A面镌：“增注赋学指南，一山父题。”B面镌有牌记两行：“光绪庚寅/中夏珍艺/书局校印。”首余丙照《增注赋学指南叙》1叶（今按：此本误题王雅南），钤有“首都图书馆藏书之章”；次王雅南《叙》1叶；次吴东昱《原叙》1叶（误题余丙照）；次《凡例》12条凡1叶；次《赋学指南总目》1叶；以下正文。四周双边，白口，单、黑鱼尾。半叶11行，行30字。版框高11.6cm，宽8.8cm。无界行。卷端题：“赋学指南卷一，楚黄吴立莽夫子鉴定，光山余丙照纱山编辑，男荣耀、荣辛、荣泽、荣燮注。”版心顶部刻“赋学指南”4 字，鱼尾之下刻“卷某”、篇题和页码。钤有“首都图书馆藏”隶书印。

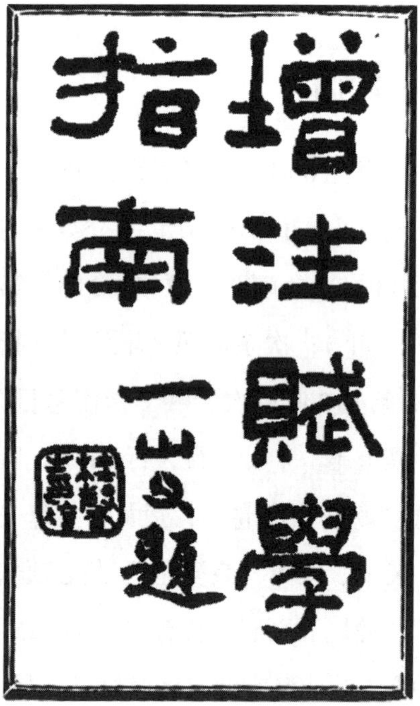
增注賦學指南

一山又題

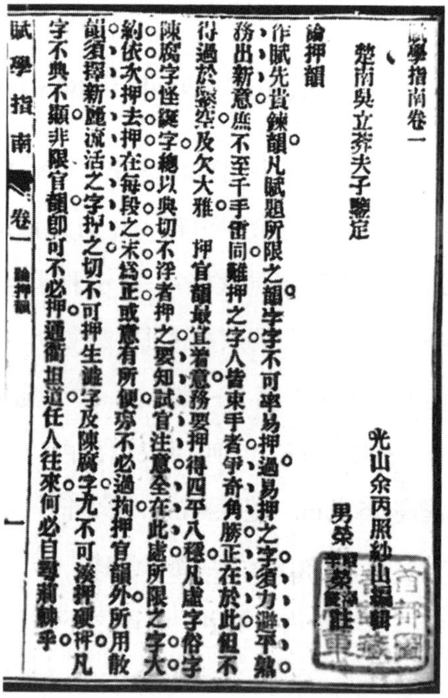
賦學指南卷一

楚南吳立莽夫子鑒定

光山余丙照紗山編輯

男榮……註

論押韻

作賦先貴鍊韻凡賦題所限之韻字不可率易押過易押之字須力避平熟務出新意庶不至千手雷同雖押之字人皆束手者爭奇角勝正在於此但不得過於艱深及欠大雅　押官韻最宜着意務要押得四平八穩凡虛字俗字陳腐字怪僻字總以典切不浮者押之要知試官注意全在此處所限之字大約依次押去押在每段之末或正或意有所便亦不必過拘押官韻外所用散韻須擇新麗流活之字押之切不可押生澁字及陳腐字尤不可湊押硬押凡字不典不顯非限官韻即可不必押通衢坦道任人往來何必自尋荊棘乎

賦學指南　卷一　論押韻　一

## （三）清光绪十九年（1893）书业德刻本

国家图书馆藏，索书号：111211。该书凡 4 册。书名页镌：“道光癸巳新镌，光山余纱山辑（校对无讹翻印必究），增注赋学指南，（分类详明诸法备载）书业德梓。”首王雅南《叙》2 叶；次余丙照《原叙》2 叶；次吴东昱《原叙》2 叶；次余丙照《增注赋学指南叙》2 叶；次《凡例》11 条凡 2 叶；次《赋学指南总目》1 叶；以下正文。四周双边，白口，单、黑鱼尾。半叶 10 行，行 24 字。版框高 13cm，宽 8.7cm。无界行。卷端题：“赋学指南卷一，楚黄吴立莽夫子鉴定，光山余丙照纱山编辑，男荣耀、荣辛、荣泽、荣燮注。”版心顶部刻“赋学指南”4 字，鱼尾之下刻“卷某”、篇题和页码，版心底部刻“书业堂”3 字。钤有“陈垣同治遗书”“北京图书馆藏”印。

除了以上三种外，尚有清道光二十三年（1843）刻本（秀山县图书馆藏，号：C93/8022）、清聚盛堂刻本（绍兴市图书馆藏，号：集补 0889/27692）、清末（1843—1911）务本堂刻本（北京大学藏，号：X/811.107/8016.1；绍兴市图书馆藏，号：陶 0145/09563）等。

现将三个版本系统的内容比较如下：

《赋学指南》十卷本、初集二集本、十六卷本对照表

| 《赋学指南》十卷无注本（《分类赋腋》《赋学入门》） | 《增注赋学指南》十卷《二集》六卷本 | 《增注赋学指南》十六卷本 | 备注 |
| --- | --- | --- | --- |
| 卷首：道光七年吴东昱叙、余丙照叙、《总目》 | 卷首：道光二十三年余丙照《增注赋学指南叙》，道光七年吴东昱原叙、余丙照原叙、《凡例》、《总目》。 | 卷首：道光二十八年王雅南叙、余丙照原叙、吴东昱原叙、道光二十八年余丙照叙[①]、《凡例》、《总目》 | 第二种新增余丙照《增注叙》和《凡例》。第三种又增王雅南《增注叙》。 |
| 卷一，蔡元春《律赋大指》2 叶，论押韵 5 条 | 卷一，论押韵 5 条 | 卷一，论押韵 5 条 | 后二种删去蔡元春《律赋大指》2 叶 |
| 卷二，论诠题 23 条 | 卷二，论诠题 9 条 | 卷二，论诠题 9 条 | 后二种将《论诠题》分为两卷 |
| | 卷三，论诠题 14 条 | 卷三，论诠题 14 条 | |
| 卷三，论裁对 5 条 | 卷四，论裁对 5 条 | 卷四，论裁对 5 条 | |
| 卷四，论琢句 5 条 | 卷五，论琢句 5 条 | 卷五，论琢句 5 条 | |
| 卷五，论赋品 4 条 | 卷六，论赋品 4 条 | 卷六，论赋品 4 条 | |
| 卷六，论首段 9 条 | 卷七，论首段 9 条 | 卷七，论首段 9 条 | |
| 卷七，论次段 4 条 | 卷八，论次段 4 条 | 卷八，论次段 4 条 | |

① 该序与道光二十三年余丙照《增注赋学指南叙》文字相同，仅仅修改了作序时间。

续表

| 《赋学指南》十卷无注本（《分类赋腋》《赋学入门》） | 《增注赋学指南》十卷《二集》六卷本 | 《增注赋学指南》十六卷本 | 备注 |
|---|---|---|---|
| 卷八，论诸段 13 条 | 卷九，论诸段 13 条 | 卷九，论诸段 13 条 | |
| 卷九，论结段 11 条 | 卷十，论结段 11 条 | 卷十，论结段 11 条 | |
| 卷十，《论炼局》1 叶，《赋法绪论》3 叶，赋选 30 首（有批点，无注） | 《赋学指南二集》卷一至卷六：《论炼局》1 叶，《赋法绪论》3 叶，赋选 60 篇（有批点、注释）。 | 卷十一至卷十六：《论炼局》1 叶，赋选 60 篇（有批点、注释）。后补《赋法绪论》3 叶。 | 后二种将第一种之卷十扩充为六卷，并新增注释。 |

总之，不论书名页有无“增注”二字，凡是十卷本都是原本《赋学指南》的重刻（或重印）本；二卷本为石印袖珍本，也是原刻本的翻印本。“初集二集本”系统版本较少，是一过渡形态。“增注十六卷本”才是最终定本。徐州市图书馆藏有清道光二十三年（1843）制锦堂刻本《赋学指南》十二卷（索书号：60334），盖为十六卷之残剩。

## 四、各版本《赋学指南》的价值和缺陷

作为一部畅销近百年的重要书籍，《赋学指南》理应经过反复修订而臻于完善。但事实并非如此。由于编者余丙照、注释者余荣耀等皆无功名，属于民间文人，其学术水平和手头文献资料都受到限制，故原刻本即有不少瑕疵。只是由于迎合了下层文人学习律赋的需要，而意外走红。在多次刊刻过程中，有一些错误得到了纠正，但也有不少错误陈陈相因，而书商出于牟利需要，或草率刻印，错讹满纸，或改易书名，冒充新书，亦不断增加新的错误。这是需要警惕的。

国家图书馆藏清光绪十九年书业德刻本，是目前所见诸版本中比较精

善的一种，并且得到《赋话广聚》《历代赋学文献辑刊》的影印而为学术界所熟知。笔者曾对《赋学指南》卷一的正文部分进行比对，发现书业德本文字讹误1处，丹桂堂本6处，珍艺书局本9处，而道光十七年文元堂刻本《分类赋腋》竟然多达15处。例如“但不得过于凿空，反欠大雅”，珍艺书局本“反欠”讹作“反及”；《竹外一枝赋》注引《说苑》，丹桂堂本讹作《说记》；“押在每段之末为正”，《分类赋腋》讹作“押在每段之未为止”，“末”“正”两误；唐肇垚《王质观棋赋》文中“落子丁丁，伐木之声宛若；拈棋得得，积薪之势何如”，《分类赋腋》“伐”讹作“代”，“拈”讹作“枯”。可见作为盗版书的《分类赋腋》，乃系一部粗制滥造之书，错讹满纸，不可凭据。

又对卷一的注释部分进行对校和分析，发现书业德本文字讹误15处，丹桂堂本20处，珍艺书局本26处。例如《去害马赋》注引《晋书》：“马起，奋迅如常。”丹桂堂本“奋”讹作“会”；又引《神异经》：“大宛有马，日中汗血。”丹桂堂本“汗”讹作“江”。《吐白凤赋》注引《法华山碑》：“樵原山中得青莲一枝，掘地有石匣。”珍艺书局本“掘地”讹作“如地”。《文阵赋》注引庾信文：“大雅扶轮。”珍艺书局本“扶轮”讹作“挟轮”。《浔阳琵琶赋》注引陶潜诗：“鬓边早已白。”珍艺书局本“鬓边”讹作“赞还”。当然，这些错误大都出自刻工，也有可能系书商提供的底本漫漶不清，刻工只能揣摩为之。这都与原作者和注释者没有任何关系了。

但书业德本的某些错误，亦需要在与其他版本的对校中才能得到纠正。仍以卷一为例加以说明。

1．卷一“论押韵·押虚字”条，《王猛扪虱赋》题注引《王猛传》云云，书业德本作：“桓温入门，猛披褐谒之，扪虱而谈，旁若无人。”道光间丹桂堂本、光绪间珍艺书局本“入门”作“入关”。据宋高似孙《纬略》卷四“扪虱图”条、清穆彰阿《（嘉庆）大清一统志》卷一七二“十六国·苻秦王猛”条、清孙岳颁《佩文斋书画谱》卷六五“扪虱图”条，“入关”是，书业德本误。

2. 同卷“因韵法”条《火烧曹兵赋》注，书业德本引《五代史》云：“周世宗征河东，刘明曰：‘若起我师，如山压卵。’”其中“若起我师”四字，丹桂堂本、珍艺书局本皆作“若遇我师”，文意顺畅。今查《新五代史》卷五四《杂传·冯道》，正是“若遇我师”。

3. 同卷“因韵法”条《易水送荆卿赋》注，书业德本引《淮阴侯传》云：“萧何问信，国士无双。”而丹桂堂本、珍艺书局本“问信”作“称信”。今查《史记》卷九二《淮阴侯列传》，原文作：“（汉王）复骂曰：‘诸将亡者以十数，公无所追，追信，诈也。’何曰：‘诸将易得耳。至如信者，国士无双。王必欲长王汉中，无所事信；必欲争天下，非信无所与计事者。’”萧何称誉韩信为“国士无双”，典故出于此。原文无“称”字，系撮述大意而已。“问”字不通，故以丹桂堂本、珍艺书局本为是。

4. 同卷“出色韵”条《梦笔生花赋》注，书业德本引杨万里诗序云：“东国新开九径，九种花本各植一径，命曰三三径。”其中珍艺书局本“东国”作“东园”，丹桂堂本“花本”作“花木”。今按：宋杨万里《诚斋集》卷三六《三三径》诗序曰：“东园新开九径，江梅、海棠、桃、李、橘、杏、红梅、碧桃、芙蓉九种花木，各植一径，命曰三三径云。”可知当作“东园”“花木”，书业德本有误。

以上诸例，皆可根据丹桂堂本、珍艺书局本校改书业德本的错误。

不难看出，每一版本都有其不可替代的价值。相比较而言，书业德本仍然是质量最高、错误率最小的一种。但如上所言，丹桂堂本、珍艺书局本亦有一定的校勘价值。即便是错讹百出的《分类赋腋》，亦因藏书家的批点而具有了一些文学批评的价值。

（原载《澳门文献信息学刊》2023 年第 1 期）

# 下　编

# 现当代赋学要籍评介

# 当代赋学经典略述

20 世纪 80 年代以来，中国学术界涌现出数百部赋学研究专著和两万篇赋学论文，赋学研究呈现出前所未有的鼎盛局面。其中马积高《赋史》、龚克昌《中国辞赋研究》、叶幼明《辞赋通论》、何新文等《中国赋论史》、许结《中国辞赋理论通史》价值尤高。这些著作或开疆拓土，引领一代风气，或体大思精，建构完整严密的赋论体系，皆已成为当代赋学、乃是古代文学研究领域的经典。现将这些经典著作的主要内容和学术贡献略作评述，以飨读者。

## 一、马积高:《赋史》，47 万字，上海古籍出版社 1987 年版

马积高（1925—2001），湖南衡阳人。1948 年毕业于省国立师范学院国文系，学术上深受马宗霍、骆鸿凯、钱基博等先生影响。曾任教于含章中学、长沙师专、湖南师院。1985 年起任湖南师范大学中文系教授，兼任湖南文学会副会长、古代文学研究会理事长、中国韵文学会常务理事、中国赋学会会长等职务。著有《赋史》《历代辞赋研究史料概述》《荀学源流》《宋明理学与文学》《风雨楼晚年诗钞》等，并主编大型文献整理著作《历代辞赋总汇》（全 26 册，湖南文艺出版社 2013 年版）。

马积高《赋史》是我国第一部系统详尽的辞赋通史，也是每个赋学研究者的案头必备之书。该书全面梳理了从先秦到近代辞赋发展的历史演变，

将赋史研究推进到一个新的阶段。全书共有十二章，第一章“导言”概述赋的性质、特点、形成、流变及其在古代文学史上的地位。以下依次为“先秦辞赋”、“汉赋（上下）”、“魏晋南北朝赋（上下）”、“唐五代赋（上下）”、“宋元赋（上下）”、“明清赋（上下）”，按照历史朝代顺序依次考论各个时期赋的创作。每章先概述该时期赋的发展情况及特点，然后介绍具有代表性的作家作品。

马积高先生对赋体源流的看法，与前人颇有不同。他认为赋作为一种“不歌而诵”的韵文体裁，兼有众体，它有三源，亦有三流。有直接源于《诗》者，流为以四言为主的诗体赋；有源于楚声歌曲者，其流为骚体赋；有受战国诸子问答体的影响而产生者，其流为文体赋。文体赋在诗体、骚体的影响下，可分为汉文赋、晋以后的骈赋和唐宋以后的律赋、新文赋等。马先生的“三体”“三源”说，为叶幼明、万光治、陈庆元、郭建勋等赋学研究者所接受、发展，并为后人探讨赋源问题提供了有益的借鉴。马先生还考察了赋的流变，尤其是对以前一直不被人注意的六朝以后的赋如骈赋、律赋、新文赋、俗赋等做了较为细致的探讨，并且对历代赋作家都能一分为二地予以看待，书中以专节论述的赋家就有一百多个，其全面性、系统性、深刻性都是空前的。

自从清人焦循《易余籥录》、近代王国维《宋元戏曲考》以来，学术界一直将汉赋视为“一代之文学”。马积高先生却不囿成见，认为汉赋并不是赋作成就的最高峰，魏晋六朝的抒情讽刺小赋无论就思想境界还是艺术水准来说，都超过了汉代。唐赋的成就又高于汉魏六朝，“唐赋不仅数量之多超过前此任何一代（现存一千余篇），即就思想性和艺术性来说，也超过前此任何一代”（252 页）。至宋以降，赋体仍有佳作，但新东西少。至鸦片战争以后，渐趋衰微。马先生将唐代视为赋体文学发展的高峰，这也许受到清人王芑孙“诗莫盛于唐，赋亦莫盛于唐”（《读赋卮言・审体》）的启发，但他将这一理论贯穿到《赋史》的写作中，则更能清楚、客观地梳理辞赋文学发展的历史。该书还十分注重赋与诗文等其他文学样式的相互影响，如对于汉代宫廷文学、魏晋以来骈文、齐梁徐庾宫体、北宋西昆体、明前后七子复古运动等与赋的关系等，都提出了独到的看法。

该书出版于赋学研究刚刚起步的20世纪80年代，尤其具有不可忽视的学术开拓意义。马积高先生鉴于前人有关赋的只言片语的论述虽多，尚无一部探讨赋的专体文学史的缺憾，于是广泛搜集从先秦至晚清期间的有关材料，试图把这样一种长期被冷落的文体的发展面貌揭示出来，阐明赋与其他文学样式交互影响的关系。毫无疑问，《赋史》是赋学史上的一部经典著作，填补了中国古代文学研究领域的空白，为新时期的辞赋研究提供了理论指导和研究方向，奠定了坚实的基础。此书一经出版，立即在学术界产生广泛影响，各种报刊发表的评论文章就有几十篇之多，并荣获湖南省第一届社会科学优秀成果一等奖。

## 二、龚克昌:《中国辞赋研究》，79.3万字，山东大学出版社2003年版

龚克昌（1933—2022），福建漳州人。1962年山东大学研究生毕业，并留校任教。曾任山东大学《文史哲》编辑部教授，博士生导师，兼任中国赋学会会长、洛阳大学特聘教授等。龚克昌先生是新时期汉赋研究的拓荒者，著名辞赋研究专家，书法家。著有《汉赋研究》、《汉赋讲稿》(英译本)、《汉赋新选》、《楚辞选译》、《先秦诗歌选注》、《司马相如传》、《中国辞赋研究》、《全汉赋评注》、《全三国赋评注》、《白居易诗文选》等，发表学术论文百余篇。

该书是龚克昌先生在其赋学名著《汉赋研究》的基础上不断增益而成的，共选录著者自1981迄2001年间发表的赋学论文62篇，分为四组：第1～14篇为汉赋综论，第15～33篇为汉赋作家作品论，第34～52篇为中国辞赋史研究，第53～62篇为序跋及学术回忆。最可注意的有以下几点：一、对汉赋价值的重新审视。作为“一代之文学”的汉赋，却曾受到过很

多不公正的指责。著者对于历史上颇具影响力的“歌功颂德”说、“讽谏弱化”说、“虚词滥说”说、“丽靡之辞”说、“见视如倡”说逐一进行了驳斥，恢复了汉赋在中国文学史上应有的地位。这些观点发表于80年代初期，在那个对汉赋的臭骂声仍不绝于耳、汉赋价值被长期掩埋的历史条件下，这些努力无疑具有拨乱反正的意义，从而为学术界对于汉赋的全面、深入的研究扫清了障碍。在此基础上，著者又对汉赋文本进行了深入研究，他认为汉赋较全面地展示了大汉帝国的精神风貌，在艺术上对于《诗经》、楚辞也有较大的发展和超越，此外，汉代还有了较为系统的赋学理论，鲁迅先生所说的“文学的自觉时代”应该从曹丕再上推三百五十年，即提前到汉武帝时代的司马相如身上。龚克昌先生的这一观点在学术界产生强烈反响，先后有十余篇论文作出回应，支持龚先生的“汉代文学自觉说”。二、对汉赋发展进程的全面梳理。著者通过对一系列重要赋家的深入研究自然展示出汉赋发展的历史流程，这比一般的泛言高论要更有深度。专题讨论的赋家有贾谊、枚乘、庄忌、刘安、孔臧、司马相如、刘彻、东方朔、扬雄、班固、张衡、赵壹、蔡邕等，若将他们连在一起，就不难看出汉赋产生、发展、鼎盛、转变的历史进程。① 三、对中国辞赋史的全面关照。该书以汉赋研究为中心，进而扩展到对历代赋的研究，如《中国古代赋体简论》《魏晋玄学与竹林七贤赋作》《略论韩愈辞赋》《李清照〈打马赋〉简论》等，甚至还有对当代赋家赋作的评论和研究，如《天山的颂歌——谈王大枢〈天山赋〉》《读〈香港赋〉〈三峡赋〉》等。书末附有《读赋心得》，以十余万字的篇幅，对现存先秦两汉辞赋进行全面系统而又言简意赅的评点和讨论，总数达三百篇（包括残赋）。美中不足的是，《读赋心得》截止到汉末，没有对三国之后的赋进行评析，这与《中国辞赋研究》的书名不太相称。

龚克昌教授是一位汉赋研究专家，其《论汉赋》(《文史哲》1981年第

---

① 参见踪凡:《龚克昌先生汉赋研究述评》,《阴山学刊》2006年第3期。

1 期）是新时期第一篇从正面肯定汉赋的学术论文，曾经激起了许多学者研究汉赋的热情；其《汉赋研究》（山东文艺出版社 1984 年版）是新时期出版的第一部赋学专著，“在学术界具有首开风气的作用和影响”[①]。《中国辞赋研究》又对《汉赋研究》（原版 14 万字，修订版 30 万字）进行了大幅度的增补，篇幅增加至 79.3 万字，反映了龚先生在汉赋研究领域取得重大突破之后，进而转向对历代辞赋进行全面探讨的学术经历。龚克昌教授还以极大的热情从事赋学交流及人才培养工作。他组织召开了第一届国际辞赋学学术研讨会（济南，1990），倡导中外学术界的赋学研究向魏晋以后拓展；担任中国赋学会第二任会长，奖掖赋学新秀不遗余力；他还是中国大陆第一名专门招收赋学博士生的学者，指导博士生们对唐赋、宋赋、元明清赋、赋学理论、汉赋学术史等进行系列研究。龚克昌先生指导的博士生（含进修学者）于浴贤、韩晖、冷卫国、踪训国、余江、刘培、武怀军等已经成为赋学研究的重要力量。

## 三、叶幼明:《辞赋通论》，21 万字，湖南教育出版社 1991 年版

叶幼明（1935—2014），湖南湘乡人，湖南师范大学中文系教授，兼任洛阳大学客座教授，中国骈文学会副主席，《历代辞赋总汇》副主编等。多年从事辞赋及骈文的教学与研究工作，发表学术论文 60 余篇，著有《辞赋通论》《对联评谭》《历代书信选》《新译新序读本》《中国古代文学史》（合作）等。

《辞赋通论》是一部专门探讨辞赋文学的基本概念、文体渊源、历史变迁、主要文献、研究状况的通论性著作。该书共五章。第一章《什么叫赋》，对赋的含义、赋与其它文体的关系以及赋在结构上的特点作了介绍。

① 霍松林、徐宗文:《辞赋大辞典》，江苏古籍出版社，1996，第 411 页。

第二章是《赋的渊源与流变》，著者在赋体源流的看法上受到了其师马积高先生的影响，将赋分为三种基本形式：诗体赋、骚体赋与散体赋，分别探讨了它们产生的渊源和在后世的发展流变。其中亦有独到之见，例如近人多以宋玉《高唐》《风》等赋为伪作，而判定散体赋起源于枚乘《七发》。著者首先肯定《卜居》《渔父》为先秦之作，是此种赋体的源头，此外还注意到山东银雀山出土竹简中有唐勒赋，其体与《卜居》《渔父》及宋玉《高唐》等赋同。这样，长期争论未决的宋玉《高唐》诸赋的时代至少大体上可以确定了。就是说，这些赋即使非宋玉本人作，但汉初以前即有此体是完全可以肯定的。《七发》乃其流，而绝非其源。第三章《辞赋发展概述》，概括评介了我国辞赋在各个历史阶段的特点及有关情况。著者认为先秦辞赋、汉代辞赋、魏晋六朝辞赋、唐宋辞赋、元明清辞赋依次是我国辞赋的发轫期、发展期、转变期、高峰期和衰落期。本章从先秦辞赋开始依次对历代辞赋的概貌、特点及其成因、表现等均做了具体的论述，并能够用数字等形式加以说明。第四章《辞赋的辑录与整理》，介绍历代对辞赋作品的辑录、整理状况，按照骚体赋、七与对问设论体赋、赋体文、赋这几种文体形式，分门别类地介绍基本文献，这就为我们日后的文献研究工作提供了线索。第五章《历代辞赋研究概述》，介绍了古今中外关于辞赋研究的状况，并就有关问题提出了作者自己的见解。

赋作为我国文学史上一种重要的文体，历来研究者不绝。但在新中国成立以后的前三十年，它却受到不公正的待遇而被贬入冷宫。20 世纪 80 年代，赋学研究逐渐兴起，最初集中在汉赋研究方面，后来逐渐向魏晋南北朝延伸，但是一直没有人对辞赋这一文体作一全面探讨，对辞赋研究状况进行全面总结。叶幼明先生的《辞赋通论》在这样的历史背景下应运而生，无疑填补了辞赋研究史上的这一空白。作者自认为此书相当于是一部简明的赋学史，对辞赋的研究有较大的参考价值。此书采取了纵横结合的办法，在整部著作的谋篇布局上以有关赋学的几个方面为纲，而在具体论述中以历史为叙次，这样就非常清晰地揭示了赋学研究的纲领，也较好地体现了辞赋创作和研究的历史。该书出版于1991年，著者对20世纪80年代中国赋学界的研究成果进行吸收、总结、提升，形成独特的赋学理论体系，既有赋学史的梳理，又有相关范畴的深入探究，其中对赋学基本文献的归纳尤有开拓意义，对海外赋学研究的介绍亦显示全局眼光。该书曾对世纪之交辞赋研究的深化与拓展有学术推动作用，至今仍有一定的参考价值。

## 四、何新文、苏瑞隆、彭安湘:《中国赋论史》，56万字，人民出版社2012年版

何新文（1953— ），湖北通城人。1982年毕业于华中师范大学中文系，获文学硕士学位。现为湖北大学文学院教授，全国赋学会副会长，博士生导师。出版有《中国赋论史稿》《辞赋散论》《中国文学目录学通论》《左传人物论稿》《历代赋话校证》（第一作者）、《中国赋论史》（第一作者）等著作，发表学术论文近百篇。苏瑞隆（1962— ），祖籍福建福安，出生于台北。1994年毕业于美国西雅图华盛顿大学东亚系，获文学博士学位。现为新加坡国立大学中文系教授，博士生导师，主要研究汉魏六朝文学及历代辞赋。著有《鲍照诗文研究》《两汉赋评注》（合作）、《全三国赋评注》（合作）等。彭安湘（1974— ），女，湖南湘潭人。2011年毕业于湖北大学，获文学博士学位。现为湖北大学文学院副教授，硕士生导师，兼任中国屈原学会、中国辞赋学会理事。著有《中古赋论研究》《诗经全注全译》（合作）等。

该书共有八章。绪论部分概述中国赋论的历史发展、基本内容及其价值、特色、影响，脉络清晰。第一到六章分别介绍汉代至清代的赋论。首先探讨汉代赋论的兴起，作者对此期赋论进行概述，认为“唯美”与“尚用”是汉代赋论的焦点，接着对司马迁、扬雄、《汉志·诗赋略》、班固、王充及蔡邕等人的赋论进行深入阐述。魏晋南北朝是中国赋论的拓展期，著者首先介绍曹魏时期曹丕、曹植、杨修等人的赋论，接着重点研究刘勰

的赋论，认为其《诠赋》一文对赋的体制及源流、发展演变、风格才性、创作要求等方面都进行了详细的论述和说明，指出“刘勰是汉魏六朝赋论的集大成者”（第122页）。唐、宋两代六百多年是古代赋论发展史上的转捩期，著者从隋唐五代的赋论说起，认为唐初史家与古文家关于“古赋”有不同的看法，中唐时期存在着古赋、律赋之争，重点阐述了白居易《赋赋》与中晚唐的律赋理论，佚名《赋谱》及其他唐五代的赋格书，中晚唐诗论笔记与五代《唐摭言》中的赋论。继而研究宋代赋论，概述其内容与特点、北宋与南宋时期的赋论，金代王若虚和元好问的赋论。北宋赋论以范仲淹、苏轼、秦观、晁补之为代表，南宋赋论则以王銍、王观国、洪迈、朱熹、高似孙等为代表，作者还以较大篇幅对郑起潜《声律关键》及宋代的赋格书作了详细论述。元明两代的赋论在承唐宋之后的一个明显变化就是，由于律赋的衰落与古赋的复兴，“古赋”理论悄然兴起，先有刘埙、陈绎曾，继有祝尧《古赋辩体》，后者价值尤高。明代前期以吴讷、徐师曾的辞赋“辩体”论为代表，后期则以谢榛、王世贞、胡应麟、陈山毓、张溥、许学夷等为代表。清代赋论是中国古代赋论的繁荣与终结时期。清代前期以吴景旭、朱鹤龄、纳兰性德等人为代表；清中叶以浦铣、程廷祚、汤聘、李调元、沈德潜等人为代表，重点阐述了浦铣《历代赋话》《赋小斋赋话》的文献价值和律赋理论特色；嘉庆、道光年间的赋论则以孙奎、鲍桂星、林联桂为代表；晚清近代部分重点阐述了李元度、刘熙载、沈祖荣、沈祖燕、刘师培、姚华、章炳麟等人的赋论。第七章之后论述现当代新赋学，包括“五四前后”文学史著作中对赋的论述，陈去病、金秬香、陶秋英等的赋学论著、当代赋论等。著者认为，1949—1979年是赋学研究的迟滞和蓄积时期，20世纪末是赋学研究的复兴时期，并对港、台地区的赋学研究成果进行详细论述。最后著者论述了20世纪的国外赋学研究状况，日本以铃木虎雄为代表；欧美学者对先秦汉魏六朝赋进行了翻译、评论和专题研究工作，其中以美国汉学家康达维教授成就最高，堪称巨擘。

作为第一部系统详尽的赋论史专著，该书以断代分章的形式，纵向描述了两汉、魏晋南北朝、唐宋、元明、清及近代、现当代凡六个时期赋论的基本状貌、历史特点及其承先启后的关系，揭示了中国赋论形成、发展、演变的学术历程，此外还具体论述了各个时期有代表性的赋论文献、赋论家或赋论现象，并对20世纪港台地区，以及日、韩、欧美的赋学研究成果进行介绍，古今贯通，中外兼具。该书内容充实，资料丰富，体系完整，持论客观平允，是一部史论结合，兼有理论和文献价值的著作。何新文教授曾经出版《中国赋论史稿》（开明出版社1993年版）一书，被誉为是“我国第一部较系统的赋论史”[①]。从内容上说，该书对旧著有较大的修订和补充，增加了诸如唐佚名《赋谱》、南宋郑起潜《声律关键》、20世纪90年代以来新出赋学论著的叙介等，并且吸收了海内外20多年的研究成果，视野更为开阔，论述更为深入，字数也由原书的22万字而增至56万字，体大思精，规模空前。与许结教授《中国辞赋理论通史》（2016）相比，何著“史中有论”，长于对赋论家及其赋论著作的分析、考辨；许著“以论带史”，注重对核心问题的挖掘和辞赋理论体系的建构，二者各擅胜场，交相辉映，堪称是当代辞赋理论的双璧。

## 五、许结：《中国辞赋理论通史》（上、下），96万字，凤凰出版社2016年版

许结，笔名解之，1957年生于江苏南京，祖籍安徽桐城。著名学者、诗人许永璋之子。幼承家学，博闻强记，长于诗赋创作。现任南京大学文学院教授、博士生导师，兼任安徽师范大学特聘教授、中国韵文学会副会长、中国赋学会会长、江苏省中国古代文学学会会长、《中国赋学》主编、《中华辞赋》顾问等。主要研究先秦两汉文学、中国古代辞赋与古代文学批评。著有《汉代文学思想史》《中国辞赋发展史》《中国赋学：历史与批评》《赋体文学的文化阐释》《赋学讲演录》《赋学：制度与批评》《半岛之半》

① 马积高：《历代辞赋研究史料概述》，中华书局，2001，第283页。

《诗囚》《历代赋汇（校订本）》《赋学讲演录》《赋学讲演录二编》《赋学讲演录三编》《香草美人》等二十余种，发表论文二百余篇。

该书是许结教授精心结撰的赋学巨著，全书近百万字，分上、中、下三篇。上篇为“中国辞赋理论综述”，共有四章内容。首先从源头上辨析“赋体”概念，对“不歌而颂谓之赋”的说法进行考述，对“赋者，古诗之流”观点进行辨析，并论述了“祭祝”与“辞赋”二者之间的关系；接着对古代的辞赋理论文献进行叙录与考察，阐述辞赋理论著述的历史轨迹；然后再对史传、子书、杂录、文集、赋集、评点，以及赋序、赋跋、赋格、赋话、赋专论、论赋赋、现代赋论（专著、论文）等辞赋理论的批评形态逐一论述；最后对制度视域下的赋学生态、辞赋理论的粘附与独立、辞赋理论的现代意义等问题进行描述和阐发。

中篇为“中国辞赋理论流变”，共有八章内容。著者将两千余年辞赋理论的发展嬗变划分为三个大的历史时期：一是以“楚辞”“汉赋”为中心的批评（汉代赋论、魏晋南北朝赋论，共 2 章），一是以“古赋”“律赋”为中心的批评（隋唐赋论、宋金元赋论、明清赋论，共 3 章），一是作为“遗产”和“学科”的现代批评（20 世纪前期赋论、20 世纪后期赋论，共 2 章），以简驭繁，高屋建瓴，颇具卓见与史识。在论述具体的赋学理论现象时，又能广搜文史资料，结合时代背景和文艺思潮，以具有核心价值的赋论文献为依据，层层论证，左右逢源，提出一系列独到的见解。例如“汉代赋论”一章，作者梳理了西汉、东汉“赋用观”的变迁历程，评述了辞赋观与楚辞评论之间的关系，并以《诗赋略后序》和《两都赋序》为依据探寻两汉之际的赋论流变，此外还论述了诗人、辞人之赋与新声、丽文说之间的关系，对赋迹、赋心、赋神等赋学理论范畴进行挖掘。又如“隋唐赋论”一章，作者重点阐述了隋唐时期的帝国图式与赋用思想，分析科举考赋与古律之间的关系，然后以白居易《赋赋》和佚名《赋谱》为例，对唐代最具代表性的儒家经义观与律赋技法论进行考论，探赜索隐，深刻独到。

下篇为“中国辞赋理论范畴”，共有六章内容，对中国辞赋的六大理论范畴“本原”“经义”“体类”“章句”“技法”“风格”等分别进行专题讨论。其中“辞赋本原论”一章，考述了辞赋“诗源说”的具体表现，论述了相如“赋圣”说的形成及意义，辨析了赋源“一元”之本与“多元”歧义，认为辞赋多元论“固能说明辞赋分支较多的创作特征，但视赋为一种文体及其名称的确立，作为本原的探讨，仍是有隔膜和歧义的”，试图归回辞赋文学“一元”说。而“辞赋技法论”一章，梳理《赋谱》《声律关键》《雨村赋话》《赋学指南》等古代赋论赋话中有关“技法”的论述，结合历代辞赋创作的实践，从赋韵、赋法、赋势三个方面考察辞赋文学中的“技术”与“技法”，论析赋法批评的章句学意义及其与文化传统、朝廷文制的关系，颇有中肯之论。

学术界有关古代诗歌理论、散文理论、小说理论的研究成果较多，但对于辞赋理论的探讨却相对落后。该书以辞赋“本体论”“流变论”“范畴论”三个互相独立又彼此呼应的板块，以一百万字的宏大篇幅，试图构建独具特色的辞赋理论体系，无疑具有填补学术空白、开拓学术新境的重要意义。著者充分关注中国辞赋的独特性和包容特征，对赋与其他文体的交叉性进行综合研究，这对中国文学理论的资源发掘及理论体系的构建，均有积极作用。在具体论述时，著者从辞赋理论的文献材料、演进历史、批评形态、理论范畴等方面加以搜集、整理、辨析和探讨，并且采用传统理论与现代研究相结合的方法，树立“通史”意识，这就具有了一种传统文体之理论批评的贯通古今的价值，并且有助于加强对作为中国特有之辞赋体文学的认知，推动其研究向纵深处拓展。诚如徐宗文等先生所言：“《中国辞赋理论通史》以‘会通’的视角和观念，全面总结古今辞赋理论，第一次建构起辞赋理论的体系框架。”[①] 该书是著者主持的 2009 年度国家社会科

① 徐宗文、王思豪：《宏通的视野 精深的耕耘——许结教授辞赋研究述评》，《辽东学院学报》（社会科学版）2017 年第 5 期。

学基金项目的最终成果，其中许多章节皆曾作为前期研究成果在学术期刊上发表，例如《宾祭之礼与赋体文本的构建与演变》《汉赋用经考》《论考赋"取人以言"的批评意义》《论赋韵批评与写作规范》《民国赋论"文学性"问题考察》等等，皆已在赋学领域产生了重要影响。该书将著者研究中国赋学三十余年的丰厚成果加以综合、融铸、升华，形成了空前庞大严整的理论体系，堪称是中国赋学理论研究的扛鼎之作。

除了以上五部经典著作外，费振刚等《全汉赋校注》、简宗梧《汉赋史论》《赋与骈文》、万光治《汉赋通论》、马积高《历代辞赋研究史料概述》、曹明纲《赋学概论》、郭建勋《辞赋文体研究》、许结《赋学：制度与批评》、程章灿《魏晋南北朝赋史》、詹杭伦《唐代科举与试赋》、刘培《两宋辞赋史》、孙福轩《历代赋论汇编》、踪凡《赋学文献论稿》等，从不同角度深化了对赋体文学的研究，形成了新时期赋学研究的鼎盛局面，理应成为学术史的考察内容。限于篇幅，不再赘述。

（原载《辽东学院学报》2019 年第 1 期，署名：踪凡、郭媛）

# 先秦赋研究论著叙录

赋体文学源于先秦，肇始于战国。关于赋源问题，学术界争论颇多，言人人殊，但对于开创这种文体的赋家，古今学者却有着惊人的一致。《文心雕龙·诠赋篇》称:“于是荀况《礼》《智》，宋玉《风》《钓》，爰锡（赐）名号，与诗画境，六义附庸，蔚成大国。”[①] 认为战国时期楚国的荀况（即荀子，也称荀卿、孙卿）、宋玉是最早给“赋”确定名号的作家，他们将赋体文学与诗歌分离开来，是赋的开创者和奠基者。对此，后人皆无异议。荀况（前313—前238）不仅是著名的思想家，还是最早写赋的作家，其《成相篇》《赋篇》皆被《汉书·艺文志》视为赋体。明人李鸿编纂《赋苑》，首列荀卿五赋（即《礼》《智》《云》《蚕》《箴》，合称《赋篇》）；清人陈元龙《历代赋汇》、鸿宝斋主人《赋海大观》等大型赋体总集，也是将五赋作为最早的赋作而收入。但由于荀况五赋篇幅短小，内容单薄，形式上近于隐语（猜谜），艺术成就不高，故后人大都将创作有《高唐赋》《神女赋》《风赋》《钓赋》的宋玉（约前298—约前222）尊为赋体之祖。宋玉是著名的楚辞作家，所作《九辩》被誉为千古“悲秋之祖”；同时也是一位影响深远的赋家，既有《大言赋》《小言赋》《登徒子好色赋》之类的诙谐调笑的俗赋，更有《高唐赋》《神女赋》之类以问答形式组织成篇、擅长铺陈秀美山川、人物情态的散体大赋，即所谓“述客主以首引，极声貌以穷文”（《文心雕龙·诠赋篇》），奠定了赋体文学的基本格局和创作范式。而汉代

① 刘勰著，范文澜注:《文心雕龙注》，人民文学出版社，1958，第134页。

大赋，正是沿着宋玉赋的路径向前发展，而成长为“一代之文学”。学术界对先秦赋的研究，即以荀况、宋玉为核心，尤其重视对宋玉赋的考辨和研究。需要说明的是，本文持骚（辞）、赋二体论，大凡《楚辞》中的作品，如《离骚》《天问》《九歌》《九辩》《招魂》《大招》等，自刘勰《文心雕龙》、萧统《文选》以来大都以“骚”体（楚辞体）目之，而与“赋”体并列。凡专论“骚”体者，本文皆不阑入。下面拟对新时期（1978—　）产生的先秦赋（实际上是战国赋）研究论著逐一进行介绍，以供学术界参考。以出版时间先后为次。

## 一、《先秦辞赋原论》，姜书阁著，14 万字，齐鲁书社 1983 年版

姜书阁（1907—2000），字文渊，满姓姜佳氏，正黄旗人，生于辽宁凤城。1930 年毕业于清华大学。历任《北京晨报》主笔、民国税务署长、国税署长、财政部政务次长等。1949 年后，任西南军政委员会财政部参事、青海师范学院教授、湘潭大学教授等。著有《诗学广论》《中国文学史纲要》《先秦辞赋原论》《汉赋通义》《骈文史论》《文心雕龙绎旨》《陈亮龙川词笺注》《桐城文派评述》《百一集》等。

《先秦辞赋原论》收入作者的 8 篇学术论文，分别是:《先秦楚歌叙录》《屈原与江湘》《人民诗人屈原的爱国主义思想》《屈赋楚语义疏》《宋玉及其辞赋考辨》《宋玉〈高唐〉〈神女〉为汉赋之祖说》《〈荀子·成相〉通说》《〈荀子·赋篇〉平议》，既相互独立，又有一定的连贯性和系统性。其中《宋玉及其辞赋考辨》对宋玉的生平和作品进行考证，认为宋玉约生于前 320 年前后，卒于前 263 年前后，约六十岁。作者经过考证，认为宋玉今存遗文，赋体有《风赋》《高唐赋》《神女赋》3 篇，骚体仅有《九辩》1 篇，共 4 篇而已，这比游国恩等主编之《中国文学史》、中国社科院《中国文学史》略有进步。《宋玉〈高唐〉〈神女〉为汉赋之祖说》一文考察骚、赋的

区别和流变，认为“宋玉是词人之赋体的创始人，而《高唐》《神女》则为汉人赋体之祖”（第155页），所论颇有道理。《〈荀子·成相〉通说》与《〈荀子·赋篇〉平议》是两篇专门研究荀况赋性质、意义、分篇、渊源、特点与影响的论文，认为《成相篇》《赋篇》在荀著中文学性最强，却常为文学史著作所忽视。学术界认为：“该书对楚辞文献之整理考订，颇为精到；所论所述，亦足成一家之言。”[①] 不过，书中的某些观点具有一定的历史局限性，例如对宋玉赋真伪问题的探讨，并不能令人信服。但作为最早专门研究先秦辞赋的学术专著，其历史意义是不容忽视的。

## 二、《屈荀辞赋论稿》，李金锡著，12万字，春风文艺出版社1986年版

李金锡（1922—2018），天津塘沽人。早年肄业于辅仁大学国文系，1945年毕业于西北大学中文系。解放后曾在教育部任职11年，1961年起任鞍山师专（今鞍山师范学院）中文系教授。著有《屈荀辞赋论稿》等，发表论文多篇。

该书是作者研究屈原、荀况辞赋的论文集，共计收录论文12篇。其中《命赋之厥初，骚赋之续作——读荀卿〈赋篇〉》探讨了《诗经》、楚辞和荀卿作品的先后关系，提出屈作、荀作都是《诗经》现实主义的继承和发展，前者以抒情为主，后者以议论为主，应同列为辞赋之祖，观点十分独到。《荀学之纲，弹词之祖——读荀卿〈成相篇〉》认为《成相篇》“在当时说来，还是以击鼓为节的一种唱词”，荀作以通俗的民间文学的形式，表达极深刻的政治思想，“这在先秦诸子的著作中是极罕见的”，并呼吁“应该肯定它在我国文学发展史上的重要作用”（第146—149页）。论证虽还粗

① 傅璇琮、许逸民、王学泰等主编《中国诗学大辞典》，浙江教育出版社，1999，第1265页。

略，但其观点却颇为精到。

## 三、《宋玉辞赋今读》，袁梅译注，12 万字，齐鲁书社 1986 年版

袁梅（1924—2017），山东沂水人。1953 年毕业于山东师范学院中文系。曾任中学教师多年，1982 年起任济南师专（后更名为济南大学）中文系教授。发表学术论文数十篇，著有《周代抒情诗译注》《诗经译注》《屈原赋译注》《宋玉辞赋今读》《毛诗质疑（点校）》等。

《汉书·艺文志》著录宋玉赋 16 篇，现存题为宋玉的作品凡 14 篇。作者认为，只有《九辩》确为宋玉所撰，其余诸篇多系后人伪托，故处理方式有所不同。1. 确为宋玉的作品，即《九辩》一篇，分题解、原文、注释、今译（以诗译辞）四部分，用力最多；2. “虽无定论，但千载流传，影响深广”的作品，即《风赋》《高唐赋》《神女赋》《登徒子好色赋》四篇，每篇分题解、原文、注释、今译（以文译赋）四部分，亦较为重视；3. 其余作品，即《对楚王问》《笛赋》《大言赋》《小言赋》《讽赋》《钓赋》《舞赋》《高唐对》等，则作为“附录”处理，仅录原文，并附校勘记。不同的处理方式，表明作者对宋玉作品真伪问题的基本判断，虽难免受时代影响，但将题为宋玉的作品悉数收录，态度亦较为谨慎。注释部分吸收先哲时贤之说，力求准确明白，亦偶有个人之见。译文以“信”为基准，并努力追求“达”“雅”的目标。该书对宋玉作品的普及有一定作用。

## 四、《宋玉辞赋译解》，朱碧莲著，10 万字，中国社会科学出版社 1987 年版

朱碧莲（1932—2013），女，浙江青田人。1955 年毕业于复旦大学中文系，现任华东师范大学中文系教授。著有《楚辞讲读》《楚辞论稿》《宋玉

辞赋译解》《中国古代文学事典》《楚辞论学丛稿》《秦汉文学五十论》《世说新语译注》等。

《宋玉辞赋译解》是“一本研究和重新评价宋玉及其作品的著作”（该书内容简介）。《前言》认为宋玉在建国后“受到了不公正的待遇”，“作品也受到了冷遇”，遂发愤写作此书。《论宋玉及其〈九辩〉》《宋玉辞赋真伪辨》二文，对于宋玉的思想、人品、文学成就、作品真伪等进行了新人耳目的研究，认为可以判定为宋玉的作品至少有6篇。下为“宋玉辞赋译解”，将宋玉作品分为两组：第一组为《九辩》《风赋》《高唐赋》《神女赋》《登徒子好色赋》《对楚王问》6篇，确为宋玉所作；第二组为真假难辨者，包括《笛赋》《大言赋》《小言赋》《讽赋》《钓赋》《舞赋》，凡6篇，作为附录处理。对于每篇辞赋，皆分为原诗、注释、译文、赏析四部分，引导阅读，全面细致。最后附录《有关宋玉的传记资料》《宋玉及其作品的研究专著和文章索引》，以供读者参考。该书在考论宋玉作品真伪方面取得了一些突破，并且对署名为宋玉的作品进行全面注释与赏析，是一部学术性与普及性兼具的著作。

## 五、《楚国大诗人宋玉》，张端彬撰，10.9万字，海峡文艺出版社1990年版

张端彬（1948—　），福建长乐人，卖花专业户，热爱文学。福建省作家协会会员，中国宋玉研究会理事。著有《楚国大诗人宋玉》、《吴航老街》、《染血的罂粟园》（叙事长诗）、《十天书记》（中篇小说）等。

该书分为三章。第一章《宋玉的生平》，下分四节，分别对宋玉穷愁潦倒的一生、屈原与宋玉的关系、宋玉的个人性格、爱国精神等进行介绍；第二章《楚辞——巫史文化的产物》不分节，揭示楚辞文体产生的文化基因；第三章为《宋玉的作品》，下分四节，在对《九辩》《招魂》进行专题研究之后，又对宋玉的赋作《高唐赋》《神女赋》《风赋》《登徒子好色赋》

《对楚王问》等进行介绍，认为这些作品皆为宋玉所撰，并分析了宋玉作品对后世文学的影响。作者认为郭沫若先生所谓“宋玉是一个没有骨气的文人”的说法是不能成立的，认为宋玉不仅具有“一副傲骨”，而且是“不朽的爱国诗人”，颇有新意。

## 六、《宋玉辞赋笺评》，金荣权著，15万字，中州古籍出版社1991年版

金荣权（1964—　），河南商城人。1989年毕业于安徽师范大学中文系，获文学硕士学位。现任信阳师范大学文学院教授，硕士生导师。发表学术论文数十篇，出版学术著作《宋玉辞赋笺评》《屈宋论考》《中国神话的流变与文化精神》《中国古代神话稽考》等。

该书认为，现存于《楚辞章句》《文选》《古文苑》《全上古三代秦汉三国六朝文》中的14篇署名宋玉作品，其中9篇实为宋玉所作，即《九辩》《招魂》《风赋》《高唐赋》《神女赋》《登徒子好色赋》《对楚王问》《讽赋》《钓赋》；其余5篇为伪作，即《笛赋》《大言赋》《小言赋》《舞赋》《高唐对》。全书分上下两编，上编为“鉴赏”，对作者认定的9篇作品进行题解、注释、翻译和赏析；下编是“研究”，包括《宋玉传略》《宋玉作品考辨》《宋玉辞赋托物抒情的表现手法》《宋玉赋的形成与特征》《后人对宋玉的评价及宋玉形象的历史变迁》《宋玉其人评品》六篇，对宋玉及其作品进行较为全面而系统的研究，试图还宋玉以本来面目。书末附有《词、曲、小说及民间传说中的宋玉形象》《关于宋玉的研究资料》和《宋玉研究论文索引》，方便查检与使用。《辞赋大辞典》认为，该书“收集资料比较全面，研究视野比较开阔，并将注释、今译、资料、研究几方面结合在一起，有助于全面地认识宋玉及其作品”[①]。在考论宋玉辞赋的真伪方面，该书亦对前

① 霍松林、徐宗文主编《辞赋大辞典》，江苏古籍出版社，1996，第426页。

人有所发展。

## 七、《高唐神女与维纳斯——中西文学中的爱与美主题》，叶舒宪著，35万字，中国社会科学出版社1997年版

叶舒宪（1954— ），生于北京。先后毕业于陕西师范大学、北京师范大学、四川大学，获文学学士、硕士、博士学位。曾任职于陕西师范大学、海南大学、中国社会科学院。现为上海交通大学人文社科资深教授，兼任中国神话学会会长、中国文学人类学研究会会长。已出版《文学与人类学》《中国神话哲学》等专著、译著24部，发表学术论文300余篇。

该书是一部以宋玉赋中高唐神女和西方女神维纳斯为研究个案，采用文化人类学、比较神话学方法，对中西文学中爱与美的原型进行开创性研究的著作。分为上下两编，上编《美神由来——爱与美主题的原型发生史》设立六个专题，分别对原母、地母、爱神、爱神及其配偶（上、下）、美神等进行考述，旁征博引，中西贯通；下编《美神幻形——爱与美主题的文化置换》，则设立神女、云雨、昼寝、幻梦、补偿、色与美、孝与鞋凡七个专题，采用比较文学、心理学、神话学等研究方法，探讨中西文学中的爱、美、性、欲、幻想等永恒主题。吴广平先生认为："此书作者运用语源学、神话学、原型批评、精神分析学说、民俗学、文化学进行跨文化研究，详细考察了存在于中西文化中爱与美主题的原型形象高唐神女和维纳斯，由此论述和探讨了爱与美主题的原型发生和文化置换。……这是运用比较文学、比较神话学来研究宋玉辞赋的第一部学术专著。"[①] 该书将中国上古神话与《金瓶梅》《聊斋志异》和西方文学加以综合研究，视野宏阔，纵横古今，沟通中外，采用了多学科、多角度的研究方法，因而颇有新意与创

① 吴广平：《五十九部宋玉研究著作解题》，载李骜主编《宋玉及其辞赋研究——第二届宋玉国际学术研讨会论文集》，学苑出版社，2016，第33页。

见。这是作者在使用西方原型批评和文化人类学方法研究《诗经》《老子》之后，又一部研究中国文学经典的尝试，其中亦存有牵强附会之处，有些观点尚不能得到学术界认可，但其开拓与创新精神是值得珍视的。该书于2005年由陕西师范大学出版社出版增订版。

## 八、《宋玉作品真伪考》，高秋凤著，40万字，（台北）文津出版社1999年版

高秋凤（1951—　），女，台湾省台南市人。毕业于台湾师范大学国文系、国文研究所，先后获文学硕士、博士学位，并留校任教。现为台湾师范大学教授，出版专著《楚辞三“九”暨后世以“九”名篇拟作之研究》《天问研究》《宋玉作品真伪考》等，发表论文《文心辨骚析论》《两汉至明季〈天问〉研究综述》《清代〈天问〉研究综述》《台湾〈楚辞〉研究六十年（1946—2005）》等。

该书是一部专门考辨宋玉作品真伪的著作。除了绪论、结论外，共分为四章，分别是:《楚辞章句》所收宋玉作品真伪考，《昭明文选》所收宋玉赋真伪考，《古文苑》所收宋玉六赋真伪考，论御残篇、《招隐士》与《微咏赋》作者考。作者从文体、押韵、称谓、仿托、流传等方面加以考证，认为历史上署名为宋玉的作品，除了《招魂》《舞赋》《招隐士》《咏赋》4篇不是宋玉所作外，其余《九辩》《风赋》《高唐赋》《神女赋》《登徒子好色赋》《对楚王问》《笛赋》《大言赋》《小言赋》《讽赋》《钓赋》以及银雀山汉墓出土之论御残篇，这12篇都是宋玉的作品。该书出版时，大陆学者颇受疑古思潮影响，一般只认可《九辩》为宋玉所作，如袁梅《宋玉辞赋今读》认为确为宋玉所作的作品1篇（《九辩》）；“虽无定论，但千载流传”的作品4篇；朱碧莲《宋玉辞赋译解》认为可以判定为宋玉的作品有6篇；金荣权《宋玉辞赋笺评》增加至9篇；而高氏此书又增加至12篇，推波助澜，有力地肯定了宋玉的文学成就和文学史地位。该书资料翔实，考证细

密，是一部难得的学术著作。吴广平先生认为：“此书充分吸收了汤漳平、谭家健、李学勤、郑良树等学者的考证成果，并补充了大量证据，可以说是考辨宋玉作品真伪的集大成之作。”[①]

## 九、《宋玉集》，吴广平编撰，42 万字，岳麓书社 2001 年版

吴广平（1962—　），湖南汨罗人。现任湖南科技大学人文学院教授，硕士生导师，兼任湖南省作家协会会员，中国屈原学会、中国辞赋学会常务理事，湖南省屈原学会副会长，宋玉研究学会名誉会长等。主要从事神话、楚辞、汉赋、文学人类学和湘潭当代文学的研究，发表学术论文近百篇，出版《宋玉研究》《宋玉集》《楚辞全解》《屈原赋通释》等多部著作，主编有“走进宋玉城”丛书多种。

该书是一部资料性、学术性与普及性兼具的著作。在《前言》部分，作者对宋玉的生平经历、作品真伪、艺术成就、文学影响等进行了全面系统而颇有创见的叙述。例如对宋玉作品的真伪，作者认为有 13 篇确实为宋玉所作：《九辩》《招魂》《风赋》《高唐赋》《神女赋》《登徒子好色赋》《对楚王问》《笛赋》《大言赋》《小言赋》《讽赋》《钓赋》《御赋》。此外，署名为宋玉的《舞赋》系傅毅《舞赋》的摘录，《微咏赋》系宋王微《咏赋》之讹，《高唐对》《郢中对》两篇，分别是《高唐赋》《对楚王问》的异文，颇具卓见。该书主体部分，是对宋玉作品所进行的校注、评析和翻译，13 篇真作在先，4 篇伪作在后。每篇作品皆先作解题，对作品的出处、思想与艺术价值进行简要说明；接下来是正文和注释，长篇作品则分段注释，注重对生僻字的注音、解释和对典故的说明。最后是翻译，尽量采用直译，语言通俗晓畅。全书之末，还附录有闻一多、游国恩、胡念贻、李学勤等 12

① 吴广平：《五十九部宋玉研究著作解题》，载李骜主编《宋玉及其辞赋研究——第二届宋玉国际学术研讨会论文集》，学苑出版社，2016，第 39 页。

位专家学者的经典论文 14 篇，以及《宋玉及其作品的评论资料》，可资研究者参考。汤漳平先生认为："作者以其严谨、细致、认真的态度，在当代宋玉研究中，提供了一个可信度极高的版本，我们甚至可以说它是具'里程碑'意义的成果。"[①] 该书于 2004 年出版了增订本。

## 十、《宋玉研究》，吴广平著，29.3 万字，岳麓书社 2004 年版

吴广平（1962—　），湖南科技大学人文学院教授。作者简介详见《宋玉集》叙录。

《宋玉研究》共 16 章，分为上中下三编。上编"生平与著述"主要运用文献考据的研究方法，论次宋玉的姓名字号、生卒年代、故里遗迹、行止交游、著述真伪等问题；中编"继承与融会"着重论析宋玉与儒家、道家、纵横家及神巫文化的关系，以及对屈原的文学承传；下编"成就与地位"论述宋玉赋学贡献及其在赋史上的地位，宋玉作品中的主题、人物形象，宋玉赋与地域文化、宋玉赋与大言小言等问题。书末有附录《宋玉研究论著索引》。

作为第一部系统深入研究宋玉的学术专著，该书在很多方面取得了突破，提出了一系列独到的观点。例如第五章考证宋玉作品的真伪，作者钩稽大量的文史资料，结合出土文献加以论析，认为《楚辞》所收的《九辩》《招魂》,《文选》所收的《风赋》《高唐赋》《神女赋》《登徒子好色赋》《对楚王问》,《古文苑》所收的《笛赋》《大言赋》《小言赋》《讽赋》《钓赋》,《文选补遗》所收的《微咏赋》，加上银雀山汉墓出土的《御赋》，皆为宋玉所作，共计 14 篇，（比之前的《宋玉集》多出《微咏赋》1 篇）虽不能成为定论，但有力地驳斥了疑古学派的观点，具有拨乱反正的意义。又如第十章论屈宋关系，作者认为宋玉作为屈原文学的后继者，完成了辞赋文学四

① 汤漳平：《出土文献对宋玉研究的影响》，载《中州学刊》2012 年第 2 期。

个方面的转型，即由楚辞向楚赋的转移，由缘情向体物的嬗变，由直谏向曲谏的发展和由崇高向世俗的回落，观点精湛，颇具文学史家的眼光[①]。作者在考证过程中充分利用以往考据成果，综合运用训诂学、校勘学等方法解决具体问题，因而颇有可信度与说服力。该书出版后颇受关注，先后有邓欣跃、李德辉、张晚林、周建忠等学者发表论文，予以肯定和推介。

## 十一、《宋玉辞赋》，曹文心著，19.6 万字，安徽大学出版社 2006 年版

曹文心（1940— ），安徽巢湖人。1961 年毕业于合肥师范学院中文系，现任淮北师范大学教授。主要从事先秦汉魏六朝文学研究，发表《中国戏剧史杂谈 · 十题》《汉音 · 魏响——论曹丕与建安文学》等论文数篇。

该书对署名为宋玉的辞赋作品进行了考证、注释和分析。全书分为上下两编。在上编“宋玉辞赋考论”部分中，作者分别考证了宋玉的生平事迹和传世作品的真伪，进而论述宋玉辞赋的思想和艺术特征。关于宋玉生平，该书认为，宋玉是郢都（今湖北江陵）人，并以《九辩》为支撑点，推断他的生卒年，认为宋玉约生于公元前 320 年，卒于公元前 255 年。此外，宋玉在作品中多次提到的“师长”极可能是一位善于言辞论辩的谋士、纵横家。在宋玉辞赋的真伪问题上，作者将宏观考察与具体考辨相结合，认为除《笛赋》等个别作品外，《楚辞章句》《文选》和《古文苑》中刊载的宋玉辞赋作品均为宋玉所作。这一看法与刘刚、吴广平等基本一致。书中“论”的部分通过对屈宋辞赋的比较研究，论述屈宋作品的思想艺术成就、各自的贡献和特色。下编“宋玉辞赋译注”部分，作者遵循原文、译

① 在此之前，罗漫先生曾经从推出“悲秋”情结、奠定“云雨”意象、描绘神女与丽人、展示长江上游的自然景观、第一位娱乐文学大师等方面论述宋玉文学的价值和独创性。（详参赵明主编《先秦大文学史》，吉林大学出版社，1993，第 522—535 页。）可与此书互参。

文、注释、评析的顺序对宋玉的11篇作品逐一进行分析，吸收前人注释并有个人见解，努力体现宋玉辞赋原有的风格、神采和情韵。附录部分选取了宋玉辞赋中真伪难明及伪托之作共9篇，依照前文体例进行注解翻译，便于学者阅读参考。作为一本比较完备的宋玉辞赋读本，可供古代文学研究者和文史爱好者阅读、参考。

## 十二、《宋玉及其辞赋研究——2010年襄樊宋玉国际学术研讨会论文集》，程本兴、高志明、秦军荣主编，63万字，学苑出版社2010年版

程本兴（1942—　），湖北襄樊人。1965年7月毕业于华中师院中文系。长期从事教育工作，系湖北省特级教师。现为湖北省宜城市宋玉研究会会长，襄樊市荆楚文化研究会副会长、襄樊市炎黄文化研究会副会长、全国语文研究联合会理事等。高志明（1972—　）、秦军荣（1973—　），湖北文理学院副教授。该书是2010年宋玉国际学术研讨会（襄樊学院主办，2010.10）之论文集，全书划分为宋玉的生平与思想研究、宋玉作品研究、宋玉的文学成就与地位研究、宋玉辞赋与地域文化研究、宋玉辞赋的传播与接受研究等栏目，共计收录论文53篇，论点汇编12则，展现了宋玉研究的热闹局面和丰硕成果。其中李学勤《〈唐勒〉〈小言赋〉和〈易传〉》、谭家健《〈唐勒〉赋残篇考释及其他》、稻田耕一郎《〈宋玉集〉佚存钩沉》、毛庆《摇落深知宋玉悲——六十年文学史宋玉评介简议》、吴广平《宋玉故里考辨》等论文尤其受到关注，有一定的学术影响。

## 十三、《宋玉辞赋考》，刘刚著，26万字，辽海出版社2011年版

刘刚（1951—　），黑龙江哈尔滨人。1977年考入沈阳师范学院中文系，

毕业后分配到鞍山市直机关干部进修学院任教，1988 年调入鞍山师范学院工作。曾任鞍山师范学院中文系主任、首席教授，东北师范大学、沈阳师范大学硕士研究生导师。现为湖北文理学院宋玉研究中心主任，兼任中国屈原学会常务理事等。发表学术论文近百篇，出版《宋玉辞赋考》《宋玉研究资料类编》等学术著作。

该书分为四个部分，其中最重要的是第一部分——宋玉作品真伪考论。作者综合历史、地理、语言、文字、典章制度等多方面知识，对宋玉作品的真伪问题进行深入考证，取得了突破性成果，认为除了《九辩》外，《高唐赋》《神女赋》《讽赋》《登徒子好色赋》《对楚王问》亦为宋玉作品，其中《对楚王问》最具可靠性;《微咏赋》有可能系宋玉所作，而《高唐对》《郢中对》《报友人书》3 篇则属于假托。学术界称誉“他的这些考证成果无疑是近年来宋玉研究的重大收获，将近年来宋玉作品真伪问题研究向前推进了一大步”（赵敏俐《序言》）。

书中其余几个部分分别是关于宋玉作品主旨的考论，宋玉生平思想的考论，宋玉作品的地理考及其他。作者在这几部分旁征博引，层层论证，表现出宏阔的学术视野、严谨认真的治学态度和锐意探索的学术精神。例如对于宋玉《高唐赋》《神女赋》的主旨，前人或以为讽谏楚王思幸神女之淫欲（宋章樵），或以为隐喻君臣遇合之难（宋洪迈），或以为“只是用超人的规模来写佚荡的情思”，并无深意（姜亮夫），或以为借神话传说来写男女爱情（褚斌杰）。著者不囿成见，在前人研究成果的基础上，对楚国祭祀高唐神女之礼俗进行了分析，认为楚襄王欲幸高唐神女，实际上是一种祭祀仪式，旨在祈祷王位有继、种族繁衍；宋玉不同意这种敬天命而轻人事的思想，于是作赋讽谏，劝导楚襄王“思万方，忧国害，开贤圣，辅不逮”（《高唐赋》），即推行“民本”政治，矫正时弊，举贤任能，进而振兴楚国。这一观点非常新颖，颇有启发意义。又如，宋玉《笛赋》提到的衡山，宋人章樵注以为系“南岳，属荆州”。著者考察《隋书·地理志》，发现古代有四个衡山：南阳郡雉衡山（今河南省南阳市北）、庐江郡衡山（今安徽省合肥市西南)、吴郡衡山（今江苏省苏州市西南)、衡山郡衡山（今湖南省衡阳市北)。然后征引《尚书》《左传》《周礼》《战国策》《史记》《汉书》等十余种文献，经过全面梳理，认定《笛赋》中的衡山实为天柱山（一名霍山)，在今安徽省合肥市西南，古称南岳，进而纠正了旧注的错误。总之,《宋玉辞赋考》汇集了刘刚先生十余年研究宋玉的学术成果，大大推进了宋玉作品真伪问题的研究进程，对作品主旨的论析非常精到，对衡山、巫山、庐江的考证也颇见功力，是一部研究宋玉辞赋的力作。

## 十四、《徜徉宋玉城》，吴广平、史新林主编，50 万字，湖南人民出版社 2011 年版

吴广平（1962—　)，湖南科技大学人文学院教授。作者简介详见《宋玉集》叙录。史新林（1946—　)，湖南临澧人，曾任临澧县图书馆馆长，副研究员。主编有《史氏家乘三修》《徜徉宋玉城》等。

该书是一部对宋玉文化进行全面总结与介绍的著作，共分为七个部分：一、宋玉赋今译，收录《九辩》《招魂》《风赋》《高唐赋》《神女赋》《登徒子好色赋》《笛赋》《大言赋》《小言赋》《讽赋》《钓赋》《微咏赋》《御赋》《对楚王问》等凡 14 篇作品的译文。二、先贤评宋玉，选录历代学者评论宋玉的文字 39 则。三、名家咏宋玉，辑录历代文人歌咏宋玉的诗歌 54 首。四、宋玉新探索，选录金荣权、彭隆治、杨绪穆、江从镐、吴广平、程本兴、覃柏林、侯文学、刘刚、艾初玲、苏慧霜、陈隆财等当代学者研究宋玉的论文 12 篇。五、宋玉与临澧，收录王永彪、史新林、张荣锦、尹远、姚长善等考证宋玉为临澧人、宋玉作品与临澧之关系的论文 16 篇。六、宋玉城怀古，收录当代作家、诗人有关宋玉的文学创作 39 篇。七、宋玉城开发，收录 4 篇探讨临澧县宋玉城开发建设的研究报告。该书视野开阔，古今通览，具有鲜明的地域色彩和文化开发意味。尤其是第五、六、七部分，大都是临澧县本地文人撰写的文字，反映了临澧人民对宋玉的热爱。

## 十五、《宋玉研究荟萃》，张荣锦著，6.9万字，华夏文艺出版社2012年版

张荣锦（1932— ），湖南临澧人。曾任临澧县委办公室秘书、副主任、县档案局局长、县征史修志委员会副主任、县史志办主任等，副研究员。著有《宋玉研究荟萃》，主编《怀念林伯渠同志》《临澧人民革命史料选》等。

该书是作者研究宋玉论文之汇编，共收录论文10篇，包括《宋玉初探》《宋玉生平考析》《宋玉作品真伪辨及作品的艺术成就》等。最具代表性的就是《从方志、家谱在史学中的地位来看宋玉遗迹群体的可信性》一文，反映了作者充分利用家谱、地方志等稀见文献进行学术考证的努力，其结论也具有启发性和现实意义。

## 十六、《圣婚与圣宴——〈高唐赋〉的民俗文化底蕴研究》，鲁瑞菁著，30.6万字，台湾花木兰文化出版社2013年版

鲁瑞菁（1961— ），1995年毕业于台湾大学中文研究所，获博士学位，现任台中静宜大学中文系教授。主要研究《楚辞》、楚文化、汉代画像石、墓葬壁画等。著有《圣婚与圣宴——〈高唐赋〉的民俗文化底蕴研究》《楚辞骚心论——讽谏抒情与神话仪式》等，发表学术论文数十篇。

该书是曾永义主编的《古典文学研究辑刊》之一种，在第八编第22册，是著者在其博士论文《〈高唐赋〉的民俗文化底蕴研究》（台湾大学中国文学研究所，1995年）的基础上加以修订而成的。著者对上古时代的圣婚与圣宴仪式进行详细考述，试图从上古神话、宗教、文化、习俗的角度来挖掘宋玉《高唐赋》中所蕴含的民俗文化因素。全书共分五章。第一章《绪论》介绍该书研究方法，并对前人研究《高唐赋》的方法和成果进行综

述；第二章《原型与仪式》，研究梦游高唐和香草巫术的原型，指出登高望远和临水远眺是一种追踪神女的仪式；第三章《圣婚仪典》认为云、雨、风、气皆具有生殖崇拜的意味，并对掌管生殖的大神（高唐、高媒）和神圣处女（瑶姬、巫儿）进行考述；第四章《圣宴仪典》描述原始狩猎巫术仪式、寒食改火风俗、图腾宴与人头祭风俗；第五章是《永恒回归的神话底蕴》；第六章是《结论》。该书充分利用古代文献资料、新近出土的考古资料、西方人类学家的田野调查报告，并且使用文献学、神话学、考古学、民俗学以及西方文化人类学的研究方法，试图对《高唐赋》的民俗文化内涵进行挖掘和探究，具有新意。该书的底稿完成于1995年，与叶舒宪《高唐神女与维纳斯——中西文学中的爱与美主题》（中国社会科学出版社1997年版）的撰写时间接近，反映了海峡两岸学者借鉴西方原型批评和文化人类学研究方法阐释中国文学经典的尝试，其开拓精神是值得肯定的。

## 十七、《先秦辞赋大家宋玉》，张端彬撰，11.6万字，香港文学报社出版公司2014年版

张端彬（1948—　），福建省作家协会会员，中国宋玉研究会理事。作者简介详见《楚国大诗人宋玉》叙录。

该书共分为四部分：招魂今绎、九辩今绎、论文汇编、大招今绎。其中第三部分较为重要，收录作者研究宋玉的学术论文12篇，包括《宋玉作品中的美女形象来龙去脉》《谈〈高唐赋〉和〈神女赋〉的序》《谈〈高唐赋〉》《谈〈神女赋〉》《谈屈宋并称》《要有一杆公平秤——评〈中华活页文选〉合订本（1）关于〈登徒子好色赋〉的说明》等。作者能够立足宋玉辞赋文本，对其中很多问题都提出了一些看法，比之前出版的《楚国大诗人宋玉》更为深入、细致。

## 十八、《宋玉考释》，江从镐著，20 万字，岳麓书社 2014 年版

江从镐（1938—　），湖南临澧人。曾任湖南省重点中学临澧一中校长，中学特级教师。1998 年退休，参与创办常德芷兰实验学校。执着于宋玉研究，著有《宋玉考释》一书。

该书共分为三大板块：一、"宋玉生平点滴"，探讨宋玉的籍贯、墓葬地、流放等问题，经过考辨，得出宋玉不是湖北宜城人，而是湖南临澧人，宋玉不是亲聆屈原教诲的弟子，宋玉没有被流放的结论。二、"宋玉作品浅见"，作者从文本出发，借以觇知宋玉的政治抱负及作品的文学史意义，认为宋玉为楚国而奋斗了一生，屈原、宋玉同是中国文学之祖，宋玉文化是国之瑰宝。三、"宋玉辞赋译析"，对 13 篇宋玉辞赋进行注释、翻译，译析力求准确通俗，以便读者。该书反映了作者对乡邦文化和宋玉辞赋的热爱，可供宋玉研究者参考。

## 十九、《宋玉辞赋的美学解读》，江柳著，11 万字，长江出版社 2014 年版

江柳（1928—　），本名孙昌前，湖北咸宁人。曾任《长江日报》编辑、《中学语文》杂志主编、湖北大学中文系、新闻系副教授。主要从事诗歌、新闻、美学理论、中学语文教学研究。著有《诗歌美学理论与实践》《宋玉辞赋的美学解读》等。

该书是一部从美学角度阐释宋玉辞赋的著作。该书分为正、副两编。"正编"部分包括：一、悲愤狂放的自由襟怀；二、神游六合的瑰丽幻想；三、赞扬郑卫的民间歌舞；四、荆楚壮丽山水的赞歌；五、巫史遗风的神人之恋；六、生命之美的永恒赞歌；七、藏理于象的《风赋》美论；八、余论。仅从标题，就可以感受到作者优美的文笔和炽热的激情。"副

编”部分收录《〈文选·舞赋〉系宋玉所作》《巫术文化传统和屈宋辞赋》等4篇专题论文，最后是地图两幅，反映了作者对某些学术问题的深入探究。作者从生命美学的角度解读宋玉辞赋，并以巫术宗教、文艺学、审美心理学、文化人类学、古典哲学的观点与方法加以剖析和研究，认为宋玉是一个为楚国和中华民族文化作出重要贡献的文学家，颇具卓见。吴广平对此书评价甚高，指出："这是一位年逾八旬的离休老教授抱病用心血撰写的著作，全书有开阔的视野，有澎湃的激情，有纯粹的思辨，有独到的见解。"①

## 二十、《宋玉四家注集释与汇评》，高志明、刘刚编，36万字，中国文史出版社2014年版

高志明（1972—　），湖北仙桃人，2010年6月毕业于福建师范大学文学院，获文学博士学位。现任湖北文理学院文学院教授。主要从事语言学研究，著有《史记的文学语言研究》《通感研究》《宋玉四家注集释与汇评》等。

该书对当代宋玉研究专家袁梅、朱碧莲、金荣权、吴广平的注释成果进行汇集，试图展示宋玉研究的当代进展，推动宋玉研究的繁荣进步。该书共计注释宋玉作品16篇，如下：《九辩》《招魂》《风赋》《高唐赋》《神女赋》《登徒子好色赋》《笛赋》《大言赋》《小言赋》《讽赋》《钓赋》《舞赋》《微咏赋》《对楚王问》《高唐对》《郢中对》。历史上署名为宋玉的作品，大抵在列。其体例是：以吴广平《楚辞全解》为工作底本，先集释，再汇评。集释部分专取四家注，如《高唐赋》"惟高唐之大体兮"集释："惟——（吴）句首语气词，无实义。（金）惟：发语词，无实义。（袁）惟，发语词，无实义。大体——（吴）大体：高大的形状。（金）大体：高大壮观的外形、

① 李骛主编：《宋玉及其辞赋研究》，第36页。

外貌。体，指高唐的体现。（袁）大体：伟大的形体。体，形体，形象，相貌。（朱）大体：大概。”虽有重复之语，亦尽录之，以客观展示各家异同。汇评部分则选择古今评论，列于赋后。如《高唐赋》汇评，罗列古今评论 45 条，始刘勰《文心雕龙·比兴》、《文选》李善注，迄刘刚《宋玉辞赋考·巫山考》，凡一万余字，内容十分丰富。从中不难看出编著者涉猎之广和搜罗之勤。该书资料翔实，足资研究者参考，可惜没有编著者的按断，虽然其中蕴含着一些学术思考，但毕竟不够显豁。

## 二十一、《宋玉辞赋注译析》，姚守亮、程本兴编注，27 万字，湖北科学技术出版社 2014 年版

姚守亮（1963—　），湖北宜城人。1986 年毕业于湖北大学中文系，现为湖北省宜城市板桥店镇中心学校文科教研员，中学语文高级教师，兼任湖北省屈原研究会理事，湖北文理学院宋玉研究中心客座研究员。发表文章 20 余篇，著有《宋玉辞赋注译析》（合作）、《宋玉辞赋语法修辞研究》《千古美文誉襄阳》等。程本兴（1942—　），湖北襄樊人。作者简介详见《宋玉及其辞赋研究》叙录。

该书是“襄阳文库·名人文集”丛书之一种。作者收录确认为宋玉的辞赋 15 篇:《大言赋》《小言赋》《高唐赋》《神女赋》《舞赋》《风赋》《钓赋》《对楚王问》《讽赋》《御赋》《登徒子好色赋》《微咏赋》《笛赋》《招魂》《九辩》，每篇作品皆有题解、原文、注释、译文、简析、赏析凡六个部分。其中“简析”是对作品脉络层次的梳理和提示，“赏析”则是对全篇作品的鉴赏与评析，二者有别。书后附有《对友人问》《对或人问》《高唐对》《郢中对》四篇被确认为宋玉赋异文的文字，每一篇包括题解、原文、注释、译文四项。该书吸收吴广平《楚辞全解》的学术观点，新见不多，但对于宋玉辞赋的普及和传播有一定意义。

## 二十二、《宋玉辞赋语法修辞研究》，姚守亮著，25万字，湖北人民出版社 2015 年版

姚守亮（1963—　），湖北省宜城市文科教研员。作者简介详见《宋玉辞赋注译析》叙录。

宋玉辞赋具有丰富的文化内涵、高超的艺术成就和深远的文学影响。与以往的宋玉研究不同，该书另辟蹊径，从语法、修辞角度对宋玉辞赋进行系统研究。该书共分上下两编，另有绪论四小节与附录三篇。绪论部分主要论述了宋玉的生平、作品，宋玉研究的现状，以及宋玉辞赋语法研究的现状与内容。该书的上编为语法研究部分，其中第一章对宋玉辞赋中的词类与句类进行梳理，重点分析实词的活用和几种特殊句式；第二章研究宋玉辞赋的叠音词，包括分类、格式语义特点、词性归属与语法功能、训释等几个方面；第三章研究宋玉辞赋中的联绵词；第四章分析几个较为特殊的虚词及其相关句法；第五章研究宋玉辞赋中的复句，包括等立复句和主从复句两大类型。下编是修辞部分，其中第一章探讨其修辞思想的萌芽，略述其辞赋的修辞艺术；第二、三、四章分析介绍宋玉辞赋的辞格运用情况，总共 20 余种；第五章讨论其辞赋的选词与炼句；第六章是对宋玉辞赋的审美思考，让人领略其艺术美。“附录”分析了三个方面的内容，分别是宋玉作品入选语文教材的可行性、毛泽东笔下的宋玉典故、宋玉平民意识和思想渊源，这些都是对宋玉辞赋语法研究的补充。该书是目前国内第一部对宋玉辞赋语法、修辞进行专题研究的论著，反映了著者填补学术空白的意识。同时，著者在书中将宋玉辞赋研究与语文教学活动相结合，对中学语文教师及广大古典文学爱好者均具有一定参考价值。

## 二十三、《楚骚赋——屈宋辞赋的抒情精神与生命美学》，苏慧霜著，24 万字，台北文津出版社 2015 年版

苏慧霜（1966—　），女，台湾东海大学博士，现任台湾彰化师范大

学国文系主任、台湾文学研究所所长。著有《二南与屈赋》《骚体的发展与演变——从汉到唐的观察》《楚骚魂——屈宋辞赋的抒情精神与生命美学》《宋代骚雅词论》等。

该书分为上下两编，上编为“屈原诗学”，下编为“宋玉诗心”。下编除了前言、后记外，主要有两大方面的内容：壹、抒情与讽谏的情志叠影。本部分主要研究宋玉辞赋所蕴含的精神与情感，分为三章，首先以《对楚王问》《风赋》《登徒子好色赋》为据探讨宋玉辞赋委婉讽谏的精神与写作技巧，然后以《高唐赋》《神女赋》为例考察宋玉辞赋对美丽的书写以及对个人情志的抒发，最后又挖掘《招魂》中所内蕴的人文精神。贰、虚梦高唐的激情余音。本部分主要研究宋玉辞赋对后世的影响，亦分为三章，首先探讨宋玉“主文以谲谏”的讽谏艺术对后世文人在文学情怀和写作手法上的启迪，然后梳理宋玉辞赋对诗词赋中纪梦意象的启发和影响，再下又研究宋玉《风赋》对后世咏风赋的启发与影响。作者从本体论与影响论两大方面入手进行研究，高度肯定了宋玉辞赋的思想艺术价值与文学史地位，点面结合，引证丰富，文笔亦甚优美，具有较高的学术价值。书后还附有《见说兰台宋玉——宋玉生平与著述》，可供读者参考。

## 二十四、陈韵竹:《论赋之缘起》,（台北）文津出版社 2015 年版

陈韵竹，女，台湾省高雄市人。1986 年毕业于台湾政治大学中国文学研究所，获文学硕士学位。1992 年于美国密西根大学公共卫生学院获科学硕士学位，2005 年于台湾中山大学获文学博士学位。现任教于台南市长荣大学。著有《欧阳修苏轼辞赋之比较研究》《论赋之缘起》，发表论文数十篇。

这是一部专门研究赋体文学之命名、起源、功用及其早期形态的著作，其核心问题是赋“以何因缘而生？以何因缘而名之曰赋”。该书共计 11 章。

第一章《绪论》交代研究动机、构思和方法；第二章《“赋”字词义特征厘析》从文字学的角度探讨“赋”的本义及其词义演变；第三章《春秋赋诗之赋——“赋”不作“朗诵”“歌咏”或“创作”解》从词汇搭配原则、语言词汇系统、语言约定俗成原则来探讨“赋诗”之“赋”，认为《左传》中的“赋”局限于“征敛献纳”之意，所谓“赋诗”乃是征敛诗、献纳诗的行为；第四章《“赋政”之赋——“赋”不作“布”解》将“赋”“授”“布”的词义特征、句法行为进行比较，认为“赋政”不等于布政、授政或授人以政；第五章《〈国语〉“师箴瞍赋”之赋——“赋”不作“朗诵”或“吟唱”解》由文法结构、修辞运用两方面解析“师箴瞍赋”之“赋”，认为“赋”是一种讽刺劝正的行为；第六章《六诗之赋——“赋”不作“铺”解》经过细致考辨，认为《周礼》六诗之“赋”仍是征敛献纳之意；第七章《荀子〈佹诗〉为什么是“赋”——由〈诗〉而“赋”之递嬗》通过对《佹诗》句式与赋诗制度的考察，认为《佹诗》与《赋篇》都是“献纳之文章”，皆可称为“赋”；第八章《诗人之赋丽以则——谁是扬雄所谓“诗人”？什么是“诗人之赋”？》统计《史记》《汉书》与扬雄作品对“诗人”一词的使用，认为“诗人”指的是《诗经》作者，“诗人之赋”就是指《诗经》；第九章《〈汉书·艺文志·诗赋略〉“赋”之义涵》对《汉志》中赋与歌诗的区别进行分析，认为“讽谏劝正”的赋具有统摄诸体的力量；第十章《赋体诗源——采诗、献诗、赋诗与赋》认为采诗、献诗、赋诗都是“讽谏劝正”的活动，而“赋”则源于这些活动所产生的文本。第十一章是《结论》，总结全书。要之，作者认为先秦两汉“赋”仍然执守于“征敛献纳”之意义，往往附带有“典制性”的指向，而典制性的“征敛献纳”行为正是赋体文学命名之依据。这一观点颠覆了自汉代以来流行两千年的“不歌而诵谓之赋”“赋者，铺也”的传统说法，具有鲜明的个性色彩。作者曾经攻读生物统计学硕士学位，经受过严格的科学训练，她将科学思维引入赋学研究，因而书中有对先秦古籍用词的穷尽式统计，有大量的图表、数据和相关分析，这为她的学术观点提供了较为扎实的统计学基础，有理有据，自创新说。正如简宗梧先生序中所言："举凡文史问题，除了简单事件，才有所谓唯一的真相外，大多是'横看成岭侧成峰'。因此凡是言而有据的解读，不妨相容并蓄；举凡文史研究，除了冀望打开另一扇窗之外，更重要的是：根据新元素或新视角建构新的论述。"恰好指出了该书的价值所在。

## 二十五、《宋玉研究资料类编》，刘刚等编，40 万字，商务印书馆 2015 年版

刘刚（1951— ），湖北文理学院宋玉研究中心教授。作者简介详见《宋玉辞赋考》叙录。

该书汇集自汉至清有关宋玉研究的资料，并分类编纂，包括宋玉生平事迹、遗迹传说、作家批评、作品批评、作品集与作品辑录、作品考辨、词语释读、拟宋玉作品、关涉宋玉的文学创作等九个部分。每一部分之下，又分为若干小类。例如"生平事迹"部分，分为史书类、方志类、杂记类、故训类、类书类，分别辑录资料；而"作品批评"部分，则划分为综评、《九辩》、《招魂》、《风赋》、《高唐赋》、《神女赋》、《登徒子好色赋》、《对楚王问》、《笛赋》、《大、小言赋》、《讽赋》、《钓赋》凡 12 类，眉目清晰，有条不紊。书后附有《史记・楚世家》和人名索引。该书从经史子集各类文献中全面收集宋玉研究资料而类编之，客观上反映了中国古代各个历史时期对宋玉及其作品的批评、接受与传播情况，资料丰富，内容翔实，分类妥当，检索十分方便，是宋玉研究中不可或缺的资料性工具书。

## 二十六、《宋玉与临澧》，吴广平主编，43 万字，湖南人民出版社 2016 年版

吴广平（1962— ），湖南科技大学人文学院教授。作者简介详见《宋

玉集》叙录。

该书为吴广平教授主编的“走进宋玉城”丛书系列之一。该丛书包括《宋玉与临澧》《宋玉颂》《赋圣宋玉》《中外学者论宋玉》凡四部著作，内容厚重，气势恢宏，是第一套专门研究、歌咏宋玉的大型丛书，涉及文学、史学、文献学、考古学、民俗学、地理学、语言学等多个学科。

宋玉是著名辞赋家，赋体文学的开创者，于楚考烈王至楚王负刍时期在临澧生活。《宋玉与临澧》一书是“走进宋玉城”丛书的基石和统率。该书共六卷，分别是：宋玉生平与临澧的关系研究、临澧宋玉历史遗迹研究、宋玉作品与临澧的关系研究、临澧宋玉传说故事研究、宋玉题材的临澧文学作品研究、临澧宋玉遗迹的保护与开发研究，另外附录宋玉辞赋导读十四篇。该书结构宏大而又逻辑严密，从不同角度论证了宋玉与临澧的关系，重点论述宋玉的文学创作与精神在临澧的传承与影响，不仅对宋玉研究有一定的推动作用，也丰富了地方文化研究的内容。如：临澧宋玉墓墓碑的“玉”字历史上曾作“王”字，许多人认为“王”乃“玉”字之讹，因墓碑久经风雨侵蚀导致“玉”字右下一点脱落而讹。湖北大学文学院教授、博士生导师石锓先生《宋王碑即宋玉碑——宋玉碑及〈黄花鱼儿歌〉辨读》一文，从文字源流的角度切入，论证古文字系统中“王”与“玉”实系一字，“宋王碑”实即“宋玉碑”，根本不存在文字讹误的问题，所言颇有道理。又如，史新林《临澧宋玉墓文献学、考古学与地理学研究》考察《湖南通志》《安福县志》记载的古墓、古迹、艺文、图解，临澧发掘的大型楚墓、楚城，宋玉墓独特的地理环境等，认为宋玉墓与宋玉本人都具有无可辩驳的真实性；尹德立《从“古安福外八景”看宋玉的临澧履痕》一文又以地名、景额为据，考证宋玉在临澧的行踪，角度新颖，论证有力。

《宋玉与临澧》一书通过挖掘大量文献的、考古的、田野的材料，证明宋玉与临澧的密切关系，论述宋玉的文学创作与文化精神在临澧的传承与影响，是宋玉研究的重要成果，“不仅有利于学者们更进一步地思考和探索宋玉与临澧的关系，而且也将推动整个宋玉研究向纵深开拓”（方铭《总序》）。

## 二十七、《中外学者论宋玉》，吴广平主编，46万字，湖南人民出版社2016年版

吴广平（1962— ），湖南科技大学人文学院教授。作者简介详见《宋玉集》叙录。

该书为“走进宋玉城”丛书的压轴之作。该丛书由临澧县人大常委会编撰，吴广平教授主编，旨在深入挖掘临澧历史文化精髓、大力弘扬宋玉文化。《中外学者论宋玉》一书选录了法国、日本、韩国、马来西亚、中国大陆与台湾地区的学者研究宋玉的论文凡37篇，较为集中地展示了世界范围内的宋玉研究最新成果。其中，有的作品是海外学者的最新力作，有的作品首次被译成中文，因此具有一定的学术前沿性和代表性。例如，日本学者谷口洋教授《浅论宋玉赋的叙事模式》一文，将西方叙事学理论用于赋学研究，研究方法不乏新意。大陆学者吴广平《宋玉著述真伪续辨》，台湾学者鲁瑞菁《圣婚与圣宴:〈高唐赋〉的文化仪式解析》，法国学者郁白《悲秋：中国古典诗学研究》等论文，专题深入，结论新颖，很有借鉴意义。该书作为“走进宋玉城”丛书之一，具备结构宏大、视野开阔、目标明确、观点新颖等特点，汇聚了海内外宋玉研究的代表性成果，既推动人们深入了解宋玉、研究宋玉和学习宋玉，也架起临澧宋玉研究连通世界的桥梁。

## 二十八、《宋玉及其辞赋研究——第二届宋玉国际学术研讨会论文集》，李骜主编，学苑出版社2016年版

李骜，2012年毕业于首都师范大学，获文学博士学位。现任湖北文理

学院文传学院副教授，主要从事先秦文学研究。

该书是第二届宋玉国际学术研讨会（湖北襄阳，2014.11）之论文集。共分为四编：第一编“文献研究”部分收录赵逵夫《宋玉〈九辩〉校理》、吴广平《五十九部宋玉研究论著解题》、黄震云《高唐神女传说和宋玉作品辨伪》等论文13篇；第二编“文学研究”部分收录赵辉《宋玉赋与倡优话语体系及赋的创始》、金荣权《关于〈高唐〉〈神女〉赋的两个问题》、詹杭伦《论宋玉〈风赋〉及后人的拟作》等论文20篇；第三编“文化研究”部分收录李炳海《高唐神女传说的炎帝部落文化属性》、罗漫《〈庄子〉的思想资源与宋玉的文化接力》等论文13篇；第四编“其他研究”部分收录刘刚《宋玉遗迹传说田野调查报告》、姚守亮《浅析宋玉辞赋修辞手法的妙用》等论文20篇。该书共计收录论文66篇，较为全面地反映了当前宋玉研究的兴盛。作者以高校教师、社科院研究人员为主，但也有一些热爱宋玉文化的中学教师和图书馆、文化馆、电影公司的工作人员，来源十分广泛。

## 二十九、《宋玉新论：第三届国际宋玉学术研讨会论文集》，金荣权、姚圣良主编，40万字，河南人民出版社2017年版

金荣权（1964—　），河南商城人。作者简介详见《宋玉辞赋笺评》叙录。

该书是第三届国际宋玉学术研讨会（河南信阳，2016.9）之论文集。该书分为四大部分：一，宋玉综论，收录刘刚《宋玉与楚文化》等论文9篇；二，宋玉生平与著作研究，收录吴广平《宋玉赋性梦与艳情的文化阐释》等论文20篇；三，宋玉影响论，收录（日）谷口洋《试论西汉文人的宋玉情结》等论文7篇；四，宋玉研究史与学人研究，收录汤漳平《宋玉论》等论文7篇。很显然，第二部分是研究的重点，几乎占全书之半，既有对宋玉生平履历、创作时地、创作分期的考察，也有对《招魂》《登徒子好色

赋》《钓赋》《微咏赋》《大言赋》《小言赋》等具体篇章的考辨分析，还有对作品审美特征、数字意象的探究，内容丰富，从各自角度深化了对宋玉其人其赋的研究。

## 三十、《宋玉与宜城》，程本兴主编，60 万字，中国文史出版社 2017 年版

程本兴（1942— ），湖北襄樊人。作者简介详见《宋玉及其辞赋研究》叙录。

该书是一部专题研究论文集，共分 4 章 31 节：一、宋玉故里在宜城，宋玉本是宜城人；二、宋玉儒雅是赋圣，自古屈宋常并称；三、宋玉曾经被丑化，宜城率先为正名；四、宋玉名位已恢复，宜城实践要事记。何新文先生认为："（该书）内容全面、信息丰富、结构宏伟，凸显了'宋玉与宜城'的主题；具有广远宏阔的大时空观念和'宋玉文化'的学术视野；表现了浓郁的家国情怀和热情传扬宜城先贤的'宜城情结'。"[①] 这是恰如其分的评价。

## 三十一、《宋玉作品研读》，江从镐著，24 万字，四川民族出版社 2019 年版

江从镐（1938— ），湖南省临澧县第一中学校长。作者简介详见《宋玉考释》叙录。

该书共分九个部分，分别为宋玉籍贯（认为是湖南临澧人）、宋玉生平（为复兴楚国而奋斗的一生）、宋玉具有特色的治国理政思想等。其观点与《宋玉考释》（岳麓书社 2014 年版）大致相同，不赘。

① 何新文、周昌梅：《"宋玉居犹在、宜城酒正清"——程本兴先生主编〈宋玉与宜城〉读后》，载《湖北文理学院学报》2019 年第 7 期。

除了以上31种著作（或论文集）外，尚有一些辑录历代歌咏的史料集，现当代歌咏宋玉的文学作品，演绎宋玉的电影文学剧本，或者以学术界研究成果为依据撰写的宋玉传记，例如金光定、杨兆明《景宋诗抄》（史料汇辑，湖北人民出版社2005年版）、王瑞国《宋玉传》（人物评传，湖北科学技术出版社2012年版）、陈子成《宋玉》（长篇小说，2004年铅印本）、杨云庭等《赋圣宋玉》（电影、电视剧本，湖南人民出版社2016年版）、吴广平主编《宋玉颂》（诗文集，同上）、何志汉《赋圣宋玉》（长篇小说，长江文艺出版社2018年版）等。由于这些成果以文学创作为主，不属于学术研究，故不再赘述。限于篇幅，单篇的学术论文，论及先秦赋的文史著作①，以及一些未经正式出版的学术著作和讲义②等暂不列入。详情可参吴广平《五十九部宋玉研究著作解题》。

总之，新时期（1978—　）的先秦赋研究取得了辉煌成绩。在文献整理方面，吴广平辑校的《宋玉集》、刘刚《宋玉研究资料类编》最见功力；在宋玉赋的真伪和艺术成就方面，主要有朱碧莲《宋玉辞赋译解》、高秋凤《宋玉作品真伪考》、吴广平《宋玉研究》、刘刚《宋玉辞赋考》等多种；在宋玉辞赋的普及方面，又有袁梅《宋玉辞赋今读》、金荣权《宋玉辞赋笺评》、曹文心《宋玉辞赋》等。此外，叶舒宪《高唐神女与维纳斯》、鲁瑞菁《圣婚与圣宴》、江柳《宋玉辞赋的美学解读》、姚守亮《宋玉辞赋语法修辞研究》分别从原型批评、比较神话学、美学和语言学角度对宋玉辞赋进行阐释和研究，视野宏阔，角度新颖，皆有创见。值得一提的是，学术界组织的宋玉国际学术研讨会已经召开四次（襄樊2010.10、襄阳2014.11、信阳2016.9、襄阳2019.6），每次都能收到学术论文近百篇，并且结集出

---

① 例如赵明主编《先秦大文学史·宋玉其人及其作品》（吉林大学出版社1993年版），方铭《战国文学史·宋玉及战国赋体文学》（武汉出版社1996年版），褚斌杰、谭家健主编《先秦文学史·宋玉和其他楚辞作家》（人民文学出版社1998年版）等。

② 例如程地宇、任桂园《巫山神女论·巫山文化论》（铅印本，重庆三峡学院三峡文化研究所2000年版）等。

版，这些学术活动也有力地促进了宋玉赋的研究。吴广平主编的“走进宋玉城”丛书一套四册，内容丰富，装帧精美，也颇有震撼力。尤其值得肯定的是，湖南临澧、湖北宜城的中学教师，图书馆、文化馆、电影公司的工作人员，乃至个体商贩等，亦积极投身于宋玉及其辞赋的研究，表现出对故乡历史文化的热爱。但是在热闹局面的背后，也有一些问题值得检讨和反思：一、学术界对荀子的研究尚嫌薄弱，表现出重宋玉而轻荀子的倾向。研究荀赋者目前只有李金锡《屈荀辞赋论稿》（1986）一部，并且该书以屈原作品为主，兼论荀子赋。这固然是由于宋玉赋的文学成就和影响远远超过荀子赋，但对于赋体文学开创者的冷落也是不正常的。而毕庶春《荀子〈赋篇〉刍论》（《文学遗产》1999 年第 3 期）、郗文倩《从游戏到颂赞——“汉赋源于隐语”说之文体考察》（《中国文学研究》2005 年第 3 期）、马世年《荀子〈赋篇〉体制新探——兼及其赋学史意义》（《文学遗产》2009 年第 3 期）等若干论文，暂且可以弥补这方面的缺憾。二、对于先秦赋的俗文学性质，也期待能够有新的突破。无论是荀况《赋篇》、宋玉《大言赋》《小言赋》《登徒子好色赋》还是地下出土的《御篇》，都具有鲜明的俗文学特征，反映了赋体文学诞生时期的状貌，有助于我们探讨赋体的渊源、性质以及后来的流变，值得进一步研究。三、低水平重复的论著甚多，互相借鉴，草率成书，甚至自我抄袭的情况也屡见不鲜。这也许与地方政府的文化建设、短期任务和旅游开发的意图有关，但是研究者应该坚持个人的学术准则，在符合学术规范的情况下推出具有学术含金量的著作，尽量不要重复既有的观点和学术成果。

（原载《岭南学报》复刊第十四辑，上海古籍出版社 2021 年版）

# 汉赋研究论著叙录（1912—2000）

作为“一代之文学”的汉赋，在中国文学史上有着重要地位和深远影响。可惜的是，自汉代以迄晚清的两千年间，竟然没有产生过一部专门研究汉赋的著作，甚至连专门编选汉赋的总集（或选集）都没有出现，这与汉赋的文学价值和历史地位是极不相称的。降至民国时期（1912—1949），随着西方学术思想的引进和现代学术规范的建立，逐渐有学者涉足汉赋研究，取得了一些开创性学术成果，但仍然属于惨淡经营，成果有限。直到二十世纪八九十年代，才涌现出大量的有规模、高质量的学术专著，出现了诸如费振刚、龚克昌、简宗梧、万光治等在学术界影响深远的大家。其实在全球范围内，早在二十世纪六七十年代，就有日本中岛千秋《赋之成立及展开》、法国吴德明《汉廷一诗人：司马相如》、美国康达维《汉代辞赋：扬雄赋研究》等史诗般的学术成果面世。而在中国本土，真正意义上的汉赋研究却是在二十世纪八十年代，由台湾简宗梧、大陆龚克昌先生开疆拓土。当大陆的汉赋研究风起云涌、佳作频出时，港台、海外的研究却又走向衰落。彼消此长，跌宕起伏，其中缘由，颇为令人深思。本文拟将20世纪（1912—2000）海内外出现的36种汉赋研究专著逐一进行评介（不含学术论文），为研究汉赋、研究中国学术史的学者提供参考。

## 一、《汉代词赋之发达》，金秬香著，12万字，民国二十三年（1934）上海商务印书馆出版

金秬香，近现代学者，籍贯、生卒年不详。曾任中国文史研究会主

任，在汉赋、骈文等研究领域都有建树。著有《骈文概论》《汉代词赋之发达》等。

该书为王云五主编“国学小丛书”系列之一，民国二十三年（1934）上海商务印书馆出版，是第一部正式出版的汉赋研究专著。2014 年山西人民出版社将其纳入“近代名家散佚学术著作丛刊”影印再版。

该书共十章，主要分为三个部分。第一部分首先释“辞”“赋”之定义，指出词（辞）为口说，赋为敷写，浑而言之，谓之词赋。第二部分则论词赋之源流、作用及区分。作者完全接受“赋者，古诗之流”的诗源说，认为诗赋之学出于行人之官，其源本出于诗教。故而论及词赋之功用时与先秦行人赋诗联系在一起，认为词赋有“谏君匡友，析理明伦”的重要价值。作者指出荀卿、屈宋时诗赋未分，秦时有杂赋九篇，诗赋始分。第三部分则综论汉赋。作者认为汉赋之所由盛为“体备战国”，大赋之铺陈无不溯源于行人之说辞。汉代词赋，取《诗》“六义”之赋以为赋，复取《楚辞》之丽词以为词，丽而则之。后世好尚文词，而轻“六义”之教，丽而淫之，此汉赋之所由衰。其后，作者又从时序、土地、政治、风尚四个方面阐释汉代词赋发达之原因。第九章为全书笔墨最多之处，作者将汉赋所存篇章（结构完整者）一网打尽，共八十篇，依章学诚《校雠通义·汉志诗赋》分为“抒情类”“骋词类”“记事析理类”三大类。每篇赋先简列作者生平或作赋缘起；次赏析作品，注重赋句语源；最后征引他论或自作论说。第十章则论汉代词赋变迁，认为赋自西汉至东汉由简趋繁，由朴趋华，由疏趋密，为文字进化之公例。

该书用文言文写成，古奥典雅，言简意赅。作者仅为提纲挈领式叙述，往往点到为止，不做深入分析。总体来看，其用力处主要在汉赋，而赋作分析更是重中之重，占全书篇幅十之九。作者在解释作赋缘起时，往往不囿于旧说，而自出新意。如淮南小山《招隐士》，作者不取王逸“闵伤屈原”与王夫之“为淮南王招隐士”等旧说，认为该赋为小山之徒知祸变将及，劝淮南王返国之作。又如论孔臧时，指出其家世经学，其赋均源于

"六经"。论汉赋之发达时，涉及汉代小学之盛，又涉及南北文学之问题，颇有洞见。在追溯赋句语源时，所论亦贴切中肯，为理解与注释赋作提供了重要参考。但由于作者全盘接受"诗源说"，在分析赋作时往往刻意挖掘赋句的微言大义，甚至是一些单纯的咏物赋，在作者看来亦有诗教色彩。以此为准绳，作者对一些违背"六义"之旨的赋作颇为排斥，如指责张衡《南都赋》"为文造情""不啻谱录""殆同书抄"，就显然有失偏颇。但瑕不掩瑜，作为现当代汉赋研究的草创之作，该书仍具有褴褛开疆的重要意义。

## 二、《文选李注义疏》，高步瀛撰，140 万字，民国二十六年（1937）北京直隶书局铅印本；曹道衡、沈玉成校点本（全 4 册），中华书局 1985 年版

高步瀛（1873—1940），字阆仙，直隶顺天府霸州（今河北霸州）人。清光绪二十年（1894）举人。1902 年赴日本留学。1906 年任学部侍郎，后调任图书局主编，兼董理顺天府学务总处。辛亥革命后，历任教育部佥事、编审处主任、社会司司长、北京师范大学讲师、国立师范大学二部秘书长、北京师范大学教授等。著有《唐宋诗举要》《唐宋文举要》《文选李注义疏》《古文辞类纂笺证》《史记举要笺证》《周秦文举要笺证》《两汉文举要笺证》《魏晋文举要笺证》《汉魏六朝诗举要笺证》《古礼制研究》等。

该书是民国时期最见功力的汉赋研究专著。曹道衡先生在点校本"前言"中说："这部《文选李注义疏》是他（高步瀛）在 1929 年开始动笔编著的，惜因病逝，未竟全功，六十卷中仅完成八卷。"（第 2 页）即使是已完成的八卷，也已达 140 万字，可谓荦荦大观。该书对《文选》卷一至卷八李善注进行疏解与考证，涉及的篇目包括：班固《两都赋序》《西都赋》《东都赋》、张衡《西京赋》《东京赋》、左思《三都赋序》《蜀都赋》《吴都

赋》《魏都赋》、扬雄《甘泉赋》、潘岳《藉田赋》、司马相如《子虚赋》《上林赋》、扬雄《羽猎赋》，共计12篇赋，2篇赋序，全部是散体大赋。其中汉赋8篇，占三分之二。其体例是，先列《文选·赋》正文语句，再列李善注，最后为高步瀛疏。例如《两都赋序》“大汉初定，日不暇给”句，李善注征引《汉书》、荀悦、《史记》各一句，高疏：“《汉书》见《高帝纪》。○荀悦云云见《汉纪》卷一。《汉书·高纪》颜注亦引之。○《史记》见《封禅书》。”分别交代具体出处。此下又加按语，并补充一些相关史料。最后总结：“以上周衰诗亡，及汉初兴，未暇文事。”将史实考证与文意疏通相结合，全面细致。高步瀛先生学识淹博，精于经学、文字和史学，擅长融会贯通，故凡赋文或李善注中涉及的问题，事无巨细，皆能旁征博引，详细考证，以论定其是非，或罗列众说，供读者选择。例如《子虚赋》题注之疏解，为考证《子虚》《上林》原本为一篇的问题，高步瀛征引《西京杂记》卷上、王观国《学林》卷七、王若虚《滹南集》卷三四、焦竑《笔乘》卷三、顾炎武《日知录》卷二七、阎若璩《潜邱札记》卷五、何焯《义门读书记·文选一》、孙志祖《读书脞录》卷七等诸多文献的记载与评论，然后下按语云：“诸家谓两篇为一篇，是也。非独《子虚》《上林》，即《两都》《二京》《三都》皆然。”（第1623—1624页）其读书之广博，观点之精湛，皆令人钦佩。该书用文言写成，可供研究汉赋者参考。

## 三、《汉赋之史的研究》，陶秋英著，15万字，民国二十八年（1939）上海中华书局出版

陶秋英（1909—1986），女，江苏吴江人，著名学者、诗人、书画家。1931年考入燕京大学研究院，后获得文学硕士学位。曾经执教于成都华西大学、三台东北大学、云南大学、浙江师范学院等高校，一度任上海四联书店编辑。是著名学者姜亮夫先生的妻子和助手，著有《中国妇女与文学》《汉赋之史的研究》《宋金元文论选》《敦煌碎金》《郑和下西洋》《〈红楼梦〉

中的佛道思想》等著作。

该书实为作者在燕京大学研究院所写的硕士论文，完成于民国二十一年（1932），早于金秬香《汉代词赋之发达》（1934），但于七年后（1939）方出版面世。又有台湾新文丰出版公司1980年新版。浙江古籍出版社于1986年6月更名为《汉赋研究》，再次出版。

该书分为“总论”“骚赋”“汉赋”三篇，共十章。

“总论篇”针对“赋”从四个方面进行介绍，作者首先就功用、特性、道统观念等方面并结合文献记载进行梳理，明确了赋的文学归属与特色。进而从名与实的角度指出赋名始定于荀卿，谣谚隐语、铭箴颂诔、诸子（尤其是纵横家与庄孟等寓言）对赋的实体的产生有重要影响。作者认为七言诗、七体、对问、连珠体、骈文与山水方志等后世文体均受赋影响。爬梳赋的沿革时，作者指出从骚赋之始，在经历汉赋——魏晋六朝赋——唐律赋——宋文赋——试帖赋后，赋最终被新文艺认定为“死文学”。

“骚赋篇”在明确赋、诗分属两个系统的前提下，对骚赋时期主要作者屈原、宋玉的介绍均采用作者事略、作品列目、代表作等三项的写作思路，但对唐勒、景差论述较简。荀卿作为骚赋时期的一位非骚赋作者，被列入篇末自为一节。作者从历史的角度，溯前推后；在文学的内质（情感、想象与美）与外形（篇幅、句法、文法与描写）层面，均对骚赋予以肯定，并阐述其历史与文学之地位。

“汉赋篇”从客观与主观多元角度考论汉赋的生成与发展。汉赋派别源流的划分虽用语不多，却是核心中的核心。作者将汉赋创作分为屈宋派、荀卿派、司马派与王褒派四种派别。在此基础上，将汉代重要作者各成一节进行分析，以知人论世之法将作者与作品联系起来，重心在汉赋演进历程和汉赋作家的比较研究。例如，作者认为枚乘《七发》是骚赋入于汉赋的绝大转纽；司马相如赋则因兼有屈宋派、荀卿派和枚乘的特点而成为汉赋创作的集大成者，就颇有卓识。再如，认为王褒作品《洞箫赋》兼祧屈荀，成为骈四俪六的鼻祖；蔡邕因其赋求真而不重雕琢且开小赋创作之风的特点，将其看作为东汉赋创作的代表；指出赋体具备于汉，并在统一南北文学，滋生各文体发挥关键作用。这些观点，至今仍被很多学者所接受。结论部分从赋的体格与内容两个角度略述汉赋对后世的影响。

综览该书，有两大特点：一是以史为经，以体为纬，重源流探讨，将赋体发展始终看作是历史的因果与继续，并关照特定时期的复杂因素对其产生与发展的影响。二是多闻阙疑，学风严谨。如：屈原、宋玉生平考证终不得其详，作者自称因个人学力未充，此书从简。作者欲对赋体文学在整个历史发展中的浮沉情况进行介绍，故对具体作品的批评并不十分详细。该书在语言表达上时有口语讲述之嫌，但也绝非是作者自谦的“覆瓿”之用，而是一部具有开创价值和卓越见解的汉赋研究著作。

## 四、《汉赋考》3卷，汪吟龙著，5万字，民国二十八年（1939）中华儒学研究会石印本

汪吟龙（1898—1961），字子云，安徽桐城人，别署江南汪大，室名铁砚斋，又署铁砚斋主人，清末民国学者。1925年考入清华国学研究院，师从梁启超、章太炎等。毕业后执教于山西大学堂（今山西大学）。1934年发起成立中华儒学研究会，并获教育部批准。抗战后，因包尔汉之邀执教新疆学院（新疆大学），后再入山西大学。工诗，善骈文，不主桐城派。著有《文中子考信录》《汉赋考》《子云文笔》《子云诗词》等[①]。

据《汉赋考》汪吟龙自序，该书完成于民国二十三年（1934），而于民国二十八年（1939）付印，时间与陶秋英《汉赋之史的研究》基本一致。这是第一部全面考察汉赋作品的专著。赋是中国古代所特有的文学样式，在西方文学中找不到相对应的文学体裁。最早揭橥这一观点的，就是汪吟

① 参见闲情偶寄：《新文化运动中的安庆人》，http://zawen2008.blogchina.com/964449418.html。

龙《汉赋考序》:“赋为吾国之所独有，实世界文艺中之至精尽美者。汉赋又为历代诸赋之所从出者。”汪氏颇具世界眼光，他在自序中还记载了这样一些趣事：清末李鸿章出使欧洲时，其随从王广堪为沙俄皇帝创作《俄都赋》，仿照班固《两都赋》的格局，分别铺陈莫斯科与彼得堡二都，竟然得到两万金的润笔费；民国十九年，法人马古烈博士来华，翻译《阿房宫赋》《秋声赋》《赤壁赋》等，误以为就是汉赋；纽约《亚细亚英文月刊》译载中国辞赋近二十篇，其中有王粲《出妇赋》等篇。这些中外文学交流史上的典故，今天已经很少有人知晓，汪氏十分重视，加以记载。据此序，我们还知道汪吟龙曾经撰写《圆明园废园赋》，由中国营造学社于展览圆明园古物时，搜集陈列；又作《平汉铁路述行赋》及《歌舞赋》，反映时代风貌；而其弟汪咏夔应广州市市长刘君之征，写过《广州市政府赋》。这些民国赋学资料，充分证明民国时期的赋体创作仍在继续，并非在科举制度完结之后戛然而止，因而是十分珍贵的史料。

汉赋作为“一代之文学”（王国维），创作数量十分惊人，至少有数千篇之多，但散佚十分严重。清人严可均编纂《全汉文》和《全后汉文》，实际上搜罗到的汉赋作品只有235篇（含残篇、存目），并且与散文混杂在一起，查检十分不便。汪吟龙撰写《汉赋考》一书，“发愤搜采，时逾十稔，颇有钩稽，获于严氏之所失纪者，凡四十八人，为篇五十有四”，在严氏之外增补54篇，将现存汉赋篇目增加至288篇，厥功至伟。作者在自序中言:“《楚辞》竟体皆赋”，似乎将楚辞体亦纳入赋中，但在实际编写时，却只编入以“赋”名篇的作品，而将楚辞体编入附录。例如西汉作家汉武帝，正编只收录其《李夫人赋》1篇，而将《秋风辞》编入附录；骚赋作家贾谊，正编只收录其《鵩鸟赋》《吊屈原赋》《旱云赋》《虡赋》4篇，而将《惜誓》编入附录。说明作者并没有将楚辞与赋混为一谈。

《汉赋考》的撰写十分严谨，具有现代学术著作的风范。每位赋家，皆先进行作者简介，再罗列其作品。例如枚乘，先撮述《汉书·枚乘传》大意，以150字的篇幅简介其生平，并且对《枚乘集》的著录情况进行交代：

“《汉志》：枚乘赋九篇；《隋志》：《汉弘农都尉枚乘集》二卷。”接下来，便罗列其现存赋作，先列赋名，交代存佚情况，再标出处，若有考证，则下按语：

> 《梁王菟园赋》，存。《古文苑》、《艺文类聚》六十五。
>
> 《柳赋》，存。《西京杂记》、《初学记》二十八。（吟龙案：《历代赋汇》作《忘忧馆柳赋》。）
>
> 《月赋》，存。《初学记》一。（吟龙案：《柳赋》，《埤雅》以为邹阳作；《月赋》，《西京杂记》《文选》注以为公孙乘作。）
>
> 《临霸池远决赋》，残。《文选》王粲《七哀诗》注引，又谢朓《休沐重还道中诗》注引。

其中《柳赋》又名《忘忧馆柳赋》；《柳赋》和《月赋》的作者有争议，皆在按语中交代，给读者提供研究线索，十分可贵。最后，作者云：“吟龙案：枚乘有《七发》一篇，今入附录。”由于《七发》不以“赋”名篇，故编入“附录”中。

除了正文 2 卷、附录 1 卷外，作者还撰写了《汉志赋篇存亡考》《汉志未收赋篇考》《后汉书列传赋篇考》《汉赋考补》等，内容较为丰富。

《汉赋考》以辑佚和考证为主，目光细腻，考论精详，在民国赋学著作中别具特色。需要说明的是，该书之正文藏上海图书馆，附录部分藏南京大学图书馆，期待能合并影印，以成完璧。

## 五、《赋之成立及展开》，（日）中岛千秋著，50 万字，（大阪）日本株式会社 1963 年版

中岛千秋（1908—1986），早年毕业于东京文理科大学汉文学科，师承竹田复、目加田诚。1950 年起任爱媛大学助教授，后为教授。1974 年退休，

为松山商业大学教授。曾发表《古赋中美的意识》(1951)、《关于赋的形成》(1955)、《关于向秀的思旧赋》(1967)等学术论文。

《赋之成立及展开》，又译作《赋之形成与发展》(《辞赋大辞典》)。据叶幼明先生《辞赋通论》，该书共有六章。第一至第四章讨论赋这种文体从歌唱方式、游说方式演变为一种文学样式的经过，包括：1.《作为歌唱方式的赋》；2.《游说文学的发展》；3.《楚辞的游说样式》；4.《作为文学样式的赋的成立》。第五章《汉赋的展开》将汉赋分为"作为宫廷文学的赋"和"贤人失志之赋"两大类，并对其代表作品进行了细致探讨。第六章《由于时代区别的特色》将西汉赋、东汉赋各分为四个时期，讨论了各个时期的时代特点和赋的创作情况。[①] 香港大学何沛雄先生认为："日人研究汉赋用力最深者，无如中岛千秋。其《赋之成立与展开》一书，都五十万言，搜材既博，分析亦甚中肯，视铃木虎雄之《赋史大要》，可谓后出转精。"[②] 这是日本汉学界继铃木虎雄《赋史大要》(东京富山书坊 1935 年)之后又一部举足轻重的赋学研究专著，在国际汉学领域也有一席之地，可惜至今仍无中译本出版。

## 六、《汉廷一诗人：司马相如》，(法)吴德明撰，(法国)巴黎大学出版社 1964 年版

伊夫·埃鲁特(Yves Hervouet，1921—1999)，中文名字吴德明，法国著名汉学家与中国古典文学研究专家。曾任巴黎第七大学东亚语言文化系教授，主任，汉学研究所所长。1959 年，波尔多大学开创了中文系，吴德明和以后的雷伟安曾任该系主任。1968 年，巴黎第八大学也成立了中文系，吴德明任该系主任。曾译注《司马相如传》，著有《汉廷一诗人：司

① 叶幼明：《辞赋通论》，湖南教育出版社，1991，第 274—275 页。
② 何沛雄：《赋话六种》，生活·读书·新知三联书店香港分店，1982，第 157 页。

马相如》《欧洲图书馆藏中文方志目录》等，合著《宋代书录》《中国古诗选》等。

书名又译作《汉代宫廷诗人：司马相如》。由于在欧美语言中没有与“赋”相对应的词汇，所以吴德明先生将“赋家”翻译成了“诗人”。但这丝毫没有影响他对司马相如赋研究的贡献。据新加坡国立大学苏瑞隆教授介绍，该书用法文写成，除序文外共分9章：“序文介绍历史架构、蜀地背景与司马相如的传记资料来源，然后，第一章就是司马相如的传记；第二章讨论中国西南的历史和背景（相如是蜀人）；第三章评论相如在中国文学史上的地位；第四章从相如的生活及作品中探究他的思想与性格；第五章分析其赋之结构与主题，讨论了《上林赋》《哀二世赋》和《大人赋》等作品；第六章说明赋中人名地名的翻译问题；第七章提出赋中双声叠韵的连绵字如何迻译的主张；第八章为诗律研究，最后一章考察相如作品对后世的影响，以及后人对他的评价。”[①] 不难看出，吴德明教授对司马相如赋的创作背景、个人履历、思想性格、作品内容、艺术结构、文学影响等皆进行了系统而全面的研究，许多方面超过了当时的中国学者。尤其是对赋中连绵字的翻译问题，以及其中动物、植物、矿物的科学辨识与翻译问题，皆走在国际汉学前列，为汉赋的西语翻译探索出科学而可行的路径，积累了宝贵经验。因为此书，作者被誉为是司马相如研究领域具有“世界权威地位”的学者。可惜尚无中译本问世。

## 七、《汉赋研究》，李善昌著，5万字，（台北）万中丛书1967年版

李善昌，生平不详。该书原为一篇较长的学术论文，发表于《文化先锋》第七卷第9—10期（1947年11月）。论文共有6章。第一章《泛论赋》

① 霍松林、徐宗文：《辞赋大辞典》，江苏古籍出版社，1996，第418页。

以刘勰《文心雕龙·诠赋》“写物图貌，蔚似雕画”作为副标题，通过对史料的征引和分析，认为“赋是一种特殊的文体，是铺张靡丽，体物写志，而又可以拿来颂扬的。……和诗不同，也和散文有别。大概它是诗和文中间的桥梁。它是独特的，别开生面的，在文学史中有它不朽的地位的。”对赋的文体特点和价值进行了十分准确的判断。第二章《汉赋的渊源》以刘勰“汉志赋颂，影写楚世”为小标题，认为“楚辞是汉赋的摇篮”，“汉赋的形式和内容都受了楚辞的影响”。第三章《汉赋的时代背景》认为汉赋的兴盛主要不是取决于几个帝王，而是取决于文帝、景帝之后政治稳定，经济富裕，人民思想自由的社会环境。第四章《汉赋的形式》讨论汉赋的结构和句式。第五章《汉赋的内容》是全书的重点，作者认为汉赋的题材十分广泛，并重点对贾谊、司马相如、扬雄、王褒、班固、张衡等代表作家及其作品进行分析。例如在分析贾谊《鹏鸟赋》时，作者征引了刘勰、挚虞、张溥、张惠言、程廷祚、刘熙载等人的论述，资料丰富，论证有力。第六章《汉赋的评价》征引扬雄、挚虞、皇甫谧等人的评价，但缺乏个人论断。承台北徐晓婷老师提供信息，可知 1967 年台湾出版时又附录了《汉赋选辑》，共辑录贾谊《鹏鸟赋》、司马相如《子虚赋》《上林赋》、王褒《洞箫赋》、扬雄《甘泉赋》《羽猎赋》、班固《两都赋》2 篇、张衡《西京赋》《东京赋》，共计 6 家 10 篇，与第五章的分析恰好相呼应。但只有白文，没有注释。该书颇似作者授课之讲义，观点明确，脉络清晰，语言通俗，理论与作品互相配合，有利于汉赋知识的普及。该书只有 85 页（理论部分 50 页），内容单薄；对汉赋名家的论述只限于 6 家 10 篇，亦不够全面。

## 八、《汉赋研究》，张清钟著，4 万字，（台湾）商务印书馆 1975 年版

张清钟（1939—　），台湾省嘉义县人。台南师范学校普通科毕业、“国立”台湾师范大学国文系毕业。曾任小学教师、教导主任、中学教师，

后任嘉义师范学院（今嘉义技术学院）教授。著有《汉赋研究》《两汉乐府诗之研究》《古诗十九首汇说赏析与研究》等。

《汉赋研究》一书对汉赋进行了相当概括但又十分全面的介绍。该书共九章，分别是：1. 赋之界说，2. 赋之渊源，3. 汉赋之产生背景，4. 汉赋之材料及区类，5. 汉赋之发展与流变，6. 汉赋之作家与作品，7. 汉赋之体制及声律，8. 汉赋之特质，9. 汉赋之评价。第六章为重点，分别介绍了贾谊、枚乘、司马相如、王褒、扬雄、班固、张衡、王延寿等八位代表性赋家的辞赋创作，每家皆述其生平，摘其佳段，评其得失，论其成就。例如论贾谊赋，称："在汉赋发展史上，贾谊实为荀子短赋之承继者，屈原骚赋之转变者，亦即汉赋之先声。"（第 36 页）论司马相如赋，称："汉赋之有司马相如，犹楚辞之有屈原。后世作家追随模拟，莫能逾越其藩篱。"（第 43 页）语言凝练，观点中肯。此外，作者对于汉赋之价值与缺陷，能做一分为二的评价，表现出辩证的眼光；对于汉赋的分类，采用张相《古今文录》说，分为赋理、赋物、赋事、赋意四类；对于汉赋的分期，采用刘大杰《中国文学发展史》说，区分为形成期、全盛期、模拟期、转变期四个阶段。其鉴别去取，颇有识见。该书虽卷帙短小，语言浅白，但论述全面，观点稳妥，颇有利于汉赋知识的普及。

## 九、《汉代辞赋：扬雄赋研究》，（美）康达维著，约 20 万字，（英国）剑桥大学出版社 1976 年版（The Han Rhapsody：A Study of the Fu of Yang Hsiung. By David R. Knechtges. Cambridge，London，New York and Melbourne：Cambridge University Press，1976）

康达维（David R. Knechtges，1942—　），美国蒙大拿州人。1964 年毕业于美国西雅图华盛顿大学中文专业，随即进入哈佛大学，师从海陶伟教授攻读硕士学位。1965 年返回华盛顿大学，师从卫德明、萧公权、李方桂等攻读博士学位，1968 年毕业。先后任教于耶鲁大学（1968—1971）、威斯康星大学麦迪逊校区（1972—1973）、华盛顿大学（1973—2014）。康达维教授是美国人文与科学院院士，也是享誉国际学坛的著名汉学家和翻译家，主要著作有《扬雄赋研究》《康达维自选集：汉代宫廷文学与文化之探微》《赋学与选学》等，并且将《汉赋讲稿》《文选·赋》等翻译成英语在美国出版，促进了中国古典文学在欧美的传播。

书名又译作《汉代狂想曲：扬雄赋研究（公元前 53—公元 18）》（《中国赋论史》第 454 页）。该书是作者对其博士论文《扬雄生平及其赋之研究》（1968）加以修订而成的，是扬雄赋研究的拓荒之作。该书共分六章：（1）导言；（2）扬雄以前的辞赋；（3）《甘泉赋》与《河东赋》；（4）《校猎赋》与《长杨赋》；（5）赋的批评与赋的转变；（6）结语。卷首有《前言》和弗兰克尔《序》，书末有《扬雄大赋年代考》《扬雄赋真伪质疑》等。笔者未见原书，何新文先生曾翻译该书《导言》，认为："这是国内外学界第一部研究扬雄赋的专著。全书内容丰富、资料翔实。作者对扬雄的生平、思想，扬雄的文学观及其赋论，扬雄赋的特点、成就等，都以客观的态度作了论述评价，其中颇多中肯、独到的见解。"[①] 据新加坡国立大学苏瑞隆教授介绍，该书至少有两大贡献：一是最早对扬雄《甘泉赋》《羽猎赋》《河东赋》《长杨赋》进行英文翻译和分析；二是确认扬雄是汉代继往开来的伟大赋家，无论是从文学思想还是修辞技巧的改进方面，都足以证明扬雄并不是一个专事模仿的文人，而是一位具有独立思想、美学意识的文学家。可惜尚无中译本出版。

## 十、《汉赋研究》，许建章著，8 万字，（台北）崇德书局 1977 年版（一说 1985 年版）

许建章，生平不详。该书是一部对汉赋进行全面、系统研究的学术专

① 何新文：《中国赋论史稿》，开明出版社，1993，第 264 页。

著。承台北徐晓婷老师提供信息，可知全书共九章，分别是：绪论、汉赋的渊源、时代背景、发展与流变、作品与分类、体制与风格、代表作家、评价。书中不少内容都与李善昌《汉赋研究》、张清钟《汉赋研究》近似。例如第三章《汉赋产生的时代背景》，作者从文体发展的规律、国富民足的时代、帝王喜好、学术思想等四个方面探讨汉赋兴盛的原因，比张清钟《汉赋研究》减少两条。第四章《汉赋的发展与流变》，对于汉赋的分期明显袭用刘大杰四分法，但增加了孕育时期（战国），而成为五期（孕育期、形成期、鼎盛期、模仿期、转变期）；对于赋体的流变，则完全采用铃木虎雄《赋史大要》的观点，分为骚赋时期、辞赋时期、骈赋时期、律赋时期、文赋时期、股赋时期，凡六期。第六章《汉赋的体制与风格》，将汉赋的体制分为骚体、非骚体、两合体三类，亦与张清钟《汉赋研究》观点雷同。第七章《汉赋的代表作家》，介绍贾谊、枚乘、司马相如、王褒、扬雄、班固、张衡、王延寿等八家辞赋，同样因袭张清钟《汉赋研究》。至于第八章《汉赋的评价》，基本观点乃至语言文字大都来自李善昌《汉赋研究》第六章，抄袭痕迹明显。对于某些问题，该书的论述似更为详尽。例如第六章《汉赋的体制与风格》，从“起于讽谕用于歌颂”“奇文僻典堆砌夸张”“雕饰辞藻内质无征”“侈丽闳衍极其声貌”等四个方面分析汉赋的风格，虽有借鉴张清钟之处，但亦有独到之见。该书凡 142 页，比李善昌、张清钟的著作更为详尽，但大量观点因袭前人，创新性明显不足。书末“参考书目”列有金秬香《汉代辞赋之发达》、邱琼荪《诗赋词曲概论》等，却回避了李善昌《汉赋研究》和张清钟《汉赋研究》二书，显然是不诚实的。

## 十一、《汉赋源流与价值之商榷》，简宗梧著，12 万字，（台北）文史哲出版社 1980 年版

简宗梧（1940— ），台湾省南投县人，祖籍福建漳州。1976 年毕业于台湾政治大学中国文学系及研究所，获文学博士学位。曾任台湾政治大

学中国文学系讲师（1970年）、副教授（1976年）、教授（1980年），国文学系主任、中文所所长（1988—1994）、文学院院长（1994—1997）。退休后任逢甲大学中国文学系特聘教授（2000—2006）、长庚大学通识教育中心特聘教授（2007—2017）等。简宗梧先生是海峡两岸第一位以赋学论文获得博士学位的学者，是台湾辞赋研究的拓荒者，著名学者廖国栋、许东海、王欣慧、（韩）白承锡等皆出其门下，在国际学术界享有盛誉。著有《司马相如扬雄及其赋之研究》《汉赋源流与价值之商榷》《汉赋史论》《赋与骈文》《文学的御花园——〈文选〉》《熔裁文史的经典——〈左传〉》《庚辰雕龙》《人文透镜》《〈全台赋〉校订》等，主编断代赋体总集《全唐赋》（全八册）等。

20世纪80年代，大陆赋学研究刚刚起步，马积高、龚克昌等先生筚路蓝缕，为赋学研究开辟出新天地。此时在台北，时间略早于大陆，亦有一部重要的赋学著作问世，即简宗梧先生的《汉赋源流与价值之商榷》。

该书为简宗梧先生20世纪70年代末期关于汉赋的五篇论文的合集，分为两大部分：其一为“汉赋源流”的讨论，包括《汉赋文学思想源流》《汉赋玮字源流考》《汉代赋家与儒家之渊源》三篇文章；其二为“汉赋价值”的讨论，包括《论汉赋的文学价值》及《对汉赋若干疵议之商榷》两篇文章。

有关汉赋“源流”的部分，简宗梧先生尝试从不同角度入手，选择重点，力求从对“点”的深入到对“线”的追寻，以求其本源，究其流变。《汉赋文学思想源流》一文从汉人对汉赋评估的游戏意义与讽谏意义入手，通过对汉初梁园宾客盛况及赋家身份的考察，提出赋的游戏意义。对于赋的讽谏意义，简宗梧先生指出该传统自先秦有之。汉人将赋看作“古诗之流”，“主文而谲谏”必然成为赋篇的立意主题。又汉赋的文学思想与儒家文学观一脉相承，孔子已指出《诗》有游戏与讽谕之功用。《汉赋玮字源流考》一文，针对后人讥讽汉赋“类志”“字林”的现象进行了探讨。简宗梧先生指出汉赋是从先秦口语文学转移到后世书面文学的一个重要枢纽，而赋家所用辞藻则为当时口语的语汇。汉代仍在衍造孳乳极盛阶段，很多词汇有音无字，一旦入赋，各凭其声，各造其字。简宗梧先生根据颜师古《汉书注》指出，司马相如赋玮字，非为本来面目，后人尚异，读相如赋皆改易文字，某些假借字，衍加形旁，形成玮字。赋家如相如、扬雄均为语言学家，相如为玮字始作俑者，子云沿其波而推广之，东汉时期的玮字趋于纤丽而少创造精神，至魏晋时没落。《汉赋与儒家渊源》一文从汉赋重讽谏、汉赋欲丽两个方面指出了汉赋作家与儒家思想的继承关系，又于史志著录中发现汉代赋家大多都有儒家类著作，因此必然有着儒家渊源。赋家出于纵横家，而纵横家又出于孔门“言语”一科。

关于汉赋“价值”的部分，简宗梧先生首先指出了汉赋的文学价值，它是承续楚辞而发展的新文体，对日后文学发展有相当的助力，另外又开文章与学术分途的源头。针对后人评价汉赋“劝而不止”“为文造情”“板重堆砌”“瑰怪联边”“侈靡过实”的疵议，简宗梧先生亦进行了回应，肯定了汉赋的独特地位。

该书虽然分为两部分，但以“源流”部分为重，占了该书近九成篇幅，亦是该书最精彩的部分。如对汉赋玮字的探究，既从文字生成角度对汉赋玮字的出现进行了分析，又从司马相如知识背景、后人尚异角度对相如赋玮字产生缘由做了考察。虽意在玮字，但对文本生成及流变之研究起了先导作用。再如有关赋家与儒家关系的论述，为后来汉赋用经研究、经学思想与汉赋关系研究等提供了理论基础。此前王清钟先生的《汉赋研究》（4 万字，台湾商务印书馆 1975 年版），主要对汉赋作家作品进行描述和介绍；该书则从思想史、文学史与汉字发展演变的角度对汉赋进行了开创性的专题研究，视角新颖，观点深刻，论证透辟。该书不仅对台湾地区的汉赋研究，也对大陆赋学乃至国际范围内的汉赋研究都有重要的开拓与引领作用。

## 十二、《楚辞到汉赋的衍变》，张书文著，7万字，（台北）正中书局1981年版；增订本10万字，1983年出版

张书文，早年就读于东北大学、河南大学，师从吴承江、高亨、范文澜、姜亮夫诸先生。1949年移砚台湾，曾在“国立”成功大学、中兴大学、台北法商学院任教二十余年，同时担任行政职务。主要研究中国古代文论。

《楚辞到汉赋的衍变》一书，原名《由文学观点谈楚辞到汉赋的发展与流变》，由正中书局纳入“国民文库”之列，1981年出版。初版为40开本，字小伤目，遂于1983年增订再版。承新加坡苏瑞隆教授提供信息，可知该书增订版除了第一章《引言》、第五章《结语》和附录外，主体内容为三章：第二章《周代南北文学的兴起》主要介绍《诗经》和楚辞，着力点在于楚辞与《诗经》的异同；第三章《秦代文学》主要介绍荀卿赋和李斯的刻石文（原版无刻石文）；第四章《汉赋的发展与流变》为全书重点，主要探讨汉赋兴盛的因由、汉赋的特质、汉赋的分期及其主要作品、汉末赋体文学的演变。在讨论汉赋的特质时，作者认为汉赋形体近于散文，内容较少浪漫情感，辞藻比较华丽，表达空洞多不切实际，既指出了汉赋内容与体制上的特点，也不讳言其缺陷。至于汉赋的分期，作者全盘接受刘大杰先生的四期说（形成期、全盛期、模拟期、转变期）；在缕述汉赋发展演变的同时，对汉赋代表作家贾谊、枚乘、司马相如、王褒、扬雄、班固、张衡、赵壹、蔡邕等9位著名作家的作品分别进行评述，虽然以引文为主，评析文字不多，但选目较之刘勰《文心雕龙·诠赋篇》和张清钟《汉赋研究》有所调整，删去王延寿而增补赵壹、蔡邕，颇能见出作者对汉赋发展史的独立思考。总之，该书对《诗经》、楚辞、汉赋有着较为全面的考察，并且能够清晰地梳理汉赋发展演变的轨迹。附录两篇论文分别讨论屈原、汉代歌谣，不赘。

## 十三、《汉赋研究》，龚克昌著，16.6万字，山东文艺出版社1984年版；增订本36万字，山东文艺出版社1990年版

龚克昌（1933—2022），福建漳州人。1959年毕业于山东大学中文系，随即师从陆侃如、高亨等先生研习中国古代文学，1962年获研究生学历并留校工作。曾任山东大学《文史哲》编辑部讲师、教授、博士生导师。于1988年赴美国哈佛大学、华盛顿大学进行学术讲课、交流，并于1990年5月筹备召开首届国际赋学研讨会。龚克昌先生是中国赋学会第二任会长，中国大陆第一个专门招收辞赋学博士生的学者，于浴贤、韩晖、冷卫国、踪训国、刘培、余江等皆出其门下。主要著作有《汉赋研究》《汉赋新选》《楚辞选译》《先秦诗歌选注》《中国辞赋研究》《全汉赋评注》《全三国赋评注》《白居易诗文选》等，发表学术论文一百余篇。

继陶秋英《汉赋之史的研究》、汪吟龙《汉赋考》（1939年）之后，由于连年战乱、政权更迭、政治运动等原因，大陆的汉赋研究沉寂了四十余年。1984年龚克昌先生出版了新时期第一部汉赋专著《汉赋研究》，标志着大陆的汉赋研究进入了崭新的历史时期。

《汉赋研究》（1984年版）实际上是作者于1981—1984年间所发表的学术论文的汇总，共计10篇：总论，骚赋作家贾谊，散赋作家枚乘，汉赋奠基者司马相如，扬雄赋论，班固赋论，张衡赋论，抒情小赋作家赵壹，汉赋探源，刘勰论汉赋。从题目就不难看出，龚克昌先生的汉赋研究以作家作品论为主，也不乏对汉赋渊源、性质、价值的综合研究。尤其是“总论”一篇，将汉赋置于文学发展的早期阶段，对于历史上否定汉赋的种种论调，比如“倡优之词”说、“讽谏弱化”说、“虚辞滥说”说等进行全面清理，认为所谓“讽谏弱化”正是说明汉赋在努力挣脱经学的束缚，发展自己的文学特色；所谓“虚辞滥说”乃是文学描写中夸张虚构等艺术手法的体现，是一种浪漫主义的精神，并不是汉赋的缺点。在此基础上，龚克昌先生肯

定了汉赋的文学价值和地位。龚先生是汉赋研究史上第一位全面清算这些旧说的研究者，他的努力具有鲜明的开创性与启发性。尤其是在臭骂汉赋为“形式主义文学”“文学逆流”“统治阶级文学”的时代，龚克昌先生的观点不仅需要眼光，更需要胆识。无怪乎许结先生说：“其对历史性荒谬的反拨，不啻空谷足音，震惊学界。”[①] 这些努力成功恢复了汉赋应有的文学地位，为学术界深入客观地研究汉赋扫清了思想上的障碍。

《汉赋研究》于1990年出版修订本，增加了17篇学术论文。除了增补对庄忌、刘安君臣、孔臧、汉武帝刘彻、东方朔、蔡邕等人的专题研究外，最令人瞩目的是《论汉赋》《汉赋在中国文学史上的地位》《汉赋——文学自觉时代的起点》3篇。在这些论文中，龚克昌先生指出：“鲁迅先生曾经说过，魏文帝曹丕的时代，是‘文学的自觉时代’。……这个‘文学的自觉时代’至少可以再提前三百五十年，即提到汉武帝时代的司马相如身上。”（《汉赋研究》增订版，第413页）这就是著名的“汉代文学自觉说”。龚克昌先生的观点在学术界产生巨大影响，呼应此说者先后有郭芳、侯慧章、康金声、侯丽杰、杨波、张少康、詹福瑞、李炳海、赵敏俐等知名学者，形成了堪与鲁迅“魏晋文学自觉说”分庭抗礼的学术思潮。

《汉赋研究》（1990年版）对汉赋的渊源及流变，汉赋的思想内涵、艺术成就、文学史地位，乃至古人的汉赋观等都进行了全面、系统、深入的研究与探索，对贾谊、枚乘、司马相如、扬雄、班固等著名赋家的赋作进行了详细而深入的专题研究，尤其是对汉赋价值的重新认定，对“汉代文学自觉说”的开创性阐发，不仅具有拨乱反正的历史意义，也导引着学术界对汉赋、汉代文学以及中国文学史相关问题的深入探讨，当之无愧地成为新时期汉赋研究的经典。霍松林主编之《辞赋大辞典》称该书：“研究课题的系统性，理论问题的重大性，文献资料的丰富性，学术观点的新颖性、系统性，共同构成此书的学术亮色。它的出版，带动了我国当代学术界对

---

① 马积高、万光治：《赋学研究论文集》，巴蜀书社，1991，第304页。

汉赋的真正有意义有声势的研究，在学术界具有首开风气的作用和影响。”[①]这是恰如其分的评价。

## 十四、《张衡诗文集校注》，张震泽著，30万字，上海古籍出版社1986年版

张震泽（1911—1992），字溥东，又字一泓，山东长清人。1935年毕业于山东大学中文系，先后执教于国立西北大学、重庆女子师范学院、西南师范学院、沈阳师范学院、辽宁大学等高校，位列辽宁大学建校“首批教授”之首。喜书法，中国书法家协会会员。著有《孙膑兵法校理》《诗经新诠》《扬雄集校注》《张衡诗文集校注》《许慎年谱》等。

张衡是东汉著名文学家、科学家，但其作品散佚严重。明张溥《张河间集》辑得43篇（包括残文断句），误收《周天大象赋》1篇，实为42篇；清严可均《全后汉文》辑得38篇，但未收录诗歌。《张衡诗文集校注》一书“文依严辑”，益以诗歌，收录张衡作品最为完备。全书分为诗、赋、文、铭、诰、诔、赞、书、上疏等9种文体，分别编录。书后附有《张衡年表》《后汉书·张衡传》等。

该书“前言”对张衡的生平、学术贡献、政治思想、文学创作等有全面介绍。作者认为张衡对文学有两大贡献：一是《二京赋》集汉赋之大成，规谏和议论都情深意切，把大赋推向最高峰；二是开创了抒情小赋的新途径，如《温泉赋》《归田赋》等，描写自然美景，抒写自己的心情，语言清新，情景交融，是赋这一文体发展的一个重要转折。全书共收赋作13篇：《温泉赋》《二京赋》(《西京赋》《东京赋》)、《南都赋》《思玄赋》《归田赋》《髑髅赋》《冢赋》《舞赋》《羽猎赋》《定情赋》《扇赋》《鸿赋》。其中《舞赋》《羽猎赋》《定情赋》《扇赋》4篇均为残赋;《鸿赋》疑非衡作。另有

① 霍松林、徐宗文:《辞赋大辞典》，江苏古籍出版社，1996，第411页。

《七辩》1篇收入“文”中，实为14篇。对于每篇作品，作者均有详细的注释，解题置于第一条注释之下。例如《两京赋》注释（1），先交代本赋出处为《昭明文选》，再征引《后汉书·张衡传》相关记载，并抄录《艺文类聚》该赋之序，以介绍作赋之由；此下又征引夏侯湛、刘勰评论，以见该赋之特色和影响。语词训释十分简明，先注后校，例如“心奓体忕”注：“心志放溢，身体骄泰。奓、忕，即侈、泰。奓，五臣本作侈。”（第20页）准确精当，颇便读者。

该书以收录完备和校注精当而享誉学界，是深入阅读和了解张衡文学作品的必备书籍。上海古籍出版社于2009年重印。

## 十五、《汉赋之写物言志传统》，曹淑娟著，约17万字，（台北）文津出版社1987年版

曹淑娟（1956—　），女，1982年毕业于台湾师范大学，获文学硕士学位。1987年毕业于台湾大学中国文学研究所，获文学博士学位。现任台湾大学中国文学系教授。主要研究领域为园林文学、明清文学、中国诗学等。著有《汉赋之写物言志传统》《华夏之美——诗歌》《晚明性灵小品研究》《流变中的书写——祁彪佳与寓山园林论述》《孤光自照——晚明文士的言说与实践》《梦断秦楼月：中国古典诗歌中的闺情》等。

该书是作者在其硕士论文（1982年）的基础上修订而成的，是一部早期的汉赋研究专著。据何沛雄先生介绍，该书共分5章，首章“论汉赋之本质”，概述赋的概念与汉赋的特质，然后辑录现存汉代辞赋篇目；第二章“论汉赋之历史因缘”，从言志精神、文辞艺术、战国游士及汉代环境等方面来探讨汉赋兴起的原因；第三章“论汉赋之言志传统”，讨论汉赋中蕴含的悲士不遇、时代忧患、量力知命等意识；第四章“论汉赋之写物传统”，从问答形式、铺陈表现、章句安排、讽谕技巧等方面分析汉赋的“体物”

手法；“结论”部分总结全书，认为汉赋继《诗》《骚》之后而有所发展，有其独特风格。何新文等先生认为此书至少有两大特色：一是确认汉赋具有言志、写物的双重基本性质，并以此为纲领展开论述；二是注重汉赋的美学评价与赋家心态分析，认为该书：“在方法上重视引用西方美学理论和从中国传统文化的角度来考察，体现出新一代汉赋研究者的学术风格，且能引人入胜。”① 对汉赋艺术美的关注，反映了 20 世纪 80 年代海峡两岸学者的共同旨趣。

## 十六、《汉赋：唯美文学之潮》，刘斯翰著，13 万字，广州文化出版社 1989 年版

刘斯翰（1948— ），号童轩，广东中山人。岭南著名诗人、学者。曾任《学术研究》杂志社主编、广州《诗词报》总编辑，从事中国古典文学研究与编辑工作。著有《汉赋：唯美文学之潮》《史与诗》《曲江集校注》《海绡词笺注》《童轩词》等著作十多种。

汉赋一直以来被视为唯美主义文学，遭受不公正的轻视和贬斥。该书成书于国内辞赋研究刚刚起步的 20 世纪 80 年代，意在改变历来对汉赋的传统看法。该书由“前言”、正文十一章与“附录”三部分组成，力求给予汉赋公正客观的评价。“前言”中指出中国文学自汉赋起始，走上了南北文学合流演进之路。汉赋重文轻质则一直以来饱受批评。同时作者点出该书目的——确定作为汉代一代文学的汉赋在文学史上的地位。由于该书重点不在描述赋史，故作者于“前言”部分亦简单勾勒了汉赋发展阶段。此后的十一章作者以专题分章的方式写成：第一章写赋体的渊源和特征；第二章写汉赋的创作主题及其环境；第三、四、五章写汉赋的代表样式散体大

① 何新文、苏瑞隆、彭安湘：《中国赋论史》，人民出版社，2012，第 418—419 页。

赋；第六章写汉人对赋的理论与批评；第七、八章写咏物小赋；第九、十章写抒情赋；第十一章写汉赋的总体评价与赋体的流变。附录部分则为《汉赋大事年表》，供读者查阅参考。

作者在构建该书时，一直以“宫廷化”为脉络连接赋之兴衰。认为宋玉赋以四言和骚体句为主，是因为楚赋由民间进入宫廷后需要适应宫廷的审美趣味，因而吸收了《诗经》、楚辞等要素。而以宫廷赋为主干的汉赋，虽然不完全同步，但大体与汉王朝兴衰一致。作者认为赋一旦走出宫廷，铺陈藻饰的唯美特征便难以为继，描写对象、创作动机与审美趣味的改变，使赋由尚美转为尚用。作者虽然于大陆辞赋研究起步阶段创作该书，但其中不乏新见。如关于赋之起源，作者抛弃了传统的“诗源说”和“多源说”，认为赋是从民间游戏隐语发展而来，赋体正是通过对隐语进行漫无节制的铺陈扩张而发展起来的。同时，作者继承龚克昌先生汉代文学自觉的观点，又向前推了一步，认为楚辞、楚赋与政治、哲学、历史等关系疏远，与音乐也没什么关系，因此自战国末期楚文学起，文学就进入了自觉阶段。

该书的一些观点亦稍有不妥之处。如认为宋玉《登徒子好色赋》等通篇的形制和性质与《高唐赋》《神女赋》的序文相类，故为散文而非赋。然而《登徒子好色赋》等已具有“述主客以首引，极声貌以穷文”的特征，故完全可以归为赋体。此外，作者立足于肯定汉赋的文学史地位，因此着重突出汉赋尚美的唯美主义特征，认为这是汉赋繁荣的表现，而尚用则意味着汉赋的衰落。如作者认为文人赋因为主体性进入、情感的表现乃至纳入实用目的，是汉赋衰落的一种表现形式，它们是赋的自我蜕变和否定。作者意在肯定汉赋作为美文学在文学史上的意义，但是却对文质统一稍有忽略，难免有矫枉过正之弊。不过该书概述汉赋演进过程，介绍汉赋题材与种类，对汉赋结构布局、审美特征及汉代的汉赋批评等方面均有论述，肯定了汉赋的历史地位与重要贡献，是早期汉赋研究的重要著作。

## 十七、《汉魏六朝辞赋》，曹道衡著，10万字，上海古籍出版社1989年版，台湾群玉堂出版事业公司1992年版，上海古籍出版社2011年新版

曹道衡（1928—2005），江苏苏州人。1952年毕业于北京大学中文系。任中国社会科学院文学研究所研究员、文学所学术委员会委员、博士生导师，兼任中国文选学研究会会长。著有《汉魏六朝文学史论文集》《中古文学史论文集》《中古文史丛稿》《南朝文学与北朝文学研究》《兰陵萧氏与南朝文学》《南北朝文学史》（合著）等作，发表数十篇重要论文，被誉为“中古文学研究领域的开拓者”。

该书系上海古籍出版社“中国古典文学基本知识丛书”之一。全书共8章。第一章《赋的起源和发展》论述赋的定义及起源流变。介绍赋之定义时，详细阐释了“不歌而诵谓之赋”与“赋者，古诗之流”两个概念的本义与演变。曹道衡先生接受汉人的文体观念，认为“赋”“颂”通用，《汉书·艺文志》又列“屈原之赋”，因此屈原的一些作品也可视为赋。故赋在战国既有，又分以南北风格（南为屈宋等人之赋，北为荀卿之赋），秦赋为中间环节，再到汉赋。辞赋家由诸侯王进入宫廷后，作品内容随之发生变化，到司马相如则完成汉大赋体制，与大赋同时产生的亦有咏物赋和抒情赋。抒情赋魏晋始发扬光大，后又有骈赋、律赋相继登场，直到唐代，赋终湮没于其他文体。另有俗赋一类在民间流传，别于文人作品。

第二章到第七章则以朝代顺序为背景，依次介绍西汉、东汉、三国、两晋、南朝、北朝时期的赋作，并以具体赋家赋作为例加以说明。此六章皆以分析当朝政治背景及概括当时作赋情况、罗列当时著名赋家及其作品为写作内容，并适当征引赋作原文以证明本书观点。第八章《结束语》总结全书，认为辞赋的艺术特点对文学产生的影响是不可忽视的，且辞赋在

文体方面对文学的作用亦有可取之处，诸如骈赋、律赋的出现，并为唐诗的繁荣作出了极大的贡献。

该书不同于一般的汉赋研究著作，不做烦琐的征引和考证，而是用明白晓畅的文字，结合具体作家作品，描述汉魏六朝辞赋的发展情况，并简单分析赋之源流、发展及文体特征。该书以平稳妥当见长，但亦有精到见解。如认为汉代大赋通过艺术夸张，形象地反映了汉代封建大帝国全盛时的繁荣昌盛景象，这一本身具有的价值不容简单否定；又认为《子虚上林赋》对上林苑描写"侈言无验"，实际上是遵循"天子以四海为家"的原则，笔下上林苑乃当时人所理解世界的缩影，皆为深刻独到之见。该书有利于广大读者对辞赋的基础认知，是一本功底扎实、论断准确、语言流畅的普及性著作。该书还有台湾群玉堂出版事业公司 1992 年版，上海古籍出版社 2011 年新版。

## 十八、《汉赋通义》，姜书阁著，23 万字，齐鲁书社 1989 年版

姜书阁（1907—2000），湘潭大学教授。生平详见《先秦辞赋原论》叙录。

该书分为上、下两卷。上卷共计四章，专考赋之渊源流变和有遗文传世之赋家。第一章"小引"简论汉赋发展及其研究情况，并阐明写作缘由；第二章"释义"释"赋"之定义，认为其本是《诗》六义之一，后发展演变为独立文体，虽乃诗之附庸，却也因缘情和体物与诗相异；第三章"溯源"认为汉赋之源远自古诗，近出楚歌"楚辞"，以屈原为祖，荀卿创作定名，宋玉确立体制；第四章"考史"乃上卷核心篇章，约全书之半，把汉赋的发展分为"丽则骚赋""丽淫大赋""抒情小赋"三个时期，以时间为序，罗列两汉赋家及作品，重在说明其赋史地位，如认为枚乘《七发》是介于"诗人之赋"与"辞人之赋"的过渡作品；第五章"综论"则针对其

在著书过程中所遇到的与赋相关的六个问题并加以探讨。

该书上卷言“汉赋之大”，下卷则言“汉赋之细”，故而下卷仅有上卷的三分之一，共计六章。除“楔子”和“余论”外，分别讨论汉赋的思想内容、结构形式、句法句式与音节声韵，旨在补足上卷在汉赋艺术技巧上的阙漏，以令读者可窥汉赋全貌。在思想内容上认为赋的内容虽大，可献纳亦可抒情，却不适于述心志。在结构形式上，认为汉赋的主体为问答体、散文体赋，以其源乃宋玉，认为骚体赋、抒情小赋除序、赋、乱外，并无特殊形式，而大赋则采取分叙法以清眉目。探讨句法句式时，认为骚体多摹拟屈宋辞赋，而散体赋则以俳丽为主，但字数无定。音节声韵方面用力最多，作者在总结《诗》及屈宋辞赋的押韵法后，认为汉赋亦多通于《毛诗》，虽有所演变，但不变者自多。以音韵学研究汉赋，亦具有开创意义。“余论”以程廷祚《骚赋论》为线索，驳斥赋“难与诗与骚并”之观点，再议赋之源展，并讨论汉赋艺术夸张的由来及表现。另有“附录”一则《现存汉人辞赋篇目考略》，以供读者查考。

该书是作者继《先秦辞赋原论》（齐鲁书社 1983 年版）之后，又对汉赋所进行的全面系统的剖析。书中有部分观点尚存争议，例如称汉赋是“文学史上的一股逆流”等，就颇有偏见。但该书完成于 20 世纪 80 年代汉赋研究草创之时（撰写于 1981 年，出版于 1989 年），具有探索与开创意味，我们不能求全责备，并且全书逻辑严密，叙述清晰，语言凝练，在特定历史时期促进了对汉赋的普及和研究。

## 十九、《汉赋通论》，万光治著，32.5 万字，巴蜀书社 1989 年版；修订本 42 万字，中国社会科学出版社、华龄出版社 2004 年版

万光治（1943—2023），四川成都人。1981 年毕业于北京师范大学中文系，获文学硕士学位。曾任四川师范大学文学院教授、院长，四川文理学

院民歌研究所所长，博士生导师。兼任中国赋学会副会长、四川省李白研究会会长等。发表学术论文近百篇，出版《汉赋通论》《中国古代文学史长编・秦汉魏晋南北朝卷》《蜀中汉赋三大家》《历代辞赋总汇・唐代卷》《宋代卷》《四川民歌采风录》等著作十余种。

万光治先生是较早研究汉赋并且用力较深、贡献卓著、影响深远的学者。《汉赋通论》是在其硕士论文（1981 年）的基础上增益、修订而成的，也是万先生的代表作。该书认为，汉赋研究的重点在辨体和分类，汉代政治制度思想文化与文人地位对赋的影响，以及散体赋的形式特征，故将全书分作《文体论》《流变论》《艺术论》三篇，共十四章。《文体论》分六章，探究了赋名本源、前人关于汉赋的分类及得失，然后把汉赋分成四言赋、骚体赋和散体赋三大类，梳理了它们各自的渊源及体裁特点。作者继承并发展了马积高先生的“三体三源”说，认为四言赋继承了荀赋咏物说理的特点，在内容和表现方法上有所发展；骚体赋的缺陷在于模仿《离骚》，但用语、意境均有进步；散体赋则是一种融合了诗、骚、散文等文体因素的综合性文体，因赋的抒情化和小品化重获新生。此外，作者略述赋与颂、赞、铭、箴的异同，可资参考。《流变论》分五章，将汉赋的发展分为三个时期：西汉初的骚体赋，西汉中期到东汉中期的散体赋，东汉末的抒情小赋，接着考察汉代的社会文化心理、社会思潮、地域文化、文人心态等方面对汉赋流变产生的深刻影响。作者认为，骚体赋的兴盛得益于汉初楚文化的蔓延；汉武时期的南北文化交融、经济空前繁荣和帝国气魄是散体赋产生的必要条件；至于抒情小赋，则是文人在仕途失意、信仰危机之后折衷儒道的结果。《艺术论》分四章，指出汉赋的艺术特征是描绘性，分析了汉赋描写的图案化与类型化倾向，并探究汉赋的用字造语之谜。其中，作者从楚辞的语言风格对汉赋的影响、汉代文字学与文人复古心理、汉赋半书面半口语文学性质等三个方面，探索汉人的审美趣味与汉赋语言风格特点形成的原因及其得失。“附录”为《汉赋今存篇目叙录》，对两汉三国时期 452 篇赋目的存佚情况作了考证。《汉赋通论》从文体论、流变论、艺术论三个方面对汉赋的体裁、发展、艺术和存佚作了全面系统的研究，其中《艺术论》部分尤有创新色彩，在深入细致的研究中表现出作者的超卓的识见和纵横探究的宏观目光，确实“是一部具有独立见解的著作”（郭预衡序），将世纪之交的汉赋研究推向一个新的高度。书中的许多观点，例如汉赋的类型化倾向、图案化倾向、汉赋中包含有方言俗语等等，见解精湛，都曾在赋学研究界产生深刻影响。该书于2004年出版修订本（42万字），补充了《祝尧论汉宋古赋》《帝王之思，抑文人之思？——司马相如〈大人赋〉献疑》《〈神乌赋〉与汉代俗赋》等三篇重要论文，由中国社会科学出版社、华龄出版社出版。

## 二十、《汉赋赏析》，仇仲谦著，12万字，广西教育出版社1989年版

仇仲谦（1944—　），上海奉贤人，1968年毕业于北京大学中文系。1978年起，先后任教于河池学院、广西大学梧州分校，曾任梧州学院教务处长暨学报主编。2004年退休，又任华南农业大学珠江学院、广东轻工职业技术学院教授。著有《汉赋赏析》《饮茶闲笔》《茶诗漫品》《茶小百科》等，与费振刚先生合著《司马相如文选译》《汉赋辞典》《全汉赋校注》等。

《汉赋赏析》是一部汉赋选本，著者共选汉代赋家16人，赋作17篇。其一，其选目涵盖了汉代最具代表性的赋家，如贾谊、司马相如、扬雄、班固、张衡等。该书选入一些具有重要意义的赋篇，如王褒《洞箫赋》开后世音乐赋之先河，同时也体现出汉代“以悲为美”的审美趣味；傅毅《舞赋》是第一篇详细描绘舞蹈艺术的作品，在文学史上颇有影响。选入二赋，体现出著者独到的眼光。其二，注重抒情赋的编选，如张衡《归田赋》、祢衡《鹦鹉赋》、赵壹《刺世疾邪赋》等。此书在结构上也比较合理，先介绍赋家生平，再对原文做注，最后在总体上分析赋篇的写作背景以及

特点。以第一篇赋作《鵩鸟赋》的赏析为例，著者充分注意到了此赋格调深沉，思路开阔，笔法独特的特色，同时认为此赋融叙事、说理、抒情于一体，又采用问答形式，体现出楚辞体向汉赋过渡的迹象。所论颇具眼光。但由于卷帙太小，一些具有重大意义的赋作未能选入，如贾谊《吊屈原赋》、司马相如《子虚赋》、张衡《两京赋》等等，实不能代表汉赋之全貌。此外，在论及《鵩鸟赋》所蕴含的庄老思想时，却以"唯心主义"去评判，显然具有特定时代的烙印。总之，此书是较早的注解、赏析汉赋的选本，注解内容详细，深入浅出，揭示出一些赋篇的艺术特色，这些都有利于加深读者对汉赋的理解，进而促进汉赋作品在当代的普及和传播。

## 二十一、《司马相如文选译》，费振刚、仇仲谦著，8万字，巴蜀书社1991年版，凤凰出版社2011年版

费振刚（1935—2021），辽宁辽阳人，1960年毕业于北京大学中文系。历任北京大学中文系讲师、副教授、教授，中文系主任。曾与游国恩等先生合作主编《中国文学史》（四卷本），风靡海内。又有《全汉赋》《汉赋辞典》《全汉赋校注》《司马相如文选译》《中国古代文学研究·先秦两汉卷》等。仇仲谦（1944—　），广西梧州学院教授。作者简介详见《汉赋赏析》叙录。

该书是最早对司马相如作品进行全面注释和白话翻译的著作，具有鲜明的开创性。该书共计注释、翻译司马相如作品10篇：《子虚赋》《上林赋》《长门赋》《喻巴蜀檄》《难蜀父老》《美人赋》《上疏谏猎》《哀秦二世赋》《大人赋》《封禅文》。文与赋杂糅，不详其排序宗旨。但现存司马相如赋之完整者凡6篇，已经全部在列。每篇赋皆有解题、正文、注释、翻译四个部分。例如首篇《子虚赋》，先以二百字篇幅介绍写作背景和主要内容，再录正文。赋中云："其山则盘纡岪郁，隆崇嵂崒；岑崟参差，日月蔽亏；交错纠纷，上干青云。"作者注："⑤盘纡岪（fú佛）郁：山势曲折的样子。

⑥隆崇：耸立挺拔。嵂崒（lǜ zú 律族）：高峻陡峭。⑦岑崟（cén yín 涔银）：形容山高。参差（cēn cī）：指山势高低不齐。⑧蔽：全隐。亏：半缺。承上看，这句说由于山很高，而又高低不齐，因此日月或全被挡，有时又露出一半。⑨干：触。”以注音、释词为主，亦有说明性解句，揭示了“日月蔽亏”的原因。赋末有翻译：“那些山弯弯曲曲，高高地耸立着，山势高峻而参差不齐，日月也给挡住了，或被遮蔽了一半。众山重重叠叠，高触云霄。”与正文对应准确，并且通俗易懂，语言流畅，为读者提供了雅俗共赏的译文，颇见功力。该书没有校勘，对司马相如赋的普及发挥了重要作用。凤凰出版社 2011 年出版了修订本。

## 二十二、《朦胧的文学·辞赋的嬗艳》，刘毓庆著，35 万字，北岳文艺出版社 1991 年版

刘毓庆（1954—　），山西洪洞人。1981 年毕业于山西大学，获文学硕士学位。1999 年毕业于北京大学，获文学博士学位。现为山西大学文学院教授、国学研究院院长，博士生导师，兼任山西省古典文学学会会长、中国诗经学会副会长等。著有《古朴的文学》《朦胧的文学》《泽畔悲吟——屈原：历史峡谷的永恒回响》《雅颂新考》《诗经图注》《从经学到文学——明代诗经学史论》《从文学到经学——先秦两汉诗经学史论》《历代诗经著述考》《诗义稽考（全十册）》等二十余部学术专著，发表学术论文百余篇。

该书为“中华文学五十年”系列之一。作者在完成《古朴的文学》（先秦文学）后，又为该系列丛书撰写汉代文学，是书应运而生。作者指出汉代是一个文化复古、传统总汇、思维回归的时代，由此孕育出迥异于历史各阶段文学的特殊形态。汉赋作为“一代之文学”便诞生于这个特殊时代。

该书正文主要分为四个部分，第一部分名为“辞赋的嬗艳”，下分六个章节阐释汉赋。作者秉承狭义的辞赋观，仅将汉代以“赋”命名者视为

赋，把汉赋分为散体赋与骚体赋两种基本形式。第一章述汉赋的兴起。首先说明汉赋拥有诸多特征，具有先代各种杂文学因子；其次探讨赋的渊源与成因，认为赋起源于战国晚期的楚宫，又指出了汉赋形成的内在因素与勃兴的外部根源。第二、三、四章论散体赋。第二章以一代“赋圣”司马相如为中心，揭示司马相如对汉赋模式的建造与典范意义。第三、四章论汉赋的模拟与发展，并探讨了汉赋新的生机——小赋。在第四章的最后，作者还简要介绍了赋体于汉代之后的流变。第五章主要探究了汉代骚体赋的演变。最后一章讨论了赋的旁衍——七体、设论、连珠、颂与赋体散文。

总体来看，该书汉赋章节只有十余万字，但却以史为脉络，将汉赋发展与流变一一呈现。作者在构建赋史时亦有独到的见解，如认为《七发》只是赋体散文，并非汉赋的奠基之作，而枚乘《菟园赋》则为汉赋的基石，开创了汉赋描绘景物的手法。同时，作者在阐述汉赋流变时，注重把握赋家的内心世界，颇具新意。如针对时人对汉赋颂美的批评时，作者指出这是赋家进取意识的体现。论《洞箫赋》时，作者认为该赋反映了赋家为求自我适应专制现实，而表现出的一种病态心理——他们认为自然而生是可悲的，灭性而为世所用才是可乐的。再如论东汉张衡时代赋的流变时，作者指出士大夫的精神开始崩溃。论述骚体赋演变时，作者则完全专注于从专制统治下士大夫心灵深处的变化来关照赋的变化。总之，该书是一部努力展现赋家心灵世界、从内到外阐述汉赋流变的著作，视角独特，观点新颖。所论未必全都准确，却颇有启发意义。

## 二十三、《汉赋纵横》，康金声著，21.3 万字，山西人民出版社 1992 年版

康金声（1939—2010），笔名晨曦、旭光，山西盂县人。1963 年、1981 年分别获山西大学文学学士、硕士学位。曾任山西大学中文系教授，兼任

中国赋学会副会长，山西省古籍整理委员会委员。著有《汉赋纵横》《梦翼琴心》《汉魏六朝小赋骈文选》等，合著《田园诗注析》《王绩集编年校注》《金元辞赋论略》等，主编《历代辞赋总汇·金元卷》。曾发表论文数十篇。

该书共收论文16篇，内容上以汉赋为中心，兼及汉赋之地位、赋体起源与演变、汉赋之功用、汉赋思想内容与艺术成就四大方面，并有《长门赋》赏析与汉赋年表，自成理论体系。该书资料翔实丰富，不仅探讨了辞赋本身，还涉及了与之有关的政治、经济、文化等方面的研究。同时，作者从多角度、多层次对汉赋进行研究，提出一系列新的观点，高度评价了汉赋在文学史上的地位和价值。其中《论汉赋审美价值》一文结合汉代的经济、文化、心理等时代背景分析汉赋正负两方的审美价值，肯定了汉赋所反映的蓬勃的时代精神、一定程度的民本思想和反对统治阶级淫侈的思想、浪漫主义与现实主义结合的精神等正面价值。尤其可贵的是，作者运用汉代石刻、画像、雕塑、书画等艺术作品群貌，来说明汉赋与汉代审美风尚相契合。《汉赋“歌功颂德”新议》中则纠正了人们以往对汉赋“歌功颂德”主题的偏见，认为后期汉赋中的歌颂虽不乏庸俗的思想，但前期汉赋中的歌颂主题是符合实际的。此外，作者还强调，歌颂中的讽谕主题也是值得重视的，是儒家美刺、服务政教的文学观与政治思想相结合的产物。然而该书亦有可商榷之处，如《汉赋“拓宇于楚辞”质疑》一文，认为汉赋本质上是文非诗，从手法上看应源于先秦散文，忽视了汉赋作为韵文的性质，似乎有些偏颇。

该书卷首有马积高先生《荐〈汉赋纵横〉》一文，赞扬书中关于汉赋的审美价值、汉赋描写艺术、汉大赋的讽谕等探讨都有突出的成就，以实事求是的精神把汉赋的研究向前推进了一步。实际上，书中的论文大都曾经在20世纪80年代的学术期刊上发表过，其汉赋价值论、汉赋颂美说、汉赋影响论等皆与龚克昌先生的论点有相似或相通之处，共同为新时期的汉赋研究做出了贡献。并且，立足于文本研究并结合社会历史的研究方法而得出的这些观点，在今天看来仍然具有借鉴意义，有助于深入认识汉赋的特点及价值。

## 二十四、《汉赋美学》，章沧授著，15.5 万字，安徽文艺出版社 1992 年版

章沧授（1946—　），安徽泾县人。曾任安徽大学文学院、工商管理学院教授，兼任中国韵文学会理事、安徽辞书学会理事。发表学术论文数十篇，出版有《汉赋美学》《先秦诸子散文艺术论》《山水名胜赋鉴赏辞典》《安徽山水旅游文化》《中国民俗文化》等著作。

《汉赋美学》是一部综合研究汉赋、介绍汉赋的著作。该书共有九章，第一章大致梳理了汉赋的界定历史，作者认为仅有以“赋”名篇、骚体赋与“七体”属于赋体，并阐释界定汉赋的意义。第二章探讨了汉赋的美学渊源，作者接受“多源说”，主要论述了汉赋与《诗经》《楚辞》以及诸子散文之间的继承和发展关系。第三章从自然美、人格美、社会美、艺术美论述了汉赋的美学思想。前三章内容具有概括性，四、五、六三章虽然探讨汉赋的艺术美与语言风格美，实质上则是从多种角度切入，对汉赋创作特征进行剖析，视野比较开阔。如第四章从方式、内容及原因三方面论汉赋的讽谏艺术，第五章与第六章则分别探讨汉赋的艺术特色与语言。最后三章则从汉赋文本出发分析汉赋的自然美、文化艺术美与美文学特征。作者在论述汉赋美学时注重宏观把握其整体特点，又能举出汉赋中的片段进行分析，二者相得益彰。该书虽以“汉赋美学”为题，但作者不止集中在汉赋美本身的探究，而是运用渊源流变的方式去做梳理。例如第七章探讨汉赋山水自然美时，用了一些笔墨去分析汉赋描写自然山水的原因及其历史贡献。虽略有离题之弊，但是却能全面展现汉赋之美的传承。

该书完成于 20 世纪 90 年代，有颇多可喜的观点。如作者肯定颂美文学的价值，认为颂美自《诗经》起就是中国文学不可分割的一个主题；再

如肯定了汉赋的讽谏价值，认为汉赋卒章显志是委婉曲折的讽谏方式。这些观点都与龚克昌、康金声等先生互相呼应。对于一些学术公案作者亦发表了个人见解，如认为“赋”之名在汉代时定型，宋玉诸赋之篇名实质上为动宾结构；荀赋诸篇实质上为诗，以赋命名可能为刘向所加。同时亦有启发后学的论述，如第一章第一节略论汉赋对《诗经》的引用，第七章写汉赋对山水文学的贡献。但书中有些地方仍值得商榷，如作者一直称散体大赋为“叙事赋”，这个称谓似乎不够妥当。此外，文中的有些论述比较浅显，只抓住了汉赋的一些表面特征，比如汉赋中运用的修辞手法，写山水前要游山水、欣赏山水，要有写作技巧等等。

作为较早的专门研究汉赋艺术美的专著，该书无疑具有开拓之功，对于普及汉赋知识、了解汉赋艺术美具有一定作用。

## 二十五、《全汉赋》，费振刚、胡双宝、宗明华辑校，56 万字，北京大学出版社 1993 年版

费振刚（1935—2021），北京大学中文系教授。生平详见《司马相如文选译》叙录。胡双宝（1932—　），山西文水人，1960 年毕业于北京大学。1963 年起任职北京大学中文系，1984 年调入北京大学出版社，任编辑、副编审、编审。著有《文水方言志》《简化字繁体字异体字辨析手册》《汉语汉字 汉文化》《易混易错词语辨析》等。宗明华（1951—　），烟台大学文学院教授，文学博士。著有《庄子与魏晋文学》《全汉赋》（合作）等，发表论文数十篇。

该书是第一部汉赋文学总集，在学术界影响很大。据该书《例略》，全书收录汉赋“八十三家，二百九十三篇”。今核其目录，实为 296 篇。盖《例略》撰写较早，后有增补，未能及时更改之故。倘若加上书末的《补遗》与 1997 年重印时撰写的《再补》，则该书（1997 年版）最终收录汉赋作品 89 家，307 篇。其中完整者大约 100 篇，残篇约 170 篇，存目约 30

篇。全书按照年代先后排列，始陆贾《孟春赋》( 佚 )，迄刘协《星德赋》( 残 )，包括建安赋。对于每篇赋，皆选择最佳版本作为底本，以他本为校本，撰写详细的校勘记。例如司马相如《子虚赋》，以《汉书》本传所录之文字为底本，以《史记》本传、《文选》李善注本、五臣本、六臣本和《艺文类聚》卷六六为校本，搜罗颇为完备。其中“齐王悉发车骑”句校记云：“‘王’上《文选》李善本无‘齐’字。《史记》《类聚》、五臣本‘悉发’下有‘境内之士备’五字，‘车骑’下有‘之众’二字。”( 50 页 ) 体例规范，交代明晰，比严可均《全汉文 · 司马相如文》前进了一大步。该书是第一部全面辑校两汉 400 年间赋作的断代专体文学总集，搜罗齐备，作风严谨，为学术界全面了解汉赋、进一步研究汉赋提供了依据，具有重要的文献资料价值和学术地位。

在《全汉赋》一书面世之前，查阅两汉赋作主要依靠清代严可均辑校的《全上古三代秦汉三国六朝文》中的《全汉文》《全后汉文》部分。但由于其书是诗歌之外各种文体的总汇，很难查阅其中零散的汉赋篇目。而《全汉赋》的出版则解决了这一困境，顺应了汉赋研究的客观要求，也是汉赋学习者与研究者案头必备的要籍之一。然而限于时代，该书依然或多或少存在一些问题，如收录汉赋作品的过程中存在失收、误收等现象；搜集校本不够完备，校勘文字存在讹误等问题。但是瑕不掩瑜，该书仍是汉赋辑校整理史上的重要著作，具有很高的文献价值。

## 二十六、《汉赋史论》，简宗梧著，18 万字，台湾东大图书公司 1993 年版

简宗梧 ( 1940—　)，台湾政治大学教授。作者简介详见《汉赋源流与价值之商榷》叙录。

该书是作者的第三部汉赋专著，收录论文 11 篇，分为上、下两编。《自序》称：“这十一篇论文，探讨汉赋史两方面的问题：一是有关汉赋史

料，其次是有关汉赋本质与特性之发展。完全着眼于文学史问题的解决，以及汉赋在文学史的角色定位，而不涉及汉赋欣赏与其文学价值的阐发。”其旨趣异于大陆学者。上编“汉赋史料之编纂与考辨”由七篇论文组成：《编纂〈全汉赋〉之商榷》《运用音韵辨辞赋真伪之商榷》《〈美人赋〉辨证》《〈长门赋〉辨证》《〈高唐赋〉撰成时代之商榷》《〈神女赋〉探究》《〈上林赋〉著作年代之商榷》。考辨的内容主要是辨作品真伪、辨著作年代。作者认为以音韵辨辞赋真伪最为有效，故将《美人赋》与《长门赋》用韵与其他西汉蜀郡辞赋加以比较，以此证明二赋是蜀人司马相如所作。在《〈上林赋〉著作年代之商榷》中，又指出王先谦《汉书补注》一些系年的疏失，立论大胆而有新意。下编“汉赋本质与特色之历史考察”由四篇论文组成，主要探讨汉赋的文体特征、历史演变和文学史意义。《汉赋为诗为文之考辨》一文，不同意大陆学术界所谓“赋的性质在诗和散文之间”的观点，认为赋是诗的别支、诗的延伸。《从扬雄的模拟与开创看赋的发展与影响》一文则提出，扬雄的“模拟”有助于赋体的成熟，使得“文成法立，备为一体”，他的“开创”则使文章的体类多所开拓，扩大了文章辞赋化的影响。《赋体语言艺术的历史考察》《从专业赋家的兴衰看汉赋特性与演化》也表现出作者的创见。该书侧重汉赋的考辨，以及汉赋本质与特性演化的探究，为有志于汉赋与文学史研究的学者提供了开阔的学术视野。作者在论述过程中，方法与具体的论证虽平实，但大都另辟蹊径，解决了部分文学史上的悬案。此外，作者一向致力于汉赋生态的研究，擅长从赋家、读者与赋篇等不同的角度剖析问题，并考察其相互影响，得到自己独到的见解。

## 二十七、《汉赋艺术论》，阮忠著，35万字，华中师范大学出版社1993年版，2008年增补再版

阮忠（1952—　），湖北黄陂人。曾任湖北咸宁师范专科学校教师、华

中师范大学文学院副教授、教授、中文系主任。2002年起任海南师范大学文学院教授，曾任院长、副校长。出版专著《散文概说》《庄子创作论》《两汉诗歌与传统文化》《唐宋诗风流别史》《宋代四大词人群落及词风演化》《琼崖历代诗词选》等10余种，发表论文200余篇。

该书从文艺美学的角度研究汉赋，自赋的概述始，对汉赋的生成及其演化、汉赋作家的风采与创作趣尚、汉赋艺术表现的流向、汉赋作家的艺术风格、汉赋批评等分别列专章论述。作者在研究汉赋生成的文学与社会影响的基础上，把汉赋的发展分为初兴、确立和全盛、模拟渐衰、中兴、转变五个阶段，以见汉赋发展的曲折流动过程；并以汉赋的表现特征为准则，把汉赋分为讽诵赋、抒情赋、说理赋、咏物赋四大类，足见作者的独到见解。在第二章“汉赋的生成与演化中”，作者具体地、历史地考察了汉赋生成和演化的轨迹，既探讨了汉赋生成的客观文学准备，又论及汉赋生成的社会诸因素，还探讨了汉赋自身发展规律的作用和影响，从而得出汉赋是两汉文学主潮的结论。而在论及“汉赋作家的风采与创作趣尚”时，又对汉赋作家的生成、生存状态、文化素养、意识与人格、创作理论及审美情趣等进行了系统的比较。作者认为，“赋家群落具有依附政治人物或社会政治的鲜明特征”，随两汉历史的发展呈现出跌宕起伏的态势，至东汉后期趋于末路，审美价值也从社会功利变成了个人功利。在第六章“汉赋批评论说”中，作者简要概括了历代对汉赋的批评特点，分别选取汉人、刘勰、元代祝尧、明代王世贞和清代刘熙载的汉赋批评进行论说，以点带面，大致梳理了历代学者的汉赋理论，具有学术史的价值和意义。马积高先生认为，此书把汉代特殊历史条件下所形成的赋作家的生存状态、文化素养、意识、人格、创作理论和审美情趣作为一个重要的方面加以集中论述，极具特色。其中关于“汉赋作家群落与演化”的分析，尤见别裁与深思。2008年再版时新增附录三则，其中《汉赋研究综述》及《汉赋研究论文索引》为辞赋爱好者提供了研究的资料和门径，有助于学者更好地了解20世纪汉赋研究的基本状况。《汉赋艺术论》一书将宏观研究和微观考察相结合，在平实中求新，相关论述深入详透，表现出作者谨严求实的学风和锐意探索的进取精神，具有较高的学术价值。

## 二十八、《汉赋综论》，曲德来著，20万字，辽宁人民出版社1993年版

曲德来（1944—2020），辽宁营口人。于1968年、1981年在辽宁大学获文学学士、文学硕士学位。1987年毕业于东北师大中文系，获文学博士学位。现任辽宁大学中文系教授，兼任中国屈原学会理事，辽宁省唐代文学研究会副会长。发表学术论文数十篇，出版专著《汉赋综论》《屈原及其作品新探》《孟浩然·王维》《唐诗故事》《历代赋广选新注集评》等。

该书共四章，分别是：赋体的来源与汉赋的范围分类、汉赋内容意识论、汉赋艺术论、汉赋影响论。作者指出，自20世纪20年代以来，研究者大都认为汉赋是“描写帝王和贵族的奢侈豪华的生活，夸张奇方异物，专供帝王和贵族们消遣的极端形式主义的宫廷文学”，是“反现实主义的文学”（茅盾）；文学史对汉赋的形式、内容、艺术、发展脉络、对后世影响等问题也缺乏中肯的深入的分析。有鉴于此，该书根据美学和历史的观点，把汉赋放到中国文学发展史的进程中进行考察，抉发其在文学发展中重要的承上启下的作用，肯定了汉赋的重要地位。例如在第一章《赋体的来源与汉赋的范围分类》中，作者认为赋源于《诗经》，继承了《诗经》的语言形式和美刺传统；其次受到先秦散文布局谋篇、多方铺陈、分类排比的影响；再次受先秦隐语和民间文艺的影响。他主张把建安文学划入汉代文学，把汉赋按文学的原则分为抒情、咏物、叙事、说理四类；按形式分为散体赋、骚体赋和四言赋三类。第二章《汉赋内容意识论》认为，汉赋的内容表现为描绘自然景色和人对自然的征服；表现为求仙活动、商业活动、杂技艺术和风俗；表现为揭露统治阶级内部的矛盾，批评现实政治，及对人生不幸作历史的现实的探寻。汉赋具有“宣上德而尽忠孝，抒下情而通讽

谕”的功用，汉赋歌颂的是汉代的统一事业和帝国繁荣，而汉赋讽谏的实质则在于赋家以“礼”为标准对统治阶级进行抑奢倡俭的讽谏，以维护本阶级的生存。此外，作者还对讽谏产生的现实原因，讽谏的特点、效果做了简要分析。在《汉赋艺术论》部分，作者从形式、艺术表现和语言等方面论述汉赋的特点及其达到的成就，包括骚体赋、四言赋和散体赋三类赋在句式、对偶、押韵等方面的特征，汉赋在艺术上的想象、铺排、夸张与比喻、白描与映衬，以及汉赋极其丰富准确的语言艺术。在《汉赋影响论》部分，作者指出，汉赋作为汉代的代表性文学在继承先秦文学的基础上创造了新的文学形式，发展了文学的表现手法和语言，在语言形式和铺排、白描等手法上对后世诗文、辞赋、戏曲、小说等产生深远影响。

曲德来教授是中国大陆第一位辞赋学博士，《汉赋综论》即是他的博士论文，初稿完成于 1987 年。故书中的很多观点，是作者与导师杨公骥先生共同思考的结晶，反映了师徒二人在特定历史背景下努力肯定汉赋的价值和文学史地位，并进行全面系统研究的有益尝试。该书坚持历史唯物主义的原则和方法，对汉赋的内容、意识倾向、艺术成就、文学影响等给予实事求是的评价，在考证的过程中立论扎实，论述细致，思维缜密，结构谨严，并常在论述之后以“小结”的形式进一步阐明自己的论说立场，是一部不可多得的汉赋研究专著。

## 二十九、《司马相如集校注》，金国永著，16 万字，上海古籍出版社 1993 年版

金国永（1926—2002），又名金成礼，四川泸县人。1948 年考入重庆大学，同年 7 月参加革命。（参见《中共仁寿县党史资料选编（1928—1949）》第 372 页，王永波教授提供）解放后历任四川眉山仁寿区副区长、区长，西南地质局政治部宣传科长、四川地质公司办公室主任等。1980 年以后任四川人民出版社、四川文艺出版社编辑，编辑室主任等职。著有《司马

相如集校注》、《苏洵》（署名金成礼，下同）、《苏辙》、《嘉祐集笺注》（合作）等。

该书以张溥《司马文园集》（明末娄东张氏刊本）为底本，以汪士贤《司马长卿集》（明万历间汪氏刻本）为校本，并取《史记》《汉书》《文选》《艺文类聚》等参校。故其所录篇目与张燮、张溥本全同，依次为赋6、书2、檄1、难1、符命1、传1、歌2，共14篇。附录一包括《题市门》《答盛览问作赋》《梨赋》和《凡将篇》残句，附录二为《史记·司马相如列传》的结尾部分，附录三为张溥《司马文园集题辞》。所辑相如作品较为完备。该书开头有"前言"，简介相如生平仕履、文学创作、后人论争及该书的校注体例，有一定参考价值。各篇均有题解，言简意赅，且有独到之见。如《美人赋》题解驳斥《西京杂记》所谓"长卿素有消渴疾，作《美人赋》，欲自刺"的观点，认为此说与《长门赋序》相类，"皆好事者强以寓言托辞攀附史实，以耸人听闻"，实际上是相如"自许为远胜孔墨之徒，坐怀不乱之君子，固非所以自刺也"，并对该赋的创作背景进行蠡测（第125页）。析理深刻，令人信服。校勘与注释是全书的主体内容，作者将其合在一处，俾省篇幅。如《子虚赋》"子虚过诧乌有先生，而亡是公存焉"句校注云："诧，夸耀，夸饰。诧，《汉书》《文选》作'姹'，同声相假。存，《史记》作'在'。"（第3页）

著者国学功底深厚，他在做注时并不因循古注，而是直接查询《说文解字》《尔雅》《玉篇》《广韵》等语言文字学著作，并援引先秦或西汉典籍为证，因而多有新颖独到之见。在众多的司马相如作品校注本中，该书是质量最高的一种。

## 三十、《扬雄集校注》，张震泽校注，上海古籍出版社1993年版

张震泽（1911—1992），辽宁大学教授。生平详见《张衡诗文集校注》

叙录。

扬雄是西汉著名赋家，也是哲学家、语言文字学家。依照文人别集不收成书、只收散篇的向例，该书正文在综合前人诸多辑本的基础上，辑录并校注了扬雄赋、文、书、颂、诔、箴等各类文章凡57篇，而不收其《太玄》《法言》《方言》等著作。与《张衡诗文集校注》相同，该书所辑扬雄作品篇目亦以严可均《全汉文》为据，并详加注释校勘。该书共收扬雄赋10篇，如下:《蜀都赋》《甘泉赋》《河东赋》《羽猎赋》《长杨赋》《覈灵赋》《太玄赋》《逐贫赋》《酒赋》《反离骚》。其中《覈灵赋》为残篇。作者众采诸家，各篇所据底本不一，择善而从，但均在篇名注释中加以说明。例如首篇《蜀都赋》篇名注释:"见《古文苑》韩元吉本，又章樵注本，又略见《艺文类聚》卷六十一，又散见《昭明文选》李善注数条。"搜罗版本较为丰富。注释文字简明扼要，不进行烦琐考证。而对于地理、典章名物等，作者会在参考前人成果基础上加以辨析，尽可能据相关文献给出符合原意且通俗的解释。例如《蜀都赋》"禹治其江"句，注引《尚书·禹贡》两条，指出大禹所疏通之沱江、潜江皆在蜀中。作者还考虑到赋篇浩繁的内容，在校注后会对每段大意进行概括。例如《蜀都赋》分为若干段，各段注文之末有总括:"此段总写蜀都之方位、特产及异物"（第9页），"此段写蜀都境内之山"（第12页），"此段写蜀郡河流之多"（第15页），"此段写蜀都物产丰富，竹木花果鸟兽虫鱼盛美"（第21页），"此段写成都城市物产之富及水运之便"（第24页）等等，读之脉络井然，颇有导引之效。

值得注意的是，作者在《前言》部分肯定了扬雄的文学成就，尤其看重扬雄对赋体文学的贡献。扬雄四赋（大赋）打破自枚乘以来的宾主问答体式，转而以设问引起，成为汉赋发展史上的重要一环；另有扬雄对四言体小赋的发展也不可忽视。书末还附有《汉书·扬雄传》《扬雄佚事》《扬雄佚篇目》《扬雄年表》等，可资参考。

总之，该书是第一部对扬雄诗赋进行全面校注的著作，学术性与普及性兼具。作者始终本着多闻阙疑的态度，学风严谨，文笔凝练，学术质量上乘。此后虽有若干种扬雄集校注本出现，但始终无法取代该书的学术地位。

## 三十一、《气象非凡的汉赋》，骆冬青著，8.6 万字，辽宁古籍出版社 1995 年版，辽海出版社 1998 年版

骆冬青（1964— ），江苏沭阳人。现任南京师范大学文学院教授，博士生导师。研究方向为美学、文艺理论、文化理论。出版有《形而放学：美与秩序》《文艺之敌》《情性人生：心灵美学讲稿》《气象非凡的汉赋》等著作，发表学术论文数十篇。

该书是卞孝萱主编的大型丛书《中华文化百科 100 部 · 文学卷》之一种。全书共分六章。第一章下分三节，通过介绍赋体特质、汉赋起源与类型这三方面内容，肯定汉赋在文学史上的地位，是一代之文学。第二至第五章是主体部分，以汉赋这一文学体裁自身的发展盛衰历程为划分标准与脉络，对汉赋的形成、高峰、转折与后期各阶段的代表性作家、作品进行梳理、赏析与解读。尤以对当时及后世文坛都产生深远影响的汉赋四大家（司马相如、扬雄、班固、张衡）的分析为主。语言生动流畅，所叙内容高屋建瓴。对不同阶段赋文的解读，基本遵循思想与艺术形式的分析模式，对汉赋所描述的情感、景物以及作品中所表现的精湛艺术成就给予分析与认可。又鉴于作者的美学视野，在对经典赋作析读过程中，多处体现文艺美学观点。如“扬雄的写志赋”一节，作者认为扬雄《解嘲》一文不仅自述其对所著《太玄经》的自负，同时也能体现扬雄受《易经》美学思想影响，从而推崇一种博大而精深的美学观念。第六章简述汉赋的影响，既肯定其自身取得的辉煌成就，也指出汉赋存在的明显缺点。梳理汉赋对后代各体文学产生深远影响以及在当代的命运。

综上，该书以丰富而详实的资料为基础，加以作者循循善诱的分析和生动流畅的语言，而成为一部雅俗共赏的汉赋普及性小书。但或因作者并

非致力于汉赋研究，对汉赋的发展与作品批评略显空泛，缺乏学术深度和创新色彩。该书又有辽海出版社 1998 年版，2011 年版。

## 三十二、《汉赋揽胜》，程章灿著，7 万字，上海古籍出版社 1995 年版

程章灿（1963—　），福建闽侯人，1983 年毕业于北京大学历史系，1989 年于南京大学中文系获文学博士学位。现任南京大学文学院教授、古典文献研究所所长，教育部长江学者，江苏省跨世纪学术带头人。在赋学、六朝文学、石刻文献与金陵文化等方面均有精深造诣，著有《魏晋南北朝赋史》《刘克庄年谱》《世族与六朝文学》《赋学论丛》《石学论丛》《唐诗入门》《书史纵横》《山围故国》《潮打石城》《旧时燕》等。

该书是《中华文明宝库》丛书系列之一。该丛书立足于中华文明发展的历史长河，选取典型的文化现象与成果，介绍祖国的壮丽河山、悠久历史、灿烂文化和传统的道德品质。汉赋是汉人在总结前代文化遗产基础上的重大创造。《汉赋揽胜》一书“以诗意的笔把艰涩的汉赋光彩通俗化，让读者能了解汉赋的主要艺术面貌”①。该书共七章，分别是：一代文学之盛，侈丽闳衍的汉颂，抒情写志；风俗画博物书，尴尬的讽谏，绰约多姿的风神，铺叙的艺术。在第一章中作者对汉赋的存世情况、汉赋作家、题材、内容、起源等方面做简单介绍，主要突出赋在汉代的重要地位，堪称是一代之文学。第二章主要介绍了汉赋的颂德倾向，作者认为，汉赋的颂德倾向可追溯到《诗经》中的《周颂》《鲁颂》《商颂》，自武帝始，辞赋颂德的倾向越发显著，赋家通过主动献赋或奉诏作赋的形式对君主进行劝颂，以达到自己经世致用的意图。揄扬赞颂的手段也有多种。例如扬雄在汉成帝祭祀归来的途中献上《河东赋》，劝颂君主“以函夏之大汉兮，彼曾何足与

① 阮忠:《汉赋艺术论》，华中师范大学出版社，2008，第 284 页。

比功”，“即发轫于平盈兮，谁谓路远而不能从”，追随先贤的足迹奋发作为。后面几章，作者分别对汉代抒情写志赋发展的三个阶段、“京殿苑猎，述行序志”和“草区禽族，庶品杂类”的题材内容、讽谏的特点、绰约多姿的美学风貌和专事铺叙的结构特点等几个方面进行简要介绍。

该书文笔优美，说理通透，通过对汉赋作品的分析使读者对赋文化有初步了解，是一本学术性和通俗性兼具的汉赋著作。

## 三十三、《司马相如集校注》，朱一清、孙以昭著，约10万字，人民文学出版社1996年版

朱一清（1931—2018），江苏宜兴人。1960年毕业于北京大学中文系。1962—1964年在山东大学师从高亨、陆侃如先生进修先秦两汉文学。曾任安徽大学文学院教授、系主任、学科带头人。著有《诗经注评》、《诗经鉴赏辞典》（合著）、《古文观止鉴赏集评》（主编）、《天下才子必读书校注》（合著）、《阅微草堂笔记选注》（合著）等。孙以昭（1938—　），安徽省寿县人。1961年毕业于复旦大学历史系，安徽大学中文系教授。著有《简明中国文学史》《中国文化与古典文学》《道家二圣——老子和庄子》《庄子散论》《毛郑诗考正校注》等。

该书按体裁将司马相如之创作分为赋6篇，歌2首，书2篇，檄、难各1篇，附录古辞《白头吟》，共12题14篇。该书以明汪士贤辑刻、傅增湘校跋之《司马长卿集》为底本，以明张燮辑《司马文园集》和明张溥辑《司马文园集》为校本，《史记》、《汉书》、胡刻《文选》、《艺文类聚》、《初学记》为参校本。全书正文之后先列校记，再做注释。“校记”或改正底本脱误之处，或揭示有参考价值的异文；“注释”中遇到疑义者，或择善从之，或按己意。虽然作者另立新意者较少，但是在遇到疑义辨析时所引材料众多，除李善《文选注》外，还征引王先谦《汉书补注》、郝懿行《尔雅义疏》、高步瀛《文选李注义疏》等古今书籍。如《子虚赋》“割鲜染轮”句，

作者先列李善、胡绍煐、桂馥三家说法，后依据文意加以辨析，认为赋中描绘场景为打猎之际，无暇进行祭祀，当为野兽之血浸染车轮，分析得当。该书语言简练明白，有利于司马相如作品的普及。

## 三十四、《文学话语与权力话语——汉赋与两汉政治》，胡学常著，20 万字，浙江人民出版社 2000 年版

胡学常（1967—　），湖北洪湖人。1990 年、1996 年、1999 年分别获得南开大学文学学士、文学硕士、史学博士学位，现为南开大学文学院副教授。著有《文学话语与权力话语——汉赋与两汉政治》、《思想者的产业——张伯苓与南开新私学传统》、《东方诗魂——屈原与中国传统文化》（合作）等，发表论文多篇。

该书隶属刘泽华主编的“中国政治文化丛书”。遵从该系列丛书的整体思想脉络设计，该书以政治与汉赋的关系为探究重点，共计 8 章。第一章“导言”交代研究旨趣、角度、方法和特性；第二章“汉赋知识谱系考索”认为汉赋起源于先秦隐语，并被政治权力运作成一种宫廷化的集体颂美工具；第三章“赋家的制度性焦虑”探讨文人对政治现象的焦虑感在汉赋中的表现，认为这是汉代国家面临危机及儒家传统礼乐理念身处困局的表现；第四章“专制政治下赋家的生存性焦虑”探讨赋家作为士大夫，在汉代政治制度下的生存困境，融入汉赋中则展现为神仙思想及“士不遇”情结；第五章“汉赋的象征、政治神话与乌托邦”认为汉赋其身的象征资源及对政治神话的制作有助于构建政治秩序，汉赋中对“圣王政治”的描述，就是一种构建“乌托邦”的行为；第六章“汉赋的意识形态功能”认为汉赋产生于国家意识形态的操纵之下，服从于成为汉代意识形态的经学话语，并为政治服务；第七章“汉赋修辞的政治意义”考察汉赋修辞性叙事所蕴含的政治意义，赋家虽有文学的审美冲动，但汉赋话语仍依附于政治知识体系；第八章“后记”讲述写作缘起和过程。

该书逻辑严明、举例恰当，适当运用诸如话语理论、知识考古学、马克思主义、反思社会学、新历史主义批评等当代西方新学，重点关注汉赋文本与权力、意识形态之间的关系，以探求汉赋话语与两汉政治关系为论题，旨在探究汉赋话语的政治文化功能，不仅仅是对汉赋研究的推进，一定程度上也从特定角度丰富了中国政治思想史的研究。尽管此书对汉赋文本的解读略显肤浅，有架空论述之嫌，但其研究视角和方法是值得肯定的。

## 三十五、《司马相如集校注》，李孝中著，约 16 万字，巴蜀书社 2000 年版

李孝中（1930—　），云南弥渡人。1957 年 8 月毕业于四川师范学院（成都）中文系，入职南充师范专科学校。曾于 1959—1960 年在杭州大学学习。现为西华师范大学（原南充师范学院、四川师范学院）文学院退休教授。著有《司马相如集校注》《王灼集校注》等。（以上信息由朱利华教授提供，特此致谢）

考虑到明人辑录之《司马相如集》多所舛讹，李孝中先生从旧籍中径行辑录，编为此集。前 8 篇（《子虚赋》《上林赋》《喻巴蜀檄》《难蜀父老》《谏猎疏》《哀二世赋》《大人赋》《封禅书》）录自《史记》宋黄善夫刻本（即《四部丛刊》本），《长门赋》录自《文选》胡克家刻本，《美人赋》录自《古文苑》，《琴歌》录自《玉台新咏》，《报卓文君书》录自张溥《司马文园集》，《答盛览问作赋》录自《西京杂记》，《凡将篇》（残句）录自诸书，凡 14 篇。《自叙传》聚讼纷纭，删之。虽然未按文体类型排列，但出处明确，版本较优，方法亦甚得当。书前有《校注说明》，介绍相如作品存佚情况及校注体例宗旨；后有附录，附有《史记》本传、轶事 9 条，历代题咏 72 首，集评 58 条，有关自叙传的论争 2 则，侯柯芳论文 2 篇，约 5 万字，较之张夔所辑可谓广博宏富矣。其中有些资料辑自方志文献，尤为

罕见。校勘与注释合在一处，每条校注皆先注后校。后来李孝中又与侯柯芳合作出版了《司马相如作品注译》一书（四川人民出版社 2007 年版），篇目及校注与该书相同，只是增加了侯柯芳的译文；附录亦略有调整，增加了《风月瑞仙亭》话本和《杂剧传奇中相如文君戏曲目录》等内容。

## 三十六、《汉赋史论》，汪小洋著，22.5 万字，天津社会科学院出版社 2000 年版

汪小洋（1958—　），1984 年毕业于南京师范大学中文系，获本科学历；2003 年毕业于南京艺术学院美术学院，获博士学位。曾任上海大学艺术研究院教授，现为东南大学艺术学院教授，博士生导师。主要研究中国宗教美术与中国古代文学。著有《汉赋史论》《汉赋文化史论》《汉画像石宗教思想研究》《美术考古与宗教美术》《中国宗教美术史料辑要》《百神图考》《科举文体研究》等。

该书是作者学术论文之结集，包括论文 15 篇，自然分为两大部分。第一部分是“史”的部分，共有论文 5 篇：（1）《赋的渊源与流变》探讨赋体的渊源、赋在汉代的发展和此后的变迁；（2）《骚体赋的兴盛与衰败时期》主要探讨陆贾、贾谊、枚乘对汉赋兴起的贡献；（3）《汉大赋的兴盛与衰败时期》（一、二）则对汉大赋的代表作家司马相如、刘安君臣、扬雄、班固、张衡等进行详细研究；（4）《汉末赋坛》探讨了汉末赋坛的特征并介绍了汉末赋家。第二部分是“论”的部分，包括 10 篇学术论文，分别对秦汉方士与秦汉文学、方士文化与汉赋兴盛、神话与两汉大赋、黄老学说与汉赋兴盛、汉代赋家的自我否定与文学进步、汉赋中的文学自觉、《神乌赋》、汉代俳倡艺术等论题进行专题探讨，尤其是对赋家自我否定的深入解读，对汉代文学自觉说的阐述与推进等，颇见深度与功力；第 14 与 15 篇分别介绍汉赋作品的整理与保存情况、历代文人对汉赋的评论，虽十分粗略，但也略见大概，可资参考。该书纵横结合，文史互证，尤其注重利用

考古资料，探讨道家思想、方士文化、上古神话与汉赋之间的关系，提出自己独到的观点。作者的专长在于宗教艺术，对汉赋作品缺乏深入研读，故书中有些论述浮光掠影，有些判断似可商榷。例如将《神乌赋》与赵壹《穷鸟赋》相比较，草率地认为“《神乌赋》很可能是作于东汉后期的作品”（第224—225页）。其实根据尹湾汉墓出土资料，其六号墓墓主为师饶，下葬时间为西汉末年。《神乌赋》很可能是西汉中晚期的作品，不可能晚至东汉，这已是学术界定论。

（原载《中国诗歌研究动态》第26辑古诗卷，学苑出版社2021年10月版，署名：踪凡、董龙光、吴世松；收入本书时有增补）

# 汉赋研究论著叙录（2001—2010）

二十一世纪前十年，学术界接续上世纪末的优良传统，在汉赋研究领域辛勤耕耘，取得了一系列重要成果。今缕述如下。

## 一、《黄钟大吕之音——古代辞赋的文本阐释》，李炳海著，40.5万字，吉林人民出版社2001年版

李炳海（1946—　），吉林龙井人。1970年毕业于北京大学，获文学学士学位；1986年毕业于东北师范大学，获文学博士学位，师从杨公骥先生。1986—2001年在东北师大中文系任教，2002年起任中国人民大学文学院教授、博士生导师。李炳海教授在先秦两汉文学、道家文学、民族文学、古代词赋研究等领域皆有重要成就和影响，主要著作有《周代文艺思想概观》《道家与道家文学》《部族文化与先秦文学》《民族融合与中国古代文学》《汉代文学的情理世界》《中国诗歌通史·先秦卷》等。曾参加袁行霈主编《中国文学史》的撰写，任秦汉卷主编。发表论文200余篇。

该书分为七章，虽以“古代辞赋”为题，实以汉赋研究为核心。在第一章“京都赋的文化承载”中，作者认为京都赋是作为大一统观念的载体而出现，因此承载着强烈的历史超越意识，兼有明显的复古色彩，朝政与民俗物象在京都赋中此消彼长地出现，最终达到兼收并蓄的状态。第二章“咏物赋的物我互证模式”探讨了物我互证的三种模式，即以物缀人、以物

衬人、物我融通。第三章“言志赋抑郁的文化心态”通过对相关作品的分析，论述了言志赋中常见的三种抑郁情况：失落、阻隔、漂泊流浪，中间夹杂对赋作家及其作品的深刻分析。第四章“行旅神游赋的文化指向”认为，行旅赋和神游赋从现实和幻想两个层面反映了古代文人的遭遇、感慨和求索，是作家人生动态的艺术再现，但二者又有所不同，体现出现实与浪漫、写实与记虚的区别。第五章“铺张扬厉：辞赋的巨丽之美”、第六章“夸张藻饰：辞赋的唯美倾向”，则对汉代辞赋铺张扬厉的风格、夸张藻饰的特点进行分析。最后一章“辞赋的文体兼容性”，着重从文体方面分析了辞赋的兼容并包的特点。

作为一部系统、全面地从传统文化与文学关系的角度解读辞赋的著作，该书在诸多方面均有独到见解。例如，作者改变了传统的对文学作品所作的庙堂文学与民间文学、典雅文学与通俗文化的划分，独辟蹊径，将赋定位于文化品位高、知识含量丰富、创作难度大的精英文学，为我们从文化视野内审视辞赋提供了崭新的视角。而更为重要的，则是作者对“汉代文学自觉说”的支持。“汉代文学自觉说”最早由龚克昌先生提出，认为汉赋是“文学自觉时代的起点”。该书进一步指出：“辞赋的出现在中国文学史上是一场变革，这不仅因为它是一种新的文学尝试，更重要的是文学独立和自觉的标志。”认为从屈原到宋玉等人、从辞到赋，是由泛文学到纯文学的演变过程，到宋玉时文学才真正以独立的形态出现。这一观点不囿成见，勇于突破，显示了作者自觉的学术追求。此外，针对以往辞赋研究经常偏离文学本位，忽略辞赋文本的现象，作者指出，辞赋研究必须牢固地把握住文学本位，关注辞赋本体、辞赋文本，应该对辞赋名篇的文化承载、文化心态、文化指向及辞赋的语言文体特征作详细探究。该书构制宏伟，谨严有序，具有极强的内在逻辑性；研究方法也注重宏观与微观结合，论述与考据并重，在诸多方面均有独到见解，对辞赋研究，乃至中国古典文学的研究都具有参考价值。

## 二、《汉赋今译》，张启成、徐达主编，41 万字，贵州人民出版社 2001 年版

张启成（1936—　），上海人。1960 年毕业于复旦大学中文系。曾任黔南民族师范高等专科学校副校长、贵州大学学报编辑部主任、贵州大学中文系主任、教授，兼任贵州省古典文学学会名誉会长、贵州历史文献研究会副理事长等职。主要从事中国古典文学的教学和研究。出版有《切磋集》《国魂颂》《文选全译》《汉赋今译》等著作，发表学术论文数十篇。

该书是《中国诗词赋经典今译》丛书中的一种。作者立足于汉赋作为一种文体自身的发展规律，按照《昭明文选》的赋体排列顺序以区别先后，共计收录《昭明文选》中所涉及的京都、郊祀、畋猎、纪行、游览、宫殿、鸟兽、述志、哀伤、音乐十大类共计 23 篇汉赋作品，并对每一篇作品进行精读详注，以期在解读汉代名家名作的基础上，给予汉赋以公正的文学史地位。该书体例是：先叙述作者生平，再进行解题，在知人论世的基础上归纳作品写作的时代背景与创作意图。正文部分先列作品原文，注释附于其下，对赋作中所涉及的词汇、典故、历史事件、人物与官职等都做了注解，注释中主要引用《文选》李善注、《汉书》、《诗经》、《周礼》等古代文献。例如首篇《西都赋》注，作者为了解释“金马”一词，援引《后汉书・马援传》的记载：“孝武皇帝时，善相马者东门京，铸作铜马法献之，有诏立马于鲁班门外，则更名鲁班门曰金马门。”（第 3 页）注释文字简明扼要，不进行烦琐的考证。主要以原始材料的罗列为主，并在个别地方进行了简单的校勘。例如《西都赋》“抑亦《雅》《颂》之亚也”注：“五臣本‘抑’字下有‘国家之遗美’五字。”（第 5 页）注释之后再列译文，对每段进行文意疏通，使读者能在看懂注释之后整体把握段落大意。五个部分结构紧凑，互相配合。

值得注意的是，作者在序文中从汉赋的文体独创性，写作手法的夸张铺陈，反映汉帝国上升期的历史现实，记述汉代丰富的物产与时代风貌，在当时流传甚广，以及涌现了诸多对后世堪称典范的赋家名作等多个方面，肯定了汉赋作为“一代之文学”的价值，所论颇为中肯。

该书作者用生动详实的语言解读了历史上经典的汉赋作品，是一部雅俗共赏的汉赋普及性读物。作者力求让读者能够看懂经典的汉赋文本，但是在选取作品时，囿于《文选》之篇目，而对于历史上的一些重要的汉赋作家作品视而不见，如枚乘、东方朔、刘歆、蔡邕、赵壹等作家的名作并未收录，未尝不是一种遗憾。即使是《文选》所收，亦并不完备，如贾谊《吊屈原文》、枚乘《七发》、扬雄《解嘲》等名篇，《文选》不入赋类，但实为赋体，亦未能收录。

## 三、《汉赋辞典》，费振刚、仇仲谦编，115万字，北京大学出版社2002年版

费振刚（1935—2021），北京大学中文系教授。仇仲谦（1944— ），广西梧州学院教授。作者简介详见《司马相如文选译》叙录。

该书是一部断代文学辞典。据该书《凡例》，全书共收单字6170余个，词目两万余条。所收字、词目及义项范围限于现存汉赋作品中所出现者，以《史记》、两《汉书》、《文选》中汉赋词汇为主，亦择《艺文类聚》《古文苑》《西京杂记》《初学记》《太平御览》《北堂书钞》等所载以及散见于他处的汉赋词汇，并按照词义的演变排列义项。该书采用部首与笔画相结合的方法排列字词，字条的解释包括字头、注音、释义与书证四个部分，参考前人对汉赋的研究与注析，每一义项引一到二条例证说明，依据传统字书、辞书、经籍以及历代注释择善而从。该书仅对汉赋中出现的义项进行解释，不穷尽该词的全部意义。例如书中“儿部”的“充”字，仅罗列“满，充足”“塞”“供备”三个义项，举东方朔《答客难》、扬雄《羽

猎赋》、班婕妤《自悼赋》为证（第63页），其余不在汉赋中出现的义项如“担任”“假冒”等则予以舍弃。

该书意在填补自“五四”以来汉赋研究领域的空白。编者从汉赋文本出发确定字头、词条，做了大量的基础工作，在理解汉赋作品文本的基础上，斟酌前人研究成果，以释词析义为主要目的，力求对汉赋中的词汇给出较为精确恰当的解释。不仅是一部阅读、研究汉赋的辞书，更是一部研究汉代语词、考察古代词义演变的工具书。

## 四、《汉赋管窥》，程德和著，10.7万字，中州古籍出版社2003年版

程德和（1962— ），文学硕士，安徽新闻出版职业技术学院党委书记。主要从事中国古代文学及传统文化研究、中国辞书研究、中国出版产业改革发展研究。著有《汉赋管窥》《安徽发展绿色印刷的SWOT分析及战略选择》等。

该书除引论外，共七篇文章，均围绕赋体型制的本质与蝉蜕过程这一中心，论述汉大赋的理论探寻与创作演进。其中《赋体艺术构成论》从理论层面论述赋体的铺陈艺术。《大赋源流述略》《大赋的成熟定型及其分析》《大赋衰亡之因初探》纵向梳理了大赋的起源、成熟和衰亡三个阶段，并结合作品进行横向比较与分析。《司马相如赋主题述论》主要以司马相如的《天子游猎赋》（即《文选》中的《子虚赋》《上林赋》）为研究对象，明确其作为汉大赋成熟定型之作的典型地位，解决《天子游猎赋》篇名及写作年代问题，在确定创作背景的基础上结合作者思想、审美理想与作品本身，认为该篇赋的真正主题是“激情讴歌天子的声威和权势，反对地方诸侯分裂和叛逆”，“从儒家诗教的功利目的出发，纠缠于所谓的‘讽’与‘劝’矛盾之间的观点是极其迂腐的”，所论颇有见地。《汉代赋论“讽谏”说浅探》肯定了汉赋的政治功利目的性，但也强调大赋自有其审美艺术规律，

不应纠缠于讽谏功能而忽视其文学艺术的生命力。《汉赋余论》认为，汉大赋的衰落和抒情赋的萌芽使赋体真正成为批判社会、抒发情感、逐渐摆脱政治功利主义的文学体裁。

该书为作者在学生时代研读汉赋的笔记之汇集。该书七章各自独立，又有一定的逻辑关系，以司马、扬、班、张为代表的散体大赋为主要研究对象，其中又以司马相如为重中之重。重点突出，观点鲜明，可见其读赋之余有较多的思考。不过正如作者自己所言，该书“只不过是作者多年来研读有关赋体作品的一些零星心得”，“还远谈不上是对赋体文学的研究”，也未能从纯文学研究分析的常规套路中跳出来。某些观点虽然新颖，但缺乏具体论证，研究不够深入。该书对普及汉赋知识有一定意义。

## 五、《汉赋与长安》，李志慧著，21万字，西安出版社2003年版

李志慧（1949—　），陕西西安人，1975年毕业于西北大学中文系，后留校工作。曾任西北大学文学院院长、教授、博士生导师，西安翻译学院人文艺术学院院长，兼任陕西司马迁研究会副会长、长安文化研究会副会长等。著有《庄子探微》《史记文学论稿》《中国古代诗歌述评》《中国古代文人风尚》《杜甫与长安》《饮食与社会生活》等，发表学术论文近百篇。

该书为“古都长安”大型丛书之一。长安（今陕西西安）是西汉首都，两汉时期政治、经济与文化中心。该书选取了两汉历史上最具代表性的咏唱长安的辞赋作品，用通俗的注解、优美的赏析讲述赋中隐含的文化故事与文学情怀。该书共分为六章：第一章“长安的繁荣与汉赋的兴盛”中，作者以时间为序论述了西汉初期、西汉中期以及两汉之交的社会生活发展对辞赋文体形式演变的影响，即从骚体赋、散体大赋到抒情赋的变化。第二章阐述了长安的文化氛围与汉赋的审美价值。第三章重点介绍了以司马相如、司马迁等为代表的长安赋家及其代表作品，作者将长安的

辞赋作家群体分为两种类型，前者是散体大赋的代表，后者则更偏于抒情写怀。

汉赋长于铺采摛文、体物写志，作品中有不少对汉长安山川形胜、社会生活和文体生活的描绘，涉及的主题包括山川风物、宫殿苑囿、天子羽猎、汉宫情志、娱乐竞技等方面。第四章中作者以《西都赋》《上林赋》等为例，勾勒出汉长安城壮丽的山川风物和巍峨的城市建筑。其中对长安城的考据尤为详密，作者充分结合史料记载与现代勘察情况，再现了汉长安城的雄伟气势。第五章从宫廷文士、宫人、市民等视角讲述了汉长安丰富多彩的社会生活。第六章则对汉赋中描写的长安文体生活进行介绍，内容包括帝王羽猎、音乐歌舞及体育杂技游戏。

《汉赋与长安》一书通过汉赋再现长安独特的文化魅力，展现西安的汉文化风采。文章崇尚征实，弃绝浮言，内容全面系统，寓新颖观点于详密的材料与考证之中，具有科学性、知识性和可读性。

## 六、《全汉赋评注》，龚克昌等评注，101 万字，花山文艺出版社 2003 年版；《两汉赋评注》，龚克昌、苏瑞隆著，102 万字，山东大学出版社 2011 年版

龚克昌（1933—2022），山东大学教授。生平详见《汉赋研究》叙录。苏瑞隆（1962—　），新加坡国立大学教授。作者简介详见《中国赋论史》叙录。

《全汉赋评注》是第一部将现存所有汉赋进行评注的著作，其开创性是不言而喻的。该书共注释、评点汉赋作品 70 余家，195 篇（不含建安赋），不仅将前人未曾注及或不屑一顾的小赋、残赋、残句全部纳入注释的范畴，而且还注意搜集最新资料，将尹湾汉墓出土的《神乌赋》也收入书中并详加注评；至于仅存篇目的赋作，也略加介绍，以供参考，因而收录作品之“全”是前所未有的。前人已有的辑佚篇目，亦多有纠正。例如刘向《雅琴

赋》已佚，严可均《全汉文》从《文选注》和《初学记》中钩稽出7句赋文，而错误多达5处（费振刚等《全汉赋》亦然）。著者经过细心核查，纠正这些文字讹误，并进行开创性注释。

每篇赋分为作者小传、正文、说明、注释、辨析五个部分（有些赋作略去作者小传与辨析两部分）。“作者小传”简介作者的一生行事、思想倾向与主要著作，是理解赋作的前提；“说明”交代正文出处，赋篇的创作原委、思想内容、艺术特色以及文学史地位等，有助于读者正确、深刻地理解与评价作品；“注释”简要明晰、周备通达，不作烦琐考辨，但有时进行必要的征引；“辨析”则对于围绕该赋的有争议的问题提出个人看法，发蒙解惑，创见颇多，是著者多年研究的结晶。显然，《全汉赋评注》为我们解读汉赋作品提供了翔实完备的资料。

其中“注释”部分用功最深，内容丰富而又准确实用。例如司马相如《天子游猎赋》“其高燥则生葴菥苞荔”注：“葴（zhēn 针）：植物名，即马兰。一说酸浆草。菥（xī 析）：蓂草，似燕麦。苞：草名，可织席、履。荔：草名，似蒲而小，根可做刷子。”（第130页）全面吸收前人研究结论，而语言简洁凝练，不做烦琐征引。注音采用拼音和同音字相结合的方式。《大人赋》比较特殊，赋中有很多天文现象、神话故事和历史典故，著者亦多有征引，以助理解。例如“建格泽之长竿兮”句，著者征引《史记·天官书》和《汉书》注引张揖说，最后指出：“张揖所说格泽之气实际上是一种星云，与《天官书》所言状貌一致，实为一物。”（第175页）有时还在注释中穿插句意、段意，例如《长门赋》“君曾不肯乎幸临”注释：“幸临，特指君王驾临。这两句说，饭食菲薄却是我亲手准备，君王竟不肯驾临。”（第191页）。在诠释词意的基础上疏通句意，明白晓畅。接着又归纳段意：“以上部分写佳人失宠后的痛苦，怨恨君王失信于己并结交新欢，而自己却忠贞不二痴心盼君。”分析陈皇后的内心情感，入木三分。

“辨析”部分较多吸收了著者《汉赋研究》的观点，具有很强的学术性与前沿性。例如在孔臧《谏格虎赋》的“辨析”中，著者指出《谏格虎赋》的人物名称、赋篇结构、使用语言与思想内容等方面都与司马相如《天子游猎赋》极为相似，而前者简略，后者繁富，前者很可能是先出的。著者经过缜密推算，发现孔臧生年早于相如一二十年，创作活动也比相如早得多。相如赋是后出的，他借鉴了孔臧赋的格局与模式并加以扩展铺张，成为汉赋的奠基者。但孔臧的赋是首创的，其功不可没。（前汉分册第107～109页）这样既肯定了孔臧在赋史上的地位，也纠正了学术界一贯将孔臧置于司马相如之后的错误。又如在蔡邕《笔赋》的“辨析”中，著者指出：“蔡邕是东汉后期著名的书法家，他创造了飞白书。……《笔赋》是继崔瑗《草书势》和赵壹《非草书》之后，现存最早的有关描绘书法艺术的专文，也是最早进入书法艺术的赋篇。”（后汉下第848页）从赋史与书法史两个角度来品评蔡邕其人其赋，令人视野大开。

《全汉赋评注》的撰写是在深入研究汉赋的基础上进行的，每一句评论、每一条注释，都凝结着著者对汉赋问题的学术思考。《全汉赋评注》具有鲜明的开创性、资料性和学术性，它为21世纪的汉赋研究铺上了一块基石。

该书出版后颇受好评，八年后（2011年）又经苏瑞隆教授修订，对书中的一些错误、疏漏之处进行修改完善，更名为《两汉赋评注》，由山东大学出版社出版。如《全汉赋评注》第141页《天子游猎赋》“荆、吴、郑、卫之声，韶、濩、武、象之乐”，其中《韶》《濩》《武》《象》皆为乐曲名，当标书名号，《两汉赋评注》修订而标之（第92页）。另外，残句和存目的“说明”部分亦增加了不少内容，丰富了相关研究资料。

## 七、《蜀中汉赋三大家》，万光治著，5万字，巴蜀书社2004年版

万光治（1943—2023），四川师范大学文学院教授。生平详见《汉赋通论》叙录。

该书是“巴蜀文化走进千家万户丛书”之一，旨在宣传巴蜀地区的历史文化、民族宗教、民风民俗、名都名城名人等诸多方面。

西汉时期，巴蜀地区文学兴盛，赋家辈出，司马相如（成都人）、扬雄（成都人）、王褒（资中人）都是享誉文坛的大赋家，并称“蜀中汉赋三大家”。该书对三大家的生平事迹、汉赋成就与代表作品等方面进行详细介绍，借此宣传巴蜀优秀文化。该书共分四章：一、文采风流：司马相如；二、雅俗相宜：王褒；三、博雅深沉：扬雄；四、源远流长，泽及后世。在前三章中，作者全面介绍了三人的生平事迹与代表赋作，语言生动有趣，引人入胜。同时，对具体史实的表述准确得当，对相关学术问题的探讨也颇具水准。最后一章中，作者简要总结了司马相如等三人对中国文学史所做出的贡献：司马相如确立了汉代散体赋图案化倾向的描绘传统，开创了巨丽的美学特征；王褒所作的通俗赋、扬雄的都城赋，均开拓了汉赋的题材。赋学理论方面，司马相如的“赋心”“赋迹”说是最早的赋学创作论；扬雄的“丽则”“丽淫”说首创赋学的批判论，二者对后代影响深远。万光治先生是当代著名汉赋研究专家，他将多年来研究汉赋的成果使用通俗生动的语言表达出来，立论新颖稳妥，用词准确恰当。全书激情洋溢，文采斐然，并且配有多幅照片，直观生动，是一部不可多得的普及性读物。

## 八、《司马相如集编年笺注》，张连科笺注，24 万字，辽海出版社 2003 年版

张连科（1955—2013），天津宝坻人。1987 年毕业于天津师范大学，获文学硕士学位，并留校任教。曾任天津师范大学教授，兼任中国古代散文学会理事。主要从事中国古代文学、中国文学文献学研究。著有《陈琳集校注》《王国维与罗振玉》《魏晋南北朝文学研究》等，发表学术论文数十篇。

该书前言部分从司马相如的为人和辞赋两方面对其进行介绍。正文部分所录篇目以《史记》司马相如本传为主要来源，以《汉书》《文选》《艺文类聚》《初学记》《汉魏六朝百三名家集》等为校本，共收录司马相如存世文、赋十篇，按编年排序，依次为《美人赋》《子虚赋》《上林赋》《长门赋》《喻巴蜀檄》《难蜀父老》《哀二世赋》《上书谏猎》《大人赋》《封禅文》等。附录有辑佚五篇，假托之作两首及《史记·司马相如列传》一篇。最后选辑历代对司马相如创作的评价。

该书正文和附录篇目皆有详尽的注释，既有对古代典籍的征引，也有现代文解释，适合不同阅读基础的读者择取所需。每篇后的第一条注释均详尽考证该篇的写作年代，简要说明作品的思想主旨，并对有争议的问题提出见解。以最具代表性的《子虚赋》为例，该赋后注释①足有二千余字，可分为三部分：首先引用《西京杂记》原文，对司马相如的创作本事和《子虚赋》艺术风格进行评述；接着提出《子虚赋》《上林赋》的分篇问题和《子虚赋》《上林赋》与《天子游猎赋》之关系问题，并摘录高步瀛《文选李注义疏》中的相关论述；最后是作者本人对于该问题的分析和见解，并注明该赋作的创作时间，颇具学术价值。对于词语、典故、名物、地理的注释，无不旁征博引，内容富赡。

书末选辑史部、子部、集部典籍中有关司马相如的研究资料，上起汉司马迁，下讫近人高步瀛，辑录内容包括对其个人事迹、作品等的专门性或非专门性的记载和评价，反映出作者自身深厚的古籍整理功底。书亮点颇多，但编校质量欠佳，存在标点、格式、用字等错误，个别资料征引有误，辑佚篇目亦有欠缺。如：张华《博物志》“芎䓖苗曰江离”中的“曰”误作“日”；“吕延济”误作“品延济”；秦二世胡亥应为秦始皇第十八子，此书误作“次子”；相如有《钓竿诗》《遗平陵侯书》《与五公子相难》《草木书》等佚篇，但该书未加以存录和说明；等等。

## 九、《司马相如赋的美学思想与地域文化心态》，李天道撰，28万字，中国社会科学出版社、华龄出版社2004年版；中国书籍出版社2019年新版

李天道（1951— ），四川彭州人。现任四川师范大学文学院教授，博士生导师，兼任四川省美学学会副会长、中华美学学会理事、中国古代文学理论学会理事等。发表学术论文百余篇，出版著作有《老子美学的当代意义》《司马相如赋的美学思想与地域文化心态》《中国美学之雅俗精神》《中国古代人生美学》等。

该书紧扣西汉文学家司马相如辞赋的美学思想进行现代文学话语背景下的阐述，并详细解析其中的地域文化心态。该书共分为九章。第一章“审美主体修养论”阐述了司马相如渊博的知识积累和创作视野造就了其“苞括宇宙，总览人物”的审美创作胸襟，解读了司马相如辞赋美学论域所涉及的有关创作主体的审美智能结构与审美创作过程诸心理因素的建构；第二章“审美构思特征论”就司马相如的“得之于内”说进行了阐发，指出其“自得”思想的三方面涵义：一为自性、自情、自心，即辞赋创作应出自本心、发自肺腑；二为自由、自在、自然，即必须是自己的心得体会；三为自娱、自乐、自言，即所谓“夫子自道”，自得其乐。第三章和第四章“审美想象论”论述了司马相如创作的两种审美想象活动方式——“苞括宇宙，总览人物”与“凭虚构象，架虚行危”，前者强调审美创作主体必须感物起兴，由当下的观物展开审美想象活动，后者则偏重于心灵构想。第五章“审美灵感论”阐述了司马相如在审美创作中所出现的“忽焉如睡、焕然而兴”的心理状态是一种直觉体悟式的审美创作体验，其具有突发性、非自觉性、迷狂性、独创性等四种审美表现特征。第六章“审美精神论”论述了司马相如赋作中表现出的恢弘气概和开放的审美精神以及其所追求

的高远宏阔、圆满完美的美学精神。第七章“审美价值论”阐述了司马相如所开创的汉大赋劝百讽一、曲终奏雅的基本主旨以及其赋作华丽言辞背后的幽怨与失意之叹。第八章探讨了中国地域文化对司马相如美学精神的影响，作者认为司马相如“天人合一”“美善合一”的美学思想以及情理合一直观体悟式的审美境界构筑方式是中国民族文化心理结构中厚德载物、中和圆融的审美心态的体现。第九章“地域文化论”在第八章的基础上探究了巴蜀地域文化与司马相如美学思想的关系，认为司马相如大胆冲决的创造进取精神与巴蜀地区喜好标新立异、勇于自作主张的地域文化心态密切相关，而其赋作对精美形制和艳秾华美的审美追求则很大程度上受了巴蜀地区爱好穷形极相的夸饰、铺张扬厉的铺陈和华美艳丽文风的影响，最后作者还分析了司马相如对巴蜀地域文化心态的影响。

该书从现代美学的视域对司马相如辞赋的美学思想进行了全面且细致的阐释，眼光独到，论述精详，展现出作者纵横研究的宏观眼光。偶有牵强附会、过度阐释之处，但该书能够从特定角度深化对司马相如文艺审美思想的研究，颇有启示意义和参考价值。该书出版后，作者又陆续发表了《司马相如辞赋美学思想的现代阐释》《司马相如文艺审美创作个性化思想初探》《巴蜀文学奇特、虚幻的审美精神及其思想渊源——以司马相如辞赋创作为例》等文章，将相关研究继续向前推进。

## 十、《汉赋史略新证》，朱晓海著，40.9 万字，陕西人民出版社 2004 年版

朱晓海（1950—　），台湾省台北市人，先后在台湾大学、美国威斯康辛大学、香港大学获文学硕士、历史学硕士和哲学博士学位。曾任台湾清华大学中文系主任，兼任台湾“国科会”学术审查委员、全台大学入学能力测验国文科召集人等。在先秦思想史、汉赋、六朝文学文论、《文心雕龙》、《文选》等研究领域发表论文逾百篇，出版有《读易小识》《新古典新

义》《汉赋史略新证》等。

《汉赋史略新证》是一部论文集，共收录十一篇论文，每篇论文各自独立，但又以“汉赋”为主题。作者有意避开概述式的写作方式，各篇不乏新见。例如作者将赋的主要功能定位在娱乐帝王而认为其价值也在于此，认为赋是“游戏（艺术）与法度（道德）的结晶，倡优与贤圣的混血儿”，并觉得“汉赋主流特质基本上就是废话与谎话的结合”等等，这些观点虽然有些尖锐但颇能新人耳目。关于文学研究，作者认为文学论文应当“就作品论作品（包括作品讲什么、怎么讲以及配合讲的目的、讲的对象检视讲得成功与否）；就文学发展史论作品。由前一途辙，可以见到一篇作品的好坏；由后一途辙，可以见到一篇作品是否是重要作品”。可见作者兼顾文学的内部研究与外部研究。他认为“误把文献学当成文学本身研究，乃是具体感的重心错置”，“纵使文献俱在，点画墨迹本身并不会说话，仍有待研读者以敏锐的想象力发其中意蕴”，由此又可见作者不拘泥于考证，而是强调在此基础上要有阐发幽微的能力。这些研究思想在该书各篇目中也一以贯之。《赋源平章只隅》一文从《唐革》《钓》二赋的考订补正开始，进而分析得出赋渊源多端的特性，认为“讽谏”是早期赋的基因。《某些早期赋作与先秦诸子学关系证释》提出不同于前人的看法：“然则赋也者，受命于诗人，拓宇于诸子也，于是荀况《蚕》《箴》，宋玉《风》云（按，此系错字），爰赐名号，与《诗》画境，九流附庸，蔚成大国。”而在《“灵均余影”覆议》中，作者认为楚、汉情感不同，否定了汉赋受楚辞影响的观点。《论〈神乌傅〉及其相关问题》中，作者将出土赋作与敦煌俗赋比对，并对学术界流行的“《神乌赋》是俗赋”的观点提出质疑。各篇皆有新见，不一而足。又如最后一篇《汉赋男女交际场景中两性关系钩沉小记》，从赋中勾画出汉代男女关系图，选题独特而冷僻。这十多篇文章的视角别致而有新意，如此合集正如书中《序论》所言：“十一篇报告彼此照应，细心阅读，自可对汉赋特质、源流获致通贯认识。”其论述虽在细节上偶有失误，但瑕不掩瑜。此外书中引证丰富，注解广博，既可见作者扎实的文献功底，亦可见其独特的思维和犀利的眼光，确实是一部卓有新见汉赋研究著作。

## 十一、《汉赋与经学》，冯良方著，31 万字，中国社会科学出版社 2004 年版

冯良方（1965—　），四川平昌人。曾就读于四川师范大学，获文学硕士学位，然后赴云南教育学院任教，又调至云南大学人文学院，任副教授、教授，兼任中国辞赋学会副会长。主要研究中国古代文学与云南地方文献，著有《汉赋与经学》《云南古代汉文学文献》等著作，发表论文数十篇。

该书从汉赋与汉代经学“同体共生”的关系出发，讨论二者或亲或疏的现象及其本质。该书共计 14 章。第一章《引言》总括经学、赋学各自为营的研究情况，说明该书的研究角度及意义；第二章《走向经学》从经学角度出发，介绍该书研究的具体历史背景；第三章《赋家与经学家》认为汉代赋家归属于士人之中，亦有从游士到经学家的转变过程，从而出现赋家经学化与经学家赋化的二重相应现象，这种双重身份的不兼容使得诸多矛盾在汉赋中频频出现；第四章《汉赋文体源流辨析与经学》勘察汉赋源流，认为《诗经》—楚辞—汉赋这一发展路径，实乃经学化的产物，且经学家对非正宗文化的大力排斥，实是为提升汉赋在经学体系中的地位而用功，是一种“合法化”的表现；第五章《汉赋三体的盛衰与经学》认为汉赋三体各自的盛衰情况，很大程度上与经学密切相关；第六章《汉赋的讽谏精神与经学的政治批判性》认为汉赋讽谏精神的根源在于经学的政治批判性、尤其是《诗经》的讽谏精神，这种政治批判性从先秦发展而来，操控赋家的创作思想；第七章《汉赋的颂美意识与经学的意识形态化》以经学为汉王朝的意识形态代表，汉赋归属并受制于经学，其所蕴含的颂美意识便是力证；第八章《汉赋与经学的大一统观念》通过列举分析具体赋家赋作说明大一统观念对汉赋的影响；第九章《汉赋与经学的圣王理想》认为经学

对汉赋的影响还可在其所表达的“圣王思想”中得见，这又可联想到“劝百讽一”的汉赋格局；第十章《汉赋与经学的礼乐理念》认为汉赋中的田猎、宫殿、歌舞等题材是对经学礼乐理念的反馈，但因经学礼乐对汉代礼乐并无多少建树，从而造成了汉赋“劝百讽一”的格局；第十一章《汉赋与经学的灾异祥瑞说》指出灾异祥瑞说隶属的天人学说虽非汉代独有，但唯此时的影响最大，通过具体赋作说明汉赋多以此讽谏君王、褒贬现实政治；第十二章《汉赋的转型与经学的衰颓》则分析了汉代中后期经学的衰微也是散体赋没、抒情赋兴的原因之一，是对《汉赋三体的盛衰与经学》的补充。

万光治先生为该书作序，认为20世纪50年代以来学术领域具有简单粗暴化的研究倾向，大多是“无视中介的思想方法与研究方法”，该书以汉赋与经学为两位研究对象，仔细考察二者之间的关系，以求体现二者间的“中介”，从而对汉赋的优劣进行更深刻的剖析。不同于通篇大论，作者时刻不忘结合具体赋作进行解读，予以读者更强烈的直观感。

## 十二、《全汉赋校注》，费振刚、仇仲谦、刘南平校注，169万字，广东教育出版社2005年9月出版；《文白对照全汉赋》，费振刚、仇仲谦、刘南平著，142万字，广东教育出版社2006年版

费振刚、仇仲谦，作者简介详见《司马相如文选译》叙录。刘南平（1946—　），河南省商城县人，1977年考入张家口师范专科学校中文系，毕业后留校任教。曾先后以进修教师和访问学者身份到北京大学研修，师从袁行霈、费振刚等先生。现为河北北方学院文学院退休教授。著有《司马相如考释》等，发表学术论文十余篇。

北京大学出版社1993年出版的《全汉赋》一书，是第一部汉赋文学总集，影响颇大。但由于当时的电子排版技术所限以及工作上的疏漏，书中

依然存在一些问题。后出的《全汉赋校注》修正了这些错误，在吸收、修润《全汉赋》校勘成果的同时，还增补了注释和历代赋评，使该书在体例上较之前作更加完备，学术价值更高。

该书共收录两汉赋作者 91 位（含其中一位无名氏作者），赋作 319 篇（含建安赋），其中可以判断为完篇的约 100 篇，存目 39 篇，余皆残篇。同一作家之下先列举以赋名篇者，后列其他，完篇列于残篇之前。书中正文部分依次列作者简介、原文、校注、历代赋评，无赋评者则不录。“校注”部分是核心，先注后校，层次井然。词语注释力求简明，名物制度、典故、地理沿革与风俗习惯的说明则力求精确。对于文中的非常用字则加以汉语拼音、同音汉字，以便认读。如《上林赋》校注［四］：“封彊划界，划定诸侯国的疆界。‘彊’，《史记》、《文选》作‘疆’。”（第 92 页）又如《上林赋》校注［一四］：“灏（hào 浩）溔（yǎo 舀）潢（huáng 黄）漾：皆水浩荡无边无际貌。‘漾’，《文选》五臣本作‘洋’。”（第 95 页）此外，《子虚赋》之前有司马相如小传，简介相如生平、仕履及文学成就。各赋之后大都列有“历代赋评”，资料十分丰富。如《子虚赋》之末即辑录了班固、葛洪、刘勰等 45 家评论，约 7000 字，对理解、欣赏该赋有极大帮助。编者为此付出了巨大劳动，着实令人钦佩。

该书与龚克昌先生《全汉赋评注》（2003 年）一起，为新世纪的汉赋研究奠定了坚实的文本基础。费著包含建安赋，因而收赋数量多于龚著。两书的“注释”部分各有所长，可以互参。其中龚著的“辨析”部分具有学术性、前沿性，颇具启发意义，为费著所不及；而费著的“校勘”部分细致规范，“集评”部分资料丰富，亦为龚著所未备。

2006 年，广东教育出版社又出版了《文白对照全汉赋》（简体版）。该书是《全汉赋校注》的普及本，校注部分没有区别，只是增加了白话翻译而已，不赘。

## 十三、《汉唐艺术赋研究》，余江著，20 万字，学苑出版社 2005 年版

余江（1970— ），江西余干人。先后就读于江西师范大学、陕西师范大学和山东大学，2002 年获文学博士学位。现任天津外国语大学副校长，国际传媒学院，兼任教育部高等学校中国语言文学类专业教学指导委员会委员。著有《汉唐艺术赋研究》，主编《汉语基础教程》《古代文学三百题》等，发表学术论文数十篇。

《汉唐艺术赋研究》是一部利用汉唐间辞赋资料来探究艺术的著作。艺术类型多种多样，作者主要选取辞赋中的乐舞、书画、杂技三大类型。在研究每一艺术类型时，作者又以时间为序描述此类赋的兴起、兴盛再到成熟以至消亡的过程，颇具史家眼光。而在具体探讨某种艺术赋时，作者能够结合辞赋资料和时代背景分析某一艺术的特点，突显赋家的艺术观念和情感以及艺术赋的写作特色。譬如，在杂技赋部分，作者首先描述杂技在汉代以及汉代之前的表现，进而梳理汉赋中出现杂技的情形，认为“在迄今可见的材料中，引杂技入赋者，理当以李尤《平乐观赋》为最早”，这是前人所未发的观点。作者溯源而又疏流，还探讨了杂技赋在魏晋南北朝时的发展情况，并认为杂技赋大盛于隋唐时期。在具体论述时，作者总是以单篇辞赋为中心，采取以点带面的概括分析方式去探讨杂技赋在一个时期的总体情况。然而，辞赋中的艺术描写固然可以表现出某个时代的艺术特色，但一个时代的艺术情况在辞赋中未必能够完全展开，单篇辞赋是无法浓缩同时代某一艺术的复杂情况的，故难免有以偏概全之嫌。该书是第一部专门研究艺术赋的学术专著，正如龚克昌先生序中所言，该书“涉及了汉唐千余年间的乐、舞、书、画及杂技等三大类五大内容的所谓‘艺术赋’，既简要探讨其源流，又深入细致地分析其代表作品，内容至广，头绪

繁多但脉络清晰，评论准确精到，时出新意。……有效地丰富了乐、舞、书、画、杂技等艺术史的内容，值得充分肯定”。

## 十四、《汉赋与汉代制度：以都城、校猎、礼仪为例》，曹胜高著，32.5 万字，北京大学出版社 2006 年版

曹胜高（1973—　），河南洛阳人。2001 年毕业于兰州大学中文系，获文学硕士学位。2005 年毕业于北京大学国学研究院，获文学博士学位。先后任东北师范大学文学院、陕西师范大学文学院教授、博士生导师，现为广东外语外贸大学教授。曾发表学术论文百余篇，出版著作《汉赋与汉代制度：以都城、校猎、礼仪为例》《秦汉文学格局之形成》《中国文学的代际》《中国的修养》《国学通论》《从汉风道唐音：中古文学演进论稿》《诗画人生：从王维到郑板桥》等。

该书是作者在其博士论文的基础上增益而成的。汉赋有散体赋、骚体赋、小赋之分，作者在该书中只着眼于散体大赋，上起刘邦立国，下迄曹丕代汉。作者认为，散体大赋在数量、质量和当时的影响上最能代表汉代文学，且所引赋作来源于《史记》《汉书》《后汉书》《文选》《艺文类聚》《太平御览》等史部、子部和集部典籍，以文学研究为本位，以史料、考古材料及相关理论讨论汉赋所记制度，考订文本，明辨得失。

该书除绪论和结论外共有三章：一、汉赋与汉代都城制度，分为四节，分别论述了京都赋的兴起与东汉迁都之争，汉赋关于都城选址的讨论与两汉都城之文化取向，汉赋关于都城规划的记述与两汉营国思想之变迁，汉赋关于都城建筑的描写与两汉政治文化之差异；二、汉赋与汉代校猎制度，分为六节，分别叙述汉赋中所见校猎之性质，时间、地点及参与者，程序、作用、弊端，及两汉校猎制度的变迁与校猎赋主题的演化；三、汉赋与汉代礼仪制度，分为五节，分别对汉赋所见的两汉吉礼、嘉礼、军礼进行考证，略述两汉礼制变迁，介绍两汉礼制变迁中的赋家与赋作。书末附《盖

天说与西汉长安城的布局初探》和《“五畤祀”略考》二文，可资研究者参考。

该书以都城、校猎、礼仪等题材的汉赋为对象，采用跨学科的研究方法，取用汉赋的记载，对照传世的史料，结合考古的发现，借鉴其他学科的理论（如考古学、历史学、哲学以及礼仪、军事、建筑等领域的研究成果），以汉赋文本考证汉代制度，又从汉代制度变迁这一视角审视汉赋题材的变迁、主题的变化，对汉赋进行政治学、文化学的阐释。该书最大的亮点是运用汉画像石与汉赋中描写的狩猎、舞蹈、饮宴场景对读，是较早使用考古史料和跨学科方法进行汉赋研究的成果，突破了纯文学研究的瓶颈，拓展出更宽阔的研究领域。在该书中，作者表现出了对文学和史学两个学科的高度熟悉，研究成果有深度、有可信度，对当今古代文学研究有启发意义。《中国文学年鉴》称赞其“在汉赋与汉代制度的交界面上开辟了一块研究空间，采用跨学科的研究方法，选择了都城制度、校猎制度和礼仪制度三个方面，从文学史、制度史、政治史、思想史、科技史、风俗史及考古学等多个角度，进行了充分的探索和精细的阐述，进一步拓展了汉赋的研究”。①

## 十五、《汉代士风与赋风研究》，王焕然著，18 万字，中国社会科学出版社 2006 年版

王焕然（1970— ），河南杞县人。1999 年毕业于辽宁大学，获文学硕士学位，其后任职于沈阳师范大学，2002 年于河北大学获文学博士学位。现任沈阳师范大学教授，中国文心雕龙学会会员。著有《汉代士风与赋风研究》，主持多种文学研究项目，发表数十篇论文。

该书选取汉代士风与赋风的关系作为切入点，以文史结合的方法，研

① 杨义主编《中国文学年鉴》，中国文学年鉴社，2008，第 234 页。

究汉赋发展演变情况。该书共计 8 章。第一章《绪言》总论汉赋研究情况，阐明该书研究角度的选取原因，界分汉赋的涵盖范围，概括两汉六个阶段中士风与赋风的演变情况；第二章到第七章，作者按汉王朝发展时期分别以时间顺序划出六段，每章正文以政治情况—士人心态—赋风分析为写作顺序，依次论述该时期的士人风貌与赋风演变情况；第八章《结语》是对全书的总结。《附录》存有赋体探源及探讨汉代赋家身份的两篇文章。

该书写作脉络清晰明了，每章对应王朝的一个时期，以大量的史料与原始文献为基础，以踏实简朴的文风、严密谨慎的逻辑，对赋体、赋风流变的方向进行详细论述，且有对具体赋家作品的评论。前人也有诸如研究政治对汉赋影响之作，但对士人心态的发掘只流于表面。而此书非常注意探寻汉赋变化的内在原因，相较于宏大的历史背景与政治旋涡，更注重对汉赋作家这一主体的探寻，比以往研究更进一步，实为难得。

## 十六、《汉赋的历史》，张恩富撰，33.5 万字，重庆出版社 2006 年出版

张恩富（1953—　），重庆人，文史学者，中学语文特级教师，任教于重庆市巴蜀中学。曾经出版《唐诗的历史》《汉赋的历史》《道教简史》等专著。

该书共分为五卷，卷一“大汉气象”全面介绍了汉代的政治制度、学术思想、文化教育、刑法、服饰、酿酒、裸艺、商路贸易等内容；卷二“天地磅礴《大风歌》”主要介绍了汉帝国的开创者刘邦的生平，叙述了汉高祖对儒生态度的转变过程，对比了《垓下歌》和《大风歌》在创作心态和风格气势上的不同之处；卷三“汉武雄风”阐述了汉武帝的文治武功和轶事典故，还顺带介绍了古代帝王的封禅传统；卷四“帝国男儿 大汉佳丽”则选取了大汉王朝在政治、侠客、思想、文学、军事、后宫佳丽等方面的重要人物，对贾谊、郭解、董仲舒、司马相如、卫青、霍去病、李延年之

妹李妍、卫子夫和钩弋夫人等人作了简要概述；卷五“魏晋风度”主要叙述了汉魏之际的思想变革、魏晋玄学以及魏晋风度的标准，并着重对魏晋风度的最高代表——陶渊明作了介绍。

每卷后按时期附录了先秦至南北朝的名赋28篇，其中先秦赋3篇，两汉赋12篇，魏晋赋4篇，南北朝赋9篇。先简要阐述每一时期赋的发展阶段、创作风格和代表赋家赋作，再对具体赋作分段注释，最后进行品析。例如在论及两汉赋时，先总述汉赋发展史上骚体赋、汉大赋和抒情小赋三大阶段，再对贾谊、枚乘、司马相如等人的赋作进行全文注释品析，注释通俗易懂，生僻字皆有注音，颇适合初学者阅读，其品析亦全面精当，深入浅出，基本上可以满足普及的需求。如在品析贾谊《吊屈原赋》时，先强调贾谊是骚体赋的代表作家，再叙述《吊屈原赋》的创作背景、思想感情和艺术特点等。

该书最后有附录三项，其一为《汉赋常识》，简要介绍了赋的源流和特点、汉赋的种类和汉赋四大家等内容；其二为《作家小传》，简要叙述了宋玉、贾谊、枚乘、汉武帝刘彻、淮南小山、司马相如、班婕妤、张衡、赵壹、王粲、曹植、向秀、陶渊明、鲍照、谢庄、萧子晖、萧绎、江淹、沈约、庾信等赋家的生平事迹；其三为《汉晋皇朝世系表》，可供读者查阅参考。

综上，该书是一本适合赋学爱好者阅读的入门著作。因作者并非研究汉赋的专家，故多吸收学术界成说，内容浅显简要，语言也通俗易懂。在内容上历史与文学（赋）并重，在赋作的选取上亦兼顾骚体赋、散体大赋、骈赋等各类赋体，长者洋洋数千言，短者寥寥百来字，虽曰一斑，可窥全豹。虽以“汉赋的历史”为名，但选取的作品并不限于两汉，还包括先秦时期宋玉赋3篇，魏晋赋3篇，南北朝赋9篇。编排时图文并茂，插图多为出土文物、书画名作和古代地图，每张插图旁均有百余字的注解与说明，直观明了，颇便读者阅读。另外，该书在排版时采用了独具特色的“左史右赋”的方式，简明直观，其创新精神值得提倡，但在实际阅读时有割裂、拼凑之感。封面广告语“彩图经典藏本·阅读新姿态丛书”,“精工富艳的骈俪风致，赏读汉赋的全部名篇”，亦颇有夸大之嫌。

## 十七、《汉代辞赋研究》，孙晶著，27 万字，齐鲁书社 2007 年出版

孙晶（1969—　），辽宁大石桥人。2001 年毕业于东北师范大学，获文学博士学位。现为烟台大学人文学院教授，硕士生导师，中国赋学会常务理事，山东省近代文学学会理事，山东省古典文学学会会员。出版专著《汉代辞赋研究》《东晋南朝时期王谢家族诗赋研究》等，在《社会科学战线》《中国文学研究》等刊物上发表学术论文数十篇。

《汉代辞赋研究》以汉代辞赋作为研究对象，重在解决赋体溯源和界定问题以及汉赋体制的演变过程。吴广平先生认为:“作者并非预设某种框架向内填充材料和观点，而是紧紧围绕汉代辞赋研究领域中的某些难点、疑点展开论述，或从人们熟悉的研究对象中挖掘出新的有价值的因素，自然地形成全书有机的逻辑体系和框架。”①

该书分为上、下两编。上编共五章。作者运用文体学思路，详细梳理了国内外汉学家对赋的研究成果，并在此基础上，对赋体得名、赋产生的源头、赋的散文化特征以及汉赋体制的演变等问题进行深入探讨。其中第一章与第二章中对域外赋学的探讨研究，颇为独特。作者系统梳理了西方学者与东亚学者对赋的文体定位，考察了赋在域外学者眼中的文体类别。指出西方学界有韵无韵的二分法译介赋的优势和不足，肯定了欧洲流行的以三分法译介赋的做法，认为康达维（David R. Knechtges）译赋为“rhapsody”为文体缺类研究做出了重要贡献。此外，作者在第五章分析汉

① 吴广平:《别开生面的辞赋研究专著——评孙晶博士著〈汉代辞赋研究〉》,《沧州师范专科学校学报》2008 年第 2 期。

赋体制的演变时，运用了王钟陵《文学史新方法论》中的历时性的历史与逻辑之统一的方法，认为“抒情小赋，实际上是变化了的骚散相兼体赋”。下编共四章，以哲学、美学的角度对汉赋文体进行阐释。在第六章和第七章中，作者跳出儒家诗教诗学批评模式，分别从道家、阴阳五行学说的哲学角度来研究汉赋，探讨了汉赋的思想意蕴、作品境界形成特点，以及骚体赋的空间建构问题；第八章从尚奇的美学角度来探讨汉赋的审美特性；第九章则创新性地运用恩斯特·卡西尔的符号学理论，探讨了东汉七体主客称谓的道家化特征。附录部分《〈全汉赋〉句读订正数例》也颇见作者严谨踏实的治学态度与深厚的学养功力。该书视野宏阔，沟通中外，采用跨学科的研究方法，涉及哲学、美学、民族学、符号学等多个学科，极富启发性，是一部具有较高学术价值的力作。

## 十八、《司马相如考释》，刘南平、班秀萍著，26.3 万字，天津古籍出版社 2007 年版

刘南平（1946—　），河北北方学院教授。作者简介详见《全汉赋校注》叙录。班秀萍（1962—　），河北张家口人，河北北方学院教授。著有《司马相如考释》《全面质量管理与高校人才培养》等。

该书以司马相如其人其赋为中心，对其生平经历、心理活动及其赋作进行考释与研究。该书共分为三章：第一章为“司马相如行迹系年考及真伪辨”，以司马相如出生、初仕、游梁及归蜀前后等时间点把其人生分为五个创作时段，考察其赋的创作年代与真伪。第二章为“司马相如‘原始情结’论”，作者认为，倾慕、心仪某一精神偶像，并将这种心理扎根于潜意识，成为无意识的持续性心理活动，即具有“原始情结”。而司马相如的原始情结即倾慕蔺相如之为人，该情结也分为五个阶段贯穿了司马相如之人生。作者尤其考察了司马相如“原始情结”勃发期所作之《子虚上林赋》《谏猎疏》《哀秦二世赋》《喻巴蜀檄》和《难蜀父老》背后的政治诉求和理

想抱负。第三章是“司马相如赋考释”，作者把司马相如所存六篇赋以时间排序，分别按题解、正文、校注三大板块进行研究，先考释，再做校勘和注释，改进了《全汉赋校注》中的部分考释，并增加了“今译”的部分，为普通读者提供了接近司马相如赋的途径。

该书集合了多种研究方法，除了传统的考据学、知人论世、互见法，还加入了西方的心理学、社会学、文化学等，其中，心理学所占比重较大。第二章之“原始情结”即是心理学中的潜意识，作者通过考察、分析其生平经历、文化积淀，把握其“原始情结”，以研究更深层次的“赋眼”，即贯穿于司马相如一生的政治抱负，对司马相如有整体把握，可资借鉴。此外，该书对司马相如赋的校勘、注释，较之《全汉赋校注》有较大提升。例如对于异文的处理，《全汉赋校注》只校异同，不校是非；该书不仅校异同、校是非，而且指出异文之间的关系。例如第 140 页校注［2］：“亡，《史记》作‘无’，通，下同。”第 143 页校注［16］：“武夫，《文选》作‘碔砆’，同。”一般而言，通假字使用“通”字，古今字、异体字、俗体字则使用“同”字。第 166 页校注［118］：“队，《史记》、《汉书》作‘坠’。《正义》作‘隧’，按，误。”指出“隧”是误字，所言甚当。注释部分亦比《全汉赋校注》有所完善，例如《上林赋》“奔扬滞沛”，费注：“滞沛，奔扬貌。”该书注：“滞沛：一，水溅洒貌。二，水流迅疾貌。从上句看，一说妥帖。”（第 166 页校注［117］）此处归纳旧说，并指出其优劣高下，更为详尽。翻译部分亦有不同，不赘。

该书打破了以往以文集校注为中心的研究方法，将关注点转为赋作家司马相如本人，“意欲构建一个以作家生平考辨为突破口，以作家人格考论为中枢，以赋作考释为基础，集考、论、释为一体”的研究著作，令人耳目一新。

## 十九、《汉赋研究史论》，踪凡著，65万字，北京大学出版社2007年版，2015年再版

踪凡（1967— ），原名踪训国，江苏沛县人。2000年毕业于山东大学文学院，获文学博士学位。现任首都师范大学文学院教授、博士生导师，兼任中国赋学会副会长、中国文选学学会理事。出版《汉赋研究史论》《司马相如资料汇编》《赋学文献论稿》《中国赋学文献考》等学术著作，主编大型丛书《历代赋学文献辑刊》（全200册），发表学术论文百余篇。

《汉赋研究史论》是作者在其博士论文和博士后研究报告的基础上反复增补修订而成的一部有价值的学术著作。该书四章30节，连同《绪论》3节和《结语》1篇，共34节（篇）内容，每节都可以视为一篇完整的论文。如作者在绪论第一节中论述《汉赋的价值和文学史地位》时，开宗明义地从三个方面立论，认为汉赋“是汉代社会的一面镜子，它比较全面地展现了两汉四百年间的时代风貌”，“在艺术上多有创获，为中国文学的发展演进作出了突出贡献”，“是汉代的一代之文学，是文学自觉时代的起点”。龚克昌先生认为这一节“论述全面，内容详实，观点深刻，堪称为一篇多有创获的论文”。①

该书的主体部分从纵、横两个层面，运用文献学史和注释学史的方法对汉赋研究作了系统严密的梳理。从纵向看，从第一章到第四章依次按照两汉到明清及近代的先后顺序论述了历朝历代学者对汉赋研究的状况。作者认为两汉是汉赋研究的开创与奠基时期；魏晋南北朝是汉赋研究的发展与兴盛时期；唐宋元是汉赋研究的低落与复苏时期；明清及近代是汉赋研究的总结与深化时期，颇具学术史眼光。再如论述某个人的汉赋研究时，常常将其置于汉赋研究的历史长河中，考察其对前代汉赋研究的继承、发

① 踪凡:《汉赋研究史论》，北京大学出版社，2007，第2页。

展、超越及其对后代汉赋研究的影响。对于《文选》一书，第二章既有对其汉赋编录与分类情况的说明，第三章又有李善《文选注》对汉赋的注释，从解题、校勘、辨字、注音、释义等方面加以探讨，第四章还讨论了明清《文选》学著作对汉赋的考释、评点。从横向看，作者在论述每个朝代的汉赋研究时，能够从各个方面予以论述。如在证明两汉是汉赋研究的开创与奠基时期时，选取司马迁、扬雄、班固等辞赋大家的辞赋作品和辞赋观来加以佐证。在论述魏晋南北朝是汉赋研究的发展与兴盛时期时，从三曹的汉赋观、刘勰论汉赋的性质源流及其文学成就和先唐时期的汉赋注释来进行说明。

作者善于采用文献学和注释学方法进行细密分析，这是此书的突出特点。在该书34节内容中，其中明显从文献学与注释学角度进行分析论述者有12节。如作者运用注释学的方法在第二章第六节中对先唐时期的汉赋注释加以钩沉、讨论。作者对《史记》三家注、《汉书》颜师古注、《文选》李善注所征引的先唐赋注的条数用表格列出，使读者一目了然地看出先唐学者对汉赋的不同态度以及各注家的业绩。该书从五家注的实际出发，根据注释的内容，归纳为辨字、注音、释词、解句、揭明写法五个方面，对每个方面都作了较详尽的举证与分析。作者指出先唐学者的汉赋注释“没有沾染上对汉儒注经时烦琐寡要，妄说经义的不良风气，而是以清晰明了、准确实用为基本特色”（第239页），这一评价无疑是准确的。

该书结语部分对中国古代的汉赋研究作了总结与思考。作者将古代汉赋研究分为古代的汉赋评论、古代的汉赋编录、古代的汉赋注释与评点三部分，并对汉赋研究遭受冷落的原因加以思考。结语部分既是对全书的总结，同时又发人深省，指出研究的缺陷和方向。作者最后总结并感慨道：“汉赋毕竟是两汉四百年间众多文人的呕心结撰，毕竟反映了一个时代的社会生活和文化风貌，作为一宗包含着丰富文化内涵并且在文学史上有过突出贡献的文学遗产，汉赋仍值得我们去进行更为深入的挖掘和研究。”（第637页）

《汉赋研究史论》是一部价值较高的学术著作。此书资料翔实可靠，分析论述极为细密严谨，成书体系显得尤为严密系统，剖析问题全面深刻，表现出较宏阔的文献解读视野和超乎常人的学术眼光。该书出版后，《书品》《天府新论》《中国诗歌研究动态》《中国文学年鉴2008》等刊物皆发表署名文章，予以肯定和推介。韩晖教授认为："该书全面、细致、深入地钩沉论述了两汉至近代2000余年的汉赋研究的动态演变史，既有横向比较，又有纵深挖掘；既有描述，又有评议。……踪著不仅为赋学研究开辟了一片新天地，而且以其完备信实的资料考订、文献学和注释学方法的精妙运用、严密系统的结构体系、全面深刻的分析和迭出的新见而当之无愧地成为赋学研究领域的一部上乘佳作。"①此书于2015年入选"北京社科精品文库"，得以再版。

## 二十、《司马相如资料汇编》，踪凡编，38万字，中华书局2008年版

踪凡（1967—　），首都师范大学教授。作者简介详见《汉赋研究史论》叙录。

该书是一部专门辑录司马相如研究资料的汇编类著作，主要收录历代文人对司马相如的生平仕履、思想品格、文学创作等诸多方面的记载与评论。《前言》部分概述了司马相如的生平、人格操守、政治主张以及文学成就等方面的内容，认为"在中国文学史上，司马相如最大的贡献就是将战国末年刚刚兴起的赋体文学推向了顶峰，而成为汉赋的代表作家，也成为中国赋体文学的代表作家"②。编者按照时代先后，将历代研究司马相如的资料分为汉代、魏晋南北朝、隋唐五代、宋代、金元、明代、清代、民国凡8

① 韩晖：《赋学研究的重要突破——读踪凡新著〈汉赋研究史论〉》，载《中国诗歌研究动态》第四辑，学苑出版社，2008，第416—421页。

② 踪凡：《司马相如资料汇编》，中华书局，2008，第6页。

个历史时期，依次进行编集。书末附录《卓文君资料选编》《司马相如研究论著索引》和《表现相如生平及其与卓文君爱情故事的文艺作品和相关论著》，以便读者在相关问题上进行检索和研究。

该书从经史子集各类文献中搜罗资料，涉及的古籍达四百多种，用功甚勤，范围甚广。如史学家司马迁《史记·司马相如列传》，文学批评家曹丕《典论》，尤其是刘勰《文心雕龙》中的《辨骚》《诠赋》《颂赞》《神思》《物色》等诸多篇目，理学家杨时、胡寅、朱熹等人著述中对司马相如及其作品的评价，皆予以搜集、揭示。所收资料上起西汉，下至民国，历时两千余年，按照作者时代先后排列，同时代的作者则以生年先后为据，生年不详者，参照其交友情况酌定，生年和交游均不详者，则至于所在朝代之末。在这些朝代中，以清朝人物最多，共 131 人，宋代次之，共 122 人，明代再次之，共 116 人，不难看出学术升降与发展演变。书中有关古人对于司马相如的评论，编者采用了其中最原始或者最为完备的资料，如明汪士贤校订《司马长卿集》一卷、明张燮辑《司马文园集》、清严可均辑《司马相如文》二卷等，对于像《赋话·旧话》《汉书艺文志拾遗》《汉书艺文志条理》等著作中的资料，虽然大多已见于前，但是编者为表彰它们在辑录相如资料方面所作的成绩，则不避重复，破例予以登选。

该书出版后被学术同仁广泛引用，产生了良好影响。房锐在《二十一世纪以来司马相如研究成果述评》一文中论述关于司马相如的影响与评价时，特别提到了此书（《巴蜀文化研究集刊》第六卷，巴蜀书社 2011 年版，第 151 页）；汪泽《司马相如故事研究综述与前景展望——以中国叙事文化学为依据》，认为："《司马相如资料汇编》一书依时代罗列材料，为我们提供了便利。"（《天中学刊》2016 年第 1 期）司马相如研究专家刘南平指出："最值得注意的是，（与司马相如）相关的研究资料经汇编已臻于完备。踪凡的《司马相如资料汇编》堪称集大成之作。全书 38 万字，编者搜罗了西汉至民国以来，1240 位士人品评、研究司马相如，以及将其引为典故的文献，还附录了出自西汉至清代 45 位士人之手的'卓文君资料选编'、当代

‘司马相如研究论著索引’，合计273种，‘表现相如生平及其与卓文君爱情故事的文艺作品和相关论著’89种，这无疑为司马相如研究之更加深入提供了极其便利的条件。”[①] 该书作为《古典文学研究资料汇编》丛书系列之一，资料翔实，脉络清晰，为研究司马相如、研究汉代文学、研究古代学术史的学者提供了丰富可靠的资料，有较高的文献价值。

## 二十一、《汉赋与汉代文明：汉赋与两汉史料比较研究》，曹胜高主编，48万字，东北师范大学出版社2009年版

曹胜高（1973—　），广东外语外贸大学教授。作者简介详见《汉赋与汉代制度》叙录。

该书以“一代之文学，必存一代之史料”为宗旨，将传世史料、考古资料和汉赋文本进行比照，对汉代制度、社会以及文化进行全方位的讨论，集中对汉代乘舆、乐舞、建筑、器物、饮食、风俗等进行深入研究，将汉赋作为文学研究、历史研究、哲学研究、文化研究的直接史料。

该书除绪论外，共分为十章：一、汉赋与大汉气象，论述汉赋与汉代文化氛围、人文精神、审美风尚和诗学的相互影响；二、汉赋与汉代乘舆，考述汉赋中车辆组合、仪仗规模、侍驾官员、所随兵马；三、汉赋与汉代饮食，借助汉赋中对食物种类、食物制作、饮食特点、饮食习俗的记录，揭示其背后的文化内涵；四、汉赋与汉代服饰，依汉赋所记冠帽、体衣、足履、配饰、发笄妆容等考订文本；五、汉赋与汉代音乐，以汉赋弥补两汉史料之缺乏，对汉代音乐的乐器、乐曲、用乐制度作基础性考察；六、汉赋与汉代舞蹈，对汉代多种形式的舞蹈作基础性考察；七、汉赋与汉代建筑，分析汉代建筑形制，略论其特点；八、汉赋与汉代器物，考述两汉

① 刘南平：《司马相如之影响研究概要》，《河北北方学院学报》2009年第2期。

家具、帷卧具、杂具、文具等的形制，探求其文化意蕴；九、汉赋与神仙观念，结合史籍和汉赋考察神仙故事及其文化内涵的演变；十、汉赋与汉代风俗，就汉赋所记娱乐游戏、杂技百戏、节令习俗等风俗与相关史料作比较，还原汉代风俗真实面貌。类目清晰，内容全面，可资两汉文化研究者参考。

该书征引丰富，资料翔实，充分体现了汉赋这一文学形式的史料价值，是跨学科研究的成果，体现了编者对两汉文化的热爱和开阔的学术眼光。何新文等评价该书："出入于文、史，利用学科交叉优势对汉赋进行新的解读诠释，使原本比较薄弱的环节得到加强，将汉赋研究推向了更高的学术层次，起到了开拓视界的示范作用。"[①] 当然，汉代诗歌也是汉代文明的重要载体，对于两汉诗赋的历史文化价值，学术界（尤其是历史学界）一直都很重视并不断加以征引、利用，该书只是更为系统、全面的展示。在论述过程中，由于赋中的资料有限，有时不得不对汉赋、汉诗、汉代散文与出土文献、相关史料进行综合排比，而对于新资料的挖掘并不突出；由于照顾到全书的系统性和完整性而充分吸收已有研究成果，并且系多人合作完成，致使某些个人的学术创新不能得到透彻论述和具体呈现。

## 二十二、《汉赋文化学》，郑明璋著，22 万字，齐鲁书社 2009 年版

郑明璋（1967—　），山东郯城人。1994 年获山东大学文学硕士学位，同年入临沂师范学院任教。2006 年获山东大学文学博士学位，主攻先秦两汉文学。现任临沂大学（原临沂师范学院）文学院副教授。著有《汉赋文化学》等，发表论文数十篇。

① 何新文、王园园：《新世纪十年：古代赋学研究的繁荣与趋向》，《湖北大学学报》2012 年第 2 期。

该书从汉代文化的角度出发，对汉赋进行了历史文化学研究。全书由绪论、正文6章、结语组成。绪论交代研究汉代文化与汉赋关系的必要性，并对每章内容进行简要概括；第一章“汉代经学与汉赋”共由四小节构成，前两节分别解析经学及谶纬神学（作为两汉经学的重要组成部分）对汉赋创作产生的重大影响，第三节则重点考察汉赋“讽颂”并存的主题状况是受到儒家诗教的引导，第四节分析大一统的时代精神对汉赋审美追求方面的影响；第二章“汉代道家与汉赋”将汉代道家一分为三，以贾谊、扬雄、张衡为例，分别探讨汉赋在各阶段中所体现的道家文化因素；第三章“汉代时空文化与汉赋”认为“怀才不遇”的主题体现汉代人的时空观念，这类题材具有鲜明的理性色彩，同时还直接促使汉赋产生了“空间”式的结构特性；第四章“汉代神话、仙话与汉赋”说明神类题材在汉赋中的演变情况，及君臣对待“仙”的两极态度在汉赋中的表现；第五章“汉代艺术与汉赋”则着重讨论了汉代音乐、舞蹈与汉赋的关系，认为二者有助于汉赋创作题材的增加和技巧手法的进步；第六章“汉代衣食文化与汉赋”认为汉代衣食对汉赋的题材取向及艺术风格有极大的影响，并对因此而带来的题材世俗化倾向进行分析。最后是结语，总结全书。

该书将汉赋放置在特定的历史文化背景下，通过考察其在发展和演变过程中呈现出来的情态，从而历史地、系统地把握汉代文化对汉赋的影响及汉赋的创作风貌。该书广泛征引汉代经学、道家、神仙家、音乐、舞蹈、服饰、饮食等方面的资料，虽不罕见，但与汉赋研究相结合却十分新颖。

## 二十三、《长日将落的绮霞：蔡邕辞赋研究》，刘楚荆著，约13万字，（台北）秀威资讯科技股份有限公司2010年版

刘楚荆（1967—　），祖籍湖南湘潭，出生于台湾省台北市。2007年毕业于台湾师范大学国文学系硕士班，师从高秋凤教授。现任教于天主

教徐汇高级中学。曾发表散文及新诗若干，论文《张孝祥清旷词修辞美学》等。

该书为作者的硕士毕业论文，共八章，基于蔡邕辞赋文本进行分析研究，旨在重新审视蔡邕辞赋作品的价值及其在文学史上的重要地位。第一章“绪论”介绍研究现状和基本思路。第二章“蔡邕生平”从史书记载的蔡邕相关材料中提取、概括出其乡里家世、生平经历及师承、交游、举荐与弟子等，认为“蔡邕是两汉时代的学术、文学巨擘”（第30页）。第三、四、五、六章是全书的核心内容，将蔡邕现存18篇赋（仅存一句的《玄表赋》除外）按照题材分为四大类：史地书写、情志书写、艺术书写、咏物书写，并逐篇分析其文本内容，对赋作诠释说解，分析其创作艺术手法，并对该题材和类型进行梳理概括，深入认识蔡邕辞赋的继承创新、特色成就。其中第三章“史地书写”追溯了纪行赋和地理赋的源流，探讨《述行赋》和《汉津赋》对前代同类型赋的承继，并分析其艺术技巧。第四章“情志书写”讨论了《协和婚赋》《青衣赋》《静情赋》《释诲》《九惟文》《吊屈原文》的外缘及内容，以表明蔡邕辞赋抒情言志、心精辞绮、体小而美的特色。第五章“艺术书写”从对《瞽师赋》《弹琴赋》《笔赋》《篆势》《弹棊赋》同题、同类赋作之溯源及文本的讨论，以见蔡邕辞赋在题材、思想内容及表现方式的继承与开拓。第六章“咏物书写”通过讨论《蝉赋》《团扇赋》《霖雨赋》《伤故栗赋》《短人赋》的外缘及内容，认为蔡邕辞赋的咏物书写最能体现出东汉、西汉咏物赋的不同，并且对建安辞赋有深刻的影响，开启了建安以降书写抒情小赋的风气。第七章着重讨论了蔡邕的辞赋观，否定了学术界所谓“蔡邕否定辞赋价值”的观点，认为蔡邕辞赋表现出了超越讽谏美刺传统的辞赋观，游于艺的创作态度使其辞赋作品展现出独立于政治、经术的文学自觉，对建安辞赋产生了巨大影响。

该书运用文献分析法、历史研究法、比较归纳法和基源问题研究法等方法，较为全面地分析了蔡邕其人其赋，打破了原来对蔡邕辞赋价值的观念，重新评价了蔡邕的辞赋观，肯定了蔡邕的文学成就及地位，认为蔡邕赋是为汉大赋至六朝小赋转折之枢纽，卓有见地，是目前蔡邕赋研究最为详细的成果。

## 二十四、《汉赋书写策略与心态建构》，冯小禄著，27.8 万字，人民出版社 2010 年版

冯小禄（1969—　），四川大竹人，2004 年毕业于北京师范大学文学院，获文学博士学位。现任云南师范大学文学院教授，中国古典文献学硕士点负责人，昆明市学术和技术带头人。兼任全国辞赋学会理事、全国明代文学学会理事等。发表学术论文近百篇，出版有《汉赋书写策略与心态建构》《明代诗文论争研究》《流派论争：明代文学的生存根基与演化场域》等著作。

《汉赋书写策略与心态建构》是较为系统的研究汉人人格和心态的著作。此书主要从汉赋各体类的流变来探讨汉代文人的人格和心态变迁，涉及到汉赋的分类和变化以及汉人的人格和心态。作者认为："任何一种文学体类能得到不同时代多人的书写，就一定含有深刻的心理动因和社会文化动因，也一定与该体类的文本机制密切相关。"（第 3—4 页）此为作者立论依据。这部著作借用了心理学上的人格理论以及精神分析法中的关于本我、自我、超我的理论对汉赋文本进行细读分析，进而探讨汉赋成型过程中呈现出的人格和心态特征。该书共分为八章：第一章界定了汉赋区别于其他文体的核心要素为"铺陈"以及"类、象的使用"，并从作赋动因，文本表现和读者接受三个层面分析汉赋的书写情况；第二章主要探讨汉赋的体类形成，为各种类型的汉赋找到不同的意识来源；第三章到第七章，分别从拟骚赋、其他骚体赋、大赋、七体、客难体这些汉赋类别来探讨汉人的心态流变以及人格特点；第八章从赋家以及文学审美的角度补充阐述赋家书写以及心态变化；最后得出结论，认为汉人最为鲜明的人格心态和书写审

美主要体现在政治道德上的穷通意识，重生厌死的存在意识和生命意识，尚才尚学的知识学构造以及审美的包综意识。

该书在对各体类的汉赋进行分析时运用了计量统计方法，把各体类辞赋的句式、人名、物名等做了分类和归纳，文献扎实，结论可靠。有汉一代，赋是主流文学，而主流文学中所蕴含的心态与人格特征自然也就具有一定的代表性，但不可以此涵盖全部的汉代人。赋体有其表达上的独特优势但也有其固有之不足，在汉代赋体之外尚还有其他文体可供研究比较。而此书自成体系，视角独到，能够帮助读者通过汉赋文本以窥见汉人心态及其书写方式。

## 二十五、《司马相如与汉赋》，孙学敏撰，3 万字，吉林文史出版社 2010 年出版

孙学敏，生平不详。该书为金开诚主编的《中国文化知识读本丛书》之一。该书共分为五章，第一章“仰慕相如今亦狂”，主要介绍司马相如名字的由来，论述赋的特征及分类，以时间为线索将汉赋分为骚体赋、大赋和抒情小赋三大类（这种提法也是文学史写作的定性结论），并着重叙述汉大赋的思想内容及文学史地位。第二章“《子虚》《上林》铸辉煌”从创作背景、内容主旨、艺术成就等方面介绍司马相如的两篇代表作——《子虚赋》和《上林赋》，并叙述了汉大赋“劝百讽一”的传统。第三章“千古一曲《凤求凰》”，作者将目光转移到司马相如与卓文君的传奇爱情故事上，并简要介绍了后人为纪念这段情缘修建的两处建筑——琴台路和文君井。第四章“一赋千金美名扬”从创作背景、内容层次、写作手法等方面介绍司马相如的《长门赋》，罗列了后世以“长门”为母题的诸多作品。第五章“汉赋四大家”介绍司马相如、扬雄、班固和张衡的生平、作品及文学成就，突出体现了四大家创作之间的模拟、突破与创新。

该书是一通俗性小书，除介绍司马相如与汉赋之外，还穿插提及了

赋的相关典故，司马相如的趣闻轶事等，故事性、趣味性强，语言生动流畅，配图也较为丰富。然而或许是由于作者并非研究汉赋的专家，或许是该书的读者定位使然，在论述时缺乏学术深度和严谨性，如第三章中作者认为《白头吟》（“皑如山上雪”）是卓文君所作，汉刘歆所编的《西京杂记》确记载了卓文君曾作《白头吟》一诗，但有题无文，而关于《白头吟》诗歌文本的作者，世传文献也无明确记载，故对该诗作者的认定，学界歧说不断，不应简单地将其认定为卓文君所作。此外，作者在论述时前后重复之处较多，如第五章介绍“汉赋四大家”之一司马相如的内容在前四章已多有提及，似乎不必赘述。此外，书中配图多误，大大降低了该书的质量。例如第 2 页配图“黄庭坚《廉颇蔺相如列传》”，应该在“黄庭坚”下加“手书”二字；第 22 页配图“子虚赋”，其实该图为《诗经》中《绸缪》《杕杜》《羔裘》诸篇，并非《子虚赋》；第 29 页配图“武帝遂拜司马相如”，其实该图是《文君窥相如抚琴图》，图中没有汉武帝；第 40 页配图“班固墓”，应该添加具体地址“陕西扶风”，或“陕西省宝鸡市扶风县太白乡浪店村”；第 43 页配图“司马迁《史记》撰刻本”，应该改为“宋刻本”或“宋建阳黄善夫刻本”；第 107 页配图“扬雄书法作品”，并不出自扬雄之手，应当改为“与扬雄有关的书法作品”；第 108 页、110 页、111 页皆有班固《汉书》插图，唯独缺少班固代表作《两都赋》插图，与此书《司马相如与汉赋》的主体不符，等等。

以上评述 21 世纪前十年的汉赋研究成果，以公开出版的学术专著为主，并不包含研究论文。从数量上来看，十年间总共出版学术专著 25 种，比上世纪八十年代（7 种）、九十年代（16 种）明显增加，平均每年达 2.5 种。从内容上来看，既有对汉赋文本的整理与校注，如龚克昌等《全汉赋评注》、费振刚等《全汉赋校注》，为新时期的汉赋研究奠定了坚实的文献基础；也有对汉赋题材和内容的专题性解读，如李炳海《黄钟大吕之音——古代辞赋的文本阐释》、余江《汉唐艺术赋研究》；又有对汉赋文本的译注，如费振刚等《文白对照全汉赋》、张启成《汉赋今译》，甚至还有汉赋普及读物，如程德和《汉赋管窥》、万光治《蜀中汉赋三大家》、张恩富《汉赋的历史》、孙学敏《司马相如与汉赋》等。经典作家作品研究仍然是此期的研究热点，如张连科《司马相如集编年笺注》、踪凡《司马相如资料汇编》对作家作品的校注以及研究资料的汇辑，李天道《司马相如赋的美学思想与地域文化心态》、刘南平等《司马相如考释》、刘楚荆《长日将落的绮霞：蔡邕辞赋研究》对作家美学思想、原始情结、地域文化特点以及文学史地位的理论考察，洞幽发微，多有突破。对于汉赋与汉代经学以及政治文化制度的内在关系，即所谓的“跨界研究”，如冯良方《汉赋与经学》、曹胜高《汉赋与汉代制度：以都城、校猎、礼仪为例》、郑明璋《汉赋文化学》等进行了开创性研究，形成了新的学术增长点。此外还有王焕然《汉代士风与赋风研究》、冯小禄《汉赋书写策略与心态建构》着眼于作家心态，踪凡《汉赋研究史论》着眼于汉赋接受史，孙晶《汉代辞赋研究》则从全球视野中审视汉赋范畴研究，不仅在学术上多有创获，其研究视野、方法、结论皆对此后的汉赋研究颇有启迪和影响。

（按：此文未发表，博士生郭媛、硕士生霍安琪、吴天宇、吴世松、刘梦婷、上官锐浩、苏诗悦等撰写了部分条目的初稿）

# 附　编

# 求其友声

# “赋家”称谓谫论

作家称谓表面上只是一个称呼、代号，实际上其背后不仅流露出显而易见的身份批评、创作价值评判，亦有兀自蕴藏的文体认识、创作逻辑等。古人或许早就意识到了该问题。王充在《论衡·超奇》篇云：“杼其义旨，损益其文句，而以上书奏记，或兴论立说、结连篇章者，文人、鸿儒也。”[①]较为宏观地定义了“文人”之职能。而具体到各体文学领域，对作家称谓的思考虽间或有之，然鲜有成系统的专论，且视野多局限于批评理论昌明的诗、文领域[②]。近年来，我国学者开始关注作家称谓问题，围绕“文人”“诗人”“曲家”“小说家”展开了一系列的思考[③]。具体到赋学范畴，相关研究则略为沉寂，唯许结在《赋学讲演录（二编）》中，以赋体文学发展过程为线索，讨论了“赋家”社会身份或曰政治身份的变迁，并借此窥察

① 王充：《论衡》，上海古籍出版社，1990，第135页。

② 如宋玉《九辩》：“窃慕诗人之遗风，愿托志乎素餐。”（洪兴祖：《楚辞补注》，白化文等点校，中华书局，1983，第192页。）白居易《读邓鲂诗》：“诗人多蹇厄，近日诚有之。”（白居易著，朱金城笺校：《白居易集笺校》，上海古籍出版社，1988，第513页。）茅坤：“荆川批‘断续’两字，是文家血脉三昧处，非荆川不能道。”（茅坤编《唐宋八大家文钞》，黄山书社，2010，第3234页。）

③ 如对“文人”称谓的研究，有吴承学、沙红兵的《身份的焦虑——中国古代对于“文人”的认同与期待》（《复旦学报》（社会科学版）2020年第1期）；对“诗人”称谓的讨论有李舜臣的《何谓诗人：中国古代“诗人”观念的演变》（《学术研究》2021年第9期），赵强、陈向春的《从群体到个体：“诗人”一词的传统涵义及诗学内蕴》（《广西社会科学》2008年第10期）等；讨论“曲家”的如汪超、谭帆所撰《古代曲家的身份认同与观念阐释》（《文艺研究》2015年第5期）；“小说家”称谓的研究有高华平的《先秦的“小说家”与楚国的“小说”》（《文学评论》2016年第1期）等。

赋的创作问题。其实，退一步看，单纯意义上的“赋家”称谓，也涵摄着赋体源流、创作观念、诗赋之别等重要命题。为何辞赋作品产生很早，而作家称谓的使用却很晚才出现？为何“辞人”称谓在很长一段时间流传比“赋家”更为广泛？为何称辞赋作者为“赋家”，而不是“赋人”？“赋家”称谓到底意味着什么，值得我们进一步探讨。

## 一、由“辞人”到“赋家”

辞赋作家之称谓，最早当追溯到扬雄自“诗人”析出的“辞人”。《法言·吾子》云：

> 或问：“景差、唐勒、宋玉、枚乘之赋也，益乎？”曰：“必也淫。”“淫则奈何？”曰：“诗人之赋丽以则，辞人之赋丽以淫。如孔氏之门用赋也，则贾谊升堂，相如入室矣，如其不用何？”[①]

这里的“辞人”有着明确的指向，即指景差、唐勒、宋玉、枚乘、贾谊、司马相如等人，同时扬雄还指出了辞赋“丽”的特质，批评当时不加节制的“丽”的辞赋创作趋向，认为作品带有“丽以淫”特点的作家，就是“辞人”。从赋体文学的源头来看，扬雄对“辞人”的定义应当析自于“传《诗》之人”或者说“赋《诗》之人”。班固曾对其做过深入解读。《汉书·艺文志》云：

> 春秋之后，周道浸坏，聘问歌咏不行于列国，学《诗》之士逸在布衣，而贤人失志之赋作矣。大儒孙卿及楚臣屈原离谗忧国，皆作赋

① 汪荣宝：《法言义疏》，陈仲夫点校，中华书局，1987，第49页。

以风，咸有恻隐古诗之义。[①]

"学《诗》之士"最早作"贤人失志之赋"，扬、班虽然承认荀子、屈原的作品是赋，却不肯称其为"辞人"，而仍将他们归为"诗人"。由此可以看出，作品依循"古诗之义"的辞赋作家，在当时仍可称"诗人"，而作品坠失"古诗之义"的辞赋作家，被称作"辞人"。彼时"辞人"尚不是通用称谓，辞赋作家的称谓仍然模糊不清。

扬雄将"诗人"与"辞人"对举，使得"辞人"一词带有贬义色彩，但无形之中也拔高了"辞人"。可是，"辞人"称谓并未因此广泛流传，两汉至魏晋，"辞人"都没能成为辞赋作家的专属称谓。尽管班固《汉书》一再申述扬雄之论，然亦有王符《潜夫论·爱日》云："百姓废农桑而趋府庭者，非朝晡不得通，非意气不得见，讼不讼辄连月日，举室释作，以相瞻视。辞人之家，辄请邻里应对送饷。"[②] 这里的"辞人"就显然是指涉及诉讼之人。

直至刘勰《文心雕龙》撰成，辞赋作家的"辞人"称谓才再次回归到人们的视野。《文心雕龙》提及"辞人"多达十四次，基本上固定了"辞人"的含义，成为后世"辞人"称谓使用的范本。值得注意的是，在这十四个范例中，有三次作"词人"，考察其内涵与"辞人"无异，且"词人"一词最早即见诸《文心雕龙》，后世亦常将"辞人"与"词人"混用，故亦将其一并讨论。刘勰使用"辞人"，与扬、班之论主要有两点不同。一是"辞人"涵盖范围的变化。《文心雕龙》称"辞人"，凡半数是指辞赋作家。如《辨骚》篇云："是以枚、贾追风以入丽，马、扬沿波而得奇；其衣被词人，非一代也。"[③]《时序》篇云："爰自汉室，迄至成哀，虽世渐百龄，

① 班固：《汉书》，中华书局，1962，第1756页。
② 王符著，汪继培笺：《潜夫论》，上海古籍出版社，1978，第250、251页。
③ 刘勰著，詹锳义证：《文心雕龙义证》，上海古籍出版社，1989，第162页。

辞人九变，而大抵所归，祖述《楚辞》，灵均余影，于是乎在。”[①] 可以看出，这里的“辞人”已不是特指作品淫丽的作家，而是涵盖了整个辞赋创作群体。不仅如此，“辞人”泛指文学家的情况也较多见。如《指瑕》篇载：“近代辞人，率多猜忌，至乃比语求蚩，反音取瑕。”[②]《物色》篇云：“古来辞人，异代接武，莫不参伍以相变，因革以为功。”[③] 前者是批评当时特重音韵的创作风气，后者是谈论古今作家文风的变化，二者都没有专指辞赋作家的意思。此外，《明诗》篇还有：“而辞人遗翰，莫见五言，所以李陵、班婕妤，见疑于后代也。”[④] 竟以“辞人”代指“诗人”。出现这样的情况，意味着“辞人”之内涵或许已不同于两汉，词语的感情色彩发生了游移。这是刘勰区别于扬、班之论的第二个方面。魏晋以降，经学根本松动，“古诗之义”渐不再是评判文学作品价值的最高标准，“辞人”的贬义色彩也逐渐消褪。尽管刘勰在部分篇章中还是批判“辞人”作品的诡巧淫丽，但其持论总体上是中立客观的。更何况，当时以“辞人”代指“诗人”的情况并非个例，如钟嵘《诗品》：“使穷贱易安，幽居靡闷，莫尚于诗矣。故词人作者，罔不爱好。”[⑤] 颜之推《颜氏家训·名实》：“竟日欢谐，辞人满席，属音赋韵，命笔为诗，彼造次即成，了非向韵。”[⑥] 这些都说明，至迟在南北朝时期，“辞人”称谓已逐渐走向中性化。

刘勰《文心雕龙》前后，亦有沈约《宋书》、魏收《魏书》等间或提及“辞人”，大抵不出刘勰所论。此不赘叙。

由“诗人”完全凌驾“辞人”，到“辞人”可以包纳“诗人”，从赋体

---

① 刘勰著，詹锳义证：《文心雕龙义证》，第1677页。

② 同上书，第1545页。

③ 同上书，第1758页。

④ 同上书，第185页。

⑤ 钟嵘著，曹旭集注：《诗品集注》，上海古籍出版社，1994，第47、54页。

⑥ 颜之推：《颜氏家训》，赵曦明注，卢文弨补注，颜敏翔校点，上海古籍出版社，2017，第129页。

文学演进的角度来看，反映了赋的创作主流由“铺采摛文”的骋辞大赋，转向“体物写志”的抒情小赋。同时，从文学接受上说，也体现了由“雕虫俳优”之作到“受命于诗人，拓宇于楚辞”的认知转变过程。许结有论：“辞赋的‘明体’理论至魏晋及南朝而展开。”[①] 或许正是这种明体、辨体意识的增强，使赋体文学在观念上愈加独立，方才有辞赋作家专属称谓之需求与可能。

但“辞人”称谓终究没能为辞赋作家所独享。唐宋以降，“辞人”的使用频率虽日益繁多，但词义却进一步泛化，泛指文学家的情况要远远多于专指辞赋作家。如唐代白居易有诗云：“辞人命薄多无位，战将功高少有文。”[②] 将“辞人”与“战将”对举，泛指文人。又宋代姚铉云：“世谓贞元、元和之间，辞人咳唾，皆成珠玉，岂诬也哉！”[③] 姚氏在文章中全面品评了贞元、元和之间文人的诗、文、赋，随后发出上述感叹。可见，其所称“辞人”亦是泛指文人。踪凡先生云：“唐宋（含辽金），是中国赋体文学史上的又一关键时期。”[④] 律赋郁勃，文赋肇兴，这个时期的辞赋创作可以说是远超前代，直逼炎汉，而辞赋作家却迟迟没有得到专有的称谓。“辞人”的多义已不符合赋体文学创作、批评、传播的发展要求，于是，“赋家”称谓被唤醒，终于成为辞赋作家的专指独称。

“赋家”称谓复苏，更深层次的原因当是唐宋的“古律之争”。清人陆棻在《历朝赋格·凡例》中说：“古赋之名始乎唐，所以别乎律也。”[⑤] 可知唐人将律赋产生之前的赋体文学，即骚体赋、诗体赋、散体赋、骈体赋、赋体之文等，统称为古赋。这阐明了两点文学动向，一是在唐宋，律赋成为创作主流，且持续兴盛不衰，因此后世才有“复古”之可能。许结有论：

---

① 许结：《中国辞赋理论通史》，凤凰出版社，2016，第 804 页。

② 白居易著，朱金城笺校：《白居易集笺校》，上海古籍出版社，1988，第 1621 页。

③ 姚铉编《唐文粹》，明嘉靖八年（1529）晋府养德书院刻本。

④ 踪凡：《中国赋学文献考》，齐鲁书社，2020，第 277 页。

⑤ 陆棻辑评《历朝赋格》，清康熙二十五年（1686）刻本。

“律赋在唐代出现，元、明赋学复古，是针对律赋而言的。”[①] 正是说明这一点。而先唐多称“辞人”，恰正指古赋作家，为区别古赋与新兴律赋，将“赋家”称谓推出，自有其内在机理。二是要注意此一“别”字，律赋作为考试文体，虽与献赋有一定关联，但其创作程式、创作心态、创作题材乃至创作环境与古赋都完全不同。先唐称“赋家”，是受经学和子学影响，有学术化和职业化的原因。而科举试赋制度下的“赋家”，又有着全新的学术路径与职业要求，唐宋大量出现的律赋技法文献，如《赋要》《赋谱》《赋格》等，恰好说明了这一点。那么，“赋家”称谓究竟有何内涵？其在不同时代的指向有何不同？这值得我们进一步深思。

## 二、历代“赋家”称谓指向

据《西京杂记》所载，“赋家”称谓最早似当出自司马相如之论：

> 赋家之心，苞括宇宙，总览人物，斯乃得之于内，不可得而传也。[②]

而周勋初通过用词用语、文艺观念等，考订此语不可能出自西汉，而应是魏晋之间伪托[③]。许结亦云：“尤其是‘赋家’之称，汉人指称家数即学派，而无及个人者……汉代文献无此指称，而其所指却多轻贱语……”[④] 不过，《西京杂记》一语虽为伪托，但也并非毫无价值，元明论赋“祖骚宗汉”，就常奉其为不刊之论。又四库馆臣亦云：“其中所述，虽多为小说家言，而

① 许结：《赋学讲演录》，北京大学出版社，2009，第162页。

② 葛洪辑，成林、程章灿译注：《西京杂记全译》，贵州人民出版社，1993，第65页。

③ 周勋初：《司马相如赋论质疑》，《文史哲》1990年第5期。

④ 许结：《中国辞赋理论通史》，凤凰出版社，2014，第259页。

摭采繁富，取材不竭。李善注《文选》、徐坚作《初学记》，已引其文，杜甫诗用事谨严，亦多采其语，词人沿用数百年，久成故实，固有不可遽废者焉。”[①] 据此看，即便《西京杂记》“赋家”之语系伪作，亦当出于唐代以前，并且对后世产生了很大影响。

《西京杂记》论“赋家”，具有三点开创性意义。一是首倡“赋家”，为后世辞赋作家称谓的确立提供参考；二是不以乖离《诗》义而批评，客观看待甚至有褒扬辞赋作家与辞赋创作之意味；三是提出了“赋家”的创作要求，即在创作方法上要语言精工华美、内容丰富有序、音韵和谐自然，在创作心态或者说创作思想上，要察览万物，领悟“道”之奥妙[②]。

《西京杂记》之后，又有刘勰《文心雕龙》谈及“赋家”。在《诠赋》篇中，刘勰列举了荀卿、宋玉等十位辞赋作家加以品评：“凡此十家，并辞赋之英杰也。”[③] 并点评了王粲、左思等近世辞赋家的代表。刘勰此论，是针对个人创作展开的，他说的“家”乃指大家、名家，是一个一般意义上的统称，更接近于量词，而并非辞赋作家的专有称谓。如《诗品》云：“观斯数家，皆就谈文体，而不显优劣。”[④] “二汉为五言者，不过数家，而妇人居二。”[⑤] 亦同此理。六朝品评风气甚炽，不仅对人物加以品评，甚至有《书品》《画品》等，把刘勰此语放在这样的语境下理解，就不难发现这一点。

迄于唐宋，“赋家”称谓开始广泛流播。这个时期的“赋家”称谓有两点异于前代。一是广作褒扬语，以称当世作家，乃至自称。陈师道《贺关

① 纪昀等:《武英殿本四库全书总目》(第 38 册)，国家图书馆出版社，2019，第 49 页。

② 参见陶慧:《“赋迹”“赋心”说涵义新探》,《文艺理论研究》2017 年第 4 期。

③ 刘勰著，詹锳义证:《文心雕龙义证》，第 289 页。

④ 钟嵘著，曹旭集注:《诗品集注》，上海古籍出版社，1989，第 186 页。

⑤ 同上书，第 197 页。

彦长生日》诗云："经术宜传世，清明正得秋。德优高士传，名重赋家流。"[1]关彦长为陈氏密友，陈赞其在士人群体中德高望重、在当世辞赋作家中有很高名望。此处"赋家"与"高士"相对，此诗又是一首贺诗，可以肯定，"赋家"称谓在这里乃是褒赞之辞。再如，晚唐律赋名家黄滔，二十余年不第，登科后赋诗云："贾谊才承宣室召，左思唯预秘书流。赋家达者无过此，翰苑今朝是独游。"[2]得意地自期显达能够超越前代赋家，在当今文坛也是独占鳌头。黄氏显然也把自己归为"赋家"，且结合全诗用语，他对自己的"赋家"身份也饱含骄傲自得之意。二是唐宋"赋家"称谓主要指称律赋作家。如宋人李廌《师友谈记》曾记载秦观的一段论述："少游言：'赋家句脉，自与杂文不同。杂文语句或长或短，一在于人；至于赋，则一言一字必要声律，凡所言语，须当用意屈折斫磨，须令协于调格，然后用之。不协律，义理虽是，无益也。'"[3]秦观认为，作赋首重声律，用词用语必须严加推敲琢磨，甚至将"调格"置于"义理"之上。秦氏所论之赋，当指律赋。唐宋科举试赋，首重韵律，一旦错韵失律，当即黜落，重律为先乃是律赋的铁则。由此看，秦观所言"赋家"，即主要指律赋作家。再如林希逸《李君瑞奇正赋格序》称："今集赋家大小诸试，自兰省三舍、诸郡鹿鸣，以至堂补巍缀者，皆在焉。"[4]所谓"大小诸试"当指大大小小的试赋活动。王士祥称："凡符合科场试赋文体要求的赋皆应称为试赋。"[5]而"兰省三舍"即指秘书省与太学内、外、上三舍，与"诸郡鹿鸣"并指中央及地方的试赋活动。至于"堂补巍缀"，当是文人举子的平日练习之作。林氏此语紧密围绕科举试赋展开，他所称的"赋家"自然专指律赋作家。

---

① 陈师道：《后山先生集》，明弘治十二年（1499）刻本。

② 黄滔：《莆阳黄御史集》，明正德八年（1513）刻本。

③ 李廌：《师友谈记》，孔凡礼点校，中华书局，2002，第 20 页。

④ 林希逸：《竹溪鬳斋十一稿续集》，清初吕氏南阳讲习堂抄本。

⑤ 王士祥：《"试赋"的内涵与外延》，《河南师范大学学报》（哲学社会科学版）2013 年第 6 期。

唐宋以"赋家"称律赋作家，其背景乃是律赋为唐宋时期赋体文学的主流。踪凡师称："现存1700篇唐赋，1400篇宋赋，皆以律赋为大宗。"[①]律赋受到文人士子的追捧，不仅在于其作为考试文体，更在于作赋对才学提出的极高要求。对此，宋人沈作喆曾引孙何汉论云：

> 唐有天下，科试愈盛，自武德、贞观之后，至贞元、元和以还，名儒巨贤比比而出。……惟诗赋之制，非学优才高不能当也。破巨题期于百中，压强韵示有余地；驱驾典故混然无迹，引用经籍若己有之；咏轻近之物则托兴雅重、命词峻整，述朴素之事则立言遒丽、析理明白。其或气焰飞动而语无孟浪，藻绘交错而体不卑弱；颂国政则金石之奏间发，歌物瑞则云日之华相照；观其命句可以见学植之深浅，即其构思可以觇器业之大小；穷体物之妙，极缘情之旨；识《春秋》之富艳，洞《诗》人之丽则。能从事于斯者，始可以言赋家流也。[②]

做律赋要破题准确、用韵严整、语言华美、结构精巧，运用典故要自如有度，咏物描写要有所寄托，还要做到与君国时事相联系，何其难也！孙氏认为，只有达到了这些标准，才可称得上是"赋家"。有需求就会有市场，唐宋不仅诞生了一大批律赋创作的名家圣手，还出现了一批教人作赋的教材、参考书。如当时有名的律赋作家范传正、张仲素、白行简等，都著有关于律赋创作要领、心得的专书，史志见载的就有《赋枢》《赋诀》《赋门》《左传类对赋》《赋门鱼钥》等数种。此外还有讨论律赋句法及篇章结构的《赋谱》、研究律赋音韵格律的《赋格》《声律关键》、官方颁布的试赋韵书《礼部韵略》、用于补充和解读官韵的《增修校正押韵释疑》等等。

① 踪凡:《中国赋学文献考》，齐鲁书社，2020，第277页。

② 沈作喆:《寓简》，清乾隆四十年（1775）鲍廷博知不足斋刻本。

唐宋时期，辞赋别集也开始大量编纂。以上所论，不仅说明律赋在唐宋时期十分兴盛，更可以看出，彼世围绕律赋的创作活动，产生了一批专业化人才。由于律赋创作需极富才学，相比一般的诗文创作有较高门槛，故而时人赋予这些专业化人才以“赋家”称号，其中的褒赞之意，不言自明。要之，“赋家”称谓在唐宋不仅指一般的辞赋作家，更多的是指从事律赋创作活动的专家。“赋家”称谓在唐宋被叫响，其根本原因在于辞赋作家乃至辞赋产业的专业化、职业化。这也标志着赋体文学作为一种文化现象，在两汉之后再次经历革新，走向成熟与复苏。

迨元及明清，“赋家”称谓渐指代一般意义上的辞赋作家。《古赋辩体》用十九次，并《雨村赋话》《历朝赋格》等称“赋家”，皆作泛指之意。可以说，唐宋以后，“赋家”称谓逐渐稳定，作为辞赋作家的通用称号沿用至今。

所可考者，唯金、元科考有“词赋”一科，遂有“词赋家”之称。据《金史・选举志》载：“其后南北通选，止设词赋科，不过取六七十人。”① 又《元史・选举志》载：“以论及经义、词赋分为三科，作三日程，专治一科，能兼者听，但以不失文义为中选。”② “词赋家”最早当专指科举试赋作者，这是沿用唐宋称“赋家”之传统。如程钜夫《赵仪可墓志铭》称：“余自弱冠闻江右诸儒，先称词赋家，必及赵仪可。”③ 此语前先论及试赋制度，后又言赵仪可年逾七十参加科举事，可知这里的“词赋家”当专指试赋作家。明代科考废考赋之制，然仍称“赋家”“词赋家”，用作称呼一般意义上的辞赋作家。如胡应麟《诗薮》云：“《志》之于《略》，仅三之一，则西汉诸词赋家亦仅半存而已。”④ 入清已还，虽曾短暂考赋，亦有“馆阁赋”盛行，

① 脱脱等：《金史》，中华书局，1975，第1136页。

② 宋濂等：《元史》，中华书局，1975，第2017页。

③ 程钜夫：《雪楼集》，元至元间杭州路余杭大普宁寺刻本。

④ 胡应麟：《诗薮》，上海古籍出版社，1979，第252页。

然"赋家""辞人""词赋家"及"辞赋家"并用，再无特称。唯段玉裁注《说文解字》，常言"辞赋家作""赋家所谓""词赋家或言"等，当是上承大赋、律赋盛行之世，字书韵书之写作传统也，同时，这也反映出辞赋创作在清代的再度兴盛。

## 三、"赋家"与"诗人"

诗、赋作为中国古代文学的重要组成部分，始终在产生、发展、鼎革等环节保持紧密的联系。班固引前人言，称赋为"古诗之流"；《汉书·艺文志》合论二者为"诗赋略"；曹丕《典论·论文》、陆机《文赋》、刘勰《文心雕龙》都将诗、赋并举，充分说明古人对此已有深刻认知。钱志熙亦称："'诗赋'并非简单的目录学分类的一对组合性名词，而是凝结着诗歌与辞赋之间复杂关系的汉魏文学的核心概念，它所指向的是以诗赋为核心的一个纯文学的共同体。"[①] 在此语境下，诗、赋二体作家称谓作为同样紧密相连的两个概念，具有明显的比照意义和价值。考察"赋家"与"诗人"称谓演变之异同，有助于我们更好理解"赋家"称谓的内涵，从而管窥诸多赋体文学发展的关键性问题。

一曰辞赋作家称谓产生相比于"诗人"的迟滞。战国末，宋玉《九辩》首次提到"诗人"之称："窃慕诗人之遗风兮，愿托志乎素餐。"[②] 然而直到大约两百五十年后，扬雄才揭橥了"辞人"之称。为何从辞赋文学产生到辞赋作家称谓出现，经历了如此漫长的岁月？这大概有三方面的原因。一是辞赋作者具名明确。韩晖说："与诗歌散文相比，辞赋是一种产生晚而自觉早的文学样式。"[③] 不同于早期诗歌的集体创作以及"《诗》人"身份的模

① 钱志熙:《汉魏六朝"诗赋"整体论抉隐》,《文学遗产》2019年第4期。
② 洪兴祖:《楚辞补注》，第192页。
③ 韩晖:《隋及初盛唐赋风研究》，广西师范大学出版社，2002，第1页。

糊，辞赋作者从一开始就是较为明晰的，从荀子《赋篇》到宋玉《高唐》《神女》，从枚乘《七发》到司马相如《子虚》《上林》……不仅作者署名基本清晰可考，赋家的生平事迹、文才声名更是为人所熟识，甚至作品的创作背景也有清晰的记录。因此无论在史志目录、批评论著还是在日常交流中，时人常径称某赋为某某（作家名）赋、某某作，而少用作家称谓称呼。第二，“辞人”称谓在早期带有贬义色彩，辞赋作者往往不愿贴上这样的标签。《汉书 · 贾邹枚路传》载：“皋赋辞中自言为赋不如相如，又言为赋乃俳，见视如倡，自悔类倡也。”[①] 又扬雄《法言 · 吾子》称：“或问：‘吾子少而好赋？’曰：‘然。童子雕虫篆刻。’俄而曰：‘壮夫不为也。’”[②] 枚、扬本意在政治上有一番作为，辞赋乃是他们获得天子关注的手段，不料却弄巧成拙，被“俳优畜之”，是故他们不仅痛恶自己的“辞人”身份，甚至有悔赋之思。第三，据踪凡《中国赋学文献考》稽考，尚未见唐代以前有赋学批评专书。先唐赋学批评多依赖文本，表现为选本、赋注、作家事迹评论等模式，即便是偶见赋论，也是寥寥数语、极为简略。少数例外如《文心雕龙》义旨遥深，也正是辞赋作家称谓广泛使用之渊府。由于赋学批评的不发达，少有对赋家群体的反思，因而“辞人”“赋家”等称谓也极少被使用。

二曰“赋家”称谓演变对“诗人”的依附与独立。“赋家”对“诗人”的依附，上文论扬雄、班固语时已有所提及，前人亦多有考论[③]，不待赘言。关键是从称谓演变的角度来讨论二者之关系。李舜臣说：“战国末期至六朝，‘诗人’主要专指《诗经》的作者；从唐代特别是中唐之后，则普遍用指一

---

① 班固：《汉书》，第 2367 页。

② 汪荣宝：《法言义疏》，第 45 页。

③ 参见冷卫国：《“诗人之赋”与“辞人之赋”——论扬雄的赋学批评》，《齐鲁学刊》2013 年第 3 期；曾祥波：《“诗人之赋丽以则”发微——兼论〈汉志 · 诗赋略〉赋史观的渊源与影响》，《中国人民大学学报》2018 年第 1 期。

切写诗之人。”[①]可以看出，“诗人”称谓与“赋家”称谓相似，其指代对象总体是扩大趋势，隐含着一条创作群体下移的线索。由“辞人”到“赋家”与由“诗人”到“诗家”路径基本一致。这种趋同性当然是由文学发展规律所决定的，但彼时经学虽不复至高无上之地位，其影响亦不可忽视。谭德兴就说：“（魏晋南北朝）文学从对经的依附中获得发展的养分，并通过对经学理论话语的直接转化，构筑文学独立发展的理论、方法与范畴。”[②]其次，上述“迟滞性”与此论“趋同性”还表现出，赋体文学不仅长期“依经立义”，对诗体也有着依附关系。进一步看，这或许说明迟至“赋家”称谓确立前，赋体文学虽在文体上获得独立，但并未在创作观念和批评观念上真正独立。迨至唐宋，诗赋二体作家称谓皆得以确立，“诗人”又派生出“诗客”“诗翁”等称谓，而“赋家”以下虽有“词赋家”“辞赋家”等，然终不及诗人之称流衍广布。这一方面反映了赋体文学确实不如诗体兴盛，另一方面或许也说明赋的创作群体虽亦下移，然较诗而论，其速率极缓，赋的创作仍有着较高的门槛。向上溯源，最早“赋家”称“家”或许是解释这一现象的密钥。

三曰为何称“赋家”而不是“赋人”。既然“赋家”称谓的演变与“诗人”有诸多趋同，那么为什么没有仿照“诗人”直接称“赋人”？况且“文人”“词人”等都沿用了称“人”的称谓模式，为何独赋称“家”？需要说明的是，早期“辞人”确实曾指代辞赋作家，但一来多含贬义而没有被广泛接受，更重要的是，“辞人”称谓不能旗帜鲜明地说明作家专长于“赋”。从文体学角度看，“辞”并不属于严格意义上的文体，曹丕、陆机、刘勰等在论述文体时都没有提出“辞”一类。不过，倒是有不少先例表明，古人在论述甲骨卜辞、祝词、颂词、讼词、楚辞、辞赋等概念时，都曾称它们

---

① 李舜臣：《何谓诗人：中国古代“诗人”观念的演变》，《学术研究》2021年第9期。

② 谭德兴：《论魏晋南北朝经学与文学之互动》，《北方论丛》2004年第2期。

为“辞”。由此来看，“辞”或许是一个更高层级涵摄诸多文体的复杂概念。那么，就不难理解后世“辞人”称谓指向芜蔓的问题了，因为“辞”本身就指向多种文体。至于“赋家”称“家”，则大抵有两条线索可供考察。一是“赋家”称谓依托学术之“家”。许结称：“无论赋含学理，抑或赋写学术，赋的学术化倾向之明显，亦非它体所及。”① 先秦两汉学术百家争鸣，经学、子学影响巨大，辞赋的产生与发展自然亦受其沾溉。彼时的赋家，如王褒、扬雄、班固、张衡等，皆具有良好的学术背景。简宗梧即认为：“儒家泰半兼赋家，而赋家兼为诸子十家者，几乎全是儒家。”② 这正是从作家身份角度点明了辞赋与儒家学术关联紧密。唐宋逮清，科举试赋重经史之义，辞赋创作对学术水平的要求借由科举制度不断提高，不少作品具有很强的学理性，甚至可径视作学术著作，如《述书赋》《事类赋》《文者贯道之器赋》《四书类典赋》等等。刘熙载《艺概・赋概》称：“赋兼才学”③，“才”自然指作家的天赋才气，“学”即指学问、学术，亦说明“学”是构成辞赋最重要的因素之一。二是“赋家”称谓昭示职业之“家”。辞赋创作是一项极其艰难的工作，不仅要求作者学殖深厚、拥有慧心巧思，还要在此基础上精工钻研、苦心经营。司马相如作赋冥思数百日乃成，扬雄竭智至于暴病一年，梦到“五脏出地”，张衡《二京赋》更是穷十年之功才作成。正是因此，魏收才称：“会须能作赋，始成大才士。”④ 这些都说明，辞赋创作有着较高的门槛，“赋家”作为一种身份、一种职业，确非常人可以达到，理应受到世人钦服。而再从文化学的视域中考察“赋家”之身份，早期天子听政之瞍赋、外交揖让的行人之赋、科举制度下围绕试赋产生的专门化人才等，

① 许结：《论赋的学术化倾向——从章学诚赋论谈起》，《四川师范大学学报》（社会科学版）2005 年第 1 期。

② 简宗梧：《汉赋源流与价值之商榷》，文史哲出版社，1980，第 119 页。

③ 刘熙载：《艺概》，上海古籍出版社，1978，第 101 页。

④ 李延寿：《北史》，中华书局，1974，第 2034 页。

更是无不透露出辞赋创作职业化的因革线索。

“赋家”称谓之演变，从独特的角度反映了辞赋文学源起、鼎新的发展路径，体现了辞赋文学传播、流布的接受过程、揭示了辞赋文学文体批评的厘革动向，在辞赋文学史上具有重要意义。

（原载《中国韵文学刊》2022 年第 4 期，署名：王泽华）

# 历代咏橘赋书写及其内涵

文学作品中对植物的描写最早可追溯到《诗经》，但其大多都是起兴或比喻作用，较少有专门对于植物的描写。《橘颂》是第一首真正意义上的咏物之作，屈原将橘作为独立的审美对象，从橘树的生长习性和外形特点中挖掘出其独立不迁、深固难徙的精神品质，并且将橘的外形刻画与自己的情感理想完美融合。林云铭在《楚辞灯》中说："句句是颂橘，句句不是颂橘。但见原与橘分不得是一是二，彼此互映，有镜花水月之妙。"[①] 刘熙载《艺概·赋概》亦云："《橘颂》品藻精至，在《九章》中尤纯乎赋体。"[②]《橘颂》中描写橘外形特征的语言、句式和橘的象征意蕴为咏橘赋所借鉴，给后世的咏橘之作提供了典范。此后历代都有咏橘赋的创作，魏晋南北朝时期曹植、潘岳、吴均、谢惠连都作有《橘赋》，赋的篇幅短小，随物赋形，细致描摹橘之物态。唐代李德裕、可频瑜、仲子陵书写橘为祥瑞、橘为珍果，献赋以歌颂圣德。宋、元、明时期辞赋呈复古倾向，吴淑、周忱、周履靖、潘一桂等创作的橘赋作品在内容和思想上遥承屈原的《橘颂》。逮至清代，出现了大量的咏橘赋作，如《怀橘赋》《嫁橘赋》《橘中乐赋》《洞庭橘柚赋》《千头木奴赋》《葡橘赋》等，体裁多为律赋，主题内涵也更加多样。

目前学界多关注诗词中的橘意象，但诗词和赋在书写与表达等方面均

---

① 林云铭:《楚辞灯》，广文书局，1961，第223页。

② 刘熙载:《艺概》，上海古籍出版社，1978，第90页。

有一定差异，对于咏橘赋的研究大多也只集中于名家名篇，缺乏系统的梳理。本文以《赋海大观》《历代辞赋总汇》为基础，试图梳理分析历代咏橘赋的书写内容、艺术手法和思想内涵，以期对咏橘赋有更全面的认识。

## 一、咏橘赋的书写内容

咏橘赋中对橘的描写是全方位、多角度的，不仅描写橘生长的地理环境、产地，突出“橘生南方，受命不迁”的特性，还力争“写物图貌”(《文心雕龙·诠赋篇》)，对橘的树、叶、花、果等进行全方位的细致描绘。

### (一) 橘生南方，描写橘之生长习性

我国是传统的农业社会，有着悠久的橘树种植历史。早在春秋战国时期，人们对橘的生长习性就有了一定的认识，认为橘生长于淮南地区。《晏子春秋》中:“橘生淮南则为橘，生于淮北则为枳，叶徒相似，其味不同。所以然者何？水土异也。”[①] 阐释了地理环境的差异导致橘的品种不同，突出橘树生长于南方、难以迁徙的特性。自屈原在《橘颂》中发出“后皇嘉树，橘来徕服兮。受命不迁，生南国兮”[②] 的吟咏之后，历代咏橘赋对其生长所依赖的地理环境都有所关注，并在赋中进行书写。到了汉唐时期，人们对橘树生长地域的认识发生了一些变化，认为橘树生长于江南。[③] 东汉许慎《说文解字》释“橘”云:“橘，果，出江南。”[④] 即是如此。橘树为亚热带常绿果树，性喜温暖湿润气候，对日照和水分的需求很大。江南地区气候温

---

① 晏婴:《晏子春秋》，中华书局，1985，第 56 页。

② 洪兴祖:《楚辞补注》，黄灵庚点校，上海古籍出版社，2015，第 238 页。

③ 李荣华、张本海:《汉唐时期橘意象的发展与演变》,《徐州工程学院学报》2016 年第 4 期。

④ 许慎著，段玉裁注:《说文解字注》，上海古籍出版社，1988，第 238 页。

暖，土壤肥沃，水系发达，适宜橘树生长。历代咏橘赋在书写中都会提及橘的生长环境和产地，云梦、江陵、宜都、巴蜀、洞庭一带都盛产橘。宋吴淑《橘赋》："伊卢橘之夏熟，沦璿星之粹精。茂彼江浦，繁兹洞庭。扬州之贡，蜀郡之英。"①史料中也多有记载，《史记·货殖列传》："蜀、汉、江陵千树橘……此其人皆与千户侯等。"②可频瑜《洞庭献新橘赋》写道："植物斯多，结实者众。斯橘也，栽则隔乎淮浦，生则主乎云梦。"③宜都（今属湖北）在历史上也是重要的橘产区，孙士桢《卢橘夏熟赋》云："历秋冬而含白，入春夏而凝朱。树或栽于秦苑，种本出于宜都。"④巴蜀之地也种植了大量橘树，《汉书·地理志》记载巴郡及其下的朐忍、鱼复二县均设有橘官，可见当地橘产量之大。而在这当中，最出名的要数洞庭橘，《种树书》中有："南方柑橘虽多，然亦畏霜不甚收。惟洞庭霜虽多无所损，橘最佳，岁收不耗，正谓此焉。"⑤洞庭一带水汽丰富，其得天独厚的地理环境孕育了洞庭橘。橘性耐寒，特意遇霜后再摘，口感极佳。潘遵祁《洞庭橘柚赋》："千岩霜饱，盼石湖估客之帆。"⑥写出了洞庭橘的产量众多，等待着估客们扬起风帆乘船前来运取。潘一桂《橘赋》："至其凌岁植节，挺霜粹色。竞菊之黄，并松之碧。"⑦也写出了橘耐寒的特点。可见咏橘赋中都离不开对橘生于南方的地理环境和橘耐寒习性的书写。

### （二）写物图貌，描绘橘之外形特征

橘树是一种常绿乔木，枝多叶密，在初夏开花，花小而白，于深秋之

① 马积高主编《历代辞赋总汇》，湖南文艺出版社，2014，第4册，第2742页。
② 司马迁：《史记》，韩兆琦译注，中华书局，2010，第7606页。
③ 许结主编《历代赋汇》，凤凰出版社，2018，第9册，第3473页。
④ 马积高主编《历代辞赋总汇》，第22册，第22984页。
⑤ 俞宗本：《种树书》，康成懿校注，农业出版社，1962，第55页。
⑥ 马积高主编《历代辞赋总汇》，第18册，第17421页。
⑦ 马积高主编《历代辞赋总汇》，第9册，第7778页。

时结果，橘子味道酸甜可口，散发出独特浓郁的馨香。咏橘赋作为赋体文学，着力表现橘之物态、品质。《文心雕龙·诠赋》云：“写物图貌，蔚似雕画。”[①] 指出了赋写物摹貌，专于刻画的特点。在咏橘赋中，赋家对橘的树、叶、花、果进行全方位的观察，抓住其形态、色彩、滋味等外在特征进行深入细致的描绘，而描绘性则是赋的一个重要特征。如潘岳的《橘赋》：“嗟嘉卉之芬华，信氛氲而芬馥”[②]，称赞橘花的美丽，气味的芳香；“既翕茸而萎蕤，且参差而橚矗”写橘树挺拔矗立，橘叶茂盛葳蕤。谢惠连《橘赋》：“园有嘉树，橘柚煌煌。圆丹可玩，□气芬芳……味既滋而事美，实厥苞之最良。”[③] 写出橘树信美而嘉，橘柚的果实丰盛，形状圆滚，光滑亮丽，味道清爽香甜。魏晋时期的咏橘赋大都属于咏物小赋的范畴，这时期的赋家多是随物赋形，写橘就描摹出橘的形貌特征，不似有着强烈政治意识的汉大赋和寄寓个人情志的屈骚赋。明代周履靖《橘赋》中“味压琼浆之美，液如甘露之良”[④] 描写橘之滋味诱人，有如甘露琼浆。吴淑仅用“香皮赤实，绿叶素荣”[⑤] 八个字便把橘之特点完整概括。刘应均写橘：“寒生昨夜，香早今年。金苞手搓，玉浆齿漱。冷齲才滋，疏馨小嗅。”[⑥] 调动了视觉、味觉和嗅觉，见之熠熠生辉，闻之馥郁馨香，尝之如玉液冷滋。赋家在写橘时，往往抓住其金果绿叶的特征，进行色彩描写。如吴均《橘赋》：“叶叶之云，共琉璃而并碧；枝枝之日，与金轮而共丹”[⑦]，用炫彩的琉璃与夺目的太阳来比喻碧绿的枝叶和金黄的橘果，秾丽绚烂的色彩之美给人一种强烈的视觉效果。《卢橘夏熟赋》：“恰当夏熟呈奇，霞飞火树……千株灼烁，最宜锦里

---

① 周振甫：《文心雕龙今译》，中华书局，2013，第 82 页。
② 许结主编《历代赋汇》，第 9 册，第 3470 页。
③ 马积高主编《历代辞赋总汇》，第 1 册，第 921 页。
④ 马积高主编《历代辞赋总汇》，第 9 册，第 7682 页。
⑤ 马积高主编《历代辞赋总汇》，第 4 册，第 2742 页。
⑥ 马积高主编《历代辞赋总汇》，第 23 册，第 23894 页。
⑦ 许结主编《历代赋汇》，第 9 册，第 3470 页。

云烘。”[①] 是对橘子成熟之盛貌作一个大场景的描写，远远看去，深绿的树枝上挂满了累累的红果，就像一簇簇火苗，又似绮丽的霞光和云彩。李绂《橘赋》：“垂流苏于枝头，竞青黄于屋角。焜燿隐映，玲珑交错。”[②] 写未熟和成熟的，呈现出青色和黄色的橘果夹杂在枝头，有些露出来，有些隐在树叶间的可爱模样。郭焌《橘洲赋》中描写的橘“饱足秋霜，红透夕阳之照；舒残新叶，绿分杜若之春。”[③] 都体现出赋家善于抓住色彩描写对橘加以修饰。

## 二、咏橘赋的艺术手法

与诗歌具有高度凝练和抒情色彩不同，赋在中国文学文本中最讲究修辞。咏橘赋的书写都有唯美化的艺术追求，赋家善于使用典故、对比衬托、拟人等艺术手法来展现橘之特点与文化内涵。

### （一）使用典故，增添文化意蕴

古人反复强调赋兼才学，要写好一篇赋作，赋家需要大量地征材聚事，在有限的篇幅中调动大量的才识来表现自己的学问，在书写中运用典故便是一个重要的方法。刘勰在《文心雕龙·事类》中用“据事以类义，援古以证今”[④] 阐释用典，用典就是将古代的历史事件或文学作品中的意象，用极凝练的语言揭示出来。在咏橘赋中，赋家大多引用过去与橘有关的人、地、事、物之史实或语言文字，以为譬喻，使得语句更为含蓄典雅。孙士桢《卢橘夏熟赋》：“每思炎帝初来，微黄带润；设或东君未去，浅碧还

---

① 马积高主编《历代辞赋总汇》，第 22 册，第 22985 页。
② 同上书，第 11 册，第 9655 页。
③ 同上书，第 13 册，第 12249 页。
④ 周振甫：《文心雕龙今译》，第 339 页。

迷。”[①] 用亲尝百草的神农帝到来之时，与掌管春令的司春之神未去之时，叙述出橘在春末夏初的繁叶阶段。让橘的生长时间和中华民族的始祖、神话人物相联结，浸润其内在的涵养。吴淑在《橘赋》中写道：“庄周著论，譬之于百王。虞愿不取而道显，桓伊系树而名扬。”[②] 通过庄周用橘譬喻说理，虞愿年少让橘、桓伊系橘等历史事件的书写，展现出橘在我国历史和文学中的深厚文化积淀。李绂《橘赋》也提道：“屈平取以赋愁，晏子因而讽谏。”[③] 写出因橘自身的特性，成为屈原抒发情志、晏子阐明事理的载体。在创作中熟练运用典故，显示出赋家的阅读广泛，见识广博，联想丰富。此外，一些橘赋则是整篇赋都在书写一个与橘有关的典故。首永清的《橘井赋》典出自葛洪《神仙传》。相传苏仙公修仙得道，仙去之前对母亲说到明年天下有疾疫，用庭中井水一升，橘叶一枚，可以治疗一人。来年果有疾疫，远近之人悉求其母治疗，皆以得井水及橘叶而治愈。首永清在赋作中叙述此事之后，写道：“抑闻解腠理者，利取乎橘；涤秽恶者，尚资乎井。盖以灵橘之味作甘辛，而寒泉之性殊凄冷”[④] 橘本身就具有药性，橘皮顺气止咳、健胃化痰；橘络通络利气；橘核消肿止痛、治疝气；橘叶疏肝利气、消痰咳。其发展出来的“橘井”遂成为良药之典。橘赋作品书写与橘相关的人事典故，突出橘与历史文学的钩沉。而橘作为一种植物，本身不仅具有实用价值，还是美好精神品质的体现，赋家继承儒家文化的“比德”传统，使得赋作含蓄蕴藉。

### （二）对比衬托，突出橘之特点

赋是修辞性的文体，赋家在创作中自觉追求艺术效果，使用各种修辞

① 马积高主编《历代辞赋总汇》，第 22 册，第 22984 页。
② 同上书，第 4 册，第 2743 页。
③ 同上书，第 11 册，第 9655 页。
④ 同上书，第 13 册，第 12591 页。

手法描绘所叙对象，衬托手法的运用就是其中之一。在赋作中，为了表现某一事物的特性，通常会写其他事物来作陪衬，起到“烘云托月”的作用。一种是用正面的事物来作为陪衬，如谢惠连《橘赋》：“受以玉盘，升君子堂。”① 用玉盘这样美好的物品来盛橘，其登上君子之堂来说明橘为珍果，用以招待宾客。李绂《橘赋》：“实未经乎朱鸟，叶初攒于檜鹊。”② 用朱雀和檜鹊都来到橘树枝头栖息，衬托出橘树的高大和招人喜爱。一些咏橘赋作通过描写人们居住环境中种植的橘树，衬托环境的清幽雅致，进而体现人物自身高尚的道德修养和脱俗的人生追求。如曾在衡的《橘官堂赋》先写在山川水秀之地建有官堂，以橘为名。接着描写橘官堂的环境：绿叶坠枝头，红蝶纷飞，黄莺藏身，竹桑满园，浅草茵茵。在如此优美的环境中，橘树也“金丸耀日，玉液凝霜……离离星实，阵阵风香。”③ 不仅环境优美，来到这里的人也颇有雅致：“于时花落琴堂，客来锦里。听讼清闲，裁笺丽绮。池草吟成，笔花梦起。”这里的橘树已然成为文人雅致的一个缩影。而另一种是用其他事物来反面衬托出所写之物的特点。潘一桂《橘赋》：“岂似晖章之李，待清泉而作凉；上林之枣，须饴蜜以滋红者哉。”④ 写玄宗笔下的晖章之李与上林苑中的枣，其清凉甜蜜都是需要借助外物才能实现，用此来衬托出橘“灌若珠迸，涣若冰释。冷逼玉壶，甘逾萍实”天然不加修饰的冰凉口感。曹宗璠在《葡橘赋》中将葡萄和橘进行对比，该赋叙述了魏文帝喜食葡萄，认为其“甘而不餶，冷而不寒”，不似南方橘柚酸裂人牙。赋中人物王粲便顺着帝王的喜好献赋说帝王宅中地大物博，生产的葡萄金贵，甜美多汁，惹人喜爱，并批评橘子出生卑劣，酸凄入肝，他也因此获得奖赏。虞翻却不同意此说法，认为葡萄娇贵，抵不过残酷的环境，不像橘子

① 马积高主编《历代辞赋总汇》，第 1 册，第 921 页。
② 同上书，第 11 册，第 9655 页。
③ 同上书，第 20 册，第 20496 页。
④ 同上书，第 9 册，第 7778 页。

具有坚定不移的气质，还借用歌女的唱词："绿叶葱蒨兮影参差，朱实累累兮纷嘉仪。历霜雪而不改兮羌靖志，愿假羽翼兮与君期，私雕饰兮君不知。"[①] 劝说君王不应沉迷奢靡。此篇赋用葡萄与橘作对比，衬托出橘意志坚定，宠辱不惊的品质。赋作结尾也继承了汉大赋"卒章讽谏"的传统。

## （三）善用拟人，描写生动形象

为了塑造橘的生动立体形象，在咏橘赋创作中，赋家善用拟人的修辞手法进行描写。拟人是指把物拟作人，使其具有人的外表、个性或情感。屈原在《橘颂》中，用拟人的手法赋予橘以"独立不迁"的人格，这在后世咏橘赋的书写中不断被继承和发扬。明代周忱的《橘友轩赋》深得此精髓，开篇即表达自己求友于四方的愿望，感慨知音难遇。唯有橘树"爰精色而内白兮，像任道而德富。羌寓意以求益兮，须盘桓而容与。观本性之不迁兮，足以戒夫突梯而回互。景后凋之节操兮，因将弘且毅而永慕。"[②] 橘原本只是大自然中的一种植物，但作者用任重道远、本性不迁等形容词写橘，使其具有人的高尚品质。还有一些咏橘赋立意源于历史典故，但整篇都运用拟人手法进行铺陈叙述。如《三国志·吴书·孙休传》裴松之注，引《襄阳记》里记载的丹阳太守李衡种植千株橘树以遗子孙之事，并称橘为"千头木奴"。这里把橘树拟人，一棵树就像一个可供驱使聚财的奴仆，并且不费衣食。"橘奴""木奴"由此成为橘的别称，清代王家相《山中奴婢橘千头赋》、卜葆鈖《千头木奴赋》等都沿用此称谓来写橘。汪祟《木奴著裘赋》："剪裁特整，缠缚偏工。以防积雪，以待严风。"[③] 便用拟人的手法写出长在郊外山林，或生在畦地里的橘树，为了度过寒冬而做的准备，突出橘树耐寒的特点。另外，也有用拟人手法写橘的嫁接之术。《文昌杂录》

① 马积高主编《历代辞赋总汇》，第 10 册，第 9111 页。
② 同上书，第 6 册，第 5003 页。
③ 同上书，第 23 册，第 22220 页。

中记载："扬州所居堂前杏一窠，极大，花多而不实。适有一媒姥，见如此，笑谓家人曰：'来春与嫁了此杏。' 冬深，忽携酒一樽来，云是婚家撞门酒，索处子裙一腰系杏上，已而奠酒辞祝再三，家人莫不笑之。至来春，此杏结子无数。江淮亦多有嫁橘法，不知是何术也。"[①] 朱一新《嫁橘赋》便由此创作。本赋全篇将所写的植物人格化，在良辰吉日，橘树订江浦之兰茵，"是宜柳传吉语，桃订佳期"，柳树、桃花、竹子、枫叶等这些植物都有了人的动作、情态，"其嫁也，竹粉妆浓，瓜钗影拂。点梅瓣兮痕留，集芙蓉兮手熨。波添湘浦，造舟而亲迎偏忙；包贡扬州，开匣而妆奁许乞。"[②] 橘树成为待嫁新娘，各种植物都为其梳妆打扮，好不热闹。包国璋也同样用拟人的手法写道："由是草比宜男，榴同多子。静对薇郎，相携葡婢。笋稚新绷，枫人笑倚。"[③] 其笔下的各种植物同样也具有了人的行为特点，显得活泼生动。古代自然科学技术尚不发达，古人对于植物嫁接之术无法解释，在他们的书写当中自然带上一层神秘的色彩。此类赋的创作当中，赋家充分发挥联想和想象，把实事进行虚写，用拟人的修辞手法表现出来，展现赋家的主观性，也让事物形象更加生动。

## 三、咏橘赋的思想内涵

在历代文人的书写当中，咏橘赋的内涵不断丰富。不仅继承了屈原《橘颂》中借橘生于南国，具有独立不迁的品质，来书写人生境遇，表达志向与情感，也写橘为珍果、橘为祥瑞来歌颂圣德。还从与橘相关的典故中延伸出更广泛的文化内涵，表达对隐逸生活的向往和孝敬亲人的愿望。

---

① 庞元英：《文昌杂录》，商务印书馆，1936，第 9 页。

② 马积高主编《历代辞赋总汇》，第 20 册，第 19831 页。

③ 同上书，第 22 册，第 21994 页。

## （一）橘生南国，抒发坚定不移之志向

刘熙载在《艺概・赋概》中说："在外者物色，在我者生意，二者相摩相荡而赋出焉。若与自家生意无相入处，则物色只成闲事，志士遑问及乎？"[①]赋家看到外在的客观事物，内心生出关于现实社会和人生的体悟，通过描写外物来表达自己的志向与情感。橘因其具有生于南方，深固难迁的自然习性而成为坚定自守、正直不移品质的象征。魏晋时期，汪洋闳肆的散体大赋渐衰，抒发情志的小赋开始兴盛，贤人失志而作赋。曹植承袭屈原笔下橘的象征意义创作出《橘赋》，开篇云："有朱橘之珍树，于鹑火之遐乡。禀太阳之烈气，嘉杲日之休光。体天然之素分，不迁徙于殊方。"[②]写出橘树苏世难徙的品质，接着写其"播万里而遥植，列铜爵之园庭。背山川之暖气，处玄朔之肃清。邦换壤别，爰用丧生"。生长环境的改变带来的是水土不服而凋零的结果。但作者认为万物为天地灵气之所感，橘处北方则"既萌根而弗干，谅结叶而不华。渐玄化而弗变，非彰德于邦家"。虽种植在铜雀庭园这样彰德的家园，也不能改变其原本的品质和特性。最后以伤感草木作结："拊微条以叹息，哀草木之难化。"这实际上是作者哀叹自身的身世之感，用橘树来表明自己坚贞不屈，坚定不移的人格。刘熙载曾说过："建安名家之赋，气格遒上，意绪绵邈；骚人清深，此种尚延一线。"[③]曹植此篇《橘赋》深得屈原《橘颂》之深意。而《枯橘赋》是明末清初文学家朱鹤龄创作的一篇赋，赋中借物抒情，"猗嘉树之葳蕤兮，实挺生于南国。维骚人之颂厥美兮，秉不迁之贞德"[④]。赞颂橘有不迁之德，叙写了橘树最初时的风华正茂，贡为珍果，然后痛诉橘树因人事变迁、环境改变而陨衰的不幸，"惧徙北而化枳兮，宁就槁而不辞。彼人事之迁流兮，纷菀枯其

① 刘熙载：《艺概》，第 98 页。
② 许结主编《历代赋汇》，第 9 册，第 3469 页。
③ 刘熙载：《艺概》，第 92 页。
④ 马积高主编《历代辞赋总汇》，第 10 册，第 8553 页。

若斯”。赋家生活在明清易代之际，当时社会动荡，生灵涂炭。在时代的洪流中，这是他面对家国之痛的悲壮宣言，体现出他矢志不渝的爱国情怀和遗世独立的超然态度，最后一句“任大钧之回互兮，何必泫然于攀枝”，更是作者对变节者的讽刺，用橘树表达自己坚定不移的志向。潘一桂《橘赋》亦有类似描述：“共蒂表瑞，浮淮化枳。乃独立而不迁兮，类任道之器也。愿雕饬以修嫮兮，谅慎终以为则也。”① 借橘表现自己独立不迁、慎终如始、任重而道远的人生准则。

### （二）橘为祥瑞，献赋以歌颂圣德

关于橘的最早记录，当属《尚书·禹贡》：“淮海惟扬州。……厥包橘柚、锡贡。”②《异物志》亦载：“交趾有橘官，置长一人，秩三百石，主岁贡御橘。”③ 可见橘在早期是一种珍贵的果品，并且作为贡品进贡给皇帝。赋作中对四方前来朝贡的描写体现出国家强盛，君主贤明，描写献贡的植物亦是如此。唐代可频瑜的《洞庭献新橘赋》写的是洞庭出产的作为贡品的橘：“浮香外散，美味中成。照斜晖而金色，带晓润而霜清。圆甚垂珠，琪树方而孰可；味能适口，玉果比而全轻。”④ 色泽鲜艳，滋味可口，于是“独专美于当今，及岁时而入贡”。同时代的仲子陵也有《洞庭献新橘赋》，赋首一句“皇帝垂衣裳而治万国，舞干戚而来九区。”⑤ 点明主旨，写出君主治国理政、文武并举，于是能够垂拱而治，四方来朝。“阅彼要荒之贡，得斯华实之英。乃明四目，乃停九歌。朱绂方来，以彰其道泰；硕果可食，以表其时和。时和在乎务本，道泰在乎柔远。”继承了汉人的比类思想，将橘之生

---

① 马积高主编《历代辞赋总汇》，第 9 册，第 7778 页。
② 徐奇堂译注《尚书》，广州出版社，2001，第 35 页。
③ 杨孚：《异物志》，广东科技出版社，2009，第 6 页。
④ 许结主编《历代赋汇》，第 9 册，第 3473 页。
⑤ 同上书，第 9 册，第 3474 页。

长、食用、滋味与天授以时、君彰其德的天人感应相联系起来。赋末表示以此入贡希望能得到皇上的喜欢，也暗含自已希望能受到皇帝的重用。自汉代以来就有献赋传统，此传统一直到清代。清代张亨嘉也有同题赋的书写："孤根盘魄，得湖山隐轸之灵；晚节芳馨，含冰雪严凝之气。任土则香橙并贡，依然芹曝微诚；登朝而硕果长存，雅称梅盐至味。"[①] 对洞庭橘赞不绝口。赋的创作历来与政治是密切相关的，赋家献赋都是在干禄求进。而橘作为一种祥瑞，也有书写，如唐代李德裕《瑞橘赋》。在古人的书写当中，橘有生于南方，移植而难以存活的特性。但在李德裕的笔下，皇帝苑囿中有各种灵卉，被孤根移植的橘树在此不但没有失去原来的生命力，反而"冰心独润，金衣更鲜。天汉之华星焜耀，阆风之珠树粲然。香若团于野露，色疑炫于江烟。既而大官献新，奇果列筵。"[②]《风土记》记载，唐太宗九月九日于蓬莱殿赐群臣橘。因为此橘是君王所赐，作者借橘之名表达对君王的感念之情，突出"天地和同，灵物效祉"的主旨，歌颂君王的圣德恩泽四方。在太平盛世之际，如出现"开元盛世"的唐朝等，橘作为一种献贡植物多以献赋的形式被书写，意在歌颂君王的文治武功。

### （三）橘中之乐，表达隐逸之趣

隐逸文化是中国士大夫文化的重要组成部分之一，其传统由来已久，在古老的尧舜时代就已经出现，孔子和庄子都曾对其有不同的哲理思考。中国的历史上曾涌现出许多隐逸之士，特别是在社会黑暗，时局动荡的时代。一方面是因为士人对现实社会的逃避，不愿与世俗同流合污，去追寻心中的理想境地。另一方面是他们对田园生活、山川之美的留恋与向往，创造了许多与隐逸文化相关的内涵和典故。橘成为隐逸之乐的一个代表，

---

① 马积高主编《历代辞赋总汇》，第 20 册，第 19911 页。

② 许结主编《历代赋汇》，第 9 册，第 3471 页。

源于“橘中戏”的典故。《玄怪录》记载巴邛橘园中，霜后余有两大橘，剖开，每橘有二老叟，皆相对下棋。一叟曰:“橘中之乐，不减商山。但不得深根固蒂，为愚人摘下耳。”一叟取龙根脯食之，食讫，以水噀之，化为一龙，四人共乘之而去。[①] 其中“橘中之乐，不减商山”一句揭示了橘与隐逸文化的关系。传说秦朝四位博士因避秦始皇焚书坑儒的暴政而隐居商山，商山因此具有了隐逸内涵。如庾信《谨赠司寇淮南公诗》有:“商山隐士石，丹水凤凰矶。”张元幹《范才元道中杂兴》也写:“橘中倘有商山乐，不必朝僧问劫灰。”“橘中乐”的典故在文学中频繁被使用，在赋作中也有书写。清代杨昌言作有《橘中乐赋》，用赋的铺陈手法描写了这个典故，辞藻华丽:“屈指话桃源之隐，杳矣秦松；藏身耽蔗境之甘，佳哉陆橘。”[②] 将橘与陶渊明笔下的世外桃源和蔗境之甘联系在一起，橘也像桃源、菊一样成为隐逸生活的代表。接着叙写:“客有溯巴邛之旧事，疑玉洞之仙班。既游心于寥廓，曷寄迹于尘寰。”用橘来表达作者内心对无拘无束，游荡于尘世之外自由之境地的向往。顾慕京《橘中对弈赋》的内容与主旨大致与其相同。此外，《庄子·刻意》云:“就薮泽，处闲旷，钓鱼闲处，无为而已矣；此江海之士，避世之人，闲暇者之所好也。”[③] 揭示了垂钓与隐逸之趣的关联，垂钓本身因其能够接近自然、欣赏风景、陶冶情操而成为古代隐士所青睐的活动，其与橘组合在一起，也成为表达隐逸之趣的事物。清代朱兰在《橘香深处钓舟横赋》开篇写到“客有叹仕宦之升沉，慕林泉之隐逸。欲买扁舟，来寻香橘。”[④] 直接点明士人困际于宦海的沉浮，被官场争名夺利所累，想要泛舟寻橘，过上无忧无虑的隐居生活。“世外怡情，烟霞歌啸。不同范

---

① 牛僧孺、李复言:《玄怪录 续玄怪录》，姜云、宋平校注，上海古籍出版社，1985，第 84 页。

② 马积高主编《历代辞赋总汇》，第 11 册，第 10140 页。

③ 庄子著，陈鼓应注译:《庄子今注今译》，中华书局，2009，第 423 页。

④ 马积高主编《历代辞赋总汇》，第 18 册，第 17644 页。

蠡之游，好似严光之钓。”描绘出在橘香深处的美丽景色，士人寄情于山水的生命体验。橘所生长的地方在山林郊外，地远清净，景色优美，橘香芬芳，自然成为人们放松身心的去处，橘也因橘中之乐的典故而被赋予了隐逸的文化内涵。

### （四）怀橘有因，抒发孝亲之思

“孝”是中国传统文化的一个重要组成部分，古语云“百善孝为先”，可见中国传统文化早已构建出以孝为核心的人伦道德理念。“孝”在早期是对祖先和神灵的祭祀活动，是一种宗教信仰，之后转变为赡养侍奉父母的基本内涵。而在汉代，统治者开始将“孝”的理念转变为实践，用“举孝廉”制度来选拔官员。在这种文化背景下，“陆绩怀橘”的事迹被作为推广孝文化实践的一部分而广泛流传。“陆绩怀橘”出自《三国志·吴书·陆绩传》，书中记载：“陆绩字公纪，吴郡吴人也。父康，汉末为庐江太守。绩年六岁，于九江见袁术。术出橘，绩怀三枚，去，拜辞堕地，术谓曰：‘陆郎作宾客而怀橘乎？’绩跪答曰：‘欲归遗母。’术大奇之。”[①]陆绩年幼时所表现出的珍贵的孝心为人们所称赞，一时传为美谈。“其故事被编入《孝子传》，其内容被绘成图画，出现在类书、墓室、日常生活器皿中，之后又被引入到诗词中。”[②]骆宾王的《畴昔篇》：“茹荼空有叹，怀橘独伤心。”最早将怀橘典故引用到诗歌当中。后来“怀橘”便成为思亲孝亲的典故，这在赋作中多有书写，并在清代盛极一时，且多为律赋。清代自生童以至庶吉士都作赋，设有博学鸿词科、翰林院考赋，《怀橘赋》（以“陆郎怀橘欲归遗母”为韵）便是其中的一个题目，清人车天秩、闻人兆熙、杨棨、车伯雅等都作有《怀橘赋》。赋中对陆绩怀橘这一事件进行详细的铺陈描写：

---

① 陈寿：《三国志》，中华书局，1959，第1328页。

② 曾桂林：《怀橘典故与孝文化的发展》，《黑河学院学报》2010年第1期。

"从教座上尝新，笼非作赠。岂是君前赐果，核必为怀。尔乃告退逡巡，拜辞礼毕。有橘累然，探怀而出。初不识其深心，聊漫为夫戏诘……陆郎则前跪从容，致词委曲。物以罕而见珍，惠幸承而拜辱。念有母兮未尝，赋言归以正促。"[①] 相对于史书中简洁的叙述，赋中对此事的描写则是尽善尽全，语言庄重典雅。最后点出题意，曲终奏雅。有橘"洞庭霜后，悬点点而铸金，摘累累而入手。或以配其松盘，或以佐其椰酒。犹是举之为美谈，曰胡不关夫陆郎之遗母。"把其作为思亲孝亲的榜样来称颂。中国文化在农耕经济的土壤中生长，讲究实用性。清朝统治者通过规定题目的内涵，文人在赋作中用橘来书写和体现传统的孝道，体现出统治者把儒家的经义与辞章融合起来，发挥文学在维系社会伦理纲常秩序中的教化作用。

## 四、结语

历代赋家对橘的书写大都深受屈原《橘颂》的影响，在描写内容、句法形式和思想内涵等方面均有一定的借鉴。从特定文学题材产生的地理环境来看，橘生长的地理空间在南方，故咏橘赋突出了橘生南方的特性。其注重对外形特征和生长环境的铺陈叙述，为进一步的艺术创作和感情抒发奠定了基础。而赋是修辞性的、注重才学的文体，赋家在创作以"橘"为中心的赋作中，善于使用典故、对比衬托、拟人等艺术手法突出橘的特点和塑造橘的生动形象，体现橘在历史和文学中深厚的文化积淀。同时，经过历代文人的吟咏，咏橘赋的内涵不断被丰富和发展。赋家不但继承屈子托物言志的表达方式，还献赋写橘为祥瑞以歌颂圣德，橘也成为人们表达对隐逸生活的向往和孝亲敬养愿望的载体。在梳理历代咏橘赋的书写过程

① 鸿宝斋主人编《赋海大观》，北京图书馆出版社，2007，第 8 册，第 520 页。

中，不仅能看到赋体文学自身的发展变化，还能了解古人在橘的书写中蕴含的审美价值。橘成为古代文人表情达意的重要载体，承载着人们独特的情感体验与思想观念。

（原载《湖南工程学院学报》2022 年第 3 期，署名：彭宏兰）

# 刘宋时期的《赋集》编纂及其学术意义

《隋书·经籍志》著录刘宋时期《赋集》三种：

> 《赋集》九十二卷（谢灵运撰。梁又有《赋集》五十卷，宋新渝惠侯撰；《赋集》四十卷，宋明帝撰，……亡。）[①]

此为史籍中对三部《赋集》的记载，除书名及作者外再无其他信息，这是有史可考第一次以“赋”名集的总集。目前关于刘宋《赋集》已有讨论，但多放在魏晋南北朝文学及辞赋发展史中加以介绍，少有专论。例如程章灿《魏晋南北朝赋史》用一小节论述南朝人对赋的编纂与整理，其中涉及刘宋《赋集》[②]；许结《历代赋集与赋学批评》一文简要探讨了魏晋南北朝赋集出现的四个原因[③]。踪凡《中国赋学文献考》从编者、著录考释、内容等三方面对刘宋三部《赋集》进行了介绍。[④]然而踪先生重在历代赋学文献之梳理，为照顾全书体例，未能对刘宋三部《赋集》进行深入探讨。这三部《赋集》的横空出世，有着特定的历史文化背景以及重要的学术意义，值得探究。

---

① 魏徵等：《隋书（修订本）》卷三五，中华书局，2019，第1229页。

② 程章灿：《魏晋南北朝赋史》，江苏古籍出版社，2001，第264页。

③ 许结：《历代赋集与赋学批评》，《南京大学学报》（哲学·人文科学·社会科学版）2001年第6期。

④ 踪凡：《中国赋学文献考》，齐鲁书社，2020，第146—147页。

## 一、辞赋转繁与刘宋的聚书活动

清齐召南《本朝馆阁赋前集序》称："考赋之有专选也，自谢灵运之《赋集》始。"[①] 考之前代，《汉书·艺文志》"诗赋略"有"杂赋"一类，自《客主赋》至《隐书》共十二种。刘师培认为"客主赋以下十二家，皆汉代之总集类也"，称其为"总集之始"。[②] 这十二种书为同类赋作的集合，与《隋书·经籍志》"总集类"著录的《述征赋》《围棋赋》等相类似，带有专体文学总集的色彩。不过这只可算作具有萌芽色彩的总集，名实不副，刘师培自己也称"西汉之时，总集、专集之名未立"[③]，并不认为汉代有真正的总集。刘向父子未立"集"名，其编纂总集（或别集）的意识尚不明晰。《隋书·经籍志》认为最早的文学总集为挚虞的《文章流别集》，该集依然为各体文学的总集。随着各类文体创作的兴盛，文学作品的数量不断增加。汉代诸多赋作可能随着两汉末的动乱而亡佚颇多，然而"建安之后，辞赋转繁，众家之集日以滋广"[④]，辞赋在魏晋时期依然有着重要地位，数量激增。曹植《文章序》称自己将赋作删定为七十八篇，集为《前录》，而删去的"芜秽者众"[⑤]，其实际创作辞赋的数量应该远超过这个数目。曹植并非辞赋大家，创作的数量已经相当可观，那么像王粲这种"长于辞赋"[⑥]的作家，作品数量无疑更多。在这种背景下，兼括各体的文学总集显然已经无法承载如此规模的赋作，即使"采擿孔翠，芟剪繁芜"[⑦]，面对数量庞大的作品恐

---

① 踪凡、郭英德：《历代赋学文献辑刊》（第三十七册），国家图书馆出版社，2017，第333页。

② 刘师培：《中古文学史·论文杂记》，人民文学出版社，1998，第115页。

③ 同上书，第113页。

④ 魏徵等：《隋书（修订本）》卷三五《经籍志》，第1236页。

⑤ 欧阳询：《宋本艺文类聚》卷五五《集序》，上海古籍出版社，2013，第1508–1509页。

⑥ 萧统编，李善注：《宋尤袤刻本文选》（第一三册），国家图书馆出版社，2017，第51页。

⑦ 魏徵等：《隋书（修订本）》卷三五《经籍志》，第1236页。

也难以抉择，这促使着专门性文学总集的产生。

无论编纂类书还是文学总集，都需要一定的材料来源。三部《赋集》分别为九十二卷、五十卷、四十卷，规模远大于《文选》(三十卷)，尤其是谢灵运的《赋集》，“当是选录古今名篇而成的专体文学总集”[①]。中古时期，书籍依然以抄本形式流传，得书不易，因此《赋集》的编纂需依赖大量书籍。

谢灵运《赋集》篇幅是《文选》的三倍，是《文选·赋》(十卷)的九倍，卷帙甚大，不可能系一人所编。谢灵运虽为世家，然而要完成从古至今卷帙如此巨大的专体文学总集，只靠其个人藏书恐怕很难完成。除《赋集》外，《隋书·经籍志》还著录了谢灵运编撰的《诗集》五十卷、《回文集》十卷、《七集》十卷、《连珠集》五卷，均在总集类。一般来说，诗的篇幅远小于赋，然而《诗集》较《文选·诗》(十一卷)多出三十九卷，应该也是古今诗篇总集，他类皆此。谢灵运完成这几部贯通古今的专体文学总集的编撰，极有可能利用了刘宋国家的藏书资源。

刘宋王朝十分重视书籍的收集与整理。根据文献记载，刘裕未称帝前，北伐后秦，攻陷长安后，除了“收其彝器、浑仪、土圭之属，献于京师”[②]外，还将后秦仅存的四千卷书籍也带回了东晋朝廷。[③]此时东晋有李充根据《晋中经新簿》所校的三千一十四卷书籍及后来又流入江左的“中朝遗书”，它们与刘裕带回的四千卷书籍共同藏在东晋国家秘阁当中。这些书籍，包括经董卓迁都之乱后幸存的部分两汉秘阁藏书、永嘉之乱残存的曹魏西晋书籍及东晋后出的书籍。刘裕称帝后，在位不到三年，并未进行图书整理工作。其后宋文帝即位，于元嘉三年(426)诛杀徐羡之，稳定政局后，才开始着手图书整理。

---

① 踪凡:《中国赋学文献考》，第146页。

② 沈约:《宋书(修订本)》卷二《武帝纪》，中华书局，2019，第44页。

③ 关于刘裕带走后秦藏书的记载见《隋书·经籍志》(《隋书》卷二七，第1027页)。

《宋书·谢灵运传》载，文帝命谢灵运出任秘书监，“使整理秘阁书，补足遗阙”[①]。《四部目录》所著录的六万四千五百八十二卷书籍为谢灵运校书的成果。如此规模庞大的秘阁藏书，仅靠谢灵运一人之力恐难以完成。参考刘向校书时有步兵校尉任宏、太史令尹咸、侍医李柱国负责校勘专科书籍，那么谢灵运整理秘阁书籍时应该也会有各种术业有专攻的文人共同参与，如史籍明确记载的殷淳[②]。作为刘宋顶尖的文学家，谢灵运根据自己的特长可负责整理“集部”文献，这似乎也是他的志趣所在。利用秘阁所藏两汉魏晋之典籍，既可饱览前代各体文学之英华，又可编纂成册为文人雅士提供创作范本。

除了帝王重视图书汇集与整理外，刘宋时私人藏书也十分兴盛。《宋书·谢弘微传》载：“义熙初，（谢弘微）袭峻爵建昌县侯。……唯受书数千卷，国吏数人而已。”[③]可见东晋末期，世家已有藏书，谢峻私人藏书卷数与后秦、东晋国家藏书大致相当，数量相当可观。东晋以后，私人藏书进一步发展。史载刘穆之“裁有闲暇，自手写书，寻览笃章，校定坟籍”[④]，他拥有一定数量的藏书，甚至许多书还有多种不同版本，需要亲自进行校勘工作。元嘉时期，宋文帝曾经下诏访书[⑤]，也反映了东晋末期至刘宋时期，私人藏书已经形成一定规模，并为帝王所知。阮孝绪《七录序》提出：“凡自宋齐已来，王公搢绅之馆，苟能蓄聚坟籍，必思致其名簿。”[⑥]东晋时期虽然已有了数目可观的私人藏书，但在阮孝绪看来这种聚书风气于宋齐时期开始兴盛。相较南齐时期动辄万卷的私人藏书，《宋书》并未过多记载王公

① 沈约：《宋书（修订本）》卷六七，第1938页。

② 据《宋书·殷淳传》：“在秘书阁撰《四部书目》凡四十卷，行于世。”（《宋书》卷五九，第1745页）则殷淳在秘阁中辅佐谢灵运进行整理工作。

③ 沈约：《宋书（修订本）》卷五八，第1736—1737页。

④ 沈约：《宋书（修订本）》卷四二《刘穆之传》，第1418页。

⑤ 沈约：《宋书（修订本）》卷八三《吴喜传》，第2320页。

⑥ 严可均：《全上古三代秦汉三国六朝文·全梁文》卷六六，中华书局，1958，第3346页。

世家的藏书情况，但却有时人热爱书籍的记载，如宗室刘景素“好文章书籍”[①]。此时声望较高的宗室如临川王刘义庆已组织门人编纂了大型总集《集林》二百卷，若没有众多书籍作为材料支撑，这几乎是一项不可能完成的任务。史书虽未详细介绍刘宋时期各家藏书情况，但通过有限的记载也可观觇当时在宗室与世族群体中渐盛的聚书之风。与谢灵运编纂《赋集》相同，聚书也是刘义宗《赋集》得以成书的重要物质基础。由于宗室藏书属于私人性质，其规模一般不如国家秘阁藏书，因此刘义宗《赋集》体量远小于谢灵运《赋集》，只有五十卷。宋明帝刘彧编纂四十卷《赋集》大致有两种可能。第一种为其在藩期间利用聚集的书籍进行编纂，此时他还编撰了《江左以来文章志》。第二种为其即位后编纂，此时已经可以运用丰富的国家藏书。

## 二、刘宋时期辞赋与政治的关系

刘宋王朝有其特殊性，它是出身微寒的武人依靠军功在门阀士族的社会中通过禅位的方式建立的政权。由于个人身份及社会传统的双重压力，刘裕不得不借助符瑞以表明自己获得政权是顺应天命，故出现了史家常论的刘裕“微时多符瑞”现象。[②]政治首先是语言的，正因如此，在刘宋代晋自立及之后的政治运作中，需要通过语言文字符号实现其政治生活的形式化、合法化、荣耀化。[③]受身份地位及个人创作能力所限，刘宋统治者需要借助能文之士的文字创作以实现政治活动。

两晋时期的帝王对辞赋这种文体并无偏好[④]，刘宋时期则正好相反。赋

---

① 沈约:《宋书（修订本）》卷七二《刘景素传》，第2035页。

② 王永平:《晋宋社会文化史论》，社会科学文献出版社，2018，第85—103页。

③ 刘顺:《经国之大业：中古文学与政治分析初步兼及张说的政治观念》，《上海师范大学学报》（哲学社会科学版）2019年第4期。

④ 可参见何凯《两晋赋研究》（贵州师范大学博士学位论文，2020年）第一章的内容，作者在梳理由汉到晋帝王对辞赋的喜好及赋家地位后，指出“两晋时期的辞赋总体上失去皇室权贵的重视，赋家也不再有两汉时期荣宠尊贵的身份”（见该文第29页）。

作为一种“欲丽”的文体，显然无法像诸多公文文体那样能够有效实现政治权力的形式化。但是其“体国经野，义尚光大”[①]的特点及“润色鸿业”[②]的作用，能够使其在叙述政治生活的合法化、荣耀化等方面游刃有余。大概是因为社会文化传统的压力，刘宋皇帝尤喜于出现祥瑞及四方进贡时下诏命文人作赋，如颜延之《赭白马赋》、谢庄《赤鹦鹉赋》《舞马赋》等均为应诏之作。受诏作赋，作家不太可能随心所欲，此时作家就要站在统治者的立场，遵循统治者创造的一系列言说体系。宋武帝的一匹赭白马老死，宋文帝召集文人作赋，颜延之《赭白马赋》为是而作。其序称马“实有腾光吐图，畴德瑞圣之符焉”[③]，根据李善注，此处颜延之化用《尚书中候》，尧执政七十年修坛河洛，龙马衔甲，临坛吐甲图。而后又称“我高祖之造宋也，五方率职，四隩入贡。秘宝盈于玉府，文驷列乎华厩。乃有乘舆赭白”[④]，实际上将宋武帝与尧相提并论，描绘出四夷来朝的盛况。而在赋文开头，颜延之首先叙述了黄帝时期飞黄服皂与唐尧时期龙马衔甲两次祥瑞，紧接着又描述了汉武帝道亨得千里马与魏文帝德盛遇泽马的事件。不难发现，颜延之意在说明宋武帝的赭白马，与黄帝、唐尧、汉武帝、魏文帝时期的祥兆具有同等的功效，是刘宋建立二十二年来“武义粤其肃陈，文教迄已优洽。泰阶之平可升，兴王之轨可接”[⑤]的盛世祥瑞。由此，颜延之又勾勒出了黄帝、尧、汉、魏、刘宋这条权力嬗递的政治谱系，不仅与晋恭帝禅位诏书中“一依唐虞、汉魏故事”暗合，还从侧面反映了地处江南的刘宋王朝才是继汉魏之后中原政权的正统继承者，北方的少数民族政权虽地处中原却并非正统。通过这些描述，颜赋彰显了刘宋王朝建立的合法性

① 刘勰著，范文澜注:《文心雕龙注》卷二《诠赋》，人民文学出版社，1958，第135页。

② 萧统编，李善注:《宋尤袤刻本文选》(第一册)，第79页。

③ 萧统编，李善注:《宋尤袤刻本文选》(第四册)，第98页。

④ 萧统编，李善注:《宋尤袤刻本文选》(第四册)，第98—99页。

⑤ 萧统编，李善注:《宋尤袤刻本文选》(第四册)，第100页。

与作为华夏政权正统继承者的荣耀性。现存刘义恭的《白马赋》大概与颜赋有同样的创作缘起，其中“八埏稽首以宾庭，九荒敛衽而纳贽。象车垂德以服箱，龙马宅仁而受辔。是以周称逾轮，汉则天驷”[①]云云，与颜赋表达着同样的主题。

刘宋时期除了诏命作赋外，亦存在私人献赋的情况。据《南齐书·武穆裴皇后传》载：“吴郡韩兰英，妇人有文辞。宋孝武世，献《中兴赋》，被赏入宫，明帝世用为宫中职僚。”[②]韩兰英为南朝著名女作家，其所献之赋题为“中兴”，则该赋的创作背景不难想象。刘劭发动宫廷政变，弑杀其父宋文帝刘义隆而自立，宋孝武帝刘骏起兵攻杀刘劭夺得帝位，韩兰英将诛杀“元凶”的孝武帝视为刘宋王朝的中兴之主。虽然该赋已经亡佚，但是通过赋题大致推测，该赋有孝武帝诛杀刘劭的合理性及称帝的合法性等相关内容。程章灿指出：“（刘宋统治者）招揽文人采取居高临下的态度……在他们影响下出现的辞赋创作，有较明显的应命献谀的御用色彩。”[③]应命献谀、歌功颂德只是此时辞赋作品的文字表象，刘宋统治者希望通过表象看到的，及赋作家运用文字表现的深层内涵，是辞赋作品中对刘宋王朝及自己统治时期政治合法化、荣耀化的书写。

刘裕自诛杀谢混时便对世家大族定下了一个基本宗旨：获取高位不再完全依赖家族门第，如果想要获得高位，只有拥戴和支持刘裕这一条路，同时刘裕对诚信拥护他的世族也给予了充分信任。[④]可以说采取了打压与拉拢相结合的方式。此外，就刘宋时期的宗室而言，也常因各种缘由面临着被杀害的危机，赵翼《廿二史札记》即有“宋子孙屠戮之惨”条梳理刘宋宗室遭受的各种迫害。[⑤]刘熙载称：“赋起于情事杂沓，诗不能驭，故为赋

① 徐坚：《初学记》卷二九《马》，中华书局，1962，第704页。

② 萧子显：《南齐书（修订本）》卷二〇，中华书局，2019，第438页。

③ 程章灿：《魏晋南北朝赋史》，第204页。

④ 张金龙：《宋武帝传》，人民出版社，2019，第243页。

⑤ 赵翼著，王树民校证：《廿二史札记校证》卷一一，中华书局，2013，253—255页。

以铺陈之。斯于千态万状、层见迭出者，吐无不畅，畅无或竭。”[①] 赋的篇幅较诗要长，可以表达诗所不能表达的多种情感，因此很适合文人用来表达自己的政治思想。在刘宋时期，士人受身份地位、机缘等因素的限制，有时候不能直接表达自己的政治意图。研究者指出：“虽然行动意图的传递可以依赖于文学之外的其他资源，但文学形式在正式度与语义密度上的优势，足以保证文学在政治行动中传递政治意图的优势地位。”[②]《宋书·谢灵运传》载：“奉使慰劳高祖于彭城，作《撰征赋》，其序曰：……（以下赋文）。仍除宋国黄门侍郎，迁相国从事中郎，世子左卫率。”[③]《撰征赋》篇幅极长，包含的情感也非常丰富，但是在史官看来，谢灵运此次作赋行为带有明显的目的性，故在赋文后以“仍除”二字说明其官职的转迁。实际上，谢灵运在赋文中传递着非常明显的政治意图。[④] 除了多次称赞刘裕的功绩外，谢灵运在赋文开始即称：“睽谋始于蓍蔡，违用舍于行藏。”[⑤] 表明自己违背了孔子用行舍藏的道理，对自己出仕处理不当，意在表达自己对此前仕于刘裕的政敌刘毅的悔意。后又称：“羁棲处于西木，引鼻饮于源渊。惠要褷而思赿，援冠弁而来虔。”[⑥] 隐晦地表达自己当时在安住于西边（刘毅镇江陵时，谢灵运为卫军从事中郎）是非常错误的行为，现在诚心归顺于刘裕，希望得到刘裕的赏识和提携。谢灵运除在赋中铺陈所经之地功臣名将的历史典故以表达自己的进取心外，还多次提到自己家族中的先辈谢安和谢玄。其述二人功业后，以二人功成身退做结。除表达自己渴望像先辈那样做一番功绩外，还向对世家大族采取打压与拉拢相结合策略的刘裕传达一个信息：

① 刘熙载著，袁津琥笺释：《艺概笺释》卷三《赋概》，中华书局，2019，第441页。

② 刘顺：《经国之大业：中古文学与政治分析初步兼及张说的政治观念》，《上海师范大学学报》（哲学社会科学版）2019年第4期。

③ 沈约：《宋书（修订本）》卷六七，第1908—1917页。

④ 关于该赋赋文的解释，参考赵逵夫主编《历代赋评注》（南北朝卷），巴蜀书社，2010，第23—75页。

⑤ 沈约：《宋书（修订本）》卷六七《谢灵运传》，第1909页。

⑥ 沈约：《宋书（修订本）》卷六七《谢灵运传》，第1911页。

自己跟随刘裕做出一番功绩后，就会效法自己的先辈功成身退，不会给刘裕制造任何麻烦。在刘宋时期，对辞赋运用得当，甚至会使作者避免政治上的迫害。《宋书·刘义恭传》载："时世祖严暴，义恭虑不见容，乃卑辞曲意，尽礼祗奉，且便辩善附会，俯仰承接，皆有容仪。每有符瑞，辄献上赋颂，陈咏美德。"[①] 江夏王刘义恭不见容于宋孝武帝，不仅在言行上保持警惕，并且为孝武帝时期出现的百余次祥瑞献赋颂，以求避祸。虽然这些所谓歌功颂德的辞赋已经亡佚，但是可以推测出刘义恭在辞赋中运用语言修辞技巧曲意逢迎，既对孝武帝其人及其统治进行赞美，又表示自己对孝武帝统治的无条件支持。

## 三、学风转变对辞赋、选士制度的影响

胡宝国曾撰专文探讨南朝的学风转变。具体而言，晋宋之前是一个玄学的时代，人们并不强调知识的重要，至晋宋之际学术风气开始发生变化，人们开始追求知识，社会由此进入一个知识至上的时代，这个转变就发生在晋末宋初时期。[②] 而晋末宋初的一批文人则顺应并引领了这股学术风气，如傅亮"博涉经史，尤善文词"[③]、谢晦"涉猎文义，朗赡多通"[④]、谢灵运"少好学，博览群书"[⑤]、颜延之"好读书，无所不览"[⑥]，与东晋好玄谈的风气迥然不同。学术风气的转变，会影响到文学创作领域。刘勰认为东晋文学"诗必柱下之旨归，赋乃漆园之义疏"[⑦]，而钟嵘对刘宋时期的诗歌评价

---

① 沈约:《宋书（修订本）》卷六一，第1802页。
② 胡宝国:《知识至上的南朝学风》,《文史》2009年第4辑。
③ 沈约:《宋书（修订本）》卷四三《傅亮传》，第1450页。
④ 沈约:《宋书（修订本）》卷四四《谢晦传》，第1464页。
⑤ 沈约:《宋书（修订本）》卷六七《谢灵运传》，第1907页。
⑥ 沈约:《宋书（修订本）》卷七三《颜延之传》，第2069页。
⑦ 刘勰著，范文澜注:《文心雕龙注》卷九《时序》，人民文学出版社，1958，第675页。

为“观古今胜语，多非补假，皆由直寻，颜延、谢庄尤为繁密，于时化之，故大明、泰始中文章殆同书抄”[①]。刘宋时期文人已经注重对知识的追求，因此其文学创作也由东晋时期颇受玄学影响转变为将知识灌输到作品中，表现为大量用事典。钟嵘对刘宋时期的两名著名文人颜延之、谢庄批评尤甚。需要注意的是，钟嵘所批评的“贵于用事”，仅限定在“吟咏情性”这种较为私人化的写作上。与吟咏情性之作不同，钟嵘于前文指出“若乃经国文符，应资博古；撰德驳奏，宜穷往烈”[②]，即治理国家的公文、撰述德行的文章及进呈皇帝的公文需要用典。这样的写作要去私人化。辞赋虽然并非公文写作，但这类所谓“撰德”的赋作往往也需要大量铺陈典故。颜延之《赭白马赋》开篇即连续铺陈典籍中所载黄帝、唐虞、汉武帝及魏文帝时期与马有关的祥瑞，并且文中堆积典故，不借助古注很难理解。谢灵运《撰征赋》继承了前代班彪《北征赋》及潘岳《西征赋》的创作特点，以叙写所经之地的古人古事为主，结构模式上并无太大突破。但是相较而言，谢赋铺陈事典更为密集，并且频繁使用经子典故，基本没有写景及人生哀叹部分。除此赋要呈给刘裕并非私人创作外，重视知识的学术风气也是赋文大量用典的重要原因。甚至某些较为私人的辞赋创作也受到学术风气的影响，如傅亮《感物赋》透漏了自己决心废立的政治意图，这样的赋作显然并不能公布于众，至多会作为一种媒介向徐羡之等同谋者传递政治同盟的信号。傅亮在该赋中多处用典，通过《庄子》中的典故来表达自己为天下计甘愿赴死的决心。至于谢灵运作《山居赋》，则开创性地运用自注的方式阐释赋文中的大量典故。

学术风气的变迁，不仅影响到了辞赋创作，还对文人仕途产生了影响。《宋书·颜延之传》载：“雁门人周续之隐居庐山，儒学著称，永初中，征诣京师，开馆以居之。高祖亲幸，朝彦毕至，延之官列犹卑，引升上席。上

① 钟嵘著，曹旭集注：《诗品集注（增订本）· 诗品中 · 序》，上海古籍出版社，2011，第220、228页。

② 同上书，第220页。

使问续之三义，续之雅仗辞辩，延之每折以简要。既连挫续之，上又使还自敷释，言约理畅，莫不称善。徙尚书仪曹郎、太子中舍人。”[①] 颜延之靠着自己的知识素养，在与儒学大师周续之的辩论中胜出，从而得到刘裕的赏识，由太子舍人升为太子中舍人，并且担任尚书仪曹郎。《南史·颜延之传》则径称其“以才学见遇”[②]。既然通过才学可以获得政治上较为优厚的待遇，那么应诏作赋及献赋时，在赋文中通过展列知识以显示才学较平庸之作则更易受到青睐。这也就解释了为什么钟嵘会单独将颜延之与谢庄列为批评对象。二人多有应诏之诗赋创作，铺陈典故以见才力是不可避免的。王芑孙《读赋卮言·试赋》列举了几篇隋唐时期有关科考的奏疏，认为六朝时期可能有试赋之事，但尚不能确定，后文又指出汉代射策“悉具明文”，“赋独不著”，自魏迄隋则“未有著称试赋者”。[③] 刘宋时期虽无明确的献赋制度，但依然有献赋求官者。如前述谢灵运向刘裕献《撰征赋》后，得到了刘裕的信任，不久即迁相国从事中郎，走上了与其从弟谢晦相同的道路，成为刘裕身边的近侍。韩兰英向宋孝武帝献《中兴赋》后，被赏入宫，至齐武帝时担任博士，教六宫书学。能够担任博士，说明韩兰英具有一定才学，能够在一个崇尚知识的时代通过献赋被赏入宫，可见《中兴赋》中也展现了其知识素养。

至于选士所试策文之类，则亦难免受崇尚知识的学风影响。九品官人法施行以来，虽然靠门第入仕，但依然沿袭汉代以来察举、征辟的道路，只不过被察举的条件主要看门第。世家大族的存在使两晋时期的察举逐渐走向衰落，至刘宋时期又出现了新的变化。刘宋重视教育，刘裕于东晋掌权时便着手恢复察举制度，称帝后又亲自参与选拔考试。这时被举为秀才的基本为世家子弟，而孝廉则多有寒庶。秀才试策，孝廉试经。《文心雕

① 沈约:《宋书（修订本）》卷七三，第 2070 页。

② 李延寿:《南史》卷三四，中华书局，1975，第 878 页。

③ 踪凡、郭英德:《历代赋学文献辑刊》（第一百八十九册），第 157—159 页。

龙·议对》称:“(对策、射策)魏晋已来，稍务文丽，以文纪实，所失已多，及其来选，又称疾不会，虽欲求文，弗可得也。”[①]魏晋以来的对策以辞丽为主，且世家弟子常常不参加考试，此时的选拔标准已经为“求文”。刘永济对该篇释义认为:“晋、宋以后，文体渐尚藻丽，于是有不切事情而骋华辞者。”[②]显然晋宋以来的对策失去了原本该有的义旨，崇尚华丽文辞，为文而作，不切实际。这种对策“求文”的现象至宋明帝期间达到极致。泰始三年(267)，谢超宗议秀才试策称:“夫表事之渊，析理之会，岂必委牍方切治道。非患对不尽问，患以恒文弗奇。”[③]可见“患文弗奇”已经成为了当时写作策文的一种普遍追求。关于“奇”的理解，不妨与钟嵘批评“大明、泰始中文章殆同书抄”后所称的“近任昉、王元长等，词不贵奇，竞须新事”[④]对照来看。曹旭指出“奇”指的是新奇独创之词，那么泰始年间的对策多追求独创之词。孙德谦《六朝丽指》有“造句求新奇”条，称:“六朝文多生造之句，几有不能解者。”如“微管”“殆庶”等。[⑤]此为六朝人作文的一种常用方法，称为“截句成词”[⑥]。简而言之，即将典籍中的句子，强行拆出文字组成新词，“微管”就是从“微管仲”截出的新词。这是用典的新形式，需要作者对典籍中的典故驾轻就熟，显然追求知识的风气使得普通用典已经不足以表现作者的才学，因此在用典上走向了刻意求新求奇的道路。

但是，这种截句成词的现象并非在大明、泰始年间才出现，早在东晋末期谢灵运《撰征赋》中就已肇其端。如“道有屈于灾蚀，功无谢于如

① 刘勰著，范文澜注:《文心雕龙注》卷五《议对》，第439页。

② 刘永济:《文心雕龙校释》，中华书局，2007，第87页。

③ 萧子显:《南齐书(修订本)》卷三六《谢超宗传》，第707—708页。

④ 钟嵘著，曹旭集注:《诗品集注(增订本)·诗品中·序》，第228页。

⑤ 王水照:《历代文话》(第九册)，复旦大学出版社，2006，第8471—8472页。

⑥ 关于该内容可参见李士彪《魏晋南北朝文体学》(上海古籍出版社，2004)第三章第三节第一部分“藏词与截句成词”。

仁”[①]，“如仁”一词截《尚书·泰誓》“虽有周亲，不如仁人”[②]而成；“总出入于和就，兼仁用于默语”[③]，“和就”一词截《庄子·人世间》“形莫若就，心莫若和”[④]而成；“利涉以吉，天险以艰”[⑤]，“利涉”一词截《周易·需卦》“利涉大川”[⑥]而成。根据时人鲍照对谢灵运与颜延之的评价，谢灵运并不是喜频繁用典的一派，离开朝堂后他对赋有了新的理解，所作的山水赋虽然也多有用典，但不如《撰征赋》那样繁密。宫崎市定通过统计得出“西晋以来，中书郎—黄门郎—太子中庶子系列中，一般要经历两种官职”，东晋末至宋齐“要当上吏部郎或者司徒左长史记，之前至少要做两任五品官（常见的为中书郎、黄门郎与太子中庶子），而其下一任的官职一般为三品的侍中，此乃一条晋升的路线”。[⑦]这些官职均要进行文字工作，需要撰写“经国文符”及“撰德驳奏”，需要用事，并且此时的公文已经带上了骈俪色彩。“诗和散文的骈俪化都起源于赋”[⑧]，作为引领刘宋乃至南朝骈文一代风气的颜延之，其繁密藻饰亦肇始于赋，姜书阁即称：“颜文用典隶事之繁，炼词造句之丽，首见《赭白马赋》。”[⑨]赋这种文体，自汉代兴盛起就与用事相关。扬雄就称：“事胜辞则伉，辞胜事则赋。”[⑩]赋中有“辞”有“事”，只不过“辞”胜于“事”，文辞在赋中的作用就是绘事。刘熙载提出“赋兼才学”，所谓“才”，即《汉书·艺文志》中的“感物造端，材智深美”及

① 沈约：《宋书（修订本）》卷六七《谢灵运传》，第1912页。

② 《十三经注疏》整理委员会：《十三经注疏·尚书正义》卷一一《泰誓中》，北京大学出版社，1999，第277页。

③ 沈约：《宋书（修订本）》卷六七《谢灵运传》，第1913页。

④ 郭庆藩：《庄子集释》卷二中《人世间》，中华书局，1961，第165页。

⑤ 沈约：《宋书（修订本）》卷六七《谢灵运传》，第1913页。

⑥ 《十三经注疏·周易正义》卷二《需》，第42页。

⑦ 宫崎市定：《九品官人法研究》，韩昇、刘建英译，生活·读书·新知三联书店，2020，第137—139页。

⑧ 朱光潜：《诗论（增订本）》，中华书局，2012，第193页。

⑨ 姜书阁：《骈文史论》，人民文学出版社，2010，第363页。

⑩ 汪荣宝：《法言义疏》卷三《吾子》，陈仲夫点校，中华书局，1987，第60页。

魏收所谓“会须作赋，始成大才士”。[①] 赋既要“言有物”，又要“言有序”，这就要求既要有丰富的知识素养使其“有物”，又要有出色的语言修辞技巧使其“有序”。尤其是到了元嘉时期，文人对赋又有了声律的要求，其创作难度又有提升。赋既可见才力，又可见文采，同时对逐渐兴盛的骈体文也有巨大影响，《赋集》的编纂恐与这些现实情况密不可分。

## 四、刘宋《赋集》的学术价值与意义

谢灵运等人的三部《赋集》，是南朝仅有的三部赋总集。虽然这三部《赋集》书名雷同，区分度不高，或许没有命名，但仍然是较为规范的专体文学总集。诞生于南朝初期政权的三部《赋集》(尤其是谢灵运的《赋集》)具有重要意义。

首先，就刘宋时期的现实意义来讲，《赋集》的编纂为刘宋皇室成员提供了习赋范本。刘宋文学的繁荣，归根到底为上有所好，刘勰即称：“自宋武爱文，文帝彬雅，秉文之德，孝武多才，英采云构。自明帝以下，文理替矣。”[②] 刘裕行伍出身而雅好文艺，亲自参与文学创作，实开此风之先河。然而刘裕本人“少事戎旅，不经涉学，及为宰相，颇慕风流”[③]，不过提升文化水平并非一朝一夕之事，彭城大会赋诗之时，谢晦恐刘裕露拙，便代为之。宋少帝刘义符“有旅力，善骑射，解音律”[④]，纯粹是一个武人的形象。宋文帝刘义隆虽“博涉经史，善隶书”[⑤]，但文学恐非其所长。孝武帝盖为刘宋诸帝中能文者，自认为文章“物莫能及”，十分自负，作为文学侍臣的鲍照，作文常以“多鄙言累句”的方式来凸显孝武帝的文学水平。[⑥] 通过鲍照

① 刘熙载，袁津琥笺释:《艺概笺释》卷三《赋概》，第 502 页。
② 刘勰著，范文澜注:《文心雕龙注》卷九《时序》，第 675 页。
③ 沈约:《宋书(修订本)》卷六四《郑鲜之传》，第 1856 页。
④ 沈约:《宋书(修订本)》卷四《少帝纪》，第 69 页。
⑤ 沈约:《宋书(修订本)》卷五《文帝纪》，第 78 页。
⑥ 沈约:《宋书(修订本)》卷五一《鲍照传》，第 1612 页。

的刻意露拙，可以看出孝武帝创作能力较为有限。至于刘宋宗室，刘义庆“爱好文义，才词虽不多，然足为宗室之表”[①]，“才词虽不多”显然并非是史家对刘义庆的褒奖，却足以使他成为宗室的表率。可见刘宋时期无论是皇帝还是宗室，虽然对文学有极大热情，也乐意投身创作，却常心有余而力不足。“文学才能在士族中成为一条衡量社会价值的重要尺度，出身于寒门庶族的帝王也以极大的努力跻身于文人的行列里。帝王可以在政治、军事上统帅士族，但是在社会观念上却始终为士族的马首是瞻。”[②]在由崇尚玄风转变为崇尚知识的时代，刘宋统治者也不甘于落后于士族的步伐，宋文帝就施行提升文化的各种措施。[③]就“欲丽”的诗赋而言，赋要“有物”“有序”，又要能驾驭诗不能驾驭的杂沓情事，比诗更为难作。参见前述，赋在刘宋时期明显受到统治者的偏爱，奈何受水平所限，刘宋统治者较少参与作赋，只有孝武帝刘骏有赋传世，宗室中也只有刘义恭有赋流传。赋之为学，“如扬雄谓‘能读赋千首，则善为之’”。[④]《赋集》的编纂恰恰能够为刘宋皇室成员提供学习作赋的范本。除了揣摩作赋技巧外，前代辞赋中所用的词语，还可以直接套用。像颜延之这样的大才士，赋中尚有“函夏”“先景”“象舆”“威神”等见于前代赋作而不见于经史中的词语，对于学习作赋的刘宋统治者来说，套用则更为有效。

其次，《赋集》编纂还反映出刘宋时期文人追求“丽”观念。在汉人眼中，应用文体的写作要重于辞赋，即使司马迁与班固均为出色辞赋家，《史记》与《汉书》所载应用文的数量也远多于辞赋。蔡邕《独断》中辨析的均为应用文体，刘熙《释名》也仅释“诗”一种非应用文体。曹丕《典论·论文》中应用文体占三科六体，陆机《文赋》中应用文体占八类。刘宋时期文笔之辨逐渐深化，大致来说，文即为有韵之文，笔为无韵的应用

① 沈约:《宋书(修订本)》卷五一《刘义庆传》，第1609页。

② 曹道衡、沈玉成:《南北朝文学史》，中国社会科学出版社，2007，第6页。

③ 王永平:《刘宋文帝一门文化素养之提升及其表现考论》，《黑龙江社会科学》2008年第4期。

④ 刘熙载著，袁津琥笺释:《艺概笺释》卷三《赋概》，第502页。

文。颜延之曾说己之子颜竣得其笔，颜测得其文。《宋书·颜竣传》载宋孝武帝刘骏出兵讨伐元凶刘劭时，颜竣“转谘议参军，领录事，任总外内，并造檄书。世祖发寻阳，便有疾，领录事自沈庆之以下，并不堪相见，唯竣出入卧内，断决军机。时世祖屡经危笃，不任咨禀，凡厥众事，竣皆专断施行”[①]。颜竣凭借笔才，俨然已成为刘骏集团的二号人物。孝武帝即位后，《颜延之传》载“子竣既贵重，权倾一朝”[②]。得颜延之文的颜测担任过博士、刘义恭的录事参军两职，并有文集十一卷，只因其为颜延之之子得以在《颜延之传》中留名。可见，在刘宋时期虽然文的地位不断提高，但是若想在政坛上获得高位，笔的加持极为重要。谢灵运参与图书整理之时，定然能见到大量应用文体，谢灵运对它们置之不理，并未编纂成集。颜延之主张文与笔都是富有文采者，讨论文笔应与经典分离。[③]后来刘勰与裴子野对刘宋时期过分注重丽辞、不宗五经提出强烈批评。[④]《文镜秘府论》引《文笔式》：“文者，诗、赋、铭、颂、箴、赞、吊、诔是也；笔者，诏、策、移、檄、章、奏、书、启等也。”[⑤]据《隋志》，谢灵运所编诸集均为诗赋集，将文中的实用文体尽数弃之。诗赋为丽，汉晋早已定论，刘宋文人亦有讨论。如李善注《文选》引傅亮《续文章志》评木华《海赋》“文甚㑺丽，足继前良”[⑥]。谢灵运虽然认为“叙山野、草木、水石、谷稼”之赋应该“去饰

---

① 沈约：《宋书（修订本）》卷七五，第2144页。

② 沈约：《宋书（修订本）》卷七三，第2082页。

③ 詹杭伦：《〈文心雕龙〉“文笔”说辨析——附论“集部”之分类沿革》，《文艺研究》2009年第1期。

④ 刘勰直接批评自己时代的文章“去圣久远，文体解散，辞人爱奇，言贵浮诡，饰羽尚画，文绣鞶帨，离本弥甚，将遂讹滥”（《文心雕龙注》卷十《序志》，第726页），而原因之一即为“今才颖之士，刻意学文，多略汉篇，师范宋集”（《文心雕龙注》卷六《通变》，第520页），将矛头直指刘宋文章。裴子野认为“宋初迄于元嘉，多为经史，大明之代，实好斯文”，以致“摈落六艺”，“淫文破典”。（杜佑《通典》卷一六《选举四》引裴子野《雕虫论》，中华书局，2016，第392页）

⑤ 遍照金刚著，卢盛江校笺：《文镜秘府论校笺》，中华书局，2019，第368页。

⑥ 萧统编，李善注：《宋尤袤刻本文选》（第四册），第1页。

取素”，[1]但他称赞谢惠连“张华重生，不能易也”[2]，在他看来张华是极富丽辞的。谢灵运舍弃诸多实用性文体，而专门编纂以丽辞见长的诗赋集，无疑是当时观念的反映。

再次，三部《赋集》在探索编纂体例、辨析文体、保存赋体作品等方面具有重要意义。《赋集》对后世辞赋分类可能有所影响。西汉刘向校书之时，将赋体分为四类——屈原赋之属、陆贾赋之属、荀卿赋之属及杂赋之属。从古至今，学者常有对该分类方式之准则进行探究者，尤其是前三类，大致以刘师培与顾实的观点最能为人接受，即主抒情、主骋词、主说理。目前有诸多前辈在此基础上稍做变通，使推测更显合理。司马相如被刘向列入了屈原赋之属，然而他的《子虚赋》《上林赋》很明显骋词意味强，抒情意味弱。这种现象不止司马相如一人存在，枚乘《七发》、孔臧《谏格虎赋》等均不以抒情为能事，却列入了屈原赋之属。虽然我们不能轻易否定刘师培与顾实关于刘向辞赋分类的推测，但是这种分类方式显然无法囊括类目下的全部赋作。此外还有一些前辈从其他角度分析了三类赋的分类原则，不再列举。关于刘向辞赋分类的准则众说纷纭，恰恰反映了刘向的分类比较混乱，留给后人巨大的阐释空间。由于刘向整理的辞赋十不存一，我们无法还原其分类原则究竟是什么。但不可否认的是，在这种编排体例下，除了杂赋之属的各种赋作外，我们无法通过其分类了解到前三类赋作的内容。西晋《文章流别集》目录与内容均未流传，只有类书中抄录了一些论的片段，通过这些论可以看出《文章流别集》以文体为标准进行分类，具体到赋类内部如何划分则不得而知。东晋时期葛洪《抱朴子外篇·钧世》有言：“若夫俱论宫室，而奚斯‘路寝’之颂，何如王生之赋《灵光》乎？同说游猎，而《叔畋》《卢铃》之诗，何如相如之言《上林》乎？并美祭祀，而《清庙》《云汉》之辞，何如郭氏《南郊》之艳乎？等称征伐，而

① 沈约：《宋书（修订本）》卷六七《谢灵运传》，第1918页。
② 李延寿：《南史》卷一九《谢惠连传》，第537页。

《出车》《六月》之作，何如陈琳《武军》之壮乎？则举条可以觉焉。”[①] 葛洪所论主题为赋胜于《诗》，其中列举了大量赋作，并有意识地对这些前代赋作进行了分类，然而他没有编纂过总集，其分类理念恐并未应用于实践。谢灵运于刘宋初期编纂《赋集》，他的《山居赋》以大赋的形式书写个人隐居生活，《序》称：“今所赋既非京都、宫观、游猎、声色之盛，而叙山野、草木、水石、谷稼之事。”[②] 谢灵运意在说明自己的赋作要走一条与传统大赋迥然不同的创作道路，而他将传统大赋按题材分成了京都、宫观、游猎、声色四类。由于材料短缺，不能确定谢灵运在编排体例上是否以题材为分类标准。依照《文选》对辞赋的分类看，谢灵运所谓的京都、宫观、游猎三类，《文选》均有对照，声色类可能为乐器一类的辞赋。萧统对辞赋进行分类，自然有其分类的标准，但是这种标准不可能是凭空产生的。根据《隋书·经籍志》著录来看，萧统能够参考的总集无外乎《文章志》一类的著作和《赋集》这类专门性文学总集。按照谢灵运对大赋的分类观念看，他有很大概率在《赋集》中践行了这一原则，这一类书式分类原则此后成为古代辞赋分类方式的主流。

《赋集》于文体辨析方面也有承上启下的作用。刘向秉承广义的辞赋观，在《汉志·诗赋略》中，既有以“赋”名篇的作品，又有颂、七体、成相、隐语等作品。《后汉书》中始载文人创作的各体文学，如《马融传》载“所著赋、颂、碑、诔、书、记、表、奏、七言、琴歌、对策、遗令，凡二十一篇”[③]，《崔寔传》载“所著碑、论、箴、铭、答、七言、祠、文、表、记、书凡十五篇”[④]。崔寔有赋作传世，本传未载，可以看出《后汉书》将赋与七体两种文体进行了区分，未将七体视为赋。这并不能说明东汉人已经有了这样的观念，范晔生活在刘宋时期，其撰写《后汉书》很可能以

① 杨明照：《抱朴子外篇校笺》（下），中华书局，1997，第 75 页。
② 沈约：《宋书（修订本）》卷六七，第 1918 页。
③ 范晔：《后汉书》卷六〇上《马融列传》，中华书局，1965，第 1972 页。
④ 范晔：《后汉书》卷四二《马融列传》，第 1731 页。

他所在时代的文体观念去审视东汉人的作品。魏晋时期，曹丕《典论·论文》提出“四科八体”说，陆机《文赋》又将文体分为十类，均有赋一类。《文章流别论》虽单独论七体，但挚虞却以赋的准则论之，评语多沿用两汉赋论，盖挚虞仍将“七体”视为辞赋。晋陈寿《三国志》称曹植“前后所著赋、颂、诗、铭、杂论凡百余篇”[①]，称王粲“著诗、赋、论议垂六十篇”[②]。二人均有七体作品传世，史传却未将七体作为一种独立文体。可知在晋人观念中，七体依然被视为赋的一种体裁。刘宋时，谢灵运除编纂《赋集》外，还编纂《七集》十卷、《连珠集》五卷。七体、连珠在汉代均被视为赋，谢灵运编纂总集时将他们进行了区分。可以断定的是，谢灵运秉承的为狭义辞赋观，《赋集》所录入的均为以“赋”名篇的作品。谢灵运严格划分赋与类赋的作品，反映了刘宋时期愈辨愈细的文体观念。

《赋集》的编纂还保留了大量赋作，或为唐代编纂类书的赋作来源。根据上述分析，三部《赋集》极可能系南朝以前的辞赋精华总汇。相较而言，谢灵运的《赋集》要更加完备。根据《隋书·经籍志》的著录，刘义宗与刘彧的《赋集》在唐初都已亡佚。唐代收录大量文学作品的类书为《艺文类聚》。据踪凡统计，《艺文类聚》收先唐赋 898 篇（“赋”目下 852 篇），其中南朝以前就有 668 篇，约占总数的四分之三。[③]踪先生已指出《艺文类聚》所本来源于史书与诗文总集。此外，还有源于文人别集的可能，但概率不高。首先编纂类书工程量大，逐一翻阅文人别集恐费时费力。其次北朝人除庾信外只收三篇赋，《隋书·经籍志》记载北朝人文集不如南朝人数量多，但《旧唐书·经籍志》依然著录北朝人文集十余部。其中颇重辞赋的魏收有文集六十八卷（《旧唐志》著录七十卷），但是他并没有赋作被选入《艺文类聚》。《文选》以赋命名的赋作有 56 篇（将京都赋进行了拆分），《艺文类聚》所录以赋名篇的赋作较《文选》多出近八百篇。《文章流别集》

① 陈寿:《三国志》卷一七《陈思王植传》，中华书局，1959，第 576 页。

② 陈寿:《三国志》卷二一《王粲传》，第 599 页。

③ 踪凡:《赋学文献论稿》，商务印书馆，2017，第 223—228 页。

原本六十卷，唐初只有四十一卷，其辞赋数量有可能多于《文选》，但终归数量有限。因此这两种书远远不足以供类书取择，必然有更为重要、更为丰富的资料来源。此时能提供大量赋作的，只有《集林》一百八十一卷等兼收各体的大型文学总集和南北两朝专门性赋总集，兼收各体的文学总集辞赋数量可能不如专门性赋总集。无论是刘宋谢灵运《赋集》九十二卷还是北魏崔浩（381—450）《赋集》八十六卷，均为南北两朝初期的产物，收赋的范围也即先秦汉魏西晋是相同的。谢灵运《赋集》可能又收东晋及刘宋初期的一些赋作，崔浩可能收十六国及北魏初期赋作。综合《艺文类聚》所收赋作南朝之前占四分之三又无十六国、北魏辞赋来看，其依靠谢灵运《赋集》的可能性极大。欧阳询等人绝非为了编纂一部供学者使用的文学总集，而是编纂类书，因此会选择与类书编排方式相似的文集作为参考。谢灵运《赋集》大概率以题材进行分类，方便检阅，故更容易成为类书的材料来源。

（原载《励耘学刊》2023 年第 2 期，署名：董龙光）

# 敦煌《月赋》的诗体特征及其生成原因

敦煌写本《月赋》未见载于唐人诗文集，只见于敦煌法藏文献伯2555V号残卷内，首题“月赋”，未属作者姓名，存9行，行18—20字不等，字体为行书。按照写本原貌并辅以文意及用韵来看，该赋首尾完整。全赋如下：

> 阴之精，月之体，初出海中净如洗。半轮已挂剑山头，一片仍关汉江底。山头山底何朣胧，坐见风尘飒已空。光浮万里关河外，影入千家户牖中。天既青，月弥莹，夜未兰（阑）兮北斗正。睹此光晖胜魏珠，照兹肝胆胜秦镜。庭庭兮秋夜，皎皎兮新秋。鹊飞爱绕千年树，蝉影偏宜百尺楼。自怜遘疾独歌（歇）卧，耳闻寒蝉心欲破。岁时总向愁处抛，风月偷从病中过。城下捣衣声彻天，百忧从此更相煎。所恨不如台上月，徘徊常在列卿前。[1]

该赋前抄七言诗，诗题残缺；后抄《从军行》，亦不署作者姓名；伯2555V全卷所抄，几乎皆为诗歌。唐人将该赋与诗歌抄录在一起，说明该赋与诗有着某种关联，具有诗的某种特征。本文拟从句式、抒情等方面探讨《月赋》的诗体特征，并分析这些特征形成的原因。

---

① 伏俊连：《敦煌赋校注》，甘肃人民出版社，1994，第337页。下文所引《月赋》，皆出自该书，不再出注。

## 一、七言为主的杂言句式

句式，是诗文中最为直观的形式，也是区分不同文体的重要依据。刘勰《文心雕龙·章句》称："夫人之立言，因字而生句，积句而成章，积章而成篇。"[①]句式于文章，犹如人之外貌形体，句式的变化发展，一定程度上反映了文体的变化发展。通观历代辞赋，四、六言为最常用的句式，三言的使用频率也较高。这是中国古代赋体的三种基本句式。汉代散体大赋的主体部分，以四言一顺的句式为主，偶有三言句式，十分紧凑。而六朝骈赋、唐宋律赋，则以整齐而对仗的四六句式为主，或四四相对，或六六相对，或四六与四六、六四与六四相对。正如赵成林先生所云："其（辞赋）字数以四言、六言、三言为基干，形式以对偶为主而骈散结合，既有散文的灵动之气，更有诗歌的整齐之美。"[②]

敦煌《月赋》的句式与常见赋体句式有较大差异。该赋共有 28 句，其中 22 句为七言，占总句数的 80% 左右，在形式上舍弃了辞赋的基本句式，以七言句式为主，杂以三言、五言。《月赋》的七言大都符合七言诗句的基本韵律节奏，即 2—2—2—1 或 2—2—3（或 2—2—1—2）的诵读节奏，如"半轮—已挂—剑山—头"、"山头—山底—何朦胧"。易闻晓师说："诗之所以为诗，乃在句式如三言、四言、五言、七言的限定，这种限定是严格的，在此严格的句式限定中，才有诗的体制如三言体、四言体、五言体、七言体的生成和确立。而且诗的句式形成于韵律节奏的组合，五、七言由于具有单音的存在，才使节奏顺畅明快，合于声气吐纳，利于唇语，五言 2—2—1 或 2—3、七言 2—2—2—1 或 2-2-3 的诵读节奏，才是五、七言

① 刘勰著，王利器笺校：《文心雕龙校证》，上海古籍出版社，1980，第 219 页。

② 赵成林：《华美的綦组：论辞赋的句式》，《江汉论坛》2009 年第 7 期。

句式形成的决定性因素。"[①] 葛晓音先生论七言诗的形成，也是本于句子的节奏分析，她指出："考察一种诗体的产生，首先应着眼于其基本节奏的形成。""七言的基本节奏是前四后三，这一点已经毋庸论证。"同时，葛先生亦有言："四言以二二节奏为主，统率了许多不能变成四字句的散句。"[②] 这也就是说，七言"四三节奏"的四言，其实可以看作是"二二节奏"，4—3 节奏，即 2—2—3 节奏。基于此，从句式形式与节奏上看，敦煌《月赋》已基本符合了七言诗的诵读节奏，具备了七言诗的句式特征。

敦煌《月赋》的三言与七言组成的"三三七"句式亦显示出其诗体特征。《月赋》只有四句三言，每两句三言与一句七言组合"三三七"句式结构，如"阴之精，月之体，初出海中净如洗"。三言与七言的组合句式，先秦时已有，汉魏时主要出现在民间歌谣、谚语、铭文之中，文人诗中极少，至魏晋南北朝时期被文人采用于乐府诗中，逐渐成为乐府诗的一种固定体式，如曹操、曹丕、陆机、谢惠连、鲍照、江总等人皆有不少含"三七言"句式的乐府诗，直至唐人李白的歌行体诗、白居易的新乐府等，仍喜使用这种句式。敦煌《月赋》的"三三七"句式与乐府诗的"三七言"体式相一致，但与乐府稍有不同的是，敦煌《月赋》的三言句和五言句在篇章结构上起到了分层作用。开篇"阴之精，月之体，初出海中净如洗"几句，凝练地点明赋的主题为"月"，并写了月初出海面的情况；在赋的三分之一处用"天既青，月弥萤，夜未兰（阑）兮北斗正"几句，进一层写月上中天的情景。如果说三言句部分是对月色景象的描写的话，那么五言句以下则是该赋的情感所在。敦煌《月赋》两句五言，皆为骚体的"兮"字句。"兮"字在中间，作为语气词拉长声气，增强抒情性，使得赋中的情感基调更为鲜明，其沉闷和哀叹之情也更为浓烈。且两句五言句断分两大部

① 易闻晓：《中国诗法学》，商务印书馆，2017，第 210 页。

② 葛晓音：《早期七言的体式特征和生成原理——兼论汉魏七言诗发展滞后的原因》，《中国社会科学》2007 年第 3 期。

分内容，前半部分要在写景，后半部分主在抒情。与此同时，赋中的五言句还达到押韵平衡的效果。五言句之前有三组韵："体""洗""底"为叶上声荠韵，"胧""空""中"为叶平声东韵，"正""镜"为叶去声敬韵；之后亦有三组韵："秋""楼"为叶平声尤韵，"卧""破""过"为叶平声个韵，"天""煎""前"为叶平声先韵。这种利用三、五言句式层分内容并在用韵上达到平衡效果的赋篇，在历代赋作中是极其罕见的。

## 二、抒情言志的表达方式

《尚书·舜典》曰："诗言志，歌永言。"[①]《诗大序》又云："诗者，志之所之也。在心为志，发言为诗。情动于中，而形于言。"[②]既强调了《尚书·舜典》"诗言志"的特点，又强调了诗"吟咏性情"的功能，初步形成了情志统一的观点。至于赋，司马相如言："合纂组以成文，列锦绣而为质，一经一纬，一宫一商，此赋之迹也。"[③]曹丕也指出："赋者，言事类之所附也。"[④]这些都清楚地指出了赋铺陈物态、以类相聚的描写特征，与"重意而轻词，重情而轻物"[⑤]的诗体迥异。对于陆机《文赋》所言"诗缘情而绮靡，赋体物而浏亮"[⑥]，冷卫国认为："（这两句）显然在于强调诗赋的不同。陆机的赋作以写志者少，以体物者多，可以看出实际上它是以后者为正体

① 孔安国传，孔颖达正义：《尚书正义》，载《十三经注疏》，上海古籍出版社，1997，第131页。

② 郑玄笺，孔颖达正义：《毛诗正义》，载《十三经注疏》，上海古籍出版社，1997，第269—270页。

③ 刘歆撰，葛洪集，向新阳、刘克庄校注：《西京杂记校注》，上海古籍出版社，1991，第91页。

④ 《三国志》卷五《魏书·后妃传》裴松之注引《魏略》，载陈寿：《三国志》，中华书局，1964，第158页。

⑤ 许结：《从京都赋到田园诗——对诗赋文学创作传统的思考》，《南京大学学报》2005年第4期。

⑥ 陆机：《陆士衡集》，中华书局，1985，第2页。

而以前者为变调的。”[1] 显而可见，“缘情”乃为诗之特点，“体物”才是赋之所长。

“体物”既为赋之所长，敦煌《月赋》又以“赋”为题名，其当宜为一篇用辞赋之体来呈现的咏物赋，如谢庄之《月赋》，对“月”的铺陈叙写为全篇的主要部分。然而，敦煌《月赋》的核心却是抒情言志，月的描写只为抒情铺垫和服务。敦煌《月赋》先写月出山海间的“朣胧”景象，然后写月上中天时“光浮万里”“影入千家”的景象；后又化用曹操的诗句，直扣主题。“蝉影偏宜百尺楼”一句，明面上写百尺楼上之蝉影，实则正如伏俊连所言：“此句……以蝉的哀怨启下文‘自怜遘疾独歌卧’之意”，联系刘删《咏蝉诗》与卢思道《听鸣蝉》，不难看出“蝉声可入上林、随侍臣，直抵太液龙楼，故启下文希求朝廷重用之意”[2]。至此，赋作所抒发“怀才不遇”的入世思想已十分明显，然作者的情感并未到此而止，而是接着写清冷月色中不断传来的捣衣声，暗衬作者内心的孤寂。失志的同时还被病痛折磨，更是加深了作者内心的痛苦与煎熬。赋中由月出到月上中天，再由山海关外到千家万户的开阔之景，忽而转入到“百尺楼”和“蝉影”的细微之象，实则是作者内心的变化历程。“所恨不如台上月，徘徊常在列卿前”与“光浮万里关河外，影入千家户牖中”紧密相呼应。“万里关河”和“千家户牖”，实则暗含着作者封侯拜相的愿望，然而现实却是壮志难酬，同时还要饱受病痛的折磨。这清冷的月亮尚且能在百列公卿面前徘徊，而作者却只能在月下独自哀叹。赋中情感缠绵婉转而深刻隽永，抒情性极为浓烈。

敦煌《月赋》形同于诗，在隶事和语言上也显出向当时诗歌趋近的态势。隶事上，敦煌《月赋》浅显凝练，并没有像骈赋、律赋那样用典堆积、生硬难索，其所用典皆为寻常熟识之典，且造语自然凝练，如“睹此光晖

① 冷卫国：《汉魏六朝赋学批评研究》，商务印书馆，2012，第 217 页。
② 伏俊连：《敦煌赋校注》，第 339 页。

胜魏珠，照兹肝胆胜秦镜”。“魏珠”和“秦镜”皆为唐人诗歌常见典故。“魏珠”是战国魏惠王的宝珠，珠光能远照。《史记·田敬仲完世家》载魏惠王对齐威王语：“若寡人国小也，尚有径寸之珠照车前后各十二乘者十枚，奈何以万乘之国而无宝乎？”[①]“秦镜”乃传说中秦宫内的一面宝镜，能照人心肝。《西京杂记》卷三云：“高祖初入咸阳宫……有方镜，广四尺，高五尺九寸，表里有明。人直来照之，影则倒见。以手扪心而来，则见肠胃五脏，历然无碍。”[②]光辉与魏珠相符，肝胆与秦镜相应，皆表明了月的明亮与通透，暗喻着作者对朝廷的赤胆忠心。寥寥数语，便将典故和月之特点及其暗含的深意表达清楚，可见其用典艺术之娴熟。

语言上，《月赋》不似汉赋好生僻繁难的字词以显示才学[③]，而是用平易浅近的语言来表达深远宛曲的情感。这既是作者才情的展现，亦是当时诗歌创作的一致追求。南北朝后期至盛唐间文人的诗歌创作，普遍受到沈约“三易”说的影响。《颜氏家训·文章篇》云：“沈隐侯（沈约）曰：‘文章当从三易：易见事，一也；易识字，二也；易读诵，三也。’”[④]沈约“三易”说的影响及于所有文体，而在诗歌中的体现尤为明显。《月赋》与诗歌关系密切，必然也有所体现。如“城下捣衣声彻天，百忧从此更相煎”，语言平白浅显，如同口语，但其中的情感却抑郁沉婉。

敦煌《月赋》既具如此明显的诗体特征，与诗无异，那么它是否还属于赋呢？首先，从敦煌写本《月赋》的原貌上看，作者明确将作品题名为“赋”，为尊重作者意图与作品原貌，应将其归为赋作。其次，这种以“赋”称名却明显有诗体特征的赋作，在文学创作史上并不是孤例，尤其是魏晋以来，诗体与赋体的互化日益加深，赋体虽借鉴了不少诗体的创作技巧和

① 司马迁：《史记》，中华书局，2014，第2292页。

② 刘歆撰，葛洪集，向新阳、刘克庄校注：《西京杂记校注》，第134页。

③ 易闻晓：《汉赋为“学”论》，《中山大学学报》（社会科学版）2018年第6期。

④ 颜之推著，王利器撰集解：《颜氏家训集解：增补本》，中华书局，1993，第272页。

艺术手法，若于细致处寻绎，仍可发现其与传统赋体的关联。最后，句式形式和抒情功能上的诗体特征，并不能完全消解赋的特质，咏物赋虽以铺陈为特征，但亦不排除有抒情言志之作，如贾谊《鹏鸟赋》、祢衡《鹦鹉赋》等，而且赋并没有什么必须严守的形式规范，也未曾限定不能使用五、七言的诗体句式。综上所言，敦煌《月赋》虽有着诸多的诗体特征，但它仍然属于赋。

## 三、赋体诗化的时代风尚

如上所述，敦煌《月赋》虽有着“赋”的题名，却有着明显的诗体特征，形成了一种“名虽曰赋，体实为诗”的文体形态，是一篇不折不扣的诗体赋。究其原因，这是汉魏以来“赋体诗化”结果。

“赋体诗化”是一个历时的现象。据徐公持先生《诗的赋化与赋的诗化——两汉魏晋诗赋关系之寻踪》[①]一文，诗和赋本是两个文体系统，东汉时诗和赋逐渐靠拢，汉末魏初开始出现诗的赋化与赋的诗化。赋的诗化主要在于赋对诗歌精练性、抒情性和韵律性的借鉴与吸收。程章灿先生亦云：“诗的赋化几乎与生俱来，赋的诗化则自建安以后渐著。建安诗赋同题现象即是诗赋二体靠拢的表现。”[②]诗、赋二体虽本是两个不同的系统，但汉代经学盛行，辞赋自然不可避免地受到了以《诗经》为主的“古诗”系统的影响，东汉时已有四言句赋作，即学界所谓的“诗体赋”。马积高先生在其《赋史》中最早提出“诗体赋”的概念，认为诗体赋最早从《诗经》演变而来，《左传·隐公元年》“大隧”、屈原《天问》、荀子《佹诗》《遗春申

① 徐公持：《诗的赋化与赋的诗化——两汉魏晋诗赋关系之寻踪》，《文学遗产》1992年第1期。

② 程章灿：《魏晋南北朝赋史》，江苏古籍出版社，1992，第240页。

君赋》、扬雄《酒赋》《逐贫赋》等，皆属诗体赋。[①]现代学者也有不认同这一观点的，但不可否认，文学经历汉朝一代的经学昌盛后，作为与经学同时发展的辞赋，尤其在东汉时期，赋家的身份往往兼有经学家的身份，赋作与经学同出一人之手的现象十分常见，赋体不可避免地受到经学“古诗”系统的影响，使得赋体逐渐与诗体靠拢，产生了“诗化”的现象。

诗体赋不仅仅指由《诗经》演变而来的四言赋，还包括随着五、七言诗的兴起和成熟而产生的五、七言赋。程章灿先生在《魏晋南北朝赋史》中指出：“南朝赋在四、六言句式之外，又开始大量试验并终于能够比较熟练地运用五、七言句式，使赋的语言形式和辞采情韵向五、七言诗体靠拢，表现出一种诗化的趋势。”[②]郭建勋、曾伟伟也说：“所谓‘赋的诗化’过程，实质上也就是五、七言诗体赋演进和形成的过程，这一过程肇端于东汉，经魏晋南朝，至初唐基本终结，跨度长达数百年。”[③]诚然，五、七言诗体赋肇端于汉末五、七言句的产生和成熟，至梁、陈和初唐时较为兴盛，但此类赋作，并非纯粹的五言或七言，大多还杂有三言、四言或六言，不过愈成熟杂言愈少，至初唐王勃、骆宾王等人的赋作，基本与诗歌无别。与四言诗体赋的典雅质朴相比，五、七言诗体赋恣肆流丽，更适合抒发激深之情，与歌行体诗极为相近。

赋体诗化，最明显的莫过于文本形式之句式的“诗化”。其最先开始于四言体，汉代时已有扬雄《酒赋》、刘歆《灯赋》、蔡邕《青衣赋》等与四言诗无异的赋篇。随着五、七言诗体的产生和成熟，五、七言赋随之产生，齐梁时渐著，以庾信为代表，其为较多的引五、七言句入赋。明谢榛《四溟诗话》卷二云：“庾信《春赋》，间多诗语，赋体始大变矣。”[④]实则，除

① 马积高：《赋史》，上海古籍出版社，1987，第6页。

② 程章灿：《魏晋南北朝赋史》，第233页。

③ 郭建勋、曾伟伟：《诗体赋的界定与文体特征》，《求索》2005年第4期。

④ 谢榛：《四溟诗话》，载《丛书集成初编》第2581册，中华书局，1985，第25页。

《春赋》外，庾信《灯赋》《对烛赋》《镜赋》《荡子赋》等也有杂用五、七言句，同时期徐陵《鸳鸯赋》、江总《南越木槿赋》等，亦以五、七言为主，隋朝则有萧悫《春赋》、刘思真《丑妇赋》等，唐时赋的诗化更进一步深化，王勃《春思赋》、骆宾王《荡子从军赋》等，皆似七言歌行。骆赋开篇云："胡兵十万起妖氛，汉骑三千扫阵云。隐隐地中鸣战鼓，迢迢天上出将军。边沙远离风尘气，塞草长萎霜露文。"确实与七言歌行无异。明王世贞《艺苑卮言》卷四言："《荡子从军》，献吉（李梦阳）改为歌行，遂成雅什。子安（王勃）诸赋，皆歌行也，为歌行则佳，为赋则丑。"[①]清王芑孙《读赋卮言·审体》亦云：

> 七言五言，最坏赋体，或谐或奥，皆难斗接；用散用对，悉碍经营。人徒见六朝、初唐以此入妙，而不知汉魏典型，由斯阔矣。然亦自汉开之，如班固《竹扇》诸篇是也。但是短章，初无长调，作俑长调，则晋宋而来，醴陵（江淹）倡其端；南北之际，子山（庾信）启其弊。[②]

王世贞与王芑孙所言，虽然是对五、七言诗体赋的否定，但也从很大程度上反映出六朝隋唐时期赋体高度诗化的现象。唐人赋高度诗化的结果就是造成了某些赋与诗歌界限十分模糊。敦煌《月赋》自不必再多言，更甚者如刘希夷《死马赋》和高适《双六头赋送李参军》皆通篇七言，与诗歌无异，王重民将它们一并收入《补全唐诗》中。此外，敦煌赋如刘长卿《酒赋》、卢竧《龙门赋》、无名氏《秦将赋》等，亦几为七言而杂以三言，近乎唐人歌行。敦煌写本《酒赋》共有七个写卷，各写卷题名不一，或题

① 王世贞：《艺苑卮言》，载《历代诗话续编》，中华书局，1983，第1003页。

② 王芑孙：《读赋卮言》，载《清代诗文集汇编》第442册，上海古籍出版社，2010，第685页。

为《酒赋》，或题为《高兴歌》，或题为《高兴歌酒赋》，这说明在当时，其既可称之为“歌”，亦可称之为“赋”，今人任半塘《敦煌歌辞总编》认为：“七本相较，以丁本最善，讹夺最少，故借其所题《高兴歌》三字为此套歌辞之拟调名。盖其辞之情调气氛正‘高兴’一类。本辞并非赋体，‘酒赋’二字，义为赋酒，不说明其为赋体……从知唐人所谓‘赋’，不拘一义，运用灵活。”[①] 此说虽未必尽然，但亦已揭示《酒赋》与唐人歌行相近的特点。

## 四、乐府诗对《月赋》影响

敦煌《月赋》之诗体特征的形成，从文体发展上看，是“赋体诗化”的结果；若从文学创作上看，则明显受到了文人乐府诗创作的影响。

首先，敦煌《月赋》的“三三七”句式在一定程度上反映出其受乐府创作影响。三、七言组合句式在先秦时已有。《乐府诗集》卷六十收录的秦百里奚妻《琴歌三首》，第一首和第三首的末尾皆是“三三七”句式结构；又《异苑》所录《秦世谣》篇尾亦为“三三七”句式。更甚者，荀子《成相杂辞》全篇以“三三七”句式为主，杂以四言和七言组合的“四七”句式，且讲究押韵，湖北云梦睡虎地秦墓出土的竹简《为吏之道》的句式结构与《成相杂辞》相同。这说明在先秦时“三三七”句式可能已经成熟且广泛使用。两汉时期，这种组合句式常见于谚语、谣歌和乐府的舞曲歌辞，至魏晋时被文人引入乐府诗中并逐渐成为乐府诗的一种固定体式，更甚者如曹操《陌上桑》全篇由六组“三三七”句式组成，且每组“三七言”句的语意完整，又由每组语意的关联与递进组成一个完整的主题。这样的乐府诗还有不少，如陆机《顺东西门行》、谢惠连《鞠歌行》、鲍照《雉朝飞

---

① 任半塘：《敦煌歌辞总编》，上海古籍出版社，2006，第1764—1765页。

操》、徐勉《迎客曲》《送客曲》等。晋陆机《鞠歌行》序云："三言七言，虽奇宝名器，不遇知己，终不见重。愿逢知己，以托意焉。"[①] 又唐代吴兢《乐府古题要解·西门行》云："诸家乐府诗，又有《顺东西门行》，为三七言，亦伤时顾阴，有类于此也。"[②] 据陆机和吴兢所言，这种句式可能还有着"三七言"的名称。这是"三七言"在乐府中的使用情况，至赋则不然。汉赋作品中虽已有三言，但并未与七言形成"三七言"句式，至南朝时期，五、七言乐府诗成熟且兴盛，有了影响其他文体的可能；而骈赋于时却形制臻至极致，亟需新变以延续生命力。两厢因素相遇合，诗体赋由是兴盛。随之，兼有诗人与赋家身份的文人尝试并逐渐成熟地将乐府的"三七言"句式运用到赋作中，出现如刘义恭《桐树赋》、庾信《对烛赋》、傅縡《博山香炉赋》等赋作。

"三七言"句式虽为乐府所常用，然民间的谚谣、歌辞等亦有不少。那么，如何判定敦煌《月赋》的"三七言"句是受乐府创作影响而不是民间的谣谚呢？从赋中的用典和意象上看，敦煌《月赋》的作者当是文学素养较高、离政治中心文坛未远的文人。赋中所用典故"魏珠""秦镜"，皆为文人诗歌所常用。使用"魏珠"者有南北朝贺力牧《乱后别苏州人》、唐韦嗣立《酬崔光禄冬日述怀赠答》、杨炯《和刘长史答十九兄》等。唐代诗人李白、刘长卿、杜甫、刘禹锡等，皆喜用"秦镜"典故，仲子陵、张佐等更是直接将诗题名为《秦镜》。"秦镜"典故的引用在唐代达到了高潮，并被赋予了政治的色彩，如刘长卿《避地江东留别淮南使院诸公》"何辞向物开秦镜，却使他人得楚弓"[③]，借"秦镜"以暗喻朝政不明；杜甫《赠裴南部》"梁狱书应上，秦台镜欲临"[④]，以"秦台镜"为喻，表明袁判官会秉

① 郭茂倩：《乐府诗集》，中华书局，1979，第494页。

② 吴兢：《乐府古题要解》，载《四库全书存目丛书·集部》，齐鲁书社，1997，第415册第3页。

③ 刘长卿著，储仲君笺注：《刘长卿诗编年笺注》，中华书局，1966，第487页。

④ 杜甫著，仇兆鳌注：《杜诗详注》，中华书局，1979，第1049页。

公明断、公正无私；钱起《送钟评事应宏词下第东归》“蛾眉不入秦台镜，鹓羽还惊宋国风”[①]，以“不入秦台镜”喻科考落第；元稹《谕宝二首》（其二）“秦镜无人拭，一片埋雾月”[②]，以“秦镜蒙尘”，比喻贤才被埋没。敦煌《月赋》“魏珠”“秦镜”典故的引用，也寄寓着与这些诗歌相似的政治愿望，可见其作者有着较高的文学修养，且与唐代政治中心的文坛相去未远。同时，赋中对“蝉”意象的描写亦能体现出这点。“蝉”是历代文人常用的意象之一，常寓以孤高清洁之意或思悲之情。赋中两处提及“蝉”，一为“蝉影偏宜百尺楼”，与李商隐《霜月》“初闻征雁已无蝉，百尺楼南水接天”[③]所描写的情景和情感不无相通之处；一为“耳闻寒蝉心欲破”，与骆宾王《在狱咏蝉》“西陆蝉声唱，南冠客思侵”[④]所表达的情感较为一致。可见，《月赋》与政治中心文坛的创作风格极为相近，且赋中作者所表现的封侯拜相的愿望，说明其有接近政治中心的可能。综上所述，《月赋》受民间谚谣创作影响的可能性较少，而受文人乐府诗创作影响的可能性更大。

其次，敦煌《月赋》对乐府诗诗句的化用亦体现出其受乐府的影响。“鹊飞爱绕千年树”一句，明显是化用了曹操《短歌行》诗句：“月明星稀，乌鹊南飞，绕树三匝，何枝可依？”[⑤]郭茂倩《乐府诗集·相和歌辞》之《平调曲序》云：“《古今乐录》曰：‘王僧虔《大明三年宴乐技录》，平调有七曲：一曰《长歌行》，二曰《短歌行》……武帝“西周”“对酒”，文帝“仰瞻”，并《短歌行》……是也……其器有笙、笛、筑、瑟、琴、筝、琵

① 钱起著，王定璋校注：《钱起诗集校注》，浙江古籍出版社，1992，第259页。

② 元稹著，周相录校注：《元稹集校注》，上海古籍出版社，2011，第52页。

③ 李商隐著，冯浩笺：《玉溪生诗集笺》，上海古籍出版社，1979，第545页。

④ 骆宾王著，陈熙晋笺注：《骆临海集笺注》，上海古籍出版社，1985，第159—160页。

⑤ 曹操：《曹操集》，中华书局，2018，第5页。

琶七种，歌弦六部。'"[1]据此，《短歌行》是魏晋南北朝时期宴乐的曲目之一，常配以笙、笛、琴、瑟等乐器演唱。又《史记·司马相如列传》司马贞《索隐》："案：古乐府《长歌行》《短歌行》，行者曲也。"[2]武帝"对酒"，即指曹操《短歌行》，为乐府诗无疑。《月赋》直接化用曹操《短歌行》的诗句，其受乐府诗的影响显而易见，而且从乐府《短歌行》的句式发展来看，唐前《短歌行》多是四言，也有五言的，至唐朝时期则多为七言，且不少有"三七言"句式，如顾况《短歌行》(其一)："城边路，今人犁田昔人墓。岸上沙，昔时江水今人家。今人昔人共长叹，四气相催节回换。明月皎皎入华池，白云离离渡清汉。"[3]顾诗以两组"三七言"句式开篇，后接整齐的四句七言，这与《月赋》前半部分的句式结构十分相近，皆是"三七言"句后接整齐的七言句。故《月赋》与乐府的关系亦可从中窥见一二。

最后，敦煌《月赋》的用韵也显示出与乐府的关系。《月赋》无论是前面的"三七言"句，还是后面的七言句，都十分讲究押韵且很有规律，基本是每句用韵与隔句用韵相结合，一篇之中多次换韵且有平韵和仄韵。这与晋宋以降的文人拟乐府的押韵极为相似。早期的谣谚多是每句押两个韵或每句押韵，也有不讲究押韵的；早期的七言诗亦常为每句押韵。从现存作品来看，当是到刘宋鲍照《拟行路难》和汤惠休《秋思引》等作品，才正式形成隔句用韵并多次换韵的押韵方式。虽在鲍照《拟行路难》之前已有如拂舞曲《淮南王》之类"三七句"相循环且每句押韵的谣辞，但民歌谚谣一般篇幅较短，每句押韵和隔句押韵相组合且一篇之中多次换韵的则几近于无，而如梁元帝《燕歌行》这样隔句押韵且多次换平、仄韵的长篇拟乐府，则在齐梁以降的文人乐府中渐多出现，初唐时成为常态。再看

① 郭茂倩：《乐府诗集》，第441页。
② 司马迁：《史记》，第3001页。
③ 郭茂倩：《乐府诗集》，第451页。

《月赋》的用韵，很难说其没有受到齐梁以来文人乐府用韵的影响。

## 五、余论

敦煌《月赋》虽然题名为“赋”，然体制和内容皆与诗歌无异，形成如此文体形态的主要原因是诗、赋二体发展过程中的互渗与越界，是“赋体诗化”的结果。文人乐府诗创作对《月赋》的影响，实则是赋体对诗体创作技巧的接受，也是“赋体诗化”的一个方面。如同《月赋》这样文体形态的赋作，即所谓的“诗体赋”，是赋体发展过程中形成并兴盛于六朝至唐代的一个特殊门类，《月赋》只是这类赋体发展演变中的一道剪影。

赋是韵文，是介乎诗、文之间的一种体裁，其押韵如诗，以散句行文则又似散文，后加之骈偶则又似骈文。总体上看，赋体的“诗化”虽从东汉开始，然赋体在形成之初便已有了诗的基因。郭维森、许结在谈及辞赋用韵特征时说：“辞赋文学是介乎诗、文间的体裁，其通篇用韵或韵散夹杂，既是我国早期韵文（原始诗歌）诗、乐、舞合一形态的发展变化，又与先秦散文多串杂用韵之现象符契。”[①] 可见，赋体从渊源上就与“诗”有着莫大的关系。赋的起源众说纷纭，踪凡《赋源新论》一文将赋源旧说归纳为“诗经源”“《楚辞》源”“纵横家言源”“隐语源”“俳词源”“民间说话艺术源”“多源论”等，并提出了“赋源于民间韵语”说，认为：“这里所谓民间韵语，既包括先秦隐语，也包括早期的说唱故事（后世多种说唱文艺之源）和下层艺人的单独口诵或多人表演（后世相声、戏剧等多种曲艺之源）。由于先秦时期处于中国文学艺术的萌芽阶段，各种艺术门类之间的界限尚不明确，且都大致押韵，琅琅上口，所以我们统称之为民间韵语。”[②] 隐

① 郭维森、许结：《中国辞赋发展史》，江苏教育出版社，1996，第 15 页。

② 踪凡：《赋源新论》，《清华大学学报》（哲学社会科学版）2010 年第 4 期，第 43—53 页。

语，“它是一种雏形的描写诗。民间许多谜语都可以作描写诗看。中国大规模的描写诗是赋，赋就是隐语的化身。”①“下层艺人的单独口诵”，不乏民间诗歌之词，今所见《诗经》和乐府诗中，即有不少是当时民间下层艺人单独口诵之词。故而，赋源，无论是单源论，还是多源论，似乎都绕不开诗的影响。

赋体的形成取法于“诗”。班固《汉书·艺文志》云：“春秋之后，周道浸坏，聘问歌咏不行于列国，学《诗》之士逸在布衣，而贤人失志之赋作矣。大儒孙卿及楚臣屈原离谗忧国，皆作赋以风，咸有恻隐古诗之义。”②王逸《楚辞章句序》亦云：“其后周室衰微，战国并争，道德陵迟，谲诈萌生，于是杨、墨、邹、孟、孙、韩之徒，各以所知著造传记，或以述古，或以明世。而屈原履忠被谮，忧悲愁思，独依诗人之义而作《离骚》，上以讽谏，下以自慰。”③班固和王逸所谓“恻隐古诗之义”和“独依诗人之义”，不仅在于“诗”的讽谏传统，还在于比、兴的继承与发扬。屈原的作品虽大都已为辞赋体，然实质仍属于“诗”的范畴，其“香草美人”喻与“诗”之比、兴不无关系，且屈原一再自称其作品为“诗”，如“翾飞兮翠曾，展诗兮会舞”（《九歌·东君》），“介眇志之所惑兮，窃赋诗之所明”（《九章·悲回风》），“二八接舞，投诗赋只”（《大招》）。不仅如此，在汉人的仿作中，亦多称其作品为诗，如庄忌《哀时命》“志憾恨而不逞兮，杼中情而属诗”；王褒《九怀》“悲九州兮靡君，抚轼叹兮作诗”；刘向《九叹》“舒情陈诗，冀以自免兮”④等。很显然，屈原的作品实质上仍为“诗”，况且人们历来也都承认屈原“诗人”的身份。

楚辞本属“诗”之范畴，抒情赋承于楚骚，自带“诗”之属性。东汉

---

① 朱光潜：《诗论》，上海古籍出版社，2001，第31页。
② 班固：《汉书》，中华书局，1962，第1756页。
③ 洪兴祖：《楚辞补注》，白化文等点校，中华书局，1983，第48页。
④ 所引屈原、庄忌、王褒、刘向等人诗句，皆见洪兴祖：《楚辞补注》，第75、157、221、259、279、295页。

末，辞赋转衰，五、七言诗歌形成并兴起，文坛中心由辞赋转向诗歌，赋家创作亦缘此影响，出现向诗歌靠拢的趋态，魏晋南北朝时期随着骈偶与声律的发展，赋体“诗化”更甚。南朝以降，赋因取法不同而厥分两途：取法五、七言之句式，则愈与诗歌无异，即所谓五、七言诗体赋，其最终因与诗太近而走向衰亡；取法骈偶、声律之形式，则愈与骈文相近，即所谓骈赋及其后之律赋，其最终因骈偶、声律的形式之美，独成一体，成为唐朝以降的科场之文。

（原载《中国韵文学刊》2022 年第 3 期，署名：梁凤连）

# 中药与辞赋关系初探

## ——以旧题李杲《药性赋》和蒲松龄《伤寒药性赋》为例

《文心雕龙·诠赋》曰:“赋者，铺也，铺采摛文，体物写志也。”[①] 也就是说，赋这种文体最初是通过铺陈来实现其创作目的的。《离骚》以淋漓尽致的空间名物的铺陈来表达作者激荡起伏的情绪，已初具赋的特色。战国纵横家之文为了竦动人主，也通过层层铺陈，造成宏大的气势，激发各诸侯的野心。到汉赋，这种特色更加明显，如代表性的《七发》《子虚赋》《上林赋》《两都赋》《二京赋》等等，使赋这种文体在表现大汉宏大气象时具有了其他文体所不具备的无与伦比的优势，表现出一种包揽天地，吞吐日月的境界。这时期赋的主要风格是务虚的，犀、兕可以并列，可以“撞千石之钟，立万石之虡”，写作的目的是为了夸饰大汉帝国声威和气象。到西汉末的扬雄，汉大赋的风格发生了转向，“自扬雄以‘学者型文人’为赋，则以事实为本，议论为用，征引《诗》《书》，虽具体铺陈仍有凭虚，但总体框架业已征实。这对于后来的大赋创作具有深远影响。”[②] 东汉张衡，始作抒情小赋，“魏晋南朝乃至唐代律赋，赋体愈小，篇幅愈短，牵合骈偶，巧构属对，致使语势顿断，愈减铺陈，体物为多，主于描写，略于名

---

① 刘勰著，范文澜注:《文心雕龙注》，人民文学出版社，1958，第 134 页。

② 易闻晓:《论扬雄与汉大赋的转向》,《复旦大学学报》(社会科学版) 2018 年第 6 期，第 42 页。

物，寓情托物，辑比事类，愈近诗境，乃至律赋定型，卒以命题限韵、字句联对、篇幅章法种种限定表明铺陈的丧失与赋义的销亡。”[①] 以铺陈和夸饰为主要特色的散体大赋已经式微。

以上可以看作是文人赋的基本状况。

如果把非文人赋考虑进来，情况或许有所改变。最为突出的就是涉医赋，这类赋很多，诸如无名氏（旧题元李杲）《药性赋》、清无名氏《药性赋》、清蒲松龄《伤寒药性赋》、清陆老封《药性赋注》、清程曦等的《药赋新编》等。尤其以旧题李杲《药性赋》和清蒲松龄《伤寒药性赋》影响为大，下面拟以两赋为例，分析涉医赋对汉大赋的继承和变化。

## 一、铺陈手法的发展

如果说汉大赋的铺陈涉及空间和名物，无所不包，那么后来涉医赋的铺陈则只包括药品的铺陈，范围有所缩小，但是铺陈的手法却是有过之而无不及。以旧题李杲《药性赋》为例，(《药性赋》的版本，踪凡先生《赋学文献论稿》已有考论，这里不再赘述。[②]）作者首先把二百五十种中药按照性能分为寒、热、温、平四类，进行第一层级的铺陈，而蒲松龄的《伤寒药性赋》也将所赋诸药分为发表吐涌、温热、平补、渗利、收敛等几类。这很像司马相如《子虚赋》的“其山则盘纡岪郁，隆崇律崒……其土则丹青赭垩，雌黄白坿……其石则赤玉玫瑰，琳珉昆吾……其东则有蕙圃，衡兰芷若，芎劳菖蒲……其南则有平原广泽，登降陁靡……其高燥则生葴菥苞荔，薛莎青薠；其埤湿则生藏莨蒹葭，东蘠雕胡……其西则有涌泉清池，激水推移……其中则有神龟蛟鼍，毒冒鳖鼋……”[③] 只是旧题李杲《药性赋》

---

① 易闻晓：《“赋亡”：铺陈的丧失》，《文学评论》2015 年第 3 期，第 20 页。

② 踪凡：《赋学文献论稿》，商务印书馆，2017，第 314 页。

③ 萧统编，李善等六臣注：《六臣注文选》，中华书局，2012，第 152 页。

的第二层级的铺陈出于实用、医学的需要而更加全备，他把所有常用的属于此大类的药品全部搜罗进来，堪称铺陈的极致，并且有对比，有类比，便于读者记忆和运用。如寒性药，作者把常用的六十六种全部列举出来，而且辨析明白："熟地黄补血且疗虚损，生地黄宣血更医眼疮。赤芍药破血而疗腹痛，烦热亦解；白芍药补虚而生新血，退热尤良。"[①] 这是铺陈中的对比，既不使人感到枯燥乏味，又使学习者便于掌握药物品性。"宽中下气，枳壳缓而枳实速也。疗饥解表，干葛先而柴胡次之。"[②] 同一药材，赋作者指出不同的部位药效甚至药性的不同；类似的药材，则作者指出它们哪些是首选药，哪些是次选药，为学习者对病人实施有效治疗提供指导。这种铺陈，看似平铺直叙，其实行文跌宕多姿，既传授了医学知识，又不使学习者感到乏味，可以看作是对铺陈技巧的新发展。

除此之外，对于药性复杂的药材，赋的铺陈手法也很灵活，有时是直接铺陈，两相对比："玄参治结热毒痈，清利咽膈。升麻消风热肿毒，发散疮痍。"[③] 有时则加一副词，如"又"、"尤"或"更"等，让学习者熟练掌握药性的主次，抓住重点："瓜蒌子下气，润肺定喘兮又且宽中。车前子止泻，利小便兮尤能明目。"[④] 这两句分别用了"又"和"尤"，前者表示两种药性并列，后者则表示车前子明目的效果突出，为治疗目疾的首选药。无论中医还是西医，掌握首选药非常重要，旧题李杲《药性赋》恰恰在赋中做到了这一点，不同于汉赋的铺陈多用并列句式，这不能不说是赋的铺陈手法的突破。"宣黄莲治冷热痢，又厚肠胃而止泻。淫羊藿疗风冷弊，且补阴虚而助阳。"[⑤] 则用"又"和"且"表示两种药效同样重要。蒲松龄《伤寒

① 李杲《药性赋》，载踪凡、郭英德主编：《历代赋学文献集刊》第185册，国家图书馆出版社，2017，第277页。

② 同上书，第276页。

③ 同上。

④ 同上书，第275页。

⑤ 同上书，第276页。

药性赋》也有类似的例子：“若欲止呕温中，则生姜可嘉。人知其散风寒若彼，谁知其行脾津如此。”[①] 用半散文化的句式，以反问的形式，铺陈生姜的功效，严谨而灵活。更进一步者，蒲松龄的《伤寒药性赋》还对药物的配伍进行铺陈：“阿胶为肺家要药，虚实嗽皆可安痊；苛润燥而止痛，则须食蜜之甘。”[②] 内涵之丰富，充分体现了“赋须当有者尽有，更须难有者能有”[③]的博识特点。

通过汉赋和这两篇《药性赋》铺陈的对比，我们可以看到，汉大赋的铺陈，只是罗列名物，很少具体的描写，而两篇《药性赋》的铺陈，简略者论及功效主治，药性复杂的药物则穷极其性味归经，不同部位（枳实、枳壳）、不同品种（白术、苍术，白芍、赤芍）的药性，药物的配伍等等，言辞精练而重点突出。这就使赋的铺陈更加精细化、具体化而游离于汉大赋的铺陈目的之外：汉大赋铺陈夸饰物产之富、山川之壮丽、宫殿之雄伟，目的是张扬大汉帝国的巨大声威，激发读者想象，无需也无暇细处描绘，因而形成特有的巨丽而粗犷的风格；而两篇《药性赋》为代表的铺陈则是为了更实用、更便于记忆，具有严谨质朴的特点。

两篇《药性赋》在严谨的铺陈基础上，形成并发展了赋的另一种风格：征实。其实征实的观念自西汉末扬雄已兆其端，经张衡《二京》至左思《三都》，乃有明确的理论呈现。左思《三都赋序》云：“余既思摹《二京》而赋《三都》，其山川城邑则稽之地图，鸟兽草木则验之方志，风谣歌舞，各附其俗；魁梧长者，莫非其旧。何则？发言为诗者，咏其所志也。升高能赋者，颂其所见也。美物者贵依其本，赞事者宜本其实，匪本匪实，览者奚信？”[④] 赋体征实的思想从此有了更明确的理论依据。可事实是理论明确如左思者，亦游离于其理论之外：“旁挺龙目，侧生荔支”之“龙目”纯

---

① 蒲松龄：《蒲松龄集》，路大荒整理，上海古籍出版社，1986，第 32 页。

② 同上。

③ 刘熙载：《艺概》，上海古籍出版社，1978，第 99 页。

④ 萧统编，李善等六臣注：《六臣注文选》，第 90 页。

属虚构。[①]事实证明，文学家的创作，不管如何强调征实，都不能脱离艺术创作的规律，不能把文学的真实完全等同于生活的真实。可是两篇《药性赋》所代表的实用赋体，突破了这一界限，它们的征实，完全是生活实践的真实反映，它们对药性的概括，完全可以指导病人用药，用于疾病的治疗，没有一点虚夸的成分，但是这种征实的结果，也使赋体文学的文学性大打折扣，使作品本身成为了“文学化的科普文献”，这也可以看作文学征实化理论的一个极端。

最后一个显著特点是两篇《药性赋》的赋句中都夹杂有除药名以外的大量专业术语而不滞涩，发展了赋句铺陈的包融性。《伤寒药性赋》曰：“参能补气，而生土、生金，则生熟异用；术能益脾，而发汗、止汗，则苍白殊观。”[②]中医认为，脾属土，肺属金。这里“生土”和“生金”是中医术语，用于对仗“发汗”、“止汗”，工稳妥帖，并且阐述了生熟相异的玄妙医理：“如土虚火旺之病，则宜生参，凉薄之气，以泻火而补土，是纯用其气也；脾虚肺怯之病，则宜熟参，甘温之味，以补土而生金，是纯用其味也。”[③]旧题李杲《药性赋》曰：“白附子去面风之游走，大腹皮治水肿之泛溢。”“面风”是中医术语，指风邪、湿热所致之面部红肿、皮痒，甚至流脂水等症状；口眼歪斜。[④]对下句的“水肿”，两病症相对，属对自然，又清楚表达了两种药物的主要作用，表现了赋体铺陈技巧的高度成熟。

两篇《药性赋》的铺陈，既有骈文的整饬之美，又以副词、连词加以勾连、贯通，适时杂以散句，气势贯注而不显呆板，介绍药性简练而又重点突出，征实严谨而又全面细致，这是对赋体铺陈手法的新发展。

---

① 张世南：《游宦纪闻》卷五，中华书局，1981，第42页。
② 蒲松龄：《蒲松龄集》，路大荒整理，上海古籍出版社，1986，第32页。
③ 李时珍：《本草纲目》，张守康等主校，中国中医药出版社，1998，第303页。
④ 谢锡亮：《〈药性赋〉注解》，山西人民出版社，1982，第15页。

## 二、句式选择和语词锤炼

如果说上述这些中药赋作品仅仅在赋体铺陈方面有所突破，那么它们还远不足以如此广泛久远地流传，赋予这些著作以不朽生命的，还有第二个原因，那就是句式的选择和语词的锤炼。所谓“言之无文，行而不远”。以上述两篇赋为代表的中药赋的文学性主要表现在以下几个方面：

首先，以骈句为主，具有整饬之美。对偶句在两篇赋中俯拾即是：“疗伤寒、解虚烦，淡竹叶之功倍。除结气、破淤血，牡丹皮之用周。知母止嗽而骨蒸退，牡蛎涩精而虚汗收。”[①]“猪苓去湿，而止水逆之吐；泽泻行水，而除淋沥之艰。滑石去湿热而通阴窍，通草生肺热而开化源。”[②]这里有三字、四字、六字、八字、九字，对仗工稳，参差错落，富有变化，既便于记忆，又使诸药性对比鲜明。句中有“之”“而”等虚字以调整语气，或表修饰，或表并列，用法灵活并避免了长句的枯燥。此外，为了准确而巧妙地说明某些中药的作用，旧题李杲《药性赋》还创造性地运用了一些字数不等的对偶句式，堪称别开生面：“抚芎走经络之痛，何首乌治疮疥之资。”[③]这里“抚芎”两字对“何首乌”三字；“郁李仁润肠宣水，去浮肿之疾；茯神宁心益志，除惊悸之疴。”[④]这句“郁李仁”三个字对“茯神”两个字，灵活自如，不拘一格，但都不影响句意的表达，反而给人以新颖的感觉，隐约可以看出俗文学对赋的影响。

其次，用词恰当，富有文学意味。和医药相关的文学，敦煌文献中就有成熟的作品，如敦煌 P3093 所抄的三首词《定风波》，其三曰：“风湿伤

---

① 李杲：《药性赋》，载《历代赋学文献集刊》第 185 册，第 278 页。
② 蒲松龄：《蒲松龄集》，第 32 页。
③ 李杲：《药性赋》，载《历代赋学文献集刊》第 185 册，第 283 页。
④ 同上书，第 286 页。

寒脉紧沉，遍身虚汗似汤淋。此是三伤谁识别，情劝，有风有气有食结。时当五六日，言语惺惺精身出。勾当如同强健日，名医识，喘粗如睡遭沉溺。”以词的形式表现了三种伤寒的脉象、症状、病因、病程、结果。这样既拓宽了文学的表现领域，也让医学知识更容易为大众所接受，使科学也富有文学的感染力。如这首词的“遍身虚汗似汤淋”和第一首的“思须儿女独孤栖”，其表达效果和传播力都是医学上简单的病例记录所不能比拟的，它有使人们对患者的痛苦感同身受的独特效果。再如失调名《莨菪不归》（嵌药名）曰：“莨菪不归乡，经今半夏薑。去他乌头了血傍，□他家附子豪强。父母依意美长短，桂心日夜思量。”项楚先生曰：“莨菪，药名，双关浪荡。半夏、薑，皆药名，合意为‘半夏强’意谓荡子不归已经超过了半个夏季。乌头，药名，指荡子之年轻的头。附子，药名，双关父子。意美，药名，即薏米。长短，肠断也。桂心，药名，此指女主人公的名字。原词应为：‘莨菪不归乡，经今半夏薑。去他乌头了，血滂滂。他家附子豪强，父母依意美□。肠断桂心，日夜思量。’末二句是说闺中女子不知荡子在外身亡，犹自苦苦思念也。”[①] 这首词则反映了医学对文学的影响之深，以药名嵌入词，纯用双关手法，营造凄凉意境，天衣无缝，非具有医学和文学高深造诣者不能为之。同样的例子还有《伍子胥变文》中伍子胥与其妻用药名对答的一段，亦涉及双关手法，这里不再赘述。

敦煌文献中医学和文学的相互影响，同样影响到后来的赋，上文的两篇赋便是代表，它们以恰当的用词，体现了中药赋文学性的一面：“又闻治虚烦除哕呕，须用竹茹。通秘结导淤血，必资大黄。宣黄连治冷热之痢，又厚肠胃而止泻。”[②] 这里的动词有“治”“除”“通”“导”，它们准确地暗示了被支配对象的特点、治疗的剂量、炮制方法、给药途径和产生药效等，

① 项楚：《敦煌歌辞总编匡补》，巴蜀书社，2000，第27页。

② 孙馨亭著，山东省中医研究班整理：《〈药性赋〉注解》，山东人民出版社，1957，第13—14页。

如大黄，煎服通秘结，但年老久病及亡血之后大便秘结者，宜补血润燥，且不可误投大黄。[①] 外用熟大黄则用于火毒疮疡。“宣黄连”即黄连，动词“厚”，在这里是调补、滋补的意思，它形象地表达了黄连对肠胃的滋补作用，让人体会到此药的温和和滋润，令人回味药效的奇妙。副词“必”，表示无可选择，突出了大黄在通淤血导秘结方面具有不可替代的重要作用。

蒲松龄《伤寒药性赋》：“柴胡为少阳之专家，在经主气，而在脏主血；葛根为阳明之的药，脾渴可解，而胃热能消。”[②] 的，目的，此处应是最有效的意思。“的药”一词，言简意赅，准确说明了葛根的作用。“猪苓去湿，而止水逆之吐；泽泻行水，而除淋沥之艰。”[③] 艰，艰难痛苦。一个“艰”字，写出了小便不畅的痛苦和无奈，令人感同身受。

以上这些，都是这类中药赋的总体特色：医学的内容，使它们具有实用的价值；文学的语言，又使它们具有一般医药著作所不具备的审美品格，扩大了自身的影响力。

## 三、科学性和审美性的统一

两篇《药性赋》为代表的医药类赋作，除了文学性之外，更可贵的是它们的实用性和科学性。作为以医疗为目的的赋，它们的实用性毋庸讳言，医生就要以它们的表述为指导进行医学实践，如上例“通秘结导淤血必资大黄”，长久的医疗实践证明，大黄就是治疗这类病的良药。作为中药赋，它们表述的科学性也同样是这类作品值得研究的方面，如蒲松龄的《伤寒药性赋》：“参能补气，而生土生津，则生熟异用；术能益脾，而发汗止汗，

---

① 孙馨亭著，山东省中医研究班整理：《〈药性赋〉注解》，第 14 页。

② 蒲松龄：《蒲松龄集》，第 31 页。

③ 同上书，第 32 页。

则苍白殊观。”[①]虽然在当代医疗实践上“参能补气”并不完全准确，如苦参，《本草纲目》论其主治：“心腹结气，症瘕积聚，黄疸，溺有余沥，逐水，除臃肿，补中，明目止泪（本经）。养肝胆气，安五脏，平胃气，令人嗜食清身，定志益精，利九窍，除伏热肠澼，止渴醒酒，小便黄赤，疗恶疮、下部䘌（别录）。渍酒饮，治疥杀虫（弘景）。治恶虫、胫酸（苏恭）。治热毒风，皮肌烦躁生疮，赤癞眉脱，除大热嗜睡，治腹中冷痛，中恶腹痛（甄权）。杀疳虫。炒存性，米饮服，治肠风泻血并热痢（时珍）。”[②]临床上主要看重它清热燥湿、杀虫止痒、利尿的功效。但是赋中的表述却非常严谨：“生熟异用”，它指出了不同的炮制方法对中药药性的影响，在临床上要严格掌握生参和熟参药性的区别。“苍白殊观”则指导从医人员注意，同为术类中药，苍术和白术用途的不同，表述上既有相同点的概括，又有不同点的区分，既有工整的对仗之美，又有严谨的科学之实。旧题李杲《药性赋》里也有许多类似的记载，如：“赤芍药破血而疗腹痛，烦热亦解；白芍药补虚而生新血，退热尤良。”[③]同为芍药，白芍药和赤芍药的根药性有很大不同，赋文都能准确地加以概括，为从医人员提供简洁有效的指导，这无形中对从医者提出了很高的职业要求，这种科普文体性质的严谨性和科学性，是一般文学类文体所不具备的。

笔者认为，这类赋能形成文学性和科学性兼备的独特风格，并不是偶然的。首先从两位代表作家的身份看，他们都是兼通医学和文学的“文化人”而非仅仅是“文人”：李杲（1180—1251）字明之，晚年自号东垣老人，真定（今河北正定）人。少时好医药，通《易》《书》《春秋》。[④]蒲松龄（1640—1715）则除了《伤寒药性赋》之外，并且于农业和俗文学都有独到的研究，著有《农桑经》和《日用俗字》，更是驰名中外的《聊斋志

① 蒲松龄：《蒲松龄集》，第32页。
② 李时珍：《本草纲目》，第347页。
③ 李杲：《药性赋》，载《历代赋学文献集刊》第185册，第277页。
④ 同上书，第273页。

异》的作者。从他们简略的经历看，毫无疑问都有深厚的文学修养，而且大致生于少数民族入主中原的乱世，人命危浅，朝不虑夕，下层人民对医术医药及农桑衣食的渴求尤显急切。蒲松龄《药祟书·序》云："疾病，人之所时有也，山村之中，不惟无处可以问医，并无钱可以市药。思集偏方，以备乡邻之急，志之不已，又取《本草纲目》缮写之，不取长方，不录贵药，检方后立遣村童，可以携取，但病有百端，而仅为四十部，殊觉荒率，而较之在《纲目》者，则差有涯岸可寻矣。"[①] 其《农桑经·序》称："居家要务，外惟农而内惟蚕。昔韩氏有《农训》，其言井井，可使纨绔子弟，抱卷书生，人人皆知稼穑，余读而善之。中或言不尽道，或行于彼不能行于此，因妄为增删，又博采古人之论蚕者，集为一书，付诸其后，虽不能化天下，庶可以贻子孙云尔。"[②] 从中不难看出，蒲松龄所目睹的乡村现状：无处问医，无钱市药。他作为一个有良知的知识分子，出于救民之急的目的，编写此书，而面对饥寒交迫的最底层百姓的现实需求，他对编书的准则有精准的把握："不取长方，不录贵药。"务求药物价格低廉，易寻有效，知识便于掌握。《伤寒药性赋》的写作思想当同于《药祟书》，或无可疑。由于医药方面的特殊要求，所以兼具文学家和医学家双重身份的"文化人"为了兼顾这两方面的目的，必须要考虑作品的科学性和文学性。同时他希望"人人皆知稼穑"的现实追求，也反映他和以他为代表的"文化人"是农民心声的代言人，能深刻了解农民的所需所想，客观上也容易形成质实的文风。说到底，任何一种文体文风的形成，都离不开深厚的现实生活基础。

中药赋具有悠久的传统，它融合了文学的表现力和医学的严谨性，是实用和审美相结合的完美典范，是文学的实用价值的一种反映，事实上它也扩大了文学的表现领域，为文学的发展注入了新鲜血液。辞赋吸收中

---

① 蒲松龄著，路大荒整理：《蒲松龄集》，第 61 页。

② 同上书，第 60 页。

药为表现对象，进一步加重了其征实的特色，同时也发展了赋体通俗的一脉。中药以辞赋为表现形式，扩大了中药尤其是药方主要以七言四句或散文句式为主的局限，使更多的中药知识得以传播，体现了赋体无所不包的体裁优势。深入研究中药赋，对理清赋的发展流变以及文学的深层次问题，诸如文学思想、文学技法、文学走向等等，都有十分重要的意义。

（原题《〈药性赋〉和〈伤寒药性赋〉的赋学特征》，
载《辽东学院学报》2023 年第 4 期，署名：房召义）

# 后　记

商务印书馆于2017年出版了拙著《赋学文献论稿》，受到学术同仁的肯定和鼓励。著名学者郭英德先生认为："《赋学文献论稿》论题涉及历代赋别集、赋总集、赋注、赋评、赋话文献的版本考辨、内容发微、价值探究、流变勾勒、观点评析等，资料丰富，新见迭出，体现出鲜明的创新性特色。该书的出版，不仅有助于推进历代赋学文献研究，也有助于提升中国古代散文文献研究的水平。"（《赋学文献论稿》封底）江苏社会科学院王思豪先生（现为澳门大学副教授、博士生导师）发表书评，多有褒奖："《论稿》虽然在形式上是一部论文集，但在内容上却构成了一个相对完整的体系：对赋学文献的考察时间跨度大，从先秦至当代，较为全面而完整地展示了赋学文献编纂和流传的学术历程。……为后学者提供了赋学文献辑佚、校订、考辨等方面的研究范式，嘉惠学林。"（《赋学的文献与文献的赋学——读踪凡教授〈赋学文献论稿〉的启示》，《澳门文献信息学刊》2018年第2期）贵州师范大学禹明莲副教授说："踪凡教授《赋学文献论稿》以元典文献为基本线索，展示了中国赋学文献批评的历史进程与变迁；源于作者深厚的学养和研究积累，在赋学研究的深度和广度上均取得重要突破，代表中国赋学文献研究的前沿；同时或为读者指明路径，或介绍自己的研究方法，允为学界赋学文献研究的典范力作。"（《玉汝于成：赋学文献研究的新境地——评踪凡教授〈赋学文献论稿〉》，《安顺学院学报》2018年第2期）广西梧州学院李光先副教授在书评中说："踪凡教授的新著《赋学文献论稿》是第一部专门研究赋学文献的学术专著，其特点有四：一是问题意识强，选题价值高；二是发人未发，新见迭出；三是材料宏富，立论坚实；四是层层深入，辨析精细。该书行文流畅，语言优美，可读性强，具有较高的学术价值。”（《踪凡教授〈赋学文献论稿〉评介》，《天中学刊》2018 年第 6 期）良朋溢美，鞭策良多。

转眼间六年过去了，其间我又陆续发表了一些关于赋学文献的论文。今择取若干结为一集，交由商务印书馆国际有限公司出版。全书分为“赋学文献综论”、“古代赋学文献研究”、“现当代赋学要籍评介”三编，收录论文 17 篇，以作六年研究之小结；另外附录“求其友声”一编，选录博士生、硕士生所发表的赋学文献论文 5 篇，以纪念师生切磋琢磨的美好时光。在此，谨向发表这些论文的学术刊物表示深深感谢。发表时或有删节、遗漏、错讹，收入本书时都有或多或少的修订。

最后还要感谢一直关心、指教、鼓励我的赋学界同仁，尤其是恩师龚克昌先生、赋学会会长许结先生。龚先生在新冠疫情期间不幸病逝，未能看到此书的出版，念之潸然。感谢首都师范大学文学院的支持和帮助，感谢我的博士生、硕士生们，其中于亚飞、张晓颖、上官锐浩、苏诗悦等同学帮助校核文献，辛苦备尝。书中谬误之处，尚祈各位方家批谬指正。

踪凡

2023 年 8 月 28 日于京西寓所